Ernst Jünger
Siebzig verweht IV
Klett-Cotta

1986

Wilflingen, 3. Januar 1986

Die Übervölkerung war schlimmer als in Ägypten; auf Straßen und Plätzen bildeten sich Staus, die sich kaum auflösten. Vor den Läden mußte man halbe Tage lang anstehen; sie waren ausverkauft, wenn man an der Reihe war. Tagsüber kam man nicht zum Dienst und abends nicht zum Vergnügen, wenn man Pech hatte. Oft waren die Passanten wie Heringe eingeklemmt. Sie konnten die Arme nicht aufheben – außer zierlichen Taschendieben, die sich wie Aale im Netz bewegten und die Brieftaschen zogen, als ob sie Kleiderpuppen abstaubten. Sie wurden nicht einmal bestraft.

Zum Glück gabs Privilegien. Wenn man »dazugehörte«, trug man einen Mantel wie alle anderen – nur daß er mit Pelz gefüttert war. Man kannte das Paßwort: den Code, den man in das Mikrophon einer der Zellen flüsterte, die wie Bedürfniskabinette unauffällig im Gebiet verteilt waren. Man mußte sie kennen; sie waren als Hauseingänge getarnt. Auf den Code hin öffnete sich die Tür zu einem Fahrstuhl, der in den Untergrund hinabschwebte. Dort gab es Raum in Fülle, dazu laufende Bänder, die mit Sesseln bestückt waren und im Nu zum Ziel führten. Dann stieg man diskret durch eine der Zellen wieder aus, falls man nicht vorzog, unten zu bleiben, denn dort war für Bequemlichkeit in jeder Weise gesorgt; die Zeit verfloß wie im Traum. Bars, Kinos, Lesesäle, Bäder mit Bedienung, Callgirls standen zur Verfügung – alles umsonst. Ein unbegrenztes Scheckbuch wäre nur eine Vorstufe gewesen; das Codewort genügte zum Eintritt in den Untergrund. Und wenn sich einer einschliche? Das wollte ich ihm nicht anraten.

Wilflingen, 6. Januar 1986

Rauhnächte haben je nach der Landschaft verschiedene Namen: Rauch-, Raun-, Raub- und Freinächte; werden auch verschieden datiert. »Vielfach bezeichnet man die ganze Zeit der Zwölfe als Rauhnächte.« (Bächtold-Stäubli) Dem möchte ich mich meiner Erfahrung nach anschließen. Als besonders trächtig gilt die Dreikönigsnacht. Heuer war wenig zu notieren; die Nächsten zeichneten sich in den Traumgesellschaften nur vage ab.

☆

In der Neujahrspost fallen Korrespondenten aus, die Jahre und Jahrzehnte lang gegrüßt haben. Für manche treten die Kinder ein; so setzen Otto und Christa Plaßmann die lateinischen Augurensprüche und Sonja Maatsch die Zeichnungen der Väter fort.

Die Bilder der Abgeschiedenen verkleinern sich von Jahr zu Jahr; manche verschwinden bei wachsender Entfernung wie Sterne in der kosmischen Dämmerung. Andere werden wie Gemmen schärfer, weil das Alltägliche der Erscheinung schwindet – besonders solche, an die sich Anekdoten ansetzen.

☆

An Konrad Zimmer: »Der im Kyffhäuser scheint sich nicht zu regen – entweder fühlt er sich nicht angesprochen, oder es muß ein Erdbeben kommen, bis er erwacht.«

☆

Helmuth Krück bereichert mein Naturalienkabinett durch das Schwanzende einer Klapperschlange und notiert dazu: »Aus dem Land der zitternden Erde (Prairies tremblantes), dem von schwimmenden Inseln bedeckten Sumpf Okeefenokee an der Grenze zwischen Florida und Georgia. Eine diskrete Rassel (Rattle-Snake) keine Klapper! Sicher hat Hiawatha sie in seinem Medizinbeutel mitgeführt.«

Klappern und *rasseln.* Es liegt in der Natur der Sprache, daß sie der hörbaren Welt dichter anliegt als der sichtbaren. Daher ist sie bei der Schilderung von Farbnuancen auf Vergleiche angewiesen – türkisgrün, tabakbraun, zitronengelb. Lauten dagegen antwortet sie unmittelbar, besonders den eindringlichen, also der Brandung mehr als dem sanften Wellengang, dem Sturm mehr als dem leichten Wind. Hinweise auf Unterschiede von Schlag- und Blas- zu Saiteninstrumenten, von Ballade und Lyrik, Konsonanten und Vokalen, von Rhythmus und Melos schlechthin.

☆

Daß Kindheitserinnerungen stärker und genauer sind als solche aus dem Alter, ist oft bemerkt worden. In einem Alten sind Lehrer und Kameraden der Vorschule lebendig, während ihm Einzelheiten des gestrigen Tages entfallen sind.

Wenn wir über eine Seite, deren Schrift noch feucht ist, mit dem Löscher fahren, bleiben die letzten Zeilen viel blasser als die ersten auf dem Blatt.

Damals müssen wir stärker gelebt haben. Und vielleicht noch stärker in Zeiten, von denen kein Echo kommt, zu denen keine Erinnerung reicht.

☆

Wiederbegegnungen, die alles übertreffen, was uns im Leben köstlich schien.

Wilflingen, 9. Januar 1986

An den »Figaro littéraire«: »Lieber Kollege Rouart, ich erhielt Ihren Fragebogen – nicht ›von‹, sondern ›über‹ Ernst von Salomon. Leider kann ich ihn nur ganz kurz beantworten; die Post schwillt immer noch an.

Die Erinnerung an verstorbene Freunde und Bekannte pflegt nach Art von Photographien mit der Zeit zu verblassen; manche verschwinden bei wachsender Entfernung in der Dämmerung: Das gilt für viele – bei anderen treten die Konturen prägnanter hervor, besonders bei Naturen von anekdotenbildender Kraft. Zu ihnen zählte Ernst von Salomon.

Die ersten Briefe, die ich von ihm erhielt, stammen aus der Haft; die Korrespondenz setzte sich bis zu seinem Tode fort. Sie begann mit ›sehr verehrter‹ und schloß mit ›mein lieber...‹ ab. Viele Begegnungen und Besuche, von Berlin bis Wilflingen, gaben mir ein bleibendes Bild von ihm. Dabei fällt mir eine Notiz Nietzsches ein, der die Individualität leugnet – was wir dafür halten, sei eine Komposition verschiedener Individuen. Das habe ich in besonderem Maß an Ernst von Salomon beobachtet – ich lernte in ihm zwei Personen kennen, von denen kaum zu glauben war, daß sie in der gleichen Haut steckten.

Zunächst der Jüngling, der aus dem Zuchthaus kam: extrem mager, ausgehungert, mit unruhigem, durchbohrendem Blick. Dafür, daß er, wie ich glaube, für den Anschlag auf Rathenau nur ein Nummernschild gemalt hatte, war er streng bestraft worden. Er sagte mir einmal: ›Schon am Nachmittag wußte ich, daß es verkehrt gewesen war.‹ Für mich bot er ein warnendes Beispiel, das meine Abneigung gegen terroristische Akte bestätigte. Der Attentäter verletzt nicht nur sein Opfer; er fügt sich selbst eine unheilbare Wunde zu. Dostojewski schildert diesen Zustand genau.

Der Einfluß des Kadettenkorps war unverkennbar; nur der Blick war merkwürdig. Wie war das mit dem späteren Ernst von Salomon zu vereinen, mit dem ich mich befreundete? Ungewöhnlich schienen prima vista sowohl die Korpulenz wie der Humor. Er hatte sich zu einem jener Unterhalter entwickelt, die ihre Gesellschaft in eine ungebrochene und wachsende Heiterkeit hineinsteigern. Das hing mit seinem Talent als Anekdotier zusammen, dem er besonders im ›Fragebogen‹ ein über den politischen Anlaß hinausreichendes Denkmal geschaffen hat.

Ein Zwischenglied beider Charaktere bildet der ›Rebell‹, in dem die Auflehnung nicht mehr durch die Aktion, sondern durch die Feder vertreten wird – ein Essay, der besonders in Frankreich Freunde gefunden hat. Zur Aktion hat Salomon im Laufe der Zeit ein Verhältnis gewonnen, das man als wohlwollende Distanz bezeichnen kann. Unter anderem hat er einen Kongreß von Castro in Kuba besucht.

In ruhigeren Zeiten wäre er vielleicht ein allgemein beliebter Romancier geworden. Der Dialog fiel ihm leicht, daher hatte er auch als Filmautor Erfolg. Es machte ihm nichts aus, auf ein leichtes Genre überzugehen – so in der ›Schönen Wilhelmine‹, der Biographie jener Potsdamer Trompeterstochter, die Friedrich Wilhelm II. zur Mätresse erkor. Dabei fehlte es dem Freunde nicht an Selbstkritik: Ich besitze das Buch mit der Widmung: ›Sag es nicht weiter – aber dies ist mein eigentlicher Geschmack.‹«

Wilflingen, 10. Januar 1986

Die Moral ändert sich nicht nur mit den Breitengraden, sondern auch mit der Einwohnerzahl. Schon auf den Dörfern herrschen andere Sitten als in den Städten – selbst im kleinen Wunstorf sagten wir »der kommt vom Land«. Das war halb eine Entschuldigung, auch hinsichtlich des Anzuges.

Heut spricht man von Ballungsgebieten: dort nehmen die Vorschriften zu, mit ihnen die Verstöße, das schlechte Gewissen auch. Allein die Verkehrsregeln. Ein falscher Handgriff ist hochgefährlich, zudem stellt er das alte Untertanenverhältnis wieder her: die Polizei wird mächtig, der Fahrer zum Verkehrssünder.

Wenn ich mich morgens rasiere und den Schaum durch den Ausguß fließen sehe, muß ich an meine Mitschuld an der Verschmutzung der Gewässer denken: so beginnt der Tag.

☆

Beim Frühstück lese ich wieder einmal eine wissenschaftliche Abfertigung der Astrologie und wundere mich darüber, daß die Astrologen sich darauf einlassen. *Für* sie spricht schon allein die Tatsache, daß sie einen Streit überlebt haben, der schon vor dem Bau des Turmes zu Babel begonnen hat.

Die Astrologie ist ein Spiel, keine Wissenschaft. Sie hat Sinn im Maße, in dem die Welt als Spiel besteht und als Spiel begriffen werden kann. Daher ist sie weit älter als die Wissenschaften und wird sie überleben wie der Tanz den Gleichschritt, obwohl beide zum selben Ziel führen. Sie wird auch die Geschichte hinter sich lassen oder das, was wir als Geschichte verstehen. Also Kopernikus auch.

Inzwischen ist auch die Sonne in Bewegung gekommen, und selbst die Milchstraßen geraten in Turbulenz. Das Universum wächst mit den Fernrohren. Da ist kein Ende, kein Abschluß mehr. Und alles scheint unbelebt.

Der Astrolog läßt sich darauf nicht ein. Für ihn ist die Erde immer noch die Mitte, wie auf ihr der Mensch mit seinem Schicksal – und zwar der Einzelne. Die Astrologie ist humaner als jede Abstraktion.

Unser Geschichtsbild ist eingeschlossen in die drei großen Zeichen des Stieres, des Widders und der Fische, und von ihnen deutlich geprägt. Auch der Wassermann beginnt sich abzuzeichnen – die Umwertung der Werte wirft ihren Schatten voraus.

Die astronomische Zeit ist ein Maßstab, die astrologische ist differenziert; sie hat nicht nur Dauer, sondern auch Qualität – und göttliche sogar.

☆

Das Platonische Jahr zeitigt keinen endlosen Fortschritt, sondern es läuft kreisförmig ab. Daher ist der Rückblick auf Häuser und ihre astrologische Ausstattung möglich, in denen wir gewohnt haben, bevor es ein Geschichtsbewußtsein gab – etwa zur Vorpyramidenzeit.

Und weiter zurück zu prähistorischen, paläontologischen und geologischen Formationen mit ihren vulkanischen und stammesgeschichtlichen Wiederholungen. Der Einzelne durchläuft nicht nur die Ahnenreihe, sondern die

Weltenuhr. Die Schöpfung wiederholt sich in ihm auch körperlich.

☆

Hat ein Zug die Höchstgeschwindigkeit erreicht, so verstärken Versuche, ihn zu bremsen, nur die Gefahr.

Gilt auch politisch. Als die Französische Revolution ihren Höhepunkt erreicht hatte, riet Kaunitz: am besten lasse man den Vulkan ausbrennen.

Ludwigsburg, 12. Januar 1986

Sonnabend-Sonntag wie alljährlich Treffen der südwestdeutschen Koleopterologen in Ludwigsburg.

Alte Freunde, gute Vorträge – so der des Kollegen Evers über das Vorhandensein oder das Fehlen eines Fühlergliedes bei einer Cantharidengattung, die in Europa und Amerika verbreitet ist.

Das bliebe ein Jonglieren mit Staubkörnern, wenn es nicht mit der Kontinentalverschiebung in Verbindung gebracht würde. Ein Musterbeispiel für die Begegnung zwischen Minima und Maxima in der Natur.

Dabei ist zu bedenken: Reduktion kann Ursprünglichkeit vortäuschen. Das läßt sich verallgemeinern, auch anatomisch: der Wolfsrachen, affenartiger Haarwuchs, der Ohrenknick und ähnliches. Über die Bärte, die oft ein dürftiges Kinn verbergen sollen, hat Schopenhauer Gebührendes gesagt.

Eine Gerade kann sich, wie bei den Mollusken, zur Spirale einrollen. Wenn diese sich wieder ausstreckt, entsteht ein Verlust. Es ist wiederum eine Gerade, doch die ursprüngliche nicht mehr. Falls in ferner Zukunft ein Archäolog auf einem unserer Friedhöfe prächtige Gebisse ausgräbt, sollte er sie eher dem Stande unserer Technik als unserer Potenz zuschreiben. Schon heute wirken sie so surrealistisch, daß man selbst den echten Zähnen nicht mehr traut.

Ein Stil, der wiederholt oder nachahmt, ist verdächtig, obwohl er bezaubern kann. Das ist der Vorteil der Epigonen und Dekadenten: die Welle schäumt stärker am Heck als am Bug.

Wilflingen, 13. Januar 1986

Erotische Begegnungen im Traum. Sie können sich wiederholen – auch mit Personen, die in der Tageswelt nicht begehrt wurden.

Wenn Tote auf diese Weise wiederkehren, ist anzunehmen, daß ihre Liebe nicht erhört, ja nicht einmal bemerkt wurde. Stille Neigung kann Jahre lang unbeachtet und ein geheimer Anruf ungehört bleiben. Nun wird er vernommen und im Traum auch erhört. So können Geister gezeugt werden.

☆

Ist es möglich, daß eine Frau sich nicht nur an Tieren und Gegenständen, sondern auch an einem Mann »versieht«? Es heißt, daß Kinder von Europäern, die in China geboren werden, oft einen asiatischen Gesichtsschnitt tragen – das könnte freilich auch erdgeistig zu erklären sein. Immerhin bleibt es merkwürdig.

Erscheinungen wie der »böse Blick« und das »Versehen« beruhen auf magnetischen oder telepathischen Wirkungen. Ähnlich muß man sich die Zeugung von Geistern vorstellen. Ein unerhörtes Begehren wird erfüllt. Ein Mögliches, das sich nicht realisieren konnte, verwirklicht sich immateriell.

Wilflingen, 15. Januar 1986

An Wolf Jobst Siedler zum Sechzigsten: »Wie die Zeit vergeht – das spüre ich weniger am eigenen Altern als durch die Jubiläen der Freunde und Gefährten, besonders wenn ich sie schon in ihrer Jugend gekannt habe. Sie behalten diese Jugend in meiner Vorstellung. Um so mehr bin ich überrascht, wenn ich erfahre, daß ein ›großer‹ Geburtstag vor der Türe steht.

Sie zählen nun zu meinen frühesten Freunden; der Tag, an dem uns das Schicksal zusammenführte, liegt über vierzig Jahre zurück. Damals, am 12. Februar 1944, erreichte mich in Paris ein nächtlicher Anruf des Kaplans Ronneberger: mein Sohn Ernst sei wegen aufrührerischer Reden im Gefängnis zu Wilhelmshaven, zusammen mit einem jungen Kameraden – dieser Freund und Kamerad waren Sie.

Mein General meinte, das sei eine Sache, in der man Urlaub verlangen dürfe, und so fuhr ich nach Berlin, um mit Ihrem Vater zu beraten, und dann mit meiner Frau Gretha nach Wilhelmshaven, wo wir uns, nachdem der Wärter die Zelle aufgeschlossen hatte, persönlich begegneten.

So begann unsere Freundschaft; die Stationen sind Ihnen bekannt, ich will sie nicht ausspinnen. Daß es uns damals mit gutem Beistand gelungen ist, das Ärgste von Ihnen beiden abzuwenden, wurde mir erst allmählich und nach vielen Jahren bewußt. Daß Ernstel dennoch heute unter den Gratulanten fehlt, bleibt für Sie wie für mich ein nicht zu heilender Schmerz.

Ein großer Geburtstag, soweit er über das Familiäre hinausreicht, setzt voraus, daß sich der Jubilar einen Namen gemacht hat, und das ist Ihnen geglückt. Ich habe an Ihrem Wege und seinem Gelingen teilgenommen, vor allem, wenn wir uns in Berlin oder in Wilflingen wiederbegegnet sind. Für Ihren guten Stern spricht, daß Ihr väterliches Haus inmitten des Unheils, während dessen ich zum ersten Male in ihm weilte, unzerstört geblieben ist. Das hat mich gerührt, als ich es im vorigen Jahre nach so langer Zeit wieder betrat. Daß Sie Berliner nicht nur von Geburt, sondern auch aus Leidenschaft sind, ist rühmlich bekannt.

Ich sollte nun meinen Dank auch als Leser begründen, doch der Rahmen eines Geburtstagsbriefes ist begrenzt. Desgleichen will ich, da ich der Angesprochene war, mich auf Dank beschränken für die bisherige Krönung unserer Freundschaft: Ihre Laudatio anläßlich der Verleihung des Goethe-Preises an mich in der Frankfurter Paulskirche.

Das war keine leichte Aufgabe. Um so mehr haben mich der einstimmige und wohlbegründete Beifall für Ihre geistige Leistung und Ihre persönliche Zuwendung gefreut.

Lieber Wolf Jobst Siedler: für das kommende Jahrzehnt meine herzlichen Glückwünsche.«

Wilflingen, 18. Januar 1986

Zum Weg. Wenn ich nach dem Seilspringen den Strick zu Boden werfe, überrascht mich an jedem Morgen die Figur, zu der er sich fügt.

Manchmal entstehen einfache Muster wie Kreise, Ovale, Achten, Spiralen, starke oder schwache Wellen, doch andere könnte ein Koranschreiber erdacht haben.

Dem ersten Wurf muß ein Ent-wurf vorausgegangen sein – eine kryptogrammatische Idee. Die Entfernung hatte noch keine Maße; sie war maß-gebend und konnte mit Höhen und Tiefen besetzt werden, die Qualität gewannen wie Noten einer Partitur oder Charaktere, die sich im Erbgang sonderten. Das war der Weg, »via«, von dem sich das Leben, »vita«, abzweigte.

Wenn wir vor der Höhe und Tiefe eines Gebirges erschrekken – wer kennt die Zahl, geschweige denn die Kraft seiner Atome – oder auch vor einem Schweigen im stillen Hause, dann verbirgt sich in diesem Schrecken mehr als präsente Gefahr. Uns bedroht der Entwurf, von dem an Gefahr erst möglich geworden ist.

Auch die Schlange verbirgt sich im Seil. Sie ist im Natursystem nicht ursprünglich, sondern die Rückbildung eines Wesens, das Glieder besaß und sie wieder eingezogen hat. Aber die Täuschung ist gelungen, sie führt wie kaum eine andere auf den ersten Entwurf zurück. Schlange und Seil sind konform. Der Mensch erschrickt vor jeder Schlange, gleichviel ob sie giftig oder harmlos: vor der Schlange an sich.

Und es bedarf nicht einmal der realen Schlange, damit der Schrecken erwacht. Ein Rascheln im Laube genügt.

☆

Am Abend in Saulgau; wir trafen dort Ionesco mit seiner sehr kleinen, doch hochaktiven Frau. Das ist für Autoren ein Gottesgeschenk. Gespräch über den Ruhm und seinen Schatten – es ist auch etwas vom König Midas dabei. So pinselt Ionesco leichthin Figürchen, die reißenden Absatz finden, obwohl sie nicht billig sind. Er sagte: »Die Leute finden sie schön, besonders für die Kinder – ich kann das nicht beurteilen. Aber warum soll ich ihnen nicht den Gefallen tun?«

Wir verabredeten einen Besuch in seiner Wohnung, Boulevard Montparnasse.

Wilflingen, 20. Januar 1986

Nachts Sturm und Gewitter, ungewöhnlich um diese Zeit. Auch während meines Abendganges war seltsame Stimmung – fast als ob man sich im Stockwerk geirrt hätte. Ich sah die Alpen im Föhn.

Die Sonne war untergegangen, ein bleicher Halbmond stand am Himmel, die Luft war klar. Die Mauern der Kirche und einiger Häuser hoben sich selbstleuchtend von der Dämmerung ab. Das war nicht gerade unheimlich, doch beunruhigend – kubineskes Licht.

☆

Zweige vom Lebensbaum, die ich neben Ernstels Bild in eine Vase stelle, halten das Wasser monatelang frisch; es verdunstet auch kaum. Bei den Forsythien dagegen, die um diese Zeit als »Barbara-Zweige« vorgetrieben werden, muß ich es schon nach Tagen auswechseln.

Zypressen sah ich als Schmuck türkischer Brunnen, auch auf den Grabsteinen von Friedhöfen und auf Gebetsteppichen.

Wilflingen, 8. Februar 1986

Außer der Ginsterkatze in Angola habe ich noch kein so scheues Wesen wie Aïscha gesehen. Sie ist in jeder Stellung und bei jeder Entfernung vom Menschen auf Deckung bedacht. Wie andere Tiere den Schatten vermeiden, so sie die leiseste Möglichkeit des Zugriffes.

Es bedarf umständlicher Annäherungen, ehe ich mich, ohne daß sie davonspringt, zu ihr setzen darf. Gelingt es mir, sie auf den Schoß zu nehmen, so legt sie zur Vorsicht die Pfote auf meinen Arm. Manchmal vergißt sie auch das; sie beginnt sich zu dehnen und leise zu schnurren – die Harmonie ist perfekt.

Ich frage mich, warum sich das an jedem Vormittag in aller Form wiederholen muß. Aber vielleicht verzichtete auch ein alter Chinese, selbst wenn wir befreundet wären, nicht auf das gebührende Zeremoniell.

Wilflingen, 9. Februar 1986

Nachbarbesuch bei Stauffenbergs. Am Tisch auch »Büffel« Krosigk, bei dessen Familie wir oft zu Gast waren.

Erinnerungen an jene Zeit kurz vor dem Rückzug der Portugiesen aus Angola, auch an Bekannte, die, wie die Baronesa, ermordet worden sind. Wir hatten damals gehofft, daß Angola sich nach dem Muster von Brasilien entwickeln würde, was für beide Teile besser gewesen wäre – leider folgte eines der unheilvollen Geschwüre, die den Vorstellungen amerikanischer Philanthropen zu verdanken sind.

Große Erlebnisse markieren die Datierung auch persönlich – so höre ich von der Baronin: das war vor, oder nach, dem Attentat. Das wird den meisten so gehen; vorwiegend sind diese Daten unangenehmer Art.

☆

Zum Matriarchat ein arabisches Sprichwort: »Der Mann ist das Haupt der Familie und die Frau der Hals, der den Kopf dreht.«

☆

Spät noch bei starkem Frost Gang um den Schinderbühl. Die Hunde bellten gegen den Wind.

Wilflingen, 16. Februar 1986

Sonntag Invocavit. (Et ei ego exaudiam ego?)

Frost. Wenn die Sonne scheint, und sei es auch nur durch einen Schleier von Hochnebel, wähle ich den Gang durch die Feldflur, der um das Hofwäldle führt. Ein junger Fichtenbestand ist an den Rändern verkrautet und von einigen Überhaltern durchsetzt. Trotz seiner geringen Fläche beherbergt er Pilze, Pflanzen und Tiere verschiedenster Art.

Ein Vögelchen bewegte sich munter zwischen dem dürren Gras und den Zweigen, die fast den Boden berührten; ich hielt es für einen Grünfinken. Als es mir aber gelang, das Tierchen für einen Augenblick mit dem Glas zu erfassen, erkannte ich es an seinem safrangelben Scheitel als das Winter-Goldhähnchen. Ein alter und lieber Bekannter, obwohl ich ihm selten begegnet bin. Besonders erinnert es mich an einen Wald oberhalb von Brixen, wo ein Schwarm die kahlen Lärchenzweige abkleibte. Damals hörte ich auch seine Stimme, ein Gewisper – Heinrich Seidel, der Dichter des »Leberecht Hühnchen«, fand sie »zierlich wie gesponnenes Glas«.

☆

Auf Grund persönlicher Erfahrungen darf ich behaupten, daß die Ornithologen sich durch ein besonders liebenswertes Gemüt auszeichnen. Sie übertreffen darin noch die Botaniker – die der »scientia amabilis« Beflissenen.

Die Stämme und Familien der Pflanzen und Tiere ergänzen einander wie die Instrumente eines Orchesters – oft erkennt man schon physiognomisch, wer dieses oder jenes zu spielen berufen ist.

Freilich mindert auch hier die Verzifferung den Eros: ihr Fortschritt ist zugleich ein Abstieg vom Stand des alten Naumann und des Vaters Brehm. Aber es bleibt eine große Welt – von der Blaumeise, die ans Fenster pickt, bis zu den Geschwadern, die über den nächtlichen Wolken ziehen.

✯

Bei Frost und guter Sonne scheint der Schnee mit einem Feingewebe übersponnen, in dem der Regenbogen spielt. Im Anstieg blitzten die Kristalle blau, grün und türkis, im Abstieg changierten sie zu Purpur, Zitronengelb und einem milden Orange. Eine Kristallwelt, dazu der knirschende Schnee.

Wilflingen, 24. Februar 1986

Seit nunmehr sechsunddreißig Jahren beobachte ich nach dem Aufstehen die Umfassung des Treibbeetes im Garten und schätze an ihr die Schneehöhe. Heut morgen war nicht nur zum ersten Mal der Pegel, sondern das ganze Beet unsichtbar geworden – weiß überdeckt. Trotzdem wird mein geheimer Wunsch, einmal völlig einzuschneien, hier kaum erfüllt werden.

Wilflingen, 28. Februar 1986

Erwachen um Mitternacht. Was scheren mich zwei Weltkriege, die ich mitverloren habe, während ich noch am Dreißigjährigen laboriere: Wallenstein und Richelieu, Stralsund und La Rochelle.

✯

Unser Unglück besteht nicht darin, daß wir eine Linke, sondern daß wir eine unfähige Linke gehabt haben. Das ist schlimmer als gar keine.

Wilflingen, 4. März 1986

Zeitung – schon für Schopenhauer der »scheußliche Aperitif, mit dem der Tageslauf beginnt«.

Heute: Ein Ehepaar mit Tochter fliegt für drei Wochen auf Urlaub nach Florida. Ausgerechnet am ersten Tag stirbt der Vater an einem Herzinfarkt. No problem – er wird bis zum Heimflug tiefgekühlt.

Ferner: »Pastor will Feldwebel in Uniform nicht trauen.« Begründung: die Trauung eines Uniformierten bedeute für ihn »einen schweren Gewissenskonflikt«.

Der Ort dieser Schaunummer ist die kleine Gemeinde Walle, die zu Bremen gehört. Ich entsinne mich, vor fünfzig Jahren von dort etwas ganz Ähnliches gehört zu haben: damals konnte es ein Standesbeamter mit seinem Gewissen nicht vereinbaren, die Trauung eines Ariers mit einer Jüdin zu beurkunden.

Es scheint, daß sich inzwischen in Bremen wenig geändert hat. Vielleicht bin ich auch nur mit einem zu guten Gedächtnis gestraft.

Wilflingen, 18. März 1986

Grippe, diesmal nur kurz, zwei bis drei Tage Fieber – immerhin sollte ich mich allmählich bequemen, mein Alter in Betracht zu ziehen.

Rundgang bei guter Sonne. Der Weiher ist noch gefroren, der Friedhof unter Schnee, der Garten hingegen zum großen Teil davon befreit. Ein Pulk von Winterlingen steht in voller Blüte als einziger weit und breit. Er sprießt am Fuß einer Himbeerstaude, als ob sie ihn gewärmt hätte. Handbreite Flächen sind von grünen Härchen beflaumt. Das ist Krokus – nicht aus der Zwiebel, sondern versamt.

Als Morgengast vorm Fenster ein Star im Hochzeitskleid; ich habe es zum ersten Mal in solcher Nähe gesehen. Die Federn bewegten sich und blitzten wie eine Brünne, der durch einen Hauch von Öl Hochglanz verliehen worden war.

Häufig kommt jetzt der Dompfaff; er fällt in Gesellschaften ein. Der Schnee steht ihm besonders gut. Der Zeisig bevölkert Stauffenbergs Linde – vielleicht schon auf dem Rückzug in nördliche Gegenden. Nach Brehm erscheint er um diese Zeit manchmal zu Tausenden.

Wilflingen, 27. März 1986

Ich verbrachte den Vormittag mit der Lektüre der anschwellenden Geburtstagspost. Dabei fügen sich Steinchen in das Mosaik der Biographie.

Zum Beispiel: Nächtliche Begegnung 1942 im Wartesaal des Hannoverschen Hauptbahnhofs mit einem Gefreiten meiner ehemaligen Kompanie. Er kommt verwundet aus Rußland zurück. Wird von Kameraden ermutigt, mich anzusprechen, setzt den Helm auf, schnallt Koppel um. Ich fordere ihn auf »abzuschnallen«, lade ihn zu einem Bier ein, sage ihm, daß mein Nachfolger mich über das Ergehen der Kompanie und jeden Einzelnen auf dem Laufenden hält. Es freut mich immer, wenn Feldpost von ihm kommt.

Solche Kleinigkeiten gewinnen mit der Zeit. Dieser nächtlichen Wartesäle während des Krieges erinnere ich mich wie einer Vorhölle.

☆

Dann versuchte ich, meine Ausgabe der »Causes célèbres« zu kollationieren, und kam nicht zu Rande damit. Einheitlicher barocker Einband, mehrere Buchhändler, verschiedene Jahrgänge. Der erste Band ist 1766, der achtzehnte 1741 datiert, dazwischen Band 3 mit 1738, also vier Jahre nach der Erstausgabe des »Pitaval«, als deren Fortsetzer ein Avocat de la Ville zeichnet.

Meine Bände sind offenbar von einem Vorfahren Friedrich von Stauffenbergs gesammelt und gebunden; ich bekam sie als Geburtstagsgeschenk. Ist es vergebene Liebesmüh oder Zeitverschwendung, wenn ich solchen Nachforschungen Stunden opfere?

Beim Blättern fällt mir auf, wie sehr Teile jener Rechtshändel inzwischen an Bedeutung verloren haben – zum Beispiel jene, die sich mit der legitimen Geburt und den sich aus ihr ergebenden Ansprüchen beschäftigen.

Ein Kapitel, das ich nach der ersten Lesung angestrichen habe, trägt die Überschrift: »Juifs condamnés pour un crime énorme, qui révolte l'humanité«.

Mangeote Willemin, Frau eines Stellmachers, ging am 25. September 1669 in der Nähe von Metz zu einer Quelle, um dort zu waschen, begleitet von ihrem dreijährigen Sohn. Das Kind trug eine rote Kappe, es hatte blonde Haare und war gut frisiert. Kurz vor der Quelle war es verschwunden; die Mutter dachte, daß es nach Hause gegangen sei. Aber dort war es nicht angekommen, alles Suchen blieb umsonst. Auf Grund der Erkundigungen meldete sich ein Zeuge; er hatte einen schwarzbärtigen Juden, der ein Kind im Arm hielt, auf einem Schimmel vorbeireiten sehen. So kam man Raphael Levi aus Boulai auf die Spur. Inzwischen hatte die Mutter die Kappe und andere Kleidungsstücke des Kindes nahe der Quelle entdeckt.

Es ist erstaunlich, wie sich in solchen Fällen alles zusammenfügt. Unter anderem hatte eine Zeugin durch ein Fenster an einem Karfreitag beobachtet, wie der Beschuldigte zusammen mit einem anderen Juden den Gekreuzigten geißelte. Unheimlich ist das Plakative solcher Aussagen; sie wirken wie Abziehbilder aus der Passion.

Der Prozeß ist lehrreich, nicht nur als Muster für die Gattung, sondern auch für die eigentümliche Lage von Metz. Er war langwierig, doch schon vor Beginn der Verhandlung wird deutlich, daß sie mit einem Todesurteil enden wird. Levi wird lebendig verbrannt. Vor der Folter betont er, daß, falls der Schmerz ihm ein Geständnis entrisse, er es nach einer Stunde widerrufen würde – doch war das nicht nötig, obwohl die Tortur zwei Mal wiederholt wurde.

Auch seine Haltung auf dem letzten Gang ist würdig; er wird dabei von Mönchen, die ihn vergeblich noch zu bekehren suchen, umschwärmt.

Der Vorsteher der jüdischen Gemeinde von Metz gibt zu Protokoll, daß sie in der Karwoche die Bitte, es möge zu dieser Zeit kein Christenkind verschwinden, in das Gebet einschlössen.

Damals übernahm der Marschall de la Ferté das Gouvernement von Lothringen. Die Juden von Metz beeilten sich, ihm dazu eine Ehrengabe zu überreichen: eine Börse, gefüllt mit zweihundert Goldmünzen, auf der Vorderseite das Bild des Marschalls, auf dem Revers die Ansicht von Nancy. »Ungeachtet des Widerwillens, den der Seigneur gegen diese Nation hegte«, nahm er das Geschenk wohlwollend entgegen, meinte aber, die Stadt Nancy sei auf den Münzen so klein geraten, daß sie kaum von einer anderen zu unterscheiden sei.

Die Juden sagten, daß sie diesen Einwand sehr gut fänden. Dann schafften sie einen anderen Beutel mit zweihundert Münzen herbei, die fast die Größe einer Medaille aufwiesen.

Die Juristen des »Pitaval« berichten das als einen gelungenen Witz. Wie das durch zwei Jahrtausende, und wenn wir Ägypten und Babylon mitrechnen, noch um ein drittes überlebt werden konnte, bleibt ein Rätsel – warum gerade die Juden und nicht die Chaldäer oder die Phönizier, die nur anonym in der Geschichte nachwirken? Das ist ohne die Nähe zur Transzendenz nicht zu erklären und führt unausweichlich zum Sinai zurück. Dort werden die Dinge sinnfällig, das Gold und die Schlange, das Feuer und das Meer. Daher ging es in jenem Prozeß auch nicht um Raphael Levi, sondern um ihn herum. Obwohl er es nicht wußte, sagte es ihm der Instinkt.

☆

Was ein »r« ausmachen kann: »Cogitor, ergo sum«. (Franz von Baader)

Wilflingen, 30. März 1986

Gestern Geburtstag, heute Osterspaziergang bei rauhem Wind. Ich glaubte die erste Schwalbe zu sehen.

Die Haselkätzchen sind seit einigen Tagen wollig, in gelbem Pastell. Gerade bei Windstille scheinen diese Raupen mit einer sanften, die Bestäubung verkündenden Kraft geladen – ein Hauch, und eine gelbe Wolke hebt sich ab.

Die Buschwindröschen sind noch ohne Blüten, doch sie kräuseln sich in lebendigem Grün aus dem Herbstlaub hervor.

✯

Wenn der Karren im Dreck steckt, stehen sie um ihn herum und streiten, wer ihn hineingefahren hat – anstatt zusammen anzufassen, um ihn herauszuziehen.

Ich muß einräumen, daß die Zeit nach dem Zweiten Weltkrieg eine Ausnahme bildete. »Es muß erst ein großes Unglück kommen«, hatte der Vater gesagt. Aber das hatte er sich doch nicht vorgestellt.

Wilflingen, 2. April 1986

Verspätet erhalte ich die Nachricht vom Tode Richard Scheringers – des »Deutschen Kommunisten und des Leutnants von Ulm«, wie ihn ein Film pries, der während eines seiner letzten Geburtstage im Dürrhof gespielt wurde.

Wieder schließt sich mit dieser Botschaft ein Dossier. Ich finde darin wenig Briefe, doch Telegramme, in denen er einen Geburtstagsbesuch in Wilflingen, auch in Begleitung Ernst von Salomons, ankündigt. Wenn dazu noch Gerhard Nebel im Haus war, ging es lebhaft zu.

Einmal lädt er mich zu einem gemeinsamen Besuch bei Ludwig Renn ein, ein anderes Mal soll ich einen Protest gegen das Verbot der kommunistischen Partei unterschreiben; er ist der Meinung, daß »eine legale KPD im Geburtsland von Karl Marx und Friedrich Engels schon aus historischen Gründen am Platze« sei.

Wir lernten uns kennen, als er eines Abends in Goslar anklopfte – es muß um 1934 gewesen sein. Sein Name war mit dem Ludins durch den »Reichswehrprozeß« bekannt geworden; Goebbels hatte sich vergeblich um ihn bemüht, nachdem der Leutnant aus dem Gefängnis – oder gab es damals noch »Festung«? – entlassen worden war.

Hugo Fischer, der mit uns in der Bibliothek saß, sagte: »Das ist ein Florian Geyer«, nachdem Scheringer gegangen war. Das war eins seiner kurzen, treffenden Urteile. Freilich: Was ist ein Bauernführer im Zeitalter des Arbeiters? Da lag das Problem.

Ein Kranz mit der Schleife »Dem alten Freunde« kommt hoffentlich noch zurecht.

☆

Ich warf aus diesem Anlaß einen Blick in die Briefe, die Hugo Fischer mir um jene Zeit geschrieben hat, fand aber Scheringer nicht erwähnt. Das starke Konvolut beginnt 1927; die Briefe sind leichthin aus der Feder geflossen, weit leserlicher als Hugos Bücher, und eine Fundgrube – auch eine Ergänzung zur Korrespondenz mit Friedrich Georg, Carl Schmitt, Alfred Bäumler, Ernst Niekisch und anderen.

Im Flugzeug, 7./8. April 1986

Bei jedem neuen Fluge nach entferntem Ziel überraschen Fortschritte zur Perfektion. Dieser Satz hätte sich während meiner Kindheit gelesen wie in einem Roman von Jules Verne. Er hätte uns beflügelt – doch inzwischen zeichneten sich die Schatten ein. Die Flughäfen bei Nacht wirken dämonisch – nicht nur wegen der bis in die Ferne verteilten Lichter, die an die Versuchung des heiligen Antonius erinnern; es sind auch die Geräusche: man lauscht auf eine besondere Art. Man könnte sich daran gewöhnen; das wäre noch gefährlicher.

Als Ausnahme empfand ich die kurze Zwischenlandung in Dubai: bengalische Beleuchtung eines Wüstenfeldes in vielen Farben – offenbar herrscht Überfluß an Energie. Jetzt, um zwei Uhr morgens, noch Lichterketten: vielleicht kehren Emire von üppigen Festen zurück.

☆

Wie erklärt sich diese Beschleunigung von Fortschritten – manchmal großen wie zum Düsenantrieb, aber auch minimalen des Komforts, der Beleuchtung, der Ersparung von Gängen und Handgriffen – im Rückblick auf den Anfang des Jahrhunderts, als noch bestritten wurde, daß Fliegen »schwerer als Luft« überhaupt möglich sei?

Damals, zur Zeit der Lilienthals, schien das Problem noch halb utopisch wie für Leonardo; einige Sonderlinge beschäftigten sich mit ihm. Heut fliegen Millionen, und Tausende treiben in den Büros die Entwicklung voran. Dazu die Verwaltung, der Bodendienst, die Flughäfen – während Abzweigungen wie die Raketentechnik und die Raumfahrt bereits in das nächste Jahrhundert hineingreifen.

☆

Inzwischen sind Großstädte durch Luftangriffe zerstört worden. Auch heftet sich der Luftfahrt eine besondere Kriminalität an wie jeder neuen Technik – vor allem, wenn sie merkurischen Charakter trägt. Wir haben vorm Abflug in Frankfurt und auch bei der Zwischenlandung hier in Dubai erfahren müssen, daß die Prüfung des Gepäcks und die Betastung wiederum gründlicher geworden sind. Selbst mein Taschenmesser bekam ich nicht ohne Bedenken zurück.

Allerdings nimmt die Zahl der Flugzeugentführungen und der Anschläge auf Passagiermaschinen zu; die Opfer sind unschuldig. So die vier, die neulich während eines Fluges der Transworld Airlines über Griechenland eine Explosion tötete – darunter eine Großmutter mit Tochter und Enkelin. Die Bombe war unter ihrem Sitz versteckt gewesen; sie schlug ein Loch in die Bordwand – der Überdruck stieß die Ahnungslosen in großer Höhe hinaus.

Ein tückischer Zugriff wie in »Tausendundeiner Nacht«. Jeder könnte so gefaßt werden, und jeder fragt sich, was er damit zu schaffen hat. Wo der rationale Faden dünn wird, könnte man das Horoskop befragen – es gibt Konstellationen, die von Seereisen, und andere, die von Luftfahrten abraten, auch glaubwürdige Berichte von Vorahnungen. Siehe Thornton Wilder: »The Bridge of San Luis Rey«.

Kuala Lumpur, 8. April 1986

Nachmittags Landung in Kuala Lumpur, wo Wolfram Dufner uns erwartete. Wir fuhren zusammen in seine Residenz. Zum dritten Mal in dieser Stadt, sahen wir, wie sie sich wiederum verändert hat. Bald werden die letzten Gebäude der Kolonialzeit dem Weltstil gewichen sein.

Wiedersehen mit Brigitte Dufner, Tee im Garten – ich erkannte die Bäume wieder, auch die Gebüsche, die reich in Blüte standen – vorgestern lag in Wilflingen noch Schnee.

Einige Stämme sind inzwischen dem Sturm zum Opfer gefallen, doch steht noch der mächtige Feigenbaum in seinem Panzer von Luftwurzeln. Er darf nicht angestrahlt, muß überhaupt mit Ehrfurcht behandelt werden, weil ein Geist in ihm wohnt. In Anzahl Palmen und Frangipanis, hoch und schlank ein Fackelbaum mit seinem feurig leuchtenden Schirm.

Ein solcher Garten ist reich belebt. Besonders fiel mir ein Specht auf, der an den Palmen kletterte: Flügel orangefarben, Hals weiß mit schwarzen Streifen, blutrote Haube, die sich zum Kamm aufrichtete. So umrundete er rastlos den Stamm.

☆

Natürlich konnte ich mir nicht versagen, einige der Büsche zu revidieren; ich fand sie mit kleinen Rotköpfen besetzt. Dabei fiel mir die Beruhigung ein, mit der ich vor etwa fünfzig Jahren einen Reisebericht in den »Entomologischen Blättern« studiert habe. Ein Sammler von Bockkäfern – ich glaube, es war Tippmann – schilderte eine Exkursion in Brasilien. Besonders behagte mir daran, daß die Teilnehmer, die dort so munter die Netze schwangen, das stattliche Alter von siebzig Jahren erreicht hatten. Sollte ich ihnen nacheifern, so würde die Subtile Jagd in den Tropen immer noch möglich sein. Das schienen mir erfreuliche Aussichten. Inzwischen habe ich mehr als zwanzig Jahre darüber hinaus zugelegt.

☆

Es wird behauptet, daß zwischen einer angeborenen Neigung und dem Altern Beziehungen bestehen. Was man oft und gern treibt, möchte man immer tun. Das spiegelt sich in den Vorstellungen der Paradiese – für den Jäger sind es die Ewigen Jagdgründe. Zu den Jägern zählt auch der Sammler, gleichviel, worauf sich sein Trieb richte. Sammler sind unersättlich; daher sollen auch Geizhälse sehr alt werden.

Als Friedrich Wilhelm I. bei der Generalbeichte von seinem Hofprediger hörte, daß es im Himmel keine Soldaten gebe, wollte er sich schwer damit abfinden. Mir geht es ähnlich, wenn ich mir eine Welt ohne Blumen und Falter vorstellen soll.

Die Anziehung des Islam gerade auf Naturvölker erklärt sich auch durch den Anteil, den der Prophet den Sinnenfreuden zubilligt. »So tötet nun eure Glieder, die auf Erden sind« (Kolosser 3) – damit läßt sich bei ihnen nicht viel ausrichten.

☆

Zum Weg. Der Tod darf die Lust verwandeln, doch nicht auslöschen. Ich komme auf die Spirale zurück. Eine unausgedehnte Spirale, also schon die Spirale der Mathematiker, kann ich mir vorstellen oder eher noch »ausdenken«.

Wie aber, wenn sie sich realisiert – als Schraube, Turbine, Bohrer, Kaiserwinde, Baumschlange, Korkenzieher? Wo ist der Übergang? Da helfen keine darwinistischen Ausflüchte, keine »kleinsten Schritte«, kein Heranschleichen an die Materie.

Nein, es muß einen Sprung gegeben haben – und mit ihm eine Minderung. Der Kreis wurde zum Rade, gab Urkraft als Bewegung ab. Das Rad ist eine Vorweisung auf schmerz- und mühelose Welten – es ächzt und stöhnt, wenn wir es antreiben. So auch der Falter als ein Bote, den die platonische Schönheit sendet – aber als Schatten nur. Auf Erden müssen wir uns abfinden.

Kuala Lumpur, 9. April 1986

Die Stadt soll den Rekord an Gewittern halten – ich weiß nicht, ob es stimmt. Jedenfalls begann es zum zweiten Mal zu donnern, als wir beim Golfklub aus dem Wagen stiegen; wir wollten dort im Schwimmbecken ein Bad nehmen.

Der Golfplatz, eine großzügige Anlage im englischen Kolonialstil, wurde schon vor dem Regen von den Spielern verlassen, da es auch zu ebener Erde einschlägt; es gibt immer wieder Todesfälle durch Blitzschlag in Zinnadern, die sich unter dem Rasen dahinziehen.

☆

Im Ankleideraum. Es geht mir mit den Chinesen, nicht nur den jungen, wie mit manchen Blumen, deren Schönheit mir erst nach Jahren bewußt wurde. Ich will mich dabei aufs Physiognomische nicht einlassen – etwa darauf, ob wir »weißen Langnasen« anziehender sind. Aber die Glätte der Haut, ihr »mondener« Glanz, Bambus und Jade, spiegeln die Ruhe eines Kunstwerkes, dem nichts fehlt, nichts hinzuzusetzen ist. Meine Zuneigung ist eher die zu einem Kunstwerk, also nicht im engeren Sinn erotisch – vielmehr der Hinweis auf eine höhere Qualität.

☆

Noch zur Spirale. Möglich scheint auch, daß der Bios sich von den idealen Formen abgelöst und nur die Erinnerung oder die Sehnsucht nach ihnen behalten hat. Er hat sie zwar nicht vergessen, aber er bleibt von ihnen abgeschlossen in einem Reich, das einerseits zu dem des Todes, andererseits zum Jenseits geworden ist. Damit ist eine Minderung der Werte verbunden; selbst die Vorstellungen vom Paradiese reichen nicht aus. Der Vorzug der Tiere besteht darin, daß sie den Zustand akzeptiert haben. Sie leben amoralisch und stärker in der Gattung als in den Individuen. Den Alten galten sie für heiliger als der Mensch.

☆

Drei Punkte, selbst an den Grenzen der Sichtbarkeit, wekken das Bedürfnis, sie durch eine Linie zu verbinden; so entstehen die Sternbilder. Diese Linie ist unausgedehnt und nicht zu fassen; wir können uns also das Nichtvorhandene vorstellen – allerdings brauchen wir Anhaltspunkte dazu. Wir bekleiden die Figuren mit Bildern, indem wir aus dem Vorrat unserer Erfahrung Muster hervorsuchen. Hier könnten Übungen ansetzen.

Kuala Lumpur, 10. April 1986

Wir fuhren mit der Dolmetscherin der Botschaft zur chinesischen Apotheke, der Medical Hall, in die Stadt. Die Dolmetscherin heißt, wenn ich sie recht verstanden habe, Aw Pin Pin, das ist »die Höfliche«. Sie übersetzt aus dem Mandarin ins Englische und zurück.

Wir waren angemeldet; der Apotheker Lee Tan Shep und seine Gattin begrüßten uns und ließen Tee auftragen. Außer ihnen waren noch ein Gehilfe und ihr fünfjähriges Töchterchen im Geschäft, das lebhaft besucht wurde. Die

Kunden verweilten längere Zeit, denn der Apotheker versorgt sie nicht nur mit Medikamenten, sondern er wird auch konsultiert, ist also, wie bei uns zu Paracelsus' Zeiten, Iatro-Chemiker. Er hat vier Jahr in Ipoh Medizin und ein Jahr in Hongkong Pharmazeutik studiert.

Der chinesische Begriff der Gesundheit umfaßt körperliches, geistiges und soziales Wohlbefinden; diesem Ziel gilt die Behandlung – die Ausgewogenheit von Yin und Yang spielt die Hauptrolle dabei. Der Patient sitzt dem Arzt gegenüber, der sein Gesicht, besonders die Augen, beobachtet, ihn sprechen läßt, den Puls an beiden Armen und am Zeigefinger prüft, kurzum ein Urteil vom psychophysischen Befinden zu gewinnen sucht, nach dem er die Behandlung einrichtet.

Die Apothekerin verteilte auf einem Tablett zwölf Medikamente aus den drei Naturreichen und legte Kügelchen daneben, die sie über Nacht geknetet hatte; sie zeigte einige der Ingredienzien – darunter Schlangengalle und Pulver aus getrockneten Seepferdchen. Dann tat sie, als ob sie einem Patienten gegenübersäße, und begann, um Yin und Yang auszugleichen, zu manipulieren, indem sie hier von einer Tafel abbrach, dort einem Pulver eine Prise zufügte.

Um Pulver und Perlen abzuwiegen oder Gifte zu dosieren, bediente sie sich eines zierlichen Instrumentes, das sie aus einem Futteral hervorholte. Obwohl die Perlen kostbar sind, bekommt auch das Töchterchen einige im Mörser zerstoßene ins Getränk. Sie sollen den hellen Teint bewirken, der um so höher geschätzt wird, je mehr er sich dem blendenden Weiß des Ming-Porzellans nähert: mit Perlstaub gepudert erscheint die Braut am Hochzeitstag.

Auch teuer, doch unentbehrlich ist die Ginsengwurzel; wir sahen ein handlanges Stück, das mit achtzig Dollar ausgezeichnet war. Da Ginseng überall auf der Welt zu verschiedenen Preisen angeboten wird, frage ich mich, worauf der Unterschied beruht. Einmal wohl auf dem Fundort: die beste Wurzel wird in den Einöden Koreas und der Mandschurei erbeutet; der glückliche Finder markiert sie durch ein Stäbchen und läßt sie ausreifen. Es muß aber auch substantielle Hinweise auf die Qualität geben. Ich konnte darüber nichts erfahren – vielleicht, weil ich nicht verstanden wurde oder weil das Wissen geheim bleiben soll. Der eigentliche Maßstab der Güte bleibt der Erfolg. Ginseng soll die allgemeine Lebenskraft erhöhen, insbesondere die Potenz. Die Wurzel wird sparsam verwendet – entweder prisenweis anderen Medizinen beigegeben oder in Hühnerbrühe geschabt. Von unseren Ärzten wurde Ginseng lange Zeit in den Aberglauben verwiesen; jetzt wird er wieder in jeder Apotheke geführt. Im alten China war Ginseng die letzte Gabe, die dem Sterbenden gereicht wurde; mythisch wird die Alraune den Drei Göttern und dem Orion zugesellt.

Hochgepriesen wird die Heilkraft eines seltenen Rehes; sie verdichtet sich in der Galle und dem getrockneten Schwanz. Wir sahen auch Gallenblasen von Krokodilen und anderen Tieren: Säckchen, die mit einem Stoff gleich getrockneter Tinte gefüllt waren. Als bewährtes Mittel gegen Schwellungen nach Mückenstichen gilt eine Schuppe vom Panzer des Gürteltieres; der Schmerz verschwindet, wenn man damit sanft über den Einstich streicht.

Die Seepferdchen waren teils klein, teils von einer Größe, wie ich sie nie gesehen hatte, so daß sie an die Steckenpferde von Kindern erinnerten. Sie waren früher auch bei uns offizinell. Altvater Gesner empfahl sie als Mittel gegen die Tollwut; auch sollen sie »zur Unkeuschheit beitragen«, wie er sagt. Vielleicht bin ich nicht ganz auf dem Holzweg mit dem Verdachte, daß gerade dieser Ruf das überreiche Angebot erklärt. Hier harren sie mumifiziert der Verwendung wie auch die Seedrachen, Frösche und anderes zum Pulverisieren verwahrtes Gut.

☆

Chinesische Küchen und Apotheken werden schon in alten Reisebeschreibungen geschildert – halb als Grusel-, halb als Raritätenkabinette. Natürlich trägt, wie überall, viel

Humbug zum Angebot bei. Andererseits ist die Heilkraft mancher Mittel seit Jahrhunderten, ja Jahrtausenden erprobt. Zum Beispiel die Schlange: Vipernbrühe galt in der Antike und noch im Mittelalter als unübertrefflich zur Erneuerung der Lebenskraft. Auch hier hat es eine Wiederentdeckung gegeben: das Schlangengift ist zu einem großen Pharmakon geworden – es ist das Gegengift schlechthin.

Gut ist auch, daß nicht nur abstrakte Mittel wie Pulver, Tabletten und Tinkturen verabreicht werden, sondern daß man viel in natura sieht. Auch in unseren Apotheken wird der Mangel empfunden – daher die Kuriositäten in den Schaufenstern. Vielleicht führt gerade dieses Bedürfnis zu einem Übergreifen der chinesischen Medizin in westliche Länder, wie es auch in der Gastronomie zu beobachten ist. Das Eindringen der Akupunktur ist ein Vorzeichen.

☆

Dieser chinesischen Bekanntschaft schloß sich eine malaiische an. Auf der Rückfahrt kamen wir an der National-Galerie vorbei und sahen, daß dort das Oeuvre Ibrahim Husseins ausgestellt ist. Hussein gilt als der beste Maler des Landes; wir stiegen aus, um einen Eindruck zu gewinnen, und hatten das Glück einer Begegnung mit dem Meister, der zufällig anwesend war. Wir hatten mit ihm, einem der Menschen, die auf den ersten Blick für sich einnehmen, ein gutes Gespräch. Er sagte, daß die Ausstellung an seinem fünfzigsten Geburtstag eröffnet worden sei.

Wenn ich zum ersten Male einem solchen Opus gegenüberstehe, habe ich für meinen Privatgebrauch zwei Fundamentalfragen. Erstens, um einen Ausdruck Baudelaires zu verwenden: »Hat er ein poncif?« Das heißt, hat er ein Webmuster, einen persönlichen Stil, an dem zu erkennen ist, ob ein Bild von ihm stammt, wie immer es gelungen sei. Das war hier der Fall. Merkwürdig ist ein Geflecht hauchfeiner Linien, die daktyloskopisch viele Bilder durchziehen. Das nur als Detail. Hussein hat eine breite Palette – er malt gegenständlich und abstrakt, impressionistisch und surrealistisch: Landschaften, Blumen, Porträts, darunter gute Selbstbildnisse. Aber das Werk als Ganzes hat seine Art.

Der zweite Test erinnert an jenen MacMahons, der bei der Beurteilung eines Offiziers zum Abschluß fragte: »Und wie sitzt er zu Pferd?« Das würde hier bedeuten, ob der Maler auch zeichnen kann. Er mag es vergessen, wie man vergißt, daß man reiten oder schwimmen kann. Um mich auf Ingres zu berufen: »Die Zeichnung ist die Ehrlichkeit der Kunst.«

Wie gesagt, kamen wir in ein angeregtes Gespräch, bei dem Wolfram Dufner den Dolmetscher machte und Ibrahim Hussein mir seinen Katalog schenkte. Durch manche Bekanntschaft, auch freundschaftlichen Verkehr mit guten Malern hat sich in mir die Vorstellung von einem Typ gebildet, dem auch diese Begegnung entsprach: bescheidene Sicherheit. Man weiß, was man kann, hält die Reserven zurück. Ruhiger, fester Blick, auch auf den Partner – halb erwartend, halb abwägend.

Ein Unterschied der bildenden Künste einschließlich der Architektur zur Dichtung liegt darin, daß das Opus im Augenblick zu überschauen ist. Der Poet trägt vor, der Maler enthüllt. Die Ausstellung ist ein Wagnis, sowohl der kritischen Betrachtung wie dem eigenen Können gegenüber – das prägt sich auf die Dauer im Charakter aus.

☆

Ein solcher Rundgang kann nur einen flüchtigen Eindruck geben – immerhin war er stark. Zwei Bilder bleiben mir in besonderer Erinnerung: Das einer Sonnenblume – auch hier die feine Lineatur. Fruchtboden dunkelgrün, fast schwarz, Kronblätter heller grün, sich dann in eine reiche Palette ausfaltend. Endlich eine Sonnenblume nicht à la van Gogh: tropisch, näher an Mexiko.

Dann ein Doppelbild: Ein Astronaut, wie eine Gliederpuppe aus Instrumenten zusammengebaut, mit Tauchermaske und einem Gürtel aus Geldscheinen. Daneben Ibrahims Vater, nur bekleidet mit dem Lendenschurz der Reisbauern.

L'homme machine und der natürliche Mensch, wie schon Hesiod ihn besingt: »Nackt pflüge der Mann!« Dazu der Maler: »Als ich meinem Vater erzählte, daß ich dem Menschen begegnet sei, der als erster den Mond betreten hat, hatte ich auf sein Erstaunen gerechnet, doch der Alte sagte: ›Ihr seid ein verrücktes Volk. Was habt ihr auf dem Mond zu suchen? Da ist nichts – aber viel Elend hier.‹«

☆

Die Staatsgalerie ist im ehemaligen Hotel »Majestic« eingerichtet, das durch Romanciers, die man die »literarischen Orientkunden« nennen könnte, berühmt geworden ist. Sie sind dort, ähnlich wie bei »Raffles'« in Singapur, gern eingekehrt und haben auch verweilt. Da die Räume des Klimas wegen hoch gebaut sind, eignen sie sich gut für eine Galerie. Der Botschafter meinte, daß auch Hermann Hesse vor dem Ersten Weltkrieg dort gewohnt habe – das stellte sich, als ich am Abend dessen Aufzeichnungen »Aus Indien« konsultierte, als Irrtum heraus. Hesse ist am 1. Oktober 1911 auf dem »noblen«, im Moschee-Stil erbauten Bahnhof von Kuala Lumpur angekommen und hat im inzwischen aufgelassenen »Empire« gewohnt. Sein Urteil darüber ist wenig günstig: »Feines Hotel, teuer, äußerlich imponierend, doch nicht gut. Kost und Bedienung schlecht, in den Zimmern ungeleerte Nachttöpfe.« Zu seiner Mißstimmung mag die Falterjagd beigetragen haben, die ihn am Vormittag im heißen Gestrüpp bei Ipoh ermüdete. Am Abend erholte er sich bei einem chinesischen Privatfest und auf Gängen durch die Stadt. Dabei fielen ihm die hellerleuchteten Altäre in den Fluren der Chinesenhäuser und, was ihn wunderte, auch der Bordelle, auf – wo sie freilich, was schon die Alten wußten, besonders nötig sind.

Am nächsten Morgen ging Hesse wieder auf Falterjagd, diesmal im Stadtpark, und fuhr dann zu den Batu Caves, dem Hindu-Tempel, den auch ich bald wiederzusehen hoffe –

er wurde dort, wie er schreibt, in Zauberflötenstimmung versetzt. Inzwischen hat sich hier viel verändert, obwohl er damals schon ein gutes Bahnnetz und »Rubber«-Plantagen fand – dagegen kaum Autos, viel Rikschas und originale Kultur.

☆

Spät präparierte ich noch eine kleine Ausbeute – Zufallsfunde innerhalb der Stadt, ähnlich wie Hesse sie erwähnt. Zuvor suchte ich lange nach einer Lupe, die ich verlegt hatte. Ich notiere es, weil eine zweite, die denselben Dienst geleistet hätte, mir zur Hand auf dem Fensterbrett lag. Darüber wuchs der Ärger, doch so ungereimt handeln viele: der ephemere Verlust wird nebensächlich – es geht jetzt um die Ordnung an sich.

Ich habe viel Zeit mit solchen Recherchen verloren – allerdings zugunsten der inneren Disziplin. Übertrieben scheint auch die Unruhe, die uns ergreift, wenn uns im Gespräch ein Wort entfallen ist. Wir haben im Labyrinth der Sprache den Faden verloren und müssen ihn wiederfinden – mehr als die flüchtige Mitteilung ist bedroht.

☆

Der Arzt, den wir nur im Traum konsultieren: wir vergessen ihn. Aber wir erkennen ihn zur Nachtzeit wieder, wenn wir ihn besuchen, auch sein Haus, die Etage, die Einrichtung. Dann führt er die Behandlung fort.

Fraser's Hill, 14. April 1986

Wir verbrachten einige Tage auf Fraser's Hill, der ehemaligen Bergresidenz des englischen Gouverneurs, die wie alle Einrichtungen der Kolonialzeit dem malaysischen Staat anheimgefallen ist. Jetzt dient sie zur Erholung des Ministerpräsidenten Mahathir, der sie dem Botschafter und seinen Gästen zur Verfügung gestellt hat.

Der Aufstieg von Kuala Lumpur ins Gebirge führt durch dichte, hügelige Wälder, deren Schluchten der Nashornvogel, Hornbill, überfliegt. Leider blieb uns sein Anblick versagt; dafür fehlte es nicht an anderen bunten Vögeln und großen Faltern, auch riß während der ganzen Fahrt der schrille Zikadengesang nicht ab.

Wir passierten auf der engen Straße, die zum Teil nur als Einbahn befahren werden kann, die Stelle, an der, etwa um 1950, der englische Gouverneur mit seiner Begleitung auf der Rückfahrt nach Kuala Lumpur von Partisanen erschossen worden ist. Dieser Tat schlossen sich langwierige Kämpfe an, die auch mit der Unabhängigkeit Malaysias nicht endeten. Noch jetzt ist die Gegend unsicher; für die an die Wälder grenzenden Dörfer gilt ein nächtliches Ausgangsverbot. Es kommt immer wieder zu Scharmützeln: erst vor kurzem spürte die Polizei eine Partisanengruppe an einer Wasserstelle auf und beschoß sie; eine Rotarmistin wurde getötet, die übrigen flohen in den Wald.

Der Polizeichef Haniff Omar warnt Sympathisanten, von denen die Partisanen mit Waffen, Proviant, Medizin und Funkgeräten versorgt werden. Sie bringen die Vorräte aus dem Stadtgebiet an den Waldrand, wo Streifen aus dem Inneren des Dschungels sie abholen. Diese Unruhe glimmt wie ein fast erloschener Brand unter der Asche weiter; sie kann jederzeit wieder aufflammen.

Ein Feuer wird auf kleiner Flamme gehalten; gewiß wird es in entfernten Büros beobachtet, vielleicht auch genährt. Wer weiß, wozu es einmal dienen kann. Es heißt, daß die Chinesen die Partisanen nicht mehr mit Waffen, wohl aber mit Nachrichten versehen. Viele der outlaws, des Lebens im Dschungel müde, stellen sich und kehren zu ihren Familien zurück.

☆

Louis James Fraser war ein schottischer Abenteurer, der zu Beginn des Jahrhunderts in diese Gegend kam, nachdem er in Australien Gold geschürft hatte. Hier richtete er für chinesische Bergleute einen Maultierpfad ein, auf dem Zinnerz an die Küste transportiert wurde. Eines Tages verschwand er und wurde nie mehr gesehen. Er wäre längst vergessen, wenn nicht Ferguson Davie, der Bischof von Singapur, nach seinem Verbleiben geforscht hätte. Die Suche blieb vergeblich, doch benannte der Bischof den Berg zum Andenken an ihn.

Wahrscheinlich wird Fraser sich im Dschungel verirrt haben und dort umgekommen sein, so wie der Fabrikant, von dessen Schicksal wir in den Cameron Highlands gehört haben. Auch wir wurden davor gewarnt, den Wald, der unmittelbar an das Grundstück grenzt, außerhalb der markierten Pfade zu betreten; einige Schritte seitab, und man verirrt sich hoffnungslos im Gestrüpp.

Wir begnügten uns also mit Gängen auf den gebahnten Wegen; die Siedlung ist wie Rom auf sieben Hügeln erbaut. Auf ihnen ist der Wald für »Hill-Stations« von Sultanen und großen Firmen gelichtet; auch ein Golfplatz fehlt nicht in der weiträumigen Anlage.

☆

Ich war – soll ich sagen: nebenbei oder hauptsächlich – mit zwei Erwartungen gekommen: einmal, wie es sich versteht, mit entomologischen, zum anderen mit dem Wunsche, den Halleyschen Kometen zu sehen oder: besser noch, wiederzusehen. Die gewitterschwüle Atmosphäre von Kuala Lumpur bot wenig Aussicht; ich hatte meine Hoffnung auf diese Höhe gesetzt.

Die erste Erwartung wurde weit übertroffen; die Einzelheiten sind für die Hausarbeit notiert. Eine große, bei Einbruch der Dunkelheit hell erleuchtete Terrasse, davor ein Urwald bis weit über den Horizont hinaus, mit blühenden Bäumen und totem Holz. Da ließ der Anflug nicht lange auf sich warten – zunächst von großen Faltern, Käfern und Zikaden, die wie Spielzeuge knarrten, wenn sie nach dem Aufprall am Boden kreiselten. Im Nu waren die Wände rings um die Lampen und die weißen Fliesen mit Mustern bedeckt, und bald erwiesen die Fangflaschen sich als zu klein. Daneben fehlte es nicht an Winzlingen; auch Geckos und eine Kröte ließen sich sehen. Sie nahmen sich ihren Anteil, und über dem Waldrand räumten Fledermäuse zwischen den Schwärmen auf.

Erstaunlich war die Zahl und auch die Mannigfaltigkeit der Hirschkäfer – und doch erklärlich, da die Tiere sich im morschen Holz entwickeln, an dem es hier gewiß nicht fehlt. Sie kamen langsam, in fast senkrechter Haltung, angeflogen und waren auch an Größe recht verschieden; ein nußbrauner Adonis war nur wie der Daumennagel, ein brillantschwarzer Riese wie mein Mittelfinger lang. Ihn präsentierte mir das Stierlein wie einen zappelnden Krebs am Halsschild – und damit an diesem letzten Abend hier den Haupttreffer.

☆

Nicht zu vergessen ist Mister Fu, ein emsiger Chinese, bei dem wir auf einem unserer Rundgänge einkehrten. Dort lernte ich die Quelle des Insektenhandels kennen; wir trafen ihn in seiner Hütte beim Präparieren einer immensen Ausbeute. Zwei seiner Kinder sprangen draußen in der Hitze mit Netzen umher.

Die Prachtstücke, die der Entomolog halb bewundernd, halb abschätzig »Augenreißer« nennt, werden zum Wandschmuck gerahmt und samt der unsortierten Menge nach Singapur gesandt. Von dort gehen sie an Händler, Museen und Sammler in aller Welt. Mister Fu wiederum hat die Bauern der Umgebung, vor allem deren Kinder, als Zubringer. Dabei ist nicht zu befürchten, daß irgendeine Art bedroht oder auch nur selten wird. Vielmehr werden Schädlinge reduziert – so das mächtige erzglänzende Dreihorn, Chalcosoma, das, wie wir hörten, die Bananenpflanzungen verheert. Die bescheidene Entnahme eines Mister Fu verschwindet im großen Buche der Natur, verglichen mit der Vernichtung, die mit ihren Giften, ja rein durch ihre Ausbreitung die Landwirtschaft anrichtet.

Bescheiden nach alldem, was ich hier gesehen habe, stelle ich mir auch die Einnahmen dieses Wildbeuters vor. Ehe seine Fänge dorthin gelangen, wo sie den Liebhabern zu Preisen angeboten werden, von denen er nicht einmal zu träumen wagt, sind sie durch viele Hände gegangen, haben einen weiten Weg zurückgelegt.

☆

Mein zweiter Wunsch: das Wiedersehen mit dem Halleyschen Kometen, blieb mir leider versagt, obwohl die Aussicht hier besser gewesen wäre als unten im Dunst von Kuala Lumpur oder gar am Rande der Schwäbischen Alb. Wolfram Dufner hatte sich von Astronomen den Azimut für Fraser's Hill berechnen lassen und täglich den Wecker auf fünf Uhr morgens gestellt – leider blieb der Himmel bedeckt.

Kuala Lumpur, 15. April 1986

Das Wiedersehen ist doch noch gelungen – ein Markstein gesetzt. Wolfram Dufner klopfte an – um, wie ich dachte, uns zur Abfahrt zu wecken, aber es war noch dunkel, und er rief: »Der Komet ist da!« Das war kaum zu glauben – wir stürzten in sein Zimmer, ich mit dem Feldstecher in der Hand. In der Tat – Halley stand ebenso deutlich am Himmel wie damals zu Rehburg vor sechsundsiebzig Jahren, als ich ihn mit Eltern und Geschwistern gesehn hatte.

Diesmal schien er mir etwas größer, doch ebenso wenig imponierend wie damals – schweiflos, diffus, etwa wie ein Garnknäuel. Er stand auch höher – unter dem südlichen Sternbild des Triangulums, mit dem er ein gestrecktes Trapez bildete.

Kometen stellen wir uns vor, wie die alten Maler sie über den Stall von Bethlehem setzten und wie sie in der Tat nach glaubwürdigen Überlieferungen in erschreckender Größe erschienen sind. Die meisten Photos, die ich gesehen habe, wenigstens die von der Erde aus aufgenommenen, trügen, denn wer lange genug belichtet, kann jedem Gestirn einen Schweif von beliebiger Länge anhängen.

☆

Ein Wiedersehen eigener Art, und unter Umständen, die damals keine Phantasie ersonnen hätte: in den Präludien der Wassermannzeit.

Ich glaube, es war Ranke, der sagte, als Historiker müsse man alt werden, denn nur, wenn man große Veränderungen persönlich erlebt habe, könne man solche wirklich verstehen. Er wird damit wohl weniger den einzelnen Vorgang als den Gewinn an Erfahrung gemeint haben. Das Verhältnis ähnelt dem des Soldaten, der nur auf dem Exerzierplatz geübt, zu jenem, der auch im Gefecht gestanden hat.

Wieviel Zeit muß verfließen, ehe man den eigenen Vater versteht. Wenn ich an ihn zurückdenke, um den wir damals vor unserem Hause standen – die Mutter, vier Söhne und die Tochter – will es mir scheinen, daß er einerseits typisch die Epoche vertrat, in der er lebte, sich andererseits von ihr kritisch distanzierte und zudem archaische Züge besaß.

Typisch für die Epoche war schon das Bild, das wir boten: der Vater inmitten seiner großen Familie. So hielt es der Kaiser, hielten es die meisten unserer Bekannten und die Bauern ringsum. In gewissen Abständen mußten wir, was mir nicht angenehm war, mit ihm nach Hannover fahren – erst zum Friseur, dann zum Photographen, möglichst an einem Tag, an dem im Theater eine Mozartoper gespielt wurde.

Das Bild ist zugleich archaisch: die Familie bei der Betrachtung eines ungewöhnlichen Zeichens am Himmel; ein Rest von Ehrfurcht läßt sich nicht abweisen. Mit Wendungen wie »typisch für die Epoche« muß man überhaupt vorsichtig sein, denn in jede Epoche paßt viel, paßt sogar alles hinein, selbst wenn es nicht harmoniert. Eine Vorstellung davon bekommt man beim Blättern in alten Stammbüchern. Von denen, die sich dort »verewigten«, wurden die einen Geistliche, Ärzte, Richter, Beamte, die anderen Bankiers oder Revolutionäre, wiederum andere erlitten Schiffbruch und verschwanden in Amerika. Aber der Duktus der Handschrift ist gemeinsam; er läßt sich Jahrzehnten zuordnen. Sie alle hatten mehr als sie dachten und mehr als sie wollten miteinander gemein.

Bei der Lektüre von Turgenjews »Väter und Söhne« fiel mir die Ähnlichkeit der geistigen Haltung des Vaters mit jener der jungen Nihilisten auf, deren Arroganz der Autor vorausgesehen hat. Das rationale Klima der Heidelberger Universität hatte ihn unverkennbar geprägt. Lange nach seinem Tode habe ich mit der uralten Tochter Victor Meyers, bei dem er Assistent gewesen war, darüber korrespondiert. Sie hatte im Bunsenschen Palais mit ihm getanzt.

»Die Theologie ist keine Wissenschaft.« Oder: »Gedanken werden durch Kombination und Zerfall von Eiweißmolekülen produziert.« Solche Sprüche lenkten Wasser auf meine Mühle, sagten mir zu. Andererseits die fast zärtliche Bewunderung der in der Natur wirkenden Kräfte und ihrer Listen – in ihnen mußte eine unbegreifliche Intelligenz verborgen sein. Sie gab die Richtung; ihr mußte man nachfolgen.

Naturwissenschaften – vor allem Chemie – und Geschichte gaben die Grundpfeiler. Auch das Geschichtsbild war positivistisch; es wurde durch die großen Einzelnen bestimmt. Seine besondere Neigung galt Alexander, Cortez, Wallenstein, Napoleon. Dazu die Paladine: die Argonauten, die Diadochen, die Konquistadoren, die Marschälle. Es fiel mir auf, daß der Vater trotz seiner Vorliebe für große Operationen am Ersten Weltkrieg geistig kaum Anteil nahm; er vermißte die logische Prägnanz – das Material wurde zu stark. Eine Ausnahme bildete die Skagerrakschlacht, die er studierte wie eine Schachpartie.

Philosophie hat ihn kaum je beschäftigt; für ihn waren die Tatsachen keiner Erklärung bedürftig – sie sprachen für sich. Der Gesellschaft gegenüber verhielt er sich skeptisch – en masse war ihr alles zuzutrauen. Die musischen Neigungen waren begrenzt: Schillers historische Dramen, Mozart, seit früher Jugend die »Ilias«, die klassischen Sagen, »Tausendundeine Nacht«. Am Rande das Schachspiel, später die Astronomie. Als Student hatte er, angeregt durch Scheffel, Trompete geblasen – das war damals in Mode, ähnlich wie früher der Wertherfrack. Später stand ein großer Flügel in der Bibliothek. Der Bruder Hans spielte darauf, besonders in der Zeit, in der er Opium nahm. Vormittags kam der Vater zuweilen herunter und hörte in einer Ecke sitzend zu. Da er auf einen klaren Kopf hielt, war ihm wie jeder Exzeß auch der Rausch unangenehm. Zwei oder drei Mal habe ich ihn leicht angeheitert gesehen und bedauert, daß ich es nicht öfter erlebt habe.

Hinter all diesen Zeitlichkeiten war der pater familias nicht zu verkennen, der besonders in schwierigen Lagen zum Vorschein kam. So auch im letzten Wort, das mir von ihm berichtet wurde – er sagte, als man ihn mit der tödlichen Lungenentzündung die Treppe hinuntertrug: »Jetzt müßt ihr eben sehen, wie ihr allein zurecht kommt.«

☆

Was einer glaubt oder nicht glaubt, ist nicht belanglos, doch nebensächlich – es gehört zu den zeitlichen Umständen. Der Vater hielt nicht viel vom Jenseits, und doch habe ich ihn in der Glorie gesehen. Er meinte, daß man in seinen Kindern weiterlebt. Sie würden sich an ihn erinnern, so wie er selbst sich an seine Großeltern, besonders die westfälischen, erinnerte. Es war wohl in dieser Stimmung, in der er sagte, als wir damals beisammenstanden: »Von euch allen wird Wolfgang vielleicht den Kometen noch einmal sehen.«

Wolfgang war unser Jüngster, doch auch der erste von uns Geschwistern, der starb. So trete ich für ihn ein.

☆

Wir betrachteten das Gestirn lange; der Himmel über dem Urwald blieb klar. Wenn etwas bei der Begegnung fehlte, so der Enkel, dem ich den Erinnerungsgruß an Halley hätte weitergeben können – die nächste Wiederkehr wird, wenn ich richtig gezählt habe, im Jahr 2062 stattfinden. Und wenn sich etwas geändert hat, so die Stimmung – vom Optimismus, mit dem der Vater seine Prophezeiung aussprach, blieb keine Spur zurück.

Wir legten uns dann noch zwei Stunden schlafen – Hans Speidel kam und gratulierte mir. Während die Wache heraustrat, hatten wir ein gutes Gespräch.

☆

Rückfahrt nach Kuala Lumpur. Wenn ich den Namen höre, grollt immer ein fernes Gewitter mit.

Rast an einem Wasserfall. Der feuchte Sand an solchen Plätzen lockt Wolken von Schmetterlingen an. Sie breiteten ihren Teppich aus, nachdem sie im Sprühdunst gespielt hatten.

Dort sonnte sich auch ein Lastwagenfahrer, ein Pakistani, der an Krücken ging. Er hatte sich bei einem Unfall das Bein gebrochen und ein Jahr erfolglos in einem staatlichen Krankenhaus gelitten, bis er sich tausend Dollar für einen chinesischen Arzt gespart hatte. Der hatte ihn notdürftig wieder auf die Füße gestellt.

Kuala Lumpur, 16. April 1986

Botanikern und Förstern verdanke ich gute Begegnungen. So auch den Gelehrten des malaiisch-deutschen Instituts, die sich im Bergland oberhalb der Hauptstadt mit Waldforschungen beschäftigen. Wir trafen dort ihrer drei, dazu einen chinesischen Entomologen, Doktor Tho, der meinte, das eigentliche Problem für sie sei nicht der Wald, sondern der Mensch. Das gilt wohl für jedes Land.

Es gäbe viel zu notieren – leider prägt sich nicht alles ein. Immerhin lassen sich dem Mosaik des Wissens einige Steinchen einfügen. So über die Rafflesia, die ich hier zu sehen gehofft hatte. Meine Erwartung wurde enttäuscht, doch erfuhr ich, daß diese größte aller Blüten im Dschungel bei Ipoh nicht selten ist. Sie wird dort von den Ureinwohnern gesammelt und chinesischen Apothekern verkauft. Die Knospen haben Form und Größe eines Blumenkohls; aus ihnen wird ein Tee bereitet, der Frauen nach der Niederkunft neue Kräfte verleiht.

Eine rote Katze, wie sie mir vorschwebt, mit möglichst geringer Brauntönung, rieb sich an meinem Bein: ein Kater, nicht groß, aber stämmig, sehr zärtlich; er hatte am Morgen einer der Ratten, die hier zum Ärger der Forscher die Seife benagen, mit einem Biß in den Nacken den Garaus gemacht.

Das Arboretum ist berühmt; es hat auch eine Pflanzschule. Neu war mir eine Abteilung, in der Bienen- und Ameisenvölker gehalten werden – unter anderem die Art, mit der Freund Murphy uns im Botanischen Garten von Singapur bekannt gemacht hatte. Sie zirkuliert in den Zweigen eines Bambusstrauches wie in einem U-Bahn-System.

Eine stachellose Biene, Trigona, nistet in Bäumen und mörtelt vor dem Flugloch einen Ausgang, der dem Rohr einer Gießkanne gleicht. Eine andere umrahmt den Eingang mit einem glänzenden Schild.

Ein Dschungelgang schloß sich an. Den Einstieg bezeichnet eine imponierende Gruppe des größten existierenden Bambusrohres: Dendrocalamus giganteus – eine Erinnerung an die Steinkohlenzeit. Markante Bäume und Büsche tragen Namensschilder; ich konnte daher einigen Fängen, die wir en passant auf Blüten und an der Unterseite von Pilzen machten, den Wirt zuordnen.

Vor kurzem war der Bundespräsident bei seinem Staatsbesuch über diesen Pfad geführt worden, den man der Landblutegel wegen zuvor gründlich inspiziert hatte. Die Gastgeber hatten ihn einige Male vorsorglich beschritten, um die Blutsauger an sich zu ziehen und zu sättigen. Inzwischen hatte es neuen Zuzug dieser Plagegeister gegeben, die man aus vielen Berichten kennt. Auch Haeckel erwähnt sie in seinem Tagebuch aus Ceylon – ich hatte gelesen, daß die Tiere sich von den Bäumen fallen lassen; hier sah ich sie am Boden: winzige Fädchen, die züngelten. Das Stierlein blieb mit einer lange blutenden Wunde am Knöchel die einzige Leidtragende.

Ein Besuch in Doktor Thos Museum beschloß die Exkursion. Im Vorgarten standen verschiedene Büsche zur Aufzucht von Raupen und Heuschrecken. Die Sammlung umfaßt vor allem Kleinschmetterlinge in vorbildlicher Ordnung und einer Frische, die in diesem Klima besonders zu rühmen ist. Selbst Großmeister Amsel als einer der besten Kenner würde bei diesem Anblick an Lob nicht gespart haben. Sein Werk war dem Doktor natürlich bekannt. Die Entomologen verbindet eine Art von Freimaurerei. Ich bekam einige Glanzstücke als Abschiedsgeschenk.

Kuala Lumpur, 17. April 1986

Mit Brigitte Dufner wieder im Restaurant des Golfklubs – das Bergland, in dem wir vorgestern weilten, bildet den Hintergrund zu dem gewellten Grün der Spielfläche. Die Sultane und die großen Firmen lassen sich das Vergnügen etwas kosten – unter anderem den Lohn für siebenhundert Beschäftigte. Dabei elitär; nicht einmal jeder Botschafter wird akzeptiert.

☆

Chinesische Küche: Haifischflossensuppe auf drei Arten: mit Huhn, mit Krabben oder pur.

Ein Reisender, der Fisch ißt, soll ihn nicht wenden, wenn er ihn halb verzehrt hat, sondern die Gräten abheben – sonst hat er Ärger auf der Rückreise.

☆

Idée fixe. Wie viele, und wie ihn auch Friedrich Georg pflegte, habe ich den Tick, Autos zu zählen; zudem ziehe ich aus ihren Nummern die Quersumme. Läßt sie sich durch drei teilen, ist es ein gutes Omen und bestätigt die Ordnung der Welt. Hier glaubte ich einen Haupttreffer gemacht zu haben: im Park standen zwei Wagen nebeneinander mit 9999 und 3333. Ich mußte mich allerdings von Frau Dufner belehren lassen: das sei kein Zufall; es habe die Besitzer vielmehr Erhebliches gekostet – die Chinesen sind versessen auf Vorzeichen und Glückszahlen.

☆

Fortschritte auch in der Klimatisierung: die Apparate laufen leiser als während unseres Aufenthaltes vor zwanzig Jahren, auch regeln Thermostaten die Temperatur. Die Kühlung kostet hier jährlich ebenso viel, wie wir in Wilflingen für die Heizung ausgeben.

Parabat, 18. April 1986

Früh zum Flughafen, Sumatra als Ziel. Wir haben die Insel schon vom Meer und aus der Luft gesehen, doch nie den Fuß darauf gesetzt. Die Schalter und Wartehallen sind Beobachtungsplätze ersten Ranges für Ethnologen zum Studium eines Gewirrs von Sprachen, Gesichtern, Figuren, Kleidungen. Hier vor allem Malaien, Chinesen, Inder, Ureinwohner des Festlandes und der großen Inseln – Europäer sind Ausnahmen.

Riesige Mischkessel. Die Völkerwanderung, schon durch die Eisenbahn beschleunigt, gewinnt hier eine neue Stufe, indem sie Typen aus den fernsten Ländern zusammenwürfelt – dazu die Kriege, Revolutionen, Vertreibungen. Dann die Fremdarbeiter – schon die Engländer haben Teile ihrer Kolonien mit Indern und Chinesen besetzt. Der Völkerschub – wo sind die Pommern, die Ostpreußen?

Ungünstige Aussichten für den Bestand. Verflachung der Hochsprachen, Verwässerung der Substanz. Dem könnte ein Termitenstatus folgen – ohne Kasten, mit Sonderung durch Grade der Intelligenz. Die Technik als Weltsprache, als Uniform des Arbeiters. Die Waffen sind verborgen, die Rangabzeichen verdeckt. Die Energie bedarf nicht der Begründung; sie schreckt schon als Monstranz. Denkbar wären ungeahnte Treffer innerhalb des milliardenfachen Angebots. Dazu gezielte Eingriffe in die Spezies und ihre Evolution. Der Gäa dient auch das Gehirn.

☆

Harte Zwischenlandung auf Penang. Über den Wolken setze ich meine Lektüre fort: Renards Tagebücher, vierter Band. Eine gute Ausgabe, Geschenk von Janet Frachon. Die Maximen sind nicht perfekt – Renard selbst bezeichnet sie als Embryonen seines Geistes – viele reizen zum Widerspruch, auch zum Nachdenken. So etwa: »Kann man denn einer niedrigen Seele Unsterblichkeit zubilligen?«

Das scheint ihm absurd – ich möchte es, und darin mit den Christen einig, bejahen. Renard stellt eine Qualitätsfrage – doch die Monaden haben keine Qualität. Sie können Qualität zeitigen; das ist ein Verlust. Charaktere gründen sich nicht auf Unterschiede in der Güte kleinster Teilchen, sondern auf deren ebenso flüchtige wie notwendige Konstellation. Unsterblich ist jeder, freilich nicht als Individuum. Er geht nicht unter, sondern wird erhöht.

Mich beschäftigt vielmehr seit langem die Frage des Überganges: ein irdener Becher wird in Gold verwandelt und dann in Licht. Daran beunruhigt nur eines: ob diese Erhöhung noch zur Kenntnis genommen wird, noch ins Bewußtsein fällt. Das müßte halb in, halb außerhalb der Zeit geschehen. Die Sonne ist untergegangen, aber sie leuchtet noch zurück.

Erwägungen, die sich aufdrängen in einer Zeit, in welcher der Tod rasanter kommen kann als je zuvor.

☆

Das Licht verlischt nicht; es wird vom Urlicht eingesogen; die Phänomene kehren in die Heimat zurück.

☆

Renards Warnung: »Mißtraue Prinzipien, die viel Geld einbringen«, sollte man in die Konfirmationssprüche aufnehmen.

Dem ließe sich anfügen: »Ich bin eher einer guten Tat fähig als guter Gefühle« (sentiments). Dieses Bekenntnis spricht für ihn; andererseits enthält das Tagebuch selbstkritische Stellen von einer Schärfe, die im Leser den Wunsch, dem Autor in den Arm zu fallen, erweckt.

☆

Zur Physiognomik. Über Capus, einen Modeschriftsteller der »Belle Époque«, den Renard als den »geistreichsten Franzosen seiner Zeit« bezeichnet: »Wenn er lügt, entblößt er seine Reißzähne; man sieht sie oft.«

Ich habe das eher an Bösartigen beobachtet. Von einer Bäurin hörte ich sogar: »Bei der Nachricht vom Tode meines Mannes hat die Nachbarsche vor Freude ihre Backenzähne gezeigt.«

Ein guter Physiognom liest in den Gesichtern wie in einem Bilderbuch. Diese Begabung ist unschätzbar, doch kann sie einen Grad erreichen, in dem sie lästig wird wie das absolute Gehör.

Die Lüge ist leichter mit dem Gehör erkennbar als mit dem Auge – so am Telefon oder im nächtlichen Gespräch.

☆

Gegen elf Uhr Landung in Medan, der Hauptstadt von Sumatra, der zweitgrößten Insel des malaiischen Archipels. Wir sind jetzt in Indonesien. Konsul Schneider holte uns vom Flughafen ab; wir verbrachten zwei Stunden in seinem gastlichen Haus und werden unter seiner Obhut bleiben, solange wir auf der Insel sind. In der großen, mit Waffen, Masken und Trophäen geschmückten Halle lief ein Ventilator, doch war sie nicht auf moderne Art klimatisiert. Die Wärme war stark, aber angenehm. Ich kann mir vorstellen, daß man sich an sie gewöhnt und ein eidechsenhaftes Behagen ungern vermißt.

Trotz der kurzen Begegnung fiel uns der Abschied schwer. Wir fuhren dann weiter nach Parabat, einer Stadt am Ufer des Toba-Sees. Das Land war bebaut; auch wo es einen waldartigen Eindruck machte, standen Gummi- und Kakaobäume, Zucker- und Ölpalmen. Trotzdem fehlte es nicht an Vögeln, und wo der Boden sumpfig wurde, begrüßten wir den Wasserbüffel – das ist immer ein Wiedersehen. Das Tier mit der glatten Haut und dem Mondhorn scheint sich glücklicher zu fühlen als seine nächsten Verwandten – vielleicht deshalb, weil es auf dem Rückweg zum Ozean eine erste Station gewonnen hat.

Die Straßen waren mit Mahagonibäumen bestellt. Die Ausfuhr des einst so beliebten Holzes soll sich verringert haben – einerseits aus Modegründen, andererseits weil das Furnieren eine intensivere Nutzung erlaubt. Auch beim Schiffsbau wird Mahagoni kaum noch verwandt. Mir sind die Möbel der Großeltern in guter Erinnerung: ihr solides, rotbraunes, goldglänzendes Holz. Der Vater hielt wenig davon; die Einrichtung der »Alten« hatte für ihn überhaupt einen Stich von mauvais goût.

Parabat, 19. April 1986

Dem lieben Konsul Schneider verdanken wir Aufenthalt und Bewirtung in diesem Bungalow, in dem wir mit Dufners einige Tage zu hausen gedenken – er liegt am Ufer des Toba-Sees und ist durch einen schmalen Vorgarten von ihm getrennt. Nachdem wir eingetroffen waren, beschlossen wir den langen Tag mit einem Bade; das Wasser war wärmer als die Luft.

Über die Entstehung des Toba-Sees scheinen die Gelehrten noch nicht ganz einig zu sein. Ich möchte der Meinung folgen, die ihn für einen riesigen, mit Wasser gefüllten Krater hält. Eine Insel namens Samosir, wahrscheinlich auch plutonischen Ursprunges, füllt das Becken zu großen Teilen aus – sie ist mit dem Festland durch eine Nabelschnur verbunden, ähnlich wie unsere Bodensee-Insel, die Reichenau.

Den See umringt ein Gebirgskreis, aus dem sich Vulkane auftürmen, die zum Teil noch arbeiten. Wenn ich sie als Perlen eines Kolliers ansehe, darf ich Samosir für den Solitär halten, für den Rubin inmitten einer urgeschichtlichen Feuerwelt. Die zentrale Eruption soll sich in unvordenklichen Zeiten ereignet haben; sie muß mächtiger als die des Krakatau und selbst als jene von Santorin gewesen sein. Der Rundblick von der Ägäis-Insel, auf der wir vor zwei Jahren weilten, erinnert mich stark an den hiesigen. Aber dort ragt der Kraterrand nur in Bruchstücken aus dem Meere, während er hier ein geschlossenes Massiv darstellt. In unserer Zeit kommt diesen erloschenen Schmieden eine neue Aufmerksamkeit zu.

☆

Obwohl der gestrige Tag anstrengend gewesen, las ich nachts noch in Renards Journal. Einen Tag ohne Lektüre kann ich mir kaum vorstellen, und ich frage mich oft, ob ich nicht im Grunde als Leser gelebt habe. Die Welt der Bücher wäre dann die eigentliche, zu der das Erlebnis nur die erhoffte Bestätigung darstellte – und diese Hoffnung würde stets enttäuscht.

Die Wirkung mag dadurch entstehen, daß die Autoren den Stoff in höherer Ordnung vortragen und er sich daher besser einprägt als das Gewebe der biographischen Zufälle. Wir sehen nur den Rücken des Gobelins. Daher finde ich mich auch besser in einem guten Roman als in der eigenen Biographie zurecht. Die Vorgänge in Fontanes »Irrungen, Wirrungen« sind mir geläufiger als jene der schweren Beschießung des Wäldchens 125, während deren ich das Buch unter einer dürftigen Deckung las.

Parabat, 20. April 1986

Wir verbrachten den Tag auf Samosir. Wolfram Dufner hatte vergeblich versucht, ein Motorboot aufzutreiben; wir mieteten daher eines der Touristenschiffe, die hier vor Anker liegen – und da gerade kein Andrang herrschte, zu erträglichem Preis.

Ich hatte mich bereits zu Haus über die Insel informiert. Sie ist von den Bataks bewohnt, einem altmalaiischen, auf das Gebiet um dem Toba-See zurückgedrängten Stamm, dem Josef Winkler eine Monographie gewidmet hat (»Die Toba-Bataks«, 1925). Man erfährt wenig Gutes über sie. Im 15. Jahrhundert wagte sich der Portugiese de Barros bis zu ihnen vor. Er schildert die Bataks als »das grausamste Volk der Welt«, als Menschenfresser und Kopfjäger. Diesen Ruf müssen sie bis zum Beginn unseres Jahrhunderts bewahrt haben. Noch 1921 sollen sie zwei Missionare verspeist haben. Heut sind sie vorwiegend Christen und Moslems. Wir sahen zwischen den indonesischen Giebeln Kirchen und Moscheen, auch Grabmäler an den Berghängen.

Ewald Volhard, ein Frobenius-Schüler, unterscheidet in seinem Standardwerk über den Kannibalismus (1939) profane, gerichtliche, magische und rituelle Merkmale dieses Greuels. Er behandelt also das Thema, allerdings mit Übergängen, in einer gewissen Steigerung.

Der Kannibalismus der Bataks war justizförmig. Ihm fielen in erster Linie Personen zum Opfer, die aus dem Stammesverband ausgestoßen und nun wie Feinde oder wie Tiere behandelt und gegessen wurden. Nicht selten aber »wurden Prozesse dieser Art allein aus Fleischgier angestrebt, indem man Schutzlose willkürlich eines todeswürdigen Verbrechens anklagte und als willkommene Bereicherung des Kochtopfes betrachtete. Im allgemeinen jedoch waren andere als profane Motive maßgebend.« Die Bestrafung hatte die völlige Vernichtung des Verbrechers zum Ziel.

Es gab eine Art von Gesetzbuch, den Hadat, der auf Tierknochen geschrieben war. Nach ihm konnte ein gefangener Feind durch eine Buße von sechzig Piastern und einem Büffel sich loskaufen. Höchst gefährlich aber war es für einen Gemeinen, der mit der Frau eines Radjah Ehebruch getrieben hatte: er mußte verzehrt werden.

☆

Volhard bezieht sich in seinen Mitteilungen über die Bataks auf Texte Wilhelm Junghuhns, der als Sanitätsoffizier Niederländisch-Indien bereiste und 1864 in Bandung auf Java starb.

Daß gegen einen Schuldner der Anspruch auf einen seiner Körperteile bestand, erinnert an den »Kaufmann von Venedig« – vielleicht geht Shakespeares Fabel auf alte Reisebeschreibungen zurück.

☆

Noch einmal zu Volhard: »Umstritten ist die nur von wenigen, aber durchaus zuverlässigen Forschern berichtete Sitte der Bataks, ihre eigenen Alten zu verzehren. So hörte Raffles 1820 aus ihrem eigenen Munde, daß es bei ihnen früher üblich gewesen sei, die Eltern, wenn sie zu alt zum Arbeiten geworden waren, zu essen. Sie taten das nicht so sehr aus Genußsucht als um der ehrwürdigen Zeremonie willen. Daher lädt ein Mann, wenn er der Welt überdrüssig geworden ist, seine eigenen Kinder ein, ihn zur Zeit, wenn Salz und Limonen billig geworden sind, zu essen.«

Fünfhundert Jahre vorher schrieb Marco Polo von den Bewohnern des Königreichs Dagroian, die wahrscheinlich als Bataks anzusprechen sind, ähnliches.

☆

Beim Niederschreiben des Wortes »Menschenfresser« fühle ich Hemmungen. »Fressen« wird aus den Registern gestrichen, vor allem von Tierfreunden. Als Menschenfreund müßte man also noch behutsamer sein. Immerhin gibt es Unterschiede im Biß.

☆

Die Gerichtsstätten, obwohl verlassen, hatten noch ihre Aura, die ich gespürt hätte, auch ohne zu wissen, was dort geschehen ist. Sie krönen Hügel oberhalb der Dörfer: dunkelsteinerne Sitze, aus einem Stück gehauen; der des Königs ist schwerer und erhöht. Sie umringen einen gleichfalls steinernen Tisch – Schlachtbank oder Opferaltar? Der Blick reichte über hohe Bäume, Palmen und Bambus auf den besonnten See. Ungeachtet des Motorenlärmes von der Uferstraße und des Stimmengewirrs aus dem Dorfe herrschte hier oben das absolute Schweigen, das in der Nähe des Todes bedrückt.

☆

Der Rückweg zum Dorfe führte an den Königsgräbern vorbei. Mit dem Wort sind keine Sultane, sondern kleine Häuptlinge, eben Dorfkönige, gemeint. Auch diese Stätten sind aus schwerem Stein gehauen, zum Teil ruhen plumpe Figuren auf den Deckplatten. Es gibt primitive Bildnisse, die viel versprechen, wie etwa die sardischen Bronzetten – andere wirken, als ob sie schon im Keim gestorben wären wie dürre Zweige, die nie geblüht haben. Kunstwerke von Kindern, im Sand vergessen – es verstimmt, wenn sie sich über Nacht erhalten; das war hier der Fall.

Die Häuser oder Hütten waren zu Souvenirläden umgewandelt, falls sie nicht schon von vornherein als solche gebaut waren. Auch die Dorfstraße davor war mit Verkaufsständen bestellt. Ein Touristendampfer war gelandet; es herrschten Gedränge und babylonisches Sprachengewirr. Nicht wenig trugen Landsleute, vor allem aber Batak-Kinder dazu bei. Sie kamen in Autobussen und wurden von ihren Lehrern zu den Gräbern und Altären der Vorfahren geführt, ähnlich wie wir zum Hermannsdenkmal und nach Fallingbostel – nur mit dem Unterschied, daß hier die Vorgeschichte schon bei den Großvätern beginnt.

Die Schüler trugen auch, wie wir damals, Matrosenanzüge, und manchem baumelte ein Photoapparat vor der Brust. Ich bedauerte, daß ich den Vortrag der Lehrer und Lehrerinnen nicht verstehen konnte – gern hätte ich erfahren, auf welche Weise sie die Tradition pflegen.

Dafür war es möglich, sich schlecht und recht mit den Frauen zu verständigen, die vor der Tür saßen und etwas Englisch radbrechten. Sie hielten, um sie zu lausen, Kinder auf dem Schoß. Ländlich, sittlich – sie lächelten, ohne die Arbeit zu unterbrechen, wenn wir sie ansprachen. Eine, die unsere Neugier bemerkte, rief uns zu, ohne aufzublicken: »Kutu – alias lice.«

☆

Wir landeten bei einigen Dörfern der Insel – hat man eines gesehen, kennt man die übrigen. Die Gemeinschaftshäuser mit den spitz geschwungenen Giebeln sind zum größten Teil verschwunden; wo sie erhalten sind, werden sie gepflegt.

Human food. In Ambaritsa hörten wir einen Hund jaulen, ohne ihn zu sehen. Das Winseln kam aus einem Sack, der am Boden lag; zwei Männer standen dabei. Der eine hob den Sack und hängte ihn an eine Schnellwaage – für einen Hund verheißt es nichts Gutes, wenn er gewogen werden soll. Der andere Mann zog, als das Gewicht feststand, einen Strick mit einer Schlinge aus der Tasche; wir gingen weiter und warteten die Exekution nicht ab.

☆

Natürliche Maße. Das Außentor zum Sultanspalast muß so breit sein, daß ein Wasserbüffel mit seinen Hörnern, und so hoch, daß eine Frau mit ihrer Kopflast, ohne anzustoßen, hindurchgehen kann.

☆

Wir beschlossen die Bootsfahrt auf der kleinen, parkartig gehaltenen Insel Palau Tao. Der Name hat nichts mit dem chinesischen »Urgrund« zu schaffen – *Palau* ist indonesisch die Insel, *Tao* der See.

Nachdem wir uns im Schatten eines Flammenbaumes erfrischt hatten, kehrten wir zum Ufer zurück. Der Bootsmann hatte die Rast benutzt, um zu angeln, und einen Fisch gefangen – ein Zug kleiner Ökonomie, der Goethe behagt hätte.

☆

Der Typus der Bataks hat sich mir eingeprägt. Ich werde ihn auf den Flughäfen erkennen: Ureinwohner mit breiter, flacher Nase und vorgewölbter Oberlippe; das Gesicht scheint zusammengedrückt, was ihm einen düsteren Ausdruck verleiht. Dagegen kann ich mich an keinen Einzelnen erinnern, obwohl sie unter sich gewiß ebenso verschieden wie wir Westlichen sind. Je entfernter eine Rasse, desto mehr nimmt der Eindruck des Herdenartigen zu.

☆

Spät noch ein Bad im See. Letzter Gruß der Hibiskusblüte, bevor sie sich schließt, an die Sonne – nach deren Untergang. Das Rot wird trächtiger.

Diese Blüte ist ein Vexierbild: der Stempel gleicht einem Phallus, ist aber das weibliche, der Befruchtung harrende Organ. Die Manneszierde ist ihm in Anzahl, wie winzige Puderquasten, angefügt.

Auch im wallenden Saum der Staubgefäße um die Mohnkapsel wird die Trabantenrolle der männlichen Potenz anschaulich – vielleicht sogar die Überflüssigkeit. Schon ihre Masse ist suspekt. Auch bei gewissen Tieren ist, ähnlich wie beim Hibiskus, das Männchen dem Weibchen auf parasitäre Weise angeheftet, es kann sogar ein inneres Organ darstellen.

Der Hermaphrodit ist, botanisch gesprochen, einhäusig. Er wirkt in der Kunst um so überzeugender, je mehr die weiblichen Charaktere vorwiegen.

☆

Für bedenklicher als nur für ein schlechtes Zeichen halte ich, daß ich auf meinen jüngsten Reisen immer seltener einer Schlange begegnet bin. In Ambaritsa rief mich das Stierlein; es hatte eine kleine Natter in einer Mauer verschwinden gesehen. Offenbar wird das Tier dort geduldet, denn eine Batak-Frau rief: »snake«.

Die Gäa häutet sich nicht nur; sie zieht sich in ihren Geheimnisstand zurück.

Parabat, 21. April 1986

Vorm Erwachen: ein Herr mit Spitzbart, im Gehrock die Straße vor seiner Tür fegend.

Aha – ein Arzt mit Kinderklinik, acht Betten, zur Zeit in Verlegenheit, weil die Schwestern krank geworden sind. Woher wußte ich das? Ich hatte durch die halb geöffnete Tür eine Kommode mit acht Schubladen gesehen und las es aus der Maserung.

☆

Kein Frühstück ohne Papaya. Sie schmeckt hier unvergleichlich besser als alle, die in Europa zu kaufen sind. Auch hier sind jene, die in den Vorgärten wachsen, den Plantagenfrüchten vorzuziehen. Aulagnier warnt sogar in seinem »Dictionnaire des Aliments« vor den im Treibhaus gezogenen – sie seien von abscheulichem Geschmack. Dagegen rühmt er ihre die Verdauung fördernde Kraft. Der rote Farbstoff des Saftes sei dem des Blutes verwandt.

☆

Nachmittags beim Tee. Vor dem Bungalow blühen Orchideen auf einem schmalen Beet. Ich sah dort Landungen wie auf einem Liliputaner-Flugplatz und fand die Blätter, als ich sie untersuchte, von Epilachnen besetzt.

Epilachna ist »oben Wolle« – der Gelehrte, der das Tier benannte, fand im Unterschied zu dessen nahen Verwandten den Rücken behaart. Die Arten dieser Gattung leben auf Kürbisgewächsen – unter anderem nahm es mich wunder, daß die auch bei uns heimische bis nach Südafrika hin zu finden ist. Vielleicht verbreitete sie sich von Oase zu Oase bis dorthin. Zu Haus hatte ich im Weltkatalog nachgeschlagen, der eine Reihe von Sumatraner Spezies registriert. Es war daher nicht merkwürdig, einer von ihnen hier zu begegnen, wohl aber, daß eine Orchidee von ihr befallen war.

Diese Notiz gehört eigentlich in das entomologische Journal, dagegen geht der Anflug von Mißmut, der mich befiel, als ich das Tier in der Hand hielt, darüber hinaus: »Wozu stopfst du dir den Kopf mit diesem Ballast voll?« Dabei behalte ich nicht einmal meine Telefonnummer. Aber es geht doch wohl etwas darüber hinaus, das einer ständigen und nie an Reiz einbüßenden Lektüre zu vergleichen ist. Es reicht sogar tiefer – was dort die Grammatik, ist hier die unmittelbare Bilderschrift.

Parabat, 22. April 1986

Unruhige Nacht. Gewitter – das Morgenbad im See war erfrischender. Gedanke: wie viele mögen hier schon ertrunken sein? Darüber gibt es keine Statistik, wohl aber eine Buchführung.

☆

Nach Mitternacht weckte mich eine Dankeswelle für Eltern, Lehrer, Kameraden, Nachbarn, unbekannte Freunde, ohne deren Hilfe ich nie mein Alter erreicht hätte. Meine Knochen würden in der Sahara bleichen, in einem Granattrichter modern; ich würde in Lagern oder Zuchthäusern verschmachtet sein. Wer weiß, wer für mich eintrat, wo um Köpfe gehandelt wurde, wer für mich Akten fälschte oder verschwinden ließ. Man sagt: »Freunde in der Not gehen hundert auf ein Lot.« Aber einer genügt; ich habe gute Erfahrungen. Ob bei leichten Havarien, ob in schweren Katastrophen – es war immer einer da. Das kann kein Zufall sein.

Was hat also gefehlt – abgesehen davon, daß ich es in jedem anderen Lande der Welt weiter gebracht hätte? Ich meine, es fehlte einer, der den Weg kennt, also ein Kundiger. Er hätte mir viel Umwege erspart. Der Kundige kann als Kamerad, als Onkel, Lehrer, Führer, Priester auftreten, besser noch als Unbekannter an den Rändern der Gesellschaft – in jedem Fall als Mitverschworener. Er ist kein Guru der hohen Weisung, sondern ein Wissender, der die banale Praxis des Lebens aus Erfahrung kennt. Er kann gescheitert sein – vielleicht ein Gast, den die Eltern mit Mißtrauen betrachtet, vor dem sie gewarnt haben, weil sie witterten, daß er ihre moralischen und sozialen Maximen nicht teilte, vielleicht sogar sich darüber belustigte.

Gegen die Konvention mit ihren Vorurteilen kam auch die gute Mutter nicht an, als meine ersten erotischen Wallungen sie befremdeten. Dabei hatte sie, um nichts zu versäumen, Rousseaus »Emile« gelesen und hegte fortschrittliche Ideen. Hier ist eine Klippe, die einen guten Piloten verlangt.

Von der Begegnung mit dem Kundigen sind Weisungen zu erwarten, die in die Praxis ausstrahlen. So in die Gesellschaft: Wie bewegt man sich in der Masse, in der Menge, mit wenigen, dann mit dem Einzelnen? Was sind die Zeichen, an denen man sich erkennt? Endlich die Wahl, die Werbung, Theorie und Praxis der Vereinigung. Hier sollte dem Kundigen die erfahrene Frau zur Seite stehen.

Unkenntnis und Mißachtung der Mysterien fordern unerhörte, meist verborgene Opfer, und wie leicht wären viele auf den rechten Weg gebracht. Das gilt auch für die Medizin, speziell für das Reich der Drogen und ihre Anwendung. Die großen Arkana sind zu Rausch- und Genußmitteln degradiert. Der übliche Einstieg führte durch die akademischen Trinksitten nicht weiter als zu einer fidelitas, die erheblichen und oft dauernden Schaden stiftete. Nietzsche hat sie mit Recht gerügt, und gerade bei ihm hat man den Eindruck, daß ein Hauch von Eleusis ihn anrührte.

☆

Durch die Unterwelt von Eleusis haben Kundige zum Licht geführt. Heut staubt dort eine Betonfabrik. Die geistige Lage der Gegenwart mit ihrem wachsenden, durch keine

Wohlfahrt zu befriedigenden Hunger nach Transzendenz erinnert an den Einbruch des Weines in die archaische Gesellschaft und bestätigt wieder, daß Dionysos kein durchaus heitrer Festherr ist. Was damals Indien, ist heute Mexiko.

☆

Sich innerhalb einer nach allen Seiten hin fragwürdigen Gesellschaft zum Märtyrer zu machen, ist eine Dummheit, keine Heldentat.

☆

Dufners verabschiedeten sich von uns. Sie wollen Frau Schneiders Berghaus noch einen Besuch abstatten und dann nach Kuala Lumpur zurückfliegen. Nur ungern sahen wir sie scheiden – wir bilden ein harmonisches Quartett.

Zuvor fuhren wir noch einmal zum Golfplatz hinauf, um nach einer Hummel zu fahnden, die mir schon in Fraser's Hill aufgefallen war. Ein stahlblaues Tier mit gelbwollig behaartem Halsschild – hier ging es uns dreimal ins Netz, während ein irisierender Cetonide, der seine Bahn kreuzte, uns entkam.

Pematang Siantar, 23. April 1986

Auf Reisen gibt es zwei Flauten – einmal die Ermüdung des ersten Abends, an dem die neue Umgebung befremdet, und dann die Stunden vor der Abfahrt, während man auf den Koffern sitzt. So gestern, nachdem Dufners uns verlassen hatten und die Stunden versickerten.

Endlich hörten wir sanguinische Sprünge auf der Treppe, die von der Straße durch den Garten führt. Es erschien Eduard Diehl, Freund und Kollege, der uns nach Siantar abholen wollte und sich der Verspätung wegen entschuldigte, da er geradewegs von einem Entomologen-Kongreß aus Budapest komme. Er stellte zur Begrüßung eine Flasche gut gekühlten Champagners auf den Tisch und brachte Leben in den Bungalow. Sogleich entspann sich ein Pingpong-Gespräch, dem es an Stoff nicht mangelte.

»Endlich, endlich kommt einmal«, wie Johann Christian Günther aus Schlesien sagt. Der Besuch auf Sumatra, schon vor zwölf Jahren für meinen achtzigsten Geburtstag verabredet, verwirklicht sich nun. Wir korrespondieren seit langem, haben uns auch einmal in Wilflingen »zwischen zwei Tennis-Turnieren« gesehen.

Die Aussicht auf diesen Besuch hatte den letzten Anstoß zu unserer Reise gegeben; ein besonderer Umstand kam noch hinzu: ein vom Kollegen hier entdeckter Falter sollte meinen Namen tragen – es ist eine Aufmerksamkeit unter Entomologen, einem Geschätzten auf diese Weise den Turban zu erhöhen.

Inzwischen hatte sich aber herausgestellt, daß die Art im Britischen Museum, das die größte Sammlung von Sumatranern verwaltet, vorhanden und bereits beschrieben ist. Eduard Diehl meinte, der Schaden sei leicht zu beheben – ich möge mir an Ort und Stelle von seinen Lichtfängen ein Prachtstück aussuchen. Es sei immer etwas Neues dabei.

Nun erfahre ich, daß sich das Blatt schon wieder gewendet hat, da ein jüngst entdeckter Falter die Lücke geschlossen hat: Earias juengeriana, beschrieben vom Professor Kobes in Göttingen. Ich konnte schon die Abbildung des Weibchens auf einer japanischen Druckfahne bewundern, die sein Entdecker mitbrachte: ein zartes Geschöpf in grünrosa-grauen Pastelltönen.

☆

Der Doktor meinte, mit der Beschreibung und Registrierung der Arten sei Eile geboten, denn bei der rapiden Vernichtung der Wälder würden viele bald ausgestorben und nur noch in den Museen zu finden sein. Seine Prognose ist ungünstig:

»Naturschutz aller Art kann nur Sinn haben, wenn wir die Lebensräume nicht antasten. Das ist nur möglich, wenn die Weltbevölkerung nicht weiter zunimmt, ihr Wohlstand nicht wächst. Da in der Dritten Welt mit einer lang anhaltenden Vermehrung zu rechnen ist, wird die Zerstörung nicht aufzuhalten sein. Jeder Neugeborene braucht einen Lebensraum – das geht, auch wenn er in der Stadt wohnt, letzthin auf Kosten der Natur. Nur wenn die Bevölkerungsexplosion unverzüglich gehemmt wird, läßt sich der tropische Wald retten. Durch die Vernichtung der Regenwälder werden neun Zehntel aller Pflanzen und Tiere ausgerottet, von denen viele noch nicht beschrieben sind. Artenschutz heißt Schutz der Lebensräume und nichts anderes.«

☆

Dem mußte ich aus eigenen, nicht nur in den Tropen, sondern auch in der Heimat gesammelten Erfahrungen leider zustimmen. In vielen Ländern ist der Naturschutz den Landwirtschaftsministerien angegliedert und so der Bock zum Gärtner gemacht. Ich konnte den Artenschwund innerhalb der wenigen Jahrzehnte verfolgen, die ich in Wilflingen verbracht habe.

Dabei frage ich mich, ob diese Zerstörung trotz ihrem Umfang nicht erst die Haut berührt. Wie bei einer Springflut häufen sich verschiedene Kreisläufe: Zunächst jener des Cäsarismus, wie Spengler ihn beschrieben hat. Die neuen Cäsaren sind Arbeiter. Sodann der Eintritt in ein anderes Sternzeichen. Wir kennen aus humaner Erfahrung deren drei: Stier, Widder, Fische, die sich in der historischen Entwicklung erstaunlich ausprägen. Über das vorhergehende, die Zwillinge, ließe sich auf Grund der Einsichten in den Vorpyramidenstil eine Theorie bilden. Dem nun anhebenden, dem Weltzeitalter des Wassermannes, wird eine ungemeine Vergeistigung zugeschrieben, die sich vorerst zerstörend, als Nivellierung, ankündet. Die Abholzung der Wälder, ihre Verwandlung in Steppen und Wüsten ist eines der Symptome unter anderen. Das Unheil wird vorausgesehen, doch nicht gebannt. Überhaupt ist zu befürchten, daß dort, wo Entscheidungen anstehen, jene gewählt wird, die das größte Maß an Zerstörung bringt.

Dann endlich die Wiederkehr im Schrittmaß vieler Millionen Jahre, verbunden mit anderen Klimaten und neuen Tierstämmen: die Erde häutet sich. Dazu der Göttersturz durch Promethiden, die ein neues Feuer heraufholen.

☆

Doch zurück zum Gespräch. Als skeptisch erwies sich der Doktor, den ein scharf rationales Denken auszeichnet, auch hinsichtlich seines Berufs. Er leitet in Siantar ein Krankenhaus, dem er den Namen »Humanitas« gegeben hat, und ist weithin als Chirurg bekannt. Das Einrichten gebrochener Glieder geht ihm besonders gut von der Hand.

Seine Wertung der Medizin im allgemeinen: sie nützt den Individuen, schädigt die Spezies. Die übertriebene Wohlfahrt des Einzelnen geht auf Kosten der Art. Daher die Überalterung, die Übervölkerung, die Häufung von Unrat und Abfällen. Die Wälder sterben, die Wüste wächst.

☆

Bald stellten sich die Belesenheit und das phänomenale Gedächtnis des Gastfreundes heraus. Sie befähigten ihn, jede Bemerkung mit einer oder auch mehreren Anekdoten zu quittieren, die oft gereimt waren.

Die Lust zu zitieren, zu Anfang des Jahrhunderts noch sehr lebendig, schwächt sich ab. Wie meiner Mutter der »Faust«, meinem Vater der »Wallenstein« geläufig waren und wie Verse von Wilhelm Busch bei jeder passenden und unpassenden Gelegenheit ihre Wirkung nicht verfehlten, so bildet für Eduard Diehl das Werk Eugen Roths eine unerschöpfliche Zisterne der Heiterkeit. Bald schien uns: er weiß es auswendig. Ich habe mit dem Dichter kurz vor seinem Tode einen Abend in München verbracht; er hat mir auch ein Gedicht im Stil seiner Sammlung »Ein Mensch« gewidmet, doch kenne ich sein Opus mehr durch den Widerhall, den es gefunden hat. Daß es hier etwas nachzuholen gilt, ließen mich die Stichproben vermuten, die Eduard Diehl freigebig ausstreute. So über seinen Beruf:

Was bringt den Doktor um sein Brot?
a) die Gesundheit, b) der Tod.
Drum hält der Arzt, auf daß *er* lebe,
Uns zwischen beiden in der Schwebe.

Dann über Fehlgriffe, die unvermeidlich und beim Chirurgen besonders sichtbar sind:

Hast du im Leben hundert Treffer:
Man siehts, man nickt, man geht vorbei;
Doch wütend bellt der kleinste Kläffer,
Schießt du ein einzges Mal vorbei.

Das könnte ich für meine Notizen über »Autor und Autorschaft« abzweigen.

☆

Wir brachen dann auf nach Siantar, einer Stadt mit etwa einer Viertelmillion Einwohnern. Diese Zahl ist, wie Eduard Diehl sagte, über den Daumen gepeilt. Um einen kolonialen Kern herum dehnt sich die Siedlung immer lockerer aus. Der Blick reicht über Gummi-, Kakao- und Ölpalmenhaine bis zu den Hütten am Waldsaum, deren Papayas Affen und große Fledermäuse zur Nacht heimsuchen.

Während der Fahrt durch den Wald begleitete uns ein Gewitter mit violetten Blitzen; trotzdem ließ unser Freund sich nicht anfechten. Als Entomolog von Geblüt wollte er die Gelegenheit zu einem Lichtfang nicht versäumen; er hieß den Fahrer in einen verrotteten Weg einbiegen, wo er sein Fangzelt aufzustellen gedachte – der Saum an einer Felswand war ihm als günstig bekannt.

Allein die Absicht wurde vereitelt: der Himmel hatte seine Schleusen geöffnet; es prasselte unaufhörlich aufs Verdeck. Wäre das Zelt schon aufgerichtet gewesen, hätte es keine Schwierigkeit gegeben, denn es ist geräumig und besitzt ein regendichtes Dach. Dazu bequeme Sessel, als Tisch dient der Picknick-Korb, die Stirnwand ist ausgespart. So läßt sich der Anflug auf die Leinwand behaglich und bei gutem Gespräch beobachten, doch in den Wolkenbruch konnten wir uns nicht hinauswagen. Zudem drohten Erdrutsche und entwurzelte Bäume, die uns den Rückweg abgeschnitten oder zum mindesten erschwert hätten. Nachdem wir bis weit über Mitternacht gewartet hatten, ohne daß die Sintflut nachließ, gaben wir auf.

Nachdem uns in Siantar der Wächter das Tor geöffnet hatte, begrüßte uns drinnen die charmante Hausfrau: Herlina Diehl. Es ging schon gegen Morgen, doch ist sie an solche Verspätungen gewöhnt – offenbar spielt auch die Zeit hier eine geringere Rolle als bei uns. Man lebt à la fortune du pot.

☆

Der Hausherr wird durch drei Passionen in Anspruch genommen, die seine Tage und manche Nacht fast nahtlos ausfüllen: die chirurgische Praxis, die Entomologie und das Tennisspiel, bei dem er bis in die jüngste Zeit Turniere gewonnen hat und die er auch am Bildschirm genießt. Er verfügt über ein enormes Gedächtnis, ein vorzügliches Auge und eine sichere, in seinem Beruf sogar goldene Hand. Diese Eigenschaften begünstigen ihn auch als Entomologen zur Unterscheidung feinster Merkmale und kommen ihm bei der Subtilen Jagd auf verborgene und schnell fliegende Spezies zugut.

Die Gattin hat er als Patientin auf dem Operationstisch kennen gelernt. Sie hatte sich als Fünfzehnjährige bei einem Sturz mit dem Motorrad ein Bein gebrochen, das schief eingerichtet worden war. Er brachte es in seiner Klinik wieder in Façon, befreite sie vom Hinken und gab ihr den natürlichen Gang zurück. Bei der Behandlung muß es den coup de foudre gegeben haben – ihm folgte vor zwei Jahren die Heirat; vor kurzem wurde ein Töchterchen geboren, das Manuela heißt.

Frau Herlina ist Malaiin – daß er sich mit ihr nach islamischem Ritus trauen ließ, machte dem Doktor nichts aus. Den kleinen Gefallen tat er dem Schwiegervater gern, dem sehr daran gelegen war, obwohl der Koran dem Manne bedeutende, ja fast absolute Rechte gewährt. Schwieriger ists schon auf Reisen wie eben jetzt in Budapest – dort hatte der Gatte, um Herlinas Gewissen zu beruhigen, in den Hotelküchen forschen müssen, ob die Ragouts und Saucen nicht etwa mit Schweinernem versetzt wären.

Siantar, 24. April 1986

Vormittags besuchten wir den Doktor, der trotz der fast durchwachten Nacht schon munter bei der Arbeit war, in seinem Sprechzimmer. Die Patienten, manche auf Krücken, andere mit einem Arm in der Schlinge, stellten sich vor; eine chinesische Schwester reichte ihm das Röntgenbild. Der Chef fand die Fortschritte der Heilung durchweg befriedigend und sprach den Rekonvaleszenten auf malaiisch und chinesisch zu. Er wollte uns nun zeigen, wie er ein zerbrochenes Schulterblatt richtete. Derartiges sehe ich ungern und zog es vor, mit dem Stierlein in den weiträumigen Park der Klinik zu gehen, wohin der Doktor uns noch für die kurze Spanne begleitete, während deren der Patient betäubt wurde. Da er keine Minute verplempert, versäumte er dabei nicht, sich nach den Schmetterlingen umzusehen. Daran fehlte es nicht; einige ruhten an den Fenstern eines überdachten Ganges, andere flatterten über den Rabatten oder zwischen blühenden Gebüschen umher. Ein wichtiger Teil dieser Jagd besteht in der Erkundung von Fraßspuren; hatte der Kollege ein angenagtes oder durchlöchertes Blatt entdeckt, dann war auch die Raupe nicht fern.

Die Sonne stand im Zenit; in der Hitze verflüchtigte sich die Essenz der Blüten, Kräuter und Gewürzhölzer. Die Wege waren von Zitronella-Gras gesäumt, das für die Parfümerie angebaut wird. Auch das Blatt des Mangobaumes, zerrieben, riecht angenehm. Neben den Bambushecken durchstießen neue Triebe mit Köpfen wie Riesenspargel den Boden, waren auch feinblättrig gemustert wie sie.

Es war Mittag; die Patienten saßen vor den Türen der einfachen Unterkünfte und löffelten ihren Reis aus Näpfen, die sie auf den Knieen hielten; sie begrüßten uns freundlich, wenn wir vorbeikamen. Da die meisten Muslime sind, gehört auch eine kleine Moschee zur Anlage. Wir erfuhren, daß der Aufenthalt in der Ersten Klasse mit Verpflegung täglich etwa zwanzig Mark kostet. Für die Zweite Klasse wird entsprechend weniger berechnet, und Arme behandelt der Doktor fast umsonst. Das bringen reiche Chinesen wieder ein; auch wenn sie den Cadillac in der Garage lassen und im Volkswagen vorfahren, erkennt er sie sofort.

☆

Als wir in die Klinik zurückkamen, mußten wir doch daran glauben und einer Kropfoperation, einer »Enukleation«, beiwohnen. Der Operationssaal, mehr ein größeres Zimmer, war einfach, der Tisch, eher eine Liege, primitiv. »Die Patienten sehen das lieber als eine blitzende Apparatur; sie erschrecken hier weniger.«

Auf dem Tisch lag eine zwanzigjährige Malaiin; sie zählte, bis sie sich verwirrte – die Narkose war leicht. Während der Doktor den Schnitt führte, erklärte er sein Werk und legte dabei die Zyste, eine kirschgroße Kugel, frei. Als er sie anstach, sprang eine kleine, dunkle Fontäne auf. Er entfernte das Gewächs, dann kam die Naht. Das Ganze war in zehn Minuten geschehen. Der Kopf der Frau oder des Mädchens war bedeckt, der Hals glatt, rund und sehr schön. Da war etwas Gutes vollbracht.

☆

Außer der Schwester, die das Blut abtupfte, waren zwei malaiische Assistenten dabei, denen mich der Doktor vorstellte, während sie ihm zur Hand gingen. Immer häufiger wird bei solchen Gelegenheiten mein Alter hervorgehoben, das anderen offenbar merkwürdiger erscheint als mir selbst. Mich wundert nur, daß ich es bei meinen Umtrieben überhaupt erreicht habe. So hörte ich auch hier, wie Eduard Diehl zu seinen beiden Kollegen sagte, indem er auf mich deutete: »This gentleman has ninety-one years.«

Der eine fragte sogleich: »Do you smoke?«, was ich mit gutem Gewissen verneinen konnte, da ich es nur hin und wieder nach langen Pausen tue; auch inhaliere ich nicht dabei. Wollte ich mich nun rühmen, indem ich sagte, daß ich mir täglich eine Flasche Rotwein genehmige? Zum Glück fiel mir ein, daß das einem Moslem gegenüber wenig angebracht sei, und beeilte mich also, hinzuzufügen: »Aber ich esse nie Schweinefleisch«, was zwar nicht stimmte, aber beifällig akzeptiert wurde.

☆

Zuckerkrankheit ist, besonders bei wohlhabenden Chinesen, häufig; die Patienten können die Diagnose selbst stellen: Wenn sie im Freien Wasser lassen, strömt im Nu eine Menge Ameisen herbei, falls sie nur die leichteste Süße im Harn spüren.

Siantar, 25. April 1986

Exkursion in die Wälder oberhalb des Toba-Sees. Der Doktor kam pünktlich, obwohl es eine schwierige Operation gegeben hatte: »Knochensalat. Aber der mit dem Nierenstein kann warten – hat ihn schon zehn Jahr im Leib.«

Am Wege häufig: Arenga, die Zuckerpalme, über die ich mich schon zu Haus in Seemanns »Naturgeschichte der Palmen« orientiert hatte, der Alexander von Humboldt ein Vorwort gewidmet hat. Es überraschte mich nicht, diesen Baum in so großen Beständen angepflanzt zu sehen, da sein vielfältiger Nutzen noch den der Kokospalme übertrifft. Er wird vorwiegend seines Saftes, des berühmten Toddy, wegen kultiviert. Dieser Saft fließt zwei Jahre lang aus den »gepeitschten« Blütenkolben; er wird frisch als Most und vergoren als Palmwein getrunken oder zu einem Zucker von besonderem Wohlgeschmack raffiniert. Auch wird ein Arrak aus ihm destilliert; der Doktor konnte mir nicht sagen, ob man ihn jetzt noch den »batavischen« nennt. Die Fruchtkerne der Zuckerpalme sind eßbar, aus dem Mark wird ein sagoartiges Mehl gewonnen; die schwarzen, dem Pferdehaar ähnlichen Fasern dienen zu Seilerwaren, die Wedel zum Dachdecken. Die ausgehöhlten Stämme sind als Wasserrohre besonders brauchbar, weil sie lange im Boden ausdauern. So ließe sich noch mehr aufzählen: der Baum ist gleich dem Lama durchaus nützlich; ich weiß nicht, ob er, wie die Dattelpalme in Ritter, schon seinen Monographen gefunden hat – er hätte es verdient.

Solange der Saft fließt, wird er täglich gezapft. An einem der Stämme lehnte die einfachste Leiter, die man sich denken kann: ein hohler Bambus-Schaft mit Ausschnitten gleich Mauslöchern, in die gerade der große Zeh geschoben werden kann.

Immer wieder welkes Laub in der tropischen Kulisse: die Nelkenbäume sterben an einem Virus, das eine Wanze überträgt.

☆

Wir rasteten dort, wo wir auch vorgestern während des nächtlichen Unwetters geweilt hatten. In der Tat hatte es Erdrutsche gegeben; entwurzelte Bäume lagen quer über dem Pfad. Ich verfolgte ihn bis zu einer Lichtung, die für den Bau einer Schule ausgehauen war – einer zum Teil schon begonnenen Anlage mit Nebengebäuden wie Garagen und Wächterhäusern, doch menschenleer. Ein guter Gedanke: die Kinder inmitten der ursprünglichen Natur zu erziehen. Leider war der Platz inzwischen unzugänglich geworden; die Zufahrt war streckenweis in die Schluchten geschwemmt und mit ihr die Brücken, Lichtmasten und Leitungen. Trotz der Mittagssonne ließ sich der Eindruck gespenstischer Blässe nicht abweisen. Nachdem ich dieses Muster einer Fehlplanung bewundert und auch ein wenig botanisiert hatte, kehrte ich zum Rastplatz zurück und fand dort den Doktor und das Stierlein, beide mit Netzen, schon in Aktion.

Vertraute Stimmung, lateinische Gattungs- und Familiennamen nach Herzenslust. »Da oben fliegt was Gutes. Kommen Sie schnell; ich habe eine Cicindela gesehen.« Es versteht sich für den Entomologen, daß das Gute besser als das Schöne ist. Jeder Augenblick brachte eine neue Überraschung – hier den Landkartenfalter auf indonesisch, dort eine Euploea, deren Duftpinsel nach Vanille riecht.

Die Papiliones, von Linné zu Recht die Ritter genannt, behaupten unter den Schmetterlingen eine ähnlich fürstliche Stellung wie die Palmen im Pflanzenreich. Bei uns sind sie durch den Schwalbenschwanz und den Segelfalter vertreten, deren Anblick manchen schon in der Kindheit bezaubert und als Liebhaber gewonnen hat. So ging es auch mir und dem Bruder; wir sahen den Schwalbenschwanz über den Möhrenbeeten des Rehburger Gartens gaukeln und sammelten die Raupen zur Verpuppung ein.

Wie an manchem tropischen Mittag kam mir auch hier der Gedanke: »Nur der Papilio fehlt noch« – und, wie beschworen, stellte er sich ein. Hier schwebten viele Arten, von der kleinsten bis zu den großen, darunter das Wappentier Malaysias: der prächtige Rajah Brooke's.

Zwei Dessins: dunkle Muster auf leuchtend gelbem Grunde und grüne Streifen auf schwarzem Samt. Doch ich will mich nicht weiter vertiefen; auch der Überfluß kann monoton werden. »Nur schöne Frauen« – eine Vorstellung, die zuweilen fast erreicht wird, doch auch erschreckt. Zudem stand uns noch Außerordentliches bevor.

☆

Kurz vor der Dämmerung fuhren wir nach Parabat und stärkten uns in einer chinesischen Wirtschaft für die Nacht. Dann kehrten wir in den Wald zurück, und der Doktor schlug mit dem Fahrer das Fangzelt auf, dessen Konstruktion er ersonnen hat. Dank jahrelanger Übung war das im Nu geschehen. Die Innenwände beleuchtet eine blendend helle Lampe, die über ein Kabel von einem Generator Strom empfängt. Das Wetter blieb insofern günstig, als der Mond verhangen war und sein Licht die Wirkung der Lampe nicht abschwächte.

Nachdem wir uns kaum eingerichtet hatten, begann der Anflug aus dem Walde – zunächst als Wirbel um die Lampe, der sich dann auf die Zeltwände verteilte, die bald innen und außen dicht besetzt waren. Auch das durchsichtige Dach wurde zum Landeplatz. Es gab sogar einen Überhang insofern, als die großen Nachtfalter mit ihren Flügeln die kleinen Arten verdeckten, an denen dem Doktor vor allem gelegen ist. Auch wir selbst sahen uns bald wie die Federehannes der Rottweiler Fasnacht von Kopf bis Fuß geschmückt.

Wie gesagt, gilt die Nachstellung nicht den augenfälligen Arten – je größer und schöner ein Falter, desto früher ist er bis zu den feinsten Varietäten bekannt. Eduard Diehl will vielmehr den Bestand aufnehmen, bevor die Vernichtung der Wälder ihn dezimiert. Was ihm am Nachtfang auffällt und in den Museen zu fehlen scheint, vielleicht sogar noch unbeschrieben ist, wird an Professor Kobes nach Göttingen gesandt, der die Ausbeute an Spezialisten verteilt. Auf diese Weise entsteht ein Beitrag zur Fauna Sumatras als kleiner Anteil einer ans Makabre grenzenden Vorsorge, die auch ins Große geht. Vor einigen Jahren besuchte mich ein amerikanischer Professor, der Meßdaten gotischer Kathedralen speicherte.

☆

Das Flattern Hunderter von Flügeln wird durch derbe Schläge akzentuiert. Mausgroße Käfer, die langsam anbrummen, treffen wie Paukenschlegel auf. Gewichtig sind auch die grünen Zikaden; sie bleiben am Tuche hängen und schwirren, wenn sie gelandet sind. Ihr Schrillen gehört zur ständigen Musik des Urwalds, die kaum noch wahrgenommen wird.

Mit den Sphingiden, großen, eleganten Schwärmern, ist Eduard Diehl von Kindheit an vertraut. Er nennt sie bei Namen, sobald sie anprallen. Manche von ihnen, die früher jeder Schüler kannte, besitzen hier nahe Verwandte, so der Oleanderschwärmer und der Totenkopf. Auch unser Weidenbohrer, zwar kein Sphingide, fliegt in ostasiatischer Fassung an.

Bei solchen Begegnungen mischt sich Bekanntes mit Unbekanntem; das verwirrt nach Art der Vexierbilder. Der erste Blick erfaßt das altvertraute Wesen, doch zugleich das neue Gewand, in dem es erscheint. Stilwandel innerhalb der Verwandtschaft – auch die amerikanischen Sphingiden haben ihr eigenes Webmuster.

Die Sphinxe kommen pfeilschnell; sie bleiben an der Zeltwand haften oder lassen sich fallen, indem sie die Dessous ausbreiten. Sie sind gewaltige Flieger; manche wandern wie die Zugvögel. Dank ihrer Stromlinie und ihrem zarten Flaume sind sie gut anzufassen – Torpedos, die gern in der Hand liegen.

Sphinx: ich hätte auf Linné als den Namengeber wetten mögen, doch war, wie ich sehe, der große Fabricius der Taufpate. Jedenfalls traf er ins Schwarze: von den Schwärmern geht ein besonderes Fluidum aus. Es ist zweideutig wie die Dämmerung, die sie bevorzugen, doch sind sie nicht darauf beschränkt. Mittagsflieger wie unser Taubenschwanz verharren gleich den Kolibris in praller Sonne vor den Kelchen, deren Nektar sie einsaugen, doch bei allen schimmern Flügel und Leibesringe in einem anderen Licht als dem des Tages – sowohl in der Palette wie im Detail. Manche der Muster wirken wattig, buntwolkig oder in Schlieren verschwimmend wie ein Schuß Absinth, der sich im Wasser verteilt, andere wiederum, als wären narkotische Essenzen darauf versprüht.

Das Spektrum ist vollständig, doch mondregenbogenfarbig; es harmoniert mit dem Duft von Blüten, die sich erst in der Nacht öffnen, und ist für feinere Organe als die unseren, mehr für den Tastsinn als für die Augen, bestimmt. Hier gäbe es Anregungen für Maler von Nacht- und Dämmerungsstücken in Füßlis Manier. Eine Auswahl würde genügen, denn von Sphingiden sind, wie ich von Eduard Diehl höre, weltweit an dreitausend Arten bekannt, manche als Unika.

Eine solche Auswahl könnte auch rein zur Betrachtung stimmen: meditativ. Die Farben haben ihr Eigenleben; sie finden sich auch auf der Innenseite von Muscheln, die in der

Tiefsee schlummern – das deutet auf geheime Feste; durch einen Glücksfund dürfen wir daran teilnehmen.

☆

Der Maler muß vor allem Übersetzer sein. Das erklärt einerseits den verdächtigen Glanz mancher brillanten Leistung und das Gefühl, daß hier ein Betrug obwalte, wie andererseits die Faszination selbst durch Bilder, denen technische Mängel anhaften.

☆

Ich konnte mich im wesentlichen auf die Schau beschränken, obwohl es auch an Käfern nicht mangelte. Besonders die Geweihten und Gehörnten waren schon im Anflug nicht zu überhören; stattliche Vertreter stellten auch die »Böcke« mit den langen Fühlhörnern, darunter die Batocera, eine Gattung, die zahlreiche Liebhaber gefunden hat. Selbst der Maikäfer erschien in vielen Kostümen, auch in einem kreideweißen, und als Koloß, verglichen mit unserem heimischen.

Zuweilen stand ich auf, um die Wände mit der Lupe zu revidieren oder ein Schaustück einzuheimsen, das auf dem Boden lag. Wollte ich mich zu Haus auch noch mit tropischen Arten beschäftigen, so würde der Tag, selbst wenn ich die Nacht zu Hilfe nähme, nicht ausreichen.

Wenn die alten Sammler vor dem »Exotenwust« warnten, hatten sie dabei freilich nur die menschliche Fassungskraft angesichts unermeßlicher Reichtümer im Sinn, denn Ordnung ist auch in den Urwäldern. Sie wird überschaubar durch Aufteilung des Artenkreises in Sektoren, auf die sich Einzelne mit Bienenfleiß spezialisieren, bis ein Monograph sie wieder zusammenfügt.

In dieser Hinsicht konnte ich Kollegen durch bescheidene Beiträge behilflich sein: hier eine Cantharide für den Doktor Wittmer in Basel, dort ein Paederus für den Doktor Puthz in Schlitz – auch einen Onthophagus für einen Abiturienten, der sich dieser über alle Kontinente verbreiteten

Kohorte zu widmen gedenkt. Dabei ist schon die Lupe nötig; meist treffe ich die Familie, oft auch die Gattung – doch gibt es Überraschungen: Maskierungen, Extravaganzen in Form und Farbe. Proteus kichert im Hintergrund.

Mir selbst gönnte ich etliche Prachtstücke; besonders hatte ich auf eine nächtliche Cicindela gehofft. Ausnahmen bestätigen die Regel: Sonderlinge unter diesen Mittagsfliegern haben sich an die Finsternis gewöhnt. Merkwürdig, daß sie trotzdem zum Licht streben – es wirkt offenbar, wie auf viele dieser Nachtgeister, magnetisch auf sie. Einmal höre ich das Stierlein von der Außenseite des Zeltes: »Schnell, eine Cicindela« – doch ist sie im Gewimmel verschwunden, bevor ich ankomme.

☆

Erst weit nach Mitternacht brechen wir auf. Es gibt passionierte Entomologen, das ist sogar die Regel, doch auch fanatische, zu denen ich Eduard Diehl rechne. Ich sehe ihn vor der Leinwand hin und her springen, während der Fahrer das Zelt abbaut. Er wirft noch einen letzten Blick darauf; es könnte doch noch etwas Gutes oder gar Neues angeflogen sein. Noch in der Nacht wird er die Ausbeute sortieren, vielleicht auch Briefe an Kollegen schreiben, und am Vormittag wieder operieren – manchmal scheint es, als ob er ohne Schlaf auskäme.

Aladins Garten kam mir bereits in den Sinn. Nach dieser Nacht könnte ich auch von Aladins Zelt sprechen.

Brastagi, 26. April 1986

Vormittags versorgte ich den Fang und ging mit dem Stierlein in die Stadt auf den Markt. Ein Markt muß gut, aber er darf nicht durchaus gut riechen – eine Ahnung von Vergänglichkeit, von Verwesung gehört zur Essenz, wie zum Rosenöl ein Hauch von Skatol. Eine Motorrad-Rikscha brachte uns zurück.

☆

Uns an die Hausordnung zu gewöhnen, fällt uns nicht schwer, da große Freiheit herrscht. Die dienenden Geister sind unsichtbar wie ehedem die Heinzelmännchen zu Köln. Am Eßtisch treffen wir uns zufällig. Auf ihm steht eine große Glocke, die ein kaltes Buffet gegen Fliegen und Ameisen schirmt. Man hebt sie ab und bedient sich nach Belieben; die Gerichte werden hin und wieder ergänzt. Das macht den Eindruck eines Frühstücks, das sich über den Tag erstreckt.

Wenn es dem Hausherrn einfällt, Tennis zu spielen, begleiten wir ihn auf verschiedene Plätze der Umgebung, die in tropischen Parks liegen. Dort findet er immer Partner und spielt, bis die Fledermäuse fast deutlicher als der Ball zu sehen sind.

Immerhin konnten wir, als wir heut mittag mit ihm im Auto saßen, unser Erstaunen nicht verbergen, als wir erfuhren, daß eine zweitägige Fahrt bevorstünde. Aber wir hörten zum Trost: »Zahnbürsten gibt es überall.«

Wir fuhren wieder auf die Berge oberhalb des Toba-Sees, sammelten an den Wegrändern, rasteten gegenüber einem hohen, fadendünnen Wasserfall und blieben in Brastagi über Nacht. Die Stadt hat einen berühmten Markt, auf dem Früchte, Gemüse und Blumen feilgeboten werden; sie liegt weit von Siantar entfernt. Trotzdem hörten wir immer wieder das »Hallo, Doktor« der Marktfrauen, die seine Monogramme am Leib tragen.

Aladins Zelt war im Gepäck, doch schien es einfacher, die weiße Mauer eines Hauses anzuleuchten, das im Gelände stand. Bald hatten wir guten Anflug, doch auch das Pech, daß drinnen eine chinesische Hochzeit gefeiert wurde und die Gäste neugierig herausströmten. Da war es nach einigen Treffern mit der Jagd vorbei.

Siantar, 27. April 1986

Über Nacht in Frau Schneiders Bergbungalow; wir wurden von dem malaiischen Hausmeisterpaar verwöhnt. Zwar gab es keine Zahnbürste, doch alles, was man sich wünschen konnte, sogar einen Kamin, der auf dieser Höhe nicht überflüssig war.

Als ich am Morgen ins Freie trat, schien es mir, als ob ich noch nie einen so schönen Park gesehen hätte, und ich kenne deren viele, auch sehr große, mit denen verglichen dieser eher ein geräumiger Garten war. Aber die Harmonie beglückte unmittelbar.

Einem Garten geben Blumen, einem Park Bäume das Gesicht. Deren Eigenart muß durch gebührende Abstände gewahrt werden. Das war hier gelungen; ebenso war Pücklers idealer Wunsch nach dem Abschluß durch einen fernen Hintergrund erfüllt: durch eine Bergkette, aus der Vulkane ragten – aus einem stieg, als ob er an der Flanke verwundet wäre, ein heller Rauch empor.

Das Einzigartige an diesem Park war die Gesellung von Gewächsen, wie man sie in botanischen Gärten nur durch Warm- und Kalthäuser erreicht. Der Boden schien mit gleicher Kraft Blumen, Sträucher und Bäume der gemäßigten, subtropischen und tropischen Zone hervorzubringen; das war außerordentlich – ich merkte es erst, als ich mich dem Einzelnen zuwandte.

Vertraut aus dem heimischen Garten waren Rose, Begonie, Fuchsie, Dahlie, Zinnie, Sonnenblume – neben den mittelmeerischen Bekannten wie Feige, Rhizinus, Hibiskus, dieser mit goldenen Trompeten, wie ich sie hier zum ersten Male sah.

Neu war mir auch, daß die Blätter des Wandelröschens, wenn man sie reibt, nach Pfefferminz duften. Überraschungen ferner bei den Zitrusfrüchten, so eine Zitrone ohne Spitze, die einer länglichen Apfelsine glich, und eine bittere Orange, kaum größer als eine Olive, doch ähnlich geformt. Uns ist sie seit kurzem als »Qumquat« bekannt.

Tropisch: Flamboyant, Papaya und Mango, hohe Palmen, an denen exotische Spechte ihre Spiralen drehten.

»Ein wahres Arkadien«, sagte ich beim Frühstück zu Eduard Diehl, »hier wächst die Erdbeere neben der Ananas.« Er hatte auch die Erklärung dafür: kühle Nächte, heiße Tage bei hoher Luftfeuchtigkeit.

☆

Wir verbrachten den Tag in den Wäldern oberhalb des Toba-Sees, botanisierten an den Hängen und stellten den die Straße überquerenden Faltern nach, entrindeten vermorschte Bäume und versäumten nicht, die Unterseite der Pilze zu untersuchen, die an ihnen wucherten.

Nicht selten wuchs an den Steilrändern Nepenthes, die Kannenpflanze, mit Blättern, deren Spitzen zu Fliegenfallen umgebildet sind. Ich sah kleine Arten, die Rasen bildeten, und dickbäuchige Krüge – ist einmal ein Prinzip gefunden, so fächert es sich aus wie dieses Kuriosum, bei dessen Betrachtung wir zugeben müssen: unser Hirn vermöchte es nicht zu ersinnen, wie sehr es sich auch anstrengen würde, während die Natur es freigiebig in vielen Varianten verstreut. Dabei ist diese Einrichtung »unnötig«, wie einer bizarren Laune entsprungen, denn die Pflanze könnte auch ohne sie leben – »wozu« also die komplizierte Apparatur?

Es versteht sich, daß diese Fleischtöpfe auch ungebetene Gäste finden: Vögel, die sie von außen anpicken, um sie zu plündern; Fliegen, deren Larven der Verdauungssaft nicht angreift, legen ihre Eier in ihm ab. Ein Kollege Eduard Diehls hat über zwanzig Arten ermittelt, die sich in den Kannen wie im Beutel eines Känguruhs entwickeln, und diese haben wieder ihre Parasiten – das führt ins Endlose.

Die Kannen, besonders die schmalen, sind von hoher Eleganz. Verborgene Kraft ist zu ahnen; der erhobene Deckel wirkt auf das an animalische Bewegungen gewöhnte Auge, als könne er zuklappen. Es sieht die Pflanze wie eine Momentphotographie. Während ich sie studiere, hascht der Doktor nach einer Danaide, die von einer Blüte aufflog – nach drei Sprüngen, um die ihn eine Meerkatze beneiden könnte, hat er sie im Netz.

☆

Ein scharfes Auge: es bewährte sich wieder am Ziel unseres Ausfluges, einer verlassenen Hütte, bei der wir bis zum Nachtfang rasteten. Eduard Diehl deutete auf einen gelben Fleck von der Größe eines Taubenei-Dotters, der an einem Grasbüschel zu hängen schien. Sehen ist Übersetzen – es dauerte eine Weile, bis ich diesen Fleck als den Halsschmuck einer schmalen grünen Echse erkannt hatte. Wären wir in Südamerika gewesen, hätte ich sie für einen jungen Leguan gehalten, denn sie trug einen Zackenkamm. Der Freund kannte den Namen: es war Calotes, die Schönechse, ein über Südasien verbreitetes Tier. Ich konnte ein Wiedersehen mit ihm feiern, da es mir vor zwanzig Jahren auf Ceylon unter fast gleichen Umständen begegnet war. Damals hatte unser Begleiter, ein Inder, mich auf einen roten Fleck inmitten eines Büschels von Farnkraut hingewiesen, aus dem ich das Geschöpf entzifferte. Es war erwachsen, stattlicher als dieses und im Hochzeitskleid. Unseres hier war zierlich, ein grünes Juwel, das sich von seinem Entdecker streicheln ließ. Ein scharfes Auge und eine goldene Hand.

☆

Es begann zu regnen; wir tranken unter dem Vordach der Hütte Tee und sprachen dem Mitgebrachten zu. Das Umland war sumpfig; ich fand hier noch einmal die Epilachna, diesmal auf einem Kürbisgewächs. Der Ort war dem Doktor als einer seiner Lieblingsfangplätze bekannt. In der Dämmerung schlugen wir Aladins Zelt auf und wurden nicht enttäuscht. Es war eine Hirschkäfernacht. Sie kamen als Riesen und Zwerge und glänzten in allen Tönen und Übergängen der reifenden Roßkastanienfrucht.

☆

Eine Beobachtung stimmte mich nachdenklich. Wir befanden uns zwar im dichten Urwald, und die Mitternacht war überschritten, doch unweit unseres Zeltes verlief die Straße, auf der wir gekommen waren; sie führt von Parabat nach Siantar. Immer wieder blitzten Lichter durch das Dickicht: Scheinwerfer von Lastwagen, bald vereinzelt, bald von Konvois.

Trüber Gedanke: bald wird es auch hier nur noch die Parkplatznot geben, dafür keine Bäume mehr. In dieser Voraussicht sammeln wir nicht mehr wie die Seitz, Fruhstorfer, Ribbe und andere reisende Forscher des vorigen Jahrhunderts – sie schwelgten noch in der Fülle; wir beklagen deren Schwund.

Siantar, 29. April 1986

Der Doktor hat auch eine besondere Lampe auf dem Dach. Er revidiert allmorgendlich den Anflug, und ich finde einige kollegiale Präsente auf dem Frühstückstisch.

Dann zur Klinik. Zwei junge Mädchen mit Hasenscharte, eines davon auch mit Wolfsrachen. Routinefälle, behoben in erstaunlich kurzer Zeit.

»Die Kinder sind sehr grausam – kürzlich erhängte sich eine Fünfzehnjährige aus Verzweiflung über das unablässige Gespött.«

☆

Abends beim Federballturnier chinesischer Arbeiter in einer Werkshalle. Das Spiel war mir aus meiner Kinderzeit bekannt; hier erstaunten mich sowohl die Eleganz wie die Wucht der Bewegungen. Der Ball erreichte manchmal fast die hohe Decke, dann wieder flog er haarscharf über das Netz. Ich kann mir nicht vorstellen, daß das klassische jeu de paume mit solcher Verve gespielt wurde. Das verhinderte schon der Anzug, der hier nur aus einem Dreieckshöschen und einem Paar Turnschuhen bestand. Es würde mich nicht wundern, wenn man damals mit dem Hut auf dem Kopfe gespielt hätte. Zum mindesten nahm man die Perücke nicht ab. Wenn ich noch gelernt habe: »Der Offizier läuft nicht«, war das, wie manches andere bei den Preußen, eine Reminiszenz an den Barock.

Übrigens fiel mir in Malaysia wie in Indonesien auf, daß noch barfuß bedient wird – das macht den Service lautlos, aber auch unheimlich. Man ist immer beobachtet.

Auch hier ist der Doktor, der mit Passion dabei war und die Spieler durch Zurufe anfeuerte, bekannt und beliebt. Wir wurden mit Tee bewirtet, beim Kommen und Gehen freudig gegrüßt.

☆

Grammatik. Indem ich die Aufzeichnung überfliege, fällt mir ein Gleichklang auf, wie ich ihn zu vermeiden pflege, nämlich: »daß das klassische jeu de paume ...«

Hier stört er mich nicht, da die beiden Wörter zwar gleich lauten, doch verschiedene grammatische Funktion haben. Wäre das nicht der Fall, etwa in einem Satz wie: »ein Kind, das das Messer verkehrt hält«, dann würde im stilistischen Gewissen eine Glocke anschlagen.

Der Erwähnung wert scheint mir die Sorgfalt, weil sie ohne Überlegung geschieht. Wenn wir auf einem Spaziergang stolpern, strecken wir zunächst schützend die Arme vor und finden dann erst die Erklärung: den Stein des Anstoßes.

In Gedichten, vor allem im Sonett, kann ein zwar »identischer«, doch dem Sinne nach verschiedener Reim sogar als Finesse überraschen und erheitern – leider fällt mir kein Beispiel ein.

☆

Atavismen. Wenn ein Krokodil in Erinnerung an vorgelebte Zeiten sich in einen Molch zurückverwandelt, legt es Panzer, Zähne und Krallen ab. Seine Konturen werden bis zu den Fingerspitzen weicher; es zieht der Tiefe des strömenden Wassers die Sümpfe und der blutigen Nahrung die harmlose vor, vergißt auch nicht, sich zu rühmen dafür. Das ist unangenehm.

Unangenehmer noch, wenn dieser Scheinmolch sich der heroischen Großväter entsinnt und sich entsprechend ausrüstet.

Siantar, 30. April 1986

Spät erwacht. Nachts in einer Lagune; flaches Wasser stand über steinigem Grund. Unter den Fischen, die dort spielten, gefiel mir vor allem einer in der Größe eines stattlichen Karpfens; er war aus Bergkristall geschnitten und vom Kopf bis zum Schwanz blauschwarz punktiert. Ich erzählte das Eduard Diehl, den ich mit dem Stierlein am Frühstückstisch traf, und fand ihn erfreut:

»Fein, der kommt heut mittag auf den Tisch.« Das war eine Antwort, wie ich sie besonders am nüchternen Morgen schätze, und wir bekamen dazu auch gleich einige Anekdoten, die in den Stil paßten. So unter anderen:

Ein Jäger erzählt, wie er mitten in der Wüste von einem Löwen verfolgt wurde und sich in der höchsten Not zum Glück auf einen Eichbaum rettete.

»Aber in der Wüste gibt es doch keinen Baum.«

»Darauf konnte ich keine Rücksicht nehmen – unter solchen Umständen ist mir das völlig egal.«

☆

Zum Weg. Der Reiz des Glücksspiels beruht auf der Abkürzung. Das ist wie im Gefecht. Glück und Unglück erscheinen unmaskiert und unmittelbar.

Zwei Gefahren. Erstens die reine Verzifferung der Chance, zweitens der unwiderstehliche Reiz. Eine Frucht wird nicht mehr natürlich genossen, sondern als Droge konsumiert.

Eine weitere Abkürzung: die Glücksautomatensucht. Die von ihr Besessenen schwärmen nach Las Vegas wie die Motten an das Licht. Dem folgen Verbrechen, Selbstmord, Alkaloide, Prostitution.

Statistisch betrachtet, muß die Teilnahme an jeder Lotterie mit Verlust enden. Der ungeheure Aufwand will nicht nur bezahlt werden; er soll auch etwas abwerfen. Das mindert die Chance – was kosten allein die Prospekte, die täglich ins Haus flattern.

Siantar, 1. Mai 1986

Ernstels Geburtstag. Er würde heute sechzig Jahre alt.

☆

Aus Wilflingen Nachrichten von Inge Dahm, die meine Post betreut. Sie schreibt, daß wir zu Haus wenig versäumen; die Meteorologen haben den kältesten April seit einhundertundzwanzig Jahren registriert.

Dabei einige Anlagen – so ein Leserbrief aus Sacramento von Michael Opalak: »Your memories in ›The Storm of Steel‹ are absolutely an indispensable way to understand the First World War.«

Solche Urteile nehmen zu, weil das Ereignis in die historische Perspektive rückt. Ich höre auch, daß in Paris von den »Anciens Combattants« eine Ausstellung mit dem Titel »Orages d'Acier« vorbereitet wird. Ich notiere aber den Brief weniger seines Inhalts als des Umschlages wegen; er hat mich lebhaft berührt. Die Rückseite zeigt ein Bild Mark Twains vor dem gestirnten Himmel mit der Unterschrift:

1835 · Mark Twain · 1910 · Halley's Comet · 1986

Auf der Vorderseite des Aerogramms die Briefmarke mit dem Kometen und ein kleineres Bild des Autors, umrahmt von folgendem Text:

»I came in with Halley's comet in 1835. It is coming again next year, and I expect to go out with it. It will be the greatest disappointment of my life, if I don't go out with Halley's comet.«

In der Tat ist dieser Herzenswunsch Mark Twains, dessen »Tom Sawyer« mich vor nunmehr achtzig Jahren wie zahllose junge Leser begeisterte, erfüllt worden; er starb am 21. April 1910 – im Kometenjahr.

☆

Am Nachmittag begleiteten wir Eduard Diehl zu einem seiner Tennisplätze; er liebt es, wenn wir an seinen Passionen teilnehmen, und sei es als Zuschauer. Je weiter man sich vom Weichbild entfernt, desto mehr werden die Häuser zu Hütten; fast vor jeder tummelt sich ein Hühnervolk. Der Malaienhahn steht dem Wildhuhn näher als der unsere; er ist kleiner, hochbeinig, lebhafter metallisch gefärbt, zum Flug wie zum Kampfe tauglicher.

Der Tennisplatz ist in einen Park gebettet, der sich zu einem Fluß absenkt, dem Babolon. Unter den mächtigen Bäumen ragte eine Caesalpinia mit brennend roter Krone empor. Der Bewuchs eines solchen Riesen mit Schlingpflanzen, Epiphyten und Parasiten ist schwer zu entwirren; unverkennbar war ein Philodendron, der nicht nur den Stamm mit einem Laubmantel umhüllte, sondern ihn zudem hinter einem Schleier von Luftwurzeln verbarg. Wenn deren Ranken fast den Boden erreicht hatten, schlangen sie sich, Schaukeln bildend, an sich selbst wieder empor.

☆

Die Tropenstädte haben sich in den letzten Jahrzehnten anarchisch ausgedehnt. Einerseits sind durch unkontrollierten Zuzug Slums entstanden, andererseits Waldhütten eingemeindet worden, so daß man vom Dach der Hochhäuser eine grüne Landschaft überblickt, deren »entwickelte« Kerne durch Verkehrsadern verbunden sind. Das wird besonders nachts durch die Lichterketten, die sich im Urwald verlieren, sinnfällig.

Es versteht sich, daß sich in diesen Revieren noch viel vom ursprünglichen Bewuchs und seiner Fauna erhalten hat. Schon in Singapur haben wir in dieser Hinsicht Überraschungen erlebt. Hier am Ufer des Babolon erstaunte uns ein junger Waran von Armeslänge, der aus dem Schilf auftauchte und, nachdem wir ihn lange betrachtet hatten, gemächlich wieder verschwand.

Die Krone eines einzigen hohen Baumes oder die Ränder eines schmalen Baches sind reich an Bewohnern, die man nie oder nur durch Zufall erblickt. So hätte die Frau des japanischen Botschafters in ihrem Garten zu Kuala Lumpur, durch den ein Bach fließt, nie eine Schlange gesehen ohne ihre beiden kleinen Hunde, die dort nach und nach zwanzig Kobras erlegt haben. Erst der einundzwanzigsten gelang die tödliche Parade, und damit war die Jagd vorbei, denn diese Hunde einer besonderen Rasse jagen selbzweit. Der eine stellt die Schlange, der andere umgeht sie und greift an.

Medan, 2. Mai 1986

Der Abschied von Siantar fiel uns nicht leicht. Wir waren verspätet aufgebrochen, weil der Doktor noch einem Kind die zusammengewachsenen Finger getrennt hatte. Dann fuhren wir mit ihm durch bebautes Land nach Medan. Beim Gummizapfen waren nur Männer am Werk, denn der volle Kübel wiegt an sechzig Pfund. Die Kokospalmen überragen die Pflanzungen; ihre Kronen bilden im Profil eine Scheibe, bei schwächerem Wuchs ein Flügelrad.

☆

Rast in Tebing-Tinggi, das ist »hohes Ufer« – ein Name also, der dem meiner Vaterstadt Hannover und dem Rialto Venedigs entspricht. Das Malaiische liest sich besser, als es klingt. So jedenfalls scheint es mir, wenn ich Gespräche mithöre, ohne sie zu verstehen, wie jetzt das des Doktors mit dem Chauffeur. Die Vokale werden schneller gesprochen als gelesen, zum Teil auch verschluckt. Ein Wort wie Parabat wird zu »Prabat« mit zwei harten *a*, von denen das letzte kaum vernehmbar ist. Vermutlich war auch das Alltagsgriechisch zur Zeit des Perikles weniger wohllautend als es in den Rednerschulen oder im Schauspiel verlangt wurde. Es wird immer ein Unterschied bleiben zwischen einem Sprechen, das man versteht, und einem solchen, das man genießt. Dabei fällt mir meine Notiz über den Gleichlaut von »daß« und »das« ein – ich kann darauf beharren, mit der Einschränkung, daß sowohl rhetorisch wie phonetisch Abhebungen möglich sind.

In fremden Sprachen ist Vorsicht geboten – *babu* ist das Dienstmädchen, *babi* das Schwein. Um die Mehrzahl auszudrücken, wird das Substantiv verdoppelt; *bunga* ist die Blume, während *bunga-bunga* die Blumen sind. Wird ein Zahlwort oder »viele« davor gesetzt, ist die Verdoppelung unnötig. Bei langen Wörtern wird in den Zeitungen, um Raum zu sparen, ein »hoch zwei« dahintergesetzt.

Diese nebst anderen philologischen Anmerkungen erfuhr ich vom Doktor während der Fahrt; er schloß ihnen eine Ausführung über den Gebrauch des Dual im Arabischen an, in Erinnerung an Jahre, während deren er in einem der Emirate am Persischen Golf operiert und gesammelt hat. Ich habe schon öfters bemerkt, daß Entomologen sich durch einen guten Sprachsinn auszeichnen – hier wie dort kommt es auf den kleinen Unterschied an.

☆

Wir verbrachten den Abend »bei Bier vom Faß« im Deutschen Klub zu Medan und dankten Eduard Diehl noch einmal für die gute Zeit, die wir bei ihm gehabt haben.

Man trifft sich hier ein Mal im Monat – Mitglieder des Konsulats, Germanisten vom Goethe-Institut, Geschäftsleute mit ihren einheimischen Frauen. Ich saß neben einer chinesischen Ärztin, die mit einem deutschen Lehrer verheiratet ist. Sie hat die Kinder einer Schwester zu sich genommen, die sich nachts vor den Geistern fürchten und erst einschlafen, wenn sie zu dem Ehepaar ins Bett gekrochen sind.

Zur Nacht im obersten Stockwerk des Hotels »Tiara«, einem der neuen Hochhäuser. Beim Blick vom Balkon verrät auch hier die Verteilung der Lichter den üppigen Zuschnitt tropischer Anlagen. An der Mauer Geckos, in der Luft jagende Fledermäuse, aus dem Park undefinierbare Laute, von der mächtigen Stimme des Ochsenfrosches übertönt.

Dabei hält das Hotel sich auf der Höhe der Entwicklung – man sieht es an kleinen Fortschritten innerhalb einer Einrichtung, die man schon bislang für vortrefflich hielt, auch an der Schulung des Personals vom Empfangschef bis zum halbwüchsigen Chinesen, der den Koffer trägt.

Diese Hotelketten sind uniform; sie müssen in entfernten Büros einen Generalstab haben, der den letzten Komfort bis in die Urwälder verteilt. Das kommt mir in dieser schwülen Nacht wie ein gelungener Trapezakt vor. Wenn einmal der goldene Faden risse, an dem das Ganze hängt, wäre es nicht allmählich, sondern mit einem Schlage vorbei.

»Der Generalstab« – die Verknüpfung ist nicht zufällig. Die Armee, der Zirkus, die Hotels und Banken müssen auf ähnliche Weise geführt werden. Sie bringen auch verwandte Typen von Chefs und Kapitänen hervor.

Kuala Lumpur, 3. Mai 1986

Am Flughafen. Ein freundlicher Malaie besorgte für uns das »Einchecken« – ein Hotelangestellter, diese Betreuung ist sein Amt. Wir fragten uns, ob wir ihm ein Trinkgeld anbieten dürften; es wurde freudig akzeptiert.

Auch die Stewardessen im Flugzeug waren angenehm: Lotosblüten, in Batik gehüllt. Ein lebhaft rosa getöntes Make-up ist den Malaiinnen günstig insofern, als dahinter ein hellerer Teint vermutet wird als jener, den es verdeckt.

☆

Die Gebetshaltung ist ursprünglich, nicht nur bei den Menschen, sondern auch bei Tieren und Pflanzen; man könnte sie auch in der Materie suchen – in ihrem Weben, ihren Schwingungen. Warum kehrt der Kreis in seinen Anfang zurück, warum dehnt eine bestrahlte Fläche sich aus? Vielleicht will sie noch mehr von der Sonne genießen, wie die Eidechse, die sich abplattet. Es gibt Pflanzen mit Sonnen-, andere mit Mondkulten.

Die Gebetshaltung eines Atheisten könnte im Rauchen einer Zigarette bestehen. Kultisch würde der Brauch erst dann, wenn das Bewußtsein oder ein Gebot ihm einen besonderen Rang verliehe und er in abgemessener Wiederholung rituell würde. Eine Andeutung sehen wir in den Filmen: während einer Überlegung, vor einer Entscheidung, auch vor einem Wagnis wird gern eine Zigarette angesteckt.

✯

Über die Straße von Malakka fällt der Blick auf ein armes, kleines Wölkchen, das sich zerfasert – bald wird es sich auflösen, nicht mehr vorhanden sein. Doch nicht verzagen: auch hier Monaden – Leibniz hilft.

Wieder harte Landung in Penang.

✯

Daß man noch einen Pockennarbigen sieht, zählt zu den Ausnahmen, während es in exotischen Häfen vor zwanzig Jahren nicht selten war. Noch früher sprach man von einem Gesicht, das aussah, »als ob Erbsen auf ihm gedroschen wären« – aber auch gedroschen wird nicht mehr.

✯

An den Zollstationen wie hier in Penang fällt ein Plakat auf, das von keinem, der seinen Paß vorweist, zu übersehen ist: ein derber, zur Schlinge geflochtener Strick, darunter die Androhung der Todesstrafe für jeden, in dessen Gepäck Drogen entdeckt werden. Schon eine geringe Dosis genügt. Dieser Tage wurden in Kuala Lumpur drei Ausländer gehenkt, die einige Gramm Heroin importiert hatten.

Es bleibt mißlich, sich bei diesem Thema auf die Statistik einzulassen, da es, ähnlich wie jenes der Erd- oder Feuerbestattung, die Grundfesten der Überzeugung berührt. Zu bedenken ist die große Zahl der Todesfälle gerade durch Heroin. Dazu die Auswirkung auf die Familie und die Gesellschaft – auch zur enormen Zahl der Verkehrsunfälle hierzulande soll vor allem die Droge beitragen. Wohl dem, der sich durch das Plakat belehren läßt.

☆

Über den Wolken. Weiter im Journal von Renard. Ich nähere mich dem Ende des vierten Bandes, dem 6. April 1910. Der Autor starb, wie Mark Twain, im Kometenjahr.

☆

Zu meinen guten Werken zählt vielleicht, daß ich manchen zur Führung eines Tagebuches anregte. Wie auch immer: es bleibt eine Leistung von persönlichem und archivalischem Wert. Zugleich befriedigt sie einen Trieb: der Weg wird markiert. Sakrales kann hinzutreten; der Mensch ist mit sich allein.

☆

Gut, wenn ein Tagebuch früh beginnt – besser noch, wenn es bis zum Ende fortgeführt wird, bis dicht vor dem Tod.

Renard beobachtet die Stadien seiner Krankheit – sie werden nicht vom Arzt, sondern vom Patienten notiert. Auch ein Kalvarienberg. Einst hat er sich auf der Straße nach Passanten umgesehen, die wie er die Rosette der Ehrenlegion im Knopfloch trugen – nun tröstet ihn der Anblick von solchen, die gleich ihm mühsam dahinkriechen.

Kurz vor dem Abschied: »Ich habe eine Krankheit zu beobachten. Das ist fast wie ein Verbrechen in der Familie.«

Das ist die Notiz eines geborenen Beobachters. Sie spricht auch für sein Verhältnis zur Individualität. Ameisen auf dem Zuge kommen ihm vor wie »schwarze Perlen einer Kette, deren Faden zerrissen ist«.

Er hat ein besseres Auge für die konkrete als für die abstrakte Armut – mehr als die großen Ideen beschäftigt ihn die Not des Nächsten, des Einzelnen.

☆

Die Lektüre wird erschwert durch Wörter, die aus der Mode gekommen sind oder den Argot streifen, auch durch Provinzialismen, die nur in der Umgebung seines Dorfes gebraucht wurden. Weniger stören dagegen die Flüchtigkeiten und Gedankensprünge – sie beleben eher wie Stromschnellen. Desgleichen Sätze, die ebenso einfach wie gelungen sind. Beim Blick aus dem Fenster, während es regnet: »Les branches minces enfilent des gouttes de pluie.«

Gut auch: »Der Sturm rüttelt an einem fruchtlosen Baume wie ein blinder Titan.«

Register. Am häufigsten werden Größen erwähnt, die fast oder ganz vergessen sind. Das trägt zum Wert der Aufzeichnungen bei. Das Ephemere hat seinen besonderen Reiz, und über die Unvergessenen weiß man genug. Ebenso gefällt ein gewisses »jamais couché avec« gegenüber Berühmtheiten. Etwa: »Was meinen Sie von Nietzsche?« – »Daß sein Name zuviel überflüssige Konsonanten enthält.«

☆

Jules Renard starb im Kometenjahre: am 22. Mai 1910. Ein besonderer Reiz seiner Aufzeichnungen liegt für mich darin, daß ich eine Reihe der von ihm erwähnten Personen gekannt habe. Um die Jahrhundertwende standen sie in den Zwanzigern – Literaten, denen ich vierzig Jahr später begegnet bin: André Gide, Sacha Guitry, Paul Léautaud, Abel Hermant, Bonnard und andere.

☆

In Kuala Lumpur erwartete uns Wolfram Dufner – wir fuhren, natürlich bei Gewitter, in seine Residenz. Als wir beim Tee unsere Erinnerungen austauschten, schlug ein Blitz in eine Palme ein.

Wir hatten seit langem keine Nachrichten gehört, waren auch nicht begierig danach. Daß inzwischen in der Nähe von Kiew ein Atom-Meiler in die Luft geflogen ist, bildet keine Überraschung für mich. Wir leben im Atomzeitalter und werden uns wohl oder übel damit abfinden. Persönlich käme ich mit der Technik und mit dem Stande der Wissenschaft zur Zeit Alexanders und des Aristoteles aus, würde sie sogar vorziehen – vom Kultus und der Kultur ganz abgesehen. Indes haben wir mit Dimensionen zu rechnen, denen gegenüber die des 19. Jahrhunderts und sogar die unserer Gegenwart liliputanisch sind. Daß man die guten Stücke herausschneiden möchte, ist verständlich, aber umsonst fliegt man nicht bis zum Mond. Umsonst nimmt man auch nicht jährlich um achtzig Millionen zu.

Daß die Entwicklung der Vernunft Hohn spricht, beweist ihre Stärke – siehe das »credo quia absurdum« des Tertullian.

Kuala Lumpur, 4. Mai 1986

Nach dem Frühstück im Garten. An der Terrasse der Fackel-Ingwer; er verdankt seinen Namen nicht der entwickelten, sondern der noch geschlossenen Blüte – sie gleicht einer Rakete oder einem Quast, von dem die Staubfäden als rote Funken abspritzen.

☆

Im Schatten unter dem großen Feigenbaum, Ficus indica. Er ist nicht zu verwechseln mit Ficus religiosa, obwohl beide, der eine den Hindus, der andere den Buddhisten, heilig sind. Sie werden uralt, überleben die Tempel und bezeugen an deren Ruinen den Kult, dem sie geweiht waren.

Ein solcher Baum gleicht einem Vexierbild insofern, als er bald als Einheit, bald als Mannigfaltigkeit erscheint – bald als Ahnherr, bald als Geschlecht.

Was ist geschehen? Von den horizontal ausgreifenden Ästen haben sich, zunächst als Fäden, Luftwurzeln herabgesenkt. Sie sind erstarkt, sobald sie Boden faßten, und wuchsen selbst zu Stämmen heran. Allmählich bildeten sie, wie Paladine um den Stamm-Baum, ein Gerüst, dann einen

Panzer, während der Alte nach ungezählten Jahren abstarb und vermoderte.

Doch starb er überhaupt? Er lebt im Abgezweigten weiter, ohne daß ein Einschnitt zu erkennen ist. Ein Stumpf würde ein Grabstein sein; so aber kann sich ein Wald bilden. Noch etwas trägt zur Verwirrung bei: Manche der abgezweigten Stämme wachsen so eng zusammen, daß sie zu siamesischen Zwillingen verschmelzen und in ihrem Eigenstand nicht mehr erkennbar sind.

☆

Die Stunde kam mir zugut. Schon der Schatten eines solchen Baumes bewegt zur Meditation. Die Inder wußten es. Daß die Individualität geschätzt wird, gebietet die Vorsicht, die, »wenns drauf ankommt«, außer acht gelassen wird.

☆

Dieser Tage glaubt ein Experte nachgewiesen zu haben, daß ein Bild, das meine Mutter besonders liebte, »Der Mann mit dem Goldhelm«, irrtümlich Rembrandt zugeschrieben worden sei. Das kann den Preis des Gemäldes drücken, nicht aber seinen Wert. Die Signatur gehört wie jeder Name zum Etikett – zu dem, was ein Bild gilt, nicht zu dem, was es ist.

Der größte Teil der Leistung, von der wir leben, ist namenlos, der wichtigste sogar verborgen: transzendent.

☆

Sun Wah heißt unsere Köchin; ihr Gatte Tan serviert. Heut abend überraschte er uns durch eine neue Frucht oder vielmehr eine Varietät der gewichtigen herzförmigen Mango, deren Züchtung vor kurzem gelungen ist. Sie zeichnet sich durch ihre Größe und ihr aromatisches Fruchtfleisch aus – vor allem fehlt ihr das lästige Faserwerk der klassischen

Art. Sie nennt sich Harumanis Mango und kommt in diesem Jahre zum ersten Mal auf den Markt.

Kuala Lumpur, 5. Mai 1986

Nachmittags mit Brigitte Dufner zu den Batu-Höhlen, dem Hindu-Heiligtum unweit der Stadt, das wir vor einundzwanzig Jahren besucht haben.

Der Weiher, an dem ich damals dem chinesischen Sandläufer nachstellte, ist jetzt von einem Gitter eingefaßt; das fünfbeinige Rind fehlt. Neu waren Horden langschwänziger Affen, die sich auf den Felsen und in den Bäumen tummelten, auch über die Lichtleitungen balancierten wie Seiltänzer. Ein Kind warf einem von ihnen ein Eis am Stiel hin, das er wie wir handhabte, nachdem er die Stelle abgeschleckt hatte, auf die es gefallen war. Kleine Ökonomie. Sonst hatte sich wenig verändert, abgesehen davon, daß wie überall auf der Welt der Zustrom der Touristen um ein Vielfaches gewachsen war.

Über dem Eingang Hindugötter – darunter ein dreiköpfiger und der Elefantengott Ganesha. Sein Haupt bezeugt die Urkraft, als seltsames Reittier hat er sich die Ratte erwählt. Wie der Elefant sich durch jedes Dickicht Bahn bricht, dringt die Ratte durch alle Hindernisse zum Kornspeicher vor. Beide sind für den Weg zur Erlösung vorbildlich.

Elefanten auch als Torhüter; sie wenden sich mit den Rüsseln nicht nach außen, sondern dem Heiligtum zu. Wir zählten bis dorthin an dreihundert Stufen – damals ließ ich das Stierlein allein hinaufsteigen, teils, weil ich unten Käfer fangen wollte, teils aus Bequemlichkeit. Heut war ich dabei – was ich den Alterszeichen zurechne.

☆

Mittags hatte der Botschafter Gäste: ein indisches Ehepaar vor der Abreise nach Neuguinea und einen Malaien, der als Diplomat nach Bonn geht – seine Gattin, Spanierin, spricht gut französisch, ist belesen, intelligent. Stendhal ist bei solchen Begegnungen ein mot de passe.

Dem Inder als Buddhisten gilt der Genuß von Rind als Frevel; der Malaie als Moslem hat Horror vor Schweinefleisch. Es wurden also Huhn und Fisch serviert.

Auch beim Personal kocht jeder für sich. Die Köchin bereitet zwar das Rindfleisch mit Sorgfalt, schmeckt aber die Soße nicht ab.

☆

Zu den Aufgaben des Autors zählt die ergreifende Schilderung der Armut – soziale Erwägungen daran zu knüpfen, überläßt er den Theoretikern. Das schließt unmittelbare Hilfe nicht aus.

Kuala Lumpur, 6. Mai 1986

Curry powder. Kaum eine Mahlzeit in Südostasien ist denkbar ohne dieses Gewürz. Es ist nicht pur wie Salz oder Pfeffer, sondern aus einem Strauß kombiniert. Kein Haushalt ohne sein eigenes Rezept. Lawrence, unser indischer Koch in Singapur, kam jeden Montag mit den Päckchen für seine Mischung vom Markte zurück. Er sagte, sein Magen sei nicht in Ordnung, wenn er drei Tage den Curry entbehrt habe. In der Tat gewöhnt man sich schnell daran und findet, nach Europa zurückgekehrt, die Gerichte blasser – freilich nur eine Weile lang. Es gibt ein Verhältnis zwischen dem Sonnenstand und den Gewürzen – schon die provençalische Küche ist farbiger. Dort wird mit Kräutern der Macchia gewürzt.

Ich notierte mir die von Sharwood empfohlenen Zutaten – er nennt deren dreiundzwanzig; die Zahl kann nach Belieben vermindert oder vermehrt werden. Darunter helle und dunkle Senfkörner, weißer, schwarzer und roter Pfeffer, Ingwer, Gelbwurz (Tumeric), Bocksdorn (Fenugreek) und Mohnsamen (Poppy Seed).

Mit den Namen ist freilich noch wenig gedient, denn es kommt auf die Dosis und auch auf die Sorten an. Eine besondere Art von Chili zum Beispiel kann dreißig Mal stärker als die übliche sein. Dem entsprechend unterscheidet der Handel: mild, medium, hot und extra hot curry. Damit die Arome sich binden, muß das Pulver eine Zeitlang reifen wie guter Wein.

Erst im Fernen Osten erfährt man, in wie vielen Sorten und wie mannigfaltig zubereitet der Reis in der Schüssel erscheinen kann. Unentbehrlich ist der Pilaw, der Curry-Reis – unübertrefflich zu einem Hammelbraten aus den nordindischen Bergen: dem Lamb Rogan Josh.

☆

Solche Tafelfreuden, wie auch die javanische Reistafel, sind Erinnerungen an die Kolonialzeit und haben sie überdauert; es sind nicht die einzigen. Die Kolonialherren waren nicht nur die Nehmenden, sondern auch Gebende; es fand ein Austausch statt. Ist auch die sichtbare Autorität entschwunden, so blieb doch die Prägung bestehen. Sie ist, wie Technik und Architektur ausweisen, allgemein europäisch, und hier englisch speziell. Das entspricht einer historischen Regel – noch heute ist in germanischen Städten und Landschaften, wo Römer siedelten, deren Einfluß markant.

Es scheint auf den ersten Blick, daß sich an Einrichtungen, die, wie der Golfklub, übernommen wurden, wenig geändert hat. Allerdings sah ich dort kaum Europäer, hingegen in deren Nachfolge malaiische Nobili und junge chinesische Manager. Sie unterhielten sich am Tisch in ihren Muttersprachen, doch wie in vielen Ländern bleibt Englisch als eine Art von Esperanto bestehen.

Auch die politischen Grenzen der alten Kolonialzeit haben sich vielfach erhalten – als Narben willkürlicher Landnahme. Dem Reisenden, der von Indonesien nach Malaysia kommt, fallen immer noch schon bei alltäglichen Gewohnheiten Unterschiede zwischen dem holländischen und dem britischen Kolonialstil auf. So fehlte auf Sumatra die geräumige Badewanne; sie war durch eine würfelförmige Zisterne ersetzt, auf deren Rand eine Schöpfkelle lag. Damit gönnt man sich nach Bedarf einen kräftigen Guß. Ich muß zugeben, daß die Methode nicht nur weniger umständlich, sondern auch erfrischender als unser herkömmliches Bad ist – vielleicht sogar sauberer, denn nicht ganz abwegig ist die asiatische Ansicht, daß die Europäer in ihrem eigenen Schmutz baden.

Gleichfalls zur Anpassung an die tropische Hitze bestimmt ist das aus älteren Reiseberichten bekannte »dutch woman«, eine mit Leinen bezogene Rolle, die als reduzierte Bettdecke dient. Sie ist durch die Klimatisierung hinfällig geworden, gehörte aber auf Sumatra noch zur Ausstattung. Wir fanden sie angenehm.

☆

Der niederländische Kolonialstil ist ursprünglicher als der englische; daher las ich mit Vorliebe die Erinnerungen von Soldaten, Beamten und Seeleuten der Ostindischen Kompanie. Sir Raffles gründete Singapur 1817; zweihundert Jahr zuvor hatten die Holländer ihr Batavia auf den Trümmern der älteren Stadt Djakarta errichtet, deren Name nun wieder zu Ehren gekommen ist.

Die Holländer hatten in der Bauweise dem Klima wenig Rechnung getragen: die Häuser waren mit Kupferdächern und Glasfenstern ausgestattet und wie daheim eng aneinandergerückt.

Batavia galt als »die Perle des Orients«. Kaffee, Reis, Zucker wurden, abgesehen vom asiatischen Handel, von dort in riesigen Mengen nach Europa verschifft, dazu Tee, Tabak, Gewürze, Teakholz und vieles andere. Der reiche Mijnheer war eine Bilderbuchfigur.

Bis zu den Napoleonischen Kriegen war Batavia eine rein holländische Stadt. Sie blieb als Markt erhalten, nachdem die Europäer des mörderischen Klimas wegen in höher gelegene Residenzen umgezogen waren; sie ist immer noch einer der wichtigsten Handelsplätze des malaiischen Archipels.

☆

Der Kolonialstil der Lords hält sich länger als jener der Mijnheers – er ist rationaler und damit zeitgemäß. Typisch für ihn, im Gegensatz auch zu dem der romanischen Völker, ist allerdings die Distanz zu den Eingeborenen. Eben deshalb war das »Auseinanderdividieren« hier einfacher als bei den Spaniern, Portugiesen und Franzosen, auch als bei den Holländern. Man hatte weniger eng miteinander zu tun.

☆

In der Literatur noch der Jahrhundertwende finden sich, besonders bei Kipling, seltsame Extreme dieser Abgrenzung. So darf ein indischer Prinz im Kasino eines englischen Regiments sich zwar mit an die Tafel setzen, doch nicht vor dem Dessert.

Ich entsinne mich, als Schüler von einem britischen Klub in Kapstadt gelesen zu haben, in dem Farbige keinen Zutritt hatten; für die Wahrung dieser Vorschrift sorgte ein schwarzer Portier, der für letzte Spuren dunkler Herkunft, wie etwa einen violetten Halbmond der Fingernägel, einen unbestechlichen Blick hatte. Die Buren als Holländer dagegen waren in dieser Hinsicht liberal.

Übrigens las ich solche Notizen damals rein als Kuriositäten – wißbegierig: »Aha, die machen das so.«

☆

Singapur und Batavia. Joseph Conrad ist ein literarischer Glücksfall insofern, als er über eine ungewöhnliche Spannweite verfügt. Er kennt beide Seiten der Straits Settlements, die er als Schiffsoffizier durchfuhr, kennt ihre Hintergründe auch. Er weiß, wie in den Kasinos und in den Flußkontoren fallierender Händler gedacht und gesprochen wird. Dann drängen sich Themen auf wie das Versagen, der Fleck auf der weißen Weste, der Bankrott, Opium und Fieber, die Mesalliance. Conrads polnische Herkunft ist als weiterer Glücksfall zu betrachten – als Zuwachs an Objektivität. Das unterscheidet ihn von Kipling; er ist nicht in der Wolle gefärbt. Beide sind Zeitgenossen – doch Conrad, obwohl der Ältere, ist epochal gesehen jünger: der Europäer zieht sich zurück. Paul Scott, während des Zweiten Weltkrieges Luftwaffen-Offizier in Indien, schildert die Endstation.

Es versteht sich, daß Conrad wie jeder Autor auch das Untergründige in sich bergen muß, das er beschreibt. Daher wunderte es mich nicht, daß ich in Raffles' Hotel sein Bild mit »Lord Jim« unterschrieben fand.

Im Flugzeug, 7./8. Mai 1986

Noch einmal Tee im Garten, herzlich – wir hoffen, uns bald am Bodensee wiederzusehen. Die Eltern des Botschafters telefonierten aus Konstanz. Die Explosion von Kiew scheint weithin Schrecken zu verbreiten – das Gras der Viehweiden, Fleisch, Milch und Gemüse werden auf Strahlen hin geprüft. Vielleicht wird bald in jedem Haushalt ein Geigerzähler neben dem Barometer stehen und die Wettermeldung plutonisch ergänzt werden. Das erinnert an die Ängste von Herz- und Zuckerkranken, die sich den Puls abtasten, den Urin beschauen und vorm Spiegel die Zunge herausstrecken.

Hinsichtlich der subterranen Anlagen ist die Entwicklung rückständig. Vielleicht entsteht hier ein Spiegelbild der oberirdischen Bauten und Verkehrsadern, eine Schwelle der Evolution. Die Fühler der Höhlenkäfer sind feiner als jene ihrer Vorfahren, die im Licht lebten.

☆

Abschied vom Feigenbaum. Die Schnüre, die sich vom Wipfel herabsenken und im Boden Wurzel schlagen, kommen mir vor wie Ideen, die sich verwirklichen. Was sie an Form gewinnen, verlieren sie an Schwung.

Abschied auch vom Personal. Die chinesische Haushälterin meinte, daß sie nicht heiraten werde – wegen des Blutschwammes im Gesicht. Ich sagte, daß Doktor Diehl ihn leicht entfernen würde, das lohne einen Flug nach Sumatra – dagegen sie, daß man an der Form nichts ändern dürfe, in der man geschaffen sei. So müsse man ins Jenseits eingehen.

☆

Die Maschine ist schwach besetzt. Das Stierlein kann nicht schlafen; es hat schon zwei Mal das klassische Musikprogramm genossen, das sich in den Kopfhörern wiederholt. Ich erwache hin und wieder und gehe im Laufgang auf und ab. Die Notlampen verbreiten ein dämmeriges Licht.

Zuweilen wird uns das Phantastische, ja das Unmögliche unserer Existenz bewußt. Der Verdacht, daß wir sie nur träumen, läßt sich, besonders in den Pausen, nicht abweisen. Die Spezies ändert sich. Welches Horoskop hat ein Kind, das hier geboren wird? Und wie ist es mit den Raumschiffen? Wir halten mit unserer Entwicklung nicht mehr Schritt.

Ähnlich war die Stimmung während der Überfliegung durch Bombengeschwader in Kirchhorst. Es waren weniger die Sirenen, das Hämmern der Flakgeschütze, die schweren Einschläge, als das geisterhafte Licht der Scheinwerfer, das die Verdunkelung durchdrang und die Mauern des Hauses aufzulösen schien. Nur das Balkenwerk blieb als ein Gerüst von Runen – als das »Gestell«. Dabei das Gefühl, auf einem fremden Planeten gelandet zu sein, und dazu in einer schlechten Saison.

Der Verkehr nimmt ballistische Formen an. Was bedeutet es, in einem Geschoß dahinzufliegen, in dem man sich innerhalb eines ausgeklügelten Komforts bewegt? Gewiß ist Gefahr dabei – aber die Fahrt auf den Segelschiffen, obwohl gefährlicher, war nicht so unheimlich.

☆

In den frühen Morgenstunden wieder Zwischenlandung in Dubai. Die Passagiere drängen sich um die Vitrinen, in denen Goldschmuck und Luxuswaren feilstehen, auch Pelzmäntel. Die einzigen mit bedecktem Kopf und guter Haltung sind die Araber, die durch das Gewimmel schreiten, als ob es sie nichts anginge. Ihnen gegenüber kommt mir der Europäer wie der Magier mit der Wunderlampe vor. Was wußten diese Schafhirten, bevor er sie besuchte, vom unermeßlichen Reichtum, der zuströmt, wenn das Öl in ihr verbrennt. Sie kannten weder die Grotte, in der die Lampe schlummert, noch die Art, in der sie gerieben werden muß. Dann aber wird der Magier der Früchte seiner Wissenschaft beraubt; er wird zum Angestellten und dafür bezahlt. Das erinnert an die schäbige Rolle des »Spezialisten«, der als Kalfaktor in Kauf genommen und eben noch geduldet wird.

Wilflingen, 9. Mai 1986

Im Dorf hat sich wenig verändert. Von dem Reaktorunfall hatte man nur aus der Zeitung erfahren, ebenso wie wir in Südostasien. Sonst wäre er unbemerkt geblieben; allerdings hatte man schon vor den Meldungen eine Wolke von ungewöhnlicher Farbe gesehen, die auch in Freiburg aufgefallen war.

Im Garten. Ich sehe, daß wir nichts versäumt haben. Der ungewöhnlich harte April hat den Frühling verzögert – nun steht er symphonisch im Flor. Ich notierte vor dem Abflug: »Am Weiher die erste Iris – fingerlang, goldgelb leuchtend, die drei Kronblätter mit schwarzer Punktur, als ob aus einer Zeichenfeder Tusche verspritzt wäre. Ein blaßgrüner Streifen zieht sich auf den Kelchgrund zu.«

Diese Iris blüht immer noch, ebenso haben sich die Kaiserkronen und sogar der Seidelbast erhalten; dagegen sind Schneeglöckchen, Krokus und Winterling verblüht. Die alten Gärten haben den Vorteil, daß diese Frühlingsboten im Lauf der Jahre und Jahrzehnte zu immer größeren Polstern heranwachsen.

Unter der Blutbuche ist aus meiner »Dreifelderwirtschaft« (Winterling, Lerchensporn, Maiglöckchen) der Lerchensporn verschwunden, während der Winterling seine Blätter ausfächert und die Maiglöckchen zwischen ihnen hervorspitzen. Vor etwa dreißig Jahren setzte ich dort an den Rand eine Gerte des Salomonssiegels, die ich aus dem Walde mitbrachte. Ich muß einen günstigen Platz für sie gewählt haben, da sie sich in jedem Frühling erneut und allmählich eine Fassung gebildet hat. Die Pflanzen kennen ihren Ort. So haben wir hier eine Ränder bildende Nelke, die als Wildling in den Garten eingedrungen ist und den Buchsbaum mit roten Säumen schmückt.

»Das Salomonssiegel soll die geheimnisvolle Springwurz sein, die nur der Specht zu finden weiß und deren Besitzern sich Tür und Tor öffnen.« (Hegi)

Wilflingen, 18. Mai 1986

Pfingstsonntag, Maiglöckchenzeit. Wir pflückten, vorerst im Garten, einen Strauß für das Grab. Wie viele Pflanzen blüht auch das Maiglöckchen stattlicher dort als im Walde, doch mit schwächerem Duft. Getrocknet wird es zur Herstellung von Heilmitteln, auch von Niespulver, gebraucht. Es muß sich also auswirken, wenn man einen Strauß davon ins Schlafzimmer stellt, vielleicht auch mehrere. Sie könnten nutzen oder schaden – das hinge von der Dosis ab.

Noch stärker stimuliert vielleicht der blühende Fingerhut. Heuduft gilt als wohltuend. Die tödliche Kraft zerstoßener Pfirsichkerne war schon den Ägyptern bekannt.

Die Wiesen strotzen von Löwenzahn. Die Sonnenblume spiegelt die Aura, der Löwenzahn den Strahl des Lichtes – das sind Stilformen wie bei den Kulten die Gebetshaltung.

Magadino, 23. Mai 1986

Nachts wieder nach langer Pause der Einblick, dessen Eigenart ich zwei oder drei Mal notiert habe. Ich erwache und bemerke, daß sich die Wand verändert hat. Dort war ein Schrank, als ich das Licht löschte – jetzt sehe ich eine kahle Fläche mit einem eingelassenen Bücherbrett so deutlich, daß ich die Titel auf dem Rücken der Bände wahrnehme. Obwohl kein Licht brennt, scheint die Wand erleuchtet; es muß ein Sinnestrug sein. Ich öffne die Augen, doch das Bild bleibt unverändert wie ein Gemälde in einer Galerie.

Der Vorgang ist nicht beängstigend, wohl aber beunruhigend wie ein Rütteln an der Realität. Indessen finde ich jetzt am Morgen, während ich ihn mir zurechtlege, eine Erklärung dafür: Zunächst habe ich das Erwachen geträumt, und zwar besonders lebhaft, indem ich mich im Bett aufrichtete. Das gab dem Bild seinen besonderen Akzent. Der schien so ungewöhnlich, daß ich mich noch einmal zum Erwachen zwang, indem ich die Augen öffnete. Nun war der letzte Zweifel behoben – daher die Überwirklichkeit.

Tatsächlich war weder das eine noch das andere geschehen. Ich hatte mich weder aufgerichtet noch die Augen geöffnet, sondern auf dem Rücken gelegen, während ich ein gewissermaßen auf das Innere der Augenlider gemaltes Bild betrachtete. Dieses Bild war unbeweglich und gestochen wie eine Ikone aus der besten Zeit. So malt man nur im Traum.

So weit, so gut. Ich kann den Vorgang auch wenden und von der anderen Seite sehen. Dann wären das Aufrichten und Augenöffnen zwei Gongschläge, die ein ungewöhnliches Ereignis ankünden.

☆

Was ist für den Autor das Wichtigste? Die Wiederentdekkung des Unvergänglichen in der vergänglichen Zeit: des Seins in der Existenz. Daher der Stilwechsel – weil der Most die alten Schläuche zerreißt.

Magadino, 27. Mai 1986

Gestern im Traum zur Isola Bella, mit Oskar Dalvit und Albert Weideli. Warum wurde meine Erwartung enttäuscht? Der Phantasie Jean Pauls konnten die schönsten Beete nicht standhalten. Gleich nach dem Ersten Weltkrieg hatte sein »Titan« mich belebt wie Wasser einen Verdurstenden. Das ist auch eine Gefahr seiner »schönen Stellen«: sie wirken wie Opium.

Nachts im »Majestic«. Ich finde mich in seinen Stockwerken und Gängen immer mühsamer zurecht. Auch Städte und Häuser verrotten in den Jahren und Jahrzehnten, während deren man sie im Traum besucht.

Wilflingen, 31. Mai 1986

Vor unserer Reise ist mir ein Forsythienzweig aufgefallen: er war in seiner ganzen Länge abgeplattet und trieb an der Spitze zwei Widderhörnchen vor. Inzwischen wuchs er sich zu einem Bischofsstabe aus. Ein Beitrag zu meiner Stocksammlung. Für die Botaniker ist die »Verbänderung« (fasciation) eine Mißbildung.

☆

Der Knoten im Taschentuch. Erinnern sollte man sich auch an gewisse Untugenden, etwa impulsiven Widerspruch im Gespräch. Dazu können Körperhaltungen beitragen.

»Er hat sich auf die Lippen gebissen.« Das sollte vorher geschehen. Erkennungs- und Warnzeichen im inneren Verkehr.

☆

Ein Sammler sollte noch mehr als Liebhaber, sollte Verehrender sein.

Wilflingen, 2. Juni 1986

Gegen halb acht Uhr erwacht. Ich schlief dann für zwei Stunden wieder ein. Im Wagen mit dem Stierlein, Ernst Klett und anderen. Wir hatten eine Panne und gingen weiter zu Fuß. Oberschwaben war zunächst leicht, dann stärker verändert; auffällig war ein starker Büffel mit schneeweißem, gekräuseltem Haar. »Ganz wie ein Pudel«, sagte ein Begleiter dazu.

Seit langem wieder Schlangen; einige am Boden, eine gehörnte reckte den Kopf aus einem Kruge, den ein Kellner uns entgegenhob. Sie mit der Hand zurückzudrücken, um den Deckel zu schließen, war nicht angebracht. Die Tiere schienen aus einem Bach zu kommen, der ein Mühlrad trieb. Ich wollte dem nachspüren und ging, während die anderen beim Mühlrad blieben, eine Strecke bergauf.

In der Tat waren Schlangen vorhanden, doch waren sie im Wasser schwer zu sehen – nur an den Krümmungen des Baches, wo das Licht schräg einfiel, wurden die Augen rot. So dicht, daß ich sie fast streifte, glitt ich an ihnen vorbei. Sie waren gefährlich – besonders deshalb, weil sie nicht aus der Erde, sondern aus dem Fels stammten.

Der Gang konnte nicht lange gedauert haben, denn als ich wieder am Mühlrad ankam, fand ich die Gesellschaft, wie ich sie verlassen hatte, am alten Platz.

Ich fragte Ernst Klett: »Hast du die Schlangen gesehen?«, was er bejahte – das war mir wichtig als Bestätigung.

Er sagte dann: »Wir wollen zu Harper gehen.«

Das mußte eine nobles Restaurant sein, denn das Stierlein fragte, ob wir auch angezogen seien dafür.

☆

Danteske Stimmung: unheimlich ohne Furcht.

☆

»Immediat« suchte ich vergeblich unter den philosophischen Begriffen – der Ausdruck scheint auf die politische, insbesondere völkerrechtliche Ordnung beschränkt. Er bedeutet das Fehlen eines Zwischengliedes – die Reichsstädte etwa sind unmittelbar dem Kaiser und nicht einem Landesherrn unterstellt.

Ich könnte mir das Wort auf weitere Gebiete übergreifend denken – wie auf den Traum. Im Traum bedürfen wir zur Wahrnehmung des Lichtes keiner Quelle und keines Gegenstandes; es »scheint« unmittelbar – ja mehr noch, es bildet sich die Gegenstände, als ob sie aus der Netzhaut hervorgingen. Der Träumer sieht weniger, als daß sich etwas in ihm unfreiwillig bildete: es überrascht ihn wie ein Klavierspiel, bei dem die Tasten sich heben und senken, ohne daß sie berührt werden. Damit wird auch das Notenblatt hinfällig. Der Träumer folgt keiner Regel; er phantasiert.

Schon anders wird es, wenn er am Morgen seinen Traum aufzeichnet – das Wort mediatisiert.

Wilflingen, 9. Juni 1986

Aus Labaroche eine Postkarte von Jan Meyerowitz, der uns am 5. Juni mit seiner Frau besucht hat – »für fast zwei Stunden«; sie schienen ihm in guter Erinnerung zu sein:

»Die Rückkehr durch das Donau-Tal war die schönste von den vielen, die ich bislang erlebt habe. Rechts hat's geregnet, links hat's geregnet, vorn und hinten hat's geregnet – wo der Rabbi fuhr, war schön Wetter.«

Rückt einen Platz vor auf der Besucherliste: von den Belesenen zu den Hochbelesenen.

☆

Bei der Verleihung des Ernst-Jünger-Preises für Entomologie an Hans Georg Amsel: »Verehrte Anwesende, Preise gibt es bei uns zulande in Hülle und Fülle – vor allem Literatur- und Kunstpreise, auch solche für sportliche Leistungen. Preise für wissenschaftliche Verdienste sind seltener. Um so erfreulicher ist es, daß hier und heute zum ersten Male ausdrücklich die Entomologie bedacht wird – doppelt erfreulich für mich insofern, als das Lebenswerk meines lieben Freundes und Kollegen Hans Georg Amsel eine verdiente Auszeichnung erfährt.

Es steht zu hoffen, daß dieser Gedanke unseres Ministerpräsidenten in anderen Ländern Schule machen wird. Ausgesprochen und mit einer Stiftung verbunden wurde er anläßlich der Feier meines neunzigsten Geburtstages im vorigen Jahr. Noch einmal sage ich für die gute Idee und ihre Verwirklichung meinen herzlichen Dank.

Wieder einmal hat sich erwiesen, daß es eine Sache fördern kann, wenn ein homme de lettres sich ihr zuwendet, auch wenn er nicht viel von ihr versteht – wie ich zum Beispiel, verglichen mit Meistern wie dem Doktor Lohse auf dem Gebiet der Käfer oder dem Doktor Amsel auf dem der Kleinschmetterlinge: der Microlepidoptera. Bei ihnen wiegt die Kenntnis, bei mir die Neigung vor, die einander allerdings nicht ausschließen – eher im Gegenteil. Ich habe das in einem Vortrag ›Forscher und Liebhaber‹ 1964 vor den Bayerischen Entomologen ausgeführt.

Doch nicht nur die Entoma locken, auch die Gesellschaft von Entomologen hat einen besonderen Reiz, der dem eines letzten Ordens vergleichbar ist. Man weiß voneinander, man hat seine geheimen Kennworte und Zeichen, man fördert sich gegenseitig ohne viel Aufhebens, man arbeitet con amore, die meisten als dienende Brüder und umsonst.

Das durften wir, meine Frau und ich, jetzt wieder in Südostasien erfahren; wir kehren gerade von dort zurück. Wir reisten, als ob wir durch eine Kette hilfreicher Hände gereicht würden – vom englischen Doktor Murphy in Singapur, den deutschen Forstleuten in Malaysia, dem chinesischen Kollegen Tho in den Bergen oberhalb von Kuala Lumpur, dem Doktor Eduard Diehl bei Tag- und Nachtstreifen durch die Wälder von Sumatra. ›All men of science are brothers‹ – das bewährte sich auch hier.

Dies führt in die Weite – doch muß ich mich kurz fassen. Nur noch etwas Persönliches: Daß der Geburtstag des Preisträgers und der meine auf das gleiche Datum fallen, obwohl ich – wenigstens in dieser Hinsicht – vorausgehe, und zwar genau um ein Jahrzehnt, betrachte ich als symbolische Zugabe. Befreundet seit sechzig Jahren, pflegen wir den Tag gemeinsam zu begehen – so auch 1985 zu Stuttgart im Neuen Schloß, wo dieser Preis inauguriert wurde. Damals sprach ich die Hoffnung aus, daß es mir vergönnt sein möge, den Halleyschen Kometen nach sechsundsiebenzig Jahren zum zweiten Mal zu sehen. Diese Hoffnung hat sich inzwischen erfüllt. Ich beobachtete das Gestirn bei klarem Himmel am frühen Morgen des 15. April; es leuchtete unter dem Sternbild des Triangulum über den malaiischen Urwäldern.

Lieber Hans Georg Amsel: Wir sind durch das Geburtsdatum und zwei schöne Falter verknüpft, die Sie mir widmeten. Als drittes Band kommt dieser Preis hinzu, der meinen Namen trägt. Ich halte viel von den Sternen: mögen sie uns weiterhin günstig sein.«

☆

Wenn mir ein Satz, den ich vor Jahren geschrieben habe, fremd wird, dann heißt das nicht, daß ich mich geirrt habe.

Vielleicht erreiche ich meine damalige Form nicht mehr. Oder es hat eine Umwertung stattgefunden, die in Frage stellt, was wohlbegründet war. Gewisse Ausdrücke können sich abgenutzt haben oder mißbraucht worden, Richtiges kann zu unrechter Zeit in Mode gekommen sein.

In solchen Fällen empfiehlt sich, den Passus aus dem Verkehr zu ziehen, indem man ihn zu den Akten legt. Vielleicht verlor er sein Gewicht nur scheinbar, und es stellt sich wieder her. Jedenfalls dokumentiert auch ein Irrtum den früheren Stand.

☆

Ich hätte mich mehr mit Physik beschäftigen sollen, wenigstens theoretisch: im Hinblick auf die Gestalt des Arbeiters. Deren Herrschaft beginnt mit dem Zweiten Feuer – es ist nicht vom Himmel, sondern aus der Erde geholt. Die Technik ist ihre Waffe; die Vorweisung genügt. Das ist wie mit den Tafeln des Moses: zunächst die Vorweisung, dann das Gesetz. Aber das Volk murrt. Es hängt stärker am Alten, als man denkt. Es betet, während der Widder sich rührt, noch zum Goldenen Kalb.

Die Konservativen können auch durch junge, überlegene Intelligenzen geführt werden, die dennoch scheitern wie Julian Apostata.

☆

Ich dachte daran, als ich heut morgen den Goldregen sah, der nach einem ungewöhnlich kühlen Frühling üppiger blüht als je zuvor. Ich fühlte sein metaphysisches Gewicht – will sagen, den Ort, an dem er so schwer wiegt wie lauteres Gold. Dort offenbart sich der relative Charakter aller Gewichte, und schon ein Mondflug passiert die Grenze, an der ein Goldregenzweig ebenso leicht oder so schwer wird wie eine Rolle Louisdor.

☆

Wenn wir beim Anblick eines Menschen, eines Kunstwerks, einer Blume fühlen, daß wir leichter werden, so ist das eine Stufe der Annäherung. Als besonderes Wunder hat seit jeher die Levitation gegolten – die schwerelose Erhebung von Menschen und Gegenständen im Raum. Sie war ein Wunschtraum der Gotik und korrespondierte mit deren »unmöglicher« Architektur.

Inzwischen zählt das Schweben zur kosmonautischen Routine – vorerst nur Weniger, an deren Bewegungen wir im Film teilnehmen wie an denen von Schwimmschülern.

Die kindliche Hoffnung auf bewohnte oder auch nur bewohnbare Planeten ist enttäuscht worden. Vielleicht stehen dafür andere Überraschungen bevor.

Der Bau großer und sehr großer Raumstationen stellt nur noch ein ökonomisches Problem dar. Es sind aber Entdeckungen möglich, die weit über das Ökonomische hinausführen: Entdeckungen im Menschen als einer terra incognita. Der Kosmos fordert ihn heraus.

Je mehr sich das Universum ausdehnt, und nicht nur Sonnensysteme, sondern auch Milchstraßen nach Milliarden zählen, desto unfaßbarer wird der Gedanke, daß die Erde das einzige Gestirn sein könnte, auf dem gedacht wird – doch noch drang kein Zeichen aus der Weltnacht auf uns zu. Ein Sandkorn in der Wüste – im Universum »die einzig fühlende Brust«.

Damit stünde uns eine götterbürtige Zukunft bevor.

Vielleicht wird in dieser Hinsicht experimentiert. Das wäre eine akzeptable Sinngebung unserer Politik und ihrer Instrumentation. Ich könnte mir vorstellen, daß schon im zweiundzwanzigsten Jahrhundert das unsere als ein Spielraum höchst fähiger Magier betrachtet werden wird. So hat man einst auf Chaldäer und Babylonier geblickt.

Auch damals ist viel geschehen, ohne das unsere Welt nicht möglich wäre: Schrift, Zahlen, Astronomie. Ähnlich wie sie von uns nicht einmal geträumt haben, schaffen auch wir für unbekannte Erben Grundlagen.

Wilflingen, 12. Juni 1986

Wohltätigkeits-Vorstellung. Artist mit Kobra-Nummer fährt, nachdem er kassiert hat, seine Schaustücke, die sich in einem Hohlweg sonnen, mit seinem Zirkuswagen tot.

Als ich ihn seiner Undankbarkeit wegen zur Rede stelle, wird er unverschämt. Dabei tue ich, indem ich um die Tiere bange, mehr für die Humanität als er durch die Sozialmätzchen, mit denen er seine Gage aufbessert.

Wilflingen, 14. Juni 1986

Erste Pilze: ein Parasol, zwei Champignons. Im Walde begegnete ich einem Mann aus Billafingen, der mich mit mühsamer Stimme ansprach: »Sie sind doch der?« Das gefiel mir, ich mußte es zugeben.

Unter meinen alten Bekannten vermisse ich Zabrus, den dicken Getreide-Laufkäfer, der sich um diese Zeit in den Ähren schaukelte. Auch er ein Opfer der Giftspritzen.

Dafür erfreute im Garten eine neue Iris: von purpurbraun zu braunpurpur wölkend, dazu das Goldene Vlies.

Wir bestellten neue Sorten bei der Gräfin Zeppelin.

☆

Es gibt noch Unterschiede: wie belebend wirken Kinder, deren Mutter ein gutes Deutsch gesprochen hat. Es braucht kein Hochdeutsch gewesen zu sein.

Dagegen richten selbst die dümmsten Schulmeister nichts aus.

☆

Jede Komik beruht auf Kontrast. Ein guter Clown, der sich vergeblich bemüht, eine Leiter zu besteigen, oder dem die Geige zerbricht, die er mit erhabener Miene ergriff, versetzt uns in eine Stimmung, die zwischen göttergleicher Überlegenheit und der eigenen Erbärmlichkeit schwankt.

Der Spaßmacher spielt weniger für uns als mit uns; Hieronymus Bosch hat Gerippe als Geigen gemalt. Besonders witzig wird es, wenn geprügelt wird. Prügel sind auch Leitmotiv und Urquell des Don Quijote, unseres unübertrefflichen Romans.

Wilflingen, 18. Juni 1986

Beim Gewitter werden die Tiere zutraulich. Man rückt näher zusammen, wenn Jupiter grollt.

Auch die Schildkröten werden vertrauter – nicht so sehr deshalb, weil ich mich immer wieder mit ihnen beschäftige, sondern weil ich ein wenig von ihrer Sprache gelernt habe.

Erotische Annäherung. Das Männchen stößt das Weibchen mit dem Kopfe, zwickt es ins linke Hinterbein. Das ist human.

☆

Das uralte Wissen von der Erbsünde gewinnt an Tiefe, wenn es nicht im Sinne der Genesis, also moralisch, sondern als Erblast (genetisch) verstanden wird. Die Tiere sind näher an Gott. Wir entfernen uns von ihm. Dem folgt als optische Täuschung: »Dieu se retire.«

☆

Vielleicht hat Moses Urkunden oder auch nur Gerüchte aus dem Zweistromland levitiert.

Franz Delitzsch setzt voraus »was nicht leicht jemand läugnen wird, daß der Verfasser des Pentateuch schriftliche Vorlagen benutzt hat«.

Schon dabei sind Irrtümer und Änderungen unvermeidlich – Delitzsch geht noch einen Schritt weiter, indem er auch in späteren Abschriften »die leise eingreifende Hand des Jehovisten« erkennt.

Wilflingen, 19. Juni 1986

Im Garten. Tomaten angebunden – der erste Knoten dient der Befestigung, der zweite der objektiven, der dritte der subjektiven Sicherheit.

Im Gemeindeblatt wird die Ausrottung des Schlafmohns, Papaver somniferum, angeordnet, der sich seit Jahren zwischen den Beeten ausbreitet. Das nennt man Hinweise.

Wilflingen, 1. Juli 1986

Brandmarke am Zaunpfahl wie seit Jahren an diesem Tag. In der Konstellation ist Sonnenschein unentbehrlich, weil ein Brennglas dazu gehört.

☆

Bei der Post Briefe – Ermutigungen, auch Sorgen verschiedener Art:

»... Ohne Medizin wäre jeder Tag ein Albtraum, doch kommt er mir mit Medizin vor wie ein Ritt über den Bodensee. Das Eis knirscht mehrmals am Tag – und ich weiß, was darunter ist.«

☆

Die Scheidungen nehmen rein statistisch und damit auch im eigenen Umkreis zu: das Ende der Ehe als Sakrament. Der Schwur ist nicht mehr unverbrüchlich, etwa als Fahneneid oder als Zeugnis vor Altar und Gericht. Der Anarch hält ihn hoch, aber er bewahrt ihn für sich.

Die Ehe wird zum »Austausch von Geschlechtseigentümlichkeiten« – so etwa hat Kant sie definiert. Es ist logisch, daß damit das Schuldprinzip hinfällig wird oder nur noch im Alimentenprozeß fungiert. Schuld setzt Götternähe voraus; das lehrt die Tragödie. Bei Strindberg ist Schuld noch vorhanden, doch nur im atheistischen Raum. So auch in der Folge, wenn von »Dramen« gesprochen wird.

Man macht sich miteinander keine Mühe mehr. Jeder Charakter, vor allem der schwierige, stellt eine Aufgabe. Für Effi Briests Gatten wäre die Lösung einfach gewesen – daß auch die Eltern versagten, bringt ein unerquickliches Element in den Roman. Es ist von Fontane beabsichtigt, der überhaupt ein Meister in der Schilderung von Grenzkonflikten ist. Die Gesellschaft ist formal noch in Ordnung, doch im Kern anbrüchig wie ein alter Baum »vor dem Sturm«.

☆

Das Sakrament wird durch einen Spender und einen Empfänger vollzogen; die Spendung ist zum großen Teil vom Klerus usurpiert.

Der Anarch hingegen ist sein eigener Spender; er bestimmt, was als Sakrament zu gelten hat, und das Ritual, in dem es vollzogen wird. Entscheidend dabei ist, inwieweit er sich ernst nimmt und sich auf sich selbst verlassen kann.

Eucharistisch gesehen, sind Essen und Trinken heilige Handlungen, falls sie sanktioniert werden. Das läßt sich auf den vollen Alltag vom Nägelschneiden und dem Rauchen bis zum Selbstmord ausdehnen. Im Raum kann jeder Ort, in der Zeit kann jedes Datum sanktioniert werden. Natürlich gibt es Unterschiede – daher spielt der Streit um Zahl und Art der Sakramente in der Kirchengeschichte eine Hauptrolle.

Wichtig ist auch die Frage, ob durch die sakramentale Handlung magische und mantische Kräfte befreit werden. Die ältesten Kirchenväter, Tertullian und Origenes, scheinen das nicht aus-, sondern mehr oder minder sogar einzuschließen – obwohl sie leidenschaftlich vom Heidentum abrücken, sind sie noch stark von ihm durchtränkt.

☆

Die sakramentalen Handlungen der Kulte sind um so überzeugender, je mehr sie sich auf überlieferte Texte und Handgriffe beschränken, also auf reines Offizium. Dazu Musik und Gesang. Der Anarch wird, falls es ihm beliebt, daran teilnehmen. »Auch hier sind Götter«, laut Heraklit.

Man kann dieses Verhalten nicht parasitär nennen, wenn es die Beteiligung am Opferdienst einschließt – dem entspricht, daß der Anarch nicht aufzufallen liebt.

Wilflingen, 4. Juli 1986

Der Anarch steht sich selbst am nächsten – daher fällt es ihm leichter, dem Feinde als sich selber zu verzeihen.

☆

Der Gedanke an eine Ur-Explosion entspringt unserer Geisteshaltung und ihrer Dynamik, doch eine einfache Spaltung, wie wir sie am Samen der Pflanzen und dem Ei der Tiere beobachten, erscheint sinnvoller.

Wilflingen, 11. Juli 1986

Die erste Dahlie – ungefüllt, eine »einfach blühende«. Die blutroten Zungen fackeln aus dem Korb.

Die Dahlie zählt zu den Blumen, denen sich eine Gesellschaft gewidmet hat. Sie fehlt nur selten in einem Garten – warum ist sie so ungemein beliebt? Einmal, weil aus der Kreuzung von Wildformen Spielarten zu Tausenden gezüchtet worden sind. Und jährlich kommen neue hinzu, während andere der Vergessenheit anheimfallen. Schon die Namen, mit denen sie getauft werden, sind aufregend.

Vor allem aber bezaubert die Dahlie deshalb, weil ihre Idee, das heißt ihr Schöpfungsgedanke, von den kreis- bis zu den kugelförmigen Blüten so überzeugend wirkt. Darin ist sie sogar der Rose überlegen; ihr Anblick wirkt Wunder: ein Kristall wird belebt.

Auch Amelanchier, die Felsenbirne, würde ich ungern im Garten entbehren – sie erfreut dreifach: im Frühling durch die Blüte, dann durch ihr Herbstlaub und die blaue Frucht. Das Wort soll aus der Provence stammen und »amélanche« auf den honigartigen Geschmack der Frucht verweisen, von dem ich freilich wenig verspürt habe.

Die Felsenbirne wächst strauchartig. Vielleicht ist das überhaupt der Urwuchs vieler Obstbäume gewesen, so jener, die aus der Schlehe kultiviert wurden. Die Mispel scheint auf halbem Wege stehen geblieben zu sein. Wahrscheinlich läßt sich aus der Vogelbeere manches herausholen, und das über Nacht: der Zeitsprung überspringt auch die Züchtungen.

☆

Mehr Vierblätter werden zertreten als gepflückt.

Wilflingen, 15. Juli 1986

Ameisenhochzeit. Unerhörtes Gewimmel, nur zwei Geflügelte waren dabei. Die Massen entströmten Trichtern und erklommen Hügel, die sie aus deren Abraum errichtet hatten – das mochten ihre Teocallis sein.

Als ich nach zwei Stunden wiederkam, fand ich die Stätte – es war unser Treibbeet – verödet: das Fest war verraucht.

Wilflingen, 27. Juli 1986

Sympathie. Eigentlich Mitleiden, dann Zuneigung, Mitgefühl. Viele werden beobachtet haben, daß eine Verletzung nicht nur den örtlichen Schmerz bewirkt, sondern daß ein anderes, vielleicht sogar entferntes Organ mitleidet. Mit solchen Phänomenen befaßt sich die Akupunktur.

Abgeschnittene Zweige können im Erdreich Wurzeln treiben – Vergleichbares kommt im Tierreich nur in seltenen Ausnahmen vor. Es scheint, daß ein allgemeines Lebensprinzip sich aus den Gliedern allmählich zurückzieht und sich in der Haut am längsten erhält. Man könnte es auch als psychogene Substanz auffassen.

Im Volksglauben und in den Mythen wird den Organen außer ihrer Funktion noch ein unzerstörbarer Sinn zugeschrieben. So galt bei den Griechen das Knie als Sitz der Seele, und diese Potenz mußte sich natürlich erhalten, auch wenn das Bein verloren ging. Sogar das Haar hatte eigentümliche Kräfte, die nicht nur wärmten, sondern auch schützten; von Simson wich der Mut, nachdem er geschoren war.

☆

Das Schleierkraut blüht zwischen blutroten Nelken; die Bienen weben daran. Hegi: »Sein Nektar ist auch Insekten mit sehr kurzem Rüssel zugänglich.«

Wilflingen, 2. August 1986

»Verehrte Anwesende, auch ich entbiete als der älteste Einwohner unserer Gemeinde dem Schützenverein Wilflingen zu seinem sechzigjährigen Jubiläum meine herzlichen

Glückwünsche. Vivat, crescat, floreat – er möge noch lange leben, wachsen und gedeihen.

Ich bin vor nunmehr sechsunddreißig Jahren nach Wilflingen gekommen und danke auch bei dieser Gelegenheit für die gute Nachbarschaft, die ich von der Gemeinde, der Kirche und dem Schloß gefunden habe – nicht zuletzt auch für die Anregung durch die Vereine, an deren Festen ich teilnehmen durfte und bei denen ich immer wieder erfahren habe, wie wichtig sie für das Gefüge und den Bestand eines Dorfes sind. Das gilt besonders für diese Zeit und unser in seinen Grundfesten erschüttertes Land.

Sechzig Jahre sind eine lange Zeit. Auch während der Hälfte, in einem Menschenalter, verändert sich schon viel. Wälder, in denen ich damals wanderte und oft dem Oberförster Kienzle und dem Altbürgermeister König begegnet bin, sind inzwischen gefällt worden – aber ebenso hohe Bäume stehen jetzt wieder an ihrem Platz. Alte Bekannte und Freunde wie Franz und Friedrich von Stauffenberg und Pfarrer Neuburger sind von uns gegangen – aber sie finden in Taten und Werken ihre Nachfolger. Das Leben geht weiter; die Zeit eilt, und sie heilt.

Leider vermisse ich an diesem Abend meinen letzten Kameraden aus dem Ersten Weltkrieg, der wegen einer schweren Erkrankung nicht unter uns weilt: Hans Fischer – wir wünschen ihm gute Besserung.

Noch einmal – ein frohes Fest und herzliche Glückwünsche.«

Wilflingen, 17. August 1986

Meist irrt man in den Traumstädten vergebens, wenn man einen Ort sucht, doch heut morgen habe ich ihn gefunden: den Sichelplatz. Es war eine Grasfläche, die ich wiedererkannte; sie war von Gebäuden umschlossen, darunter die hannoversche Marktkirche.

Ich stand auf den Stufen, neben mir ein Pensionär. Er sagte: »Bei solchen kommen sie nicht an.« Dabei deutete er auf zwei Frauen, die mit Handkörben vom Markt kamen. In einiger Entfernung, schon im Abgang, ein Kerl mit einem Wirtshausgesicht, dem eine häßliche Narbe die Nase der Länge nach spaltete.

Der Fall war leicht zu kombinieren: der Penner hatte die Bürgerinnen, wie man so sagt, »angequatscht« und war dabei gebührend abserviert worden.

15./16. September 1986

Zwei Tage in Bonn. Wir folgten einer Einladung des Bundestagspräsidenten Dr. Philipp Jenninger, flogen im Hubschrauber bei ungünstigem Wetter hin und zurück. Vorerst zur Notiz.

Wilflingen, 4. Oktober 1986

Das Stierlein fuhr mich ins Warmtal; ich ging durch den Betzenhart zurück. Der Himmel war klar, nur von Kondensstreifen gezeichnet, die Sonne warm wie im Hochsommer.

Am Wegrand ein großer Ameisenhügel; das Volk war in Aktion. Der Bau umrundete einen starken Baumstumpf – das stützt ihn wie die Zentralsäule die Hagia Sophia zu Byzanz; auch lassen sich Kammern in das Holz einbauen, Puppenstuben vielleicht.

Ich konnte den Betrieb gut beobachten, obwohl ich keine Lupe dabei hatte. Die Individuen bewegten sich lebhaft, doch schienen sie unbeschäftigt; merkwürdig war, daß sie nach einigen Schritten anhielten und dann, als ob sie nachgedacht hätten, den Weg, meist in veränderter Richtung, fortsetzten. Dafür ließen sich verschiedene Erklärungen finden – es könnte sein, daß sie Signalen folgen, oder es läuft ein Film in ihnen ab.

Zwei Jäger schleppten sich mit ihrer Beute, einer schmalen grünen Raupe, ab. Der eine hatte sie am Hals gepackt wie unsereiner eine Schlange, der andere hielt sie am Schwanzende fest. Mir fiel auf, daß sie fast den ganzen Hügel überquerten, ehe sie ihr Opfer in ein Loch zogen. Entweder waren sie diesem Eingang zugestrebt, oder sie hatten, aus welchem Grund auch immer, die näheren verschmäht.

☆

Bei vielen Parasiten könnte man von einem »Gewinn durch Minderung« sprechen: sie haben Bewegungs- und Sinnesorgane abgelegt. Der Fortschritt folgt anderen Motiven – so der Bequemlichkeit.

Auch auf Gebisse, winzige Mühlsteinchen, wird verzichtet, und endlich ist sogar der Saugmund überflüssig, wenn die Nahrung osmotisch eingenommen wird. Auch das Geschlechtsleben wird einfacher. Man braucht nicht lange umherzusuchen, denn man ist zwittrig vereint. Hertwig:

»Mit dem Parasitismus hängt die starke Entwicklung des meist hermaphroditen Geschlechtsapparates zusammen, welcher zur Zeit der Geschlechtsreife den Körper des Tieres zum größten Teil ausfüllt.«

Eine Unzahl von Eiern ist allerdings notwendig, um für solche Gäste einen Wirt zu finden, daher arbeitet die Natur auch hier mit erstaunlichem Raffinement.

Wilflingen, 5. Oktober 1986

Im Grau ist immer Bewegung – nicht strahlend wie in den aktiven Farben, sondern mehr oder minder verborgener Natur: ein leichtes Schwanken, als ob ein Gleichgewicht gestört und wiedergesucht würde. Das Licht hat sich zur Ruhe gelegt. Aber es kann erwachen, kann sich gürten und seinen Mantel anlegen. Bald schmilzt sein inneres Feuer im Regenbogen, bald glüht und splittert es im Opal.

Dazu Perle und Perlmutt, auch das Spektrum, in dem ein farbloser Öltropfen sich auf einer Pfütze differenziert.

☆

Es ist denkbar, daß es nach dem »Es werde Licht!« nicht mit einem Schlage hell wurde, sondern daß das Licht, mit der Finsternis ringend, sich zu einer Morgenröte auflöste und daß zunächst eine Palette entstand, bevor die Farben sich sonderten.

Denkbar ist auch, daß die erste Trennung, falls eine solche überhaupt stattgefunden hat, in der Ablösung eines Ringes geschah. Das wäre bereits, mit der Setzung von Außen und Innen, ein qualitativer Unterschied.

☆

Haeckel, biogenetisches Grundgesetz. Die Stammesgeschichte wiederholt sich, gewissermaßen stenographisch, im Embryo.

Wenn wir das zugeben, könnten wir noch einen Schritt weitergehen, indem wir annehmen, daß sich auch die Entstehung des Universums im Bios wiederholt. Naturgeschichte läßt sich aus dem Ei und Erdgeschichte aus dem Atom ablesen.

Wilflingen, 20. Oktober 1986

»Post hoc, ergo propter hoc.« (Nach diesem, also wegen dieses.) – »Bezeichnung eines fehlerhaften Schlusses, wenn man aus der bloßen Aufeinanderfolge zweier Erscheinungen einen ursächlichen Zusammenhang folgert.« (Meyer, 1878)

Ähnliches kann uns hinsichtlich örtlicher Kombinationen unterlaufen. So wollte es mir heute merkwürdig vorkommen, daß sich die Vierblätter am Rande eines Kleefeldes häuften, was sich natürlich dadurch erklärt, daß ich nur seitlich an ihm entlanggehe.

Wilflingen, 22. Oktober 1986

Stürmische Nacht. Die Daturen vorm Hause, die heuer besonders reich blühten, fanden wir umgeweht. Das Herbstlaub der Stauffenbergschen Linden wurde nur gelichtet, dagegen der Ginkgo im Garten über Nacht entblößt. Sein Gold schien mir in diesem Jahre ungewöhnlich glänzend, obwohl der Übergang zu ihm kaum zu bemerken war. Das Blattgrün wurde nur allmählich umgewandelt; es hielt sich noch an den Rippen und verschwand dann wie ein Pulver, das verdunstete.

So leuchtete das Laub mit jedem Tage kräftiger – als hätten sich die Augen allnächtlich besser ausgeruht.

☆

Bei der Post eine Karte aus Griechenland: »Zu Plataä. Im So-gestimmt-Sein waren Sie plötzlich anwesend. Ubi amor, ibi oculus. Ihre Maria L.«

☆

Beim Frühstück. Warum: »Strohwitwe«? Ich schlug es dann im Grimm nach, der auch nicht damit zu Rande kommt, obwohl »Stroh« und seine Composita fast neunzig Spalten ausfüllen. Am nächsten scheint wohl die Deutung, daß, wie »Strohmann« kein wirklicher Mann, so auch »Strohwitwe« keine wirkliche Witwe ist (Kretschmer) – eine Erklärung, die aber auch als verfehlt bezeichnet wird.

Bildlich verweist »Stroh« meist auf etwas Leeres, Dürftiges und Ausgedroschenes. Verarmen ist »vom Bett aufs Stroh kommen«. Der Strohtod galt als unrühmlich. Ich muß mich schon vor Jahren damit beschäftigt haben, denn ich finde als Randnotiz: »Strohbaß? (Grillparzer, 15. 4. 1836)«.

Wilflingen, 25. Oktober 1986

Bei der Post eine Karte von Jan Meyerowitz aus New York: St. Patrick's Cathedral mit den gotischen Türmen im Schatten der Wolkenkratzer – das Bild ist bekannt. Dazu:

»Der Talmud sagt: Wenn die Wohnhäuser größer sein werden als die Gotteshäuser, ist das Ende der Welt da.«

☆

Kleine Gefahren, flüchtige Schmerzen sind Warnungen. Die Münchner Großmutter dankte den Heiligen mit einer Kerze, einem Gebet dafür.

Wo Transzendenz fehlt, könnten ein Sicherheitsgurt, ein Blitzableiter, eine Notbremse als Sinnbilder einer waltenden Fürsorge ins Votivbild kommen – aber ein dankbares Ausatmen genügt. Die Gebete transformieren sich.

☆

Glas, transparent wie die Luft. Hier ist Vorsicht geboten: schon beim üblichen Verkehr kommt es vor, daß man mit dem Kopf gegen eine Glastür stößt – ein Mißgeschick, das Widdern häufiger als den Stieren geschieht. Doch auch die Vögel lassen sich täuschen, besonders die hurtigen. Zu ihrem Schutz werden die Fenster bemalt. Aber wer schützt uns vor den Lichtschranken?

Wäre das Glas nicht nur wie die Luft durchsichtig, sondern auch von gleicher Dichte, so würden wir es durchschreiten, ohne es zu bemerken, und dennoch wäre etwas geschehen.

Einen Vergleich mit diesem »etwas« bieten die elektronischen Sperren, die wir täglich passieren – daß wir es getan haben, merken wir daran, daß sich eine Tür öffnet. Aber auch wenn dieses Signal in der sichtbaren Welt fehlte, ist etwas geschehen – so am Hämoglobin. Wir haben eine Wand durchbrochen und, auch wenn wir es nicht bemerkt haben, uns gestoßen an ihr. Das kann zu Folgen führen: wir können, ohne es wahrzunehmen, durchleuchtet, registriert, sortiert werden.

Der unsichtbare Anteil unserer Funktionen wird sich im nächsten Jahrhundert in noch kaum zu ahnender Weise ausdehnen, auch abgesehen von der Vergeistigung des Roboters.

Wilflingen, 27. Oktober 1986

Gestern und vorgestern beim alljährlichen Treffen der südwestdeutschen Käferfreunde, zusammen mit dem Stierlein, Alexander und dem zwölfjährigen Martin, der diesen Tag kaum erwarten konnte und seine Doubletten aus Mallorca mitbrachte.

Unser Gremium hat einen guten Ruf. Es kommen auch Kollegen von der Schweiz und aus Frankreich, so Monsieur Doguet aus Fontenay-sur-Bois, der Chrysomeliden für mich bestimmt. Bei der Begrüßung erfreute er mich durch die Mitteilung, daß ihn in meiner Sendung »etwas Neues« überrascht habe: Colaspidea juengeri – ein damals noch ungetauftes Tierchen, das ich vor Jahren in Korfu einheimste. Wieder eine Erhöhung des entomologischen Turbans.

Übermorgen Abflug nach Palermo zur Verleihung des Premio Mediterraneo. Ich fliege mit dem Stierlein – Inge Dahm stößt in Kloten zu uns als Dolmetscherin.

Wilflingen, 28. Oktober 1986

November naht. Beim Rundgang ums Dorf hörte ich von Kamerad Mayer ein Schwabenwort dazu: »Erst kommt Allerheiligen, dann Allerseelen und dann Alle Teufel« – mit dem Letzten war der 15. November gemeint: dann kamen die Handwerker, die ihre Rechnungen an diesem Datum vorlegten.

Der Spruch ist wie so viele andere obsolet geworden; die Handwerker kassieren postwendend. Dazu der Lehrling: »Meister, die Arbeit ist fertig – soll ichs auch gleich flicken?«

Dann über die enormen Kosten, die in den Krankenhäusern anfallen. Oft reicht das Ersparte nicht mehr aus. Früher legte sich der Bauer ins Bett, las in der Bibel und starb. So billig kommt man heut nicht mehr davon.

☆

Ob ein Spiegel – nicht nur durch Korrosion, sondern allein dadurch, daß er »gearbeitet« hat, blind werden kann? Er verschließt sich der Außenwelt, während die Erinnerung heller zu leuchten beginnt.

Daß sich etwas im Spiegel verändert, wenn ein Bild in ihn fällt, ist kaum zu bezweifeln – es dürfte meßbar sein. In langen Zeiträumen wird der Spiegel vernutzt – in sehr langen könnte er konsumiert werden. Der Spiegel reflektiert nicht nur, sondern er behält auch etwas zurück. Die Bilderflut trägt von ihm ab, aber verwandelt sich auch in ihm. Jede Welle hinterläßt im Sand ihre Linie, die gleich gelöscht, doch nicht vergessen wird.

☆

Hohe Stufen des Idealismus sind unnatürlich – daher hinsichtlich der Lebensdauer ein schlechtes Prognostikon. Das Individuum bewegt sich schon zu sehr in der Transzendenz. Die Existenz, besonders die praktische, ist schwierig, körperliche Schwäche, speziell Schwindsucht, häufig – dazu kommt, vor allem wenn der Idealismus sich als Güte äußert, die Gefahr von Nachstellungen. »Er war zu gut für diese Welt.«

Palermo, 30. Oktober 1986

Auch in Palermo überkommt mich in Erinnerung an die Tage, die ich vor über fünfzig Jahren hier verbracht habe, das Gefühl des aussichtslosen Wettlaufs mit der Zeit.

Die Fabel vom Hasen und dem Swinegel war mir als Kind schon unangenehm. Wenn der noble Hase erschöpft ans Ziel kommt, ist der allgegenwärtige Swinegel bereits da. Dessen Vorteil ist es, daß er genau so aussieht wie alle anderen.

Auch hier mußten alte Quartiere Hochhäusern weichen, und die Straßen sind von Autos überfüllt. Verglichen mit anderen Städten ist das Inferno sogar besonders stark. Erstaunlich, wie der Fahrer sich durch das fast nahtlose Gewimmel hindurch und aus dem Parkplatz wieder hinaus schlängelte.

Reverenz vor den Sarkophagen – zunächst im Dom, dann oben in Monreale, wo ein Riesenorchester Mahlers Zweite Symphonie probte. Ich machte Notizen und wurde vom Dirigenten, obwohl er alle Hände voll zu tun hatte, mit einem Seitenblick bedacht. Vielleicht hielt er mich für einen Beckmesser. In dieser Hinsicht brauchte er nichts zu befürchten – vielmehr kommt mir beim Gedanken an Künste, zu denen ich gezwungen werden könnte, ohne etwas davon zu verstehen, sogleich die seine in den Sinn. Im besten Falle erreichte man nach dreißig Jahren eine Art von mathematischer Präzision und wäre erledigt wie ein ausgeblasener Ballon. Dabei ist zu bedenken, daß man als Dirigent leichter »etwas vorspielen« kann als ein Solist mit seinem Instrument.

Die Sonne fiel durch die hohen Fenster und belebte die Mosaiken, von denen das des Pantokrators im Zwielicht blieb. In diesem Augenblick hob der Beckenschläger die glänzenden Scheiben – das war der Gruß an den Helios.

Im Kreuzgang. Die Säulen mit Tieren und Figuren lokken mehr zum Betrachten als die abstrakten des Cosmaten: hier begegnen sich Kunst und hohe Technik, auch arabische und abendländische Einflüsse.

Dann an der Balustrade – Blick über die Stadt auf das Meer. Die Orangenhaine und Weingärten mit ihren Brunnen sind zugunsten der Wohnblöcke geschrumpft. »Die Conca d'oro hat sich in eine Conca di cemento gewandelt« – so zu einem Reporter, der mich entdeckt hatte.

Neu war auch, daß Schüler und Schülerinnen, die hier Mittagspause hielten, sich ungeniert umarmten: damals war das polizeiwidrig.

☆

»Herr Präsident, Hohe Jury, verehrte Anwesende,

dem Centro die Cultura Mediterranea sage ich für die Verleihung seines diesjährigen Preises meinen herzlichen

Dank. Ich weiß diese Ehrung zu würdigen – die Namen meiner Vorgänger sind mir rühmlich bekannt. Einigen bin ich persönlich begegnet, wie Senghor, mit anderen verband mich Freundschaft, wie mit Mircea Eliade, mit dem zusammen ich zwölf Jahr lang die Zeitschrift ›Antaios‹ ediert habe.

Premio Mediterraneo – der Name zielt auf mehr als auf Italien, das indes das Herzstück des Mittelmeeres genannt werden kann. Ich liebe das Mittelmeer so sehr, daß ein Jahr ohne einen Aufenthalt an seinen Küsten für mich ein verlorenes ist. Ich habe in allen seinen angrenzenden Ländern geweilt, am häufigsten und liebsten jedoch in Italien. Und so begrüße ich diese Ehrung als ein weiteres Band der Neigung, die mich seit langem mit Ihrem Vaterlande verknüpft – einer Neigung, die von jeher fast jedem Deutschen eingeboren ist. Sie ist topographisch, historisch, kulturell bedingt.

So hat sich schon meine Knabenphantasie an den Abenteuern des ›Rasenden Roland‹ entzündet, der in der von Gustave Doré illustrierten Prachtausgabe in der Bibliothek meines Vaters stand und mir noch immer ein werter Besitz ist. Die ›Göttliche Komödie‹ hatte in meiner Generation noch jeder Gebildete gelesen und häufig zitiert, und mit Bewunderung hat meine Landsleute und mich der große Roman Ihrer Insel in unseren Tagen, Tomasi di Lampedusas ›Der Leopard‹, erfüllt.

Schon sind über fünfzig Jahr verflossen, seitdem ich zwei Sommer lang in der alten und schönen Stadt Palermo geweilt habe. Ich wohnte damals in Mondello und habe von dort aus die historischen Stätten, vor allem den Dom mit den Sarkophagen, besucht. Ein kurzer Bericht mit dem Titel ›Aus der Goldenen Muschel‹ sowie der ›Sizilische Brief an den Mann im Mond‹ erhielten sich aus jener Zeit.

Noch früher, vor über sechzig Jahren, hatte ich einen angenehmen Aufenthalt in Neapel; ich war dort an der Zoologischen Station, dem Aquario, mit dem Studium eines Tintenfisches, der Loligo media, beschäftigt, der wir in den Gewässern des Golfes nachstellten. Das war lange vor dem

Zweiten Weltkriege. Damals dachte noch niemand an ihn. Noch war mein Sohn Ernst nicht geboren, der im November 1944 in den Marmorbergen von Carrara gefallen ist.

Danach war ich noch oft in Italien: mehrfach als Kurgast in Montecatini, ein Vierteljahr als Ehrengast der Deutschen Akademie Villa Massimo in Rom, auch noch zwei Mal auf Sizilien und allein neun Mal auf Sardinien, der Insel, der meine besondere Liebe gilt – davon wieder dem Inselchen San Pietro, der Perle am Kollier. Ich habe Freunde gefunden nicht nur unter den hommes de lettres – Übersetzern wie Henry Furst, Journalisten wie Marcello Staglieno, Verlegern wie Longanesi und Calasso – sondern auch unter Hirten und Fischern; ich entsinne mich guter Gespräche, die wir in der Macchia bei einem Spießferkel oder am Strand bei einer Fischsuppe geführt haben und bei denen ich den Eindruck hatte, daß die Vernunft sich zu den einfachen Leuten zurückzuziehen beginnt. Ich habe davon viel erzählt in meinem Buch ›Am Sarazenenturm‹.

Es freut mich, daß mir diese Preisverleihung Gelegenheit gibt, Ihre mich ehrende Bekanntschaft zu machen und nebenbei das geliebte Palermo wiederzusehen; auch dafür, wie noch einmal für die Auszeichnung, meinen herzlichen Dank.«

Nach der Zeremonie ein Festessen. Mir über den Tisch gereicht von Giuseppe Centore, einem sensiblen Lyriker und Weltpriester: »Tu sii come la foglia che muta mentre muore il verde in oro.«

Darunter Inge Dahm: »Sei du wie das Blatt, das beim Sterben das Grün in Gold wandelt.«

Wilflingen, 6. November 1986

Zur Nacht in einem weiträumigen Palast. Er war in einen Hügel eingebaut. Die Säle waren durch breite Treppen getrennt. Sie mündeten auf eine Terrasse, vor der sich ein Park ausdehnte. Die Fenster waren hoch und gewährten einen Ausblick auf die Anlage in ihrer vollen Ausdehnung.

Sie war belebt: von der Terrasse aus gesehen, schienen die Menschen klein wie Ameisen.

Ich ging neben dem Stierlein und der Präsidentin; in unserer Gesellschaft war noch ein Unbekannter, eine denkbar neutrale Figur von unbestimmtem Alter und Geschlecht. Deren Rolle war die des Jokers in gewissen Kartenspielen, der sich in jedes beliebige Blatt verwandeln kann. Man konnte auch an den Bauern beim Schach oder an einen Mannequin supérieur denken. Wir führten ihn zur Reserve mit. Das war sehr praktisch, da wir an ihm einen jeder Begegnung gewachsenen Dragoman hatten, denn der Palast und sein Park waren unübersichtlich und unsicher. Unser Begleiter konnte als Gärtner oder Botaniker, als Polizist oder Hausherr auftreten, auch als Traumführer, der ein neues Bild in die laterna magica schob.

☆

Beim Erwachen Verdacht, daß die Sache mit den Atomen nicht oder nicht genau genug stimmt. Projektionen eines historischen und metahistorischen Vibrierens und apokalyptischer Ängste, auch eines titanischen Aufstandes. Es ist viel Zittern dabei. Je nach der Grundlage wären andere Modelle und Resultate möglich, auch wohltätige.

Wenn ich den »Arbeiter« revidieren würde, sollte ich den »Bürger« differenzieren; diese Heidelberger und Göttinger Professoren werden im Rückblick unheimlich. Auch Bebel trug einen Gehrock, obwohl er nur die sekundären Arbeitscharaktere vertrat. Jedenfalls war er vom Titanismus weiter entfernt als die Professoren – das hat sich in der historischen Entwicklung gezeigt.

☆

Zeus, Schlacht der Götter und Menschen: Die Titanen regen sich dabei wenig, vielleicht von Flußgöttern und kunstreichen Schmieden abgesehen. In der Odyssee dagegen wird die Erde mit Katastrophen und Ungeheuern mächtig;

es herrscht ein anderes Lebensgefühl. Schon deshalb teile ich die Meinung, daß beide Gesänge aus verschiedenen Zeiten stammen, und zwar die Odyssee aus einer früheren. Dort wohnt Odysseus noch näher bei den Menschen und am Hades als bei den Göttern am Olymp.

Wilflingen, 29. November 1986

Giorgio Battistelli aus Rom: »Heut morgen habe ich begonnen, die ersten Teile des zweiten Aktes von ›Auf den Marmorklippen‹ niederzuschreiben. Es handelt sich um die 11. musikalische Vision: ›Der Spiegel des Nigromontanus‹. Die in diesem Teil verwendeten Instrumente sind Flöten, Waldhörner, Marimbas und zwei ›Scacciapensieri‹; das letztgenannte Instrument ist in der volkstümlichen Musikkultur Siziliens sehr verbreitet.

Diese Vision soll besonders verzaubert wirken; das Timbre der Instrumente muß sich magisch vermischen und den geheimnisvollen Schimmer des Bergkristalls evozieren, mit rhythmischem Pulsschlag, der über dem fließenden Klang der Hörner und Flöten schwebt wie durchsichtige Sphären.«

Wilflingen, 2. Dezember 1986

Wenn ich einen intelligenten Abgeschiedenen, etwa der Goethezeit, beschwören würde, um ihm einen Vorgang unserer Gegenwart – sagen wir, den Betrieb eines Flughafens – im Film vorzuführen, so würde ihn zunächst ein magischer Schrecken befallen wie im Kabinett eines Zauberers.

Wenn ich ihm aber die Technik erklärte, ihre Entwicklung seit Faraday und so fort, so würde innerhalb einer Stunde das Erschrecken der Bewunderung weichen – doch dieser erste Schreck war die tiefere Wahrnehmung.

Nehmen wir einen archaischen Revenant, etwa einen babylonischen Priester, selbst Thomas von Aquin, von Torquemada ganz abgesehen – sie würden das Ganze als gespenstischen Spuk ablehnen.

☆

Thyrsos. Dionysos läßt auf dem Indienfeldzug Waffen als Thyrsoi »tarnen«. So benutzen die Mänaden bei der Tötung des Pentheus einen Thyrsos mit Lanzenspitze. (Pauly)

Einen Thyrsos mit Phallos als Knauf tragen die Agathyrsen, nach Herodot ein Volksstamm, der im heutigen Banat wohnte. Er soll üppig und verweichlicht gelebt haben, auch in Weibergemeinschaft – »damit alle verwandt und verschwistert seien und kein Zwist aufkommen könne«.

Pentheus finde ich bei Nietzsche nicht erwähnt. Das ist insofern merkwürdig, als dieser Kadmos-Enkel von Mutter und Schwester in bacchantischer Wut zerrissen wurde, weil er »dem Vordringen der ekstatischen Dionysos-Religion wehren will«. (Wilamowitz)

Von Nietzsche erwähnt wird dagegen Penthesilea – sowohl auf Kosten des Thersites wie des Sokrates:

»Der herrliche Achill schlug den häßlichen Volksmann Thersites todt; der häßliche Volksmann Sokrates schlug die Auktorität des herrlichen Mythus in Griechenland todt.«

Will man Intimes über die Amazonen erfahren, ist man bei Kleist besser bedient.

☆

Dank wird nicht erwartet. Anstand genügt.

☆

Ich werde vielleicht noch die ersten Chimären sehen. Drei Zielrichtungen: paläontologisch, anatomisch, Sodomie. Dazu die Geheimküchen.

Wie auch auf anderen Gebieten bleiben die mythischen Vorbilder, etwa die Kentauren, unerreicht. Immerhin ist, wie auch bei den großen Eruptionen, die Gäa im Hintergrund.

Wilflingen, 25. Dezember 1986

Am Rande eines Teiches begegnete ich Gerhard Nebel; es war bei Kairo – ich wußte, daß er dort zu Lebzeiten Hauslehrer gewesen war. Ich bewahre noch eine Flora Ägyptens, die er mir geschenkt hat, in meiner Bibliothek.

Am Ufer eine riesige Schildkröte. Als ich sie mit großer Mühe umgedreht hatte, sahen wir ihre Jungen; sie waren kaum größer als Wasserkäfer, doch schon genau wie ihre Mutter geformt. Nebel sagte: »Bei den Reptilien gibt es kein Larvenstadium.« Ich antwortete: »Sie repetierens im Ei.«

Die Antwort entsprach unserem Verhältnis, doch ich konnte mich nicht weiter darauf einlassen, denn ich hatte Aufregendes hinter mir. Die Stadt war unruhig. Ich hatte mit dem Stierlein, es konnte auch Perpetua gewesen sein, in einem der großen Hotels übernachtet; am Morgen hörten wir über uns Lärm. Es schien, daß auf dem Dache gekämpft wurde. Ein Araber, der gefallen war oder den man hinuntergestoßen hatte, stürzte am Fenster vorbei und schlug unten im Innenhof auf. Er trug einen weißen Turban und eine rote Chalabija, die ihn umflatterte. Ihm folgten andere Opfer, alle weiß beturbant, also wohl von derselben Partei. Es waren über hundert; sie stürzten einzeln und in Gruppen ab.

Bei uns am Weiher war noch ein ägyptischer Professor, der mit fanatischer Hingabe vom Präsidenten sprach. Ich hatte das Morgenblatt noch nicht gelesen und hütete mich daher, mein Erlebnis zu erwähnen oder gar zu kommentieren – das könnte gefährlich sein.

☆

Alexander schickt die Kopie eines Briefes, den Giorgio Battistelli ihm aus Rom geschrieben hat. Ich erfahre daraus unter anderem:

»Um ehrlich zu sein, liebe Freunde, muß ich bekennen, daß ich im Zusammenhang mit ›Auf den Marmorklippen‹

auf Schwierigkeiten gestoßen bin. Im Hinblick auf die Erstaufführung in Frankfurt 1988 bekam ich die ersten Anfechtungen, weil ich einen Text von Ernst Jünger gewählt habe. Einige angesehene Vertreter der deutschen Musikwelt versuchen, mich zu entmutigen und zur Wahl eines anderen Textes zu bewegen. Sonst würde die Aufführung meine Laufbahn als Komponist und meine Zukunft in Deutschland stark beeinträchtigen.

Diese Einschüchterungsversuche, einen jungen italienischen Komponisten zu boykottieren, beunruhigen mich wenig. Das Stück wird eines Tages aufgeführt werden, denn diese Herren wissen nicht, daß ich die Kraft und die Zähigkeit habe, die die Mitglieder des Mauretanier-Ordens auszeichnen.«

1987

Wilflingen, 4. Januar 1987

An Giorgio Battistelli: »Für Ihre Nachrichten vom 27. November herzlichen Dank. Daß sich die Frankfurter Premiere verzögert, tut mir leid. Ich würde Berlin für günstiger halten – überhaupt kommt es weniger auf den Ort an als auf Ihr Werk. Allerdings müssen Sie, besonders in unserer Zeit, damit rechnen, daß die politischen Wertungen, wenn auch nur flüchtig, über die musischen hinwegspülen. Warum nicht Palermo – ich fand dort neulich bei der Verleihung des ›Premio Mediterraneo‹ eine sehr herzliche Aufnahme...

Zur musikalischen Vision vom ›Spiegel des Nigromontanus‹ begleiten Sie meine guten Wünsche. Wenn ich den Bergkristall als optische Entsprechung nehme, nicht weniger in seiner klaren als in seiner geheimnisvollen Kraft – so könnten Sie ihr neben der Arie ›Leuchte, heller Spiegel mir‹ in ›Hoffmanns Erzählungen‹ und Griegs ›Grotte des Erlkönigs‹ einen dritten Zugang öffnen: das halte ich für möglich nach dem, was Sie andeuten. Vor allem gönnen Sie sich Zeit. ›Gut Ding will Weile haben‹, wie ein Sprichwort sagt.«

Wilflingen, 10. Januar 1987

An Hermann Heintschel. Dank für seinen Essay »Von der Fläche zum Raum«:

»Es freut mich, daß wir hinsichtlich der Farbe übereinstimmen. Die Zeichnung bleibt das Fundament der Bildenden Kunst. Sie ist am nächsten dem Ursprung, dem Entwurfe, der Idee. Die Maler, die nicht zeichnen gelernt haben, wollen ohne Pferd reiten. Leider nehmen sie zu.«

Dem ließe sich hinzufügen, daß man heute sogar Architekten dieses Genres trifft. Die Kunststoffe begünstigen Grenzüberschreitungen der klassischen Statik; sie schaffen auch die Voraussetzung zu abnormen, dem natürlichen Geschmack widersprechenden Bildungen.

☆

»Künstlich« ist bei den Humanisten, etwa bei Fischart, noch vollwertig, also »kunstvoll«. Es wird zunehmend auf Fortschritte innerhalb der mechanischen Welt bezogen; der Unterschied muß schon früh empfunden worden sein.

Selbst die Natur gefällt sich in Extravaganzen, die dann der Auslese zum Opfer fallen – dem Riesenhirsch wird das Geweih zu mächtig, dem Säbeltiger wachsen Zähne, die das Gebiß versperren.

Den Rittern bei Murten wurde die Rüstung zu schwer.

☆

Die Materie kann stärkere Grade ertragen von dem, was wir Schmerz, doch auch von dem, was wir Lust nennen. Die Flamme brennt nicht nur, sie singt. Sie fordert bis zur Vernichtung, was ihr gefällt.

Die Geigensaite wird nicht nur gestrichen, sie antwortet auch. Sie spricht äolisch, wenn keine Hand sie berührt.

Wo die Welt reine Natur wird, lebt sie vom Vulkan bis Daphne in Harmonie. Die Elemente bändigen das Titanische in sich.

Wilflingen, 12. Januar 1987

Neujahrspost. Ein Unbekannter, Unterschrift nicht zu entziffern: »Mon cher Monsieur – nicht nur an Geburtstagen und Weihnachten denke ich an Sie. Auch in meinen Träumen geistern Sie ungerufen herum. Ich spiele die Rolle des eingeweihten Adlatus dabei.«

Ferner ein Brief aus Rethel: Glückwünsche der Klasse 1 B des Lycée Paul Verlaine. Sie plant »à partir de vos œuvres« eine Ausstellung mit Dokumenten aus beiden Weltkriegen.

Dabei erstaunt mich der Name der Schule. Ich entsinne mich zwar, daß Verlaine nach seiner Haft unter anderem auch einmal Lehrer in Rethel gewesen ist – aber bei aller Bewunderung für den Dichter kommt er mir als Patron für Primaner und Primanerinnen unpassend vor.

Grüße von Bernard Fisch, der auf Réunion für mich sammelt: »Zur Zeit richtet hier eine Sorte von Maikäfern Schaden in den Zuckerrohrfeldern an. Wer eine Literflasche mit ihnen füllt und sie auf der Mairie abliefert, bekommt zwanzig Franken dafür. Ce ne sont plus des chasses subtiles. –«

Auch Sohbi Hassane aus der Oase Laghouat verspricht eine Sendung – zur Zeit sei die Trockenheit zu groß. Jedenfalls hat er es dort wärmer als wir – das Thermometer fiel heut nacht auf minus zwanzig Grad. »Je vous embrasse. Que ALLAH vous protège.«

✯

Diese Aufzählung erinnert mich an den Neujahrsgruß Carl August Dohrns an die Stettiner Entomologen, dem er meist noch ein Gedicht voranstellte. So über das Vereinsblatt, 1853:

> Läuft dieser Zeitung Pracht-Maculatur
> Nicht dreizehn Jahre ungehemmt vom Stapel?
> Liest man sie nicht in Kjachin, in Neapel?
> In Treuenbriezen, Newyork, Ghazeepoor?
> Nein, Vater Pan läßt nimmer uns im Stich,
> Stettin macht seiner Fahne keine Schande.

✯

Nicht zu vergessen die stattliche Sendung Carl Ludwig Blumenthals, Großmeisters im Reich der Caraben – besonders seitdem nun Stephan von Breuning in die Ewigen Jagdgründe eingegangen ist.

Der Kollege beantwortet mir einige Fragen – er bezeichnet Samos, wo wir den Mai verbringen wollen, als gutes Gebiet, gibt auch praktische Anweisungen. Dann geht er auf die Geschichte der schönen, mir von Ruspoli gewidmeten Rasse des Carabus saphyrinus ein. Ruspoli und Stephan von Breuning lasen auf einer Schiffsreise in die Türkei die französische Übersetzung der »Subtilen Jagden« mit solchem Genuß, daß sie beschlossen, mich mit dem ersten »Neuen«, der ihnen in die Hände fiele, zu dekorieren, was denn auch durch den Saphyrinus geschah.

Jene Sammelreise ergab eine vortreffliche Ausbeute, doch endete sie, wie Blumenthal hinzufügt, mit einer gewissen Verstimmung, da das beste Fangglas mit seinem Inhalt verschwunden war und nicht wieder auftauchte. Solche Fälle sind in der Geschichte der Entomologie nicht selten; sie bezeugen die Passion. Selbst dem großen Fabricius gegenüber soll hierin Vorsicht geboten gewesen sein.

Auch Prince Mario Ruspoli ist vor kurzem gestorben; er war Mitglied der berühmten Familie und von der Mutter her Nachkomme des Generals La Fayette. Wie viele Sammler und Liebhaber wechselte er im Lauf der Jahre die Neigung; er begann mit den Walen, denen er einen Kulturfilm widmete, und beschäftigte sich zuletzt mit der Entstehung der Werkzeuge. Er schrieb Bücher und Drehbücher, verschmähte es auch nicht, gelegentlich in Filmen als Schauspieler aufzutreten – so als Papst Borgia in »Contes immoraux«. Einige Schriften über die Kochkunst weisen den Prinzen auch innerhalb der Gastronomie als Meister aus. Mit ihm zu tafeln war also in jeder Hinsicht ein Genuß. Zum letzten Male sah ich ihn bei Janet Frachon; es war nicht lange vor seinem Tod. Ich begleitete ihn zu später Stunde hinunter auf die Avenue Bugeaud. Dort erstaunte er mich, als er, immerhin sechzig, sich auf ein riesiges Motorrad schwang, mit dem er im Verkehr der Place Victor Hugo verschwand.

☆

Carl Ludwig Blumenthal hat seinen Brief einem umfangreichen Typogramm vorangestellt: »Mit Stephan von Breuning in der Türkei 1966. Zum Andenken an den großen Entomologen.« – Auch diese Reise war erfolgreich, obwohl Grenzverletzungen an den Köderpisten zu beklagen waren – doch gewinnen solche Übergriffe mit der Bedeutung des Liebhabers unter Kollegen anekdotischen Wert.

Überhaupt fehlt es den Aufzeichnungen nicht an »Nebendingen« persönlicher, historischer und kultureller Art. Solche Bereicherung ist seit dem Tode des alten Dohrn immer mehr abhanden gekommen; ich hörte sogar von Zoologen, daß der Große Brehm vom »anekdotischen Ballast« zu befreien sei. Damit würde sich der humane Anteil der »scientia amabilis« verringern zugunsten des Objekts.

Die Exkursion führte auch durch die alte Kaiserstadt Trapezunt, die Fallmerayer 1845 noch von üppigen Wäldern umgeben fand. Diese kolchische Pracht ist heut verschwunden, aber das Andenken an Atatürk ist noch lebendig, und die Reisenden erfuhren in den Cafés Einzelheiten aus seinem Leben, die in den Geschichtsbüchern kaum enthalten sind.

»In der Anfangszeit seiner Reformen hatte Atatürk hier selber Unterricht in der europäischen Schrift erteilt. Die Honoratioren hatten daran teilzunehmen, darunter ein Alter, der immer noch den Fez und die traditionelle Kleidung trug. Den Fez, dieses Symbol der Rückständigkeit, wollte Atatürk in seiner modernen Türkei nicht mehr haben; er machte das dem Alten klar. Doch am nächsten Abend erschien dieser wieder, weil er sich nun nicht mehr umgewöhnen könne, in seiner Tracht. Atatürk, ergrimmt, ließ ihn kurzerhand erschießen.«

Soweit das Zitat. Der Autor meint, daß ohne solche Demonstrationen das Befreiungswerk des großen Mannes schon in den Anfängen gescheitert wäre – besonders angesichts der Mentalität seiner Landsleute. Typisches Beispiel für eine Klippe der historischen Betrachtung: der Widerspruch von Ethos und Notwendigkeit. Die Vermutung, daß es auch in der moralischen Welt einen Quantensprung geben könne, liegt nahe, doch räumt sie die Skrupel nicht aus.

Wilflingen, 17. Januar 1987

Nachts in einem Hause, das ich zuweilen aufsuche. Der Eingang führt durch einen Blumenstand, in einer der oberen Etagen wohnt ein Arzt – er wird geheimer Leiden wegen konsultiert.

Diesmal lag das Haus nicht in seiner kleinen Nebenstraße, sondern an einem der großen Boulevards. Das mußte mit der neuen Seuche zusammenhängen, von der man ungern spricht. Der Zugang war günstig – man tat, als ob man unten eine Blume kaufen wollte, und verschwand im oberen Korridor. Seitdem die Erkrankung gemeldet werden mußte, hatten die Winkelärzte alle Hände voll zu tun.

Ich kam von der Gegenseite des Boulevards. Mir fiel auf, daß ich einen Umweg machte, um den Zebrastreifen zu erreichen, doch nicht wegen des starken Verkehrs. Wahrscheinlich tat ich es, um die Fahrer nicht zu erschrecken, denn für mich gab es keine Gefahr.

☆

Dr. Dietrich Karow, Botschaftsarzt in Jakarta, lädt uns dorthin zu einem Besuch ein; wir hatten mit ihm in Kuala Lumpur ein gutes Gespräch. Sein Vater war einer meiner Kameraden im Pariser Stab. Seine Dienstreisen führen den Doktor weit über Indonesien hinaus; er ist von China nach Südkorea unterwegs, und für diesen Januar stehen Burma und Bangladesch auf dem Programm. »Von allen Seiten stürzen neue Eindrücke auf mich herab.«

»Herzlichen Dank für Ihre Nachrichten vom 19. Dezember. Inzwischen hat das Jahr 1987 begonnen; möge es Ihnen günstig sein.

Durch Ihren Beruf lernen Sie Südostasien gründlich kennen – gründlicher vielleicht noch als Joseph Conrad, der mehr ein ›Vorbeifahrer‹ war. Wissen Sie, daß Franz Wilhelm Junghuhn (1812–1864) einer Ihrer Vorgänger war? Er war Kompaniechirurg bei den Preußen, saß eines Duelles wegen auf dem Ehrenbreitstein, entfloh über Frankreich nach Algerien, wo er in der Fremdenlegion als Sanitätsoffizier tätig war. Dabei wurde er verwundet und nahm 1835 nicht nur als Arzt, sondern auch als Forscher bei den Holländern Dienste in Batavia. Von dort wurde er nach Sumatra versetzt, wo sein Werk über die ›Battaländer‹ entstand.

Junghuhn hinterließ Bücher über Menschen, Tiere und Pflanzen des Archipels; er war ein vorzüglicher Botaniker und besitzt als solcher ein eigenes Signet. Er starb auf Java bei Bandong. Ich kam jetzt auf seinen Namen, weil ich unsere Reise auch ein wenig literarisch nachhole.

Ich will nicht verreden, daß wir bei Ihnen einmal vorsprechen. Besteht denn noch etwas von dem alten Batavia, einem der Traumländer meiner Kinderzeit? Man lebte dort nicht lange, starb vielleicht schon während der Seefahrt oder bei einem Schiffbruch, kam im besten Falle reich, aber mit dicker Leber zurück. Wer kennt die Namen – vielleicht haben sie sich in alten Kirchenbüchern erhalten, falls die nicht verbrannt oder von den Termiten zerfressen sind.

Wenn Sie im Februar Dufners sehen, bitten wir um einen herzlichen Gruß.«

Wilflingen, 18. Januar 1987

Vielleicht zählt Sprach-Skrupulantentum zu den Alterszeichen; ich vergeude Zeit mit grammatikalischen Quisquilien. So plagten mich heut morgen Gewissensbisse: habe ich den Brief an Dr. Karow nicht voreilig in den Kasten gesteckt?

»Kirchenbücher, falls die nicht verbrannt oder von den Termiten zerfressen sind.«

Das »verbrannt« sollte die politischen Unruhen andeuten. Es müßte ihm also ein »worden« angefügt werden. Besser noch als »verbrannt worden« wäre: »Wenn sie nicht in Flammen aufgegangen sind.« Das würde mich nach beiden Seiten aus der Affäre ziehen.

☆

Gerade bei Briefen ist eine gewisse Flüchtigkeit verzeihlich, sie nähern sich dem gesprochenen Wort. Allerdings hatte ich bei jenen Carl Schmitts den Eindruck konzipierter und dann in die Handschrift übertragener Texte – ich sah mich darin insofern bestätigt, als er mir einmal schrieb, er besitze sie alle noch.

☆

Beruhigend finde ich eine Stelle aus dem Brief Henri Plards, der heut morgen mit der Post kam und zum Thema paßt:

»Was Sie über die stilistischen und grammatischen Quisquilien schreiben, habe auch ich erlebt. Als ich an der Sorbonne studierte, sagte mein Lehrer Maurice Boucher, ein guter Germanist, mal im Kolleg: ›Il n'y a pas des fautes d'allemand dont on ne puisse trouver un exemple chez Goethe, Schiller ou Friedrich Schlegel.‹ Damals fand ich, es sei doch ein starker Toback, aber jetzt, da ich an Jahren und Erfahrung gewonnen habe, bin ich geneigt, diese Ansicht zu teilen, und après tout wirken solche ›Fehler‹ an einem wirklich großen Dichter erfrischend wie der berühmte Frankfurter Reim bei Goethe: ›Ach neige/Du Schmerzenreiche/ Dein Antlitz gnädig meiner Not!‹ Oder der Reim von ›Lohn‹ auf ›davon‹ im Lied der Soldaten. Womit ich aufhöre, denn mit dieser verfluchten Grippe werde ich immer duseliger.«

Woraus ich ersehe, daß der Winter auch in Brüssel regiert. Den Anlaß zu diesem Briefe gab der Tod Hans Peter des Coudres', der sich zum zehnten Male jährt und der uns beide schwer getroffen hat. Wir bildeten, jeder mit Solostimme, ein gutes Terzett.

Wilflingen, 25. Januar 1987

Wojciech Kunicki sendet Exemplare seiner Übersetzung der »Marmorklippen« und Notizen zur Übertragung von deutschen Texten ins Polnische allgemein:

»Die Qualität meiner Übertragung macht mir immer mehr Bedenken. Sehr oft trage ich mich mit Ihrer Maxime herum: ›Man ist in der Höhle des Ali Baba gewesen und hat nur eine lumpige Handvoll Silber zutage gebracht.‹ Die polnische Sprache ist ein schweres Medium, dazu noch in einer Begegnung mit der deutschen. Vielleicht aus diesem Grunde gab es bei uns nur wenige Übersetzer der deutschen Literatur, die mit ihrer Arbeit zufrieden sein konnten. Ich meine auch, die deutschen Fassungen polnischer Texte klingen ebensogut wie die Originale – das beweisen auch die Maximen von St. J. Lec, die Sie mit so großer Begeisterung gelesen haben. Die polnische Sprache ist konsonantisch, sie liebt den Relativsatz und den Satzrahmen nicht. Der jambische Prosarhythmus wirkt eher befremdend. Und schon aus diesen Gründen sind die Übersetzungsschwierigkeiten enorm.«

Wilflingen, 27. Januar 1987

Immer noch ungewöhnlich kalt. Ich fuhr in die Stadt, um Liselotte abzuholen, die aus Salzburg von den Musikwochen kommt. Bei Windstille markiert sich der Frost sehr deutlich – so waren die Bäume des Teutschbuchs nur an den Gipfeln bereift. Die thermische Grenze war wie mit dem Lineal gezogen – darüber die Häupter, leicht schamponiert.

Der Bodensee ist überfroren: die Schwimmvögel schwärmen ins Umland, eisfreien Gewässern zu. Auch von der Riedlinger Donaubrücke sah ich die Enten rudern und die Bleßhühner gründeln, zwischen ihnen als heraldischen Gast einen Schwan.

☆

Eurydike, fünfeinhalb Jahre alt. Es scheint sich zu lohnen, daß ich sie in der Rue de Seine mit Champagner getauft habe. Fouad sendet mir ihre ersten Maximen – darunter: »Seul Dieu sait s'il existe ou s'il n'existe pas.«

Wilflingen, 10. Februar 1987

Erste Schneeglöckchen. Die Blüten sind geöffnet; sie müssen also im Schnee, der schnell geschmolzen ist, schon voll entwickelt gewesen sein.

Dieses Wirken unter und über den Decken ist beruhigend: das Keimen unter dem gefrorenen Boden und die Sonne, die über den Wolken scheint.

Kurzer Gang in den Wald. Der Hornung hat begonnen – mir fiel ein, daß man das Schneeglöckchen auch »die Hornungsblume« nennt. Dazu paßte, daß ich im Laub ein schönes Rehgehörn fand.

Diese Kopfzier der Pflanzenfresser mit dem Sprossen, der Verzweigung und dem Abwerfen möchte ich weniger für eine Waffe halten als für eine totemistische, mit den Bäumen und ihrem Laub harmonierende Ausstattung. Natürlich wird sie wie jede Eigenschaft auch zum Kampf verwendet – doch würde sie fehlen, würden dic Männchen trotzdem die Köpfe gegeneinanderstoßen, wie man es bei den Schaf- und Ziegenböckchen sieht.

☆

Zu Haus Gespräch mit Wladislaw Pietrón, der für einige Tage die Kleine Bibliothek in sein Atelier verwandelt hat.

Mit den Bildhauern kann man sich während der Arbeit unterhalten – das scheint sie sogar anzuregen, weil das

Gesicht für sie an Leben gewinnt. Eine Reihe von Expressionen verdichtet sich zu einem Ausdruck, der stärker wirkt als jede einzelne (falls etwas dahintersteckt).

☆

Eine Kerze auspusten, während der Wald brennt.

☆

Die Todesfurcht wächst. Schuld daran tragen außer den platten Materialisten, die es immer gegeben hat, auch die entmythisierenden Theologen, die das Jenseits abbauen, ohne die Armen dafür zu entschädigen.

☆

Darwin ist umzubetten – nicht zu beerdigen. Für Haeckel muß es einen Augenblick gegeben haben, in dem er erkannte, daß er noch weiter zurückgreifen müßte als auf die Protozoen.

Wilflingen, 22. Februar 1987

An Rolf Schilling: »Das Jahr floß schnell vorbei. So komme ich heut erst dazu, Ihnen für Ihren Brief vom 12. Juli zu danken, und besonders für Shelleys Elegie. Ihre Übersetzung erinnerte mich an den Tag, den ich am Steilufer des Nahr-el-Kalb verbracht habe, des Flusses, den in jedem Frühling das Blut des Adonis färbt. Ihre Übertragung des ›Adonis‹ ist ein Lichtblick in unserer entmythisierten Zeit.

Im Jahr 1976 wurden in einer Londoner Bank zwei bislang unbekannt gewesene Gedichte Shelleys entdeckt, die dort seit 1820 im Koffer eines seiner Freunde schlummerten. Mein Compère Fouad El-Etr hat sie gut ins Französische übersetzt. (›La Délirante‹, 1979)

Auch sonst gäbe es viel zu berichten, doch nehmen Sie vorerst mit diesen Zeilen als einem Lebenszeichen vorlieb.«

☆

An Guy Féquant, Professeur am Lycée Verlaine in Rethel: »Der Name des Patrons Ihres Lyzeums hat mich überrascht. Zwar habe auch ich als Primaner, sogar schon als Sekundaner, Verlaines Gedichte mit Begeisterung gelesen – doch wäre ich nie auf den Gedanken gekommen, daß unser Rektor der Schule den Namen dieses Poeten geben könnte – und noch heute scheint mir das gewagt, obwohl es mich freut.

Wie Sie aus der Anlage ersehen, werde ich am 20. Juni einer angenehmen Einladung nach Nuits-St.-Georges folgen.

Bitte grüßen Sie die Kathedrale von Laon und auch die Archivarin dieser Stadt, Suzanne Martinet, mit der ich seit vielen Jahren in Freundschaft verbunden bin. Ferner bitte ich um herzlichen Gruß an Eric Allart, Primaner des Lycée Paul Verlaine; sein Brief vom 18. Januar hat mich gefreut.

PS. Wie ich höre, brachte das Französische Fernsehen in einem Film über François Mitterrand auch dessen Besuch in Wilflingen. Vielleicht wäre dieser Ausschnitt ein Objekt für Ihre Ausstellung.«

Wilflingen, 24. Februar 1987

An Oskar Altenfeld: »Sie schreiben in Ihrem Brief vom 6. Dezember: ›Zu den dringendsten Fragen unserer Zeit haben Sie nie Stellung bezogen. Richard Scheringer hat Sie noch zu Lebzeiten daran erinnert. Nun aber nehmen Sie, der einmal zu den Köpfen der Konservativen Revolution zählte, von einem bayrischen Potentaten einen Orden an ...‹

Daß Sie Strauß und Scheringer konfrontieren, mag von Ihrer Sicht aus stimmen. Ich brauche daran nicht teilzunehmen, indem ich den einen gegen den anderen auf- oder abwerte. In meiner persönlichen Geschichte überwiegt an beiden das Gemeinsame. Beide haben als Primaner meine Erinnerungen aus dem Ersten Weltkriege gelesen und mir seitdem die Treue bewahrt. Das spricht für beide – daß der eine Kommunist, der andere Christlich-Sozialer ist, spielt für mich keine Rolle dabei. Übrigens haben beide in unserer erbärmlichen Zeit noch eines gemeinsam: daß sie Kerle sind. Scheringers Freundschaft mit mir war ebenso unpolitisch wie die meine zu ihm. Er hat mich in Goslar als Ersten besucht, nachdem er aus dem Gefängnis kam, und dann oft wieder bis zu seinem Tod.

Wenn ich meine Freunde nach ihrer politischen Meinung aussuchen wollte, müßte ich sie alle zusammen abschreiben. Aus solchen Gründen eine Geste öffentlich abzulehnen, die freundlich gemeint ist, halte ich zum mindesten für taktlos – die ›dringendste Frage unserer Zeit‹ ist für mich die Humanität.«

Wilflingen, 17. März 1987

Vor mir auf dem Tisch eine Lampe, antik mit offener Oberseite; sie hat tagsüber gut gebrannt. Nun saugt der Docht am letzten Tropfen Öl; er beginnt zu »pfuzgen«, wie man in Schwaben sagt. Explosionen en miniature. Die Flamme nimmt Abschied in einer Zuckung von geisterhaftem Blau.

»Pfuzgen« sagt man auch von Menschen, die zischend aus- und einatmen oder jammern und stöhnen bei körperlichem Schmerz. (Fischer, »Schwäbisches Wörterbuch«)

☆

Die Bedrohung ist atmosphärisch; die Gefahr schläft weder am Tage noch in der Nacht. Der Wecker beginnt schon zu ticken, wenn einer, der mit dem Wagen fortfuhr, eine Stunde lang auf sich warten läßt. Während der Fahrt merkt mans weniger. Sie stimuliert.

Zudem verfeinert sich die Wahrnehmung. Das geht bis in die Viren. Wie ich höre, dürfen die Juweliere nicht mehr »Ohrringe anprobieren«. Die Welt wird suspekt. Ehe man sich zu Tisch setzt, ist der Hunger, bevor man ins Bett geht, die Lust schon vorbei.

Wilflingen, 25. März 1987

Ein wenig wärmer. Der Winter war lang, mit Rückfällen. An den Lehmrändern der Feldwege strahlt in Gruppen der Huflattich – in jedem Frühling der Erste, der erwacht.

Am Holzbach entlang. Stare im Hochzeitskleid, die Goldammer noch lebhafter als vor kurzem leuchtend, Elstern fliegen zum Nestbau in die Wipfel, aus dem Schilf streicht ein Erpel auf.

Die Forstleute prophezeien ein Maikäferjahr. Während unsereiner sich darauf freut, nach Jahren wieder einmal einem Freunde der Kindheit zu begegnen, beginnen die Zeitungen bereits zu unken und zu erwägen, mit welchem Gift man der Plage beikommen soll.

Auch das ein Symptom der ungemein gewachsenen Empfindsamkeit, die unter anderem die sogenannte »Kostenexplosion im Gesundheitswesen« gezeitigt hat.

Wilflingen, 2. April 1987

Vorfrühling. Im Garten regt es sich nur allmählich, noch nicht einmal die Hasel wallte auf.

Aber die Ameisen haben bemerkt, daß sich heut etwas gewendet hat. Ich besuchte ihre Burgen am Betzenhart. Aus zweien quollen sie heraus – nicht etwa in Fäden, sondern in Masse, als ob ein unter dem braunen Hügel verborgenes Tier sein dunkles, wallendes Fell zeigte. Auf einem dritten hatten sie sich bereits zu einem Umhang verteilt. Das rote Halsschild der Einzelwesen ist im Gewimmel nicht zu erkennen, doch wirkt es wie eine Infusion auf dessen Tönung ein.

Empusa muscae, der Jochpilz, auch Fliegentöter genannt. Wenn sich im Herbst die erste verseuchte Fliege mit ihrem weißen Pelz am Fenster zeigte, versäumte der Vater nicht, uns darauf hinzuweisen als auf einen Gast, den man gern begrüßt.

Empusa – ein gut gewählter Name: der eines Gespenstes im Gefolge der Unterweltsgöttin Hekate, das seine Gestalt nach Belieben veränderte. Gern schlief es bei seinen Opfern, die es dann mit vampyrischer Lust aussaugte.

Wilflingen, 6. April 1987

An Hans-Eberhard Dentler: »Am 19. März waren wir zum Geburtstag Hans Wimmers in München, haben auch die Ausstellung seiner neueren Arbeiten, darunter eine Wagenlenkerin, besucht. Der Cellist Hoelscher hat zur Feier gespielt.

Davon angeregt, habe ich in diesen Tagen meinem Manuskript von ›Autor und Autorschaft‹ II einen Passus zum Lobe des Solisten eingefügt. Dessen Leistung und ihre Wirkung ist wie jene des guten Lehrers und des großen Schauspielers letzthin anonym, doch im Namenlosen überlebt sie ihn auch. Wer könnte Besseres dazu sagen als Schiller in seinem Prolog zum ›Wallenstein‹. Hoffentlich führen wir darüber noch einmal ein Gespräch.

Der eigene Geburtstag war festlich, bei über sechzig Gästen auch anstrengend, besonders für meine Frau. Ich komme mir dabei vor wie ein Amazonas-Indianer, dessen Frau ein Kind kriegt und der dabei, in der Hängematte liegend, jammert und stöhnt. So bedauern die Gäste meine Anstrengung, die allein Liselotte trifft.«

Wilflingen, 21. April 1987

Zum Tee Charles Juliet und Gattin: Der Besuch war angenehm. Autor von Tagebüchern, Romanen, Gedichten; ich hörte den Namen zum ersten Mal. Es ist aber besser, wenn die persönliche Begegnung der Kenntnis des Werkes vorausgeht – oft bleibt eine Enttäuschung erspart.

☆

Fataler Gedanke: Kern-Explosionen könnten zur Vermehrung der Naturschutzgebiete beitragen und eine besondere Kategorie schaffen. Gewisse Distrikte werden für Menschen unbewohnbar, während Pflanzen und Tiere überleben, vielleicht sogar besser gedeihen.

☆

Bei der Post ein Brief von Helmut Brünner, den ich, wie er schreibt, vor zwanzig Jahren zur Fortsetzung seines Tagebuches anregte, das inzwischen zu einer kleinen Bibliothek gewachsen ist.

Eine Frage: »Ist der Geist eine Emanation des Gehirns, der Moleküle, der Materie? Oder ist das Hirn die Harfe für den Geist?«

Ihm fiel etwas auf, das auch mich zuweilen, besonders beim Autofahren, nachdenklich stimmt: Von den zahllosen elektromagnetischen Wellen, die den Raum durchkreuzen, empfangen wir nur einige Signale, die unsere Apparate auffangen. Zahllose bleiben ungesehen und ungehört.

»Every world we think of is a selected one – against a neglected background.«

Hierzu wäre anzumerken, daß der background auch underground ist – ein trächtiger, noch qualitätsloser Humus, dem Qualitäten wie Blumen entwachsen. Und dann beginnen sie zu blühen.

Die Wellen treffen uns nicht nur, sie gehen auch durch uns hindurch. Töne und Farben werden auf unsere Moleküle übertragen – doch nicht ihr Inhalt, sondern ihr Untergrund. Das gilt selbst für Musik. Die Wellen spielen über unberührten Tasten und unbeschriebenen Blättern – und verändern sie vielleicht.

Dieser ununterbrochene Einfluß, nicht nur auf Menschen, sondern auch auf Pflanzen, Tiere und Gesteine, ist neu auf dem Planeten, wohl auch im Sonnensystem. Er ist als Vorform der Vergeistigung zu werten, als Präludium der Wassermannzeit.

Wilflingen, 28. April 1987

Nachts mit Dufners und Fee von Stauffenberg auf einer Fahrt durch Sibirien. Wir blickten aus dem langsam fahrenden Zuge auf die Blumen am Bahndamm, darunter ungewöhnlich große Freesien. Ihr Violett vermählte sich mit einem tiefen Braun; der Duft drang durch das geschlossene Fenster ein.

Wenn wir Blumen im Traum sehen oder uns wachend in sie vertiefen, scheint entweder ein feineres Licht sie zu durchfluten oder ein stärkeres auf sie ausgegossen – sie sind durchleuchtet oder laviert.

Beides kündet eine Annäherung an. Es gibt auch eine Verbindung beider Effekte wie in den sowohl gefüllten wie transparenten Gläsern von Braque. Wird nun die Substanz lichter oder das Licht substantieller? – die Frage ist nicht zu beantworten. Das Schwanken in unserem gebrechlichen Boote genügt.

☆

Als Augenfrühstück genieße ich seit einigen Tagen kanadische Cerambyciden – eine der Sendungen aus Quebec, mit denen Gontran Drouin mich erfreut. (Cerambyx war schon bei den Griechen ein Käfer mit langen Fühlhörnern.)

Wie ich sehe, hat es der Kollege sowohl im Felde wie im Studio inzwischen weit gebracht. Die Präparation ist die Handschrift des Entomologen, während die Determination sein Wissen verrät. Endlich kann er sich dann an die Benennung neuer Arten heranwagen.

Bislang hatte ich Kanada für ein boreales Land gehalten und dabei an den Schneefinken, sogar den Eisbären gedacht. In diesen Sendungen überraschen mich den hiesigen verwandte und dazu noch reicher gefärbte Arten – es muß also, wenigstens in der Umgebung von Quebec, ein Klima herrschen, das den Thermophilen behaglicher ist als das unsere.

Wilflingen, 2. Mai 1987

Bei gutem, etwas stichigem Wetter am Eichberg; ich pflückte Löwenzahn für die Schildkröten. Im Dorf erfuhr ich zwei mir neue Namen für die Pflanze – nämlich »Sonnenwirbel« und »Milchstengel«. Im Hegi finde ich beide verzeichnet, dazu eine Menge anderer. »Pfaffenröhrlein« soll sich des kahlen Fruchtbodens wegen auf die Tonsur der Geistlichen beziehen. »Fer de lance« weist auf die gezackten Blätter hin.

Nachmittags Gewitter mit Hagel: die Körner waren erst erbsen-, dann kirschkerngroß. Die Folie des Treibbeetes wurde durchlöchert, die Hausfrau brachte die Tomaten, die noch in Töpfen stehen, in Sicherheit.

Wilflingen, 5. Mai 1987

Das »Weben« ist die allgemeine Bewegung beim Gehen, Schwimmen, Rudern, Lieben, solange Herzschlag und Atmung bestehen. Bei den Organismen beginnt es mit einem einfachen Pulsieren, das sich zum Vibrieren bis zu Konvulsionen steigern kann.

Das Weben könnte auf die erste Spaltung zurückgehen. Sie hat ein Wesen in zwei Qualitäten getrennt. Unmittelbar darauf spüren sie Heimweh nach dem Ursprung, sie suchen sich wieder zu nähern, doch das kann in der Zeit nur als Gleichnis, nur in Andeutungen geschehen. Es wiederholt sich in Licht und Schatten, in Freude und Leid.

Beim Jüngsten Gericht nur eine Frage: »Hast du gewebt?« Das muß jeder bejahen, und jeder wird absolviert.

☆

Wo die Vision blendet, kann noch gehört werden. Das ist der Trost der Blinden und daher der Vorrang der Musik.

☆

Erfreulich ein Brief Vittorio Vettoris, der mich an den herzlichen Empfang in der Conca d'oro anläßlich der Verleihung des Premio Mediterraneo erinnert:

»Les amis de Palermo se rappèlent toujours de votre présence avec la même fidélité . . .«

Er fügt hinzu, daß sie jetzt wieder durch die Verleihung des Preises »Dante Alighieri« an mich gedacht haben. Der Preis besteht aus einer vom Florentiner Goldschmied Bino Bini entworfenen Medaille und wurde bislang an Senghor, Eliade, Horia, Pa-Chin und Mandelbaum verliehen.

☆

Besuch eines Lesers mit Kehlkopfapparat. Er sprach tonlos, doch deutlich und artikuliert.

Horgen, 16. Mai 1987

Nachdem wir das Haus mit Garten, Katzen und Schildkröten versorgt hatten, holte Albert Weideli uns gegen Mittag zur Fahrt nach Zürich ab – drei Wochen auf Samos stehen bevor.

Kurze Unterbrechung in Überlingen, um Abschied von der lieben Citta zu nehmen; wir wissen nicht, ob wir sie wiedersehen. Nach jahrelangem Leiden an einer Krankheit, deren Namen kaum den Ärzten geläufig, hat sie vor einigen Tagen ein Schlag getroffen – ihre erste Frage an Änner: »Ist es nun aus?« Obwohl das Gesicht schon sehr fern war, erkannte sie uns noch. Sie fühlte unsere Nähe und begrüßte uns – nicht mit Worten, sondern durch einen Hauch.

Es sind jetzt fünfzig Jahr verflossen, seitdem ich das Haus am See zum ersten Mal betreten habe; ich kam dann fast täglich, solange ich am Weinberg wohnte, und danach zu Fest- und Geburtstagen, vor allem dem des Bruders am 1. September, während der »Goldenen Tage« am See. Nicht zu vergessen ist die Fasnacht, das Weinland überhaupt. Ich kam aus Brasilien in das Haus, das Gretha inzwischen eingerichtet hatte, und siedelte vom Norden in den Süden, von den Niedersachsen zu den Schwaben um. Das war ein Einschnitt; vielleicht gibt es nicht nur ein Geburtshoroskop, sondern auch Wandlungen durch den Wechsel von Horizonten und Landschaften.

So vergeht die Zeit, schnell dahinströmend, aber etwas bleibt wie die Kiesel im Bachbett oder wie ein Gedicht, das zu guter Stunde entstand. Auch der Kiesel wird verschliffen und das Gedicht vergessen, ja selbst die Sprache, in die es gefaßt wurde. Doch das Überleben in der Zeit läßt hoffen, daß endlich einmal der große Wurf gelingt. Der Wettkampf in der staubigen Arena ist ein Vorspiel – und er bliebe es, auch wenn der Speer, der nicht verwundet, über jedes Ziel hinausflöge. Die Erfüllung geht über jede Erwartung hinaus.

☆

Zur Statistik. Die Zahl der schwerelos verbrachten Stunden wird mit der Kosmonautik wachsen und damit die Erfahrung, die von Schwebenden gesammelt wird. Es werden sich besondere Übungen, vielleicht auch ein neuer Yoga daran anknüpfen. Der Körper bewegt sich in einem neuen Medium. Eine seiner Eigenschaften wird aufgehoben, was auch auf den Geist nicht ohne Einfluß bleiben kann.

Wird man Raumstationen frequentieren wie Heilbäder oder wie einst den Tempel des Asklep? Bemerkenswert ist schon, daß gewisse chemische und biologische Experimente erst dort möglich geworden sind, auch makellose Kristallisierungen.

Im Flugzeug, 17. Mai 1987

Das Frühjahr war ungewöhnlich kühl. Als ich vor dreißig Jahren, am 27. März 1957, zum »Rochenstich« nach Sardinien aufbrach, war der wilde Wein auf der Gartenlaube fast stärker ausgetrieben als jetzt, Mitte Mai. Ich sehe über den Flügel hinweg, daß der Schnee der Alpen noch tief hinunterreicht.

☆

Zeitungen. In Lyon beginnt der Prozeß gegen den ehemaligen Chef des Sicherheitsdienstes, der dort während der Okkupation vor allem mit der Bekämpfung der Résistance beauftragt war. Ich las schon damals in den Ic-Berichten, die morgens auf dem Schreibtisch lagen, widrige Dinge, gerade aus Lyon, und erfuhr mündlich noch schlimmere. In den Kaukasus kommandiert, ließ ich mich im Kameradenkreise freimütig darüber aus. Es muß etwas durchgesickert sein, denn tags darauf wurde ich vom örtlichen Sicherheitsdienst nicht gerade vor-, sondern zum Abendessen eingeladen und spürte dort einen unverhohlenen Groll, der sich allerdings nicht gegen mich direkt richtete, sondern in einer frenetischen Schilderung der Partisanen und ihrer Greuel entlud. Zu den Partisanen wurden auch Kategorien wie die Feuerwehrleute gezählt. Ich sagte zu dem Major, mit dem ich zurückfuhr, daß damit doch eher friedliche und nützliche Kräfte betroffen würden und hörte: »Ja, es ist furchtbar, aber es muß sein.«

In diesem Lyoner Prozeß scheint sich eine Wende insofern anzukünden, als er nicht mehr mit durchaus weißer Weste der Ankläger geführt wird und die Schandtaten nicht als unser ausschließliches Privilegium der Welt präsentiert werden. Übrigens würde ich mich heute nicht mehr in der Art profilieren, die ich während des Zweiten Weltkrieges noch für richtig hielt. Man hat weniger die Tyrannen am Halse als rundum die Masse, die sie schuf. Vorsicht auch im engsten Kreise, besonders vor Kindern, ist geboten – hätte ich mich hier pädagogischer verhalten, würde ich dem Sohn das Gefängnis erspart haben, vielleicht sogar den Tod.

Und was hilfts? Je mehr die Gesellschaft verfällt und sich in Masse verwandelt, desto mehr wird der Anstand Privatsache. Man hat nicht einmal mehr mit Windmühlen zu tun; man wird, wenn nicht erschlagen, einfach erdrückt.

☆

Ich lese, daß ein junges Mädchen, dem das Leben in unserem schwäbischen Saulgau zu öde wurde, die Familie verlassen hat, um nach Berlin, ausgerechnet nach Kreuzberg, zu fahren, und daß es dort ermordet worden ist. Kein besonderes Ereignis, wohl aber der Traum, der die Mutter nach dem Abschied beängstigte: Sie sah, daß die Tochter über einen Graben springen wollte, und warnte sie – auf der anderen Seite sei mooriger Grund. Das Mädchen sprang trotzdem und versank sogleich in einem braunen Schlamm, der sich über ihm schloß. Die Mutter sah noch einige Blasen aus ihm aufsteigen.

Die Blasen: das waren die Nachrichten.

Ein gefährliches Alter, in dem man nicht mehr Kind und, wenigstens geistig, noch nicht erwachsen ist. Es ist die Zeit der Entfremdung, oft auch der Flucht. Abenteuer, Drogen, Terror, Prostitution, Enttäuschungen. Die Doktorin, deren Geburtstag wir vor einigen Tagen in Wilflingen feierten, hatte als Kind ein Gebet: »Lieber Gott, laß mich leiden, aber mach einen Menschen aus mir.«

Samos, abends

Wir landeten gegen Mittag; unser Hotel »Doryssa Bay« liegt nahe bei Pythagorion. Dort stand die antike Hauptstadt der Insel, auf der Polykrates herrschte und Pythagoras geboren ist.

Nach alter Gewohnheit begannen wir mit dem Meerbad; das Wasser war kühl, sauber und klar. Wie zur Bestätigung trieb ein Sepia-Gelege an: ein Büschel schwarzer Oliven, jede zu einer kleinen Zitze gespitzt.

Dem folgt die Prüfung der Strandlinie. Hier ist sie dicht mit flachen Querschliffen bedeckt, über die man barfuß wie über Fliesen gehen kann. Manche sind fingerförmig, andere oval, handtellergroß. Viele sind wie mit Silber besprüht – die Punktierung ist so fein, daß sie nur im Sonnenlicht erscheint.

In einem Brocken von Marmorkalk hat sich der Gang einer Bohrmuschel erhalten; das Stück wird vor langer Zeit aus einer Klippe gebrochen und von der Brandung gerundet worden sein. Einst hatte die Muschel sich hier eine Zuflucht geschaffen; man kann sich kaum eine Burg von größerer Sicherheit vorstellen. Es ist nur ein Ort vonnöten, an dem die Strömung genügend Plankton vorübertreibt. Das ist die Art von Zöllnern und Raubrittern.

Als Fundstück sind diese durchbohrten Steine im Strandgut nicht selten; manche sind so klein, daß man sie an den Schlüsselbund hängen kann. Andererseits erstaunte mich in Liberia ein Felsblock, der noch belebt war und der sich bei Ebbe am Ufer erhob. Er war gemustert wie eine Hieroglyphensäule und bot auch wie diese reichlich Stoff zum Nachdenken. So fiel mir auf, daß rings um die bewohnten Gänge mehr oder minder tiefe Gruben, oft auch nur Punkte, eingezeichnet waren – offenbar hatten zahllose Larven hier zu schürfen begonnen, doch ihr Werk nicht vollbracht. Hatten sie der Brandung nicht widerstehen können, oder waren sie Feinden zum Opfer gefallen – etwa Meerschnecken, die das Gestein abweiden? Jedenfalls kamen auf ein Glückskind hundert andere, denen die Landung mißlungen war.

Doch gehen wir weiter: Selbst diese, die sich, sei es erfolgreich oder als Versager, einzeichneten, bilden nur einen Bruchteil der Geschwister, die als Eier der Flut anheimgegeben wurden – das Meer ist gefährlich und von Feinden bewohnt. Und noch eine Stufe tiefer: von zehn- oder hunderttausend Spermen hat nur eines das Ei befruchtet, das sich sogleich nach der Begattung schließt.

☆

Wir müssen zugeben, daß jeder, der denkt und atmet, bereits das Große Los gezogen hat. Er hat Siebungen und Ausmerzungen überstanden, die jede Wahrscheinlichkeit übertreffen und die als Wunder zu erkennen und anzuerkennen sind.

Wie ein Adler sein Gefieder
Über seine Jungen streckt,
Also hat auch hin und wieder
Mich des Höchsten Arm bedeckt,
Allsobald im Mutterleibe,
Da er mir mein Wesen gab
Und das Leben, das ich hab
Und noch diese Stunde treibe.

So Paul Gerhardt. Direktor Holle verlangte, daß wir dreizehn Kirchenlieder auswendig wußten, von denen etliche ziemlich lang waren. Ich habe oft darüber geflucht, aber einige Perlen haben sich im Gedächtnis bewahrt.

☆

Die »Chancengleichheit« ist eines der gängigen Probleme unserer Zeit. In der Idee verbirgt sich unter anderem ein Rest von nobler Überlieferung. Auch ein überzeugter Darwinist könnte sich nach einigen Erwägungen damit abfinden. Allerdings ist ein Dritter, ein Unparteiischer, ein Schiedsrichter, ein Vater oder eine Verfassung notwendig, sonst waltet die Auslese des Tüchtigsten unmittelbar. Die Gleichheit muß auch immer wieder, von Stufe zu Stufe, konstituiert werden. Raum und Zeit werden jedem ohne Vorzug oder Minderung zur Verfügung gestellt, bis der Startschuß ertönt; dann läuft jeder für sich. Einer wird der Erste und einer der Letzte sein. »Letzthinnig« wird die Gleichheit wiederhergestellt, insofern als jeder, da er sterblich ist, auf der Strecke bleibt. So haben die Kulte auch von jeher das Problem behandelt: als zweitrangig. Daß dann eine neue Auslese begönne, ist eine gemeinsame Behauptung der Kirchen, doch davon leben sie.

☆

Da wir früh gelandet waren, fanden wir noch Zeit zu einem Gange durch Pythagorion. Von der Pracht der antiken Hauptstadt, der Residenz des Polykrates, ist kaum eine Spur geblieben, doch der Topos mit dem Blick auf den Burgberg und die Gebirge des nahen Anatolien ist immer noch schön.

Herodot schreibt, daß er sich mit den Samiern besonders beschäftigt habe, und zwar wegen dreier ihrer Werke, die von allen der Griechen die größten seien. Er meint damit den Hera-Tempel, ferner die an zwanzig Meter tiefe Mole, die den Hafen einfaßte, und endlich den Tunnel, für den im Auftrag des Polykrates, um die Stadt auch im Falle einer Belagerung mit Wasser zu versorgen, ein Berg durchbohrt wurde.

Auf Grund dieses Textes forschte Victor Guérin, ein gelehrter Franzose, nach diesem Bauwerk; er hat 1853 das Quellhaus entdeckt, das den Standpunkt für weitere Erkundungen gab. Es gelang, den Tunnel bis zum Ausgang zu verfolgen und begehbar zu machen; er war stark verschwemmt und an etlichen Stellen durch Stalaktiten versperrt.

Herodot rühmt dieses Werk mit gutem Grund. Sein Baumeister war Eupalinos aus Megara. Er ließ die Grabung an der Nord- und an der Südflanke des Berges zu gleicher Zeit beginnen; daraus ist zu schließen, daß er sich des Zusammentreffens der beiden Schächte sicher war. In der Tat trafen sie sich genau. Voraussetzungen dafür waren ein hohes mathematisches Wissen – immerhin war Pythagoras Zeitgenosse – und komplizierte Nivelliergeräte, wie Vitruv sie Jahrhunderte später beschreibt. Ein Lichtstrahl verhinderte die Abweichung. Der Bau wurde in fünf Jahren vollendet; er soll einem Gerücht nach große Opfer gefordert haben, was jedoch schon deshalb unwahrscheinlich ist, weil nur zwei Hauer vor Ort arbeiten konnten und wenige zum Fortschaffen des Gesteins ausreichten.

Herodot gibt die Höhe der Mole, auf der die heutige Hafenmauer gründet, in Klaftern und die Länge des Tunnels in Stadien an – nach ihm betrug sie deren sieben. Daß die heutigen Archäologen eine Differenz von zweihundert Metern errechneten, scheint unbedeutend gegenüber der Tatsache, daß wir hier zum ersten Mal einen Anhalt haben, auf Grund dessen gemessen werden kann. Herodot wandert auf dem Saumpfad, der die Abenddämmerung des Mythos' vom Morgenrot der Geschichte trennt. Seine Figuren, wie auch die des samischen Polykrates, von dem wir ohne ihn nichts wüßten, sind zwielichtig.

In seiner Neugier und in der Art, sie zu befriedigen, ist Herodot einer von uns und in unserem Boot. Doch er weilt noch im Hafen; die Segel sind schon gesetzt, aber die Seile nicht gekappt. Er ist als Verehrender daheim in Ländern, die wir nur im Traum kennen. Wie er vom Mythos Abschied nahm und präzise Historiker wie Thukydides ihm folgten, so treten wir aus der Geschichte heraus. Fürsten und Kriegern wird die Achtung, den Göttern die Verehrung versagt. Unheimlicher, wenn auch verborgener als die politischen Revolutionen ist die Veränderung der Maße und Maßstäbe – das, was in der Welt der Uhren und Mühlen geschieht.

Der »Kastroshügel« bietet sich auf den ersten Blick als idealer Ort sowohl zur Verteidigung der Stadt wie des Hafens an. Ausgrabungen bezeugen, daß er schon in der Steinzeit besiedelt war. Vielleicht hat auch Polykrates dort »von seines Daches Zinnen« auf das nahe, damals von Kambyses beherrschte Perserreich geblickt. Ich halte es angesichts der archäologischen Karte sogar für wahrscheinlich: bis zu diesem Punkte schwenkte die Stadtmauer zu einer Spitze aus, auf der die Umrisse eines Kastells eingezeichnet sind.

Heut trägt der Hügel eine Ruine aus dem vorigen Jahrhundert und eine Kapelle, an die ein kleiner Friedhof grenzt. Hier befremdete mich die eigentümliche Form eines Beinhauses: die aus den aufgelassenen Gräbern gesammelten Knochen waren in Kisten verpackt, wie sie auch im Handel verwendet werden – daß sie Namen und Lichtbild des Verstorbenen trugen, schien mir keine glückliche Kombination.

Zurück zum Hotel über die Strandwiesen. Sie standen in voller Blüte; das Grundmuster bildeten wie überall im östlichen Mittelmeer weiße und gelbe Margeriten, dazwischen Malven, Kamillen, dunkler Mohn; hervorragend Disteln, Königskerze, Ferula. An den Feldmauern Büsche: Feigen- und Mastixsträucher (Lentisco), darunter Zistrosen und ein violetter Aronstab. Näher am Strand leuchteten blaue Staticien. In kräftigen Stauden Echium, der Natterkopf. Mir fiel auf, daß er meist gekappt war, wohl von Sammlern; Kraut und Wurzeln waren früher als blutreinigend offizinell. Die starke Beraubung ist verdächtig: laut Hegi wird in Tirol vor dem Genuß der Pflanze gewarnt, »weil sie wollüstig macht«.

Im Hotel ein Innengarten, den die Mauern wie ein Treibhaus einschließen. Darin ein steingefaßter Weiher – von Algen durchgrüntes Wasser, in dem eine Goldorphe die Flossen regt. Schon blüht das Indische Blumenrohr. Das Blatt in zwei Varianten: rein kupfergrün und rotbraun oxydiert.

Samos, 18. Mai 1987

Wir nahmen, um uns Ziele für Exkursionen auszusuchen, an einer Inselrundfahrt teil. Der Hera-Tempel, zur Zeit des Polykrates in ganz Griechenland der größte, wird durch die Heilige Straße geteilt. Die ausgedehnte Fläche erinnerte mich an Korinth – dort scheinen die Ausgrabungen weiter gediehen zu sein. Längere Rast im Kloster Tímiou Stávrou. Dort wieder, wie bei jeder Begegnung mit Byzanz, das Gefühl, in eine Sackgasse geraten zu sein.

Uns führte eine intelligente Griechin – historisch, musisch, botanisch gut bewandert und ein vortreffliches Deutsch sprechend. Bei seltenen Wörtern gelangen ihr überraschende Wendungen – so sagte sie im Kloster, daß zu den Festen der Bischof dorthin komme: »er liest dann die Messe und räuchert Weih.«

Mir fällt bei solchen Vorträgen auf, daß ich mich an Fehlgriffe nicht gewöhne, wie oft sie auch wiederholt werden.

Der Sprachsinn reagiert mit einer Art von Musikalität. Das heut so beliebte »ansonsten« gehört dazu. Hier brachte es das Thema mit sich, daß sehr oft »in« statt »auf« Samos verwandt wurde. Dabei gab es jedes Mal, falls nicht die Stadt, sondern die Insel gemeint war, einen leichten Knacks im Ohr. Für den Ausländer sind solche Unterscheidungen nicht einfach – warum sagt man »auf Ceylon«, aber »in Australien«? Natürlich ist das eine genau so verständlich und auch »richtig« wie das andere, indessen handelt es sich nicht um den Inhalt, sondern um die Form, um die Fähigkeit zu subtiler Mitteilung, und damit der Höflichkeit. Die Grammatik beruht auf Konvenienz. Die Worte stimmen zueinander wie die Blumen in einem Strauß.

Das nur am Rande – die Führerin war auch belesen; und sie wußte, wie man Touristen, ohne sie zu langweilen, in einem Autobus unterhält. Hier auf Samos braucht man nur in den Anekdotenschatz der Herodot, Ovid, Plutarch zu greifen, wie er vor dem Ersten Weltkrieg jedem Quartaner geläufig war.

Dem Anblick eines Weingartens, an dem wir vorüberfuhren, knüpfte sich eine Plauderei über Anbau, Kelterung und Sorten an. Der Muskateller von Samos hatte als Meßwein einen besonderen Ruf. Dann über die Art, in der Dionysos die Rebe aus Indien einführte: zunächst heimlich wie eine Droge im Federkiel einer Nachtigall, dann im Knochen eines Löwen und endlich in dem eines Esels – daher beginnen wir beim Wein zunächst zu singen, werden dann überaus mutig und schließlich zu lallenden Dummköpfen.

Um die Insassen nicht mythologisch zu ermüden, flocht unsere Griechin auch einige Gags in ihren Vortrag ein. So anläßlich des Weines: Eine Katze sagt zur anderen: »Heut abend werde ich Milch trinken.« Darauf diese: »Ich trinke Wein, denn ich habe gehört: wer Wein trinkt, wacht am Morgen mit einem Kater auf.«

Irini – so hatte sie sich vorgestellt – konnte natürlich auch nicht umhin, ausführlich Polykrates zu erwähnen, und rief dabei alte Erinnerungen in mir wach, indem sie Schillers berühmtes Gedicht vom Ring des Tyrannen vollständig und fehlerfrei aufsagte.

Da ich zu jenen zähle, die von »meiner Zeit« sprechen können, darf ich sagen: die Strophen, die hier viele zum ersten Male hörten, hätten »damals« niemand überrascht. Sie waren jedem Volks-, Real- und Gymnasialschüler geläufig; die meisten kannten sie auswendig. Inzwischen sind die Schulbücher unter anderem auch von den Balladen gereinigt; Zeitgemäßes ist an deren Stelle gerückt. Pracht und Elend des Übermutes sind wie in Leitartikeln aktualisiert. Eine flüchtige Welle wird betrachtet, während der Dichter das Meer sowohl in seinem Glanze wie in der Brandung erfaßt. Er bietet nicht nur den Unfall, sondern in ihm den Fall, der sich wiederholt.

☆

Der Gemeingeist schwindet. Das Zitat als Ausweis der musischen und kultischen Gemeinschaft wird durch Amerikanismen ersetzt.

Samos, 20. Mai 1987

Beim Aufstehen zum Stierlein: »Magst du etwas?« Ich hielt dabei ein Glas Orangensaft in der Hand. Antwort: »Ich mache Übungen.«

Da war ich wieder auf einem Verstoß gegen die Hochsprache ertappt. Wir Niedersachsen machen es uns mit dem g zu bequem.

Gespräch darüber, dann auch über die blinden Hessen, die keinen Unterschied zwischen »Kirche« und »Kirsche« kennen – beides ist »Kersch« für sie.

Im Hotel. Mir scheint, daß die großen Touristenherbergen in den Tropen näher am letzten Stand sind als hier. Das mag daran liegen, daß dort die Zwischenglieder fehlen – jeder Dreh kommt von den Zentren der großen Hotelketten unmittelbar. Dort wird bestimmt, wie ein Zimmerschlüssel, ein Fahrstuhl, ein Swimmingpool aussehen sollen – dann wird die Garnitur über die Kontinente verstreut. Daher auch in jedem dieser Hotels das Gefühl, dort schon einmal gewesen zu sein. Die Maße sind scharf errechnet, auch und gerade dort, wo der Gast es nicht bemerkt. Ein Teller zur Selbstbedienung darf nicht zu groß sein – doch auch nicht zu klein, sonst wird es ärgerlich.

☆

Während meiner Dienstzeit war der Begriff der Logistik, der jetzt eine immer größere Bedeutung gewinnt, noch unbekannt. Die Berechnung auf höherer Stufe lag dem Generalstab ob: den Herren mit den roten Streifen, die eine Hierarchie bildeten. Zur rechten Zeit am rechten Ort überlegen zu sein – das setzte schon eine Planung voraus, als Hannibal die Elefanten über die Alpen führen ließ. Für Napoleon stellte die »Große Batterie«, für Moltke die Eisenbahn neue Aufgaben. Inzwischen nahm, wie auf allen Gebieten zu Beginn des Wassermann-Zeitalters, die Denkarbeit auf phantastische Weise zu. Dampfkraft, Elektrizität, Strahlung: die Arbeit der Muskeln, der Nerven, des Gehirns wird an Apparate delegiert, und das im Verlauf von kaum zwei Jahrhunderten – einer Sekunde im Vergleich zur vorangegangenen Evolution.

Wenn ich bedenke, wieviel Flugzeuge selbst auf dieser kleinen Insel landen und starten, befällt mich von den Dimensionen eine unklare, doch erschreckende Vorstellung. Daß man selbst verziffert wird, kann nicht ausbleiben. Auf den laufenden Bändern und in den gläsernen Röhren der Flughäfen wird der Einzelne wie ein Reiskorn gesiebt, wie ein Blutkörperchen durch die Adern gepreßt.

Dieser Tage gab es erheblichen Aufstand gegen eine Volkszählung. Das entspringt einem im Grunde gesunden Instinkt – wer sich zählen läßt, kann nicht verhindern, daß er auch verziffert wird. Doch praktisch endet diese Erregung wie das Hornberger Schießen, denn sie richtet sich gegen eine mächtige Zeitströmung. Längst genügen die von Privaten, Medien und Ämtern gespeicherten Daten, um zu ermitteln, was der Einzelne nach Schopenhauer »hat« und »vorstellt« – sein letztes und wertvollstes Geheimnis bleibt, was er »ist«. Das behält er für sich.

☆

Die Psychologie der Massenführung ist Sache der Propaganda, ihre Strategie eine Transportfrage. Die eine hängt von der Beherrschung der Medien, die andere von jener des Maschinenparks ab. Beides hat sich, verglichen einerseits mit der Agora und dem Forum, andererseits mit der klassischen Technik, seit zweihundert Jahren rapid gesteigert, sowohl hinsichtlich der angesprochenen und bewegten Massen wie auch der Frequenz des Umsatzes.

Solche Kapazitäten sind nur durch Automaten und automatisches Verhalten zu bewältigen. Das wiederum setzt, um ein Modewort zu gebrauchen, »Akzeptanz« voraus. Es fragt sich, wie weit sie geht. Ein unausgesprochenes Ideal scheint der einerseits auf technischem, andererseits auf biologischem Wege erzeugte Homunkulus zu sein. Das greift schon in die Praxis ein. Der Fortschritt entzieht sich der Kontrolle, auch abgesehen von dem, was in geheimen Laboratorien vor sich geht. Die damit verbundenen Ängste erinnern an das Mittelalter; sie werden, dem Zeitgeist entsprechend, technisch formuliert.

☆

Die wachsende Macht der Banausen hat Hinter- und Untergründe plutonischer, titanischer und magischer, in summa: tellurischer Art. Im Unbewußten ruht ihre Kraft. Deshalb liegt auch das Ziel im Dunklen; das Treiben auf dem Gerüst scheint einerseits logisch, andererseits unsinnig. Die Erde häutet sich; wieviel sie abstreift, bleibt ungewiß. Unsere Mitwirkung könnte der des Skorpions gleichen, der sich mit seinem eigenen Stachel aus dem Wege schafft.

☆

Die Automatenwelt ist durchaus nicht-apollinisch; daher spürt sie als ihren stärksten Gegner das Gedicht. Die Wege, auf denen sie in die Musik eindringt, sind einer besonderen Untersuchung wert.

Im Fortschritt der Verzifferung bildet sich ein intelligentes, mathematisch orientiertes Spezialistentum heraus. Es ist nicht nötig, daß es eine Kaste bildet – die Macht liegt in der gemeinsamen Denkungsart. Neben anderen Kennzeichen entwickelt sich eine Geheimsprache. Schon Annoncen, mit denen höher entwickelte Automaten angepriesen werden, bilden für den Nichteingeweihten ein Böhmisches Dorf.

Diese Intelligenzen verwalten die sekundären Arbeitscharaktere; sie sind zu vergleichen den Mönchen zur Karolingerzeit. Was damals die Schreibstuben mit ihren Pergamenten, das sind im Zeitalter des Arbeiters die Laboratorien. Banausen schaffen sich ein neues Analphabetentum. Das läßt unter anderem Revolutionen befürchten, die mit einem weiteren Raffinement der Verzifferung verbunden sind. Eine Hoffnung liegt darin, daß die Vergeistigung sich vorerst auf niederen Stufen anzubahnen beginnt. Davon leben die entrepreneurs de la démolition.

Samos, 26. Mai 1987

»Für mich ist der Urlaub gelaufen« – mit dieser Mitteilung hatte das Stierlein, ins Zimmer tretend, mich bereits am fünften Tage überrascht. Ich hatte das für eine der schwäbischen Floskeln gehalten, an denen es ihm bei keiner Gelegenheit mangelt, dann aber gesehen, daß sein Fuß am Knöchel zur Größe einer Melone geschwollen war. Ein Sturz im Innengarten, dessen Pracht die Arme nunmehr nur vom Balkon aus genießen kann, trug Schuld daran. Mit dem Bad im Meere ist es vorbei. Es langt mit meiner Unterstützung für den Gang zum Schwimmbecken und zu den Mahlzeiten.

So kommt es, daß ich hier seßhafter geblieben bin als sonst am Mittelmeer. Immerhin kam es zu Exkursionen, auf denen ich freilich den bewährten Beistand vermißt habe. Dafür kommt Albert Weideli schon vor dem Frühstück mit dem Fang aus den Köderbechern, die er am Abend auslegte. Auch haben wir eine Piste ausgemacht, die wir zwei Mal täglich abschreiten. Wir verlieren uns dann im Jagdeifer.

Säulen und Trümmer liegen, vielleicht noch aus der Zeit des Polykrates, von Brombeerranken übersponnen, in den ummauerten Feldgärten. Für mich endet der Gang bei einem Wildbirnbaum, an dessen Blüten und Blättern, wie auch am Dürrholz, es nie an Überraschungen fehlt.

Inzwischen traf auch Gusti Zimmermann, der sich für eine Woche von den Philharmonikern beurlaubt hat, zur Unterstützung ein. Wie viele Jahre mögen verflossen sein, seit wir uns auf Juist am Wattenmeer begegneten? Gemeinsame Fahrten nach Korfu und Ceylon, nach Singapur und Liberia schlossen sich an, von unseren Streifzügen im Berliner Grunewald ganz abgesehen.

Entomologen sind Ordensbrüder; sollte sich auf einer Insel ein Kollege befinden, so wird man ihn bald entdeckt haben, wie es sich auch hier auf Samos bestätigte. Albert und Gusti fuhren auf dem Motorrad kreuz und quer durch die Insel auf der Suche nach günstigen Fangplätzen und sahen dabei an einem besonnten Hang eine einsame, netzschwingende Gestalt. So begann die Bekanntschaft mit dem Doktor Ernst Schmidt, einem Freund und Kenner der Schmetterlinge, der uns am nächsten Tag besuchte, um eine Exkursion zu verabreden. Wir wählten ein Bachtal, in dem wir bereits mit gutem Erfolg gejagt hatten. Der Ort ist einsam; zwischen verödeten Weingärten haben sich Ruinen im Schatten von Maulbeerbäumen erhalten, die reiche Frucht tragen. Als hätten sie einen violetten Mantel abgeworfen, ist der Boden unter ihnen mit dem Fruchtsaft bespritzt.

Das Bachbett ist bis auf Pfützen ausgetrocknet, in denen zahllose Kaulquappen Zuflucht gesucht haben. Gelingt es ihnen, die Kiemen abzuwerfen, bevor die Lachen verdunstet sind, so sind sie gerettet, doch nur dann. Immerhin hüpfen schon winzige Fröschlein über den feuchtwarmen Grund.

Gusti hat ein Steilufer als reichen Fundort entdeckt. Wir sitzen nebeneinander und bröckeln es wie die Kante eines Rosinenkuchens ab. Da kommt viel zutage: Wasserbewohner, die sich dorthin geflüchtet haben, andere, die im Schlamm leben, und wiederum andere, die zufällig in ihn geraten sind.

Oben am Hang ist der neue Kollege auf der Jagd. Er folgt den Faltern in der Flugrichtung und hält sie, wenn sie im Netz sind, mit einem eleganten Rückschwung fest. Die meisten werden nach kurzer Betrachtung wieder entlassen und kehren unversehrt in die Freiheit zurück.

Entomologen, die sich einige Jahre oder länger mit dem Handwerk beschäftigt haben, sind – falls sie sich nicht in Museen oder auf Kongressen getroffen haben – zum mindesten durch die Literatur miteinander bekannt.

Von Ernst Schmidt habe ich im vorigen Jahre auf Sumatra gehört; er hatte dort kurz vor mir, auch als Gast Eduard Diehls, die Wälder durchstreift. Der Name hatte sich mir eingeprägt. Bald danach war er mir unter dem Titel eines Berichtes über die Falter des Kilimandscharo aufgefallen, des großen Berges, den der Autor zwei Mal »sammelnd« bestiegen hat. Nachträglich nahm mich das um so mehr wunder, als ich sah, daß er seine Sprünge mit einem steifen Knie bewältigte.

Wieder bestätigte sich meine Erfahrung, daß heut fast jeder eine Odyssee hinter sich hat. Vor sechzig Jahren in Nordböhmen geboren, wo er schon, kaum daß er laufen konnte, »hinter den Schmetterlingen her war«, als junger Soldat mehrfach verwundet, ein Mal aus der Heimat vertrieben, ein Mal über die Mauer geflohen, und es dennoch zu Amt und Würden gebracht, daneben die Passion nicht vernachlässigt – das könnte ein Buch füllen. Die letzte Verwundung traf ihn als Rekonvaleszenten im Lazarett von Stendal am ersten Tag des Waffenstillstands: zwei Bordgranaten eines russischen Schlachtfliegers. Ein Glück war, daß sie nicht explodierten und Ärzte sogleich zur Stelle waren; sie setzten, bevor sie operierten, den Stahlhelm auf.

Während ich mir das, am Bachrand sitzend, durch den Kopf gehen ließ, schien die Sonne freundlicher.

☆

Detail. Oben in einer Distelblüte ruht eine Phytoecia. Phytón ist die Pflanze, oikía die Wohnung – also ein Blumengast. Die Gattung ist weit verbreitet; diese Art – sie heißt »humeralis« – ruft, während ich sie betrachte, besondere Erinnerungen wach. Sie ist mir bislang nur ein Mal begegnet, und zwar vor nunmehr fast fünfzig Jahren auf Rhodos am Monte San Stefano. Friedrich Georg stand neben mir; er hatte sie von einer Distel gepflückt. Sie sonnte sich dort auf jeder Blüte; die bunte Gesellschaft mußte wie ein Schwarm von Stieglitzen eingeflogen sein. Ich sagte: »Es ist eine der Arten mit rotem Spiegel auf dem Halsschild«, und darauf der Bruder: »Mit roten Schultern dazu.« Es war also »etwas Neues« – eben die humeralis der östlichen Mittelmeerküsten, wie sich in Überlingen nach näherem Studium erwies.

Alles war wieder ganz nahe, als ob inzwischen nicht ein halbes Jahrhundert, sondern nur eine Nacht vergangen wäre: die Fahrt mit dem Bruder kurz vor dem Kriege, der die Welt verändern sollte, die Sonne von Rhodos, der Duft der Macchia, das Meer. Und das mit dem Blick auf ein winziges Wesen, ein Juwel der Schöpfung, einen Stein der Weisen in Miniatur.

☆

Das Wissen, mit dem wir Erscheinungen benennen, genügt im Alltag und auch noch in der Prosa, während es in der Lyrik verstimmt. Triviales, Saloppes, Ephemeres läßt sich metrisch einfügen, doch stört es die Harmonie. Bei Scheffel darf ein Ichthyosaurier auftauchen – bei Benn stellt sich die Frage, wie lange er sich hält. Die Lyrik verträgt Ironie nur in feinsten Schattierungen. Zudem ist die Wissenschaft nur im Ephemeren konstant.

Wilflingen, 7. Juni 1987

Pfingstsonntag. Vor Sonnenuntergang wieder im Haus. Der Garten hat inzwischen nicht geruht. Die Trollblume reckt an fünfzig Goldkugeln empor. Sie zeigt, was die Ranunkel vermag. Herakleum schon wieder mächtig; Iris sorgt für immer neue Überraschungen.

Begrüßung der Katzen und Schildkröten. Beide erkennen mich wieder, wenngleich in verschiedenen Graden; doch ist »erkennen« das rechte Wort dafür? Jedenfalls begannen die Siamesen zu schnurren und die Gepanzerten zu »rudern«, als ich mich näherte.

Wilflingen, 8. Juni 1987

Flüchtige Durchsicht der Post. Eva Marcu las in New York die englische Übersetzung von Cocteaus Tagebuch und fand darin: »During the occupation Ernst Jünger once said to me: ›If newspapers are ever published on a postage stamp, there will still be room enough to insult you.‹«

Château du Clos Vougeot, 20. Juni 1987

Olivier Aubertin holte uns nach Nuits-Saint-Georges zum 667. Chapitre des Chevaliers du Taste-Vin. Wir waren Gäste seiner Schwiegergroßmutter, die ein Weingut besitzt und als eine der feinsten Weinzungen in Burgund gilt. Sie nahm mit ihrer Familie an dem Galaabend teil, der eine große, heiter gestimmte Gesellschaft bei einem Mahl mit vielen Gängen und fünferlei herrlichen Weinen vereinigte. Zu vorgerückter Stunde wurde ich zum Commandant gekürt.

»Monsieur le Grand Maître, chers Confrères du Taste-Vin, recht herzlich danke ich Ihnen für die ehrenvolle Aufnahme in Ihren illustren Kreis. Gern bin ich als Freund des Weines, der mich durch mein Leben begleitet hat, wie auch als Freund Frankreichs Ihrer Einladung gefolgt.

Doch das ist nicht der einzige Grund. Die deutschen Kinder entdecken schon früh den Namen Burgund im Nibelungenliede, dem großen Epos aus der Zeit der Völkerwanderung. Die Siegfriedsage spielt am Hofe der Könige von Burgund, deren Reich sich damals noch nicht bis in Ihr glückliches Land ausgedehnt hatte, sondern die noch zu Worms residierten, am Ufer des Rheins.

Dann lernten wir in der Schule, daß zwei deutsche Kaiser, deren Andenken noch heut lebendig ist, Friedrich der Rotbart, und Maximilian, der Letzte Ritter, burgundische Prinzessinnen heimführten. Ich möchte nicht bezweifeln, daß manches Faß des köstlichen Burgunderweines einen Teil der Mitgift ausmachte.

Der Wein schenkt dem Einsamen in betrübten Stunden Trost und Vergessen – in guter Gesellschaft, mit Brüdern, Freunden und schönen Frauen getrunken, verleiht er dem Fest seinen Glanz. Große Dichter, von Anakreon und Omar Chajjam bis zu Rabelais und Baudelaire, haben seine wunderbare, letzthin sakramentale Kraft gerühmt.

Insbesondere danke ich als guter Deutscher für diesen festlichen Abend im Château du Clos Vougeot, der viele Nationen brüderlich vereint. Wir alle wissen und begrüßen es von Herzen, daß sich das Klima zwischen unseren beiden Völkern seit dem Zweiten Weltkrieg mehr und mehr gemildert hat – nicht zuletzt dank der Freundschaft Ihrer Präsidenten und unserer Kanzler: de Gaulle und Adenauer, Giscard und Schmidt, Mitterrand und Kohl. Möge auch dieser Abend ein bescheidener Beitrag zu unserer Freundschaft sein.

Wir haben seit dem Untergang des Karolingerreiches tausend Jahre lang an verschiedenen Tischen gezecht und uns gegenseitig die Keller geleert. Wie Goethe sagt, trinkt der Deutsche die französischen Weine gern, und der Franzose wiederum schätzt neben den eigenen auch die von der Mosel und vom Rhein. Inzwischen haben wir uns gegenseitig als unsere liebsten Nachbarn entdeckt. Mögen die nächsten tausend Jahre uns in guter Freundschaft an gemeinsamer Tafel sehen. Salut à tous en notre bon maître François Rabelais!

Noch einmal Dank, auch im Namen meiner Frau.«

☆

Wir erfuhren noch herzliche Gastfreundschaft in Beaune, besuchten auch das weltberühmte Hospiz. Merkwürdig ist in Nuits-Saint-Georges ein Museum, in dem wir unversehens auf badische Uniformen stießen. In der Nähe hatte die letzte Schlacht im Siebziger Kriege stattgefunden, in der ein großherzogliches Regiment gekämpft hatte. Als schon alles verloren war, errangen die Franzosen dort noch einen Sieg.

Vor dem Abschied lud unsere liebenswürdige Gastgeberin zu einer Probe in die Keller ihres Châteaus, das mitten in den Weinbergen liegt. Wir erfuhren, daß dem Wein anzuschmecken sei, ob er in Fässern aus bretonischen oder Elsässer Eichen oder in Aluminiumbehältern gereift ist. Während eines Vespers, zu dem wir aus der kühlen Unterwelt heraufstiegen, taufte ich Alix' und Oliviers Töchterchen Hélène mit dem hauseigenen Wein.

Vézelay, 23. Juni 1987

Vézelay wurde durch Viollet-le-Duc restauriert. Die Arbeitskraft großer Architekten ist erstaunlich – Viollet ist unter ihnen ein wahrer »Kannitverstan«. Man stößt auf seine Handschrift oder seine Übermalung von Reims bis nach Carcassonne. Er ist Autodidakt wie Schliemann und umstritten wie der. Was auf Kreta der Jugendstil für Evans, war die Gotik für ihn.

Die Frage nach der Echtheit sollte uns nicht zu sehr beunruhigen. Vézelay ist der Magdalena gewidmet – die Kathedrale birgt Reliquien der Büßerin. Deren Herkunft wurde schon früh bezweifelt, aber die Gemüter beruhigten sich, als Ludwig der Heilige, darum angegangen, sie bestätigte. Allerdings ereignete sich, wie ich von Olivier hörte, das Mißgeschick, daß etliche Jahre später ein zweites Magdalenengrab entdeckt wurde.

Das Stierlein ist nur schwer zu bewegen, eine romanische Kathedrale zu verlassen, die es betreten hat. Wir ließen es also allein unter dem hohen Gewölbe; ich ging mit Olivier Aubertin frühstücken.

Bei einem Glas Rotwein Gespräch über die Lage des Einzelnen, insbesondere des musischen Menschen innerhalb der modernen Gesellschaft, in der er, sei es durch List oder Gewalt, verziffert zu werden droht.

Wie immer Ort und Zeit beschaffen seien, die er vorfindet – der Einzelne geht um das System herum wie um die grüne Fläche eines Billardtisches, den Stab in der Hand. Der mag ein Schwert, eine Feder, vielleicht sogar ein Szepter, jedenfalls eine beliebige Begabung sein. Vielleicht verzichtet er auf den Stoß, sucht sich in einer Ecke zwei, drei Gesellen, die ihm zusagen, und trinkt mit ihnen seinen Wein.

Olivier, Bankier seines Zeichens, literaturbeflissen aus Neigung, sieht eine besondere Gefahr darin, in die merkurischen Umtriebe eines Zapparoni verwickelt und so vernutzt zu werden; er bat mich, ihm eine ermunternde Maxime in meine »Gläsernen Bienen« einzutragen – er hatte ein Exemplar der Übersetzung bei sich. Ich wählte Goethes:

Soll man dich nicht aufs schmählichste berauben,
Verbirg dein Gold, dein Weggehn, deinen Glauben.

Daß wir, besonders in unsicheren Zeiten, gut tun, das Gold zu verbergen, sowohl vor Räubern wie vorm Staate, leuchtet ein. Auch den Glauben behält man am besten für sich, selbst wenn alles in Ordnung ist. Goethe gibt uns dafür ein Muster, indem er auf seiner Wanderung Wort und Meinung für lange Strecken »hinter dem Berge« hält. Der Wissende ist durch das Schweigen informiert.

Das mag auch die sibyllinische Warnung erklären, daß man das »Weggehn« verbergen soll. Wer verheimlichen will, daß er gar nicht mehr da ist, muß etwas anderes an seine Stelle setzen: eine Puppe, einen Strohmann, ein gesellschaftliches Phantom. Der Einzelne bewegt als Puppenspieler seinen Phänotypus durch die Maskenwelt.

☆

Ob die Münze, die ich in der Hand halte, wirklich in diesem Sinne echt ist, lasse ich dahingestellt, wenn die Prägung mich überzeugt. Original ist nur der Stoff, wie hier in Vézelay der Grund und Boden, auf dem vielleicht schon vor den Christen verehrt wurde; die Bildung geht darüber hinweg. Die Welle hinterläßt ihr Muster auf dem Strande; dann wird es wieder überspült. Der Triumph über das Vergängliche, den die Altertümer uns gewähren, bleibt bescheiden; doch hinter dem Glauben und seiner Ehrfurcht steht etwas anderes.

☆

Mancher nennt sich konservativ, ohne den Namen zu verdienen, da der bloße Anspruch, das Erbe zu bewahren, nicht genügt.

Daß man um den Wald zu kämpfen beginnt, ist zu begrüßen – selbst Geister, die eine Esche nicht von der Eiche unterscheiden können, fühlen sich bewegt. Als besondere und wohl höchste Tugend des Waldes ist zu rühmen, daß jede Generation mehr, als sie geerbt hat, hinterläßt. Jede lebt von der Kraft des Bodens und der Sonne, aber sie hortet noch einen Teil.

Der alte Marwitz meinte, daß man die Bäume kröpfen, doch nicht fällen – also sich der Zweige nur in dem Maße bedienen dürfe, in dem sie nachwachsen.

Paris, 24. Juni 1987

Mit dem Stierlein wieder einmal bei Janet Frachon in der Avenue Bugeaud. Die lange Fahrt hatte ihren Nachklang in den Träumen – da waren noch schwierigere Kurven zu überwinden als bei Tag. So flog ich mit einem Hubschrauber durch ein großes Portal: sein Gitter war verschlungen wie Ideogramme in arabischer Schrift. Der Pilot mußte sich in labyrinthischen Hin- und Rückflügen hindurchwinden, ohne daß wir gestreift oder gar von den Zacken gespießt wurden.

☆

Das Versagen ist eines der häufigsten Motive in den Träumen: wir fallen durch in der Prüfung; wir verpassen oder verwechseln den Zug.

Eine Eigenart dieser Träume ist ihre Permanenz – als ob wir wie eine Fliege in ein Glas gesperrt wären und vergeblich darin herumkreisten. Die unsichtbare Mauer hat weder Anfang noch Ende; auch Diesseits und Jenseits sind getrennt auf eine Weise, die nur als Schmerz empfunden werden kann.

Paris, 26. Juni 1987

Ein Tag bei Sophie in der Rue du Cherche-Midi, in der sich zum Glück wenig verändert hat, wenn ich von den Autos, die in vier Reihen fahren oder halten, absehe.

Wir hatten uns für den Luxembourg verabredet, zogen aber des ungewissen Wetters wegen den Montparnasse-Friedhof vor. Die Sonne begann zu scheinen, als wir das Tor erreicht hatten. Die Friedhöfe verdienen ihren Namen; ich besuche sie gern. In den Gräbern ruhen Ursprung und Ende der Geschichte; auf den Grabsteinen studiert man sie en miniature. Nicht jeder scheint diese Neigung zu teilen – als ich Paul Morand von meinen Sonntagsgängen zum Père Lachaise erzählte, verzog er das Gesicht.

Wir besuchten der Reihe nach die Gräber von Paul Ravoux, Sainte-Beuve, Baudelaire, Raymond Aron, Pierre Laval, Dumont d'Urville – also ein Bukett persönlicher und historischer Bekannter, in das sich Namen von Unbekannten einflochten. Besonders berührte mich ein Grabstein, in den mosaikartig einige Orden eingefügt waren, durch seine Inschrift:

Fernand Melin
Lieutenant au 67. Reg. d'Inf.
Mort pour la France aux Eparges
Le 20. Février 1915

Das gab mir zu denken: der Kamerad muß in dem Gefecht, das ich als meine Feuertaufe bezeichne, gefallen sein. Als wir dort im Schrapnellfeuer vorgingen, fiel mir ein junger Soldat auf. Ich sah das Gesicht – ich notierte es schon damals – eines sterbenden Offiziers, der seinen Mantel mit einer müden Bewegung über sich zog.

Seither sind mehr als siebzig Jahr verflossen; ich will das Datum in Wilflingen nachschlagen.

La Brière, 28. Juni 1987

Janet fuhr uns in schneidigem Tempo nach ihrem Sommerhaus am Rande der großen Sümpfe von La Brière. Wir machten nur eine Pause, und zwar in Chartres, dessen Kathedrale ich heute zum zweiten Mal betrat. Für meinen ersten Besuch hatte Hans Speidel gesorgt. Damals fehlten die Glasfenster, deren Farben jetzt in ihrem vollen Glanze leuchteten. Dafür war es fast dunkel in dem ungeheuren Raume, dem Hunderte von Kerzen, deren Zahl ich um zwei vermehrte, nur einen Schimmer mitteilten. Es war viel Bewegung: hier eine Taufe, an der ich als schweigender Gast mit guten Wünschen teilnahm, dort eine Messe, dazwischen Gruppen von Touristen, die in verschiedenen Sprachen belehrt wurden – kurzum das Ambiente weithin berühmter Heiligtümer seit uralter Zeit.

Huysmans hat diese Kathedrale als Vorbild für alle anderen gesetzt: »La« Cathédrale. Das Werk hat in mir nach dem Ersten Weltkrieg eine flüchtige, vielleicht auch in der Erbanlage begründete Neigung für den Katholizismus erweckt. Ich fragte damals Perpetua, ob wir Ernstel nicht lieber katholisch taufen lassen sollten, worauf sie ihn unverzüglich bei den Protestanten anmeldete. Dafür sind die Enkel, wie man so sagt, in den Schoß der Kirche zurückgekehrt.

☆

Die Fahrt zur Bretagne auf der für Hoche zur Bekämpfung der Vendée schnurgerade gebauten Heerstraße führt an Ruinen und halb zerstörten Schlössern vorbei, deren einige im Ancien Régime hochberühmt waren. Jedermann wird diesen Vandalismus bedauern – man fragt sich, warum die neue Ordnung durch diese Schätze, anstatt sie zu verwüsten, sich nicht bereichert hat. Gottlob gibt es Ausnahmen. Der Kreml bleibt ein Wunder, gleichviel wer dort residiert.

Dazu eine Erwägung, die freilich zu den Alterszeichen zählt: Warum Revolutionen überhaupt? Aufstände brechen bekanntlich nur unter schwachen oder milden Herren aus. Solange die Gestrengen regieren, hält jeder sich besser im Verborgenen. Wer sich sichtbar macht, erweist dem Tyrannen eher einen Dienst. »Das sind nicht Helden, sondern Dummköpfe.« (Léautaud)

Nietzsche hielt Luther für einen Bauernburschen, der die abgewrackte Ordnung wieder flott gemacht habe, gerade als sie auf angenehme Weise in ein neues Heidentum abzugleiten begann. Auf einem Triptychon würde die Revolution bei Luther, die Reaktion bei Loyola, die Toleranz bei Erasmus zu suchen sein.

Wozu der Aufwand? Hätten wir es heute bis zu einem Ludwig XXV. gebracht, so würde es wahrscheinlich in sozialer Hinsicht ähnlich, in Kultur und Landschaft besser aussehen. Beaumarchais, Mirabeau, Lafayette, Madame Roland würden genügt haben. Aber auf die Dauer wird alles langweilig und das Vollkommene zum Ärgernis.

Wo steht der Geist? Er steht nicht, sondern er fliegt – bis in den Schlund der Krater und zum Firneis, car tel est son plaisir.

☆

Am späten Nachmittag in La Brière, einer der Landschaften, die ich bislang nur aus der Literatur gekannt habe – aus dem Roman Alphonse de Châteaubriants (1877 – 1951): »La Brière, cette inconnue«. Ich bekam das Buch vom Autor, dem ich zuweilen bei Florence Gould begegnet bin und der inzwischen als Emigrant gestorben ist.

Das Haus, ein alter, mit Stroh gedeckter Pachthof, liegt hart am Rand des ausgedehnten, mit Schilf bewachsenen Sumpfes, der sich bis Saint-Nazaire erstreckt. Charles Frachon erwarb es von einem Onkel als idealen Platz für die Entenjagd, der er während der Saison mit Freunden huldigte.

An den Wänden Jagdbilder, Netze, Gewehre, auf den Fensterbrettern Wasservögel, ausgestopft oder gipsern, darunter Sarcelle, die Krickente, im Prachtkleid, ein typischer Sumpfvogel.

An der Haustür: »In questa casa siamo tutti nervosi, anche il cane.« Erinnert mich an die verschiedenen Warnungen im Umkreis von Wilflingen. Am besten gefiel mir die unseres Tierarztes: »Achtung – pflichtbewußter Hund«.

☆

Vor dem Haus ein schmaler Wiesenstreifen, der an das Moorwasser grenzt, dahinter ein Schilfdickicht wie auf den Bildern des Zöllners Rousseau. Zur Begrüßung kam auch gleich eine Natter, die mit erhobenem Kopf im Zwielicht das Wasser durchglitt.

Drei Wochen weilte ich auf Samos, der Insel, die schon den Alten als schlangenreich galt; sie hat diesen Ruf bis heute bewahrt. Trotzdem bekam ich auf meinen Streifzügen entlang der Bachläufe nur Eidechsen zu Gesicht.

Die Schlange wird selten – es scheint, daß die Erde bei ihrer Häutung auch ihren Liebling nicht verschont. Vielleicht werden die im Wasser lebenden Arten, vor allem die Seeschlangen, länger standhalten als die terrestrischen. Nun fragt sich, was die alte Mutter für den Verlust zu bieten hat. Bislang hat noch jeder Tierstamm einen gliedlosen Zustand anzustreben oder sich an ihn zu erinnern versucht. Hierzu auch die Meditationshaltung.

Nietzsche verehrte die Schlange als das klügste Tier der Erde – ein Darwinist könnte dagegen auf ihr winziges Gehirn hinweisen. Indessen spricht Nietzsches Wertung für seine Auffassung von Intelligenz.

☆

Evolution bedeutet auch Minderung; der Maxime müßte vor allem der Christ zustimmen – immer mehr entfernt ihn vom Garten Eden die Zeit. Nach Ansicht unserer Astronomen dehnt sich das Universum mit unheimlicher Geschwindigkeit aus. Ob man es glaubt oder nicht – die reine Behauptung stellt eine Wendemarke dar.

Hier erhebt sich die Frage, ob Vollkommenes überhaupt durch Entwicklung erreicht werden kann. Denkbar wäre, daß hin und wieder eine Erinnerung an die göttliche Proportion Form sucht, sei es flüchtig wie auf dem Gesicht von Sterbenden, sei es für Epochen wie in der Herzmuschel, der Lilie.

☆

Dazu noch: Wäre für die Vision des Übermenschen Leonardo da Vinci nicht überzeugender gewesen als die Gewaltigen der Renaissance?

Eine Bemerkung post festum – zunächst mußte eine angestaute Energie verbraucht werden. Aber Nietzsche reicht über diese Phase hinweg. Schon bei Spengler deutet sich eine neue Perspektive an. Der lineare Fortschritt verliert an Bedeutung – es ist jederzeit etwas Unvorherzusehendes und ganz Anderes möglich – etwa eine neue Kultur. Amerika ist drei Mal entdeckt worden – einmal von den Wikingern, dann von Kolumbus und in unserem Jahrhundert von den Ausgräbern. Nicht zu vergessen: das Meskalin.

Nietzsche ahnt in Leonardo das große Rätsel, den »miroir profond et sombre« (Baudelaire). In der Tat ist Leonardo einer von denen, die zu schweigen wissen; das verrät sich selbst in seinen Bildern – sie stellen uns vor ein Wagnis, doch ist das nur eines der Phänomene des Ganz-Anderen.

La Brière, 1. Juli 1987

Die Botaniker sprechen von einem »Flachmoor«, wenn der Bewuchs sich kaum über den Grundwasserspiegel erhebt. Das von La Brière ist durch Kanäle in Areale verschiedenen Umfanges aufgeteilt. Die niedrigen sind von Moosen und Sumpfpflanzen bestanden, etwas höhere mit Weidengestrüpp, auf Inselchen mit gewölbtem Buckel konnten auch Bäume Fuß fassen.

Wir befuhren den Mittelkanal und dann seine Verzweigungen, die zuletzt so eng wurden, daß Schilf und Binsen das Boot streiften. Dazwischen Pfeilkraut, Schachtelhalme, Schwertlilien, Froschlöffel, sehr hoher Hahnenfuß und Knöterich.

Dieses Labyrinth überrascht durch stille Wasser, wo man die Ruder sinken läßt. Manche haben den Umfang von Teichen, auf denen weiße und gelbe Seerosen blühen, andere sind klein wie Kabinette mit einem Teppich von Wasserlinsen, den braunes Laichkraut säumt. Sie laden zum Rasten ein.

Dort ist es immer ein wenig unruhig – Blasen steigen auf, Tiere bewegen sich auf, über und unter dem Wasser; der Sumpf atmet, er arbeitet. Nicht nur eine andere Landschaft, auch eine andere Welt scheint möglich; der Geist schweift ab in einen Wachtraum, etwa eines Anglers oder eines Sindbad, des Seefahrers.

Vielen Pflanzen kann man ein »Sumpf« zur Vorsilbe geben; sie bleiben Verwandte, doch ändern sie Form und Verhalten – sie bilden kleine Ballons und Schwimmblätter, wachsen gestreckter oder submarin.

Die Harmonie bedarf der Verwandtschaft nicht. Was haben die Libelle und der Schachtelhalm gemein? Und doch reimt sich hier etwas, das weit zurückreicht in der Natur.

☆

Phylogenese. Es gibt auch eine Stammesgeschichte der Poesie. Sie reicht bis in die Atome zurück.

☆

Wenn das Eis der Polkappen und der Gletscher schmölze, würden Überschwemmungen die Folge sein. Es sind landlose Planeten denkbar; wenn die Kinder von der Sintflut hören, stellen sie sich die ganze Erde »landunter« vor. Freilich müßten die Fluten einen soliden Kern haben. Der Bios würde sich einen solchen Globus auf dieselbe Weise wie den unseren aufteilen und die nötigen Organe ausbilden. Einige Arten, wie der Meermensch, würden eine Etage tiefer hinabsteigen. Die Füße würden mehr zum Graben und Greifen, die Flügel eher nach dem Vorbild der Fliegenden Fische, Saurier und Fledermäuse gebildet sein.

☆

Frühstück in der Küche, nicht kontinental, sondern englisch, Jung und Alt harmonisch und heiter; wir brachen dann auf nach Branféré, um Hélène zu besuchen, eine Freundin Janets, die dort einen Tierpark unterhält.

Branféré ist einer der am frühesten erwähnten Orte des alten Armorikums; es heißt, daß bereits Cäsar dort nach Eisen graben und einen Tempel errichten ließ. Der Name, halb lateinischen, halb keltischen Ursprunges, bedeutete: »plateau de fer«. Soll das einen Tisch, einen Altar, eine Ebene gemeint haben?

Unterwegs über die neue Brücke von La Roche-Bernard. Die Vorgängerin wurde während der Invasion gesprengt. Janet zitierte die Legende des Fremdenführers im Touristenauto: »Man sagt, die Deutschen hätten diese Brücke gesprengt. Wir glauben, daß es ein Unwetter gewesen ist.«

Er will uns also keinen Kummer machen – so ändern sich die Lesarten. Ich dachte dabei an den Friseur, von dem ich mir vor unserem Abzug aus Paris noch einmal die Haare schneiden ließ. Wir hatten zusammen manches gute Gespräch gehabt. Er meinte beim Abschied, daß die Dinge

»sich arrangieren« würden – das gefiel mir und hätte auch Beaumarchais behagt.

Allerdings kam mir auch der Marschall in den Sinn, der bei der Krönung Napoleons ungefähr sagte, warum man denn, um die Monarchie wieder herzustellen, einige hunderttausend Menschen umgebracht hätte – das könnte man auch billiger gehabt haben.

☆

Hélène de la Grange führte uns durch ihren Park, der immerhin fünfzig Hektar umfaßt. Vor dreihundert Jahren pflanzte der Botaniker Freslon hier seltene Bäume an, von denen sich einige erhalten haben und zu imponierender Größe herangewachsen sind. Sie stehen vereinzelt auf den Weideflächen; in ihrem Schatten ruhten Antilopen, Agutis und andere Tiere, die in Trupps leben.

Die Anlage besteht aus Wiesen, Teichen und kleinen Waldstücken. Ihr Gründer, François de la Grange, ist gestorben; sein Wunsch, möglichst vielen Tieren einen Freiraum zu schaffen, ist erfüllt worden. Selbst tropische Affen können ihren Käfig verlassen; es zieht sie der Wärme wegen nach ihren Ausflügen dorthin zurück. Für andere sind innerhalb der Teiche Inseln angelegt. Ich sah den schwarzen Gibbon als Vorturner in den Baumkronen und beim Gehen sich mit den Armen stützend, während schwarzhalsige Schwäne um seine Residenz kreisten. Auf einer anderen Insel lag ein Paar Orangs mit seinen Jungen in der Sonne ausgestreckt.

Farben: rote Ibisse, rosa Flamingos, die Brillantschleppe eines javanischen Pfaues. Der Hals von einem so massiven Blau, daß es ausgegossen schien. Dasselbe Blau auf der Brust eines kolumbianischen Ara, aber in homöopathischer Verdünnung aufgesprüht. Ein Maler könnte mit diesem Blau durch eine Reihe von Sensationen, die sich zu widersprechen scheinen, hindurchführen.

Die Tierhaltung gilt als vorbildlich; der Park wird von berühmten Zoologen besucht. Madame Hélène erkundigte sich bei den Wärtern und Gärtnern nach dem Ergehen ihrer Schützlinge; sie erteilte Ratschläge und gab Anweisungen. Ihre besondere Sorgfalt gilt den Lemuren; sie zeigte uns ein Pärchen, das in einem hohlen Baumstamm schlief – es öffnete die großen Augen, als wir es betrachteten. Wir rasteten vor einem, wie es die Indianer nennen, Dorf von Präriehunden, die wie Murmeltiere aus ihren Gängen auftauchten, Männchen machten und wieder einschlüpften. Sie halten dort auch ihren Winterschlaf.

»Madame, Sie sollten ihnen auch Erdeulen und Klapperschlangen zugesellen – dann lebten sie ganz wie in der Natur. Das wäre das Muster einer Kohabitation.«

»Meine Besucher lieben die Reptilien nicht.«

»Aber sie finden sie faszinierend – ähnlich wie harmlose Gemüter, die keinen Kriminalfilm auslassen.«

»Das ist nicht unser Stil.«

Nur dem Sinn nach, doch nicht in der Verflechtung behielt ich einen Vorfall, den Madame de la Grange uns mitteilte: Ein Schwarm von Störchen, die seit langem hier gelebt hatten, verschwand mit dem Tage, an dem eine drahtlose Verbindung, deren Bahn den Park überquerte, eröffnet worden war. Verschwanden sie sämtlich oder nur jene, die man beringt hatte? Jedenfalls notiere ich es als Beitrag zu einer Reihe von Fakten, die mir seit einiger Zeit, besonders im Auto, auffallen. Wir erfahren bewußt, was den Tieren verborgen bleibt, etwa Bilder und Texte von Fernsehsendungen. Andererseits empfinden die Tiere Wellen, die zwar unbemerkt, doch gewiß nicht spurlos durch uns hindurchströmen. Wenn wir eine Leitung unterqueren, verstummt das Radio. Das beunruhigt; Unsichtbares greift ein. Wir hören mit unseren Apparaten die Brandung lautloser Wellen – wie es scheint, bemerken die Störche sie schon auf ihrem Wege, fürchten sie sogar. Gemeinsam berührt uns das Gewebe rationaler und musischer Signale, das immer dichter den Erdball überspannt. Wir treten in ein neues Haus ein und beachten den Teppich unter unseren Füßen kaum.

☆

Das Ehepaar hat sein Vermögen, das zum Teil geerbt, zum Teil in der weiten Welt erworben wurde, den Tieren gewidmet – solche Verwendung, vielleicht sogar Verschwendung, ist auch ein Mäzenat.

Madame Hélène hat nach dem Tod des Gatten Park und Schloß dem Staat übereignet und verwaltet nun ihren einstigen Besitz. Es scheint ein Gesetz zu geben, dem man kaum nachzuhelfen braucht: je größer der Reichtum, desto eher wird er verschenkt.

☆

Nach der Rückkehr fuhren wir noch zum Baden an den Strand von La Baule. Im Wagen las ich einen Aufsatz des Zoologen Desmond Morris; er hat ihm die Maxime »Je besser ich den Menschen kennen lerne, um so lieber wird mir meine Katze« vorangestellt. Die Katze ist für ihn ein Doppelwesen, das sowohl häuslich wie auf der Wildbahn lebt. Sie jagt nicht wie der Hund im Rudel, sondern solitär. Sie hat Sammetpfoten, denen die Krallen eingebettet sind. Sie läßt sich streicheln, wenn es ihr beliebt, jedoch nicht zähmen oder gar dressieren – sie macht nicht »Männchen«, geht nicht »bei Fuß«, apportiert nicht auf Befehl. Dagegen bringt sie zuweilen eine Maus oder einen Vogel, den sie gefangen hat. Sie zeigt ihre Beute dem Menschen, den sie ebenso wie ihre Jungen zur Jagd für unfähig hält – es ist ein Initiationsritus. Wenn die Katze kommt, um sich an uns zu reiben, so weil sie sich mit unserem Duft imprägnieren will. Wenn sie sich dann ableckt, so um uns zu goutieren, nicht um sich zu reinigen. Warum liebt sie den Baldrian, »l'herbe au chat«? Weil sie ihn, ähnlich wie der Mensch das Marihuana, als Stimulans schätzt. Sie durchforscht Böden und Keller, hat ihre Lieblingsplätze, Schlupfwinkel und geheimen Passagen; geschlossene Türen sind ihr ein Greuel. Sie genießt die Gesellschaft mit gebotener Distanz und Vorsicht; ihr Verhalten ähnelt dem des Anarchen; gefährliche Züge erinnern an Stevensons semi-nocturnen »Dr. Jekyll and Mr. Hyde«. Wer weiß, wenn sie morgens am Herd schnurrt, was sie über Nacht getrieben hat?

☆

Die Luft scheint hier noch feuchter als auf Sumatra. Ich hatte wieder Ärger mit dem Kugelschreiber, der mir auch schon Anzüge verdorben hat. Man vergißt ihn, wenn man im Bett gelesen und Notizen gekritzelt hat. Das ist ebenso mißlich wie wenn man das Tintenfaß umgestoßen hätte – das Leinen begnügt sich nicht mit einem Kleckse, sondern saugt die ganze Flüssigkeit heraus. Wenn Wilhelm Busch noch lebte, könnte er seinen verhinderten Dichter Balduin Bählamm modernisieren – die Schreibmaschine, das Telefon, Motoren im Nebenzimmer, vorm Hause, über dem Dach.

Ich las bis spät in die Nacht und mit Genuß die »Anthologie de la poésie française« von Georges Pompidou. Der Autor sieht Sinn und Anlaß einer solchen Sammlung vor allem im eigenen Vergnügen – je stärker und echter es ihn bewegt hat, desto lebhafter wird auch der Leser daran teilnehmen. Jedoch gibt es Grade und Stufen dieser Teilnahme. Die feinsten Anklänge hält der Anthologist für nur Wenigen vernehmbar, für unübersetzbar auch. Wer kann an einem französischen Gedicht des 15. oder 16. Jahrhunderts noch den Reiz der alten Orthographie, eines ungebräuchlichen oder leicht veränderten Wortes, die ursprüngliche Kraft einer archaischen Sprache gebührend würdigen? Ist schon ein Gedicht Ronsards im eigenen Bereich so schwer zugänglich, wie wird es in einer fremden Sprache sein?

Wo zum Beispiel liegt der Zauber »eines der schönsten Verse La Fontaines« (Pompidou):

> Amants, heureux amants, voulez-vous voyager?
> Que ce soit aux rives prochaines ...

Das beschäftigte mich bis zum Einschlafen. Ich muß zugeben, daß ich die Frage nicht beantworten kann, und werde Henri Plard zu Rate ziehen.

Es gibt, auch bei den Hochberühmten, Gedichte, in denen nur ein Vers, eine Strophe oder selbst die Fügung einiger Wörter gelungen ist. Daher ist es ein guter Gedanke, solche Stellen wie Steine aus der Fassung zu brechen und sie im Anhang zu vereinigen.

Gleich beim Aufschlagen der Anthologie stieß ich auf einen der identischen Reime, die mich des längeren beschäftigen. Clément Marot:

Et le plus fin
Gagne à la fin
La grâce pleine.

Der Unterschied im Ähnlichen wird nicht mehr musisch, sondern logisch angeboten – dabei verwundert mich, daß dieser exquisite Verstoß vom Hörer sofort wahrgenommen und gebilligt wird.

Wilflingen, 3. Juli 1987

Grußwort bei der Neunhundertjahrfeier meines Dorfes:

»Liebe Freunde und Mitbürger, seit genau siebenunddreißig Jahren zähle ich mich zu den Bürgern von Wilflingen. Als ich damals auf Einladung des verewigten Freiherrn Franz von Stauffenberg hier einzog, ahnte ich nicht, daß ich an diesem Orte länger verweilen würde als an jedem anderen zuvor.

Das Dorf hat mir sogleich gefallen. Seine Lage inmitten der weit gebreiteten, fruchtbaren Felder, Obstgärten und Wiesen, die Freundlichkeit der Bewohner, die damals sämtlich noch Bauern waren, behagte mir sehr. Seitdem sah ich manches sich verändern, doch Wilflingen ist dabei immer schöner geworden – und wie hat es sich jetzt zu seinem großen Feste herausgeputzt!

Viele Reisen haben die geruhsamen Tage unterbrochen, während deren ich hier gelebt und geschafft habe. Auch heute komme ich mit meiner Frau von weither. Wir sind gegen Mitternacht in Stuttgart gelandet, um an der Feier des neunhundertjährigen Bestehens unseres Dorfes teilzunehmen – nicht viele Orte, selbst berühmte, können auf ein solches Alter zurückblicken.

Neben der guten Nachbarschaft hat mich während dieser Jahre besonders die Nähe der großen Wälder erfreut, die ich oft und nach jeder Richtung hin durchstreift habe. Ich habe die alten Bäume fallen gesehen und wandere jetzt im Schatten der neuen, die auch schon eine stattliche Höhe erreicht haben. So sind auch die Enkel von Männern und Frauen herangewachsen, die mir hier im ›Löwen‹ meinen sechzigsten Geburtstag mit einem Theaterfest ausrichteten.

Ich sehe im Walde ein Vorbild nicht nur der erhaltenden, sondern auch der mehrenden Kraft. Wir zehren noch heute von der Wärme einer Sonne, die vor Millionen Jahren die Wälder beschienen hat. Wenn der Wald leidet, teilt er uns mit, daß wir mehr konsumieren, als die Natur es erlaubt, die wir geerbt haben. Darüber darf uns die Perfektion der Technik nicht hinwegtäuschen.

Es ist zu begrüßen, daß die Bedrohung begriffen wird. So dürfen wir hoffen, daß der gesunde Sinn nicht verloren gegangen ist und daß er den rechten Weg findet. Wenigstens hier in Wilflingen durfte ich erfahren, daß der Ort von Jahrzehnt zu Jahrzehnt sowohl in der Substanz wie in der Erscheinung gewonnen hat. Möge er verjüngt und mit wachsender Kraft in das dritte Jahrtausend eingehen.«

Wilflingen, 7. Juli 1987

Ich lese einen umfangreichen Essay von Jürgen Lotz (Jahrgang 1944), dem ich im allgemeinen zustimme. Sein Thema: »Der nationalsozialistische Bildersturm gegen die Moderne.«

Der politische Charakter jener Aktion ist schon daran zu erkennen, daß er sich nur gegen Zeitgenossen richtete. Wenn man die Museen säubern wollte – warum nicht auch vom Panoptikum der nachsiebziger Jahre, das Nietzsche und Burckhardt ein Greuel war? Und selbst da muß man vorsichtig sein. Etwa Makart, vor kurzem noch in der Wertung ganz abgesunken, zieht wieder an. Im Grunde dürfen wir uns auf die Zeit verlassen – die Museen reinigen sich von selbst.

Der Begriff »entartet« ist schillernd und beschränkt. Während meines Besuches bei André Gide, 1937, fragte mich Madame van Rysselberghe, was denn »L'art dégeneré« sei. – Ich fand keine Erklärung dafür.

☆

Der Einfluß der Bewegung auf die Wahrnehmung – und damit auf die Kunst. Der Jäger beobachtet genau. Diese Aufmerksamkeit ist angeboren – er kann Beute machen, weil er das Auge dafür hat. Er trifft sein Ziel sowohl in der Ruhe wie in der Bewegung – das Mammut in der imponierenden Silhouette wie den Hirsch im Sprunge oder das galoppierende Pferd. Als Künstler trifft er sie im Moment.

Wenn ich das auf uns übertrage, so frage ich mich, ob die Sucht nach rapider Bewegung sich nicht bereits im Impressionismus ankündigt. Der Technik mit ihren Erfindungen geht wohl ein unbestimmter Drang voraus. Erst war das Wild und dann der Bogen mit dem Pfeil. Das unterscheidet den Jäger vom Wildbeuter.

Im Rennen ist kein Blatt mehr zu sehen, wohl aber das Gebüsch. Ob aus Rosen oder Flieder – das ist noch ein Unterschied. Dann schwindet auch dieser im farbigen Saum. Das nähert sich der Musik.

Der Surrealismus ist die geforderte Entsprechung, die Antithese einer hochbewegten Welt.

☆

Theoretisch betrachtet, wäre Lilienthals Leistung auch Leonardo und früher schon möglich gewesen – dann hätte der Übergang uns nicht so abrupt getroffen, wie wir es erlebt haben.

Die Dampfmaschine brachte die große Wende nach Tausenden von Jahren, während deren wir mit der Muskelkraft von Menschen und Tieren, mit Wind und Wasser ausgekommen sind. Der Motor kam ein Jahrhundert später, der Flug und die Raumfahrt folgten in immer kürzeren Abständen.

Angesichts dieser Beschleunigung ist kaum zu ahnen, was sie noch zeitigen wird. Was ist dagegen »Die Reise um die Welt in achtzig Tagen« – die Utopien werden überspielt. Die Kunst kann damit nicht Schritt halten – sie sucht ihre Zuflucht bei Dionysos.

☆

Es ist nichts dagegen einzuwenden, daß der Künstler, obwohl es ihn meist schädigt oder wenigstens von der Arbeit ablenkt, sich der Politik zuwendet. Es gibt Lagen, in denen das aus verschiedenen Gründen nicht zu vermeiden ist. Dann aber sollte er sich auf seine bessere Einsicht oder auf seinen Anstand berufen, nicht aber auf seine Kunst.

Daß Gustave Courbet sich am Umsturz der Vendôme-Säule beteiligte oder ihn sogar veranlaßte, mag man billigen oder mißbilligen, je nachdem man seine Meinung teilt oder nicht. Mit seinem Genie hat es nichts zu tun. Geschädigt hat es ihn enorm. Merkwürdig ist dabei, daß er als Künstler die reine Malerei proklamiert und damit Schule gemacht hat – der Maler solle sich auf die Farbe konzentrieren und literarische, historische, moralische Tendenzen, überhaupt »Ideen«, außer acht lassen. Daher ist Courbet auch am stärksten in seinen Landschaften.

Die Zerstörung von Kunstwerken stellt ein heikles Problem dar – freilich nicht für den Mamelucken, der dem Sphinx die Nase abschießt.

Der Konfliktstoff reicht von den Heiligtümern bis zur Pornographie. Daß die Statue eines wüsten Tyrannen der Volkswut zum Opfer fällt, ist zu verstehen, wie aber ist es mit den Meisterwerken, die in seinem Auftrag entstanden sind?

Daß die Spanier die Alhambra verschont haben, ist ihnen hoch anzurechnen, wiegt aber den Kahlschlag nicht auf, den sie in Mexiko anrichteten.

Die Vendôme-Säule ist ein Kunstwerk, wie der ganze Platz, dem sie den Namen verdankt, zu den schönsten Europas zählt. Sie wurde 1871 gestürzt und erlitt damit das gleiche Schicksal wie 1792 das Reiterstandbild Ludwigs XIV., das vor ihr auf dieser Stelle stand. Doch richtete man sie wieder auf.

Von Courbet stammt unter anderen Motiven des Vierten Standes auch das berühmte Bild »Die Steinbrecher«.

Wenn Courbet dem Naturalismus gegenüber dem »Akademismus« den Vorzug gab, so sind »Ideen« im Kunstwerk doch ebenso wenig auszurotten wie das Denken im Traum. Schon die Beleuchtung bringt nicht nur Reales, sondern auch Effekte hervor.

Als Pendant zur »automatischen Schrift« könnte man sich eine instinktive Malerei vorstellen, doch in Annäherungen nur.

Intuition ist höherer Instinkt, daher vom Zeitlichen am weitesten entfernt – dicht an der Zeitmauer. Blitzartig – doch der Einschlag zeichnet seine Spur.

Wilflingen, 8. Juli 1987

Eine reife Erdbeere, nach einem warmen Julitag im Garten, Ambrosia nahe der Transzendenz – für Sterbende eine Wegzehrung. So hat Hieronymus Bosch sie gesehen.

Wilflingen, 12. Juli 1987

»Der Tauwind schnob vom Galgen her.« Heut kommt er aus jeder Himmelsrichtung; man »schmeckt« ihn, wie die Schwaben sagen, in den Zeitungen. Das bleibt nicht wie einstens »hinten weit in der Türkei«; wir dürfen vorm Bildschirm daran teilnehmen.

Mitteleuropa genießt noch eine gewisse Sicherheit. »Gewaltlosigkeit« ist eines der Paßworte – ein Türöffner für jede Unbotmäßigkeit. Gewalt ist nicht auszurotten, denn sie steckt schon in den Atomen, wohl aber zu bändigen. Die Aufgabe wird im nächsten Jahrhundert von Hölderlins »Eisernen« gelöst.

☆

Atavismen sind Wiedererscheinungen von Merkmalen der Vorfahren. Sie führen dem Ursprung näher, gewinnen an ungesonderter Substanz.

Beispiele: Der Krieger wird durch den Mörder abgelöst. Der Staat führt Kriege, die Gesellschaft Bürgerkrieg. Hier wird der Feind unter Beachtung von Regeln und Zeremonien angegriffen, dort der Bruder getötet wie Abel durch den Urahnen Kain.

Ferner: Der Rückschritt von den Reptilien zu den Amphibien. Die Schlangen schwinden, die Lurche dauern länger aus. Sie können sich in die Gewässer zurückziehen und wieder auftauchen, hausen sogar in unterirdischen Grotten wie der Olm.

Politisch überlebt man amphibisch, indem man in der Masse untertaucht. Hut ab vor jedem, der sich exponiert. Das bleibt sein bescheidener Lohn.

☆

Mimulus, die Gauklerblume, perenniert rings um unseren Gartenweiher; sie soll auch an einigen Stellen Mitteleuropas verwildert sein. Sie ist mit vielen Arten in Amerika heimisch; die unsere stammt aus Kalifornien. Die Blüten sind purpurn und golden gefärbt in den verschiedensten Mustern: gestreift, gebändert, gerahmt oder zu Flecken und Punkten aufgelöst.

Ich fragte mich, warum man diese Zauberin nicht wie die Türkenbohne oder die Taube als Testfigur im Rahmen der Abstammungsforschung verwendet hat. Wohl deshalb, weil sich hier das Chaos unmittelbar formuliert. Das geschah längst, bevor es Arten und Geschlechter, ja Organismen gab, gewissermaßen als Selbstgespräch der Materie. Es auszudeuten liegt in unserem Belieben; Kerners »Klecksographien« geben ein bescheidenes Beispiel dafür.

In unserer Gegenwart bahnt sich eine Chaosforschung an – ein Vorgriff, der große Aufschlüsse verspricht. Ich sah Modelle möglicher Blumen, die, ohne Absicht entstanden, also weder einer Zeugung noch einer Schöpfung entsprungen, doch logisch gegliedert und harmonisch gefärbt waren.

Wie der Tag auch die Nacht einschließt, so verbirgt sich das Leben als eines ihrer Abenteuer in der Materie. Und vice versa: das Universum lebt.

☆

»Die Mythe kennt nichts Unbelebtes, denn Leben hat für sie auch alles, was uns ohne Atem, leblos und amorph erscheint. Chaos ist voll lebendiger Bewegung, und aus ihm geht alles Leben hervor ... Chaos ist von einer unerschöpflichen Fruchtbarkeit. Auch wird er dadurch, daß sich Gestalten aus ihm lösen, daß eine Ordnung aus ihm hervorgeht, nicht gemindert ... Chaos ... west immerdar fort.« So der Bruder Friedrich Georg in »Griechische Mythen«, 1947 bei Vittorio Klostermann.

Überlingen, 15. Juli 1987

Wir begleiteten Citta zum Grabe; sie ruht nun neben Friedrich Georg – es war ihr Geburtstag heut.

Ich legte ihr noch eine Blume in den Sarg. Ihr Gesicht war bis auf den Knochenbau abgemagert, doch markanter als im Leben – Wissen durch Minderung.

Mit ihrem Tode schließt wieder ein Kapitel auch meiner Vergangenheit. Das Haus am See hat nicht nur für mich und meinen Bruder, sondern mit uns für viele Freunde und Gäste seine Geschichte, auch seine Geheimgeschichte gehabt. Ich dachte am Arbeitsplatz des Bruders bei sinkender Sonne daran zurück. Von dort übersah er den See vom Pfänder bis Bodman in seiner vollen Länge; er hat ihn geliebt.

Wilflingen, 20. Juli 1987

Noch zu Lilienthal. Der uralte Wunschtraum wurde erfüllt, sobald die titanische Energie ausreichte. Der Bogen wurde im Hirn als dem Instrument des Willens gespannt. Dem folgte das Flugzeug als Pfeil. Die reine Energie fächerte sich aus in Handel und Wandel, Krieg und Vergnügen, Sport und Wissenschaft, ohne Rücksicht auf Ökonomie und Unfälle – doch mit der Sucht nach stets wachsender Beschleunigung auf jedem Gebiet.

Der Segelflug hingegen bleibt im humanen Bereich. Daß er nicht weit früher verwirklicht wurde, liegt daran, daß die Flügel mit ihrer flatternden und rudernden Bewegung die Aufmerksamkeit fesselten.

☆

18. November 1991. Ad notam: Jedes »Aber« hat seine Voraussetzung. Daher das stilistische Unbehagen, wenn – was manchmal schlecht zu vermeiden – ein Satz hinter dem Punkt mit »Aber« beginnt. Da ist ein Stolperstein, der jedoch als Ausruf seine uralte Kraft erweisen und selbständig werden kann. Er wird gern durch Wiederholung verstärkt.

Wilflingen, 26. Juli 1987

Um neun Uhr erwacht. Wetter grau, kühl und feucht. Ich hatte einen Partisanenkampf in einer Provinz geleitet, die nicht nur erobert, sondern auch entvölkert worden war. Ohne Verpflegung, ohne Feuerwaffen schien ein Erfolg nur möglich mit Soldaten, die schon ein Mal gefallen – also mit Bodenständigen, die gegen den Tod geimpft waren.

Ich schlief dann für eine halbe Stunde wieder ein und war sofort in Paris, begleitet vom Sohne, der bald als Ernstel, bald als Alexander erschien.

Die Grenzen verwischten sich überhaupt – die Tatsachen sickerten wie in Fließpapier ein. Daß Mistler, der Sekretär der Akademie, mir eine Flasche Armagnac in die Cherche-Midi geschickt hatte, gehörte zur Tageswelt – daß ich mich aber bei ihm dafür bedanken wollte, in den Traum, denn es war schon geschehen. Ich suchte also nach dem Gebäude der Akademie. Daß Mistler nicht mehr amtierte, hatte ich vergessen; es war auch unwichtig.

Die Seine stand über den Brückenbögen; sie hatte auch die Gassen hinter den Quais überschwemmt. Wir balancierten daher auf einer Mauer, die eine runde Kuppe trug, hatten uns auch verirrt und mußten umkehren.

Mir wurde schwindlig; ich wagte mich nicht zurück. Der Sohn sagte: »Das ist Einbildung – eben ging es doch noch ganz glatt.«

»Ja, da hatten wir auch ein gutes Gespräch.«

Wir hangelten uns also hinab bis zu einem Eckhaus der Rue de Seine. An der Mauer hing eine Traube von Ferngläsern, daneben ein Zettel, auf dem »Es gibt auch ehrliche Finder« geschrieben stand.

Wir hatten neben einem Straßenhändler, einem Blauhaarigen, den Boden erreicht. Ich beschwerte mich: »Das ist hier fast wie am Orinoko – wie soll man sich da zurechtfinden?« und bekam zur Antwort:

»Wenn jede Großstadt nur ein Viertel von Venedig hätte, würde es auf der Welt besser aussehen.«

Das ließ ich auf sich beruhen. Ich mußte jetzt zum Ziel kommen und fragte nach der Rue de Rivoli. Sie mußte ganz in der Nähe sein.

»Die Rue de Rivoli liegt auf der anderen Seite – Sie müssen sich verirrt haben.«

»Nein, nein – ich will doch zur Akademie.«

»Mein Herr – Sie stehen doch davor!«

So stritten wir hin und her, bis ich aufwachte. Der Disput machte mich nachdenklich. In der Tat hatte ich mich geirrt.

Der Italiener hatte den Stadtplan besser im Kopf gehabt als ich. Nun stellt sich die Frage: habe ich von ihm oder hat er von mir geträumt?

☆

Ähnlich wie eine Grundlagenforschung gibt es eine Grundeinschwingung in die Zeit. Beide sind Konzeptionen, die dem Ereignis vorausgehen. Die Zeit wird uns wie ein Kreuzworträtsel vorgestellt. Zwar sind die Felder leer, doch werden sie sich mit Wörtern ausfüllen. Wir werden nicht nur in die Zeit hineingeboren, sondern sind für sie schon präpariert.

Ein Beispiel aus meiner Kindheit: Wenn ich mit dem Rade von Bad nach Stadt Rehburg fuhr – das ging bergauf mühsam und bergab schnell – malte ich mir aus, wie es wäre, wenn hin und wieder ein gigantischer Hammer auf die Straße schlüge, manchmal in großer Entfernung, manchmal sehr nah. Das war spannend wie beim Roulette und genau die Stimmung wie später beim Vormarsch, etwa auf einer nebligen Straße Flanderns, wenn die ersten Granaten einschlugen und schon Verwundete zurückkamen.

Es ist zu unterscheiden zwischen der Vorschau und dem déjà-vu. In der Vorschau bestätigt sich ein Bild, das prägnant vorausgesehen worden ist. Im déjà-vu wird eine Stimmung eingeholt und durch Einzelheiten bestätigt, die nicht vorausgesehen sind. Nicht Flugzeuge, Atommeiler, Röntgenstrahlen wurden vorausgesehen, wohl aber wurde ein Zustand empfunden, der mit all dem schwanger ging. Auch die Grundlagenforschung tastet – an manchen Stellen kann es heiß werden. Hierzu auch die Etymologie von »Ereignis«, das ursprünglich noch ein »Eräugnis«, ein »Sichzeigen« war.

Wilflingen, 27. Juli 1987

Blumen, die verborgen oder nur zur Nachtzeit blühen und dann von Schwärmern besucht werden. Frauen, im alltäglichen Umgang als erotische Wesen kaum wahrgenommen, können in den Träumen sehr stark werden.

Die Magd, die nur als Schatten der Hausfrau wirkte, überrascht durch ein unverkennbares Lächeln, die Sekretärin legt die Brille ab.

Geheime Wünsche können Nachtschattenkraft gewinnen und der Succubus Gestalt. Dann beim Erwachen: »Wie hat sie's nur fertig gebracht?«

Verbrechen, durch Frauen angestiftet, gehen auf den Grund. Unter Männern sind sie ein Abenteuer, eine Gewalttat, ein raffinierter Betrug. Mit der Frau kommt, ganz abgesehen von der Ausführung, Spezifisches hinzu.

Wo Frauen in der Politik mitspielen, ändert sich die Atmosphäre – und das um so stärker, wenn sie als Frauen auftreten: als Mutter, Geliebte, Mätresse, Furie.

Die Mutter stiftet den Sohn zur Tötung des Vaters, die Geliebte den Buhlen zum Gattenmord an. Der Beischlaf segnet die Tat ab – jeder wird mit der Mutter verübt.

☆

Linné hat die Herbstzeitlose nach Medeens Heimat »Colchicum« benannt. Diese Liliacee ist durch ein Alkaloid giftig und dem Vieh gefährlich; ich sah sie in Norddeutschland selten; hier blüht sie nicht nur an den Rändern, sondern auch auf der Fläche der Wiesen im Überfluß. Daß ihr nicht getraut wird, verraten viele ihrer Namen – so »mort-au-chien« in Frankreich und »Teufelsbrot« für die Früchte in der Steiermark. »Nackte Hure« (Schlesien) weist sowohl auf das Gift hin wie auch darauf, daß die Blüte im Herbst ohne Blätter erscheint.

Wilflingen, 2. August 1987

Am Morgen Regen; ich stand ungern auf. Zuvor war ich in einer Sahara-Oase gewesen: dort hatte man seit Jahrhunderten keinen Fremden gesehen, wußte auch nicht, ob solche überhaupt existieren; die Möglichkeit klang nur in Märchen und Sagen an. Zuweilen gab eine Fata Morgana eine Ahnung von Transzendenz. Kaum Regen, und den Brunnen war nicht zu trauen. Daher galt das Wasser einerseits als heilig, andererseits schmeckte es brackig – es »genügte nicht allein«. Diese Version war für die schwarzen Sklaven, die noch knapper gehalten wurden, bestimmt.

☆

Im Garten. Die Seerosen haben sich noch nicht erschlossen, die Schildkröten nicht aus ihrem Häuschen gewagt. Eine Hummel schläft in der ersten Sonnenblume; die Ameisen haben Vorposten ausgestellt. Ich kenne ihre Residenzen – manchmal vergeht ein Jahr, ohne daß sie belebt scheinen, dann überrascht eine Hochzeit über den Ausgängen. Das Getümmel ist lebhafter als auf unseren Jahrmärkten. Die Bauten müssen durch ein System von Kanälen verbunden sein.

Wir wissen von diesen Tieren wenig, und was wir zu wissen glauben, ist eher die Spur eines Pfeiles, der durch ihr Wesen hindurchgeschossen ist. Je mehr Intellekt wir an sie verschwenden, desto ähnlicher werden sie unserem Bilde und verlieren am eigenen.

Wilflingen, 8. August 1987

In der Nacht kam einer herein und beugte sich über mich. Es war ein Dunkler, aber kein Neger – eher ein Kubaner mit flaumigem Bart, der die Physiognomie nicht beeinträchtigte. Ich sagte entweder »da ist etwas« oder »das ist ziemlich stark«.

Dabei suchte ich mit der Hand nach dem Lichtschalter, während das Gesicht allmählich verblaßte und verschwand.

Die Tür hatte sich nur leise geöffnet, als der Dunkle eingetreten war. Dennoch hatte der Raum sich sogleich verändert; ich war nicht mehr allein. Während das Gesicht sich über mich beugte, war es stärker als bei einer Begegnung am Tag.

Wollte der Besucher meinen Zustand prüfen, oder hatte er mir etwas mitzuteilen? – vielleicht würde ich es erfahren haben, wenn ich länger im Dunkel verharrt hätte. Mein »etwas« oder »ziemlich stark« muß ich für die Anerkennung der überzeugenden Kraft halten, mit der ihm der Auftritt gelungen war. Daß ich stärkere Verdichtungen für möglich halte, schließt das »ziemlich« ein.

Solche Begegnungen haben ihren Ort weder im Wachsein, noch im Traum. Die Nacht kann zum Tage werden, der Tag zur Nacht. Auch dieses Reich hat seinen Nebel; Hornrufe können ihn durchdringen, Gestalten eintreten.

Wilflingen, 9. August 1987

Nächte, in denen die Toten aktiv werden.

Klimatisch: bei Wetterwechsel, vor allem bei Tiefdruck, in gewissen Landschaften, zum Beispiel den keltischen.

Genetisch: durch Bewegungen und Erinnerungen innerhalb der Erbmasse. Hier kann es zur Identität kommen. Der Bruder erscheint als der Onkel, die Schwester als Großmutter.

Horoskopisch: beim Jahreswechsel, in den Rauhnächten. Hier gibt es häufige, fast allgemeine Erfahrungen, die gern verdrängt werden. Mit den Rauhnächten sind die Losnächte nicht gleichzusetzen, obwohl auch sie um das Neujahr herum datiert werden.

Bei schweren Krankheiten, besonders in der Agonie: hier vor allem die Mutter, auch wenn sie noch am Leben ist. Heut droht nicht nur der schnelle, sondern sogar der blitzartige Tod. Dabei stellt sich die Frage, ob nicht die Verkürzung oder die Überblendung der Agonie eine besonders schwere Beraubung darstellt – doch letzten Endes bleibt auch die Zwergsekunde in der Zeit.

☆

Besucher, die mit einem Roman schwanger gehen. Gut, wenn mans ihnen ausreden kann, bevor es zur Fehlgeburt kommt.

Eines der Merkmale, die den Menschen vom Tier unterscheiden, ist der Wunsch, einen Roman zu schreiben – ein Zeichen dafür, daß die Tiere näher am Paradies sind.

☆

Zur Grammatik: »Vor, während und nach dem Kriege« – solche Verstöße liest man häufig, doch nicht jeden schmerzt der Stolperstein.

Trotz sollte eigentlich den Dativ regieren, in Erinnerung daran, daß es sich wie viele Präpositionen aus einem Substantiv entwickelt hat. (Etwa: *längs, laut, statt, kraft* und andere.) Noch immer *trotzdem.*

Manche Verhältniswörter ändern den Kasus durch ihre Stellung, zum Beispiel »zufolge dieses Fehlers«, aber »diesem Fehler zufolge«.

Fenster im Bau der Sprache, die noch nicht vermauert sind.

Ganz allgemein wird bei uns die Richtung *woher* durch den Dativ, die Richtung *wohin* durch den Akkusativ bestimmt. »Ich komme aus dem Walde«, doch gehe ich »in den Wald«.

Wenn Präpositionen sowohl den Ort wie die Richtung bezeichnen, wechselt der Kasus entsprechend, so bei *an, auf, neben* und anderen. »Er steht auf der Mauer«, aber »Er blickt auf sie«.

Gelegentlich in den »Federbällen« ausführen.

☆

Es kann vorkommen, daß ein Druckfehler einen anderen, und in seltenen Fällen sogar einen besseren als den beabsichtigten Sinn ergibt. Häufiger noch bringt ein »Versprechen« witzige oder peinliche, auch enthüllende Überraschungen hervor.

Das fällt in das Kapitel der geglückten Fehlschläge. Ein Passagier verpaßt die Abfahrt eines Schiffes, das zugrunde geht. Alchimisten, die an der Großen Mutation scheitern, entdecken Stoffe, die wertvoller oder wenigstens nützlicher sind als Gold. Fehlgriffen in Küche und Keller verdanken wir die Münchner Weißwurst und aus Italien den Parmesan.

Hier stellt sich die Frage, ob und inwieweit sich das in Darwins System einfügen läßt. Offenbar hat sich ein Irrtum oder ein Versagen als Fortschritt herausgestellt. Das erinnert an eine Lotterie.

Welche Rolle spielt der Zufall überhaupt? So in der Auslese. Könnte eine Ehe, deren Partner sich hassen, ein Genie oder eine Venus hervorbringen? Es gibt Theorien, nach denen die Entstehung des Lebens auf dem Planeten, vielleicht sogar im Universum, einer außerordentlichen oder gar einmaligen Konstellation zu verdanken sei.

Und wenn es sich dabei um einen Fehlgriff handelte? Der Demiurg, Ahriman, Luzifer, Prometheus sind Lichtbringer – jedoch eines Lichtes, das Schatten wirft.

Wilflingen, 10. August 1987

Innerhalb einer Viertelstunde zwei Mal auf Ezechiel zu stoßen, ist merkwürdig. Wie erklärt sich das? Dadurch, daß ich vorm Einschlafen noch in den Büchern blätterte, die mit der Post gekommen sind:

So in Günter Lülings »Sprache und archaisches Denken«, wo die uralte Mythe von der Auferstehung durch Zusammenfügung der Knochen eines Toten behandelt und auf das 37. Kapitel des Ezechiel verwiesen wird.

Gleich darauf: Michel Maffesoli »Der Schatten des Dionysos. Zu einer Soziologie des Orgiasmus«, vom Autor gesandt. Im Zusammenhang mit der Beschreibung priapischer Instrumente wird dort Ezechiel, 16,17 zitiert.

Ich schlug in meiner Bibel die Stelle nach und sah an einer Randnote, daß ich mich schon einmal mit ihr beschäftigt habe – am 14. Dezember 1942 zu Kurinskij im Kaukasus.

Mithin habe ich den Brauch der Hebräer befolgt, die sich dem Ezechiel nicht vor dem dreißigsten Jahr zuwandten (Hieronymus, »Über das Studium der Heiligen Schriften«).

Wilflingen, 13. August 1987

Zwei Engel – der eine kommt vom Alphard im Sternbild der Wasserschlange, der andere von der Milchstraße.

»Was war das für ein Planet?«

»Einer von denen, auf die man nicht zu genau hinschauen darf.« Gilt vielleicht von allen, die nicht mehr gasförmig sind.

☆

Ad personam, beim Postordnen. Auguste Francotte zu »Zwei Mal Halley«: »Tout en conservant son ressort et sa netteté, votre style prend une patine qui en augmente le rayonnement.«

Ein alter Kamerad aus dem Reichswehr-Regiment 16, Friedrich Grajetzki, sendet Ausschnitte, die er gesammelt hat. Dabei ein Geburtstagsgruß aus der »Hannoverschen Allgemeinen« vom März 1985 mit dem Titel »Im Zeichen der Schlange«. Der Autor, Jürgen Rolf Hansen, zählt zu den Kritikern, die ein Werk gründlich gelesen haben, bevor sie sich darauf einlassen. Das ist immerhin erwähnenswert. Er ist nicht nur mit dem »von«, sondern auch mit dem »über« vertraut, zitiert eine Reihe von Kennworten. Als Resümee: »Immer schon hat sich Neues angekündigt, wenn gerade eine Richtung eingeschlagen zu sein schien, immer haben sich verschiedene Werke überlagert wie die Schuppen eines Reptils.«

Wilflingen, 14. August 1987

Wärmeres Wetter; das Island-Karussell schwenkt endlich ein. Erster Blick in den Garten – auf die Blutbuche mit ihrem dunkelkupfernen Laub. Einige Lücken wurden mit dem »Pariser Rot« der Begonien gefüllt, die in einer Schale neben dem Weiher blühen. Der Brennende Busch in Geburtswehen.

☆

Der Maler kann zeigen, was die Farbe vermag. Das ist seine Aufgabe, Handwerk in hohem Sinn. Was darüber hinaus in der Farbe schlummert, reicht über die Palette hinaus. Das Mögliche wäre für die Farbe in den Konjunktiv, für den Maler in den Optativ zu setzen, höchst selten gelingt ihm der Wurf in das Ultra – nicht ohne Lebensgefahr. Aber die Annäherung läßt uns ahnen, was möglich ist, was möglich sein sollte – – – und wird.

Die Farbe ist in jeder Dichte dieselbe, ruft aber, ähnlich wie die Dosierung in der Medizin, verschiedene Wirkungen hervor. Ein Spritzer an der rechten Stelle wirkt stärker als eine monochrome Wand. Ein Glühwürmchen verzaubert den Wald.

Dann die Palette, die Legierungen. Die Entdeckung, daß sich das Kupfer durch einen geringen Zusatz von Zinn härtet, hat die Welt verändert – bis zum Olymp. In der musischen Ordnung sind ähnliche Revolutionen möglich, vor allem, wie schon der Name sagt, durch die Musik.

☆

Ein Vorklang geht allen Veränderungen von den epochalen bis zu den alltäglichen voraus. Das Gleichgewicht verschiebt sich fast unmerklich wie bei den Vorbeben oder dem Knistern im wurmstichigen Gebälk. Dann stürzt ein Haus ein oder eine Stadt.

Stimmungen färben durchgehend ein. Beispiele sind »Gassenhauer«, die man an jeder Straßenecke hört. Sie bringen zunächst in Schwung. »Ça ira« – man weiß noch nicht so recht, wohin. Der Maler hat ein Glas Sekt getrunken wie vor der Landung auf Cythere, oder ein Tropfen Opium fiel wie bei Füßli ins Glas.

Und dann die Haartracht, die Falten der Gewänder, von den archaischen Göttern bis zu Degas und Toulouse-Lautrec. Die Haut ist auch ein Gewand, das nicht jeder zu tragen und noch weniger zu bilden versteht. Eine Plastik muß leben – sie ändert sich bei jedem Licht und für jeden guten Betrachter, vor allem für einen, der das Modell gekannt hat oder kennt. Der Meister ging unter die Haut.

Wilflingen, 15. August 1987

Jutta Jaehngen berichtet aus Hamburg über eine Ausstellung, die sie dort in der Kunsthalle besucht hat: »Blick auf Florenz.« Zur Schau steht bis Mitte September eine beträchtliche Sammlung toskanischer Barock-Malerei.

Den Prospekt schmückt die farbige Reproduktion einer »Judith mit dem Haupt des Holofernes« von Cristofano Allori, der 1577 zu Florenz geboren ist. Ihm werden »edle Originalität, gefühlvolle Darstellung und weicher Schmelz des Kolorits« nachgerühmt.

Angesichts dieses Urteils frage ich mich, warum er sich an ein Schreckensmotiv gewagt hat, von dem es überaus zahlreiche Darstellungen gibt. Wie ich sehe, ist die Frage begründet: Haltung und Farben sind vortrefflich, doch das milde Gesicht seiner Judith steht eher einer Magdalena an.

Das ist auch Jutta Jaehngen aufgefallen; sie schreibt: »Der Dame auf der Vorderseite hätte eher eine zwölfchörige Laute in die Hand gepaßt.«

Eine Sammlung von Judith-Bildern wäre ein Beitrag zur Charakterkunde – sowohl typologisch als auch, was die Künstler angeht, individuell.

Cristofano Allori ist einer der Maler, die im Atelier aufgewachsen sind. Sowohl sein Vater wie sein Oheim haben sich einen bedeutenden Namen gemacht. Eine Notiz, auf die ich stoße, setzt mich in Verwirrung: auch von Cristofanos

Vater Alessandro Allori hat sich eine berühmte Judith erhalten, und zwar im Belvedere zu Wien. Das Haupt des Holofernes soll ein Selbstporträt des Meisters sein. Nun, ich komme wohl noch einmal nach Wien.

Brief an Jutta Jaehngen. Schon als ich ihre ersten Bilder sah, wußte ich, daß sie ein gutes Auge und eine gute Hand besitzt.

Wilflingen, 16. August 1987

Nachts Träume, die ich gern eingefangen hätte; sie entschwanden wie Nebel, der sich im Frühlicht verteilt. Das Licht schneidet den Faden ab, den der Träumer verstrickte – es ist ein Glücksfall, wenn er das Ende erfaßt. Dann kann er das Garn bis zu den Bildern zurückspulen, die zu notieren sich lohnt.

☆

An Henri Plard: »Lieber Freund, zu Ihrem heutigen Geburtstag meine Glückwünsche. Ich würde Sie angerufen haben, wenn Sie noch Telefon hätten. Sie haben es aber, was ich vernünftig finde, mit dem Tage Ihrer Emeritierung abgeschafft. So werde ich heut abend auf Ihre Gesundheit und ad multos annos trinken; mein Keller ist gut assortiert.

Das Lob, das Sie der belgischen Post spenden, scheint mir nicht ganz begründet – jedenfalls hat es in Ihrem Freundeskreis Besorgnis hervorgerufen, daß Briefe, die Gallimard an Sie gerichtet hat, als ›unbestellbar‹ zurückkamen. Ich erfuhr es von Klett-Cotta – die Briefe gehen hin und her und kreuzen sich wie Kugeln auf dem Billardtisch.

Der ›Société des Amis d'E. J.‹ sehe ich mit Skepsis, vielleicht sogar mit Bangen entgegen – ich habe in einer der Maximen von ›Autor und Autorschaft‹ ausdrücklich vor solchen Vereinen gewarnt. Damit sollte man noch einige Jährchen zuwarten. Schon gibt es Querelen. Jedes Mitglied einer solchen Gesellschaft stellt Ansprüche an den Autor und würde es zum mindesten ungehörig finden, wenn es nicht empfangen würde, falls es bei ihm vorspräche. Es fehlt mir schon jetzt weder an Korrespondenten noch an dem damit verbundenen Ärger über Dinge, von denen ich, wie Nietzsche sagte, ›ein für alle Mal nichts wissen will ...‹.

So höre ich von Eva Marcu, die jetzt am Central Park in New York wohnt: ›Heut schreibe ich nur, um Ihnen zu sagen, daß ich in einer Gesamtbesprechung über deutsche Bücher wieder die Sache über Sie ... 'in Paris supervising the execution of German soldiers to satisfy a higher form of curiosity' gelesen habe. Wollen Sie dagegen nichts unternehmen?‹

Davor werde ich mich gewiß hüten. Davon abgesehen, ist das Zitat ja echt, ob es nun dem Kritiker gefällt oder nicht. Dieser hat von ›Neugier‹ eine andere Vorstellung als ich. Für ihn als Journalisten ist Neugier etwas anderes als für mich. Sein Beruf bringt es mit sich, daß er alltägliche Neugier zu befriedigen hat. Wenn ich dagegen von einer höheren Form der Neugier spreche, meine ich das im Sinne Léon Bloys, der, auf dem Sterbelager gefragt, was er empfinde, antwortete: ›Une immense curiosité‹.

Es ist eine Untugend, nicht nur von Journalisten, aus einem Werk von einigen tausend Seiten zwei, drei ihnen ärgerliche Sätze auszusuchen, mit denen sie den Autor ›festnageln‹. Das kann auch einmal ein ›Ausrutscher‹ oder etwas, das man besser für sich behalten hätte, gewesen sein. Zu meinen Erfahrungen zählt das Glas Burgunder auf dem Dach des ›Raphael‹ als einsamer Gruß an den Tod, während die Bomber darüber hinwegflogen. Da habe ich den Leser überschätzt. Trotzdem halte ich es für wichtig, daß diese Episode, ebenso wie jene auf dem Schießplatz zu Robinson, zur Kenntnis gebracht wurde. Das ist meine Aufgabe. Das Mißbehagen, auf das ich dabei stoße, entspringt zwei verschiedenen Perspektiven auf die Transzendenz. Das muß man ernst nehmen.

Dieser Tage besuchte uns das Ehepaar Morel – beide sind hochbelesen, hochkultiviert. Pierre Morel habe ich durch Mitterrand kennen gelernt, der mir in Verdun sagte, daß in seinem Büro ein Beamter arbeite, der Texte von mir übersetzt. Auf meinem Tisch lag die ›Anthologie de la poésie française‹ von Georges Pompidou, die ich ebenso schätze wie ich bislang deren Autor unterschätzt habe. Die Journalisten haben ihm ein Image gemacht, durch das ich mich dupieren ließ. In Nuits-Saint-Georges sagte mir einer der Konviven, in Frankreich sei jeder Präsident, der gerade amtiere, unbeliebt. Ich ließ mir von Madame Morel erklären, warum der Vers La Fontaines ›Amants, heureux amants, voulez-vous voyager?‹, dessen letzte Feinheiten Pompidou, offenbar mit Recht, als für einen Fremden unzugänglich hält, so überaus gelungen sei. Der Wassergeist spielt ein. Gut. Wie ist es mit unserem ›Das Wasser rauscht, das Wasser schwoll, ein Fischer saß daran.‹? Wir kamen dann auf Julien Gracqs Besuch in La Brière. Ich verstehe, daß Gracq als ›Solitaire‹ gerühmt wird – warum aber als ›Solitaire ténébreux‹? Wieder erstaunte mich Madame Morel, indem sie die Anthologie zur Hand nahm und mit dem ersten Griff Nervals Gedicht ›El Desdichado‹ aufschlug: ›Je suis le Ténébreux, le Veuf, l'Inconsolé‹. Besonders gefällt mir ›J'ai rêvé dans la Grotte oû nage la Sirène‹. Das Gedicht gewinnt noch durch die Verwendung der Majuskeln seinen besonderen Reiz. Da hatte ich wieder etwas gelernt.

Zu Ihrem Geburtstag noch zwei Nachträge aus meiner heutigen Morgenpost. Ein Leser mit dem schönen Namen Freudenreich, am 15. August:

›Sie schrieben einmal, der letzte Festherr käme vielleicht aus Mexiko. Dazu folgendes:

Am Strand von Sylt baute neben uns ein kleiner Junge eine viereckige Stufenpyramide und erklärte dann, das hätten die Azteken gemacht.

Quetzalcoatls Priester errechneten, daß der Sonnengott nach zweiundzwanzig Kalenderrunden wiederkäme, das soll Mitte August 1987 sein. Synchron findet im Persischen

Golf ein Aufmarsch statt. Ich nehme an, daß morgen, am 16. August, eine schicksalsträchtige Stunde sein wird. Vielleicht merken das nur diejenigen, die lesen können, 'was der Wind in den Sand geschrieben hat'.‹

Ferner ein Zitat aus einem umfangreichen Briefe Wojciech Kunickis, der die Übersetzung von ›Das Abenteuerliche Herz‹ beendet hat. Da auch Sie sich intensiv mit dem Text beschäftigten, möchte ich Ihnen einige Sätze eines Kollegen nicht vorenthalten, der seine Aufgabe nicht weniger ernst nimmt und der eine noch größere Distanz zu überbrücken hat als Sie:

›Die Arbeit an diesem Text ging zügig, beängstigend und verdächtig leicht – hoffentlich habe ich Ihren Rhythmus und Ihren Melos gut getroffen. Das Wichtigste war, nicht nur den Sinn zu verstehen, sondern auch die sprachlichen Mehrdeutigkeiten zu gestalten, die Synonyma unverfälschend zu wählen und das Ganze mit jenem geheimnisvollen 'Mehr' auszustatten, das in Ihrer Prosa so faszinierend wirkt. Wenn ich Ihre Texte lese – vor allem jene, die mir schon teilweise vertraut sind – dann höre ich sie auch deutlich, und das hängt, wie ich meine, von der Ihnen eigentümlichen Diktion ab. Es ist nur schade, daß das Polnische so konsonantisch ist und keine zusammengesetzten Verben kennt. Manchmal suchte ich die konsonantischen Konstellationen durch die Vokale zu gestalten, so etwa in 'Entsetzen': das gleitende L habe ich durch das U ersetzt.‹

Folgt ein Beispiel in polnischer Sprache. Ich glaube, Sie werden mir darin beistimmen, daß ich jetzt auch in Warschau gut vertreten bin. Sollte das eine der Folgen von ›Glasnost‹ sein? Ich meine nicht das Vertreten-Sein, sondern daß es überhaupt möglich ist.

Heut kam ein achtbändiger Montaigne an, den ich bei einem Antiquar bestellt habe. Die Ausgabe war nicht billig, doch hat man jetzt auf dem Nachttisch für ein Jahr Medizin.«

Wilflingen, 19. August 1987

Im Garten. Bewölkt, doch warm. Am Mittelweg haben die Ameisen nächtlich ein Verkehrsnetz ausgebaut. Drei unterirdische Gänge münden an der Oberfläche, überqueren den Weg und tiefen sich wieder ein. Sie sind zum Teil überdacht. Auf ihnen herrscht reger Betrieb.

Lange hatte ich von der Tätigkeit dieses Volkes, abgesehen von einigen Versprengten, nichts mehr bemerkt, so daß ich es für ausgestorben hielt. Hier wurde es auch nur der Härte des Weges wegen sichtbar, wie auf einer Brücke über dem Styx. Es ist aber ein großes System zu vermuten, das nicht nur ausgebreitet, sondern auch in Etagen gegliedert ist.

Vielleicht sehe ich von der oberirdischen Bewegung, also vor allem vom Einbringen der Nahrung und vom Fortschaffen des Abraums, so wenig, weil sie nächtlich stattfindet. Es könnte auch sein, daß die Tiere nur für den Bedarf sorgen und daß sie, wenn die Speisekammer gefüllt ist, gemütlich ausruhen. Nach La Fontaine sorgen sie für den Winter vor; es könnte aber auch sein, daß die Vorräte für ein volles Jahr ausreichen.

Ob sie dann in ihren Kammern träumen und auch, wenn sie eng zusammen liegen, mit den Fühlern Erinnerungen austauschen, die unseren Gedanken ähnlich oder überlegen sind? Ich bin davon überzeugt. Jedenfalls muß ein Gemeingeist bestehen. Eine solche Anlage wäre sonst unmöglich; sie wächst über Nacht aus dem Boden wie Aladins Palast. Instinkt ist dafür ein zu wohlfeiles Wort.

Die Kapuzinerkresse ist eine der Pflanzen, die das Klettern lernen wollen, doch es nur bis zur Hälfte geschafft haben. Daher kommt sie an Stangen und Stämmchen nicht hoch, wohl aber an Gittern und im Gebüsch. Einarmig Klettern ist eine Kunst.

Die Ranken, etwa am Wein und noch vitaler bei den Kürbisgewächsen, sind Organe, die sich die Sehnsucht geschaffen hat. Zu beobachten sind auch Triebe, denen die Umarmung noch nicht gelungen ist. Sie halten sich fest durch »Einknicken« – sie haken sich ein.

Andere Formen der Adhäsion sind die Saugnäpfe und die Haftwurzeln, dank denen ein Gewächs die Zimmerdecke unterquert.

Wilflingen, 20. August 1987

Archivierung der Post. Mitteilungen über Grenzgänge in der Zone zwischen Tod und Leben finden sich darin hin und wieder – vielleicht weil vermutet wird, daß das Thema mich bewegt. Freilich gilt das für uns alle: es ist das humane Thema an sich. Die Neugier nach dem »Wohin und was dann?« bleibt stets lebendig; sie lauscht auf Signale von jenseits der Zeitmauer.

Gewiß gibt es Unterschiede in der Großen Passage; eine besondere Frage ist jene, wie lange das Epochale uns in die Transzendenz begleitet – also heute etwa der Operationstisch mit seinen Ärzten wie früher der Geistliche am Bett.

Die Umwelt wird friedlich, wenn die Mutter erscheint. Jeder führt einen versiegelten Brief im Gepäck.

☆

Bei einer gesunden Konstitution wächst das Selbstbewußtsein im Vergleich mit den Anderen und schwindet gegenüber dem eigenen Selbst.

Der Einzelne ist als soziales Wesen gleich mit Jedem, während er als Individuum unvergleichlich ist. So ist er ein Teilchen und ein Ganzes zugleich.

Wilflingen, 21. August 1987

Gestern nachmittag mit Ev und dem Stierlein am Blindsee; die Frösche sprangen wie abgerufen ins Wasser, als wir am Ufer entlang gingen. Wir schwammen in dem Gürtel, den beiderseits Flächen von Nuphar, der gelben Teichrose, einfassen.

Heut ist vielleicht der wärmste Tag eines Sommers, der uns viel Hitze schuldig ist. Mittags mit der Lupe bei meinen Ameisen. Der Weg zwischen den beiden Eingängen war dicht belebt. Er bot ungefähr das Bild einer Autobahn, die man aus entsprechender Höhe beobachtet. Auch das Tempo würde sich ähnlich ausnehmen. Die Tiere wichen nach rechts und links aus, überholten sich auch und machten kleine Umwege. Sie quollen aus den Schächten in ungefähr gleicher Menge, trugen weder Sand noch Nahrung und schienen höchst vital, ja erregt. Merkwürdig war, daß manche, nachdem sie den Gegenschacht erreicht hatten, nicht in ihm verschwanden, sondern wendeten und zurückeilten wie beim Stafettenlauf.

Dann in der Laube, von der Rennbahn entfernt. Davor im Gras Bewegung, Flügel blitzten auf. Eine Ameisenhochzeit – sollte sich so die Erregung der Ungeflügelten erklären? – vielleicht nahmen sie auf diese Weise am Fest der Geflügelten teil. Der Gemeingeist kennt keinen Neid.

Wilflingen, 23. August 1987

Am Lilienbeet Gespräch mit Ev über »Unbelehrbare«. Lieblingswort von Pädagogen und Politikern. Meint oft auch Charaktere, die sich auf gängige Vorstellungen nicht einlassen. Etwa: »Die Letzten am Thron« sind unbelehrbar, entsprechend werden »Ehre« und »Treue« suspekt. Dafür wird die »Macht der Tatsachen« sakrosankt.

Der Anarch beachtet sehr wohl die Macht der Tatsachen – aber er achtet sie nicht. Die Riesen mit tönernen Füßen sind hochgefährlich; solange sie stehen, ist Vorsicht geboten; danach trampeln die Anbeter von gestern auf ihnen herum.

☆

»Ausgezeichnet« wird von Zoologen und Botanikern, auch von Ärzten und Anatomen rein diagnostisch verwandt. »Die Rafflesia zeichnet sich durch einen intensiven Aasgeruch aus.«

Die Wissenschaft ist im Kern rein amoralisch – darauf beruht ihre Kraft, die sie verliert, sobald sie zu moralisieren beginnt. Musterbeispiel: die Psychologie. Es gibt eine wissenschaftliche, eine moralische und eine journalistische Form.

Wo die Forschung sich auf Zwecke einläßt und sich vom Experiment entfernt, wird sie unwissenschaftlich, ja ärgerlich. Hier muß die Politik eingreifen, damit es nicht zum »fiat scientia, pereat mundus« kommt. Die Griechen trieben die Enthaltsamkeit noch weiter: wo die Forschung sich dem Experiment näherte, galt sie als banausenhaft. Große Figuren sind die des Sitzenden, der die Hände im Schoß hält, und die des Wandelnden im Gespräch. Dieser Sitzende beobachtete den Gang der Gestirne und entwarf heliozentrische Systeme längst vor Kopernikus, ja vor Aristoteles schon. Den Wandelnden bewegte die Idee eines Urfeuers, der wir uns wieder annähern.

Angewandtes und maßgerechtes Wissen kam den Griechen von außen – Sternkunde von Chaldäern und Babyloniern, Anatomie von den Ägyptern: Aristoteles fand und hinterließ Handlanger.

Herodots Reisen glichen nicht jenen der Phönizier, Araber, Portugiesen oder unserer Astronauten, sondern Gängen durch einen Bildersaal. Mysterien entzog er der Mitteilung. Und was wäre ohne Plato das Christentum.

☆

Bei der Zeitungslektüre fällt mir ein neues Wort auf: »Akzeptanz«. Wir dürfen es als eine Wendemarke in der Geschichte des Fortschritts betrachten: »accipere« hat viele Bedeutungen, hier vor allem die des Ertragens, Duldens, Hinnehmens. Akzeptanz erfahren hunderttausend Autounfälle, nicht aber der Störfall eines Atommeilers. Beispiel einer Übergangswertung – die Technik wird nur noch zum Teil akzeptiert. Das hat gute Gründe: Hiroshima.

Wilflingen, 24. August 1987

Wettersturz, unruhige Nacht. Am Morgen bei geschlossenen Augen das Bild einer Tafel, auf der Blättchen in Briefmarkengröße lagen, doch schmäler als die üblichen. Darauf zwei Zeigefinger, bleich und faltig; sie mußten von einer alten oder gestorbenen Frau stammen. Neben der Tafel sitzend, aber schattenhaft, in unscharfer Einstellung, eine andere Alte, die das Bild betrachtete. Zunächst dachte ich an einen Zeitungsausschnitt, doch die Finger bewegten sich. Ich wartete darauf, daß die Blättchen gewendet würden; vielleicht war eine Kartenschlägerin am Werk. Allein der Ausschnitt verschwand, als ob er vom Tisch geblasen würde, und andere folgten ihm wie vom Spiel gefächert in so rascher Folge, daß keine Deutung möglich war.

Inzwischen war es ganz hell geworden, und ich stand auf, obwohl ich noch müde war. Als ich kurz danach die Augen aufschlug, konnte ich nicht akzeptieren, daß ich das erste Aufstehen geträumt hatte.

☆

Wenn es einen Spielherrn gibt, dann genügt ihm bei der Verteilung des Bewußtseins an die Spieler genau der Grad, der dem Spiel angemessen und förderlich ist. Was darüber hinausgeht, ist Anmaßung und verdirbt die Partie. Jehova richtet sich seinen Garten ein, wie es ihm selber, und nicht, wie es dem Menschen gefällt.

Wilflingen, 29. August 1987

Bei der Post ein Brief Wilhelm Marquardts, meines letzten Gefechtsläufers während des Ersten Weltkrieges: »Gestern, am 25. August, lebten meine Erinnerungen an Sie und den Tag von Favreuil besonders wieder auf. Wenige Augenblicke vor Ihrer schweren Verwundung sandten Sie mich mit einer Meldung an den Kampftruppen-Kommandeur östlich von Marchies, und so konnte ich einen Ihrer letzten Befehle ausführen. Dort meldete ich mich bei dem Feldwebel Reinecke, der Ihren Bericht sofort weiterleitete. Die kurzen Monate, die ich in Ihrer unmittelbaren Nähe erleben durfte, haben meine Erinnerungen durch mein ganzes Leben begleitet, das demnächst ins 89. Lebensjahr tritt ...«

Soweit Wilhelm Marquardt. Ich habe erst viele Jahre nach jenem Tag erfahren, daß junge Soldaten schon in der Garnison gewünscht hatten, in meine Kompanie zu kommen – es muß sich in Hannover, besonders nach dem Gefecht mit den Indern, etwas herumgesprochen haben, das mir nicht zu Ohren gekommen ist.

Überhaupt hat sich viel in meinen Erinnerungen an den Ersten Weltkrieg umgeschichtet; die Hintergründe tauchen auf. Ich hatte damals nicht die Absicht, ein Buch zu schreiben, habe mich auf die Tatsachen beschränkt. Soziale, psychologische, moralische, magische Ausflüge würden sie abschwächen.

Der Tag, dessen Wilhelm Marquardt sich erinnert, begann für mich schon deshalb ungewöhnlich, weil ich eher fürs Lazarett reif war als für den Kampf. Wir rückten bis zum Abend aus der Bereitstellung vor, und mir scheint, daß ich mich während mancher Abschnitte wie im Traum bewegt habe. Daß wir den Einschlägen von Granaten auswichen, hielt ich für logisch, doch nicht deshalb, weil es gefährlich war. Die Kugeln gehörten zur Partie. Zuweilen rasteten wir in einer Bodenwelle oder hinter einer Hecke; ich las dann im »Tristram Shandy«, den ich in der Kartentasche mitführte. Der Roman ist für mich immer spannend geblieben; das mag an der Art liegen, in der die reale Existenz als Nebensache behandelt wird. Das Individuum nimmt ironischen Abstand von ihr.

Zwischen dem Augenblick, in dem Hauptmann von Weyhe den Angriffstermin brachte, und jenem, in dem wir antraten, muß ich allein im Dorfe gewesen sein. Es war weder von Deutschen noch von Engländern besetzt. Militärisch könnte man das als Erkundung, privatim als Spaziergang auffassen. Die Todesnähe war schon sehr dicht.

Überlingen, 1. September 1987

Zehn Jahr sind verflossen, seit Friedrich Georg uns verlassen hat. Heut ist sein Geburtstag; wir legten einen Lilienstrauß auf das Grab, das nach Cittas Begräbnis wieder hergerichtet worden ist. Es regnete, doch brannten schon zwei Kerzen an der Stätte, und es fehlte an frischen Blumen nicht.

Am Abend versammelten wir uns zu seinem Gedächtnis im Goldbacher Hause; ein Gewitter stand über dem See. Der Kreis wird kleiner wie der Schweif eines Kometen, der sich mit jedem Umgang lichtet; endlich erlischt der Dienst. Doch der Kern bleibt; hier wurde wieder die Aura besprochen, die den Bruder umgab und umgibt. Sein Arzt, Doktor Thren, stand im Traum an einem Waldrand, vor dem sich ein Acker breitete. Friedrich Georg trat zu ihm und sagte: »Ich habe mein Feld bestellt.« Änner sah ihn in Bonn an ihr Bett treten – er sagte lakonisch, wie um sich abzumelden: »Ich bin weg.« Signe Dauth träumte von ihrer gestorbenen Mutter, daß sie am See entlangginge; sie öffnete die Tür des Sterbehauses und verschwand in ihm, als wollte sie einen Besuch machen. So wußte jeder etwas beizutragen zum Gespinst, das die Toten und Sterbenden umgibt.

Natürlich war auch Citta dabei. Änner sah sie kurz nach dem Tode »schöner als je im Leben, mit dem Gesicht einer Zwanzigjährigen«.

Überlingen, 4. September 1987

Zutiefst ist jeder konservativ, vor allem in Hinsicht auf das, was er besitzt. Das wendet er auch gern seinen Kindern zu. So hinterließ Bebel seiner Tochter ein beträchtliches Vermögen mit Anweisungen, wie es am besten anzulegen sei.

Die Erbschaftssteuer beschneidet am schärfsten die Kultur. Dem folgt der Zugriff auf das Ersparte kleiner Leute, die schon mehrfach gerupft worden sind. Kultur fußt auf ererbtem Besitz. Daher sind Monarchien für sie günstig; Monarchen, die sich für die Schönen Künste ruiniert haben, sind seit der Antike bekannt. Verlaine an Ludwig II. von Bayern: »Du warst ein Poet, und der einzige König in diesem Jahrhundert, in dem die Könige so unbedeutend sind.«

Auch der Revolutionär, der in den Sattel gekommen ist, wird konservativ. Die Geschichte wird für ihn ein Gerüst von »Tatsachen«, an dem nicht gerüttelt werden darf. Daran hält er fest, bis ihm die Zähne ausfallen. Wie diese Tatsachen heilig werden – ein Kapitel zur »Genealogie der Moral«.

☆

Nachmittags zur Mainau. Der Anblick hätte selbst in Fürst Pückler Bewunderung erweckt. Die Zeit der Rosen war bis auf die der Dauerblüher vorüber; Lilien und das Indische Blumenrohr standen noch im Flor. Einige Fuchsien bildeten Büsche – ähnlich wie Flieder und Jasmin. Es scheint also, daß sie hier überwintern können; vielleicht trägt die Kunst der Gärtner dazu bei.

Dahlien-Ausstellung. Erstaunlich, was aus einer einzigen Art entwickelt werden kann – von zierlicher Medaillen- bis zur Tellergröße, von geschlossenen bis zu strahlenden Formen, ganz von den Farben der Blüten und der Tönung des Laubes abgesehen. Schon die Namen waren angenehm zu lesen: Lila Schatten, Bel Canto, Hot Lips, Clair Matin.

Die Züchter wetteiferten in Formen und Farben, als ob sie bei einer Modenschau Gewänder vorführten. Dazu paßte, daß die Besucher zu einem Parisurteil eingeladen waren; doch wo alle schön sind, gibt es keine Konkurrenz. Jede ist Königin. Ich wählte Franz Kafka, nicht des Namens, sondern der perfekten Form wegen; sie glich einer violetten Kugel aus venetianischem Glase, während dem Stierlein die brennend rote Bel Canto am besten gefiel.

Wilflingen, 7. September 1987

Sympathie geht wie ein Tiefstrom durch die Differenzen und erwärmt. Der Bauer, der sein Schweinchen lobt und auf den Schinken klopft, weil es so brav frißt. Vorökonomisches Wohlwollen. Das Schweinchen grunzt. »Schließlich müssen wir ja leben, verzeih.«

Beifall kann anstecken: Nachts auf dem Markt von Casablanca. Als der Bettler seine Kapriolen machte, schnitt der Händler ein unmutiges Gesicht. Aber er zückte den Obolos, als er mich lachen sah. So war auch dem Propheten gedient.

Die Märkte überhaupt. Hier beginnen die Medien. Als der beliebte Komiker Karl Valentin alt wurde, klapperte er die Sender vergeblich um Auftritte ab. Er kam heim: »Sie sagen, ich bin nicht mehr komisch«, und verkaufte in den Wirtschaften Holzlöffel. Nach seinem Tode wurde ihm in München ein Denkmal gesetzt. Così fan tutti. Auch große Politiker werden endlich lästig, und gute Autoren »kommen nicht mehr an«.

☆

Das Genie überkam ihn, die Feder flog über das Papier. Ein Text der Texte, der leider am nächsten Tage auch von ihm selbst nicht zu entziffern war.

☆

Fremdbestäubung: Xenogamie
Durch Käfer: Cantharophilie

Auch Kolibris und Fledermäuse werden bemüht. Vor allem der Wind. Bei uns macht der Doktor mit der Phiole den Liebesboten des Merkur. Das läßt sich nach Belieben der Natur oder der Geschichte, auch den Göttern zuordnen. Es gibt keine List, auf die der kosmogonische Eros nicht verfällt.

Wilflingen, 10. September 1987

Gestern Treffen der Oberschwäbischen Bibliophilen, diesmal in Wilflingen bei Franz von Stauffenberg, dessen

Bibliothek ich als Nachbar gut kenne. Ein gemeinsames Problem: wo man die Bücher, selbst in einem Schloß, noch unterbringt.

Gespräch über Anekdoten. Ich kam auf Philipp von Orléans, den Sohn der Liselotte, der vor einem Maskenball befürchtete, man würde ihn erkennen, worauf Dubois, sein Minister, ihn beruhigte: er werde dem schon abhelfen. Während des Balles gab er dem Regenten Rippenstöße und endlich sogar einen Fußtritt, worauf dieser sagte: »Dubois, du verkleidest mich zu stark!«

Dazu Hans Lichtenstern aus unserer Gegenwart: Der Bischof M. und sein Adjunkt hatten neulich am Bodensee zu tun. Auf dem Heimweg beschlossen sie, da es sehr heiß war, sich durch ein Bad zu erfrischen, und entledigten sich in einer einsamen Bucht ihres Ornats. Fatalerweise kam ein Frauenverein vorbei, und die beiden mußten, so wie sie waren, zu ihrem Gewand rennen, wobei der Adjunkt rief: »Eminenz, halten Sie das Gesicht zu – unten kennt Sie ja doch keine!«

☆

Thuja, der morgenländische Lebensbaum. Ich schnitt zu Sylvester ein Zweiglein für eine enghalsige Vase, das ich jetzt auswechselte. Ein Rest des Wassers hatte sich erhalten, frisch wie aus der Leitung gezapft.

Wilflingen, 25. September 1987

Ich lag auf einer Ruhebank im Wasser und nahm an einem Symposion im Warmbad teil. Ein ähnliches hatte ich in Island vor Snorri Sturlusons Haus gesehen. Hier war die Gesellschaft mexikanisch – ein Lautsprecher kündigte die Ankunft der Vergewaltigten an. Vermutlich stand Unangenehmes bevor.

Ein Hubschrauber ging auf dem Wasser nieder; man lud die Vergewaltigten aus. Sie erschienen, was mich nicht wunderte, als Vögel und waren in gläserne Käfige gesperrt.

Daß sie gefährlich waren, verriet schon die Zahl der Wächter, die Pfeil und Bogen bereit hielten.

Die Käfige hatten ein Türchen, dazu noch ein Luftloch, aus dem die Vögel die Köpfe hinausstreckten. Zur Blendung setzten ihnen die Wächter eine Haube, wie sie die Falkner benutzen, auf. Dann öffneten sie den Käfig, und als die Gefangenen herausflatterten, traf jeden ein Pfeil in den rechten Flügel, der die Sehne zerschnitt.

Nach diesem Empfang setzte eine Alte zu einem Vortrag über die Schuld der Vergewaltigten an. Ich merkte gleich, daß sie Erfahrungen besaß. Da mir sowohl das Thema wie auch ihr Gesicht – es war ethisch geliftet – mißfielen, schaltete ich ab. Es war Zeit zum Aufstehen. Daß jeder jeden vergewaltigt, wußte ich ohnehin.

☆

»Ubiquisten« sind für den Zoologen Tiere, die man in aller Welt findet. Periplaneta orientalis, die Küchenschabe, gehört dazu. Mir scheint, daß auch die Gewohnheit des Fernsehens ein Allerweltsgefühl mit sich bringt. Das spezielle Ortsbewußtsein schwindet; und es verwischen sich die Konturen von dem, was man auf Reisen, und dem, was man im Film gesehen hat. Noch fehlt die dritte Dimension.

Als ich im vorigen Winter im Schneetreiben vom Wald nach Haus ging, stand ich plötzlich vor Raffles' Hotel in Singapur. Die Erklärung war einfach: ich hatte durch das Fenster eines Eckhauses in ein Zimmer gesehen, wo gerade ein Film über Indonesien lief.

Wilflingen, 27. September 1987

Der Herbst hält an. Ich kann täglich einen Strauß Kapuzinerkresse pflücken; Stauffenbergs Linden sind noch belaubt. Sogar die Schildkröten wagen sich bei Sonne für ein Stündchen hinaus. Die Katzen kommen zu mir nach oben, um den Vormittag zu verträumen; auch das ist ein Herbstzeichen.

Im Garten steht neben den Astern noch der Federmohn, Macleaya cordata, eine Prachtstaude, die vor zweihundert Jahren aus dem fernen Orient zu uns gekommen ist. Sie imponiert durch ihre Höhe sowohl in Gruppen wie solitär. Reiche, leicht bereifte Belaubung, die bis zum Fuß hinabreicht, gelbe Endrispe. Vor allem die Blätter haben es mir angetan. Sie ähneln aus grünem Kupfer gestanzten Medaillons. Nach einem Sonnenregen sind sie mit Brillanten besternt. Die Staude ist bei jedem Wetter zuverlässig; ich vermute, daß sie leicht verwildert und mühelos perenniert. Schotterbänke oder verlassene Steinbrüche könnte man durch sie aufwerten.

Macleay war ein berühmter Entomologe; in Sidney werden in einem nach ihm benannten Museum seine Sammlungen verwahrt.

☆

Vor kurzem besuchte uns wieder Ernst Herhaus; er kam von Todtnauberg und hörte dort von einem Handwerker, der an Heideggers Hütte mitgebaut hatte: »Der Heidegger war eben ein großer Mann – er hat sich von uns kennen lassen.«

Gespräch über das Trinken. Bei einer fatalen Veranlagung können schon kleinste Mengen, etwa in Medikamenten, zur Sucht führen.

»Ein Schluck zuviel – und dann sind tausend Flaschen nicht genug.«

☆

Weiter an der »Schere«. Die Abneigung der Griechen gegen das Experiment schwächt sich ab in Alexandria. Wir fliegen am Mittwoch zur Preisverleihung nach Rom. Das sind Unterbrechungen. Die Reise durch die innere Welt wird zunehmend wichtiger.

☆

Tödliche Geschwindigkeit gehört zu unserem Umgang, sogar zu unserem Komfort. Zuweilen wird sie effizient.

Wilflingen, 28. September 1987

Nach Wettersturz ein sonniger Vormittag – aber Bodenfrost droht. Ich pflückte noch einen Strauß Kapuzinerkresse, damit sich für zwei, drei Tage ein Nachglanz bewahrt. Der Admiral gaukelt zum Fallobst, gesellt sich den Wespen zu.

Nach der Post kehrte ich hin und wieder mit der Lupe in den Garten zurück, um mich einer Notiz zu vergewissern, die mir im Brehm aufgefallen war: »Die Hinterflügel des Admirals deckt ein lebhafter Marmor in gelben Tönen, auf welchem nahe der Wurzel die Zahl 8118 zu lesen ist.« Obwohl der schöne Falter immer wieder einflog, ließ er mich nicht nahe genug herankommen.

Vergeudete Zeit? Übermorgen sind wir in Rom; eigentlich sollte ich mich mit einem kurzen Dankwort beschäftigen. Manche rechnen den Admiral zu den Nebendingen; für mich zählt er zur Hauptsache.

Rom, 1. Oktober 1987

»Herr Präsident, Hohe Jury,
verehrte Anwesende:

Der hochzuverehrenden Jury sage ich für die Verleihung des Literaturpreises Tevere meinen herzlichen Dank.

Ich betrachte diese Verleihung nicht nur als persönliche Ehrung, sondern vor allem als Zeichen für die Harmonie zwischen unseren beiden Völkern – eine Harmonie, von der ich glaube, daß sie im Grunde immer bestanden hat und daß jeder Germanicus von einem Tacitus, jeder Welfe von einem Ghibellinen ergänzt wurde.

Mich persönlich haben die politischen Turbulenzen nie gestört; selbst die Orkane berührten nicht meine Sympathie. Ich habe während des Ersten Weltkrieges mich an Ariosts ›Orlando Furioso‹ begeistert, habe bald danach in Neapel studiert und seit Jahrzehnten ohne Unterbrechung mit Übersetzern und Verlegern meiner Bücher freundschaftlich korrespondiert.

Wie für jeden gebildeten Deutschen beschränkt sich meine Sympathie nicht auf die Zeit der Nationalstaaten – sie reicht auf Epochen zurück, in denen Italiens Städte auf allen Gebieten der Kunst einschließlich der Architektur und der Gärten uns Vorbilder geschenkt haben – besonders während der Renaissance, die für mich mit Dante beginnt.

Ein Schritt weiter zurück führt in die Antike, auf den humanen Urgrund, gewissermaßen den historischen Granit. Wie viele meiner Zeitgenossen, und nicht erst seit Spengler, habe ich Anfälle von Pessimismus erlitten, in denen ich mich fragte, ob es nicht rätlich wäre, aus der Geschichte oder sogar der species humana zu emigrieren – der letzte Trost war dann der Rückblick auf die Griechen und Römer in ihren besten Zeiten, in denen die einen musisch, die anderen logisch gezeigt haben, was der Mensch vermag. Bei seinen hohen Repräsentanten denke ich denn auch weniger an den Übermenschen als an Leonardos Gesicht.

Alle diese Gedanken werden gegenwärtig und lebendig in Rom, der Stadt mit der ältesten ungebrochenen Tradition in Europa, der wahren Mutter des Abendlands.

Mein erster Besuch der Ewigen Stadt fiel ins Jahr 1925; er konnte nur kurz sein, aber die Eindrücke waren tief und blieben frisch bis heute. Mutter und Schwester begleiteten mich. Die Mutter liebte besonders Santa Maria Maggiore, den mächtigen Innenraum mit den herrlichen Mosaiken. So oft ich später in Ihre Stadt kam, war mein erster Gang dorthin. Ich gedachte dabei der Mutter, aber auch des großen Lorenzo Bernini, der dort unter einer schlichten Grabplatte liegt. Besonders die herrlichen Brunnen, mit denen er Rom schmückte und das großartige Stadtbild aufheiterte, haben es mir angetan.

Im Frühjahr 1968 wurde mir das Glück zuteil, als Ehrengast der Deutschen Akademie Villa Massimo ein Vierteljahr hier zuzubringen. Inzwischen hatte ich eine Reihe italienischer Städte und Landschaften kennen und lieben gelernt: Florenz und die Toskana, Venedig, Palermo mit seinen Staufergräbern, die Conca d'oro und Sizilien überhaupt. Meine besondere Liebe galt Sardinien, wo ich neun Mal teils in Villasimius, teils auf San Pietro geweilt und mich mit Bauern und Fischern befreundet hatte.

Aber immer wieder und vor allem Rom. Natürlich besuchte ich die berühmten Bauwerke, Museen, Galerien; besonders häufig das Forum, das zum Meditieren stimmt. Aber auch versteckte Schönheiten: Innenhöfe mit bemoosten Brunnen, noble Treppenhäuser, rührende Grabinschriften zeigte mir mein unvergessener Übersetzer und Freund Henry Furst. Nicht zuletzt: ich konnte in der Villa Massimo, die so großzügige Gastfreundschaft übt, gut arbeiten, und das ist mir im Lauf der Jahre immer wichtiger geworden bis auf den heutigen Tag. Sie stellen sich wohl vor, wie mich bei all diesen Erinnerungen das Wiedersehen heute bewegt.

Ich erwähnte den Weltkrieg – dabei fällt mir ein, daß einem Astrologen an meiner Biographie ein Parallelismus aufgefallen ist. Ich weiß nicht, wie er ihn begründet, doch finde ich Belege dafür. So habe ich, wenngleich im vorigen nur für ein Lustrum, in zwei Jahrhunderten gelebt. Ich habe an zwei Weltkriegen teilgenommen, am Ersten freiwillig, am Zweiten als Reservist. Ich habe zwei Mal geheiratet und zwei Söhne gehabt. Meine erste Frau Gretha ist gestorben, mein erster Sohn Ernstel bei Carrara gefallen; er ruht auf dem Friedhof zu Wilflingen neben ihr. Seltsam berührt mich, daß ich zwei Mal den Halleyschen Kometen gesehen habe – 1910 mit Eltern und Geschwistern in der Nähe von Hannover und im vorigen Jahr mit meiner Frau Liselotte über den Urwäldern von Malaysia. Ich legte Wert auf dieses Wiedersehen und flog deshalb dorthin und nach Sumatra.

Als Kuriosum darf ich anfügen, daß ich auch den freudigen Anlaß, der uns heute vereint, als ein Duplum genieße insofern, als ihm vor einem Jahr in Palermo die Verleihung des Premio Mediterraneo vorausgegangen ist. Die Tage dort riefen mir meine genußreichen Aufenthalte in der Conca d'oro vor zwei Menschenaltern zurück.

›Das Glück liegt in der Wiederholung‹, behauptete mein Bruder Friedrich Georg, der mich damals begleitet hat.

Man könnte diese Aufmerksamkeit für die berühmte Duplizität der Fälle für eine Grille halten, doch sehe ich darin mehr als die Korrespondenz zweier Tatsachen. In der Wiederkehr deutet sich nicht nur Ähnliches an, sondern dahinter und darüber hinaus Identisches. Wenn wieder ein Frühling kommt, sei es ein guter oder ein schlechter, keimt mit ihm die Idee oder die Hoffnung auf einen ewigen Frühling auf. Die Parallelen schneiden sich im Unendlichen.

Noch einmal: meinen herzlichen Dank.«

Wilflingen, 9. Oktober 1987

Zwischen den Büchern neben meinem Bett steht ein Wekker, den ich zwar nur als Uhr benutze, der aber heut morgen seinen Namen verdiente – wahrscheinlich ist, während wir in Rom weilten, die Auslösung berührt worden. Frau Sach nimmt sich während unserer Reisen des Hauses mit besonderer Sorgfalt an.

Zuvor war ich über eine Fläche gewandert, auf der viel totes Holz lag – es mochte ein Waldrand oder der Stapelplatz einer Schneidemühle sein. Während des Ganges hob ich ein Aststück als Wanderstab auf. Ich hatte das Gefühl, daß ich dabei beobachtet wurde. In der Tat rief mich ein stämmiger Mann an, der einen Holzwagen fuhr. Er überholte mich; wir strebten in gleicher Richtung der Grenze zu.

Ich dachte nun, er wolle mich meiner Entwendung wegen rügen; das Holz konnte wertvoll sein. Daher hob ich den Stab hoch und rief: »Bevor ich die Grenze überschreite, werde ich ihn fortwerfen.« Es schien, daß der Stämmige, vielleicht der Verwalter, mich beruhigen wollte, denn er schwenkte abwehrend die Hand. Dann hob er einen größeren Ast vom Wagen und tippte ihn mit dem Finger an. Dabei entstand ein Fiepton, ein tüt-tüt-tüt, wie er in der elektronischen Signalsprache üblich ist.

Wir hatten uns fast nur durch Zeichen verständigt; ich mußte kombinieren, was er gemeint hatte, und legte es mir in Worten ungefähr zurecht:

»In der Tat ist unser Holz kostbar; wir haben es daher akustisch imprägniert. So sind wir gewarnt, wenn auch nur ein Splitter über die Grenze getragen wird.«

Er hatte es demonstriert, indem er den Ast antippte. Er fuhr fort: »Aber du sei ohne Sorge; ich begleite dich. Der Stab ist dir geschenkt.«

So geschah es; an der Grenze begann der Stab zu summen, doch ich kam zollfrei davon.

Was mich beunruhigte, war die Tatsache, daß das Warnzeichen sich fortsetzte und mich weckte, weil es nun aus dem Wecker kam. Es trennte, obwohl in beiden sinnvoll, zwei Stufen der Wahrnehmung.

Basel, 10. Oktober 1987

Wie alljährlich um diese Zeit in Basel, der Insektenbelustigung wegen und um Freunde und Kollegen aus verschiedenen Ländern wiederzusehen. Mit Erwerbungen muß ich mich zurückhalten, da noch die Samos-Ausbeute unbearbeitet ist.

Zur Nacht im »Hôtel du Commerce«. Ich schaltete Nachrichten ein, um mich über den Fortgang der Affäre Barschel zu unterrichten, die sich vielleicht zu einer cause célèbre auswachsen wird.

Dem folgte ein Film über Neuguinea – eine faszinierende Begegnung der technischen mit der magischen Welt.

1930 landet im Inneren der großen Insel ein Flugzeug, das von den Papuas für einen Vogel gehalten wird. Menschen kriechen aus seinem Bauch. Es sind Goldsucher, die sich mit ihren Schüsseln in einem Flußbett ans Werk machen.

Die Papuas, die dort ihre Toten begraben, meinen, daß die Fremdlinge deren Knochenresten nachspüren. Wahrscheinlich steckt ein starker Zauber drin. Den Braunen wiederum ist äußerst wertvoll, was die Weißen an und bei sich tragen – so eines von deren Haaren; auch der Deckel einer Konservendose wird als Reliquie verwahrt.

Erste Enttäuschung: Einer der Geister, der im Gebüsch verschwindet, läßt dort ein Exkrement zurück, das von den eigenen nicht zu unterscheiden ist. Daß aber die Männer gebaut sind wie die ihren, ist den Frauen eher eine Beruhigung, denn sie hatten erwartet, daß sie verzehrt werden sollten, als sie verlangt wurden. Nun sahen auch ihre Männer es gerne, daß sie es mit den Fremden trieben, denn sie brachten begehrte Dinge wie Glasperlen oder Äxte von ihnen mit. Natürlich hatten diese wie überall, wo Europäer landen, auch ihre Macht demonstriert, zunächst, indem sie ein Schwein erschossen und dann, als der Stamm aufsässig wurde, den Häuptling mit zwölf Speerträgern.

Zeitraffung: In diesem Film berichten Eingeborene, die damals Kinder oder schon erwachsen waren, über ihre Eindrücke. Sie tragen nun europäische Kleidung, haben ein gewisses Heimweh, aber möchten nicht mehr zurück.

Wilflingen, 18. Oktober 1987

Ich durchblätterte die Korrespondenz mit Mircea Eliade, einer Auskunft wegen, um die ich gebeten wurde – diese Anliegen nehmen zu. Der erste Brief Eliades an mich ist vom 8. Dezember 1952 datiert. Mir schien der Beginn unserer Bekanntschaft viel weniger weit zurückzuliegen; es ist merkwürdig, wie sich die Jahre ineinander einschieben. Eliades Name hatte sich mir schon früher eingeprägt, infolge der Lektüre von »Zalmoxis«, einer von ihm herausgegebenen Zeitschrift, die mir dann als Muster zum »Antaios« vorschwebte. Den Hinweis auf »Zalmoxis«, wie auch auf andere Leckerbissen, verdanke ich Carl Schmitt.

Der »Antaios« erschien unter der Schriftleitung von Wolff-Windegg zwölf Jahre lang – das ist für eine Zeitschrift mit mythologischem Schwerpunkt eine lange Dauer; wie ich höre, wird er immer noch konsultiert. Eliade und ich zeichneten als Herausgeber.

☆

Spät noch in der Bibliothek. Der Tag war lang – die Bücher bieten sich an wie ein reiches Buffet, von dem nur noch ein besonderer Bissen lockt. Vielleicht ein Kapitel der »Causes célèbres«, bei Jean de Nully 1738 verlegt. Ich schlug den 12. Band auf, und mein Blick fiel auf eine Stelle, die ich vor Jahren mit einem Ausrufszeichen markiert habe. Ich hatte den Text vergessen; er ist in einen umfangreichen Bericht über den Prozeß gegen Don Carlos eingefügt:

Philipp II. sprach meist in halben Sätzen; er erwartete, daß man den Rest erriet. Man hatte ihm auf den Knien zu antworten. Er begründete dieses Zeremoniell mit seiner kleinen Statur; ein stehender Partner hätte ihn überragt.

Von den Damen seines Hofes verlangte der König großen Anstand ... »et une extrême pudeur extérieure«. Das heißt also ein das Äußere betreffendes Schamgefühl und nicht ein äußerstes, obwohl beide sich nicht ausschließen. Vielleicht meinte er auch, daß Gedanken zollfrei sind.

Doña Juana, Schwester Philipps II., stürzte während der Jagd vom Pferd. Dabei entblößte sie mehr, als es der Anstand erlaubt. Als Philipp von ihrem Sturze hörte, fragte er nicht, ob sie verwundet wäre, sondern nur, ob sie ehrbar geblieben sei. Die Höflinge beeilten sich zu antworten: »Honestissima!«; doch es konnte nicht ausbleiben, daß er die Wahrheit erfuhr. Daraufhin verbot er den Damen, sich anders als im Wagen zu bewegen, sei es in der Stadt oder auf dem Land.

»Wäre dieses Mißgeschick seiner Frau widerfahren, so hätte sie es ohne Zweifel mit dem Tode gebüßt.«

Ich weiß nicht, ob Schiller diesen Bericht gekannt hat, der über die Charaktere der am Prozeß gegen Don Carlos beteiligten Personen bedeutende Aufschlüsse enthält.

Als Don Carlos dem Vater zu bedenken gab, daß in ihren Adern dasselbe, von Ahnen ererbte Blut flösse, antwortete dieser: »Wenn ich schlechtes Blut in mir fühle, rufe ich den Chirurgen und lasse es abzapfen.«

Philipp II. nach dem Desaster der Armada: »Ich hatte meine Flotte gegen Menschen gebaut, nicht gegen den Wind.«

☆

Väter und Söhne. Titanen unter sich. Titanen und Götter. Könige und Kronprinzen. Der Krach in den Haushalten. Die Mutter steht zum Sohn.

Wilflingen, 19. Oktober 1987

Er hat kein System, doch ein Wurzelgeflecht, das sich durch einen Steinbruch bis zum Muttergrund verzweigt.

Kein Begriff ohne den Begreifenden. Wenn zwölf Philosophen vom »Sein« reden, so sind das zwölf Darlegungen, die sich widersprechen können, obwohl jede in sich begründet sein kann.

Um ein System gründlich zu erfassen, ist zunächst das Vokabular des Denkers zu ermitteln, das allerdings nicht auf eine Universalsprache zu beziehen ist, sondern auf Unterschiede zu anderen Denkformen. Etwa: Wie verhält sich Platos Höhle zu Paulus' Spiegel und Kants Ding an sich?

Er entwickelt kein System, sondern geht durch Systeme hindurch bis ans versiegelte Tor.

Es gibt eine Genetik des Denkens – doch nicht in der Erbmasse. Was jemals gedacht worden ist, liegt in der Luft.

Manche Weine behalten den Kellergeschmack und werden zudem sauer – so die Achtundsechziger.

Würdiges Sterben sollte auch der Tyrann nicht verweigern; der Tod des Sokrates versöhnt mit dem Athen seiner Zeit.

☆

Die komplizierte Art, in der die Mondgöttin dem Endymion beiwohnte, stellt eine Rache der Aphrodite dar, die sie durch einen Liebeszauber dem schönen Jüngling auslieferte. Nach einigen soll sie ihn in einen Tiefschlaf versenkt und die Nacht neben ihm verbracht haben, bis sie sich durch einen Kuß von ihm verabschiedete. Nach anderen war sie nicht so genügsam, sondern sie soll ihn entführt und fünfzig Töchter mit ihm erzeugt haben. Das wäre nur in der Geschichte, nicht aber im Traum und in der Mythe ein Widerspruch. Ich sah in Japan neben dem Eingang zu einem Buddha-Tempel einen mannshohen Schuh aufgehängt und davor Touristen, die sich darüber belustigten. Gewiß ein kindliches Zeichen der Verehrung, doch es steht dem Erleuchteten zu.

»Inmitten einer Zeit des Titanismus haben wir vergessen, wie oft er schon überwunden worden ist. Der Mensch, der die Mythen für Fabeln hält, wie sie Kindern hinter dem Ofen erzählt werden, ist unbelehrbar, und wie die Kinder muß er am Messer und Feuer immer von neuem lernen, was schneidet und brennt. Heute, an einem Wendepunkt des Denkens, im Zustand jener Ungewißheit, der mit dem Fortgang des wissenschaftlich exakten Wissens genau zusammenhängt, belehrt die Mythe uns über manches, das die Wissenschaft vergessen hat.« (Friedrich Georg Jünger, »Griechische Mythen«, Klostermann 1947)

Als Zeus seinem Liebling Endymion einen Wunsch gewähren wollte, bat dieser nicht um ein ewiges Leben, sondern um einen ewigen Schlaf – so bezaubernd war die Erinnerung an die Nacht in den Armen der Mondgöttin. Ein ewiger Schlaf, in dem man träumen dürfte, wäre die letzte Stufe des Behagens vor dem Zeitlosen. Der Schläfer sehnt sich bald nach dem Traum, bald nach dem Schlaf zurück.

»Und im Genuß verschmacht ich nach Begierde.«

☆

Die messerschmale Brücke von Sirat ist ebenso wie das Fegfeuer nur während des Übergangs zu fürchten – nach der Passage schwebt man darüber hinweg, und kein Schmerz rührt uns mehr an.

☆

Das Christentum als jüdische Sekte – nicht nur historisch, sondern permanent.

☆

Im übrigen bloß Scherereien – Hauptsache, daß sich nichts auf die Prosa überträgt.

Wilflingen, 23. Oktober 1987

Nebel. Am Morgen auf einem Pariser Vorortbahnhof ohne Fahrplan, ohne Auskunft; leere Züge fuhren nach verkehrten Richtungen. Zeit für die Totenlichter auf den Friedhöfen.

Ich suchte Schöllkraut; es gilt als gemein, hat aber auch seine Standorte, mit Vorliebe an Hecken und am Rande von Schuttplätzen. Gern schmiegt es sich ihnen in Bändern an. Die Münchner Großmutter heilte Warzen mit dem safrangelben Saft. Sie kannte, wie auch von anderen Kräutern, seine zuverlässige Kraft. Heut werden Ärzte und Apotheker darum bemüht. Das trägt zur »Explosion der Krankheitskosten« bei. Die Menschen sind nicht kränker geworden, eher das Gegenteil, doch ängstlicher. Das mag die Ebbe nach der Sturmflut sein. Wer sein Vermögen verloren hat, rechnet mit Pfennigen. Ich sah im Kaukasus todkranke Männer auf Posten stehen. Der Major, der mir auf dem Flughafen von Kiew sagte: »Ich fliege nach Stalingrad ein«, schien mir nicht ängstlich, sondern nachdenklich.

Stark wie ein Schlußlicht leuchtet im Garten die Judenkirsche, Physalis. Sie ist mehrjährig, hat sich der Mauer entlang kriechend vermehrt. Hegi meint, daß sie in Weingegenden üppig gedeihe und auch verwildere – offenbar gelingt ihr das auch bei den Mostköpfen. Ich hielt den Namen bislang für einen Hinweis auf ihre im Vergleich zur Kirsche geringere Qualität. Er bezieht sich indessen auf ihre Form – die des Spitzhutes, der den Juden zur Tracht verordnet war. Übrigens finde ich den Geschmack der ausgereiften

Frucht durchaus angenehm. Vielleicht könnte man sie gärtnerisch entwickeln, wie das mit anderen Nachtschatten so vortrefflich gelungen ist.

☆

1918 hat uns unter den Kriegern ein Garibaldi, unter den Politikern ein Gambetta gefehlt. Rathenau hat, wenn auch nur flüchtig, an eine levée en masse gedacht. Daß Liebknecht, unterstützt von einem Yorck, die Kapazität eines Trotzki entwickelt und dem Westen Paroli geboten hätte, ist kaum anzunehmen – jedenfalls war er eine Schlüsselfigur.

Wilflingen, 26. Oktober 1987

Grisaille. November naht. Auch die Herbstastern setzen schon braune Köpfe auf. Der Schlaf wird tiefer, das Erwachen noch unfreundlicher als sonst. Im Garten kappte ich die Schnüre, mit denen ich im Mai die Tomaten gestängelt habe, die leider meist grün geblieben sind – Oknos, der Seilflechter.

Auf dem Schreibtisch stieß ich wieder einmal das Tintenfaß um. Die Tinte ist gut, Quink-Ink; ich lernte sie in Sumatra kennen und habe sie mir in Riedlingen bei Schwenkel besorgt. Ich möchte sie nicht missen, obwohl sie über einen Scheck floß und auch sonst Unheil anrichtete, das mich für einen Teil des Vormittags beschäftigte.

Ein solches Mißgeschick wird in Kauf genommen; nur frage ich mich, warum Gedanken kommen, die weit unangenehmer sind. In meinem Kopf scheint nebenher ein Permanentfilm abzurollen, der die Unvollkommenheit der Welt zum Thema hat, nicht zuletzt die eigene. Hier war es der Freiherr vom Stein, dessen Sekretär das Tintenfaß mit der Streusandbüchse verwechselt hatte und dem der Minister dafür das beschmutzte Dokument ins Gesicht drückte. Gerade von Stein hört man so etwas ungern, aber daß ich noch immer darunter leiden muß, finde ich ungerecht.

Wenigstens läßt sich noch etwas von der Post abtragen, die sich während der Romreise gehäuft hat – auch hier der Seilflechter. Dieser Oknos war damit beschäftigt, an einem Flusse der Unterwelt aus Schilf ein Seil zu flechten, das ein in seinem Rücken stehender Esel fortwährend abnagte. Das Bild ist gut, um eine nutzlose Arbeit darzustellen; manche meinen auch, es sei kein Esel, sondern eine Eselin gewesen, die am Seil nagte – etwa die verschwenderische Frau des unermüdlichen Arbeiters. Wohl deshalb hält Rohde die Gestalt des Oknos für »kleinbürgerlich« im Vergleich zu den wie Sisyphos und Tantalos titanisch Leidenden. Ist das nun ein Gegensatz? Nach Léon Bloy sind gerade dem Kleinbürger alle Schrecken der Unterwelt zuzutrauen.

Wilflingen, 27. Oktober 1987

Es wird Zeit, an den Frühling zu denken; wir fuhren zur gut bestellten Baumschule Schlegel nach Riedlingen.

Die Baumgärtner verwenden andere Namen als die Blumen- und Gemüsegärtner, und diese wiederum andere als der Botaniker. »Fliederspeer« für die Buddleia war unbekannt; der Busch heißt dort »Schmetterlingsflieder« – beides ist gut. Er blüht in verschiedenen Farben und bietet den Faltern einen Tummelplatz.

Unbekannt war auch die Türkenpflaume, der ich mehr der Blüte als des Obstes wegen gern einen Platz gönne – sie geht unter »Blutpflaume« und kam als »Kirschpflaume« aus dem Orient. Auch hier gibt es seltene Sorten, deren Früchte größer und wohlschmeckend sind. Die »Myrobalanen« der »Tausendundeinen Nacht« könnten Vorläufer der Aprikosen gewesen sein.

Wenn die Aster verblüht ist, bleibt doch noch manche Augenfreude, so an den Zäunen Sumach, der Essigbaum, dessen Herbstrot das des Weinlaubs übertrifft. Und dann die Hecken mit den roten Früchten: der Hagebutte, des Pfaffenhütchens, der Mehlbeere.

Um diese Zeit scheinen die Ginkgo-Blätter nicht nur von Tag zu Tag, sondern auch vom Morgen zum Abend heller zu glänzen, selbst wenn das Licht kaum wechselte. Ich sehe mit der Lupe, daß die Goldfarbe nicht wie mit dem Pinsel aufgetragen scheint, sondern daß sie sich entlang der Adern in feinsten Punkten wie aufgesprüht vermehrt. Endlich changiert das Muster – das letzte Grün verschwindet, die Blätter fallen ab. Spuren der Wahrnehmung, die der Maler nicht zu fassen, wohl aber einzubringen vermag, sei es als Stimmung, sei es durch Gleichnis – Saturnus tritt mit goldener Sichel ein.

☆

Die beiden Aufgaben der Kunst sind identisch: Annäherung an die Gottheit und Verbannung der Todesfurcht.

Wilflingen, 31. Oktober 1987

An Henri Plard: »Ihre Briefe vom 25. und 30. September, auch der vom 2. Oktober, harren der Beantwortung, ehe der Monat zu Ende geht. Das Jahr wirft wie die Parther, die noch im Fliehen schießen, seine Schatten: heut kam die Nachricht vom Tode Alfred von Stauffenbergs mit der Post. Alfred, der Sohn des hingerichteten Berthold, starb im fünfzigsten Lebensjahr. Heuer sollte er Botschafter in Neuseeland werden; wir hatten quasi schon zum Besuch die Koffer gepackt.

›Es geiht ümme‹, wie man in Niedersachsen sagt. Im Juli nahmen wir Abschied von der Schwägerin Citta, die von einem langen, schmerzhaften Leiden erlöst wurde. Ihr folgte Schwager Konstantin von Reumont, den wir gleichfalls auf den Überlinger Friedhof begleiteten, wo er neben Citta und Friedrich Georg ruht. Konstantin ist ein Großneffe des Ihnen vermutlich bekannten Historikers Alfred von Reumont, der sich gleich Gregorovius mit der Geschichte der Stadt Rom beschäftigte. Den Vornamen verdankt er, wie er gern erzählte, einer angenehmen Erinnerung seiner Eltern, deren Hochzeitsreise nach Konstantinopel führte – damals gab es schon den Orient-Expreß.

Es tut mir leid, daß Sie mit der Korrektur von ›L'auteur et l'écriture II‹ so viel Wirtschaft gehabt haben. Inzwischen sind weitere Nachträge entstanden, die ich für den deutschen Band zurücklege. Ein Teil der von Ihnen übersetzten Texte erschien als Beitrag zu den vortrefflichen ›Scheidewegen‹ – Max Himmelheber sendet Ihnen ein Exemplar des fälligen Jahrganges.

Erschreckt hat mich das von Ihnen akzeptierte Programm. Wie es scheint, sind Sie zu gutmütig. Hunderte von Seiten stehen an. ›Europalia‹ und die ›Drei Kulturen‹ sind mir kein Begriff. Hoffentlich lohnt sich Ihre Arbeit, da Sie gratis fronen, wenigstens durch das Niveau des Rahmens, in dem Sie auftreten. Jedenfalls wäre das besser, als wenn erst Ihre Beteiligung das Niveau höbe.

Ich hatte die angenehme Erwartung gehegt, daß Sie den Ruhestand behaglich genießen, sich der Lektüre und kleinen Reisen widmen und zum Genuß täglich zwei oder drei Seiten eines guten Textes übersetzen würden – darin sehe ich mich getäuscht. Trotzdem begreife ich Ihre Lage, denn sie ähnelt der meinen, da ich kaum noch für meine Käfer ein Stündchen erübrige. Dafür hatte ich sogar in Douchy Zeit.

Sie fragen nach meiner Rom-Reise, bei der mich meine Frau und Inge Dahm als Dolmetscherin begleiteten. Daß ich nicht Italienisch spreche, betrachte ich als Mangel; das ist eine Sprache, in der man Leib und Laune baden kann. Die Reise war durchaus angenehm. Wir wohnten im Hotel ›Quirinal‹, der Preis wurde in der nur wenige Schritt davon entfernten Oper verliehen. Ich hatte eine kurze Dankrede vorbereitet, kam aber nicht dazu, weil ich durch Journalisten in ein Gespräch verwickelt wurde, das lebendiger verlief. Zuletzt wurde ich gefragt, was ich denn den jungen Leuten zu raten hätte, die nicht aus noch ein wüßten. Anstatt mich auf diffizile Darlegungen einzulassen, hatte ich den Einfall ›l'amore!‹ in den Saal zu rufen – das schlug ein.

Nachmittags hatte mir schon Cossiga, übrigens auf Deutsch, gratuliert. Bei solchen Anlässen gratulieren auch zwei, drei Schüler oder Studenten – diese kamen, wie sie sagten, ›nicht zum Literaten, sondern zum Krieger‹ – und das mit besonderem Händedruck.

Wir siedelten dann in die Villa Massimo um, wo sich das Klima bedeutend verbessert hat, verglichen mit unserem ersten Aufenthalt dort im Jahr 1968, der wohl ungünstigsten Zeit.

Zu Haus hatte ich noch eine Begegnung mit Germanisten in Neapel zugesagt und dabei gedacht, daß es sich um ein privates Gespräch handle. Zu meiner nicht eben freudigen Überraschung sah ich mich indessen einem großen Publikum und einem Aufgebot der Universitäten konfrontiert, zu dem auch Professoren aus Rom und Mailand gekommen waren; mir stand also die Fortsetzung des römischen Symposions, an dem auch Sie rühmlich teilgenommen haben, bevor. Besonders wertvoll war die Bekanntschaft mit Marino Freschi, der als Vierzehnjähriger auf Grund der Lektüre der italienischen Übersetzung der ›Marmorklippen‹ beschlossen hat, Deutsch zu lernen – daß er es inzwischen fast so gut spricht wie Sie, lieber Freund, und der Germanist von Neapel geworden ist, darf ich zum Teil meinen guten Taten zurechnen. Diese Zuwendung erinnerte mich an jene von Julien Gracq und anderen. Marino Freschi bat mich, Sie zu grüßen, ebenso auch Wojciech Kunicki, mit dem sich eine herzliche Korrespondenz angebahnt hat.

Neun Germanisten hatten sich angemeldet – sieben waren erschienen; jeder sprach etwa eine Viertelstunde und hat mir dann einige Fragen gestellt. Sie wissen besser, wie man dann antwortet: man zieht aus dem Gefieder des Vorredners eine Feder heraus, die einem besonders liegt, und schon ist die zugemessene Zeit gefüllt. Es kommt dabei ja auch weniger auf den Inhalt an als auf die ambiance. Die war vorhanden – die Italiener haben einen besonderen Spürsinn für die philosophischen Zusammenhänge und waren gut belesen, zitierten Heidegger, Carl Schmitt, meinen Bruder – sogar Bäumler und seine Arbeit über Bachofen wurden erwähnt. Ich machte dabei die Entdeckung, daß ich ein System besitze, kam mir also ungefähr vor wie der

Bauer, der erfährt, daß er Prosa spricht. Im Grunde ist das nichts Besonderes – anatomisch betrachtet, hat jeder sein System.

Am nächsten Tag wollte ich meiner Frau noch Pompeji zeigen – leider kam ein Gewitter über Nacht; es regnete, und die Brandung am Castell dell'ovo ging hoch. So fuhren wir denn nach Rom zurück. Vorher machten wir noch einen Besuch im Aquario. Die Archivarin hatte in den Akten die Korrespondenz entdeckt, die ich als Student mit dem damaligen Direktor, dem Enkel meines verehrten Carl August Dohrn, geführt habe, und erfreute mich durch eine Kopie. Die Station ist stark vernachlässigt. Im Raum, in dem ich gearbeitet habe, lag der Putz auf dem Boden; auch die berühmten Fresken Hans von Marées sind vom Verfall bedroht.

Was macht Ihre Lektüre? Ich bin stark bei ›ollen Kamellen‹; so suchte ich dieser Tage vergeblich Friedjungs ›Kampf um die Vorherrschaft in Deutschland‹ in meiner Bibliothek. Der Friede von 1866 scheint mir nicht mehr so ideal, wie ich es in der Schule und durch häusliche Gespräche gelernt habe. Mein Vater sagte: ›Bismarck war doch froh, als er die Österreicher endlich raus hatte.‹ Die Hauptschwierigkeit machten die Generäle, denen an einem weit härteren Frieden gelegen war. Ich frage mich, ob Bismarck, Wilhelm I. und der Kronprinz den Gedanken an eine großdeutsche Lösung überhaupt gestreift haben.

Der große Vorteil Frankreichs während des 19. Jahrhunderts und bis zum Zweiten Weltkrieg beruhte auf der Republik trotz aller Mängel und Zwischenphasen, während uns die Fürsten schädigten. Talleyrand, dessen Stärke darin lag, daß er an nichts glaubte, machte auch mit dem ›Prinzip der Legitimität‹ keine Ausnahme, hat es aber auf dem Wiener Kongreß mit Raffinesse ausgespielt. Dann kam 1848 – für mich ist die Paulskirche, auch wenn ich in ihr geehrt wurde, kein so erhebender Ort. Sowohl die Professoren wie die Fürsten haben dort versagt. Noch 1866 hätte etwas geschehen können; auch Schopenhauer, der vorher gestorben ist, sah die Schwierigkeit eines Ausgleichs zwischen den beiden starken Mächten; ihm schwebte als Lösung ein Kaisertum vor, das zwischen Preußen und Österreich abwechselte. Da kommen wir auf das Kapitel der Habsburger und ihrer Hausmacht außerhalb der Grenzen, die uns notwendig zum Verhängnis werden mußte – nicht nur durch den Zufall von Sarajewo.

Der Roman des italienischen Verlegers Calasso – ich habe den Titel vergessen – enthält eine vorzügliche Charakteristik Talleyrands. Ich las ihn in der französischen Übersetzung; der Wiener Kongreß ist ein Musterbeispiel für das Studium der Mauretanier und verdient als solches, aber nur als solches, Hochachtung. Calasso ist auch im Gespräch sehr anregend.

Und dann die Mühle an der Somme bei Crécy. Ob sie noch steht? Von ihr aus leitete Eduard III. die berühmte Schlacht; in erster Linie führte sein fünfzehnjähriger Sohn, Prinz Eduard. Als Graf Warwick um Hilfe bitten ließ, verweigerte sie der König, solange sein Sohn lebe, welcher sich die Sporen verdienen solle. Die Antwort rief bei den Reitern und Bogenschützen eine ungemeine Begeisterung hervor; sie griffen an und brachten den Franzosen eine der klassischen Niederlagen bei. Schade, daß Shakespeare diesen Eduard, den Stifter des Hosenband-Ordens, nicht in die Königsdramen aufgenommen hat; da ist Stoff nach vielen Richtungen.

Die Blätter fallen von Stauffenbergs Linden, die Magritte zwar nie gesehen, doch denen er eine Zeichnung gewidmet hat. Der Herbst ist immer noch milde, bislang gab es keinen Nachtfrost; die Erdbeeren blühen. Ich hoffe auf einen häuslichen Winter; das Dorf sollte einschneien. Ich setze ›Autor und Autorschaft‹ und ›Siebzig verweht‹ fort, schloß einige Notizen über Samos ab. Gegen meine Gewohnheit dachte ich darüber nach, was jetzt wohl nützen könnte, und verfiel auf eine Theodizee. Das Problem ist freilich nicht zu lösen, aber auf die Art, wie man daran scheitert, kommt es an.

Auch Ihnen wünsche ich einen geruhsamen Winter und wenig Ärger mit Verlegern, Lektoren und Belgiern. Bitte grüßen Sie meinen neuen algerischen Freund, und auch Auguste Francotte, falls Sie ihn sehen.«

Wilflingen, 7. November 1987

Auf dem Bett eine runde Tischplatte und darauf eine Handvoll Tuben, wie sie der Maler benutzt. Ich beugte mich darüber und sah die Farben, die Aufschrift war unleserlich. Einerseits war ich mit dem Vorgang beschäftigt, andererseits wohnte ich ihm bei wie einem Experiment, denn ich wußte aus Erfahrung, daß ich mich in einem ungewöhnlichen Stande befand, der weder dem Wachen, noch dem Traum einzuordnen war. Ich wußte zwar, daß ich lag, doch zugleich, daß meine vorgebeugte Haltung die dominierende war. Sie glich der eines Jägers, wenn das Wild erscheint.

Man könnte sich das so zurechtlegen: der Schlafende ruht unbeweglich wie ein geschlossenes Taschenmesser, das sich, wenn er im Traum zu erwachen beginnt, öffnet und in einem bestimmten Winkel einrastet. Er erkennt sich sowohl in seiner Ruhe wie in seiner Potenz; die Idee des Messers wird stärker als dessen Wirklichkeit.

Dem entsprach, daß ich nach der Uhrzeit fragte, und zwar mit lauter Stimme – mich selbst wie einen anderen. Gedanke: näher als sonst. Vielleicht hängt es damit zusammen, daß ich im Text der »Schere« fortschreite.

☆

Auf dem Weiher im Garten eine hauchzarte Eisdecke. Die Erscheinung beglückte mich zum ersten Mal in Hannover vor meiner Schulzeit, als ich am Rand der Eilenriede eine Pfütze überfroren fand. Ich löste ein Stückchen Eis ab, um es der Mutter zu zeigen, doch als ich bei ihr ankam, war es getaut.

Im Wald die Pilze, die den ersten Frost überdauern wie der violette Ritterling. Auf einem Ödfeld neben der Schatzburg kehrt der Schopftintling wieder, ein vergänglicher Gast. Er sprießt dort in Menge; während der Dämmerung scheinen sich schlanke, weißgefiederte Wesen zum Tanz zu ordnen – ein Motiv für Munch wie für Degas.

Wilflingen, 8. November 1987

Während der Dämmerung ein unerwarteter und unangemeldeter Besucher; das Stierlein, das etwas Besonderes an ihm zu finden scheint, führt ihn in die Bibliothek. Der Charakter läuft jedem Autor von einigem Ruf zuweilen unter – Rudolf Schlichter sagte mir einmal in Überlingen von einem ähnlichen Gaste: »der ist von dunklem Gewuhre erfüllt.«

Dieser könnte ein Student sein, der es nie zum Examen bringen wird. Mächtige innere Bewegung, die nicht zum Ausdruck kommt. Vergebens versuche ich ihn zu entwikkeln, frage nach seinem Wohnsitz, seiner Lektüre, seinem Beruf. Ohne darauf einzugehen, sagt er, daß er mir einen Brief geschrieben habe, den möchte er vorlesen. Der Brief ist natürlich nicht greifbar; immerhin erfahre ich, daß er sich mit dem Reaktorunfall bei Kiew beschäftigte. Auf meine Bemerkung, daß ich in dieser Hinsicht noch Schlimmeres befürchte, weil der Energiehunger unersättlich sei, erfahre ich lebhafte Zustimmung.

Dabei bleibt es – der schweigende Gast scheint wenig gelesen zu haben; auf Namen wie Jesaja, Spengler, Cuvier, die ich wie Angelhaken auswerfe, beißt er nicht an. Das Schwierigste an solchen Besuchen ist, bevor die beiderseitige Erschöpfung überhand nimmt, sie auf gute Manier zu beendigen. Endlich gelingt es – die Hausfrau sucht aus dem Archiv noch einen Sonderdruck des Gespräches heraus, das ich mit Moravia über die Atombombe geführt habe.

Es war dunkel geworden; wir hatten in der Gammertinger Post einen Tisch bestellt. Als wir das Haus verließen, fanden wir den Sonderdruck vor der Tür und darauf gekritzelt: »Die ewige Kassandra – dies Jahr noch fängt das Große an.«

In Gammertingen setzte sich der Wirt, Herr Baur, zu uns mit den üblichen Fragen, die man stellt, wenn man sich längere Zeit nicht gesehen hat. Ob man gesund sei und mit der Welt zufrieden, ob man noch arbeite. Dabei erfuhr ich ein schwäbisches Sprichwort, das mir bislang entgangen war:

Es glänzt der Pflug, solang er geht,
Und rostet, wenn er stille steht.

Wilflingen, 20. November 1987

Post. Kuriosum aus Kiel, umfangreich:

»Guten Tag, Herr Jünger. Man wird in diesem Lande als arbeitsloser Flickschuster schon knapp und kaum artgerecht gehalten, was aber andererseits die Phantasie anregt. Doch selbst wenn ich zugeben würde, Ihr neues Buch gestohlen zu haben, erscheint mir, hocheinsichtiger Meister, Ihr an Inhalt eher geiziges Buch unverhältnismäßig teuer.

Leider ist mir es bis dato nicht gelungen, jemanden Ihrer Generation aufzuspüren, der gleich Ihnen ähnliches zu vermitteln hätte und den ich live und kostenfrei mit riesigen Ohren umschleichen könnte. Was bleibt mir schon, als fast zwanghaft zum nächsten Buchhändler zu marschieren, die letzten 4,50 Mark im Geldbeutel mit 5 zu multiplizieren und abzuwägen, ob auch in diesem Fall der Zweck die Mittel heiligt?

Überhaupt will ich Ihnen bei dieser Gelegenheit sagen, daß Sie schon einige Turbulenzen in mein Leben gebracht haben. Nach kurzentschlossenem Griff in die gemeinsame Haushaltskasse, der nötig war, die Anzahlung auf Ihre Gesamtausgabe zu leisten, mußte ich verblüfft feststellen, daß es Frauen gibt, bei denen sofort jedes Verständnis erlischt, wenn es um ein paar Hunderter oder den Besitz Ihres Werkes geht.

Die Dame war ich los, aber ich hatte ausreichend Zeit und Muße für die Lektüre.

Doch eigentlich wollte ich Sie nicht mit Schwänken aus meinem Leben beanspruchen. Ich wollte Sie vielmehr bitten, tapfer zum Schreibgerät zu greifen, um noch einige inhaltschwere Bücher zu verfassen.

Vielleicht sollten Sie allerdings berücksichtigen, daß wohl ein Großteil Ihrer Leser merkwürdige Käuze sind. Mit einer gewissen Unruhe werden die Seiten überflogen, die Sie Ihrer Passion der Subtilen Jagd widmen – auf der Suche nach den Rosinen.

Ich gebe zu, daß niemand in der Lage wäre, den süchtigen Leser fulltime mit ›Eumeswil‹ oder ›Heliopolis‹ zu füttern, doch muß ich zugeben, daß ich eigentlich schon von Ihnen erwarte, daß Sie sich diesem Ideal nähern. Schließlich hat ein Mann wie Sie Besseres verdient, als für einen forschen Fliegenfänger abqualifiziert zu werden.«

Es stimmt, daß ich mit den »Fliegen« manche befremdet habe, andere auch angeregt. Einige wurden sogar hervorragende Entomologen – so Gontran Drouin in Kanada als früher Leser der »Chasses Subtiles«.

Auch Gretha hielt es für eine Marotte – als sie mich zum ersten Mal am Mikroskop sah, sagte sie entschieden: »Das paßt nicht zu dir.« Sie hatte mich in Uniform kennen gelernt – auf der Hannoverschen Georgstraße am Mittag des 9. Oktober 1922 bei Sonnenschein. Onkel Popp hatte uns miteinander bekannt gemacht. Sie war sechzehn; es war ein Augenblick, der uns für vierzig Jahre guter und schlimmer Zeiten unzertrennlich verband.

Carl Schmitt, unser Compère, hatte immer ein treffendes Zitat zur Hand, diesmal von Shakespeare ich hörte, als er uns zusammen eintreten sah, wie er zu Paul Adams, der neben ihm stand, sagte: »Sie liebte mich, weil ich Gefahr bestand ...«

Martin von Katte sagte einmal: »Ernst ist nicht treu, aber anhänglich.« Martin selbst und Carl Schmitt sind Beispiele dafür.

Wilflingen, 22. November 1987

Totensonntag. Kleiner Waldgang ist jener, der vom Friedhof in Richtung Billafingen im Bogen über den Schinderbühl wieder zum Friedhof führt. Ich könnte ihn auch den Damenweg nennen, weil er in einer Stunde zu bewältigen ist.

Heut nachmittag, es war schon dämmrig, hörte ich, als ich mich einer Baumgruppe näherte, einen ungewöhnlichen Laut. Ich dachte zunächst an einen wildernden Hund oder ein verwundetes Reh. Dann wurden Erinnerungen an das sardische Bergland wach. Wenn der Kolkrabe dort ein Tal überquerte, hatte mich dieser rauhe, knarrende Ruf überrascht. In der Tat – als ich die hohen Buchen fast erreicht hatte, flog ein dunkler, stattlicher Vogel ab. Es war schon zu trüb, als daß sich Einzelheiten wie der klobige Schnabel abgehoben hätten. Auch kamen mir Bedenken, da schon Brehm den Vogel bei uns »in vielen Gegenden« und Heinroth »fast überall« für ausgerottet hielt.

Zu Haus rief ich daher gleich Oberförster Ziehr an und erfuhr zu meiner Freude, daß der Kolkrabe seit etwa zehn Jahren bei uns zu streunen beginnt – in einigen Revieren, so in Königseggwald, ist er sogar Standvogel. Er brütet dort in einer Felshöhle. Endlich einmal auch eine gute Nachricht aus der Natur.

Der Kolkrabe ist der Rabe schlechthin. Er ist sowohl ein wissender wie auch ein Totenvogel und begleitet daher paarweis Odin, den germanischen Apoll. Er ist intelligent, lernt leicht sprechen und läßt sich gut abrichten. Am Sarazenenturm saß ein junger zutraulich bei uns neben dem Tisch, wenn wir aßen, und wartete darauf, daß wir ihm einen Brocken zuwarfen.

Brehm sagt, daß er die Worte mit richtiger Betonung nachahmt und mit Verstand anwendet. »Wer Tieren den Verstand nicht anerkennen will, braucht nur längere Zeit einen Raben zu beobachten.«

Wilflingen, 27. November 1987

Gegen fünf Uhr früh Gang durch eine unwegsame, sogar gefährliche Landschaft; sie mußte sich in der Glutzeit zu einer riesigen Wabe kristallisiert haben. Messerscharfe Felskämme schlossen die Zellen ein. Sie waren nicht sechs-, sondern viereckig. Es galt eine Straße zu erreichen, von der ich Geräusche hörte; dazu waren mäandrische Bewegungen auf den Kämmen zu bewältigen. Sie waren nicht schwierig, da wir im Traum kein Gewicht haben.

Wo die Wabe die Straße erreichte, war die Außenwand bröcklig geworden; Gebirgsjäger hatten an ihr geübt, und eine Gruppe war abgestürzt. Die Nachricht mußte blitzschnell eine Zentrale erreicht haben, denn ich sah noch den Staub über den Gefallenen aufsteigen, während sich schon Sanitäter näherten.

Die Zellen hatten wie die Monaden keine Fenster, doch waren sie zugänglich, denn ich sah eine grüne Heuschrecke einfliegen. Die meisten waren trocken, einige als Aquarien halbhoch mit Wasser gefüllt. Von den trockenen dienten manche als Liebhaberbühnen, in anderen liefen Filme ohne Zuschauer, doch an allen vier Wänden simultan.

Da ich auf meine Sicherheit bedacht sein mußte, konnte ich nur flüchtige Blicke in die Zellen werfen – das war schade, doch vielleicht besser so.

Wilflingen, 29. November 1987

Am Morgen zum Friedhof; der Tag von Carrara hat sich wieder gejährt.

☆

Seit gestern Schlackerschnee. Am Fenster pickt der erste Vogel: eine Blaumeise. Telefonate: nach Paris mit Banine und Sophie, nach Hannover mit der Nichte Victoria. Der Neffe Heinz entschlummerte fünf Tage lang friedlich und starb dann nach einem kurzen, schrecklichen Todeskampf.

Die Verabreichung von Morphium vor dem Übergang ist problematisch; sie könnte den Gang durch die heiligen Hallen der Annäherung beeinträchtigen. Wenn schon, dann scheint mir Opium eher angebracht. Huxley versuchte es mit LSD.

☆

Es bleibt ein Erlebnis für mich, wenn sich nach Sekunden Paris oder gar Singapur meldet. Ich könnte das der Magie zuschreiben, wenn ich ihr auch die Technik im Ganzen einordnete. Der Sprech- und Bildfunk fasert sich zum Nervensystem des Sozialkörpers aus. Es ist unheimlich, was an Mitteilung den Globus phosphoresziert. Der Mensch hat geträumt. Vielleicht wird er eines Tages den Traum wechseln. Er hat deren schon viele gehabt.

Es ist zu unterscheiden zwischen Television und Telepathie, die nicht auf Apparate angewiesen ist und nicht als »Radio des Gehirns« begriffen werden kann. Die Mutter erfährt den Tod des Sohnes, der in der Südsee ertrinkt, nicht mit Lichtgeschwindigkeit, sondern synchron.

Wilflingen, 1. Dezember 1987

Dank an Professor Bergius, der mich auf einige Errata in »Zwei Mal Halley« hingewiesen hat. Da eine Neuauflage bevorsteht, kamen sie zurecht. Der Brief enthält eine Frage, die sich mit Gedankengängen kreuzt, zu denen mich auch andere Probleme als die des Kannibalismus anregen. Der Mensch lebt vom Menschen – daran läßt sich nichts ändern, an den Erscheinungsformen wohl.

Die Frage: »Sie wissen sicher, daß im Septemberheft 1987 von ›bild der wissenschaft‹ über ein Buch berichtet wird, dessen Autor bezweifelt, daß es überhaupt systematischen Kannibalismus je gegeben habe. Es werde immer nur vom Hörensagen, nie aus eigener Anschauung darüber geschrieben.«

Hierzu: Das Buch, in dem behauptet wird, einen regelrechten Kannibalismus habe es nie gegeben, ist mir aus Erwähnungen bekannt. Der Autor verfährt offenbar nach Morgensterns Maxime, daß »nicht sein kann, was nicht sein darf«. Leider gibt es sogar Lichtbilder solcher Mahlzeiten. Scheußliches aus Afrika berichten die Zeitungen noch heute, so von Idi Amin. Im Batak-Land fand ich die Erinnerungen noch ziemlich frisch.

Davon abgesehen, bringt mich das Thema auf eine Bemerkung Léon Bloys: daß Skribenten, die sich mit phantastischen Formen des Satanismus beschäftigen, dabei die Bösartigkeit ihres Kolonialwarenhändlers an der nächsten Straßenecke übersehen. Hier denke ich weniger an die jüngste Vergangenheit, an Hitlers Vernichtungslager mit der Beraubung um Haut und Haare, um Blut und Goldzähne vor und nach dem Mord. Von Stalin hört man ähnliches. Das ist Stoff für die Schreckenskabinette der Geschichte; gegenwärtig ist anderes zu bedenken – etwa die Organentnahme zur Transplantation. Dieser Tage las ich in den Vermischten Nachrichten eine Notiz über Kinder, die im Nahen Osten »der Nieren wegen« verkauft werden. Der Handel mit Embryonen ist verboten, also gab es ihn bereits. Nicht nur hier hat man den Eindruck, daß sich das Klima nur ein wenig zu ändern braucht, und wir sind im antiken Mexiko.

☆

Dank ferner an Peter Ilodina, der mir am 19. November aus Salzburg mitteilte: »Beiliegend finden Sie einen späten Text von Schopenhauer, der vor kurzem in der Österreichischen Nationalbibliothek entdeckt worden ist.«

Es handelt sich dabei um ein schlecht erhaltenes, von Schopenhauer lateinisch beschriebenes Blatt. Wahrscheinlich gehörte es zu einem autographischen Manuskript, das auf Wunsch des Philosophen nach dessen Tode verbrannt werden sollte. Der Besitzer, wer immer es gewesen sein mag, befand sich wohl in einem verständlichen Konflikt: einerseits widerstrebte es ihm, das wertvolle Dokument zu vernichten, andererseits wollte er den Autor nicht schädigen. Er hat den Text so gut verborgen, daß er erst jetzt entdeckt wurde.

Schopenhauer beginnt in dieser Nacht an den Grundfesten seines Lebenswerks zu rütteln; er beklagt, daß er das Allerwichtigste des menschlichen Lebens in völliger Dunkelheit gelassen habe: »Dies nagt an meinem Geist wie ein Wurm; es versetzt mich in solch unheimliche Unruhe, daß ich bis spät in die Nacht keinen Schlaf finde und mich zuweilen schier zum Wahnsinn getrieben fühle. Ich muß, so scheint es mir, einer anderen Hypothese Platz machen.«

Ich notiere die Kernsätze: »Ich neige jetzt dazu, zu denken oder besser mir einzubilden, daß die Dunkelheit und Grundlosigkeit des Lebens nicht daraus zu erklären ist, daß das innere Wesen an sich erkenntnisloser Wille allein ist, sondern daß es nur uns und unserer Erkenntnisweise so erscheint – daß die Dunkelheit also keine absolute und ursprüngliche, sondern nur eine relative ist...«

Und ferner: »Da ich nun einmal der Einbildung die Tore geöffnet habe, kann ich nicht umhin, sie ihren Gang gehen zu lassen. Wenn die Dunkelheit des Willens nur sekundären Ursprungs, nur Relatives und Akzidentielles und Äußeres ist, so kann sie nur als von irgendeinem ursprünglichen Licht abgeschnitten gedacht werden. Sie kann nur eine Finsternis inmitten des grenzenlosen ursprünglichen Lichtes sein.«

Der Fund ist zwei Verehrern Schopenhauers zu verdanken, Wolfgang Welsch und Franco Volpi, die jedoch über ihre Entdeckung nicht durchaus glücklich sind, denn sie fügen hinzu:

»Mögen uns der Meister und die Gemeinde verzeihen, daß wir dieses Dokument aus der Finsternis der Bibliothek ans Licht der Öffentlichkeit gebracht haben. Andere haben die Enthüllung wohl gescheut. Uns darf die Wahrheit nicht schrecken. Amicus Schopenhauerus, magis amica veritas.«

Wilflingen, 5. Dezember 1987

Gegen Morgen wieder in einem Bahnhof – diesmal im Straßburger. Die Bahnsteige lagen in Tunnels, die sich kreuzten, dazu in verschiedenen Stockwerken. Züge fuhren aus und ein, rangierten vor- und rückwärts – wie sollte man sich da zurechtfinden. Ein Schild wies nach »Hannover« – das war mein Ziel, doch ich endete in einer Sackgasse, in der kein Mensch zu erblicken war. Schon richteten Fledermäuse sich dort ein.

Endlich stieß ich auf einen Beamten, der, als ob man ihn vergessen hätte, an einer Ecke stand. Vielleicht wartete er auf seine Ablösung. Der Mann war merkwürdig. Roter, ungepflegter Bart, Sommersprossen auf einem kreidigen Gesicht, ein albinotischer Typ. Die Augen glühten im Halbdunkel des Tunnels. Auch die Uniform war nicht comme il faut. Der oberste Knopf fehlte, die goldverschnürte Mütze saß schief auf dem Kopf.

Das war kein Subalterner; anscheinend hatte er getrunken, jedenfalls war er schlecht in Kondition. Er machte mich neugierig, gern hätte ich gewußt, wie er die Sache hier meisterte. Ich trat also auf ihn zu und fragte ihn, mehr um anzuknüpfen, mit dem üblichen »Pardon« nach meinem Zug. In einer Viertelstunde würde er einlaufen. Den Fahrplan also hatte Heiner – so hieß mein neuer Bekannter – zum mindesten im Kopf. Wir hatten, nachdem er die Hand an die Mütze gelegt, zunächst die Vornamen ausgetauscht, wie es sich gehört.

Es tat mir leid, daß er in diesem Zustand noch Dienst machte. Ich riet ihm:

»Heiner, du siehst schlecht aus; du solltest nach Haus gehen und dich zu Bett legen.«

Er sah mich mit seinen roten Augen an und sagte: »Ich bin magenkrank.«

Das hatte ich schon an seinem Atem bemerkt, der säuerlich roch. Da mußte etwas geschehen. Ich fragte: »Hast du es schon mit Kußmaul versucht?«

»Ein Paar alte Stiefel: trockenes Weißbrot und magerer Schinken – ich habe schon alles probiert, und alles umsonst.«

Das Thema war nicht im Handumdrehen zu erschöpfen: wenn einer von seiner Krankheit erzählt, gibt es so bald kein Aufhören. Zwischendurch wies Heiner mit der Hand nach unten: »Dort steht dein Zug.«

In der Tat: er mußte schon vor längerem eingelaufen sein. Ich nahm also den Koffer und eilte nach unten; als ich ankam, sah ich nur noch die Schlußlichter.

Ich ging wieder nach oben, wo Heiner wartete, und erfuhr von ihm, der nächste Anschluß würde erst am Abend fällig sein.

»Aber das macht nichts – ich werde dir inzwischen ein wenig die Stadt zeigen.«

»Kannst du denn so einfach von hier fort?«

»Man kennt meinen Zustand und nimmt Rücksicht auf ihn. Außerdem sind wir automatisiert.«

Wir machten uns also auf den Weg und durchstreiften die Stadt bis in Vororte, behielten aber immer, damit wir uns nicht verirrten, das Münster im Blick. Ärgerlich war nur die Wirtschaft mit meinem Koffer; ich vergaß ihn schon im verschlammten Notausgang des Bahnhofs und dann vor einer Wurstbude. Endlich ließ ich ihn absichtlich stehen. Heiner sagte, da es sich um einen Dienst am Kunden handle, würde die Bahn mich entschädigen. Er nahm es zu Protokoll.

Mir schien das optimistisch, doch er kam zunehmend in Form. Die frische Luft tat ihm gut. Er drang in verschlossene Gärten ein, um Beeren und Blumen zu pflücken, und stellte die Wasserleitung an. Auf der Straße behelligte er Passanten durch unsinnige Fragen, ärgerte die Obstfrauen und stiftete Schulkinder zum Schwänzen an. Sie sollten dem Lehrer nur sagen, der Onkel habe es erlaubt.

Anfangs war mir das unangenehm. Wenn sich Händel anbahnten, bat ich um Entschuldigung: »Mein Freund ist magenkrank – ich muß auf ihn aufpassen.« Ein Buchhändler, der sich geärgert hatte, sagte: »Ihr Freund hats weniger am Magen als an der Birne, der sollte sich schämen – noch als Beamter dazu.«

Das zielte auf die Dienstmütze – wir genossen ihretwegen noch einen gewissen Respekt, besonders bei den Hausfrauen, die vom Markt zurückkamen. Wenn sie gemerkt hatten, daß wir harmlos waren, stellten sie ihre Taschen ab und wurden zutraulich. Sie sprachen Heiner zu und sparten nicht mit guten Ratschlägen. Zwei Schwestern, noch passabel, luden uns sogar zum Essen ein. Auf diese Weise versäumte ich auch noch den Abendzug.

Wilflingen, 6. Dezember 1987

An Peter Ilodina: »Auf den Schopenhauer-Text, den Sie mir freundlicherweise übersandt haben, wurde ich schon von verschiedenen Korrespondenten aufmerksam gemacht. Kein Wunder, da er viele Freunde des Philosophen beunruhigt hat.

Meine Verehrung hat das Blättchen wie eine dem großen Gebäude angefügte Kapelle eher gefördert als gestört. Schopenhauers ›schwerste Stunde‹ in der Rauhnacht vor der Wende zu seinem Todesjahr ist als Alterszeichen nicht ungewöhnlich: vor dem Heimgang rechnet der Mensch mit sich und seinem Lebenswerk ab. Je höher seine Intelligenz, desto schärfer wird er die Unvollkommenheit der Welt erkennen und auch auf seine individuelle Existenz beziehen. In seinem Pessimismus bleibt sich der Philosoph bis an sein Ende treu. Neu ist, daß er damit nun auch sein Hauptwerk nicht verschont. Neu ist auch, daß der Wille nicht mehr als das ›Ding an sich‹, sondern als das ›innere Wesen‹ bezeichnet wird; das ist eine Abschwächung. Ungewöhnlich auch der Schlußsatz: ›Möge Gott mir verzeihen.‹ So übersetzen ihn die Herausgeber. ›Ignoscat‹ könnte auch bedeuten: ›begnadige‹.

Ich habe ›Die Welt als Wille und Vorstellung‹ schon als Schüler gelesen, und zwar mit Genuß, ohne den Text zu verstehen. Die Energie des Denkens hat mich beflügelt, die Sprache gewiegt. Bei meiner letzten Lektüre, etwa vor zwanzig Jahren, verfügte ich über hinreichende Urteilskraft. Die Schilderung des blinden Willens als des Elementaren bleibt faszinierend, jedoch seiner Gleichsetzung mit dem ›Ding an sich‹ läßt sich kaum zustimmen. Kant selbst hätte ihr widersprochen; er betonte ausdrücklich, daß dem

›Ding an sich‹ jede Qualität mangle. Freilich könnte man das bedauern, ohne daß man sich auf die Seite der Orthodoxen schlägt.

Der Wille ist ohne Raum und Zeit und vor allem ohne Gewicht, ohnmächtig. Mit ihm bewegt sich Schopenhauer in der titanischen Welt, doch er verbleibt nicht in ihr. Er lehrt auch, wie sie zu überwinden sei: einerseits durch die reine Anschauung, vor allem das Kunstwerk, andererseits durch das Mitleid für die Leidenden. Damit folgt er den Großen Titanen, die auf die Seite der Götter treten und dabei gewinnen, denn ihre Welt ist nicht der Gegensatz zum Olymp, sondern seine notwendige Vorstufe.

Schopenhauer ist im Vergleich zur klassischen Philosophie ein bedeutender Rückschritt gelungen, ohne daß er dabei den Blick auf das Ganze verloren hätte: er hört die Brandung, doch auch die Melodie. Das ist ein Bindeglied vom achtzehnten Jahrhundert zur Moderne, das Wagner und Nietzsche in der zweiten Generation seiner Anhänger fortsetzen. In dieser Richtung betrachte ich die ›Schwerste Stunde‹ als einen Glücksfall, ein Signal.«

Der neue Text klang glaubwürdig, hat sich aber als Fälschung herausgestellt.

München, 10. Dezember 1987

Gestern nach München, zum Treffen der Ritter des Maximilians-Ordens in der Residenz. Franz Josef Strauß hielt die Tischrede – sie war mit lateinischen Zitaten gespickt. Halsorden und humanistische Bildung: beides paßte zusammen – Lichter, die man heute besser unter dem Scheffel hält. Bibelzitate übrigens auch.

Wenn der Bauer in die Stadt kommt, blickt er in die Schaufenster und erschrickt vor den Preisen, die inzwischen wieder gestiegen sind. Die Inflation ist ein besonders heimtückischer Griff in die Brieftasche.

Bei diesem Wetter schien mir ein Gang durch die verschiedenen Klimate des Hellabrunner Tiergartens, vor

einem der wohlge-
iedersehen mit der
zu Penang, den wir
Thielicke spürte die
r »selbst« ? Eigent-
nnen, was an Weihe
tet – das gehört zu
nt.
weilte sich auf sei-
e Hand gegen die
nur durch das Glas
Gewehrlauf biegen

se; vielleicht ruft er
n Eindruck hervor.
m wohl zu Gesicht.
s als Turner, ist der
spielend, rein zum

de kaum vertreten
Jnbehagen an der
. Dort kennt jeder
über die er verfügt. Das summiert sich zu einer bestimmten Ordnung, sogar einer gewissen Harmonie.

München, 11. Dezember 1987

Der Neffe Gert, bei dem wir wohnen, fuhr uns in die Stadt. Wir besuchten eine René Magritte gewidmete Ausstellung. Ganz allgemein fällt mir im Vergleich zu der musealen Ehrfurcht während der Zeit vor dem Ersten Weltkrieg der Andrang zu solchen Schaustellungen auf. Schlangen bilden sich auf der Straße, während man »mit Stößen sich bis an die Kasse ficht«.

Hans Wimmer, den ich schon gestern in der Residenz getroffen habe, hält wenig von Magritte und vom Surrealismus überhaupt. Ihn stören die Übergriffe in die Literatur.

Es wird aber wohl immer Texte zu Bildern und Bilder zu Texten geben; das beginnt schon mit den Initialen schöner Bücher und den Titeln, die man unter Bildern ungern vermißt. Davon abgesehen, urteilt Hans Wimmer als Bildhauer.

In dieser Ausstellung wäre weniger mehr gewesen – manche Gags wie bemalte Flaschen oder beschriftete Herrenhüte hätten besser gefehlt. Einen Zauberer sieht man nicht gern als Zauberkünstler auftreten – das sollte sein Privatvergnügen sein.

Magrittes Maxime »Die Kunst der Malerei ist eine Kunst des Denkens« möchte ich nicht unterschreiben, obwohl der Surrealismus Verwandtschaft zur Wissenschaft besitzt. Eine winzige Drehung am Mikroskop überrascht nicht nur durch ein schärferes, sondern auch völlig anderes Bild.

Eher gefiel mir, daß es die Aufgabe der Malerei sei, »das Sehen zu aktivieren« – jedenfalls war das bei mir erreicht worden, als ich die Ausstellung verließ. Eine Kirchenfassade, auf die mein Blick fiel, kam mir wie eine Handzeichnung des Meisters vor. Das konnte auch eine Gratiszuwendung sein, denn es fragt sich, ob bei Magritte die Malerei überhaupt ein Ziel hat außer dem Selbstgenuß des Malers, an dem er uns teilnehmen läßt.

Wilflingen, 17. Dezember 1987

Die Katzen nehmen es übel, wenn wir auf Urlaub fahren und sie fremder Pflege überlassen, auch wenn sie nichts entbehrt haben. Sie sind nachtragend. So erkennen wir ex negativo unsere Bedeutung für sie.

Die Hausfrau kam aus der Küche und sagte: »Seit einem halben Jahre hat Aïscha heut zum ersten Male wieder geschnurrt, als sie gekämmt wurde.«

☆

Kultur ist nicht Arbeit, aber sie macht Arbeit – besser nennt man sie Opferdienst. Im Haushalt ließe sich vieles vereinfachen, dann würde eine gewisse Saite oder auch nur eine Schwingung im Instrument fehlen. Strohblumen sind leicht zu halten, während die wirklichen Blumen Pflege fordern, sie kennen die Stunde und die Hand, die sie begießt.

Kultur macht nicht nur Arbeit, sondern sie beruht auf ihr – und zwar auf einer Arbeit, die gratis geleistet wird. Das Beste ist umsonst.

☆

»Der moderne Mensch ist ein Morast, den keine Hand zu modellieren vermag.« Nicolás Gómez Dávila (Kolumbien).

☆

Gute Leser sind Selbstdenker. Bei ihnen darf der Autor mit Gedankenstrichen sparsam sein. Bei anderen besteht die Gefahr, daß sie ironisch gemeinte Sätze ernst nehmen. Das bringt leicht Unannehmlichkeiten ein.

Interpunktionszeichen sind in den Texten, was die Tempi in der Notenschrift. Sie könnten bedeutend vermehrt werden, dann näherte sich die Prosa der Musik. Mir wird unter anderem der Abusus mit Gedankenstrichen vorgeworfen, die ich indessen schlecht entbehren kann. Das Komma gehört zum Duktus; der Gedankenstrich kündet eine Schwelle an.

Wilflingen, 22. Dezember 1987

An Marino Freschi: »Mit Vergnügen habe ich gesehen, daß Sie sich mit meinem Landsmann, dem Freiherrn von Knigge, beschäftigt haben – wahrscheinlich ist Ihre Monographie die umfangreichste und übertrifft noch die des Polyhistors Goedeke. Ich entsinne mich, daß ich die gesammelten Werke einmal in einem Hannoverschen Antiquariat ausgestellt sah. Den Romanen wurde schon vor zweihundert Jahren nachgesagt, sie seien ›ohne festen sittlichen Kern und dabei über Gebühr langweilig‹. Doch anders steht es für uns heute mit dem epochaltypischen Wert. Das haben Sie gut erkannt. Hinsichtlich der Geschichte der Illuminatenorden dürfte es bei Knigge noch manches zu entdecken geben, auch war er, wie sein bekanntestes Werk beweist, ein guter Menschenkenner und vielseitig begabt. Ein Kammerherr comme il faut. Ich möchte ihn zwischen dem Verfasser des ›Demokritos‹, Karl Julius Weber, und, natürlich mit gebührendem Abstand, E. Th. A. Hoffmann ansiedeln ...

Die beiden Tage in Neapel sind mir in guter Erinnerung. Nun muß die Bella di notte der Zeit ihren Tribut gezahlt haben. Haben Sie einige Samenkörner für mich?«

Wilflingen, 24. Dezember 1987

An Henri Plard: »Pünktlich erreichten mich Ihre guten Wünsche auch in diesem Jahr. Herzlichen Dank. Immer erfreuen mich Ihre Adnoten zu unserer verworrenen Zeit. In Ihrer vortrefflichen Bemerkung über Hitler und Heidegger haben Sie das Verhältnis von Politik und Philosophie auf den besten Nenner gebracht. Natürlich kann ein großer Philosoph innerhalb der politischen Wertungen ein Idiot sein. Mit der Ausbreitung der Technik wächst auch ein neues Analphabetentum – die Maschinen nehmen dem Menschen das Denken ab. Eine Hoffnung, die sich damit verbindet, richtet sich auf die Bildung neuer Eliten – allerdings muß man dann unter sich bleiben und sein Wissen nach Art der Freimaurer verbergen, wie es schon Goethe geraten hat.

Die hundertste Wiederkehr des Dreikaiserjahres naht. Mein Vater war damals Lehrling in der Lucius'schen Hofapotheke zu Berlin. Dort wurden die Medikamente für den kranken Friedrich III. gemischt. Obwohl der Vater Wilhelm II. nicht mochte, hörte ich ihn später am Tisch sagen, wenn der Neunzigtage-Kaiser länger regiert hätte, wäre es vermutlich auch nicht besser gekommen – weniger forsch, aber zu lasch. Bismarck dagegen meinte, daß die englischen Ideen nicht lange vorgehalten haben würden, wenn es um die Privilegien gegangen wäre – dem läßt sich noch heute unter Vorbehalt zustimmen. Als Charakter war Friedrich jedenfalls sympathischer als sein Sohn. Je älter ich werde, desto mehr erkenne ich die Macht des Zeitgeistes und erschrecke vor ihr. Die besseren Ideen kommen immer als Treppenwitze hinterher ...«

Wilflingen, 25. Dezember 1987

Lektüre: Egbert-Hans Müller, »Gedanken eines Literaten und Kunden zur Neueröffnung von Weise's Hofbuchhandlung am 6. Juni 1987«. Ich notiere daraus:

»›Ich bin ein Mensch, dem vieles mißlingt, was er sich fest vornimmt‹, beginnt ein Autor – der freilich nicht in Weise's Hofbuchhandlung gearbeitet hat – die Ich-Erzählung eines Buchhändlers, und fährt an anderer Stelle fort: ›Wie viele Buchhändler gehörte ich zu den Menschen, die manches wissen, aber nichts gründlich ... Ich übte die Gewohnheit der Buchhändler, Bücher, die neu erschienen, nur anzulesen und flüchtig durchzublättern. Ich beschäftigte mich nur mit Neuerscheinungen, nie aber mit den Quellen des Wissens; ich war ein Kaufmann, das heißt ein Vermittler und Agent.‹ Das alles berührt den Ich-Erzähler noch selbst, den Kunden erst mittelbar. Aber hören Sie die Passage weiter. Dort heißt es nun: ›Auch hat der Verkehr mit den Kunden etwas Herabziehendes ... Ich war gezwungen, auf die mannigfachen Wünsche dieser Kunden einzugehen, ich mußte ihnen Auskünfte geben, die, wie ich selbst merkte, etwas Ungenaues und Irreführendes hatten, auch mußte ich ihnen Bücher anpreisen, die nichts Preiswürdiges hatten. Das alles führt zu Geschwätz, Oberflächlichkeit und leerer Tätigkeit.‹ Die Passage endet: ›... und wenn meine Kasse sich ein wenig schneller füllte, schien mir alles in Ordnung zu sein.‹

Zitiert habe ich Friedrich Georg Jünger, und zwar aus seiner Erzählung ›Der Wechsel‹, nachzulesen in dem in Cotta's Bibliothek der Moderne erschienenen Erzählband ›Dalmatinische Nacht‹.

Aber wie hätten wir es denn gern?

Meine Frau schob mir die Tagebücher von Edmond und Jules de Goncourt hin, aufgeschlagen den 2. Januar 1867, damit die Stelle: ›Ein Symptom der Zeit: der Laden des Buchhändlers am Quai hat keine Stühle mehr. France war der letzte Buchhändler, der Stühle hatte, der letzte Buchladen, wo sich ein wenig plaudern und die Zeit zwischen zwei Geschäften hinbringen ließ. Jetzt kauft man Bücher stehend. Anfrage und ein Preis: dahin hat die verzehrende Betriebsamkeit des heutigen Geschäftslebens das Bücherverkaufen gebracht ...‹«

Müllers Lob für Weise's Hofbuchhandlung darf ich dank eigener Erfahrung zustimmen. Leider stimmt auch, was mein Bruder und bereits die Goncourts über den Verfall des Buchhandels bemerkt haben. Es betrifft den Handel und Wandel allgemein. Der Handwerker schafft mit vorgeformten Teilen; das beginnt schon mit Gutenbergs Lettern und Setzkästen. Der Händler wird zum bloßen Verteiler, und auch diese Aufgabe wird zunehmend durch Automaten besorgt. Das ist besonders schmerzlich im Buchhandel.

Das Antiquariat macht insofern eine Ausnahme, als mit mehr oder minder alten Einzelstücken gehandelt wird. Daher kommt es mit Antiquaren oft zu einem guten Gespräch, wie auch an den Quais. Die Ufer der Seine mit ihren Reihen von Bücherkästen verwandeln sich in Strände, an denen der Liebhaber hin und wieder eine seltene Muschel oder sogar eine Perle entdeckt. Das sind Geschäfte für gutes Wetter und für Menschen, die Zeit haben.

Russische, besonders Petersburger, Buchhandlungen müssen vor dem Ersten Weltkrieg wahre Leserpaläste gewesen sein. Man konnte dort ganze Vormittage mit dem Durchblättern von Büchern und passionierten Gesprächen zubringen.

Wilflingen, 28. Dezember 1987

Wie alljährlich, kamen die »Literarischen Brosamen, Denkanstöße für Leser« von der Buchhandlung Lauch aus Neu-

Isenburg. Der Titel erinnert an Hamanns »Brocken« – eine gute Auswahl in kleiner Münze, aber solide Goldkörner, manche Nuggets sogar. Ich notiere ein Consommé:

»Die biblische Weisheit, daß der Mensch nicht vom Brot allein lebt, macht sich genau in dem Maße bemerkbar, in dem es an Brot nicht mehr mangelt.« (Christian von Krockow)

»Leserlichkeit ist die Höflichkeit der Handschriften.« (Friedrich Dürrenmatt)

»Wehmütig grüßt der, der ich bin, den, der ich sein könnte.« (Sören Kierkegaard)

»Falschgeld existiert nur, weil es Gold tatsächlich gibt.« (Rumi)

»Es gibt einen Rekord für Tiefbohrungen in der kürzesten Zeit. Schwieriger ist eine Schicht Humus von drei Zoll zu erzeugen.« (Friedrich Georg Jünger)

»Es sollte uns nachdenklich machen, daß im Deutschen ›einen anführen‹ soviel wie ›einen betrügen‹ heißt.« (Georg Christoph Lichtenberg)

Wilflingen, 31. Dezember 1987

Immer noch, wie die Meteorologen sagen, »milde Meeresluft«. Post alphabetisiert. Ich überfliege die Seiten wie beim Strandgang – hier und dort leuchtet ein Schneckenhäuschen oder eine Muschelschale, sei es in einem Sonnenstrahl oder in eigenem Glanz.

Briefe von Unbekannten lassen sich nach ihrem ersten Satz einteilen; er erfordert wie eine Ansprache auf der Straße eine gewisse Anstrengung. Zum Beispiel: »C'est en ayant conscience que vous considérez les gens qui écrivent aux écrivains un peu timbrés, que je vous écris tout de même.« Olga K. aus Montargis. »timbré« ist »übergeschnappt«.

Henri Plard dankt für den Hinweis auf den ihm unbekannten Bericht des Elektrikers Heinrich Hesse über den Untergang der »Titanic« – »nach Ihnen, und darin bin ich völlig eins mit Ihnen, die umfassende Parabel, das Gleichnis des gesamten Jahrhunderts. Daß ›Nearer to Thee, my God‹ dabei gesungen wurde, ist Legende, doch paßt es gut zum Ereignis; belegt ist dagegen, daß ein katholischer Pater, Österreicher, allen, Protestanten wie Katholiken, die Absolution in articulo mortis erteilte, worauf sie bis zum Ende gemeinsam beteten.«

Ferner die Notiz aus einem Rundbrief von Klaus Steinhilber: »Was die verschiedene Anzahl der Götter bei Germanen und Iranern betrifft, so kann uns ein Gedanke der alten Ägypter helfen, der in Indien noch heute gebräuchlich ist: ›Es gibt wahrscheinlich nur Einen Gott, aber dieser Eine kann verschiedene Gestalt annehmen, und jeder Fromme soll ihn in der Gestalt verehren, die ihm die ehrwürdigste zu sein scheint.‹ «

Darin auch ein Abschnitt, der sich mit dem »Ozonloch« beschäftigt, von dem jetzt viel und unheilvoll gesprochen wird. »Frühes Wissen um das Wesen der Sonne?«

»Es dürfte auf einer Eingebung (Inspiration) Wodans beruhen, wenn seine Verehrer Folgendes dichteten:

Sänftiger heißt er, der Sonne Schild,
Welcher vor der Strahlenden steht.
Berge und Brandung würden verbrennen
Fiele je er von ihr fort.«

1988

Wilflingen, 1. Januar 1988

Jahresanfang. Immer noch milde. Winterjasmin spitzt.

☆

Königsberg: Von Kant († 1804) zu Kalinin (* 1875). Auch ein Progreß.

☆

Kannibalen auf Urlaub werden Koprophagen; das ist ihre Fastenzeit.

☆

Tödliche Geschwindigkeit gehört zu unserem täglichen Brot. Wenn der Vater eine Stunde lang ausbleibt, wird es unheimlich.

Auch sonst wird es unsicher. Das Crimen wächst in geometrischer Progression zur Humanität.

☆

Das von Nietzsche und von ihm Folgenden beanstandete »Jenseits« würde heute besser durch »Drüben« ersetzt. Dann bliebe unsere Optik, ohne sich völlig in Spekulationen zu verlieren, transzendent. Ultra- statt Metaphysik. Das Spektrum wird über seine klassischen Grenzen fortgesetzt. Ein Palast wird aus rein eruierten, ultrasinnlichen Größen gefügt. Der Ultraschall wird nicht gehört, doch von ihm wird wie bei den Fledermäusen profitiert. Der Geist fragt nicht mehr, ob es gut geht, sondern nur noch, ob es geht. Er ist sich seiner sicher – wozu noch die Umwege.

☆

Ein anderes Ufer des Styx, eine Innenseite der Zeitmauer kann man sich vorstellen. Die Kulte und die Künste leben davon. Ob der Sterbende sie noch wahrnimmt? – ich nehme es an. Schopenhauer meint, daß die Lampe, das heißt: das Bewußtsein, genau in dem Augenblick erlischt, in dem das Rätsel sich löst. Vielleicht geht es in der Lichtflut und ihrer Brandung auf und unter, vermählt sich mit ihr.

☆

»Denn alle Lust will Ewigkeit.« Ein peinlicher Gedanke – schon eine Woche wäre zu viel. Die Lust strebt nicht Ewiges, sondern Zeitloses an.

☆

Vorstellen können wir uns nur, was der Erfahrung entspricht. »Beim Erforschen des Erforschlichen lernen wir das Unerforschliche verstehen.« (Goethe)

Der Satz verdient Meditation. Die Hand ist erforschlich, ein Fell ebenfalls. Wenn die Hand über das Fell streicht, erzeugt sie unter anderem ein feines Knistern – Elektrizität, eine Kraft, die Jahrtausende lang rätselhaft geblieben und erst seit kurzem zur Weltmacht geworden ist. Zugleich ist der Erfahrung ein neuer Schritt aufs Unerforschliche zu gelungen, das nie erreicht werden wird.

☆

Die Vorstellungen von Paradiesen sind Projektionen des zeitgemäßen Wohlbehagens – im Islam noch handfester als bei uns. Das Individuum wird indessen nicht nur vom Schmerz befreit, sondern auch von der Lust. Die Passage führt nicht in neue Welten, sondern in unvorstellbare Kategorien – und das ist wichtiger.

Mephistopheles: »Und doch ist nie der Tod ein ganz willkommner Gast!«

Wilflingen, 5. Januar 1988

Mich betrübt die Nachricht vom Tode Hermann Hakels, der am 24. Dezember des Vorjahres endlich Frieden gefunden hat. Ich blätterte noch einmal zum Abschied in seinen Briefen; der erste – vom 15. Februar 1950 aus Wien – reicht über mehr als ein Vierteljahrhundert zurück:

»Sehr geehrter Herr Jünger, ein Kollege nahm vor Wochen meine beiden Bücher nach Deutschland mit, um sie Ihnen zu senden. Da ich seither ohne Nachricht von ihm bin, nehme ich an, daß er die Bücher nicht an Sie weitergeben konnte und benütze eine neue Gelegenheit, sie Ihnen nochmals zu senden.

Es liegt mir besonders daran, die Bücher bei Ihnen zu wissen. Ich las die ›Strahlungen‹ und weiß, wie oft – und wie berechtigt – Sie die Stimme von der anderen Seite, die jüdische Stimme erwartet haben; vielleicht finden Sie etwas davon in meinen Büchern.

Trotzdem habe ich durch mein Leben, meine Erziehung und meine Liebe zu den deutschen Dichtern tief genug erfahren, was der deutsche Idealtypus ist, um ihn zu lieben. Mein Bach Gedicht, das ursprünglich dem deutschen Volk gewidmet war, möchte ich, wenn Sie erlauben, Ihnen zueignen, weil ich heute in Ihnen jenen deutschen Repräsentanten sehe, an den ich seit je geglaubt und den verkörpert zu finden ich immer erwartet habe.

Mit der Feststellung, daß, wer sich mit Ihnen beschäftigt, von Ihnen träumt, haben Sie recht; ich träumte von Ihnen während der ›Strahlungen‹-Lektüre.

Mit den besten Grüßen und Wünschen verbleibe ich mit unserem heiligen Gruß: Schalom (Frieden) Ihr Hermann Hakel«.

Der Anzeige ist eine Anekdote beigefügt: »In der Nacht vom 18./19. Jänner 1931 wurde ich als letzter einer Reihe von Revolutionären im Traum erschossen und erwachte mit dem Schrei: ›Bin ich auch tot?‹ Meine Beantwortung dieser Frage hat seither mein Leben bestimmt.«

Die Frage könnte mit einem Jugend-Trauma zusammenhängen – in seinen Briefen finde ich unter dem 22. Februar 1960:

»Ich weiß nicht, ob ich Ihnen jemals von mir und meiner Herkunft irgend etwas berichtet habe; aber um meine Schwierigkeiten in jeder Beziehung verständlich zu machen, ist es sicher richtig, einmal darüber Auskunft zu geben. Mein Vater war ein Handwerker und ich bin unter Arbeitern in einem Hinterhaus, in einer verrufenen Wiener Gasse, geboren und aufgewachsen. 1915, während mein Vater an der Front am Isonzo war (sein Bruder ist dort gefallen), erblindete ich. Weihnachten 1915 nach einer wunderbaren Operation sah ich das ›Licht der Welt‹ wieder – es war am Heiligen Abend, im Spital unter blinden und halbblinden Kindern: ein Weihnachtsbaum.«

Wilflingen, 6. Januar 1988

An Günter Fahle: »Wie Sie zu Recht vermuten, hat Ihr Brief vom 29. Dezember schmerzliche Erinnerungen in mir erweckt. Ihr Vorhaben, Nachrichten über politisch verfolgte Soldaten zu sammeln, halte ich für wichtig, ob nun ein Buch daraus entsteht oder nicht. Obwohl inzwischen Jahrzehnte verflossen sind, läßt sich durch Dokumente und noch lebende Zeugen viel aufhellen und für Kommende aufheben.

Nachdem mein Sohn Ernst wegen ›Wehrkraft-Zersetzung‹ kriegsgerichtlich verurteilt worden war, wurde er zu einer Einheit der Waffen-SS eingezogen, und bald darauf, im Januar 1945, erhielten wir die Nachricht, daß er bei Carrara gefallen sei. Ich bat den Kompanieführer, mir die Namen von Kameraden mitzuteilen, die mir als Augenzeugen berichten könnten – er antwortete, daß es der Gefechtslage wegen nicht möglich sei.

Anstatt dieser Absage zwei, drei Namen zu notieren, hätte wohl weniger Mühe gemacht. Es mußte also etwas zu verbergen geben – meine Frau Gretha und ich beschlossen daraufhin, die Sache ruhen zu lassen; das schien uns besser so. Inzwischen ist soviel Zeit vergangen, daß ich die alten Korrespondenzen, die ich seither nicht berührt habe, wieder öffnen kann.

Ich schlage vor, daß Sie sich an Wolf Jobst Siedler wenden, dessen Namen Sie in Ihrem Brief bereits erwähnt haben. Er ist als Kamerad und Mitverurteilter meines Sohnes der am besten Unterrichtete.«

Wilflingen, 7. Januar 1988

Bei der Neujahrspost ein Bericht von Ernst Herhaus über ein Treffen seiner Gruppe entwöhnter Alkoholiker »zum Fegfeuer der Selbsthilfe«. Er unterscheidet zwischen Trinkschäden und Trockenschäden: kann man Letzthinniges erreichen oder schaffen ohne unheilvolle Beflügelung? Das ist nicht die kleine Versuchung, vor einer Alltagsentscheidung nach der Zigarette oder Flasche zu greifen, sondern eine Szylla und Charybdis, die der musische Mensch besser kennt als jeder andere, besonders während der Enthaltsamkeit. (Matthäus 4, 2)

Sie hörten Musik, den »Vierfachschlag des Hammers, der Bruckners Achte Symphonie beschließt«. Dazu eine Aussprache. Die eigentliche Aufgabe der Kunst ist nicht, dem Menschen Genuß zu spenden, sondern ihn über seine Endlichkeit hinwegzuheben: Auferstehung in der Zeit.

Ferner ein Band Gedichte: »Dons« von Jean Thomas »in gemeinsamer Freundschaft mit Banine«.

Das erste Aufschlagen eines Buches hat für mich eine mantische Bedeutung wie ein Anklopfen. Vielleicht bleibt die Tür verschlossen – daß sie häufig geöffnet wird, folgt daraus, daß man bei einem Autor, der diesen Namen verdient, fast auf jeder Seite einen Satz findet, der zum Nachdenken oder sogar zum Meditieren reizt, wie hier auf Seite 82:

> Ici ou là, ou ailleurs
> ETRE seul fut notre patrie.

Wilflingen, 8. Januar 1988

»Lieber Wolf Jobst Siedler, zunächst wünsche ich Ihnen ein gutes Neues Jahr 1988 – ich glaube, etwas Glück, an dem es Ihnen ja nicht gefehlt hat, wird dazu nötig sein. Dann bitte ich Sie, Herrn Fahle, wenn er sich an Sie wendet, behilflich zu sein. Eine Ablichtung der Korrespondenz liegt bei.

Ich wußte wohl, daß die bedrückenden Erinnerungen an Wilhelmshaven und Carrara immer wieder auf uns zukommen würden. Dabei habe ich zu verhindern versucht, daß sie in fragwürdiger Gesellschaft und durch falsche Anwälte vernutzt werden. Da bleibt man lieber, wie auch damals, allein. Indessen bietet diese provinzielle Anregung eine Gelegenheit, die Tatsachen zu dokumentieren, und vielleicht meldet sich doch noch ein Augenzeuge daraufhin.«

Wilflingen, 10. Januar 1988

Helmut Schmidt (nicht der Altbundeskanzler) schreibt mir aus Berlin: »Es geht um Ernst Niekisch. Als ich am 5. Januar hier in Berlin die Ausstellung ›Widerstand gegen den Nationalsozialismus‹ besuchte, fand ich nirgends seinen Namen. Deshalb verfaßte ich das Protestschreiben, dessen Ablichtung ich beigelegt habe – allerdings ohne allzu große Hoffnung auf Erfolg. Ein Protest Ihrerseits müßte weit mehr Gewicht haben.

Falls Sie wissen wollen, wie ich zu diesem Anliegen komme: ich war von Ernst Niekisch mit meiner Frau zu seinem 70. oder 75. Geburtstag in die Koblenzer Straße eingeladen und traf dort unter seinen Freunden Dr. Drexel, A. Paul Weber und Herrn von Schlabrendorff auch Sie. Die anderen drei können leider nicht mehr für ihn eintreten.«

An Helmut Schmidt: »Die von Ihnen erwähnte Ausstellung ist mir nicht bekannt. Ich möchte auch mit den Kreisen, die sich heut mit dem Widerstand brüsten, nichts zu tun haben.

Ernst Niekisch bleibt zwischen den Stühlen. Berlin schien mir noch nie so ausgestorben wie an dem Tage, als ich kurz vor seinem Prozeß etwas für ihn zu tun suchte. Bei seinem Begräbnis fehlten sowohl Vertreter der westlichen wie der östlichen Regierungen.

Niekischs Name und ›Der Widerstand‹ sind fast identisch; für sein Gedächtnis ist durch seine Erinnerungen ›Gewagtes Leben‹ gesorgt.

Übrigens sind Männer und Frauen, die ihr Leben eingesetzt haben, aus guten Gründen heute durchaus nicht populär.«

Wilflingen, 11. Januar 1988

Zu Diamanten zerbröselt.

☆

Optik in einem Zustand, der weder dem Schlaf noch dem Wachsein, auch nicht der Traumwelt angehört. Eine Tasse in Umrissen. Sie könnte zum Trinken dienen, auch zu anderem nützen bis zur reinen Betrachtung hinauf. Sie könnte als Kunstwerk bewundert, als Kelch verehrt werden, auch komische Züge annehmen. Die Welt wird Musik, obwohl sie immer noch unvollkommen bleibt.

☆

Spiegel, von der Rückseite her durchsichtig, werden von den Geheimdiensten verwandt. Die Observierten agieren, als ob sie unter sich wären; dabei sind der Ausspähung keine Grenzen gesetzt.

Ein auch nur halbwegs nobler Geist würde von der Erfindung keinen Gebrauch machen. Immerhin könnte ein platonisches Universum auf diese Weise eingerichtet sein. Dort kennt man die Rache nicht.

☆

Nie wurde von Menschenwürde so viel geredet und geschrieben, und nie stand die Schnüffelei dermaßen im Flor.

Wilflingen, 12. Januar 1988

Wettersturz; die Berge plastisch und ganz nah. Leider führte mein Weg an keinem der Punkte vorbei, an denen sich die Alpenkette vom Säntis zur Jungfrau dem Blick erschließt.

Auch als ich in der Dämmerung aus dem Wald zurückkam, war die Sicht ungewöhnlich; die Kapellen schimmerten in morgenländischem Licht.

☆

Die Null hat einen dicken Bauch. Ob Geburtshelfer nötig, nützlich oder schädlich sind? Darüber wechseln die Ansichten.

Die Aufnahme in die »Region der Freude«, die dem christlichen Paradies ähnelt, ist eine Vorstufe des Nirwana, nicht das Ziel. Auch die Lust konsumiert.

Wilflingen, 16. Januar 1988

Geordnet: Die Korrespondenz mit Hermann Hakel, seine »Lynkeus«-Hefte und verstreute Aufzeichnungen. Ein Wespennest; auch ich blieb hier von Stichen nicht verschont, was meine Objektivität nicht trüben soll. Hakel hatte ein scharfes Auge, besonders für Fehlstellen, und wenn man eine Strecke gemeinsam zurücklegt, bietet man nicht durchweg die beste Seite dar. Immerhin blieb das Verhältnis sympathisch, wie es sein erster Brief versprach.

Wilflingen, 17. Januar 1988

Max oder Moritz hat die Tat verübt. – Aber: Max und Moritz haben etwas damit zu tun.

Das ist zu unterscheiden; in den Partikeln verbirgt sich elementare Kraft. Wenn der Stil diffus wird, leidet nicht nur die Dichtung, sondern auch das Recht. Mit den Sprachen wird das gesamte Wissen der Völker vererbt, auch ihre Moral.

Sprachen scheinen sich einerseits aus primitiven Anfängen zu entwickeln, andererseits Zeitsprünge an Form und Inhalt zu erfahren, als ob Wasserfälle einen Strom unterbrächen oder eine Supernova aufflammte, die lange nachleuchtet.

Die Erinnerung an solche Mutationen erweckt Hoffnungen. Ich blicke mich um und suche vergebens in der Dichtung, bis ich auf meine eigene Formel stoße: Die Technik als Weltsprache. Dann müßte freilich in ihren Mitteln: Raketen, Elektrizität, Atomen, sich eine metahistorische Fakultät verbergen mit unmittelbarem Einfluß auf den Körper und die Körperwelt. Die Sprache dringt in neue Dimensionen, in andere Wellenlängen vor.

Bad Godesberg, 21. Januar 1988

Auf dem Wege nach Paris, eingeladen von beiden Partnern zum Jubiläum des deutsch-französischen Freundschaftsvertrages, der vor fünfundzwanzig Jahren von de Gaulle und Adenauer unterzeichnet worden ist. Übernachtung in Godesberg.

Es gibt eng begrenzte Stellen auf der Erde, denen eine besondere Kraft innewohnt. Sie ist vielleicht klimatisch oder auch astrologisch zu begründen – besser einfach »innewohnend«, essentiell. Manche glauben an Wasseradern, andere an Erdstrahlen.

Ich kann schwer einschlafen, ohne mindestens zwei Stunden gelesen zu haben, und nehme ungern Abschied von einem guten Text. Das Zeitgemäße gibt keinen freien Eingang in die Träume, dennoch muß man die Welt kennen, in der man lebt. Doch dann zur Reinigung wenigstens noch ein Gedicht.

Daß mich hier im Gastzimmer der Schwägerin jedes Buch, das ich aus dem Regal greife, lebhaft anspricht, mag an der vorgegebenen Auswahl liegen, doch müssen Ort und Stimmung mitwirken. Diesmal war es eine Taschenbuchausgabe des Laotse.

»Der vollkommene Mensch paßt sich dem Gehabe der Gesellschaft an, ohne sein Selbst zu verlieren.« (Also ein Anarch.)

So Laotse laut der Übersetzung Gerold Coudenhoves, der eine amerikanische Ausgabe zugrunde liegt. Der Text ist also doppelt gesiebt; ich kenne weder die englische, geschweige denn die amerikanische Vorlage. Aber »Gehabe« ist gut.

Der Einzelne beobachtet das Verhalten einer Gesellschaft, die, um mit Luther zu sprechen, »Gewalt über ihn hat«. Er paßt sich seines lieben Friedens oder seiner Sicherheit wegen ihren Formen an, die ihm geistig, moralisch, ästhetisch fremd oder sogar zuwider sind. Sonst droht ihm soziale und ökonomische Deklassierung, in Krisen Lebensgefahr.

Sind die Krisen durchgestanden, so wird sich der Einzelne seines Verhaltens wegen nicht rühmen, denn das »Gehabe« nimmt neue Formen an. Es ist »akzidentiell« nach der Unterscheidung des Aquinaten; das Selbst dagegen bleibt »essentiell«.

☆

Kinder und Enkel werden im Sinne des Tao nicht besessen, sondern sind »abgelegte Häute«, wie sie Schlangen und Zikaden im Gestrüpp zurücklassen.

Das heißt, dem Selbst einen starken Wert zumessen. Hier wäre einzuwenden, daß auch »ich selbst« (der Eigene) ein Sohn, ein Enkel bin.

Dagegen wiederum Laotse: »Auch dein Selbst ist nur geliehen.«

Das sind Unschärfen, die mich auch bei der Unterscheidung von »Sinn« und »Bedeutung« entmutigten. Wenn meine Bedeutung sich nach einem Sinn richtet, den ich repräsentiere, etwa der Familie, so läßt sich das über den Stamm, die Nation, die Menschheit fortsetzen, und immer wieder ordnet sich ein neuer Sinn den alten unter oder ein. Das sind die abgestreiften Häute, die zurückbleiben. Zuletzt führt jeder Weg ins Unvermessene, das nicht beschrieben, sondern nur geahnt werden kann.

Die Unschärfe ist weniger in der Unvollkommenheit der Sprache zu suchen als in jener der Welt. Nach Laotse wird sie empfunden, wenn das Yang im Universum überwiegt.

☆

Die Schwägerin hat aus China zwei aus gewichtigem Stein geschliffene Kugeln mitgebracht. Es ist, wenigstens bei den ersten Versuchen, nicht einfach, sie in der Hand zu drehen, doch übt die Bewegung nicht nur auf Hand und Finger, sondern bis zu den Schultern eine korrigierende wie auch wohltätige Wirkung aus.

Das beruht wahrscheinlich wie viele, besonders die einfachen, Mittel der chinesischen Medizin auf uralten Erfahrungen.

☆

»Wir irren vorwärts.« (Musil)

Auf Reisen, 25. Januar 1988

An Karl Lubomirski: »Obwohl Sie die Wirkung meines Zuspruchs überschätzen, hat mich die Bedeutung, die Sie ihm beimessen, gefreut.

Immerhin habe ich Ihre Gedichte sorgfältig gelesen und nicht leichthin oder aus Gefälligkeit beurteilt, sondern auch die kleinen Zeichen begrüßt, an denen man sich unter Eingeweihten erkennt. Zum Beispiel:

Tief ist der Boden gefroren in mir
Aber der Frühling wird herrlich sein.

Das ist schön und trifft unsere Zeit im Kern. Doch fast bei jedem hätte die erste Zeile gelautet:

Tief ist der Boden in mir gefroren

Sie haben mit dem Akzent nicht nur die eigene Stimmung, sondern auch die universale getroffen, die uns alle bedrückt. So viel kann eine kleine Inversion bringen.«

Paris, 28. Januar 1988

Gestern nachmittag mit Sophie im Luxembourg, heut auf dem Friedhof Montparnasse. Ich mache hier bei jedem Besuch Notizen, doch die Gräberstadt ist unerschöpflich auf den Gängen durch die Gesellschaft, die Geschichte, die Unterwelt. Die Vögel sangen auf den kahlen Ästen wie im Frühling; es war warm. Die Statue Sainte-Beuves war renoviert und Baudelaires Grab mit frischen Blumen geschmückt. Wir suchten und besuchten auch Guy de Maupassant.

Wilflingen, 30. Januar 1988

Nacht mit Oberleitung, Föhn. Sieben Blattkäfer, grün bestäubt, klein, doch sehr deutlich wie unter der Lupe, wohl Teil einer zu untersuchenden Ausbeute. Daneben ein einzelnes Bein – Schenkel, Schiene, Tarsen scharf ausgesägt.

Beim Erwachen fiel mir auf, daß ich das Bein eigentlich nicht hätte sehen dürfen, da es auf einer schwarzen Platte gelegen hatte, wie ich sie beim Mikroskopieren verwende.

Sehen wir überhaupt Farben im Traum, oder berührt uns nur eine Erinnerung an sie, als ob auf eine Taste gedrückt würde? In diesem Falle könnten sie eine tiefere Schicht der Wahrnehmung bewegen; sie würden nicht mehr gesehen, sondern gefühlt.

☆

Beim Frühstück Unterhaltung über das Adverb *freilich,* das sowohl bejahend wie einschränkend verwandt werden kann. Die Vielfalt gewinnt einen Nenner, wenn wir uns auf »ich sage es frei heraus« einigen. Das Wort ist dem Sinn wie dem Klang nach freundlich – es gesellt sich nach Grimm, wo ich es nachschlage, am liebsten dem *ei* und dem *ja.*

Dort auch die Randnote eines Vorbesitzers: »Dient auch zur Einführung eines Vorbehaltes.« Das unterscheidet sich ein wenig von »Einschränkung« – – – »freilich ist zu sagen ...«.

»Freilich« kann auch für sich allein stehen – als Ausruf oder bekräftigende Antwort, und ist als solche jedenfalls dem heut so beliebten »genau« vorzuziehen.

Wilflingen, 5. Februar 1988

Bei der Post ein Kuriosum aus der Korrespondenz von Horst Mühleisen:

»... darf ich hoffen, Ihnen ein Juengerianum präsentieren zu können, das Sie nicht kennen? In den Akten des Foreign Office gibt es einen Bericht über EJ aus der britischen Botschaft in Washington von Ende 1943, in dem als Ansicht des in die USA emigrierten ehemaligen Hitler-Vertrauten Ernst (›Putzi‹) Hanfstaengl referiert wird, J. sei ›known to a very large number of under cover liberal and anti Nazi forces‹, wozu als Gegen-Expertise von Robert Kempner hinzugefügt wird, J. gehöre zu den potentiell gefährlichsten Saboteuren (sc. gegen eine alliierte Besatzungsherrschaft; EH) und Vorkämpfern eines fünften (?!) Reiches. Der Bericht wird kommentiert in einer ›Minute‹ von T. H. Marshall, Soziologie-Professor an der Londoner School of Economics und damaligem Leiter der German Section des FO Research Departments (F.O.R.D.). Diese unterschiedliche Beurteilung der personality of Herr EJ finde ich doch sehr hübsch und charakteristisch.«

Der Brief stammt von Ernst Haiger aus Berlin.

Wilflingen, 7. Februar 1988

Vorm Erwachen in einem Schuhladen. Die Schuhe, sehr glänzend, waren an den Wänden aufgereiht, bedeckten sie ganz und gar.

Ich schlug an diesem grauen Morgen in Bächtold-Stäublis »Handwörterbuch des deutschen Aberglaubens« und in Mignes »Dictionnaire des Sciences occultes« mögliche Bedeutungen nach. Schuhe, wenn sie neu sind, zählen zu den günstigen Vorzeichen.

Das Blättern in Enzyklopädien, um »nichts zu suchen«, ist, da es von Zufallstreffern wimmelt, ein Vergnügen für sich, mit dem ich Vormittage versäumen kann. Auch Mignes Dictionnaire ist eine Fundgrube. Bei der Suche nach »Chaussures« stieß ich auf »Chat« und vertiefte mich in die meinen Lieblingen gewidmete Sparte, während Idris und Aïscha auf der Kaminplatte träumten.

Dabei erfuhr ich, daß auch Mohammed eine Lieblingskatze hegte; er verwöhnte sie. Eines Tages war sie auf dem Ärmel seines Gewandes eingeschlafen, der bis auf den Boden hing. Der Prophet, der zum Gebet eilen wollte, mochte sie nicht in ihrer Ruhe stören; er schnitt daher den Ärmel ab. Als er wiederkam, machte sie ihm ihre Reverenz, indem sie den Rücken zum Bogen hob. Mohammed wußte, was sie damit sagen wollte, und versprach ihr einen Platz in seinem

Paradies. Dann strich er drei Mal mit der Hand über ihren Rücken, wodurch er ihr die Gabe, bei jedem Sturz auf die Pfoten zu fallen, verlieh.

Im Migne wird dann gerügt, daß die Türken diese Erzählung nicht »lächerlich finden« – jedenfalls ist sie wahrscheinlicher als viele Wunder, dazu liebenswürdig und von einer Tierfreundlichkeit, die man in der Bibel vermißt.

☆

Ein Arzt muß wegen einer Fehlleistung dem Opfer eine Rente zahlen – ein übler Verleumder kommt mit einer Berichtigung davon, die oft den Schaden noch vermehrt.

Wilflingen, 10. Februar 1988

Guter Briefanfang: »Mich treibts, Ihnen zu schreiben. ...

Ein lutherischer Pfarrer, der unter den Kulina-Indianern im Amazonasgebiet ›arbeitet‹, von den Eingeborenen ›evangelisiert‹ wird. Sie leben, was wir predigen – leider nur predigen.«

Und ferner: »Die Götter sind lebendig unter diesen wenigen Indianern, die sich nie dem Christentum unterwerfen werden. Aber ER ist unter ihnen.« (Bei ›Christentum‹ letzte Silbe unterstrichen.)

»Ich bin Jahrgang 1949. Ihre sämtlichen Werke haben mich auf mancher Kanufahrt, mancher nächtlicher Stunde bei Querosenlampe begleitet.«

☆

An Pastor Sass, Rio Branco: »Ob mein Brief Sie erreicht? Der Ihre jedenfalls hat mich gefreut. Ein Mal war ich an und auf dem Amazonas und habe seitdem den Wunsch, dort, falls ich sehr krank würde, ›zugrunde‹ zu gehen. Dort oder am Großen Barriereriff.

Ich habe mich gefragt, was in unserer Zeit als Zuspruch zu geben am wichtigsten wäre, und kam auf das Fazit: eine

Theodizee. Also befasse ich mich seit kurzem mit ihr. Die wesentliche Arbeit der Theologen scheint heute darin zu bestehen, den Armen auf spitzfindige Art die Hoffnung zu rauben – da freut man sich, wenn man, wie bei Ihnen, auf eine Ausnahme stößt.«

☆

Warum lachen einfache Menschen beim Anblick seltsamer Tiere, denen sie noch nie begegnet sind? Vor vielen Jahren stand ich im Berliner Aquarium vor einem Becken, in dem Korallenfische schwebten, und neben mir einer, der vom Lande kam. Er machte den Eindruck eines Analphabeten und hatte sein Mädchen mitgebracht. Er sagte: »Womit machen die's denn?« und lachte dazu. Merkwürdig war, daß die Umstehenden das sogleich begriffen hatten und mitlachten. »Da verstanden wir uns gleich.«

☆

Der lieben Aïscha muß ich mich höchst behutsam annähern. Wenn sie, wie eben, vorm Kamin liegt und ich aufstehe, um sie zu streicheln, beobachtet sie mich mißtrauisch. Eine abrupte Bewegung, und sie würde davonspringen. Sie weiß hinter einem Bücherbrett ein sicheres Versteck. Habe ich aber den Kontakt geschlossen und sie liegt auf meinen Knieen, so wird sie ein Pfötchen einschlagen, offenbar mit Genuß. Dabei wird sie immer darauf achten, daß das Pfötchen auf meinem Arm liegt, nicht etwa umgekehrt. Obwohl wir seit Jahren miteinander hausen: das Zeremoniell muß ich einhalten. »Willst du wissen, was sich ziemt – – –«

☆

Zwischen Schopenhauer und Hegel scheint ein ähnliches Mißverhältnis wie zwischen Goethe und Newton zu bestehen. Würde es sich rein um die Sache handeln, so wäre es einfach zu erledigen. Steht dahinter wie bei der Farbenlehre der Gegensatz von Anschauung und Abstraktion, so wird der Konflikt unlösbar und führt selbst bei den Experimenten zur Patt-Stellung. Inzwischen hat die Physik Perspektiven entwickelt, in denen das »Entweder-Oder« durch ein »Sowohl-als-auch« ersetzt werden kann. Das ist ein günstiges Vorzeichen.

☆

Noch zur »Schere«. Auch das Licht brandet. Die Welle wird im Aufprall körperlich. Sie setzt sich in Bilder um. Das Licht wird sichtbar, doch das ist nur ein Teilchen seiner Existenz.

Wilflingen, 14. Februar 1988

Valentinstag. Ernst Klett zu Besuch. Er liest aus Grethas Briefen vor, die er in Renates Nachlaß gefunden hat. Ich komme darin, halb ironisch, als »der Gebieter« vor. Ein stattliches Bündel – ob ich es noch einmal öffnen werde? – vorerst habe ich es verschnürt.

☆

An Besuchern ist ferner zu erwähnen Heiner Müller, einer der wenigen Autoren, die aus der Zone ausreisen dürfen.

Wilflingen, 18. Februar 1988

»Ich habe unserem lieben Freund nach Sumatra geschrieben, aber noch keine Antwort von ihm.«

Warum das Stocken, als ich diesen Satz konzipiert hatte? Richtig: »haben« einmal als Hilfsverb und dann als Verbum verwandt. Sollte eigentlich wiederholt werden.

Beachtlich die Reihenfolge: zunächst das Stolpern, die Erklärung nachher.

☆

Was die Großmutter umsonst machte, und es gab noch einen Bonbon dazu, kann heute dreihundert Mark kosten. Das nenne ich keine Kosten-, sondern eine Gehirnexplosion.

☆

»Die Schlange gibt, um ihren Kopf zu retten, ihren übrigen Körper preis.« (Chrysostomus)

Wilflingen, 6. März 1988

An Max Valentiner: »Am Laden des Antiquars Bousquet, den Sie mir empfehlen, gehe ich des öfteren vorbei; ich werde mich jetzt zum mindesten seinem Schaufenster aufmerksam zuwenden. Die Antiquariate der Rue du Cherche-Midi unterscheiden sich von denen der Rue du Bac oder gar der Place Vendôme; es kommt weniger Laufkundschaft vorbei.

In der Rue du Cherche-Midi fühle ich mich wie in einer Wohnung; ich finde, daß sich seit nunmehr bald fünfzig Jahren dort wenig verändert hat. In der Mitte hält immer noch die Doctoresse die Stellung und am Ausgang nach dem Montparnasse der Laden von Charles Morin, in dessen Regalen ich manchen Schatzfund gemacht habe. Erst jetzt im Januar, als ich an der Friedensfeier teilnahm, habe ich dort Bertrand Rossi als einen meiner treuen Leser kennen gelernt. Er besitzt die Apotheke an der Rue Saint-Placide und lud mich, als ich mit der Doctoresse vorbeikam, zu einem Glas Champagner ein. Im Gespräch stellte er sich als profunder Kenner dieses Stadtviertels heraus. Es traf sich, daß er gerade die Wände abkratzen ließ, an denen das Balkenwerk des Baujahres 1651 zum Vorschein kam. Zwei Kamine, Stil Louis XIII., haben sich erhalten, ein anderer aus der Zeit Ludwig XVI. ist zerstört worden. Jetzt beim Umbau wurde eine Platte mit dem königlichen Wappen entdeckt. Die Bewohner werden sie versteckt haben, denn während der Revolution mußten alle seigneuralen und royalen Embleme entfernt werden. Bei der Gelegenheit wurde auch ein alter Brunnen freigelegt, der zu einer von der Seine abgezweigten Wasserader hinabführte. Für mich war es ein Erlebnis, auf den Carrefour, den ich seit Jahrzehnten immer wieder in allen Richtungen beschritten habe, gemächlich hinabzusehen. Ich glaube, Monsieur Rossi würde sich freuen, wenn Sie ihm einmal Guten Tag sagten.

Bei Ihren Erkundungsgängen sollten Sie nicht die bescheidenen Antiquare im ersten Stockwerk des Bon Marché vergessen; die Stände erinnern an jene der Bouquinisten längs der Seine. Aber hier wie dort gibt es Trouvaillen. Timbales, Brieföffner, Bibelots. Nicht zu vergessen die charmante Dame, die Ammoniten, Trilobiten, Seeigel anbietet. Zudem behagt mir die Stimmung – ein far niente schon am Vormittag.

Zu Martin von Katte: Sie haben recht – seine Aufzeichnungen bilden ein wichtiges Dokument, in Sonderheit der Vertreibung aus uralten Stammsitzen. Fast jeder dieser Generation hat eine Odyssee erlebt; sie zu schildern ist nur wenigen vergönnt. Immerhin sammelt sich Stoff zu einer Anthologie, in der auch das Schicksal des ostdeutschen Adels ein Kapitel bilden wird. Wir feierten im vorigen Jahr den neunzigsten Geburtstag des Freundes hier in Wilflingen.

Draußen schneit es; mein Blick fällt auf eine Galerie von Sanduhren; am Flügel steht jene, die Sie und Klaus mir während des Krieges nach Paris mitbrachten.«

Noch zur Sanduhr. In einem Brief von Klaus Valentiner vom 9. März 1944:

»Inzwischen werden Sie das Päckchen mit der Sanduhr erhalten haben. Ich fand sie zufällig bei einem Antiquar in Aix. Die Einpackung besorgte Madame Médan.«

Klaus schreibt dann auch über Pierre Médan, der sein Schicksal, von einem jungen Franzosen ermordet zu werden, vorausgesehen hat. Marcel Jouhandeau sagte mir damals: »On se tue pour des nuances.«

Wilflingen, 10. März 1988

Gusti Zimmermann kam aus Berlin. Betrachtung unserer Samos-Ausbeute vom vorigen Jahr. Die Fundorte rücken plastisch heran: ein Feldweg, ein Bachrand, ein Maulbeerbaum.

Über Symphoniker. Kameradschaft und Kollegialität sind vorbildlich. Der Aufnahme ins Orchester geht eine lange Prüfungs- und Bewährungszeit voraus. Daß einer »mal ausrutscht«, kann vorkommen. Hat vielleicht gerade einen dicken Kopf. Es darf sich aber nicht wiederholen; beim Nachlassen der Potenz gibt es kein Pardon. Die Rücksicht auf das Ensemble geht jeder persönlichen voran.

Abweichungen, die im Orchester auffallen, werden am besten nicht durch ein Solo-, sondern durch ein Doppelspiel geprüft. Wer jahrelang neben den Bläsern spielt, muß auf sein Gehör achten.

☆

Ein Philosoph, Professor aus Norddeutschland, schreibt, daß ihm die Lektüre meiner »Gefährlichen Begegnung« während einer Nervenkrankheit geholfen habe – ein Brief, der sowohl hochintelligente wie kindliche Züge trägt.

En route, 12. März 1988

Wir geleiten Alexander zu seiner Kur im Taunus und müssen unterwegs hin und wieder halten, damit er Luft schöpfen kann. Das Stierlein fährt.

In Wilflingen fiel Schnee, der, als wir den Lichtenstein passiert hatten, in Regen überging. Dabei war es bald neblig, bald dunstig – ein Wetter für Kollisionen und Melancholie. Das Radio berichtete von einem Schneefall, wie er seit Menschengedenken nicht seinesgleichen gehabt haben soll.

Es ist schier unglaublich, zu welchem Komfort das Auto entwickelt worden ist. Man fühlt sich wie in einem Faradayschen Käfig, in dem man nicht nur gegen Blitzschlag, sondern gegen jedes Unwetter gesichert ist. Das gilt freilich, wenn man einschneit, nur solange der Treibstoff reicht. Mit dem Kreislauf erlöschen die Funktionen; es wird kalt, dunkel, still.

Zum Lob des Bettes ist dagegen zu sagen, daß es eher ein Nest als ein Käfig ist. Es bietet Zuflucht, wenn die physische, geistige, moralische Bedrängnis wächst, ja unerträglich wird. Es bleibt uns treu; man stirbt im Bette und wurde in ihm gezeugt.

Ich lese, während ich Alexander die Hand halte, den zweiten Band von »Autor und Autorschaft« in der Übersetzung von Henri Plard. Die Belegstücke waren kurz vor der Abfahrt eingetroffen, dazu ein Brief von Christian Bourgois. Der Text ist in Deutschland nur teilweise erschienen – ich hatte ihn fast vergessen; das ist für die Lektüre günstig, weil man sich selber überrascht.

Wilflingen, 14. März 1988

Am Gedenktag zum Friedhof mit Blumen und Licht. Daß die Toten unsere Wünsche hören, ist anzunehmen – aber können sie auch durch den Spiegel hindurch, der uns von ihnen trennt, antworten? Auch das scheint nicht unmöglich, da es uns in seltenen Augenblicken ihren Zuruf zu hören gelingt. Doch ihre Hilfe könnte vielleicht nicht unserem Wunsch entsprechen, weil sie aus einem Reich kommt, das den Schmerz nicht kennt.

☆

Die Zahl der Leidenden wächst. Doch was sind Ziffern? Sie übersteigen die Vorstellung und geben ihr, ähnlich wie Lichtjahre, keinen Begriff.

Dagegen das Schicksal eines Einzelnen oder einer Familie, die jahrelang in einer feindlichen Stadt auf ihre Henker gewartet hat. Endlich klopft es an der Tür. Dann noch kurz auf der Straße vor dem Haus. Nachbarn von früher wenden den Blick ab, wollen nichts damit zu tun haben. Andere finden es zwar schlimm, doch unabwendbar; gewiß sind auch Anwärter auf die geräumte Wohnung dabei.

Wilflingen, 15. März 1988

Zum Schicksal. Gene, Genealogie. Ein Ahne in grauer Vorzeit hat uns verspielt. Hätte er eine andere genommen, wären wir besser assortiert.

Ein naiver Gedanke – erinnert an die Schwägerin, die als Kind von der Mutter hörte: »Eigentlich wollte N. N. mich heiraten.«

»Um Himmels Willen – dann hätte ich ja O-Beine gekriegt.«

Hier gelten Goethes Urworte; wir können nicht anders sein. Der Augenblick der Empfängnis ist die eigentliche Taufe – mit Sakrament und Individuation. Aber was heißt hier »Augenblick«? Es ist die Berührung mit dem Zeitlosen. Voraus gehen Orgasmus, Ohnmacht, Bewußtseinsschwund. Petite mort.

☆

Zwischen uns und dem Schicksal bestimmt ein provisorischer Schiedsrichter, ob und wie oft wir uns zu einer neuen Runde erheben dürfen – er zählt uns aus. Das ist die Pseudo-Auferstehung, die manchem auch einen Blick durch den Vorhang gewährt.

Stellvertretend sind Ärzte, Kameraden, Mütter mit ihrer Berührung – vor allem durch die Hand.

☆

Nachmittags Waldgang; der Föhn hat den Schnee weithin geschmolzen, an den Hängen kommt das Grün der Wiesen zutage – sie sind vom Froste noch ungegerbt. Die Sorgen um Alexander nehmen zu.

Gedanke: ob wir noch anderswo als in unserer Haut vorhanden (gespeichert) sind? Ich denke an eine Art von

Mikrofilm im Universum – er wurde bei unserer Geburt, besser noch bei unserer Zeugung dem Archiv entnommen und eingespult. Von da an beginnen wir zu laufen, und sei es nur für eine kurze Weile bis zur Fehlgeburt. Daß ein solches Verhältnis besteht, ist wahrscheinlich; zum Beispiel ist das Zweite Gesicht eine vorzeitige Entnahme und Fixierung aus dem Vorrat des Möglichen.

☆

Wann bekommen wir das Stichwort, das uns in die Erscheinung ruft? Das Geburtshoroskop wird immer fragwürdiger. Man könnte den Astrologen vorwerfen, daß sie die Vererbung außer acht ließen. Das galt bereits in der Antike als triftiger Einwand; ein römischer Autor erwähnt ein Haus, in dem zu gleicher Minute der Sohn eines Senators und der eines seiner Sklaven geboren wurden – mit einer überzeugenden Differenz der Schicksale.

Der Astrolog könnte sich hier auf verschiedene Art aus der Schlinge ziehen, während er durchaus auf seinem Felde bliebe; dann wären die Horoskope von Vater und Mutter einzubeziehen. »Ich würde von der Ehe abgeraten haben, hätten sie mich konsultiert.« Es handelt sich hier um eine andere Form der Anschauung, wie bei der strikten Homöopathie.

☆

Es bleibt ein tröstlicher Gedanke, daß wir im Universum unseren Platz haben, gleichviel ob wir von ihm in die Erscheinung aufgerufen werden oder nicht.

Nach Christian Wolf ist das Dasein eine Ergänzung der Möglichkeit. Kant nennt diese Erklärung »sehr unbestimmt«, aber er plagt sich damit ab. Eine Kernfrage auch für die Existentialisten – bei Heidegger ist Dasein »die Offenbarkeit als welche der Mensch ist, indem er Seiendes denkt – – –«

Hat Descartes das nicht einfacher und ebenso bestreitbar gesagt?

Wilflingen, 20. März 1988

Sonntag, Frühlingsanfang; bei gutem Wetter suchte ich meine Ameisenhügel auf. Wie ich vermutet hatte, wurde das Frühlingsfest gefeiert; an den Ausgängen wimmelte es dunkel heraus. Daß weder Beute noch Baustoff getragen wurden, verstand sich; es war ein reines Sonnenbad und vielleicht mehr.

Auch für den Huflattich schien es mir an der Zeit. Ich ging also zu den Lehmhügeln in der Kiesgrube, und wirklich fand ich ihn erblüht. Gandions Bienen hatten ihn bereits entdeckt. Eine von ihnen verfing sich in meinem Haar und stach mich, als ich nach ihr griff.

»Du stichst mich – und ich wollte dich befreien!«

»Pardon – du wolltest nicht mich befreien, sondern dich von mir!«

Wilflingen, 30. März 1988

Bei der Post zwölf Seiten »Bemerkungen« von Rainer Hackel als Geburtstagsgeschenk. Daraus zu notieren:

Je weniger die Kunst politisiert und aktualisiert wird – desto stärker *wirkt* sie politisch.

Demokratie. Man darf alles sagen, aber nichts wird mehr ernstgenommen.

Liebt man einen Menschen sehr stark, so ist man bereit, ihm seine größten Fehler zu verzeihen. Doch schmerzt einen jeder einzelne.

Selten nur spricht uns eine Frau gleichermaßen erotisch an wie intellektuell.

Jede Begründung ist eine vorläufige.

Das Urteil über einen Autor sollte immer auf seinen *besten* Werken gründen. Und fände sich auch nur ein einziger guter Gedanke: er würde seinen Rang bezeugen.

»Letzthinnig« hat E. J. mit dem »Sizilischen Brief an den Mann im Mond« mehr geleistet als die Amerikaner mit dem Flug zum Mond.
[Akzeptiert, doch ohne Abwertung des technischen Genies und des mit ihm verbundenen Risikos. Auch wird eine Stufe der Einsamkeit erreicht, die noch nicht ihren Dichter gefunden hat.]

Eine Wahrheit wird nicht selten durch den entwertet, der sie auf den Lippen führt.

Wilflingen, 10. April 1988

Am Betzenhart, bei den Ameisen. Lebhafte Bewegung, doch kein Transport. Versammlungen, leicht wogend, rings um die Eingänge. Unter einer Holztafel, die ich im Winter auslegte, Microglossa, die Kleinzunge – offenbar geduldet, vielleicht ein Proselyt des Tors.

☆

Weiter an der »Schere« – Plato, Paulus und Augustin. Die Schöpfung schafft Zeit. Die Götter sind Zeit setzend, epochal. Die Titanen leben und wirken mit der Zeit. Sie strecken und kürzen die Zeit wie Prokrustes die Gäste in seiner Herberge. Unsere Meßkünste lassen befürchten, daß sie besonders heftig und immer noch vorbereitend am Werke sind. Aus dieser Wirtschaft kommt keiner ungerupft davon.

Falls es sich um eine Kreisbewegung handelt, so trifft uns eine Phase, die in der Geschichte (auch astrologisch) noch nicht vorgekommen ist. Also versagen die klassischen Hilfsmittel wie Krieg und Frieden, daher auch der Eindruck des »Noch-nie-Dagewesenen«.

Polnische Aphoristik. Diese Nation hat eine besondere Begabung dafür. Wahrscheinlich trugen die Jahrhunderte der Fremdherrschaft dazu bei.

Ein Aphorismus ist mehrdeutig, er kann sprichwörtlich werden und als mot de passe wirken. Man schlüpft, als ob man »Grüß Gott« gesagt hätte, durch die Menge und tauscht ein Augenzwinkern aus.

Übrigens galt auch dieser Gruß zeitweilig als suspekt.

Wilflingen, 14. April 1988

An Detlev Piecha: »Leider kann ich Ihre Fragen nur kurz beantworten. Alfred Bäumler hat mich zwar in verschiedenen Richtungen, so hinsichtlich des Mythos, insbesondere Bachofens, angeregt. Von der Technik dagegen war kaum die Rede – Einzelheiten ließen sich seinen Briefen, auch denen meines Bruders und Hugo Fischers, entnehmen – das wäre eine Arbeit für Monate. Die Briefe Ernst Niekischs aus jener Zeit habe ich verbrannt. Eine Abschrift lag bei der Polizei. Meine und meines Bruders Verbindung zu Bäumler war eine Zeitlang herzlich; es kam dann Spenglers und Niekischs wegen zum Bruch. ...«

London, 17. April 1988

Wir wollen auf die Seychellen; es ist kein Traum. Anruf bei einem der zahlreichen Reisebüros genügt. Nur mit dem Fahrplan scheints nicht ganz zu stimmen, denn wir sind jetzt nicht auf Madagaskar zwischengelandet, sondern kurz vor Mitternacht in London – ein kleiner Umweg also. Zudem gehört unser Flugzeug nicht der Schweizer Linie, bei der wir gebucht hatten, sondern, wie ich der Beschilderung zu entnehmen glaube, einer portugiesischen. Wahrscheinlich mußte sie eines Defektes wegen in Zürich einspringen. Das alles ist nur durch Rechner möglich, deren Sitz kaum zu ermitteln ist – als Datenspiel zwischen verschiedenen Ländern, Kontinenten sogar. Die Möglichkeit des Einzelnen, darauf Einfluß zu nehmen, wird verschwindend gering. Wenn er nicht mehr mitspielt, etwa aussteigt, wird er bestenfalls zur Karteileiche.

Der Einzelne, hier als Passagier, ist bis in seine Gewohnheiten durchleuchtet, etwa als Nichtraucher. Er ist rundum erfaßt. Als einer aus dem vorigen Jahrhundert habe ich den Eindruck: man zappelt noch eine Weile; die anderen merken es nicht mehr. Sie sind längst in der Zeit geboren, in der man fliegen kann. Lilienthal ist fast ein Ikarus für sie. Man will auch nicht mehr einfach fliegen, sondern Erster Klasse und um zwanzig Minuten kürzer nach New York.

Auch das Gefecht, wie jetzt über Damaskus, ist automatisiert. Wir nähern uns Zeiten, in denen der Pilot überflüssig wird und allein Maschinen sich abgleichen. Das Gehirn delegiert. Freilich kein Lichtblick, da die Vernichtung wächst.

Gatwick, wo wir einen Teil der Nacht verwarten, soll, wie ich beiläufig erfahre, einer der größten Flughäfen der Erde sein. Ich werde das in der Enzyclopaedia Britannica nachprüfen, die zu erwerben ich in diesem Monat den Leichtsinn gehabt habe.

Allerdings zeigt der erste Blick, daß die Dimensionen beträchtlich, ja ungewöhnlich sind. Man glaubt in einen Fahrstuhl zu steigen und sieht ihn nach kurzem Halt in einen Omnibus verwandelt, der zu entfernten Hallen oder gar in ein anderes Gebäude rollt. Dort öffnet sich die Tür zu einer Nabelschnur, die nach einigen Schritten, ohne daß man den Übergang bemerkt hätte, in ein Flugzeug führt. Man bewegt sich wie ein Gulliver des Abschied nehmenden Jahrhunderts; in der Tat scheinen die Menschen zu Däumlingen zu schrumpfen – die Maße der Riesenhallen tragen dazu bei. Ameisenschnüre kreuzen sich in verschiedenen Richtungen, werden auf Rolltreppen durch gläserne Röhren gepreßt. Dabei werden sie winzig – Blutkörperchen in einem Adergeflecht.

Immerhin fehlt es nicht an Observanz. (Bei Cicero schwankt der Begriff zwischen Ehrerbietung und Pflichtmäßigkeit.) Wir können uns an den Schaltern zurechtfragen, hören Daten durch Megaphone, deren Stärke die eines Stentors übertrifft. An einer Tür erwartet uns ein Ephebe mit dem Schild unserer Fluggesellschaft, in deren Auftrag er sich für den Umweg entschuldigt und uns zum Dinner einlädt. Wir folgen ihm in einen Speisesaal, der offenbar zu einem Fünf-Sterne-Hotel gehört, und verweilen dort behaglich, bis uns nach Mitternacht ein Lautsprecher zum Abflug ruft.

Im Flugzeug, über Arabien, 18. April 1988

Erwachen im Morgengrauen. Wir fliegen unter wolkenlosem Himmel über eine ausgestorbene Landschaft hinweg. Kein Wasserlauf, keine Straße, kein Grünfleck, keine Siedlung, nicht einmal ein Haus. Kreuz und quer eisengraue, scharfkantige Bergrücken.

Ein Arsenal des Todes, schier unbegrenzt, wie schnell wir auch darüber hinwegrasen. Es scheint, daß es immer so gewesen ist und stets so bleiben wird. Es gibt also noch Räume auf dieser Erde, die nie ein Fuß betreten hat und die erst ikarisch sichtbar geworden sind.

Chirico malt ausgestorbene Landschaften, doch diese war von Anfang an tot. Vielleicht stehen dort besondere Entdeckungen bevor, vielleicht auch eine extreme Einsamkeit. Chirico hatte Nietzsche noch nicht hinter sich.

Flug und Raumfahrt entwickeln neue Perspektiven und mit ihnen vermutlich auch neue Visionen – den Kosmonautenstil.

Ich hatte geträumt, doch erinnere ich mich nur an Bruchstücke. Kurz vorm Aufbruch hatte Henri Thomas mir seinen neuen Roman geschickt. Ich hatte vergessen, ihn mitzunehmen, und sagte jetzt über Arabien zu Hartmut Blersch: »Bring mir den Thomas« – das ist in Träumen ein Kinderspiel. Zu meinem Mißvergnügen brachte er mir einen zerlesenen Thomas von Aquin. Ich hätte mich aber deutlicher ausdrücken müssen – weiß ich doch, daß der Aquinat zu seinen Lieblingsautoren zählt.

Immerhin ist diese Zuteilung von Rollen an Personen in der Traumwelt und der Eigensinn, mit dem sie Aufträge ausführen, wunderlich. Meine Münchner Großmutter wäre vielleicht mit einem Thomas a Kempis gekommen – sie hatte zwar kaum Bücher gelesen, aber die »Imitatio« war ihr Brevier.

Mahé, 23. April 1988

Sonne, Luft und Wasser der Seychellen geben eine Ahnung des Inselbehagens vor Cooks berühmten Entdeckungen. Ich sehe mich aber insofern in meinen Erwartungen enttäuscht, als ich an reine Korallen-Eilande gedacht hatte. Hier auf Mahé und Praslin ragen Granitkegel aus der Tiefe des Ozeans hervor; die Korallen schmiegen sich ihnen als Gürtel und Girlanden an.

Die roten Kuppen erinnern mich an Gänge bei Rio und auf Korsika. Die Erde wölbte sie in ihrer heißen Jugend als Brüste; sie hat schon viele Pubertäten erlebt.

Vormittags in der Hauptstadt Victoria. Wie überall galt dem Markte der erste Besuch. Die Kuhreiher, hier noch vertrauter als auf den Viehweiden, spazieren im Gedränge und tasten sich mit dem Schnabel voran. Fische in allen Größen, Farben und Formen bezeugen den noch unversehrten Reichtum des Indischen Ozeans. Sie waren auf den Ständen dicht an dicht zur Schau gestellt; dahinter lagen auf dem Boden noch Haufen zum Ersatz. Der Vormittag war vorgeschritten; ich fragte mich, wie viel noch verkauft würden. Manche hatten die Augen in glänzendem Email noch ungebrochen; bei den meisten war es getrübt. Die kleinen Rundköpfe zeigten ein melancholisches Gesicht. Die großen Barracudas, vielleicht am Haken gefangen, hatten die Kiefer geöffnet wie angeekelt zur Hinrichtung geschleifte Nobili.

Mahé, 25. April 1988

In den kleinen Hausgärten vertraute Bilder – so die großen Passionsblumen. Sie erinnerten mich an Franzi

Stauffenbergs »Klein-Wilflingen« in Angola. Die halbierten Früchte werden als eine Art von vegetarischem Kaviar zum Frühstück serviert. Sodann die Mimose; ich suche nach ihr bei jedem ersten tropischen Gang. Wenn sie nicht blüht, ist sie schwer zu finden, da viele Kräuter ähnlich gefiedert sind. Hier wuchert in einer Hecke, die zum Hotel führt, eine fast rundblättrige und, wie es scheint, besonders empfindliche Art.

Zum ersten Mal sah ich die Mimose in Ruhlands pflanzenphysiologischer Vorlesung. Das war aufregend. Es gibt in der Natur Leitfiguren, die dem Erbgang folgen, und Leitmotive, die Ideen verwirklichen. Außerdem überraschen Indikatoren, die auf Mögliches hinweisen. Ein Wesen wie die Mimose gibt eine Ahnung von Fähigkeiten, die in der unerschöpflichen Natur schlummern. Hier scheint sie sich mit einer Demonstration zu begnügen wie ein Herakles, der seine Muskeln spielen läßt.

Wälder, in denen jeder Baum fleischfressend oder mimosenhaft empfindlich wäre, passen schwer in unsere Vorstellung. Im humanen Bereich erinnern Reichenbachs »Hochsensitive« an die Mimose; es hat seine Gründe, daß deren Zahl sich auf seltene Ausnahmen beschränkt. Die Fähigkeit indessen kann sich bei jedem äußern – in hoher Begeisterung und schweren Krisen, vermutlich auch bei Sterbenden.

Mahé, 29. April 1988

Die Bucht von Beau Vallon: ein reiner Sandstrand, der sich allmählich ins Meer einsenkt. Die sanften Wellen sind blaßgrün im Anstieg und rosa im Tal. Obwohl sie durchsichtig scheinen, werfen sie Schattenkringel auf den Grund. Ebenso zeichnen sich die Schatten von Fischen stärker ab als deren blasse Körper, die nur durch Säume von dunklen Punkten auffallen. Obwohl diese Fische nicht fliegen können, gelingen ihnen erstaunlich lange Sätze in der Luft. Sie nehmen Brot aus der Hand. Das Bad ist vom ersten Augenblick an angenehm.

Der Strand ist sauber und wird sauber gehalten; an manchen Stellen ist Seetang zu kleinen Bänken angeschwemmt. Daneben Konchylien, Stacheln von Seeigeln und Korallenzweige, gern in Formen der Mannrune oder des Ypsilon. Eine Kaurimuschel galt in Sardinien als Glücksfund; hier sind sie häufig in verschiedenen Farben, besonders mit violettem Rücken und hell gesäumt.

Als Kreolen galten zu meiner Schulzeit die weißen Bewohner französischer Kolonien, etwa von Martinique, der Heimatinsel Kaiserin Josephines. Es war also vor allem die geographische Herkunft gemeint. Heut hat das Wort eine allgemeine Bedeutung gewonnen; es gilt besonders für die Nachkommen der ehemaligen Sklaven, die sich mehr oder minder mit ihren weißen Herren gemischt haben. Da hier auf einen Franzosen sieben oder acht Neger kamen, wiegt die dunkle Hautfarbe vor. Es gibt aber Unterschiede auch im Typus, denn es war wichtig, daß die Sklaven verschiedenen Stämmen angehörten – das schuf eine Sprachbarriere und minderte die Gefahr von Aufständen. Es zeichnet sich bis heute im Straßenbilde ab. Noch trifft man Passanten, wie sie aus den Sklavenschiffen kamen: schwarzhäutig, nicht glänzend, sondern wie fahles Leder, kraushaarig, die Lippen stark wulstig, die Nase fast wie ein gleichschenkliges Dreieck breit. In der Dämmerung fällt besonders das Weiß der Augen und der Zähne auf.

Das sind Ausnahmen. Herausgemendelt hat sich ein in der Jugend schlanker Körper mit glatter, nußbrauner Haut, vollen Lippen, schmaler Nase und strähnigem Haar.

Ein breites Spektrum von Schwarz zu Weiß, das sich noch nach der hellen Seite verschieben wird.

Mahé, 30. April 1988

Tropische Güsse, dazwischen Sonnenschein. Die Temperatur ist hoch, das Hotel gekühlt. Auch diese Technik hat mit den Jahren Fortschritte gemacht. Vorm Fenster wie in

Wilflingen Vögel – wenig scheu. Die Haustaube, die vor dem Regen Schutz sucht, überrascht durch bizarre Muster; ihre Stammform, die Felsentaube mit den zwei dunklen Bändern auf den grauen Flügeln, habe ich nur ein Mal gesehen. Sie wird begleitet von einer zierlichen, kaum drosselgroßen, wohl einheimischen Art. In Schwärmen fliegt ein flammend roter Vogel an und klammert sich an das Balkongitter: der vor hundert Jahren aus Madagaskar eingeführte Cardinal.

Mahé, 1. Mai 1988

Ernstels Geburtstag. Bei starkem Regen im Meer, das Wasser war seidig; dann im Schwimmbecken. Die einschlagenden Tropfen wölbten sich nicht zu Perlen, sondern spritzten Fontänchen hoch.

Mahé, 3. Mai 1988

Ein Tag auf Praslin. Ich hätte ungern versäumt, der Heimat der berühmten Coco de mer wenigstens eine Reverenz zu erweisen: eine Gruppe der prachtvollen Palmen habe ich zum ersten Mal im Botanischen Garten von Ceylon gesehen.

Ein kleines Flugzeug, in das außer dem Piloten fünfzehn Passagiere wie in eine Sardinenbüchse geklemmt werden, überquert das Meer von Mahé bis Praslin in einer Viertelstunde; es fliegt so langsam, daß man den Korallengrund mit seinen Buckeln, von denen manche Klippen bilden, andere sich nur durch Schaum verraten, gut überblicken kann.

Praslin ist reich bewaldet; die berühmten Palmen sind im dichten Grün versteckt. Die Insel führt den Namen eines Adelsgeschlechtes, das außer durch Feldherren und Minister auch durch die einem seiner Leibköche zu verdankenden Pralinen und einen spektakulären Mord in die Annalen eingegangen ist.

Namenlose Inseln werden meist von ihren Entdeckern getauft, also von Kapitänen, die an ihnen vorüberfuhren oder auf ihnen landeten. So auch die Seychellen, die allerdings schon vorher verschiedene Namen getragen hatten, zu Ehren eines französischen Seeoffiziers »Séchelles«.

Daß diese Namen nicht, wie in den meisten Kolonien in unserem Jahrhundert, aus den Karten gestrichen wurden, läßt darauf schließen, daß die Bewohner nach der Abschaffung der Sklaverei verhältnismäßig harmonisch zusammengelebt haben.

Auch im Autobus gibt es immer etwas zu lernen – so entzifferte ich kreolische Texte wie »La sante pou nou tou«. (Gesundheit für uns alle.)

Zu jeder Reisegesellschaft gehört der Spaßmacher, der sie gratis unterhält. Für sächsische Herrenpartien wird er sogar speziell engagiert. Hier war es ein Tourist in reiferen Jahren, von dem ich ein neues Wort lernte, nämlich für die bekannte Tatsache, daß sogenannte Ruheständler sich nach der Pensionierung mehr zu schaffen machen als je zuvor im Dienst. Er faßte das zusammen in »Rentnerstreß«.

Mahé, 7. Mai 1988

Jede Reinigung bringt auch Verschmutzung; man siehts an den Waschmitteln. Einerseits muß der Schmutz, den sie abtragen, irgendwo bleiben, andererseits wirken sie selbst bis weit in das Meer hinaus als Gift in den Abflüssen.

Das Verhältnis läßt sich übertragen – im Kleinen auf die moralische Zerknirschung: der Mensch säubert sich vom alten Adam; doch keine Buße ohne Einbuße. Etwas vom Urschlamm ging verloren – vielleicht sogar das Beste, selbst wenn man an »junge Huren, alte Betschwestern« denkt.

Und dann im Großen. Die Erde häutet sich, indem sie die Welt zum Friedhof macht. Aber die Haut war schön. »Da schwimmt mit Tränen im Auge ein Ichthyosaurus einher.«

Hier hilft kein Naturschutz, keine Heilsarmee.

Mahé, 8. Mai 1988

Nach dem Frühstück, zu dem ein Überfluß an tropischen Früchten von vollkommener Reife angeboten wird, Muscheln sortiert. Wir sammelten so viele, daß eine Auswahl nötig ist. Dabei überraschen nicht nur neue Farben und Formen, sondern auch Extravaganzen wie auf einer Modenschau: Exzesse der Spirale bei den Meeresschnecken, und bei den Muscheln kühne Verstöße gegen die Symmetrie. Die äußere Windung eines Schneckenhauses erweitert sich posaunenartig, während die inneren zu einem Nabel reduziert werden.

Wenn ich die Patella einem an der Spitze durchlochten Chinesenhut vergleiche, so ist kaum zu fassen, was alles aus dieser Urform modelliert werden kann. Neu war mir die fingernagelgroße Tec-Tec-Muschel. Die meisten Exemplare sind hell wie Marmor, einige rot gestreift. Das Tier hat sich einen Raum erschlossen, den wenige Arten mit ihm teilen: es wohnt im Sand des Brandungsgürtels und wird von den anrollenden Wogen freigespült. Dann bewegt es sich wie ein Insekt oder eine Krabbe und wird für Sekunden sichtbar, bis es sich wieder eingegraben hat. Die Kreolenkinder wissen es zu erhaschen und bringen die Beute der Mutter für die Tec-Tec-Suppe. Die Muscheln sind nicht nur partiell, sondern substantiell erotisch; Eros wohnt nicht nur in den Organen, sondern im ganzen Haus. Das gilt in weiterem Sinne für die Mollusken überhaupt und schwächt sich mit ihrer Artikulierung ab.

Ich fragte mich bislang vergeblich, wo denn der Gecko bleiben möge, der jedes zwischen den Wendekreisen gelegene Hotel gratis bewohnt. Eine Echse mit Haftfüßen und großen Augen, die an den Wänden erscheint, wenn die Lampen aufflammen. Dann stellt sie den anfliegenden Insekten nach: sie kennt ihr Revier.

Heut sah ich im Flur gleich vier der dunklen Geister; sie sind weniger lang als der kleine Finger; einer hat dazu noch den Schwanz eingebüßt.

Mahé, 9. Mai 1988

Herbe Enttäuschung: es wird nichts mit der Coco de mer. Ich hatte nicht ohne sie zurückzukommen gehofft und vor dem Abflug noch das Kapitel wiederholt, das Berthold Seemann ihr in seinem liebenswerten Buche über die Palmen gewidmet hat.

Natürlich ist die Frucht nicht mehr so teuer wie damals, als man glaubte, daß sie von einer ungeheuren Palme stamme, die auf dem Meeresgrunde wüchse; Araber hatten angeblich ihre Krone aus der Sundastraße aufragen gesehn. Es heißt, daß Sultane ihrer so begierig waren, daß sie ein vollbeladenes Schiff gegen eine einzige Frucht austauschten. Nur der Zahn des Narwals, dem Einhorn zugeschrieben, der ebenfalls dem Meer entstammte, hielt den Vergleich mit ihr aus. Das hat sich geändert, seitdem der Baum auf Praslin entdeckt wurde. Immerhin würde man einiges anlegen müssen; ich hatte daran gedacht.

Allerdings hatte ich die Rechnung ohne den Wirt gemacht – in diesem Falle ohne den Merkur, der bekanntlich nicht nur der Gott der Reisenden, sondern auch der Diebe ist. Daß deren Zahl mit dem immensen Verkehr zunimmt, liegt auf der Hand. Ich habe in dieser Hinsicht auch schon, zum Beispiel in der Pariser Metro, Erfahrungen gemacht. Auch diesmal versäumte ich, das Geld für meine »menus plaisirs« bei der Ankunft dem Hotel-Safe anzuvertrauen, obwohl ich wie immer vom Stierlein und von Albert dazu gedrängt wurde. Aber ich bin noch »vom alten Gelde« und habe das Bare am liebsten zur Hand.

So durfte ich mich auch nicht beklagen, daß es verschwunden war, als wir von Praslin zurückkamen. Oft genug war ich gewarnt worden. Wir waren den ganzen Tag über unterwegs gewesen – Muße genug für einen Findigen, das Gepäck gründlich zu revidieren, einschließlich der Geheimfächer. Dort wird am ersten gesucht.

In solchen Fällen sind die Umstände schier ärgerlicher als der Verlust. Nachdem man noch einmal jeden Winkel durchstöbert hat, muß man Listen ausfüllen, die Kammerfrau trösten, die auf den Knieen ihre Unschuld beschwört, und dergleichen mehr. Jedenfalls waren wir froh, als es zu Ende war. Friedrich Georg pflegte zu sagen: »Nimm es als Opfer an den Merkur.«

☆

Das Stierlein fuhr noch einmal in die Stadt und kam erst am Mittag zurück. Und was brachte es mit? Eine herrliche Doppelkokosnuß samt der Ausfuhrbescheinigung. Dazu noch einen Spazierstock aus Haifischwirbeln als Nebenpräsent. Ich konnte nur Besserung geloben, als ich das Prachtexemplar in beiden Händen wog.

Wilflingen, 12. Mai 1988

Quartalspost abgelegt; Frau Klarmann ordnet ein. Alte Freunde nehmen Abschied, neue treten ein. Selbst wenn einer dreißig Jahr an mir herummäkelte, vermisse ich ihn; schließlich gehörte er zum Konzert.

Nekrologe:

Frau Sonnenhol, Witwe des am 21. Januar gestorbenen Botschafters und lieben Freundes, in einem Brief vom 27. April aus Königswinter:

»Vor einigen Tagen entdeckte ich den Entwurf – kaum leserlich – von einem Brief meines Mannes, lieber Herr Jünger, an Sie. Es war mit Sicherheit sein letztes Schreiben, von dem er mir in unserer Abschiedsstunde sprach! Mit einem Glas Champagner in der Hand.«

Hier die Entzifferung:

Wohin gehen wir – alle nach Hause. Novalis

»Verehrter lieber Herr Jünger, vielen, vielen Dank für Ihre guten Wünsche!

Aber der Fährmann winkt. Noch habe ich den ›Obolos‹ nicht ganz erlitten. Wie leicht ist der Abschied von dieser verfaulenden Welt! Schwieriger der von der ›höheren‹, der ›Lesewelt‹, zu der Sie so viel geben. Spätere Generationen – falls sie nicht völlig kretinisieren – werden danken. ...

Mögen Sie – falls erträglich – 100 Jahre werden, sei es auch nur ›pour leur dire merde‹! ...

Seinem alten ... maître à penser zum Abschied mit den besten Wünschen ...«

☆

»Liebe, verehrte Frau Kiesinger, leider konnte ich an der Beisetzung Ihres Gatten nicht teilnehmen, doch war ich in dankbarer Erinnerung anwesend; bedeutet doch sein Heimgang, wie für so viele, auch für mich einen schmerzlichen Verlust.

Es gibt für uns sehr wenig Menschen, von denen wir sagen dürfen, daß von ihnen nur Gutes zu uns gekommen ist und daß wir ihnen nur bei erfreulichen Anlässen begegnet sind. Zu ihnen zählt für mich Kurt Georg Kiesinger. An manchen meiner Geburtstage hat er teilgenommen, einen auch ausgerichtet; verschiedene Auszeichnungen empfing ich aus seiner Hand. Gern entsinne ich mich unserer Gespräche in Stuttgart, Tübingen und Wilflingen. Während seiner Besuche bei Stauffenbergs war manchmal die Nacht zu kurz. ...«

☆

Hans Raimund sendet den Nachruf auf Hermann Hakel, den er im »Österreichischen Literaturforum« veröffentlicht hat. Daraus einige Sätze:

»Hermann Hakel ist tot. Er starb, unerwartet, am Heiligen Abend 1987. Das literarische Österreich wird seinen

Tod ebenso wenig zur Kenntnis nehmen, wie es ihn und sein Werk zu seinen Lebzeiten zur Kenntnis genommen hat. Übrigens hat Hakel die Existenz dieses literarischen Österreichs entschieden zur Abrede gestellt.

Im Mittelpunkt seines umfangreichen Werkes steht ein Thema: Jude-Sein in Österreich. Er verstand sich als Wiener Jude, der jüdische Literatur in deutscher Sprache schrieb. Als Jude und Literat war er ein zutiefst konservativer Mensch. Ein nicht-religiöser Jude war für ihn ein Widerspruch in sich selbst, war er doch fest davon überzeugt, daß allein der Glaube die Juden mehr als zweitausend Jahr lang vor dem Untergang gerettet hat.«

Dabei lag ein persönlicher Brief. »Ich war mit Herrn Hakel in seinen letzten Lebensjahren freundschaftlich als Mitarbeiter am ›Lynkeus‹ verbunden. Ein häufiges Thema unserer Gespräche waren Sie und Ihr Werk, mit dem er sich bis zuletzt beschäftigt hat.«

Zu bitterster Kritik an den Österreichern war Hakel dank seiner persönlichen Erfahrung berechtigt; es versteht sich, daß sie ihn in Wien nicht populär machte. Ein Vortrag, den er halten wollte, wurde wegen einer Bombendrohung abgesagt.

Unsereiner muß sich selbst die Zitierung schlimmer Sätze versagen – immerhin ist die Eleganz unserer Nachbarn, über den eigenen Schatten zu voltigieren, beneidenswert.

»Dem Österreicher ist das Kunststück gelungen, aus Hitler einen Deutschen zu machen und einen Österreicher aus Beethoven.« (so ungefähr Johannes Gross)

Als Motto für seinen Nachruf hat Hans Raimund ein selbstkritisches Wort Hermann Hakels gewählt:

»Ich bin kein großes Talent als Schriftsteller, nicht einmal ein mittelmäßiges, aber ich bin ein besonderer Mensch.«

Das ist sehr gut. Besondere Menschen sind keine Randfiguren, sondern das Herz der Literatur. Sie lebt nicht vom Gelingen, sondern von der Liebe und Achtung, die ihr gebühren; vom Unaussprechlichen.

Wilflingen, 14. Mai 1988

Im Wald bei den Maiglöckchen. Die alten Nester sind verwaist; der Schatten wurde zu dicht. Warum sind sie so schön? Die Frage ist verfehlt, denn sie haben kein Ziel. Die Pflanzen legen in der Blüte wie die Bräute zur Hochzeit Schmuck an; sie harren der Freier im tiefsten Gebüsch.

Sodann im Garten. Das Stierlein jätete das Treibbeet, während ich Erbsen gesät und Bohnen gesteckt habe. Wieso der Unterschied? Die Erbsen werden gestreut und die Bohnen einzeln in die Erde gedrückt. Das bleibt relativ; ich nehme an, daß in Brobdingnag Kokosnüsse gesät wurden.

☆

Pierre Morel sendet mir eine Kritik von Bruno de Cessole: »Les quatre siècles de Jünger« anläßlich des Erscheinens von »L'auteur et l'écriture«. Unter anderem werde ich dort als »Le vieux Merlin des lettres allemandes« apostrophiert.

Seit Jahren rückt bei solchen Anlässen das Alter als eine Qualität, mit der ich am wenigsten gerechnet hatte, in den Vordergrund. Aufgefallen, wie auch immer, unter verschiedenen Gesichtspunkten bin ich, seitdem ich denken kann. Dieser hat den Vorteil, daß er mit jedem Jahr an Gewicht gewinnt, abgesehen davon, daß ich daran unschuldig bin.

☆

»Entmythisieren« heißt, einen Mythos entlarven – er wird zur peinlichen Befragung auf den Prüfstand gestellt.

Den Wert großer Begegnungen, vor allem jener am Sinai, davon abhängig machen zu wollen, ob sie historisch nachzuweisen sind oder überhaupt stattgefunden haben, ist unsinnig. Man mißt Eruptionen nicht mit dem Zentimetermaß. Sie sind außergeschichtlich insofern, als sie Geschichte und Kulturen geschaffen und überlebt haben. Außerdem werfen sie auf eine Reihe von geschichtsfremden Phänomenen, besonders auf die Heilserwartung, ein eigenes Licht.

Wilflingen, 16. Mai 1988

Aus einem Brief Gerd Holzheimers, den ich über eine schäbige Kritik, wie sie kaum einem Frühwerk erspart bleibt, hinwegtröstete:

»Dieser Tage kam auch der Ginkgo mit seinen Blättern wieder zum Vorschein, den ich so mag, weil ihn die Bestimmungsbücher nicht recht einzuordnen wissen und weil schon die kleinsten Sprosse die gleiche Form in nuce aufweisen wie die ausgewachsenen – vielleicht ein weiterer Hinweis auf die Urtümlichkeit des Baumes: er muß nicht erst werden, er *ist.*«

☆

Nächtens träumte mir, ich käme auf einer Wanderung nach Zwickledt, übernachtete dort in Kubins Haus. Man wies mir ein Bett an, fügte aber hinzu, es wäre das, in dem Kubin gestorben sei. Das macht mir nichts, sagte ich im Traum, tuts aber die Schlangen weg! Darüber wachte ich auf und meinte wirklich, Kubins Schlangen über das Bett züngeln zu sehen.

Dabei fällt mir ein, daß ich Kubins letztes Bild, oder besser gesagt, sein letztes Porträt besitze – als wertvolles Geschenk von Margret Bilger, die ihn, neben dem Totenbett sitzend, zeichnete.

Ich rechne mir an, daß ich Kubins eminente Bedeutung früh erkannt habe. Sie wird mit der Unlust am Fortschritt und seinen Müllhalden noch zunehmen. Die Tatsache und das Verhängnis unserer Wende ist die Häutung der Gäa, der gegenüber die historischen Mittel und Theorien versagen – es geschieht, was die Erde will. Das zu wissen, ist schon gut. Cuvier ist aktueller als Darwin.

Verwesung und Explosionen sind eingeschlossen, doch auch die Technik; sie geht ihren Gang. Es gibt eine neue Gemeinde, deren Mitglieder viel miteinander zu tun, doch wenig selbander zu schaffen haben, mit ihren Kirchenvätern und Märtyrern. Bei Kubin kommt ein Spezifikum dazu: das Behagen am Verfall. In einer anbrüchigen Bude, wie sie die Niederländer malten, läßt sich immerhin noch gemütlicher leben als in einem modernen Hotel.

Eine der Ursachen, an denen wir zugrunde gehen, ist neben dem Energiehunger der Waschzwang – es ist unheimlich, was ein Vier-Sterne-Hotel an Strom, Wasser und Seife verbraucht. Ein einziges verwüstet einen Strand, an dem vor Cooks Entdeckungsreisen die Insulaner mit einem Meerbad auskamen.

Wilflingen, 21. Mai 1988

Vorgestern wurde Martin von Katte auf dem Wilflinger Friedhof begraben; er hatte den Ort gewünscht.

Gestern gedachten wir seiner noch einmal bei Stauffenbergs, wo wir bis zur Mitternacht Erinnerungen austauschten. Auch Martins Tochter Maria, die den Sarg begleitet hatte, saß mit am Tisch. Ich fragte sie nach seinem letzten Worte – es war nur eins gewesen; er hatte »wunderbar« gesagt.

☆

Ich rekapitulierte einige Daten der Familiengeschichte, soweit sie mir geläufig waren; sie reicht über ein Jahrtausend zurück:

927 besteigt ein Katte bei der Erstürmung Brandenburgs als einer der Ersten die Mauer, was Heinrich der Sachse beifällig wahrnimmt: »De Kuder sleit.«
24. Oktober 1268. Konradin, der letzte Staufer, wird auf dem Markt von Neapel geköpft, mit ihm zwölf Ritter seines Gefolges – ein Katte war dabei.
6. November 1730, Küstrin. Hans Hermann von Katte, Jugendfreund des Kronprinzen von Preußen, wird wegen der Teilnahme an dessen Flucht auf dem Gefängnishof geköpft. Sein letztes Wort: »Für einen so liebenswerten Prinzen zu sterben, ist schön.«

Frühjahr 1945. Die Ostfront rückt näher; die Familie räumt Zolchow mit einem Treck. Am 16. Juni inmitten des Zusammenbruches Wiedersehen mit Martin, wie ich es in »Strahlungen« notiert habe.

Wir kamen dann auf die Geschichte des Hauses, in dem wir friedlich beisammensaßen – auch auf das Attentat gegen Hitler vom 20. Juli. Die Nachricht schlug wie eine Bombe hier ein. Dem Eintreffen der Gestapo ging ein knapper Anruf der Großmutter aus Ellwangen voraus: »Es kommt etwas auf Euch zu.«

Wilflingen, 22. Mai 1988

Am Morgen wieder das optische Phänomen, das mich seit Jahren gelegentlich heimsucht und das ich jedesmal notiert habe.

Ein surreales Bewußtsein – ich sehe schärfer als am Tage und als im Traum. Obwohl ich liege, bin ich über den Gegenstand gebeugt. Ich studiere nicht nur ihn, sondern zugleich mich selber, bin Subjekt und Objekt meiner Wahrnehmung.

Diesmal war es ein Tischtuch; in sein Leinen war ein Muster von Rosetten gewebt. Dazwischen wuchsen bleiche Zotten; sie bewegten sich wie Tentakel von Tintenfischen in den Aquarien. Ich sah, daß diese Zotten allmählich grün wurden wie Schnittlauchstiele oder Grashalme. Im Maß, in dem sie an Farbe gewannen, entzogen sie dem Gewebe, auf dem sie wuchsen, Substanz. Die Rosetten verflachten, während ihr Rot sich entflammte – das war eine Vorweisung wie im Kolleg.

Das Tischtuch wurde gewechselt, nun war es blendend weiß, darüber weitmaschig ein grünes Filigran. Aus dem gleichen Stoff ist ein Netz gewoben, das drei große Zitronen umhüllt. Ich sehe die Poren wie durchs Mikroskop.

Also ein Stilleben, nature morte. Befremdend war nur, daß ich die Hand sich zurückziehen sah, die das Tintenfaß aufgestellt hatte.

☆

Zuvor hatte ich einen normalen Traum gehabt. Ich lag mit dem Stierlein an einem tropischen Strand. Die Sonne brannte auf flache Hügel, zu denen sich Muscheln gehäuft hatten. Dazwischen Gegenstände, die teils angeschwemmt, teils als Schutt deponiert waren, so ein zerrissener Schuh. Zunächst glaubte ich, noch den Fuß zu erkennen, zu dem er gehört hatte, doch bei näherem Hinblick sah ich: es war eine Hand.

Der Ort war unwirtlich. Wir brachen auf, ohne daß ich von meiner Entdeckung etwas gesagt hätte. Aber als wir unweit des Meeres einem Fischer begegneten, teilte ich sie ihm mit. Er schien nichts Merkwürdiges daran zu finden und fragte nur, ob es die Hand eines Erwachsenen gewesen sei und ob sie Schwielen gehabt hätte. So genau hatte ich nicht hingesehen.

Wilflingen, 25. Mai 1988

Am Wandkalender: Nicolas Lancret »Die Schaukel«, »The Swing«. Wird im Londoner Victoria-und-Albert-Museum verwahrt. Ich sah das galante Bild aus einiger Entfernung – daß ich es Watteau zuschrieb, ist zu entschuldigen. Die nähere Betrachtung macht den Unterschied evident. Obwohl sie Zeitgenossen waren (Watteau * 1684, Lancret * 1690), wird prima vista deutlich, daß Watteau der Lehrer gewesen, wenngleich auch dem Schüler Meisterschaft nicht abzusprechen ist. Schon wird eine leichte Veränderung der Gesellschaft oder ihrer Auffassung spürbar; die Szene könnte am Rande eines Festes spielen, doch sie ist intim. Großartig ist der Hintergrund, ein leicht bewölkter Himmel, der die Personen freigibt, dann auch die modische Perfektion der Dame. Die Taille wird durch den zweifarbigen Zuschnitt der Bluse unwahrscheinlich schmal.

Der Weg von Claude Gillot (* 1673) über Watteau zu Lancret. Artistische Verfeinerungen, während der Mythos verblaßt. Die Landung auf Cythere: Der Große Pan ist tot. Und dann das »fashionable« Rokoko.

Der Gedanke, daß sich das Rokoko bis zu einem Ludwig XX. hätte fortsetzen können, scheint theoretisch möglich, dazu ein gewisser Ausgleich der sozialen – nicht etwa: Unterschiede, doch der Gegensätze wohl. Die Anlage zu einem perfekten Marionettenspiel bestand. Man bewegt sich in bühnenreifer Haltung aufeinander zu; die Unterhaltung wird melodisch, das Schreiten zum Tanz.

Wie in jeder Küche darf man jedoch nicht zu scharf hinsehen. Die Valetaille wird suspekt: Diderots »Jakob« und Beaumarchais' »Figaro«. Von der großen Literatur abgesehen, auch Überläufer wie Chamfort. Den Gestürzten fehlt es nicht an Fußtritten von den Nächsten; Elisabeth Vigée-Lebrun, Hofmalerin, macht eine rühmliche Ausnahme.

Die Nebentriebe dürfen nicht zu stark werden. Jüngere Prinzen, Haremsfiguren, Eunuchen, Päderasten, Offiziere auf Halbsold, verkrachte Künstler und so fort. Schon droht der Orient.

☆

Der Mensch hat eine rechte und eine linke Hand. Beide sind aufeinander angewiesen; wenn die Rechte ein Stück vom Braten schneidet, muß die Linke ihn festhalten und darauf achten, daß sie nicht in den Finger geschnitten wird.

Vor allem ist der Magen zu füllen, um zu vermeiden, daß sich die secessio auf den Mons sacer wiederholt.

Die Liebe dagegen ist freigegeben – »das ist dem armen Mann sein Zubrot«, sagte mein Bursche Paulicke, als er auf Urlaub fuhr.

☆

Wien als eine der Vorstädte des Orients. Ich habe keine der gängigen Biographien und Monographien über Hitler gelesen – daher weiß ich nicht, ob irgendwo sein levantinischer Einschlag erwähnt worden ist. Er war jedenfalls evident.

Bald nach Beginn des Dritten Reiches stand ich zwischen Carl und Duschka Schmitt vor einem Berliner Geschäft, in dem ein Führerbild ausgestellt war. Duschka, gebürtige Serbin, sagte: »So sehen viele bei uns aus.«

»Ja, wie die Schlawiner.«

Das war mir herausgerutscht.

Immer noch bedauere ich, daß ich das Tagebuch, das ich damals führte, nach dem 20. Juli verbrannt habe.

☆

Neu im Garten ist ein blendend weißes Tränendes Herz. Ich betrachte es wie den Schwarzen Schwan als Kuriosum, denn die Herzfarbe ist rot. In einem Kunstwerk, etwa einer Maria unter dem Kreuze, könnte es schneeweiß sein. Sie trüge es dann nicht in der Brust, sondern auf der erhobenen Hand.

Wilflingen, 5. Juni 1988

Das Individuum bangt vor dem Verlust seines Namens, doch eben im Namenlosen verbirgt sich das Glück. Es ruht im Zeitlosen, das wir im Leben nie erreichen, wohl aber in der Transzendenz.

Dem Zeitlosen am nächsten ist der Augenblick. Im Augenblick ist alles möglich – von der Zeugung bis zum Selbstmord; jeder ist hier absolut. Der Augenblick ist unwiderruflich wie die letzte Instanz des Gerichts.

Auch das Gedicht ist vergänglich, doch unvergänglich ins Buch des Schicksals eingeschrieben ist der Augenblick der Erleuchtung, die Inspiration. Je näher sie dem Zeitlosen war, ja es berührte, desto länger lebt das Gedicht.

☆

»Denn alle Lust will Ewigkeit.« Ein Wunsch der Titanen und auch ihr Irrtum – denn die Lust strebt Zeitlosigkeit an.

Eine Wiederholung, doch halte ich diese Unterscheidung für zentral, für unentbehrlich im Gepäck.

☆

Wie steht es mit der Unteilbarkeit des Individuums im Zeitalter der Herztransplantation? Eine Frage innerhalb des Materialismus – auch das Herz ist entmythisiert.

In Leipzig erfuhr ich 1926 von Eugen Ortner: auch das Individuum sei teilbar, notfalls durch die Bombe – das paßte ins Bild. Übrigens stand das Bonmot auch in einem seiner Bücher, das verboten wurde; damals war man noch empfindlicher.

Wilflingen, 17. Juni 1988

Feiertag, zur Erinnerung an den Berliner Aufstand von 1953, der durch russische Panzer niedergewalzt worden ist. Die Entrüstung scheint abzuflauen oder sogar lästig zu werden, problematisch wie die Nationalhymne und jedes Auftreten als Nation. Nur der Fußball macht noch eine Ausnahme.

☆

Post. Dank an François Fédier für »Heidegger: Anatomie d'un scandale«. Die Schrift richtet sich gegen einen Professor Farias, der sich auf Verfolgungen spezialisiert zu haben scheint und der, wie die Ankündigung sagt: »... unter dem Deckmantel einer objektiven Studie eine Montage von oftmals verstümmelten Texten und Dokumenten zusammengebastelt habe, durch die ein falsches Bild des großen deutschen Philosophen vermittelt wird«.

Leider muß ich mich kurz fassen. Schon vor Sokrates' Zeiten haben die Philosophen Ärger mit den Politikern gehabt, freilich nicht ganz ohne eigene Schuld.

Dank ferner an Georges Roditi für die achte Auflage von »L'ésprit de perfection«. Ich konnte ihm dafür den zweiten Band von »L'auteur et l'écriture« senden.

Ein neues Glied an der Kette der französischen Moralisten; gern werden Nietzsche und Napoleon zitiert. Ich notiere:

»Ein besiegter Soldat bleibt ein Soldat, ein Dichter ohne Leser bleibt ein Dichter – doch was bleibt von einem arbeitslosen Politiker oder von einem Bankier ohne Geld? Sie sind zum Erfolge verdammt.«

☆

Im Garten Mangold gesät. Der Name soll vom altdeutschen »managolt« stammen, könnte aber auch nur zufällig daran anklingen. Es empfiehlt sich, ihn dicht zu säen und die Reihen allmählich auszulichten; die Sprößlinge sind auf der Tafel sogar vorzuziehn.

Ein allgemeines Prinzip im Wald- und Gartenbau, und nicht nur dort. Aus Fichtenschonungen werden zunächst die Christbäume geschlagen; das kommt dem Bestande zugut. Ver sacrum – auch eine Auslichtung.

Wilflingen, 26. Juni 1988

Gang durch den Lohwald, längs des Holzbaches zurück. Ein Bauer sprühte bläulichen Dunst auf sein Feld. Er hielt das Gerät in der Hand, denn der Acker war klein.

Gespräch über seine Arbeit – sie sei notwendig. Sie galt dem Kartoffelkäfer; der Mann wußte, daß das Tier kaum variiert. Ich frage mich, wie es die rastlose Vergiftung der Wiesen und Felder überleben kann.

In solcher Bedrängnis heißt es, Unterschlupf bei Verwandten in fernen Ländern oder bei Freunden an neutralen Orten zu finden, um schlecht und recht zu überwintern, bis ein sauberer Frühling kommt. Für diese Leptinotarsa sind es andere Nachtschatten als die Kartoffel – verwandte Arten, die wie der Stechapfel auf Schuttplätzen und an Wegrändern blühen.

Vielleicht konnte ich auch ein wenig helfen, denn der kanadische Stechapfel, dessen Samen mir Gontran Drouin aus Quebec sandte, hat sich aus unserem Garten in die Nachbarschaft verstreut. Ein stattliches Gewächs.

☆

Telegramm, anonym: »Bon solstice d'été. Vous restez pour nous, jeunes guerriers sans Empire, l'homme du destin exemplaire. ›Tout ce qui est grand se lève dans la tempête.‹! Platon.«

Das Gefühl, verrückt zu sein und nur mit Verrückten zu tun zu haben, könnte endemisch sein. Inzwischen nehmen Welt- und Erdgeschichte ihren Lauf.

Wilflingen, 27. Juni 1988

»Sehr geehrter Herr Wessel, für Ihren ausführlichen Brief vom 22. Mai und die wertvolle Anlage kann ich Ihnen leider nicht so ausführlich danken, wie Ihre Sorgfalt es verdient. Zudem liest man eigene Horoskope etwa so, wie man nach dem Aufstehen in den Spiegel blickt.

Die Astrologie ist ein großes Vermächtnis der Antike; der Mensch steht noch in der Mitte – und daher gegründeter als in der modernen Astronomie, die ins Titanische greift. Dagegen erwarte ich Vorteile von den neuen Formen der Zeitmessung und Datensammlung – natürlich nicht für die Schicksalsdeutung, wohl aber für ihre technische Voraussetzung. Andererseits kann ein guter Astrolog auf Grund wichtiger Lebensdaten Irrtümer der Hebamme berichtigen und damit dem Eigner nützlich sein. Das läßt sich aus der von Ihnen erwähnten Rhythmik abstimmen.

Ich habe Ihre Deutung den Vorgängern gesellt. Requiescat in pace – bis sich vielleicht einmal ein Kenner mit dem Konvolut beschäftigen wird.«

Wilflingen, 4. Juli 1988

Notizen aus Mahé:

Mächtige Freunde sind wertvoller als eigene Macht. Daß Willy uns trotz enger Verwandtschaft mit den Engländern entzweite, hat uns ruiniert. Und sie auch.

Der Kreis des Lektors ist dauerhafter als jener des Verlags.

Wer ist heute noch konservativ? Die Altkommunisten.

Tiere können Götter werden. Menschen nur Halbgötter.

Die Lemuren von Jalta. Es wird alles so brennbar.

Wird die Katastrophe unvermeidlich, so ist es besser, sie zu beschleunigen.

Nach einer Beleidigung, gleichviel ob man sie empfangen oder begangen hat, muß man sich allmählich ins Recht setzen – nicht durch Diskussion, sondern durch inneres Gericht.

Sich »ins Recht setzen« schließt die Einsicht in eigenes Unrecht ein. Der innere Richter darf nicht Partei nehmen. Das Recht ist neutral.

Wenn das Gedicht aus der Quelle floß, erhält es sich in der Zeit. Kein Wort ohne Echo, keins ohne fühlende Brust! Die Reime kommen freudig, stellen sich von selber ein. »O, Schiller prima!« sagte mir eine russische Studentin 1942 im Kaukasus.

Ein Planet ohne Festland und Inseln – nur Ozean. Die Keime konnten sich frei entwickeln – fast ohne Schwere, ohne spezifisches Gewicht. Sie genossen ein endloses Bad. Den Pflanzen und Tieren blieb das mühsame Umsteigen auf das Erdreich erspart.

Das Wasser ist dem Leben gemäßer als die Erde und die Luft. Im Feuer nur Geistwesen (im einzelnen ausführen). Korallen bauen in der Tiefsee Tempel und Paläste; die Säle sind durch Noctiluca illuminiert... Der Ozean atmet und nährt sich aus eigenem Walten; die Wandlung ist sakramental...

Den Meermenschen, von dem eine der Erzählungen von »Tausendundeiner Nacht« berichtet, wird man dort vergebens suchen; die Krone der Schöpfung ist in Tiefen, wo nicht einmal das Licht die Dinge aufteilt, in kreisförmigen

Bildungen realisiert. Die Bilateralen sind ihrem Wesen nach spaltende Naturen; die zyklischen wirken durch meditierende Kraft.

»Du hast kein Echo?« Hier Grillparzer: »Aber du hast dem Apoll täglich dein Opfer gebracht.« Das genügt.

Schuster, bleib bei deinen Leisten. Astronom: bei den Fernrohren.

Mathematisch verbrämter Humbug als Kosmologie.

Ein Kabinett von Seifenbläsern. Hat seinen Stammtisch wie vor Zeiten schwäbische Literaten die »Leimsudia«. (Das Zitat wäre noch 1912 nicht nur in Stuttgart goutiert worden.)

Auch die Wolke hat ihre Atome, die Seifenblase ihr Yin und Yang. Die Wolke ist schwer zu fassen, obwohl sie Regen und Schatten spendet und mit Gewittern verheeren kann. Es scheint, daß die Physik das Chaos zu formulieren beginnt. Als die Messung nicht mehr ausreichte, muß eine Hemmung gefallen sein.

Wilflingen, 20. Juli 1988

Eine Kerze für Friedrich Georg. Der Trauertag jährt sich zum elften Mal. Vor einigen Tagen legten wir Lilien auf das Überlinger Grab. Der Friedhof erinnert mich ein wenig an den von Montparnasse. Auch er ist zweiteilig, in der Mitte durch einen Fahrweg getrennt.

☆

Die Kapuzinerkresse kam früh und reichlich in diesem Jahr. Sie blühte schon am ersten Trieb. Ich habe einige neue Sorten erworben, andere brachte uns Hanne-Dore Haug – so Peregrinum L. mit gelapptem Laub. Auch die Blüte, die ich täglich erwarte, soll gelappt sein; das bekräftigt meine Ansicht, daß ein spezieller Charakter oder ein Tick, den wir an einem Organ beobachten, im ganzen Hause wohnt. So auch das Winden dieser Kresse, das man eher als ein Klimmen bezeichnen kann. Dazu die Reizbarkeit der Blattstiele. Sie drehen sich nicht, sondern haken sich ein. Auch der Sporn zeigt Neigung, sich zu krümmen und einen Haken zu bilden, doch nicht um sich anzuklammern, sondern mehr zum Pläsier. Dieser Sporn ist mit Honig gefüllt, doch der Rüssel unserer Bienen und Hummeln reicht nicht zu ihm hinab. Die Maße entsprechen dem Bau von Insekten, die in der transatlantischen Heimat vorkommen. Bei uns gibt es jedoch Nassauer, die den Sporn von außen anbohren.

Warum »Kapuziner«kresse? Dazu Johannes Nathusius: »Die Blume bildet mit der gelben Zipfelkappe ganz deutlich die Kapuze ab.« Linné hat sie wegen der schildförmigen Blätter und der helmartigen Blüten Tropaeolum getauft. Das bezeugt wieder die mythologische Bildung der alten Botaniker. Tropaion war ein abgestutzter Baum als Siegesdenkmal. Es wurde dort errichtet, wo die Fluchtwendung des Gegners eingesetzt hatte, und mit den von ihm fortgeworfenen Waffen als Trophäen behängt. Das waren wohl Schilde und Helme zunächst. Hochachtung für Linné.

Bei der Betrachtung von Blumen sollte man zuerst nach dem »Wie« fragen und dann erst nach dem »Wozu« – das heißt: erst nach der Bildung und dann nach dem Zweck. In ihrer Harmonie spiegelt sich die Schöpfung; das Nacheinander wird beiläufig. So schafft der Maler; er beginnt mit einem beliebigen Organ.

☆

Nachmittags kam François Bucher aus Florida; wir tranken im Garten Tee. Einer meiner Freunde, bei denen man antippen kann, wo man will – immer mit Erfolg.

Schlangen: er hat sowohl rattle- wie mocassin-snakes auf seinem Besitz.

Haiti: er hat an einem Woodoo-Fest teilgenommen und mit einer der toten Seelen gesprochen, die dort eine schattenhafte Existenz führen.

Transzendenz: er ist einmal während einer Operation klinisch tot gewesen und währenddessen auf einer der ausgedehnten Reisen, die das »Tibetanische Totenbuch« beschreibt. Ins Leben zurückgerufen, staunte er über die Jugend der Ärzte, die um sein Lager standen – sie mußten doch inzwischen vier- oder fünfhundert Jahre älter geworden sein. Seitdem lehnt er die Leichenverbrennung ab.

☆

Post. Ein Brief des Maire von Laon. Immer noch wird dort meines bescheidenen Beitrags zum Schutze des Domes und der Bibliothek gedacht.

Georges Roditi dankt für »L'auteur et l'écriture«. »Das ist Ihr Kleingeld (menue monnaie), aber in Goldstücke geprägt.«

Ferner ein inhaltreicher Brief von Eduard Diehl aus Sumatra. Der Bau seiner neuen Klinik in Pematang Siantar schreitet fort, obwohl er sich infolge eines Verbrechens verzögert hat. Ein gedungener Mörder drang in Diehls Haus ein und wurde in einem Handgemenge getötet, das sich entspann. Ich hatte davon schon von gemeinsamen Freunden gehört, doch dieser Bericht ist das erste Lebenszeichen des Betroffenen, der sich erst langsam von seiner Depression erholt. Seit Monaten geht er nicht mehr zur Subtilen Jagd in den Urwald – wenn ich das von einem Entomologen höre, weiß ich, daß es schlimm um ihn steht.

☆

Die Malayen sind nach Jahrhunderten der Fremdherrschaft selbständig geworden; Sumatra gilt als einer ihrer Stammsitze. Während meines kurzen Aufenthaltes dort meinte ich etwas vom Numinosen zu spüren, das sich erhalten hat – einen Anklang an Joseph Conrads Romane und die gefährlichen Inseln der »Tausendundeinen Nacht«.

Wilflingen, 23. Juli 1988

Dreißig Grad im Schatten; selbst die Schildkröten suchen ihr Ställchen auf. Vorgewitterstimmung, die man genießen sollte, und zwar durch Nichtstun anstatt vergeblichen Herumbrütens.

☆

Die Landaufteilung der Weißen nach der Eroberung von Mexiko übertraf noch die persische Beute Alexanders, war dauerhafter auch. Sie schnitten sich riesige Plantagen zurecht. Auch das Dienstvolk war da. Es wurde aus dem Vollen geschöpft. Stoff für einen historischen Roman, der sich an Stuckens »Weiße Götter« anschlösse. Zudem ein Thema für Macchiavell.

☆

Ich lese Gedichte wie mit der Wünschelrute; nur selten schlägt sie aus. Lese ich Titel und Autor in meinen Notizen richtig: »Harry Oberlänger Pro Familia«? Die letzte Zeile ist mir noch im Sinn: »Morgen wird Heute Gestern sein.«

Muster einer knappen, die Transzendenz streifenden Aussage.

Ferner in »Geo«, einer Zeitschrift, die ihren Namen verdient, ein Bericht von Günther Grass über seinen Aufenthalt in Indien. Darin die Prognose: »Den Slums gehört die Zukunft; sie überleben die Bankpaläste und Hochhäuser.«

Mir scheint, daß auch ich diese Möglichkeit einmal erwogen habe, und zwar am Schluß von »Eumeswil«. Ich schlage nach und finde: »Eines der Symbole geschichtsloser Räume ist die Deponie. Der Raum wird durch den Abraum bedroht. Der Schutt wird nicht mehr bewältigt wie in den Kulturen; er überwächst die Bildungen. Wenn ein Schiff scheitert, treiben die Trümmer an den Strand. Der

Mast, die Planken werden zum Bau von Hütten oder als Brennholz verwandt. So lebt man auf den Deponien: zwischen Schutthalden, die man ausbeutet. Selbst das Meer wird zur Deponie.«

Wilflingen, 8. August 1988

Montag, den 8. 8. 88; ein Datum mit vier Achten, ein Montag dazu. Die Standesbeamten werden zu tun haben, die Briefträger auch. Man tauft und heiratet an solchen Tagen gern; sie sind auch beliebt als Geburtsdaten.

Die Acht hat es in sich; Odin reitet auf achtfüßigem Roß. Sie ist die Zahl bestimmter Begegnung; mit der Neun folgt ein neuer Beginn. Auch mir hat das Datum oft Überraschungen beschert. Ich verstehe den Satz in seinem zweideutigen Sinn. Datum, Überraschung, Bescherung – jedes Wort hat seine Kehrseite. Am besten sollte man an solchen Tagen im Bett bleiben. Aber das ist mein Charakter nicht. Schon als ich um Mitternacht erwachte, spürte ich Lust, mich zu bewegen – ich landete um neun Uhr morgens in Orly, einem der ehrwürdigen Flughäfen von Paris. Durch Zeitsprung hatte ich sechs Stunden gewonnen, wie ich von der Stewardeß erfuhr, die mich betreut hatte. Ich hätte daraus zwar nicht den Ort, an dem ich geschlafen hatte, wohl aber die zurückgelegte Entfernung berechnen können, doch ist das für uns nicht mehr so wichtig wie zur Zeit der Postkutschen. Vielleicht hatte ich in einer fernöstlichen Großstadt übernachtet; die Stewardeß war von malaiischem Typ. Wir hatten uns gut unterhalten, ich hätte sie gern zum Essen eingeladen, sie schien auch nicht abgeneigt zu sein. Doch abgesehen davon, daß man nie weiß, wie eine Affäre endet, war sie zu diesem Datum besonders gewagt. Es wäre besser, den Tag ohne Abenteuer zu verbringen – bei einer guten Pfeife meditierend oder mit der Betrachtung von Kunstwerken.

Am Flughafen stand ein einsames Taxi; ich stieg ein und ließ mich auf gut Glück durch die Stadt fahren. Den Fahrer schien das nicht zu wundern; es traf sich, daß er betrunken war. Als ich ihn fragte, warum schon am Morgen, sagte er: »Ich bin ein Streikbrecher.«

Ich dachte, er wolle sich auf diese Weise als Alkoholiker vorstellen; es hatte aber die übliche Bedeutung, wie ich später erfuhr. Zuweilen ließ ich halten, um ein wenig zu Fuß zu gehen. Es war kaum Verkehr.

☆

Jedes Mal hat sich die Stadt verändert, wenn ich sie besuche; das ist kein Wunder bei unseren hektischen Umtrieben. Die Hochhäuser schießen empor wie die Pilze; es ist schwieriger geworden, sie einzureißen als sie zu erbauen. Doch gibt es Artisten der Demolition.

Diesmal fand ich den Wechsel besonders kraß. Der Zeitsprung mochte dazu beitragen. Zwar hatten sich die altbekannten Viertel im Kern erhalten, doch vergeblich suchte ich Straßen und Plätze mit vertrauten Namen; selbst der Fahrer hatte sie noch nie gehört. Dort standen nun Fabriken, und manchmal auch von diesen kaum noch eine Spur.

Besonders schmerzte mich, daß auch der große Wald verschwunden war. Gern hätte ich wenigstens an einem meiner Lieblingsbäume die Zeichen berührt, die ich in ihre Rinde geritzt hatte. Doch das steht einem Ahasver nicht zu.

Der Waldgrund trug nun Vorstadtcharakter; die Fläche war mit Küchengärten und verwahrlosten Hütten bedeckt. Aus manchen stieg Rauch auf: Lauben für Pensionäre und Kaninchenzüchter, Schlupfwinkel für Obdachlose und fahrendes Volk. Auch ein Kiosk mit windschiefer Carotte sah verdächtig aus. Um den Fahrer, der einzuschlafen drohte, bei Laune zu halten, spendierte ich ihm einen Pernod. Als ich Zigaretten bestellte, fragte der Händler, ob »mit oder ohne« – er hatte also noch stärkeren Stoff. Am Wegrand war Indischer Hanf im Unkraut verborgen, davor warnte ein Schildchen: »Achtung, Viperngefahr!«

Auch in der Hoffnung, meinen Rastplatz bei den Arkaden wiederzufinden, sah ich mich enttäuscht. Das Restaurant, das dort gestanden hatte, war verschwunden nebst der Terrasse, auf der die Kellner serviert hatten. Es wurde sumpfig; in den Lehmgruben einer aufgelassenen Ziegelei hatten sich Weiher gebildet, an deren Rändern Schilfrohr dunkle Kolben trieb. Unter einem Verbotsschild sah ich am Ufer einen Angler sitzen, der einer Vogelscheuche glich. Hier ging es nicht rechtmäßig zu.

Wir näherten uns nun dem Waldrand, in dem um die Jahrhundertwende Diplomaten und Privatiers gewohnt hatten. Soweit die Villen noch standen, sahen sie wie in Pompeji oder sogar wie in Herculaneum aus. Hatte es inzwischen wieder einen Krieg, ein Pogrom, ein Erdbeben oder einen Börsenkrach gegeben? – ich erinnerte mich nicht. Aber ich spürte den Hauch der Verwesung um so stärker, als ich hier Gönner und Freunde gehabt hatte.

Gleich darauf ging es uns wie Schiffbrüchigen, die auf dem Festland stranden: wir fuhren in ein Viertel mit bewohnten Häusern, Geschäften und bescheidenem Verkehr. Hier war ich im Bilde und mein Fahrer auch. Ich atmete auf wie einer, dem es die Sprache verschlagen hat und der sie wiederfindet, ohne daß ihm ein Wort verloren ging. So konnte ich mir einen Wunsch erfüllen, den ich lange gehegt, doch vergessen hatte und der nun wieder aufwachte. Ich murmelte: »Zum Museum« – der Fahrer hörte es und brachte mich wie ein Nachtwandler zum Ziel. Während ich nach der Brieftasche griff, um zu bezahlen, jagte er in Schlangenlinien davon. Ein Chauffeur, der vergißt zu kassieren, das kommt nicht alle Tage vor. Merkwürdig schien auch sein Ortssinn, denn ich hatte weder Straße noch Hausnummer genannt. Zwar gab es nur ein Museum in diesem Viertel, nämlich das »Musée Henri IV.«, doch war es nur Eingeweihten bekannt. Aber der Trunk macht hellsichtig.

☆

Ich stand nun vor dem Hause, an dem ich oft vorübergegangen war, wenn ich Freunde am Waldrand besucht hatte. Es war gut gewählt, ein Palais aus der Zeit.

Damals hatte ich mich von unserer erbärmlichen Gegenwart an der Geschichte erholt wie in einem Quellwasser. Ich will damit nicht sagen, daß andere Zeiten besser gewesen wären, doch der Rückblick zaubert ihr geistiges Gerüst hervor. Wir sehen nicht nur, was geschehen, sondern auch das, was möglich gewesen wäre und nur ein Wunschtraum blieb. Auch Heinrich IV. hatte schwere Fehler; man sagte ihm nach, daß er wichtige Staatsgeschäfte außer acht ließ, wenn es einer Schürze nachzuspüren galt. Zu seiner Zeit kursierten »Die Liebschaften Alexanders«, ein Pamphlet. Madame Simier meinte von ihm nach der ersten Begegnung: »Ich habe einen König gesehen, doch nicht Seine Majestät.« Sei's drum – er stand und fiel für seine Zeit im Ganzen: das Aufblühen von Sinnenfreude und ungebrochener Humanität. Dazu die Exzesse; man mußte sich wieder einmal durchpusten. Mir ging viel verloren mit ihm.

Heinrich zählte zu denen, die immer noch etwas anderes im Kopf haben, selbst wenn sie gehenkt würden. Wenn er einen Lehnsmann zum Gefecht ermuntern wollte: »Alter Bursche, ich komme, weil ich deine Weine probieren will.«

Als ich vor dem Palais stand, fiel mir ein Bündel von Anekdoten ein. In einem Dorf, in dem Heinrich abstieg, um zu dinieren, befahl er, daß man den Klügsten der Einwohner hole, damit der ihn beim Essen unterhielt. Man brachte einen alten Bauern namens Gaillard, worunter man bekanntlich einen lustigen Bruder versteht. Nachdem der König seinen Namen gehört hatte, hieß er ihn sich gegenüber setzen und fragte:

»Kennst du den Unterschied zwischen Gaillard und Paillard (also dem Wollüstling)?«

»Sire – es ist nur ein Tisch, der die beiden trennt.«

Der König lachte. »Teufel, ich ahnte nicht, daß es in einem so kleinen Dorfe so witzige Leute gibt.«

Doch genug davon. Diese und andere Erinnerungen gedachte ich aufzufrischen – so den Genuß, den mir Federn wie die Bassompierres und d'Aubignés geschenkt haben. Das ist alter Burgunder, im Fasse nachgereift.

Meine Erwartung war um so stärker, als es hieß, daß sich in diesen Räumen das Mobiliar bis ins Detail erhalten habe – bis zur Suppenschüssel für das berühmte Sonntagshuhn.

☆

In der Hoffnung, hier zwei, drei von der Moderne ungetrübte Stunden genießen zu können, öffnete ich die Tür. Sie war unverschlossen, doch schon im Flur trat mir ein bärtiger Kustos entgegen und versperrte mir mit ausgebreiteten Armen den Weg, indem er mich auf die rechtsdrehende Besuchsordnung verwies. Ich mußte also durch die Hintertür gekommen sein. An sich schien das unbedeutend, da ich offenbar der einzige Besucher war. Wie sollte da ein Gedränge entstehen wie vorm Großen Palais, wo die Schlange manchmal bis zur Hauptstraße reicht? Ich wagte also einen bescheidenen Einwand, doch der Wärter beschied mich auf wenig höfliche Weise, es handle sich hier nicht um die Anzahl, sondern um das Prinzip: »rechtsdrehend, ohne Gegenverkehr«. Gegen solche Geister, die beim Militär als Pinnenzähler gefürchtet werden, läßt sich nichts ausrichten.

Ich hätte nun das Hauptportal suchen und dort den Eintritt zahlen müssen, um in der Regel zu sein. Aber der Vormittag war verdorben, denn die Aussicht auf die Gesellschaft des Zerberus in dem leeren Gebäude behagte mir wenig; sie konnte sogar gefährlich sein. Vermutlich war ich seit langem der erste Besucher, und ich hatte ihn im Schlaf oder bei einem Vergnügen gestört. Überhaupt halte ich diese Museumswärter für den Prototyp des Banausen, der, von Schätzen der Kunst und der Natur umgeben, sich langweilt wie kaum ein anderer. Vielleicht hatte er auf den ersten Blick meine Abneigung gespürt.

☆

Zum Glück war dem Museum direkt gegenüber ein kleines Bistro. Auch hier fehlten die Gäste, obwohl im Innern »La Paloma« gespielt wurde. Vorm Eingang luden drei, vier

Tische und aus Draht geflochtene Stühle zum Verweilen ein. Der Ort kam mir gelegen; hier wollte ich Luft schöpfen. Ich ließ mich nieder, nachdem ich einen der Sonnenschirme, die zwischen den Tischen standen, gespannt hatte. Als ob ich damit ein Zeichen gegeben hätte, erschien ein Kellner, der sich nach meinen Wünschen erkundigte. Ich bestellte einen starken Kaffee.

Im Innern wurde jetzt, begleitet vom Zischen der Espressomaschine, »La Venezia« gespielt. Die Sonne schien behaglich, während ich das Palais betrachtete. Damals hatte es weit vor den Mauern gestanden und mußte befestigt gewesen sein. Wem mochte es gehört haben? Gewiß einem von der Liga, vielleicht einem Gefährten des Balafré. Bestimmt keinem Protestanten, sonst hätte es die Bartholomäusnacht nicht überlebt. Für solche Händel gilt ein Vers von Calderón, den ich mir, weil ich ihn zu meinem eigenen Leid erfuhr, gemerkt habe:

> Denn in dieser Art Gefechten
> Sind die Sieger stets die Rechten,
> Und sind Schurken, die verlieren.

Dann kam der Kellner und servierte; mich wunderte, daß er zuvor ein Deckchen auflegte. Das war hier wohl nicht der Brauch, doch mochte es eine Entschädigung für die rüde Begrüßung durch den Kustoden sein. Meine Stimmung hellte sich auf.

☆

Überhaupt war die Art, in der sich der junge Mann bewegte und lautlos bediente, angenehm. Ich hatte auf den ersten Blick empfunden, daß unsere Begegnung mehr als geschäftlich, daß sie persönlich war. Ihm schien es ähnlich zu gehen. Aus der Wirtschaft hörte ich jemanden nach ihm rufen, und so erfuhr ich, daß er Freddy hieß.

Der Kaffee war ungewöhnlich gut. Aber als ich Freddy rief, um zu bezahlen, machte ich eine peinliche Entdeckung: ich hatte kein Geld bei mir. Am Flughafen und auch im

Auto hatte ich die Brieftasche noch gehabt. Wahrscheinlich hatte ich sie dort vergessen – das würde auch die Eile erklären, mit der sich der Chauffeur aus dem Staube gemacht hatte. Dann hatte er prächtig kassiert.

Ein solches Mißgeschick begegnet mir öfters; ich bin zerstreut, besonders an Tagen, in denen mir die Gedanken wie ein Bienenschwarm durch den Kopf summen. Dann kann es vorkommen, daß ich die Börse auf dem Schalter, vor dem ich Marken gekauft habe, liegen lasse; einmal habe ich sie sogar aus Versehen in den Briefkasten gesteckt. Heut lag zudem der Zeitsprung hinter mir.

Beim ersten Besuch macht die Zahlungsunfähigkeit besonders verdächtig, andererseits ist eine Tasse Kaffee eine Bagatellsache. Freddy schien meine Verlegenheit eher erfreulich; er enthob mich ihrer mit einer Handbewegung – ja er bot mir sogar Kredit an, und das auf eine Art, als erwiese ich ihm einen Dienst, wenn ich annähme.

Das gefiel mir; ich bestellte einen zweiten Kaffee und lud Freddy dazu ein. Er setzte sich zu mir, nachdem er das Jakkett gewechselt hatte, und wir kamen ins Gespräch, als ob wir uns schon seit Jahren gekannt hätten, wohl gar »in abgelebter Zeit«. Vielleicht hatten wir zusammen als Matrosen auf einem Segler gedient.

Die Stunden verflossen wie im Traume; ich mußte an den Rückweg denken – das fiel mir plötzlich, als ob ich erwachte, ein. Wenn ich von Freddys Angebot Gebrauch machte und ein Taxi bestellte, kam ich noch zum Flughafen zurecht. Zum Glück steckten Paß und Papiere in der anderen Brusttasche. Aus ihnen ersah ich, daß ich nach Singapur gebucht hatte. Früher war das ein Märchenland; heut ist es der Vorort jeder beliebigen Stadt, in der wir uns gerade aufhalten. Man trifft sich dort bei »Raffles« wie um die Jahrhundertwende im Pariser »Maxim«.

Als Freddy erfuhr, daß ich am anderen Ende der Stadt zu tun hätte, wollte er mich unbedingt begleiten, und das um so mehr, als heut der Merkur in ungünstiger Position stünde. Das sei schon durch den Streik der Taxifahrer evident.

Richtig – jetzt fiel mir der Streikbrecher ein. Doch das Wetter war angenehm; ich ließ es auf einen Spaziergang ankommen.

»Du bist lieb, Freddy – aber ich finde mich auch allein zurecht. Sacré Cœur erspart mir den Kompaß bei Tag und bei Nacht.«

»Berthy – du kennst nicht das Ödland: die Gärten mit den Fußangeln und Selbstschüssen, die Giftmüllhalden, die überwachsenen Brunnen – wer da hineinfällt, kann dem Licht für immer Ade sagen. Und dann die Penner, die Spanner, die Zuhälter auf dem Verbrecherstrich.«

So ging es hin und her. Freddy führte immer neue und gewichtigere Gründe an – zuletzt sogar die Möglichkeit von Erdbeben. Terremoto – der Boden sei unsicher geworden, an manchen Stellen sei er zu Dolinen eingestürzt. Zunächst habe man den Katakomben die Schuld gegeben, aber die Ursache reiche viel tiefer hinab. Selbst den Straßen sei nicht mehr zu trauen. Manche verliefen schlangenförmig, andere bildeten Kreise und Spiralen, und das über Nacht.

Das war gewiß weit übertrieben, wahrscheinlich sogar erfunden, doch Freddy bedrängte mich immer mehr. Es schien, daß ich ihm ein Wunsch geworden war – ein Anliegen. Ich hatte kaum bemerkt, daß wir uns duzten, auch kannte er schon meinen Vornamen: Berthold – so nenne ich mich seit einiger Zeit. Das entspricht meinem Taufschein, aber da ich viele Paten habe, wechsle ich, wenn es mir beliebt, den Vornamen. Mir ist dann, als legte ich einen Overall an, und ich genieße ein bescheidenes Inkognito. Manche halten es für einen verdächtigen Zug. Aber ich achte die Gesetze, wenngleich auf meine Weise: ich kann meinen Taufschein vorzeigen.

Endlich sagte ich: »Freddy – ich will dir nicht deine Zeit stehlen.«

»Darauf kommt es nicht an. Ich habe Zeit nach Belieben, sogar im Überfluß, und kann dir davon noch abgeben.«

Das war ein mantisches Wort. Ich nahm seine Begleitung oder, besser gesagt: seine Führung an. Freddy ging in die Wirtschaft, wo der »Torero« vom Bande lief. Bald kehrte er als Gebirgsjäger mit umgehängtem Seil und Eispickel zurück. Wollte er damit andeuten, daß er nicht übertrieben hätte, was uns bevorstünde, und daß ich mich auf eine Expedition gefaßt machen solle? – jedenfalls stand die Aufmachung ihm gut. Mir fiel auf, daß er noch die Tassen vom Tisch trug und das Deckchen faltete. Er dachte also schon an die Abendgäste; das wies darauf hin, daß er mit der Montur bluffte. Freilich gab es auch eine andere Erklärung dafür.

☆

Wir brachen auf. Nachdem wir die bewohnten Häuser und die Ruinen hinter uns gelassen hatten, öffnete sich eine Fläche, die mit Gebüsch bewachsen war. Merkwürdig war ein Einzelbaum, dessen Höhe noch die des Rieseneukalyptus übertraf. Er mochte der letzte Zeuge des Botanischen Gartens sein, der, wie mir Freddy sagte, in einer der Zwischenzeiten hier geblüht hatte. Diese Bäume können sehr alt werden. Gigantisch auch ein Pilz, der einen Schuttberg krönte; sein Schirm hätte einer Pilgerschar Schutz geboten, um den Stiel spannte sich ein ringförmiger Tisch.

Auch einige Echsen hatten überlebt; man mußte freilich ihren Biotop kennen, zum Beispiel die Lehmgrube einer Schildkröte. Freddy zeigte sie. Das Tier sei selten geworden, weil Liebhaber ihm nachstellten. Es war wie ein gelehriger Hund auf Kunststücke dressiert. Hatte sich dadurch auch seine Intelligenz verändert? Damals hatten sich die Gelehrten um das Problem gestritten, heut hat man andere Sorgen im Kopf. Unser Exemplar war stattlich; es hatte sich, wie Schildkröten es lieben, um möglichst viel Sonne aufzufangen, schräg an die Lehmwand gestellt. Als wir uns näherten, machte es Männchen wie ein Foxterrier; wir hatten es durch unseren Schatten erschreckt. Es war nicht allein, denn aus der Wand, vor der wir standen, streckte sich eine dunkle Hand hervor. Man mußte das Glied schon Hand nennen, wenn es auch nicht größer als die eines Mulattenembryos war. Freddy schlug mit dem Pickel an die

Stelle, und ein Weibchen mit fünf Jungen bröckelte aus dem Lehm. Keines war größer als ein Talerstück.

Von Freddy, der in Uniform ein Wissen entfaltete, das ich im Bistro nicht vermutet hätte, erfuhr ich, daß diese Gruben die Evolution aufheizten. Früher seien sie ihrer abnormen Bildungen wegen berühmt gewesen, doch später museal geworden, denn man habe Chimären nach Belieben in Laboratorien produziert. Man konnte sie nach Maß bestellen; es gab Kataloge für Liebhaber. Ich hatte davon gehört als von einer Extravaganz der Biotechniker. Man war davon abgekommen; die natürlichen Monster sind schon häßlich genug.

☆

Seit dem Hinweg hatte die Landschaft sich bedeutend verändert; sie schien sich ausgedehnt zu haben, und der Prozeß setzte sich fort. Offenbar hatte es wieder einen Zeitsprung gegeben; wir waren im Wirbel der Spirale, vielleicht im Kern sogar. Die Hütten waren verschwunden; die Wege hoben sich kaum noch vom Untergrund ab. In der Tat glich unser Spaziergang mehr und mehr der von Freddy vorausgesehenen Expedition. Ich fragte mich, ob er nicht auch noch einen Sextanten und andere Instrumente hätte einpacken sollen, wie sie Alexander von Humboldt am Orinoco gedient hatten. Doch obwohl die Sicht trüb wurde, schien Freddy sich frei zu bewegen wie ein seines Zieles sicherer Pilot.

Der Montmartre mit seiner Kuppel war den Blicken entschwunden; es gab keine Ortung mehr. Dabei war es noch früh am Nachmittag. Die Nachtigall begann zu schlagen, und Fliegende Hunde umkreisten den riesigen Baum.

Wurde der Boden nun schwankend, oder begann ich zu taumeln wie beim Aufstehen nach einer schlaflosen Nacht? – es wurde unsicher. Ich tastete mich mit den Füßen über den mürben Tuffstein voran. Die Formen verschwammen – doch nicht im Schiffsnebel in der Manier des genialen Turner, sondern wie durch einen blaßroten Schleier gesehen.

Ich weiß nicht, warum ich das Zitieren nicht lassen kann, besonders wenn es gefährlich wird. Das mag ein Mangel an Phantasie sein, in Todesnähe auch eine Blasphemie. Die Götter lieben das nicht. Sie fürchten, es könnte sich unsereiner an ihren Tisch setzen. Das sei mir ferne, aber ich lebe stärker in den Büchern als in unsrer erbärmlichen Wirklichkeit. Wo etwas gelungen ist in Worten, Bildern, Melodien, prägt es sich mir ein. Es kehrt im Wirbel wieder, wenn ich des Beistands oder auch nur des Trostes bedarf. Vielleicht gibt es einen Trieb, ein Juwel in die Hand zu nehmen, wenn der Untergang droht. Das ist auch ein Obolos.

☆

Eigentlich konnte von Gefahr noch nicht die Rede sein, aber es war unheimlich. Das Unheil liegt auf der Lauer; es wäre besser, wenn die Gefahr sich präsentierte; das stand uns bevor.

Es wurde warm und fast heiß unter den Sohlen; an manchen Stellen zersetzte sich der Boden in bläuliche Flecken wie auf dem Floß der »Méduse« oder dem Holz morscher Erlen an den Flußufern. Diese Flecken begannen unruhig zu werden und zu wandern; sie verbanden sich zu zähflüssigen Rinnsalen, aus denen ein schwefliger Dunst sich verbreitete. Das Atmen wurde schwierig; kein Zweifel, wir waren in eine Solfatara geraten – nicht in die eines ausklingenden Erdalters, sondern in eine beginnende Eruption. Erloschene Vulkane haben sich erholt. Die Kruste ist noch nicht feuerflüssig, aber in Gruben kochend oder glühend heiß. Ich entsann mich des Ausflugs, den ich während meines Aufenthaltes in Neapel nach Pozzuoli gemacht hatte. Dort brodelte es aus der Tiefe; die Alten hielten den Ort für den Schauplatz des Gigantenkampfes, die Christen ihn für die Vorhölle. Auch damals war es dunstig; ich wurde gewarnt. Am Vorabend war ein Engländer verschwunden, der sich ohne Führung auf das Gelände gewagt hatte.

☆

Es versteht sich, daß wir nicht geradeaus marschieren konnten, aber Freddy hielt gut die Richtung; ich fühlte mich sicher bei ihm. Wir kamen voran. Die Eruptionen machten uns dabei weniger zu schaffen als Granaten im Gefecht. Wir sahen zuvor den Dampf aufsteigen und waren gewarnt. Manche warfen nur heißen Schlamm auf, andere Garben von Funken wie die Schneidbrenner.

Bedenklicher war das Anschwellen der Rinnsale. Sie verbanden sich zu Bächen, die nicht mehr zu überspringen waren, auch stiegen Flammen aus ihnen auf. Wenn die Hitze einen Grad erreichte, bei dem der Phosphor nicht mehr brannte, sondern explodierte, war es mit einem Schlage vorbei. Wir hatten die kritische Phase erreicht. Daß ein Nachmittagsspaziergang im Weichbild einer Großstadt diese Wendung nehmen konnte, schien abenteuerlich. Andererseits, objektiv betrachtet: kein ungewöhnlicher Fall. Man steigt ins Auto und endet nach zwei Stunden in der Anatomie. Heut fährt jeder mit tödlicher Geschwindigkeit.

☆

Bei einem Unfall geht es schnell. Dagegen war unser Abenteuer, wenn ich so sagen darf, eher romantisch: es entwikkelte sich. Es gehörte zu jenen, die als Schleife beginnen und sich zum Knoten schürzen – die Schlinge zieht sich zu. Der Weg, im Anfang labyrinthisch, nahm Formen an, er kristallisierte sich. Wir konnten uns nicht mehr auf den Zufall verlassen – wir waren zum Handeln gezwungen; entweder – oder, jetzt oder nie.

Es war sehr hell geworden; der Montmartre war nicht mehr durch Dunst, er war durch Feuer verhüllt. Hinter uns hatte der Glutstrom sich zum Kreis geschlossen oder, genauer gesagt, zum Oval. Es gab kein Zurück mehr, doch auch in der Front sah es böse aus. Merkwürdig war, daß dieses Oval, wie durch eine Fata Morgana gespiegelt, auch vor uns erschien, so daß beide den Umriß einer Sanduhr bildeten – einer glühenden Acht.

Ich überschlug unseren Spielraum; er war beschränkt. Die Glut im Rücken würde uns vorantreiben, ob wir wollten oder nicht. Der Knotenpunkt war auch die einzige dunkle Stelle; vielleicht hatte das Doppelfeuer schon alles Brennbare verzehrt. Es war unwahrscheinlich, doch nicht ganz unmöglich, daß wir dort ausharren konnten, bis der Brand in beiden Ovalen erloschen war. Im besten Falle kamen wir ein wenig geröstet davon.

Wie soll ich erklären, daß in dieser hoffnungslosen Lage sich meine Stimmung weiter verbesserte, ja fast erheiterte? Es war Freddys Gegenwart, die Wunder wirkte: sein Bei-mir-Sein stärkte mich mit jedem Schritte, obwohl wir kaum ein Wort wechselten. Freddy war, wenn nicht mein besseres, so doch mein stärkeres Ich. Mir konnte nichts geschehen, solange er bei mir war.

So kam es, daß eine Sorge mich noch mehr bedrängte als das Feuer: die bange Frage, ob Freddy bei mir bleiben würde und ob er dasselbe für mich empfände wie ich für ihn. Er hatte sich vom Kellner zum Kameraden und dann zum Wissenden verwandelt und wandelte sich weiterhin. Er kam mir näher, ganz nahe; es wurde einfacher. Er legte den Arm um meine Schultern; das tat gut.

Das Oval wurde schmäler; es war günstig, daß kein Wind wehte und die Flammen steil aufstiegen. Wir machten Halt bei einem Rasenstück. Das Gras war am Morgen noch grün gewesen; jetzt war es braun. Auch allerlei Tiere hatten sich hierher geflüchtet, darunter unsere Schildkröte. Sie machte Männchen; Freddy nahm sie auf und schob sie in sein Hemd. Das gefiel mir – es konnte also so schlimm nicht stehen. Trotzdem frug ich: »Freddy – ist noch Aussicht für uns?«

»Aussicht in jedem Fall.« Dann, mit dem Arm auf den dunklen Knoten weisend: »Au canon!«

So riefen die Grenadiere, als Grouchy vor Waterloo lavierte, anstatt ins Feuer zu gehen.

Wie gesagt, schätze ich Zitate besonders, wenn es brenzlig wird. Dann werden sie wie eine Auszeichnung verliehen. Nach wenigen Schritten hatten wir die Taille erreicht. Sie wurde durch eine Doline gebildet, deren Trichter sich fast lotrecht absenkte. Hier hatte das Feuer nichts ausrichten können, aber die Flammen bliesen darüber her. Schwaden wie über einer Küche oder einer Werkstatt verhängten die Sicht. Fußte der Trichter auf der Erdglut, oder hatte er das Grundwasser erreicht? Die Schwaden, die bald wie Rauch und bald wie Dampf aussahen, sagten nichts darüber aus. Was dort unser harrte, war nicht zu erkennen, doch ging es jetzt um Sekunden – wir mußten hinunter auf jeden Fall.

Freddy schlug den Pickel in die Erde und machte das Seil daran fest. Mir fiel auf, daß er Schlaufen darein geknüpft hatte. Daran mußte er schon im Bistro gedacht haben. Warum aber den Eispickel? Vielleicht war es dort unten so kalt. Ich fragte:

»Freddy – sind wir verloren?«

Er antwortete: »Das wird nicht akzeptiert. Aber wir müssen heiraten.«

Das sah ich ein.

Wilflingen, 12. August 1988

Zwischen zwei Gewittern zu den Billafinger Drei Kreuzen, die 1939 errichtet und jetzt erneuert worden sind. Der Mais hat Kolben angesetzt. Sie sind noch milchig, während die Staubfäden zu einem rotbraunen Gespinst vertrocknet sind. Die Pflanze ist stattlich, doch laugt sie den Boden aus. Mit Recht wurde der Mais in vorkolumbianischen Zeiten als göttlich verehrt. Es heißt, daß er nächst dem Reis die größte Anzahl von Menschen ernährt. Ich weiß nicht, ob die Verwendung als Viehfutter in die Rechnung einbezogen ist. Dabei nimmt der Anbau noch weltweit zu.

☆

Auch von den Lesern gilt, daß einer für tausend zählt.

Es wird alles so brennbar. Aber ich bin bei Guillemont gegen das Feuer geimpft.

Warum bin ich »umstritten«? Der Titel steht mir zu. Die Politik gibt nur den Anlaß, mein Verhältnis zum Tode den eigentlichen Grund. Es wirkt auf manche stimulierend, auf viele ärgerlich.

Gewohnheit als Amme. Wenn einer stirbt, nachdem er dreißig Jahre lang an mir herumgemeckert hat, vermisse ich auch ihn.

Revision polemischer Notizen und deren Ausmerzung. Passieren mag:

»Moderne Theologen: Adventskerzen-Auspuster.«

Und ferner:

»Wer von Stinktieren verfolgt wird, muß gegen den Wind laufen.«

Das Alter spürt man nicht bei der Arbeit, sondern bei den Festen: nicht wenn man schreitet, sondern wenn man springt.

Wilflingen, 30. September 1988

Traum, juste milieu. Ich war für fünf Uhr nach Steglitz eingeladen und hatte noch einige Stunden Zeit, während deren ich am Rande von Parks und öffentlichen Gärten spazieren ging. In einem davon war eine Wirtschaft eingerichtet; es standen Tische im Grünen, an denen bedient wurde. Früher mußte hier ein Friedhof gewesen sein. Die meisten Gräber waren eingeebnet, doch standen vereinzelt noch Säulen und Urnen aus der Biedermeierzeit.

Immerhin hatte soeben eine Beerdigung stattgefunden; das war wohl eine Ausnahme. Sie stand zu der fröhlichen Gesellschaft, die hier tafelte, in seltsamem Kontrast. Wie sollte ich ihn mir erklären? Ich nahm an, daß sich das Ahnengrab einer alten Familie erhalten hatte, in dem einer ihrer Letzten bestattet worden war; wahrscheinlich hatte er es in seinem Testament verfügt. Diese Vermutung schien mir auch der Uniformen wegen begründet, die ich am Grab erkannte – die Trauergemeinde hatte sich noch nicht zerstreut. Zu meiner Überraschung sah ich nun den König, um den sie einen Halbkreis bildete.

Es traf sich, daß ich meines Besuches wegen schon mit Zylinder unterwegs war – ich nahm ihn ab und bezeugte am Grabe dem, der dort ruhte, meine Reverenz. Der König erwies mir die Ehre, mich anzusprechen; er fragte mich, ob ich den Toten gekannt hätte.

»Nein, aber da ich Eure Majestät an seinem Grabe sehe, muß er ein guter Untertan gewesen sein, und in diesem Sinne bin ich ihm verwandt.«

Die Antwort schien dem Monarchen zu gefallen; wir kamen ins Gespräch.

Die Gesellschaft ging dann zu einer Tafel, die für sie vorbereitet war. Sie war mit dem Silber der Familie gedeckt. Der König lud mich zum Sitzen ein.

»Majestät – mein Platz dürfte eher hinter als auf einem dieser Sessel sein.«

Auch das kam gut an. Der König sprach mit einem Adjutanten, der mich an einen der Nebentische führte, die für die Beamten und die Begleitung bestimmt waren. Damit begann ein neuer Abschnitt meines Lebens; ich machte bei Hofe Fortune. Mit einem Begräbnis fing es an. Es war mein eigenes.

Wilflingen, 9. Oktober 1988

Grüne Körner. Ich wollte Saint-Sauveur besuchen, den Autor des Werkes über die Käfer Mallorcas – ich kam mit einer Frage an ihn. Es war nicht einfach gewesen, seine Wohnung zu finden; er führte ein unstetes Leben, nachdem sein Bettschatz leprös geworden war. Auch vordem hatte er unter dem Namen Graf Neufeld nur mit wenigen Freunden verkehrt.

Vor dem Hause traf ich seinen Anwalt, von dem ich erfuhr, daß der Graf oben im fünften Stock eine ärztliche Praxis begonnen habe, die stark überlaufen sei. Wahrscheinlich würde er für mich keine Zeit haben. Versuchen könnten wirs trotzdem.

Das Haus war verwohnt; es war nach Kriegen und Inflationen abgetragen wie ein oftmals gewendeter Rock. Der

Fahrstuhl war seit langem außer Betrieb. Penner hatten sich darin ein Nachtlager zurecht gemacht. Auf den Treppen roch es übel; die Spülung war defekt. Der Küchendunst mischte sich mit dem widriger Abfälle. Vor den Etagen hatten sich Gruppen von Auf- und Absteigenden gebildet, die dort, um Luft zu schöpfen, rasteten. Sie unterhielten sich in einer mir unverständlichen Sprache, die einem medizinischen Wörterbuch entnommen schien.

Auch wir mußten beim Aufstieg Pausen einlegen. Dabei erfuhr ich von dem Anwalt Näheres. Der Graf hatte auf sein Diplom zurückgegriffen, als es mit der neuen Seuche ernst zu werden begann. Der Tod seiner Freundin mochte den Anlaß gegeben haben, doch hatte er von jeher eine Neigung für Morbides und Anbrüchiges gehabt. Wenn er auf seiner Insel erfuhr, daß ein alter Olivenbaum gefällt werden sollte, hatte er ihn dem Bauern abgekauft. In seinen Ställen genossen Pferde und Hunde bis zu ihrem natürlichen Tode das Gnadenbrot. Wenn das ein Zeichen von Dekadenz war, dann ein erfreuliches. Daher wohl auch die Wahl dieses Hauses und die Sorge für diese dahinvegetierende Klientel, die sich von der Seuche wie von einem Tier, das noch keinen Namen hatte, am Halse gepackt fühlte.

Der Andrang erklärte sich dadurch, daß man ein neues Mittel gegen diese Geißel entdeckt zu haben glaubte – ein solches Gerücht alarmierte die Kranken fast in jedem Monat und wurde ebenso bald als Fata Morgana erkannt. Aber man klammert sich an einen Strohhalm, bevor man ertrinkt.

Diesmal war es das Korn eines besonderen Weizens, der aus China importiert wurde. Man pflanzte es dem Kranken ein und konnte es sogar ihm selbst überlassen, da seine Haut sich schon im ersten Stadium des Leidens veränderte. Sie wurde locker und schwammig wie ein Acker, auf den es während des Monsuns geregnet hat. Sie konnten sich das Korn mit dem Daumen eindrücken. Und da viel bekanntlich besser hilft als wenig, begnügten sie sich nicht mit einem einzelnen.

Die grünen Körner waren über Nacht in Mode gekommen; sie wurden unter diesem Namen angeboten und verabreicht, obwohl sie eigentlich gelb waren. Aber die Titel werden in der Rangordnung verliehen, die Eindruck macht. Nach einigen Tagen wurden die Keimlinge grün. Das schaffte, wenigstens in der Stimmung, eine günstige Wirkung, ein Frühlingsgefühl.

Das Sprechzimmer war überfüllt. Leider war der Chef nicht anwesend. Hinter seinem Pult saß ein kleiner Chinese und teilte die Weizenpäckchen aus. Es gab weder Rezepte noch Rechnungen.

Obwohl das Mittel erst seit kurzem bekannt war, mußten es viele, ja fast alle bereits verwandt haben. Ich sah es am grünen Flaum um Kinn und Wangen, mit dem sie wie Waldmenschen auftraten. Dagegen fielen die Neulinge mit ihren Runzeln und Schrunden erbärmlich ab.

Ich hatte den Grafen nicht getroffen; er hatte jetzt andere Anliegen als damals in der Macchia, die wir mit dem Netz durchstreift hatten. Was ich hier sah, stimmte mich traurig: all diese Leiden und diese Hoffnungen, die morgen enttäuscht werden sollten – wozu kommen wir auf die Welt?

Ich trat ans Fenster und blickte in einen trüben November hinaus. Das Holz des Fensterbrettes war mürb wie Zunder; der Hausschwamm nistete in ihm. Einige Weizenkörner hatten sich hierher verirrt und keimten auf dem mulmigen Grund. Dazwischen waren Pfennige gelegt. Sie stammten von den ganz Armen und ihrer Dankbarkeit.

Wilflingen, 23. Oktober 1988

An Julien Hervier: »Wie ich Ihnen schon mitteilte, hat mich Ihr Vorwort auf das angenehmste überrascht. Damit hat sich mein Vorschlag, auch Herrn Kabermann zu bemühen, erübrigt – Sie besitzen eine noch größere Übersicht als er und auch als ich selbst, der nie wieder sich mit dem Buch beschäftigt hat und dem auch viele Einzelheiten der politischen Lage entfallen sind. Immerhin hat inzwischen ein Weltkrieg stattgefunden, und die Edition von ›Der Arbeiter‹

wird bald sechzig Jahre zurückliegen. Ich komme mir vor wie ein Minenleger, der längst in anderen Gewässern kreuzt.

Da Sie das Ganze in die rechte Perspektive gebracht haben, soll es auf einige Errata nicht ankommen – um so weniger als ich noch intensiver denn sonst zu tun habe. Sehr richtig haben Sie bemerkt, daß Polemik nicht zu vermeiden sein wird.

Trotzdem einige Notizen – sie sind nicht als Korrekturen, sondern als Anregungen oder auch nur für Ihr Archiv gedacht. Ich muß Sie um Nachsicht bitten – ich bin nicht im Verzug, weil mir Ihre Arbeit nicht am Herzen läge – aber ich glaube, daß ich mich getrost auf Sie verlassen kann.«

»Unverbindliche Notizen betreffend Ihr Vorwort zur französischen Ausgabe des ›Arbeiter‹:

p. 1 – Vielen deutschen Wörtern wohnt eine Ambi- oder Polyvalenz inne, die schwer zu übersetzen ist. Sie gewinnen in der Übertragung an Logik (Entweder/Oder), verlieren an Stimmung (Sowohl als auch).

›Gestalt‹ nähert sich einerseits der ›Idee‹, andererseits der ›Form‹ und ›Figur‹. Man könnte sie auch als mythisches Gerüst der historischen Erscheinung auffassen. Oder als Genus, das zwar in der Natur nicht vorkommt, wohl aber in den Spezies erscheint, wie diese wiederum in den Individuen. Siehe auch Goethes und Schillers Gespräch über die Urpflanze. Unter der Urpflanze verstand Goethe das Urbild der höher organisierten Gewächse. Der ›Typus‹ ist das Prägende, wie die Type in der Buchdruckerei.

p. 2 ff. – Die ›activité politique‹ sehe ich als wichtigen, doch abgeschlossenen Teil meiner Entwicklung an. Dem entspricht ein Generationsproblem insofern, als in der Jugend der Wille, im Alter die Anschauung überwiegt.

Dabei blieb die Wirkung auf einen bescheidenen Kreis beschränkt. Uns – damit meine ich auch meinen Bruder, Schauwecker, Heinz, Hielscher und andere – standen nur kleine Blätter zur Verfügung, die teils aus der Jugendbewegung, teils aus den Freikorps hervorgingen und die wie ›Standarte‹, ›Arminius‹, ›Vormarsch‹ bald aus Geldmangel ihr Erscheinen einstellten. Eine Ausnahme bildeten der ›Stahlhelm‹, wo wir mehr geduldet waren, und später Niekischs ›Widerstand‹ – dieser allerdings weniger einer Breitenwirkung wegen denn als ›Speerspitze‹. Hätte Niekisch Erfolg gehabt, dann ›links herum‹ unter nationalen Auspizien. Das lag weder im Sinn der Konservativen noch der Sozialdemokraten und der Nationalsozialisten – Niekischs Biographie ist typisch für einen, der zwischen allen Stühlen gesessen hat, zuletzt im Zuchthaus von Brandenburg. Der Typus des Jakobiners ist bei uns zulande leider nicht realisierbar – das lehrte mich unter anderem das einzige Gespräch, das Niekisch mit Goebbels führte und das beiderseits unversöhnlich war. Mussolini hat für Niekisch einen besseren Blick gehabt.

Von den Zeitschriften, die ich erwähnt habe, sind fast alle Nummern verschollen, die meisten introuvables; trotzdem ist dank dem Spürsinn Armin Mohlers eine lückenlose Sammlung meiner Beiträge geglückt. Sie verstehen meine Behutsamkeit, die allerdings nicht darauf beruht, daß ich, wie Plard mir unterstellt, etwas zu verbergen suche, sondern darauf, daß ein Klima zu erhoffen ist, das eine sachliche Würdigung einigermaßen möglich macht.

In einer dritten Gesamtausgabe würde ein ephemerer Teil vom rein literarischen zu trennen sein. Ich denke an eine Anordnung, die vom Politischen zum Theologischen transzendiert. Etwa:

> Neuer Nationalismus / Der Arbeiter / Berichte im Auftrag des Militärbefehlshabers in Frankreich / Der Friede / Der Waldgang / Der Gordische Knoten / Der Weltstaat / Die Zeitmauer / Die Schere

Es gibt auch Überschneidungen, so in ›Heliopolis‹. Mit Recht markieren Sie das ›Abenteuerliche Herz‹ als Wende – es kam zu einer Zweiten Fassung, weil ich mit der Ersten nicht zufrieden war. Bis dahin lag mir der Erste Weltkrieg wie ein Stein im Magen; ich kenne Autoren, die nie darüber hinwegkamen.

Wie recht haben Sie mit der Erwähnung, daß meine persönliche Lage nach 1918 der eines jungen Franzosen nach 1871 entsprach. Nur war der Versailler Friede brutaler als der zwischen Bismarck und Thiers verhandelte. Auch haben wir statt eines Gambetta und eines Clemenceau einen Wilhelm II. und einen Adolf Hitler gehabt.

p. 3 – Barrès, ›Mes Cahiers‹, 2/248: ›Je vous aime surtout, parce que je suis *nationaliste*. Je ne sais pas si j'ai eu la bonne fortune d'inventer le mot, peut-être en ai-je donné le premier la définition.‹

p. 4 – Zu ›réflexions journalistes‹. (›Jünger ait décidé de les exclure.‹)

Für ›exclure‹ würde ich vorschlagen ›reserver‹.

p. 4 – Zu ›Cœur Aventureux‹. Das Buch stellt in der Tat einen Übergang zum rein Literarischen dar. Ebenso wichtig, wenngleich weniger bemerkt worden, ist der ›Sizilische Brief an den Mann im Mond‹. Diese Reflexion und die ›Zollstation‹ bilden die Ansatzpunkte zur ›Schere‹ – des Textes, den ich in diesen Wochen abschließe. Beide, ebenso wie ›Besuch auf Godenholm‹, wurden in Frankreich intensiver aufgenommen als bei uns.

Zu dieser Zeit begannen auch Schwierigkeiten mit der Terminologie. Wörter von gutem Gewicht wurden durch die Demagogen verschlissen, degradiert. ›Blut und Boden‹ zum Beispiel als mythische und historische Größen jeder Politik wurden in diesem Sinne noch von Spengler verwandt. Dennoch begann ich sie und andere Begriffe aus meinen Texten auszumerzen. Eine Überarbeitung des ›Wäldchen 125‹, damals entstanden, lohnt den Vergleich.

Ein französischer Raubdruck, kürzlich erschienen, bringt natürlich den alten Text. Freilich ruft er in Frankreich weniger unangenehme Erinnerungen wach.

p. 5 – ›Figure‹. Die ›Gestalt‹ als mythische Größe tritt in die historischen Figuren ein. Vico: ›Jede Nation hat ihren Herakles.‹ Als solcher wurde von den Skythen Zalmoxis verehrt. Bei den Deutschen ist es Siegfried – es finden aber auch Minderungen statt. Heute sind es berühmte Fußballspieler oder Karl Mays ›Old Shatterhand‹.

p. 7 – Ihrer Notiz über Plato stimme ich zu. Es wäre zu harmonisieren:

Platos Schatten
Thomas von Aquins Substanz und Akzidentien
(Akt und Potenz)
Leibniz' Monaden
Kants Ding an sich.

Versuche es in der ›Schere‹, die nicht wie jene der Atropos schneiden soll.

p. 8 – Vielleicht hätte ich den Unterschied zwischen der ›Gestalt‹ und dem ›Übermenschen‹ stärker betonen sollen. Der Übermensch ist in Aktion. Die Gestalt strahlt Aktion aus, ähnlich dem Feldherrn, der nach Clausewitz Bewegung schafft, sich selbst jedoch nicht vom Platze bewegt.

Die Gestalt ist den Titanen, aber den ›Großen‹ verwandt. Sie hat wie Prometheus ein neues Feuer – nicht vom Himmel, sondern aus der Erde geholt. Sie verändert den Menschen stärker, als Nietzsche gedacht hat – auch genetisch sogar. Unter anderem steht der Homunkulus sowohl automatisch wie mechanisch auf dem Programm.

p. 9 – Malraux. ›Avant que je commençais à vivre quand je sortais de l'usine; maintenant je commence à vivre quand j'y entre.‹

Dann müßte sich die Arbeit ändern – etwa so, wie ein Chauffeur kaum noch einen Unterschied darin findet, ob er ›im Dienst‹ oder spazieren fährt. Ein günstiges Prognostikon ist auch, daß der Mensch immer mehr von der Handarbeit entlastet wird. Die Beschäftigung mit dem Computer beginnt als Kinderspiel.

p. 9 – ›... ridicule de prêter au ›Travailleur‹ une quelconque influence sur la formation de l'idéologie nazie.‹ Sie haben auf p. 10 die Kritik im ›Völkischen Beobachter‹ erwähnt. Goebbels ließ eine Zeitschrift verbieten, weil sie ein Bild von mir brachte. Von Anfang an bis zum Ende des Krieges hatte ich mit den Leuten Schererei. Die Armee gab mir eine gewisse Deckung, war nach dem 20. Juli aber froh, daß sie mich los wurde.

Die erwähnte bösartige Bemerkung im ›Völkischen Beobachter‹ hatte ihren Grund. Am Schluß des ›Arbeiters‹ wurde unter anderem bemerkt, daß die Gestalt des Arbeiters weder nationalen noch sozialen Charakter trägt. Beides sind Arbeitscharaktere, wie das besonders in Rußland deutlich geworden ist. Die Besinnung auf die nationale Komponente ließ die Russen den Krieg gewinnen. Zur Zeit scheint es, daß sie sich auf den Sozialismus zu stark eingelassen haben; nicht er, sondern die Technik ist ›die Weltsprache des Arbeiters‹. Man darf sagen, daß auf diesem Sektor zwar nicht der Weltstaat, wohl aber der Welt-Status bereits verwirklicht ist.

p. 11 – ›La polémique virulente contre la République de Weimar ...‹. Dazu, was ich über den jungen Franzosen nach 1871 notiert habe. Davon abgesehen, bin ich der Meinung, daß den Deutschen, wie überhaupt den germanischen Völkern, die Monarchie angemessener ist. So wäre den Juden die furchtbare Verfolgung erspart geblieben, wenn die Fürsten weiter regiert hätten. Für den ›Arbeiter‹ allerdings sind solche Möglichkeiten antiquiert. Der Cäsarismus, wie Nietzsche und Spengler ihn in anderen Zusammenhängen vorausgesehen haben, liegt ihm näher und hat sich angedeutet in Latifundien, unkontrollierten Machtergreifungen und Kriegen, neuen Gewalthabern. Jedenfalls setzt das Anwachsen ungeheurer Energien eine zentrale Ordnungsgewalt voraus. Ein Beispiel liefert die Kernenergie, insbesondere die Atombombe. Ich habe das in meinem Gespräch mit Moravia ausgeführt, das im ›Espresso‹ publiziert worden ist. Ich könnte im Lauf der Entwicklung immer neue Zusätze zum Thema machen, aber es ist für mich abgeschlossen; ich habe anderes zu tun. Daß ich indessen die Einbeziehung der ›Maxima – Minima‹ für wichtig halte, schrieb ich Ihnen bereits.

Mit Ihrer ›Note sur la traduction‹ bin ich einverstanden, besonders auch damit, daß Sie Fußnoten einfügten.

Eine Quisquilie zur Terminologie: Travail wird auf ›tripalium‹ zurückgeführt.«

Wilflingen, 12. November 1988

Lohwald. Die Nadeln der Lärchen bilden, wo sie dicht liegen, einen sanften Teppich; der Weg wird rotbraun wie eine der schönsten Haarfarben.

Am Waldrand ein Doppelecho – am besten kam das O zurück und dann das I. Die übrigen Vokale matt, kaum wahrnehmbar.

Ich versäumte, den Besuch der Drouins zu erwähnen; sie kamen aus Kanada und brachten Käfer als Geschenk mit – das Klima von Quebec muß bedeutend milder als das von Wilflingen sein.

Im Garten. Auf dem Weiher der Wasserläufer; ich erfuhr bei der Gelegenheit von Gontran Drouin, daß das Tierchen drüben auch »Jesus-bug«, also Jesus-Wanze, heißt. Das ist zoologisch richtig und ein schöner Vergleich.

☆

Jeder Fortschritt entpuppt sich, wenn er lange genug dauert, als Teil einer zyklischen Bewegung und führt endlich zum Anfang zurück. Siehe die Weltumseglung oder den Marsch in der Wüste; das Erschrecken beim Anblick der eigenen Fußspuren. Es fragt sich, wieviel auf der Strecke bleiben, wenn Völker daran teilnehmen.

Spenglers »kopernikanische Wendung in der Geschichts-Schreibung«.

Etappen des Ruhmes und seine Halbzeit: bis einer ins Lexikon kommt und wieder gestrichen wird.

Ein eigenes Kapitel ist das Verhältnis von Ruhm und Nachruhm, reich an Enttäuschungen und Überraschungen, für den Betroffenen irrelevant.

Wilflingen, 25. November 1988

Erster Advent. Das Stierlein vergaß nicht Kranz und Kerzen, auf dem Friedhof brannten viele Lichter, das Pfarrhaus war angestrahlt.

Weiter in der Abschrift der »Schere« – ich komme mir vor wie ein Architekt, der zur Inneneinrichtung und den Gebrauchsmöbeln übergehen muß, etwa zur Ausstattung von Ideen durch Beispiele.

»Beispiel« ist eines unserer besten Wörter, weil es alles, was man denkt und treibt, zum Spiel nobilitiert. Das lateinische »exemplum« ist schwächer, da es nur das »aus einer Menge gleichartiger Dinge Herausgenommene« markiert.

☆

Historiker, die scheints nichts Besseres zu tun haben, streiten darüber, ob Hitler »einmalig« sei. Dabei geht es vor allem um die Ziffer, nicht um die Bösartigkeit.

Einmalig ist Kain, weil er Genus und Typus vertritt. Kain ist der Brudermörder schlechthin. Damit läßt sich kein Individuum vergleichen, selbst wenn es mit Atombomben kommt.

☆

Irrtümer, die in Rauch aufgehen, nachdem zweihundert Millionen dafür zugrunde gegangen sind. Hat da einer am

Schreibtisch mal schief gedacht? Wurde ein Kaminfeuerchen zum Flächenbrand? Ein Schiläufer tritt eine Lawine los. Aber die Kurve war gut. Historiker als politische Trittbrettfahrer streiten um Fakten, die sich der Geschichte entziehen. Wenn im Erdinneren zwei Schollen sich nähern oder streifen, erfolgen Katastrophen auf dem Festland, zur See und in der Luft. Zum Verständnis der Erdrevolution müssen wir weit hinter die Geschichte zurückgreifen. Geändert wird darum nichts. Selbst am Ozonloch flicken wir nur herum. Jede Epoche hegt ihre Albträume. Die unseren sind technischer Natur.

☆

Keyserling, einer der genialen Balten, war nach dem Ersten Weltkrieg neben Spengler Mode, auch bei meinem Bruder und mir. Ich entsinne mich, bei ihm (in der »Weltreise«?) gelesen zu haben, die Ideen müßten einen Stand erreichen, in dem man um sie wie um Bäume herumgehen könne.

Das kann eigentlich nur durch Erfahrung geschehen. Dazu Schiller im Gespräch mit Goethe über die Urpflanze: »Das ist keine Erfahrung; das ist eine Idee.« Darüber ärgerte sich Goethe, aber vielleicht haben wir erst auf dem Umweg über die Physik eine Einsicht gewonnen, die beiden Partnern entspricht.

☆

Eine phantastische Erzählung wird glaubwürdig, wenn reale Elemente sie unterstützen – eine Gesteinsprobe, in der Kristalle aufglänzen. Da wird die Brille geputzt.

Wilflingen, 28. November 1988

Banine ist seit ihrem Unfall in der Rue Lauriston zum ersten Mal eine halbe Stunde ausgegangen, ohne Schmerzen und ohne Stock. »It was high time.«

Sie hat wegen der Übersetzung des Titels »Zwei Mal Halley« mit Julien Hervier konferiert, da die wörtliche

Übertragung unbeholfen klingt. Nachdem sie »Retrouvailles« erwogen hatten, einigten sie sich auf »Revoir Halley«, dem auch ich zustimme.

☆

Jenningers Rede vor dem Bundestag. Es gibt heiße Eisen – wer sie anfaßt, hat entweder die eine oder die andere Phalanx der Dummköpfe gegen sich – vielleicht sogar beide – wie in diesem Fall. Wir sandten ihm einen Beileidsbrief.

☆

Morgen wird Kamerad Fischer beerdigt, einer der Siebzehnjährigen, die sich noch in den letzten Wochen des Ersten Weltkrieges als Freiwillige meldeten. Nun wollte er sterben, aß nicht mehr. Kammerdiener in verschiedenen Häusern, auch bei Börries von Münchhausen. Buch über Silberpflege, Archivar von Wilflingen, Anekdotier. Hoffentlich komme ich noch zur Auswertung seiner Aufzeichnungen. Wie für die meisten meiner Dossiers ist die Todesanzeige das letzte Blatt. Meine Rolle als Türschließer. Dann kommt das Vergessen; die Altersdemenz ist auch ein Aufräumen, für Widder leider kein Genuß. Eigentlich sollte man sich zur Ruhe setzen, bevor man sich zur Ruhe legt.

Wilflingen, 29. November 1988

Zum Friedhof. Novembernebel; die Sonne brach durch, während ich die Blumen ordnete, das Totenlicht entzündete.

☆

Zuvor mit dem Stierlein in einer Stadt, deren Häuser zum Teil zerstört waren. Vielleicht suchten wir deshalb vergeblich nach dem Hotel, in dem wir ein Zimmer bestellt hatten. Vor uns ein Ehepaar – ein kleiner Schotte mit wallendem Rothaar, die Frau einen Kopf größer als er. Ich hörte meinen Namen und sprach sie an, was tagsüber nicht meine Gewohnheit ist. Sie führten uns zum Hotel.

Unterwegs schenkten sie uns Orchideenfrüchte in einer Tüte, die groß wie ein Sack und schwer zu tragen war. Ich wußte nicht, wie sie die so schnell zur Hand hatten. Die Früchte waren pfundig, geformt wie türkische Bohnen, auch gesprenkelt wie sie. Was konnten wir damit zu tun haben? Vielleicht war die Begegnung präpariert. Ich sagte zum Roten: »Die kommen in der Natur nicht vor.« Er antwortete: »Natürlich nicht.«

Wir gingen dann aufs Zimmer; das weitere entzieht sich dem Bericht.

☆

Meine »jungen Leute« werden alt. Max Valentiner meldet sich aus Caracas zurück, wo seine Familie seit langem eine Rolle spielt. Sein Vater, der alte Kaleu und »Schrecken der Meere«, hat wie viele Marine-Offiziere für eine weit verzweigte Verwandtschaft gesorgt.

»Ich bin schon wieder einige Zeit in Deutschland, nachdem mir die Kriegsgefahr für dieses Jahr vorübergegangen scheint. Caracas ist jetzt eine von diesen Städten, die aus Beton, Hochhäusern, Einkaufszentren, Autoschlangen und farbigen Menschenmassen bestehen. Das Leben spielt sich in den Tennis- und Golfklubs ab, die höchst elegant und sauber sind. No cultura, dürftige Buchhandlungen. Wenige Leute sind ganz weiß. Für Weiße ist es gefährlich, nachts auf die Straße zu gehen.«

☆

Umbilicus. Die Türkenbohne keimt in die Erde und mit einer genialen Wendung aus ihr hervor. Die Keimblätter erheben und entfalten sich zum Licht. Wurzeln und Zweige, Arme und Füße setzen an.

Die Erde ist Brot. Uns ist diese unmittelbare Nahrung nicht vergönnt. Wir müssen mit dem Kuchen vorlieb nehmen. Aber letzthin birgt jeder Laib auch das Korn. Hierzu Paulus an die Korinther 1,15.

Wilflingen, 13. Dezember 1988

Auf dem Friedhof. Gespräch mit dem Totengräber, der eine Grube aushob, über den Selbstmord eines Studenten, der morgen beerdigt wird. Im Grabe Grundwasser.

Gang nach Langenenslingen. Über den Eichberg zurück. Halbwegs die alte Linde, Rastplatz für Krähen und Greifvögel. Sie wurde dieser Tage zum Ypsilon, zur Mann-Rune gestutzt. Im Grunde eine Zurückführung auf die Urform, die jeder Baum von der ersten Verzweigung an wiederholt.

Viele xylobionte Geister. Sie wohnen in Bäumen und stellen sie dar, werden in Kulten verehrt. Nicht umsonst klopft man an Holz. Die Ausrottung der Wälder zählt zu den Symptomen des Atheismus und wird tantalisch gebüßt.

☆

Ich lese wieder einmal in Léautauds Memoiren – er war, ähnlich wie Harden, ein Meister der Theaterkritik. Sekretär des »Mercure de France« bis 1940. Michel Mourre prophezeite ihm, daß er, Autor seines »Journal littéraire«, als einer der freiesten Geister unserer Zeit überleben wird.

Die politischen Wochen- und Halbmonatszeitschriften leben von der Polemik und steigern sie zum Pamphlet. Ein Feindbild ist dabei unentbehrlich; es kann wechseln, während der aggressive Charakter des Editors den Rahmen stellt. Ein Prototyp ist Rochefort mit seiner »Lanterne« – Léautaud, der ihn noch persönlich gekannt hat, erzählte gern von ihm; er fühlte sich ihm verwandt.

Typen, die periodisch ihre Galle entleeren, leben gefährlich; Rochefort verbrachte einen Teil seines Lebens in Gefängnissen, war sogar nach Neu-Kaledonien deportiert, von wo ihm die Flucht gelang. Er war ein prominenter Gegner des dritten Napoleon, später auch Antidreyfusard.

Maximilian Harden, der Wilhelm II. mit seiner »Zukunft« besonders durch den Eulenburg-Skandal schwer schädigte, wurde nach dessen Sturze Ziel eines Attentates und emigrierte in die Schweiz. Sein Fazit: »Im Kaiserreiche lebte man wenigstens in Sicherheit.«

Wilflingen, 15. Dezember 1988

»Den Freunden unseres Hauses mit besten Advents-, Weihnachts- und Neujahrswünschen gewidmet«, erfreut auch mich alljährlich, und heuer schon in der elften Folge, die Buchhandlung Lauch aus Neu-Isenburg durch ihre »Literarische Brosamen / Denkanstöße für Leser«. Eine Sammlung von Treffern in guter Komposition:

»Zwei Eigenschaften schützen im Leben: Haushalten und Aushalten.« (Theodor Billroth)

»Menschen treten oft in unserem Leben auf, als seien sie geschickt; man erfährt nicht, warum sie in unser Schicksal eingreifen. Sie wissen es vielleicht selber nicht.« (August Strindberg)

»Der Mensch ist stets grausam gewesen. Nur stehen ihm heute perfektionierte Mittel zur Verfügung, diese Grausamkeit auszuüben. Doch auch die Antike war schrecklich grausam. Im Grunde haben wir es zu allen Zeiten mit demselben Phänomen zu tun: nämlich mit der Freude daran, anderen Leiden zuzufügen.« (Julien Green)

»Wer nicht an Unsterblichkeit glaubt, gleicht einem, der den Sonnenaufgang leugnet, weil er erblindet ist.« (Carl Ludwig Schleich)

»Was von Heraklit geblieben ist, sind nicht Fragmente, sondern Aphorismen. Die Verwitterung läßt nur das härteste Gestein übrig.« (Friedrich Georg Jünger)

Hierzu auch: »Eine gute Sentenz ist zu hart für den Zahn der Zeit und wird von allen Jahrtausenden nicht aufgezehrt, obwohl sie jeder Zeit zur Nahrung dient: dadurch ist sie das große Paradoxon in der Literatur, das Unvergängliche inmitten des Wechselnden, die Speise, welche immer geschätzt bleibt, und niemals, wie selbst dieses, dumm wird.« (Friedrich Nietzsche)

Wilflingen, 30. Dezember 1988

Ich lese in der Zeitung eine Nachricht aus Madrid:

»In der Anflugschneise des Flughafens von Palma de Mallorca ist jetzt ein vermutlich aus der Bundesrepublik Deutschland stammender ›blinder Passagier‹ tot gefunden worden, der am 10. November im Fahrwerk einer Boeing auf dem Flug von Hannover nach Mallorca zerquetscht worden war. Wie die spanische Zeitung ›El Pais‹ berichtet, wurde der Tote zufällig von Jägern auf dem Gelände eines Bauernhofs entdeckt.

Die Obduktion hat ergeben, daß es sich um einen Jungen im Alter von sechzehn bis achtzehn Jahren handelt, der Jeans und drei Paar Socken übereinander getragen hat. Der Leichnam war zerquetscht. Dieser Umstand legt die Vermutung nahe, daß es sich um den blinden Passagier handelt, der sich im Fahrwerkschacht des Düsenflugzeugs versteckt hatte.

Die mit Urlaubern aus Hannover kommende Maschine hatte bei der Landung in Palma erst nach 36 vergeblichen Versuchen das klemmende Fahrwerk ausfahren können. Bei einer Überprüfung des Fahrwerkschachts nach der Landung wurden dann starke Blutspuren eines Menschen, blonde Haare und Süßigkeiten gefunden. Der Pilot hatte schon vorher während der Manöver zum Ausfahren des Fahrwerks durch ein Kontrollfenster ein menschliches Bein entdeckt. Die Suche nach dem Toten verlief jedoch erfolglos, bis jetzt die Jäger auf die sterblichen Überreste des Unglücklichen stießen.«

Das hat mich, bald wie ein eigenes Erlebnis, gerührt. Daß ich an einem Materialkrieg teilgenommen hatte, war mir erst post festum bewußt geworden.

Der blinde Passagier ist mir literarisch nur in der Figur des Gordon Pym bekannt, die auch Carl Schmitt schätzte, wie Poes Capriccios überhaupt. In diesem Zusammenhang machte er mich besonders auf Melvilles »Benito Cereno« aufmerksam, in dessen Konflikt er seine eigene Situation während des Dritten Reiches erkannte, und wies auch auf die Lage der Brüder im Schatten der Mamorklippen hin. Beide Erzählungen beschäftigten ihn 1947 zu gleicher Zeit.

Der blinde Passagier ist eines Ortswechsels bedürftig; er emigriert entweder aus Neugier, oder weil er sich gefährdet fühlt. Seine Fahrt ist ungesetzlich, ein Abenteuer in jedem Fall. Er muß sich verbergen und darf sich erst zu erkennen geben, wenn er sich in Sicherheit wähnt.

Epochal wird diese Ausflucht für den musischen Menschen während der Herrschaft der Eisernen, die der Dichter nach Hölderlins Rat am besten schlafend oder dionysisch verbringt. In der Tat – was hat er mit Automobilen und Flugzeugen zu tun? Hier ist er ein fremder und kaum noch geduldeter Gast, der am besten sein Wissen und sein Eigentum verbirgt. Er ist nicht auf dem Monde, sondern hinter ihm bei Selene zu Haus. Wo er sich auf die Technik einläßt, sei es als Krieger oder als Träumer, wird er zum Ritter von der Traurigen Gestalt. Als blindem Passagier steht ihm noch eine lange Fahrt bevor.

Wilflingen, 31. Dezember 1988

Bei den Grimms ist »Laib« mit »Leib« fast identisch oder wenigstens als einer seiner Unterbegriffe registriert. Der Gleichklang findet sich in keiner anderen Sprache; mir scheint die Ambivalenz bedeutend – besonders wo sie die Transzendenz berührt. Ich fühle mich sogar versucht, »Laib« in das Neutrum zu versetzen, also »das Laib, die Laibe« im Unterschiede zu »die Leiber« und »der Leib«.

Der Auferstandene ist im Scheinleib erschienen; strittig bleibt, ob das Abendmahl einem Laib oder einem Leibe entstammt.

Von den Kirchenvätern bis zu den Reformatoren wimmelt es in dieser Hinsicht von Widersprüchen; bislang fehlt einer, der die Begriffe scheidet und gültig konstituiert.

☆

In der Dämmerung am Weiher. Als ungewöhnliche Gäste sah ich vier Reiherenten, zwei Pärchen; sie schwammen in Linie.

Sodann am Friedhof wie immer am letzten Tag des Jahres – dieses hat mir zwei Treffer zugefügt.

1989

Wilflingen, 12. Januar 1989

An Pierre Morel, zur Übersetzung der »Zeitsprünge«:

»Herzlichen Dank für Ihre Übersetzung. Mir hat sie gut gefallen, und ich hoffe, daß sie französischen Ohren ebenso wohl klingen wird. Daß Sie sich trotz Ihrer wichtigen Geschäfte diese Mühe gegeben haben, hat mich gerührt.

Zu Ihren Fragen: ›Ahasver‹ ist der ›Ewigjunge‹; eine ähnliche Figur ist bei den Arabern ›Chidher‹, dem Rückert ein Gedicht gewidmet hat. Natürlich kann man auch den ›Ewigen Juden‹ dafür einsetzen. Das steht bei Ihnen; Sie können überhaupt frei verfahren mit dem Text. Gemeint ist bei dieser Stelle, daß es für Ahasver keinen Sinn hat, sein Zeichen in die Bäume zu ritzen, da sie, wenn er wiederkommt, längst gefällt worden sind. Ahasver tritt nicht auf als ›homme sans feu‹, sondern als der Uralte, der alle fünfhundert Jahr ›wiederkehrt‹.

Zum Schluß: ›das sah ich ein‹ – – – ›Heiraten‹ ist als letzte, sakrale Verbindung gedacht – über den Tod hinaus. Der letzte Satz muß also Gewicht haben. Wie das auszudrücken ist, können Sie besser beurteilen als ich. Man könnte hinzufügen ›Ins Feuer also‹. Daß Freddy übrigens einen ›Eispickel‹ mitgenommen hat, ist ein gutes Augurium.

Soviel zu Ihren beiden Fragen. Leider haben Sie die Blätter nicht paginiert. Ich habe das nachgeholt:

p. 13 – le garçon ›vint‹ – könnte man dafür auch ›revint‹ setzen?

p. 11 – ›la grande Rue‹ sind die Elysées. Ist aber wohl unwichtig.

p. 8 unten – ›Vieux compagnon‹. Hier könnten wir vielleicht den Text setzen, den ich irgendwo gelesen oder gehört habe:

Viens, viens, vieux copin
je veux tester tes vins.

Soviel in Kürze. Ich bin jetzt mit der ›Schere‹ beschäftigt, mit der ›Schere, die nicht schneidet‹ – die Revision macht mehr zu tun als die Niederschrift. Der Text, den Sie übersetzt haben, gehört übrigens nicht dazu, sondern zu ›Siebzig verweht IV‹.«

Wilflingen, 17. Januar 1989

Weiter in der »Schere«. Ich strich die folgende Passage aus einem Absatz über das Verhältnis von Realismus und Impression:

»Eine weitere Frage wäre, ob nicht der Intellekt durch Präzisierung die Wirkung des Kunstwerks schwächt. Das Überdeutliche kann auch vital erreicht werden – etwa in den ›Kirschen‹ Spadinos, bei deren Anblick das Wasser im Mund zusammenläuft. So hat Antonius sie in der Wüste gesehen. Auch im Augentrug barocker Stilleben und in der Lüftlbemalung von Fassaden steckt viel Intuition.

Die andere Seite der Medaille ist die Vermeidung des Gegenständlichen. Für das an Objekten geschulte Auge ist der Rang eines gegenstandslosen Werkes schwer zu beurteilen. Es könnte ein Grad erreicht werden, in dem die Schere als Objekt verschwände und nur der Schnitt als Motiv bliebe – der Anblick könnte sowohl schmerzen wie sich der Musik nähern. Das Einhorn tritt aus dem Dickicht hervor.«

Wilflingen, 21. Januar 1989

Die Rauhnächte waren unfreundlich. Zuletzt noch ein Nobiskrug am Waldrand in Friedhofsnähe – wie kam ich dorthin? Ich hatte ein Bad bestellt, das schon gerüstet war. Das Badezimmer dampfte; als ich die Tür öffnete, erlosch das Licht. Ich griff in die Wanne, um die Wärme zu prüfen, und faßte einen Kopf, der glatt wie eine Billardkugel war. Er gehörte zu einem weiblichen Leichnam, der im Wasser lag. Im Flur Geräusche, als ob Säcke geschleppt würden. Wie kam ich hinaus?

Wilflingen, 29. Januar 1989

An das Ehepaar Michel Collet: »Ich bin Ihnen noch meinen Dank schuldig für die Übersendung des ›Lexique du désert‹. Das Werk des hochbelesenen Abbé Pierre Miquel kam mir insofern besonders gelegen, als ich mit der Biographie des Großen Antonius, die wir dem Athanasius verdanken, beschäftigt war.

Sie schreiben, daß die Edition nur eine spärliche Verbreitung hat. Ich glaube, daß sie dafür um so intensiver gelesen wird. Das Kloster von Ligugé hat in meiner Erinnerung einen guten Namen, seit ich mich in das Werk von Huysmans vertiefte – siebzig Jahr sind verflossen seitdem. Um so schmerzlicher war ich berührt, als ich 1943 – es war im Pariser ›Majestic‹ – erfuhr, daß eine Verfolgung der Mönche zur Debatte stand. Ich wurde dann in den Kaukasus kommandiert und hoffe, daß das Kloster verschont geblieben ist . . .«

Der Titel des Buches von Pierre Miquel osb., abbé de Ligugé: »Lexique du désert. Étude de quelques mots-clés du vocabulaire monastique grec ancien.«

ἀ	ν	α
π	α	υ
σ	ι	ς

ANAPAUSIS = Ruhe

Wilflingen, 31. Januar 1989

Im Luxusrestaurant. Auf jedem Tisch eine Kerze, doch auch Neonlampen. Ein Gast tritt ein, bestellt die Speisekarte, die Zeitung und einen Aperitif. Es dauert ein wenig, der Zeitung wegen – schließlich ist hier kein Café.

Der Gast beginnt ein Blatt zu studieren – auf der Vorderseite die Nachrichten, auf der Rückseite Anzeigen. Dann zieht er eine Nagelschere aus der Tasche und schneidet aus der Zeitung eine Schlange, die er betrachtet und über die Kerze hält. Als das Flämmchen fast seine Finger erreicht hat, legt er den Rest in den Aschenbecher, wo er verglimmt.

Das Personal steht, weitere Aufträge erwartend, am Büffet. Nur der Pikkolo kommt und räumt den Aschenbecher ab. Neugierig von Natur aus, wenngleich ängstlich, kann er die Frage nicht unterdrücken:

»Warum tun Sie das?«

Darauf der Fremde:

»Das machen wir immer so.«

Dann wendet er sich wieder der Zeitung zu.

Wilflingen, 4. Februar 1989

Marcello Staglieno kam für zwei Stunden aus Mailand, anläßlich des Erscheinens der italienischen Übersetzung von »Zwei Mal Halley«. Bedauert, einer Generation anzugehören, der das Erlebnis des Krieges nicht vergönnt gewesen sei. Ihm fehle eine Stange im Korsett.

Erinnerungen an unsere Begegnung in Genua, dann über den unvergessenen Freund Henry Furst.

☆

Weiter in der »Schere«. Ein guter Schreibfehler: Statt »Hamlets Schicksal drohte« – – – »drohnte« gesetzt. Als Drohne hat ihn vielleicht Fortinbras gesehen: als einen der sich in den Schlingen der Moral verfängt. Es hat zum

König nicht gereicht. In den großen Figuren spiegelt sich die eigene Unvollkommenheit.

Wilflingen, 20. Februar 1989

Am Boden lagen noch die Apparate, mit denen Unbekannte hier gewirkt hatten: die Kompressoren, um sandbraunes Tuch zu Dünen und Hügeln aufzublasen, auch Mikrophone, die Rufe von Geiern und Schakalen nachahmten. Sie hatten deren Stimmen aufgenommen und korrigiert.

Eine frisierte Welt von großer Ausdehnung. Man konnte hier verdursten wie in der Gobi oder der Sahara, doch die Wüste war nicht mehr echt. Zu sterben lohnte sich nicht mehr.

☆

Die Moose und Flechten diesseits der Zeitmauer. Motive für Leonardo – Wasser des Lebens ist durchgesickert von Eden her.

Ein Moses der Atomzeit. Schlägt Feuer statt Wasser aus dem Fels. Der Busch verbrennt.

Die Bibliothek, auf vierundzwanzig Buchstaben komprimiert. Die haben es in sich: das hält selbst Proteus nicht aus.

Nicht das Gefühl: ich tue jetzt etwas (schreibe, betrachte, höre, meditiere) – – – sondern: bei mir ist etwas los.

Zur Stereoskopie: auch flüchtige Freuden lassen sich aufspalten. Edgar Allan Poe im dritten Stockwerk eines Hauses der Rue Donot, Faubourg St. Germain, zu seinem Freund Auguste Dupin: »Ich gab mich dem zwiefachen Genuß des Nachdenkens und einer Meerschaumpfeife hin.«

Goethe, der auf dem Rücken des Liebchens Hexameter zählt.

Fliegenfänger für Dummköpfe. Sie zappeln darauf noch ein Weilchen. Pseudovitalität.

Wilflingen, 7. März 1989

Kurz vor dem Erwachen Vision im Dritten Gange, die in unregelmäßigen Abständen wiederkehrt.

Eine weiß gedeckte Tafel erstreckte sich in großer Länge bis zu einem wolkigen Horizont. Sie war mit einigen ebenfalls weißen Gegenständen bedeckt, die sich durch ihren Umriß abhoben. Ich unterschied ein Zigarettenetui aus hellem Silber, ein lilienweiß eingebundenes Notizbuch, ein Medaillon aus Elfenbein. Die einzige Ausnahme bildete eine rote Rispe auf dem hellen Tuch.

Der Dritte Gang: kein Traum, kein Wachen, sondern ein Bewußtsein zwischen beiden, doch überhöht. Zwischen zwei Typen rastet eine dritte ein. Zugleich ein Signal wie ein Hornruf: jetzt heißt es aufpassen. Ich richte mich auf, beuge mich über den Tisch, studiere die Gegenstände, sondere sie. Daß ich zugleich liege, ist mir bewußt. Fast hätte ich die Hand übersehen. Auch sie ist weiß und breitet am Ende der Tafel neue Objekte aus.

☆

»Bei dem mühsamen Versuch, eigene Texte aufzubessern, gab mir ein Erfahrener den guten Rat: ›Lassen Sie's, geben Sie's in Satz, der Druck adelt.‹« (Johannes Gross)

Das ist gut, doch wie viele Aphorismen ambivalent insofern, als der Druck nicht nur nobilitiert, sondern auch vulgarisiert. Er schafft Leser, die nicht nur die Qualität einer guten Prosa, sondern auch grobe Verstöße übersehen.

In jedem gelungenen Verse, in jedem gut gebauten Satz verbirgt sich auch eine Verneigung, ein Rest von Ahnenkult.

Wilflingen, 17. März 1989

An Fouad El-Etr: »Die französische Sprache bezaubert durch ihre Klarheit und Eleganz. Die Übersetzung meiner Schriften, etwa durch Henri Thomas oder Pierre Morel, überrascht mich wie ein neuer Text. Ich lese ihn, als ob ich aus dem Wald in einen Garten träte, und kehre verjüngt in den Wald zurück.«

Wilflingen, 29. März 1989

Bei der zweiten Verleihung des Ernst-Jünger-Preises für Entomologie im Wilflinger Schloß:

»Lieber, verehrter Herr Dr. Lohse, ich begrüße Sie herzlich in Wilflingen. Es war mir eine große Freude, von der Jury zu erfahren, daß der heurige Preis Ihnen zuteil geworden ist. Gehofft hatte ich es bereits, denn nach dem Heimgang unseres unvergeßlichen Monsignore Horion sind Sie unser Mentor und Mittelpunkt.

Seit Jahrzehnten fahre ich einmal im Jahre nach Ludwigsburg, und seit kurzem nach Beutelsbach, um aus Ihrem Munde zu vernehmen, was sich an Fortschritt und Erfahrung auf dem Felde der Käferkunde ereignet hat. Das sind kleine Bausteine; sie mögen dem Laien wenig bedeuten, doch sind sie sorgfältig bearbeitet, und sie besitzen, besonders in unserer bedrohten Natur, einen über das Fach hinausreichenden Wert.

Über diese alljährliche Begegnung hinaus darf ich sagen, daß ich mich fast täglich mit Ihrem Werk beschäftige. Reitters ›Fauna Germanica‹, die für den Liebhaber unentbehrlich war, ist durch den zehnbändigen ›Freude-Harde-Lohse‹ ergänzt, verbessert, ja ersetzt worden. Ich verrate kein Geheimnis, wenn ich betone, daß der Akzent auf Ihrem Namen liegt. Dank dieses vorzüglichen und reich illustrierten Werkes halte ich mich auf dem Laufenden über die Spezies, die im Umkreis von Wilflingen vorkommen – und leider mehr noch über jene, die verschwunden sind. Deren Zahl wächst erschreckend – seitdem ich hier vor beinahe vierzig Jahren eingezogen bin, verwandelt sich meine Kartei mehr und mehr in ein Register ausgestorbener Arten. Der Wald verödet und die Flur verarmt.

Bei der Erwähnung dieses Leitfadens möchte ich des lieben Kollegen Harde gedenken, der uns inzwischen verlassen hat. Betrübt hat mich auch in diesen Tagen die Nachricht vom Tode Carl Ludwig Blumenthals, dessen Name sich in der Geschichte der Entomologie erhalten wird.

Lieber Herr Lohse – Sie sind nun der zweite Träger dieses Preises; Ihr Vorgänger ist Dr. Hans Georg Amsel, als Forscher auf dem unübersehbaren Felde der Kleinschmetterlinge über unsere Grenzen hinaus bekannt. Mit den Namen Gustav Adolf Lohse und Hans Georg Amsel hat dieser Preis unter Auspizien begonnen, die nicht besser gedacht werden können; auch der Jury gilt dafür mein Dank. Ich sagte an dieser Stelle bereits vor drei Jahren, daß ich als einfacher Liebhaber durch die Ehrung überrascht worden bin. Davon abgesehen begrüße ich den Gedanken des Herrn Ministerpräsidenten – besonders in der Hoffnung auf die Pilotwirkung. Wenn wir den Aufwand bedenken, der dem Sport und seinen flüchtigen Triumphen gewidmet wird, scheint es nicht unbillig, daß die Naturkundigen in ihrem bescheidenen Wirken ermuntert werden, das sich der Schöpfung zuwendet.

Inzwischen beobachte ich zu meiner Freude, daß dem Treffen der südwestdeutschen Käferfreunde mit jedem Jahr mehr Gäste aus dem Ausland und von jenseits der Mauer zuströmen. Besonders nimmt die Teilnahme der Jugend zu. Das ist ein gutes Zeichen. Möchte auch dieser Preis dazu beitragen.«

Wilflingen, 31. März 1989

Von den Geburtstagsbriefen hat mich der Hans Rodenkirchens besonders berührt:

»Statt eines Spruches zu Ihrem Gedenktag eine ›Erinnerung‹ Ihres Bruders Friedrich Georg (›Spiegel der Jahre‹):

›Aber als Ernst fortging, als seine Nähe, sein Gespräch, die mir in diesen Jahren nie gefehlt hatten, nicht mehr waren, erlosch viel von der Teilnahme, die ich spürte, solange ich in der Stadt war. Niemand war da, der mir dieses Gespräch hätte ersetzen können . . .‹

Postscriptum: Mein lieber Bruder fiel in Rußland.«

Wilflingen, 21. April 1989

Telefon-Interview mit André Brincourt für den »Figaro«:

Br: Hat Malraux Einfluß auf Ihr Werk gehabt?

J: Malraux ist mir als Autor nur durch seinen Roman »La condition humaine« bekannt. Ich las ihn 1933; Carl Schmitt hatte mich auf ihn aufmerksam gemacht.

Br: Würden Sie sagen, daß Malraux Roman und Geschichte rekonziliiert hat?

J: Ich hatte bei der Lektüre den Eindruck einer neuen Wendung – sowohl in literarischem wie in politischem Sinn. Speziell auch die Vorausschau auf Formen des Bürgerkrieges, die sich vielleicht entwickeln würden und mir noch nicht bekannt waren.

Br: Kann man Ihrer Meinung nach zugleich ein Schriftsteller und eine historisch handelnde Person sein?

J: Nur in seltenen Ausnahmen. Politik und Dichtung nehmen Kräfte in Anspruch, die sich widersprechen; die Politik fordert den Willen heraus, die Poesie die Anschauung. Günstig hingegen ist ein Beruf. So war Goethe Minister, doch kein Politiker. Ich habe mich oft über das Thema unterhalten, zum Beispiel mit Heidegger, einmal auch mit Benoist-Méchin, den ich auch gewarnt habe.

Br: Scheint Ihnen Malraux' Ehrgeiz wünschenswert?

J: Da Malraux' Leben seinen Schwerpunkt in der Politik hat, war Ehrgeiz für ihn vielleicht nicht wünschenswert, aber notwendig.

Br: Sind Sie empfindlicher für Malraux als Autor oder als Persönlichkeit?

J: Ich sehe in ihm eine geschlossene Person mit großer Spannweite. Er hat seine Möglichkeiten gut ausgeschöpft. Hundertundfünfzig Jahr früher hätte er sich vielleicht in der Mitte zwischen einem Saint-Just und einem Châteaubriand bewegt.

Br: Würden Sie wie Malraux sagen, das 21. Jahrhundert wird religiös sein, oder gar nicht?

J: Ich würde eher mit Léon Bloy sagen: Dieu se retire. Das sagt auch Hölderlin, der meint, daß die Götter uns eine Pause gönnen, während der viel geschieht. Aber die verlassenen Altäre werden wieder besetzt. Der Weltstaat, dessen Universalsprache die Technik ist, setzt keine Weltreligion, sondern einen neuen Polytheismus voraus.

Br: Diese Art von Schriftstellern wie Sie oder Malraux – sind sie nicht Produkte einer exzeptionellen Epoche? Glauben Sie, daß heute noch solche Schriftsteller existieren könnten?

J: Das Besondere und vielleicht Einmalige unserer Lage ergibt sich daraus, daß wir nicht nur in einer Weltrevolution, sondern zugleich in einer Erdrevolution begriffen sind. Damit kulminiert der Widerstand, der sich sowohl dem Künstler wie dem Philosophen entgegensetzt. Sein Werk wird entweder ungenügend oder vorläufig sein. Das Ungenügende wird durch die Ereignisse vernichtet, doch das Vorläufige kann so bedeutend sein, daß die Ereignisse es nicht einholen. In diesem Sinne ist auch Nietzsche Vorläufer.

Wilflingen, 9. Mai 1989

Eine halbe Stunde verbracht, bis ich ein »bevor« durch »ehe« ersetzt hatte.

Wenn ich bedenke, daß ich mich seit dem 3. September 1987 mit der »Schere« beschäftige – Handschrift, dann Typogramm mit fast vollständiger Neubearbeitung, nun Revision – dann kommt mir der Aufwand übertrieben vor. Dazu noch das Bedenken, ob das Süppchen nicht zu lange auf dem Feuer steht. Die Publikation hat damit nichts zu schaffen – also interne Skrupel oder travaux pour le Roi de Prusse?

☆

Immerhin fehlt es an Ermunterungen nicht. So am heutigen Samstagsmorgen durch zwei Briefe von Unbekannten bei der Post:

»... Sie selbst werde ich wohl überleben, ich bin siebenundzwanzig Jahre alt. Ein geringer Teil Ihres Selbst wird durch Ihr Werk in mir weiterleben und durch mich wirken, ich glaube zum besten.«

Und Pascal David aus Ablon-sur-Seine: »Ein junger Franzose (1956 geboren) hat Ihre Bücher nicht so sehr gelesen als gefressen. Sonst versucht er Philosophie zu lehren, und dazu hat er manche Schriften von Nietzsche, Heidegger, Walter Friedrich Otto (und auch von Schelling und Karl Reinhardt) ins Französische übersetzt.«

☆

Leider kann ich nicht gebührend antworten. Doch ich darf auch nicht sagen: Oleam et operam perdidi. – Heut kommt noch ein Leserbrief in der »Frankfurter« hinzu:

»›Voran‹ und ›vorwärts‹. Bush ›tastet sich voran‹ (F.A.Z. vom 28. April). – Falsch! – Bush tastet sich nicht voran, sondern vorwärts. Offenbar gehen mehr und mehr Feinheiten der Sprache durch immer lascheres Denken verloren. Es muß heißen: Bush tastet sich vorwärts. Blücher hatte den Beinamen ›Marschall Vorwärts‹, nicht ›Marschall Voran‹. Vorwärts zeigt die Richtung einer Bewegung an, voran eine Reihenfolge: ›Hannemann, geh du voran!‹ oder im Kirchenlied: ›Jesu, geh voran auf der Lebensbahn, und wir wollen nicht verweilen, dir getreulich nachzueilen.‹ Dr. Gerhard Weinhold, Frankfurt«.

Das ermuntert, wie gesagt. Auch nach dem Dreißigjährigen Krieg, von dem wir uns nie ganz erholt haben, war die Sprache heruntergekommen; das Barock hat sie wiederbelebt. Im klassischen Land der Mitte treffen sich fremde Heere und lassen auch in der Grammatik ihre Spuren zurück.

Eine vergleichbare Wendung ist kaum zu erwarten – vielleicht wechselt die subtile Differenzierung auf andere Gebiete über und wirkt von dort auf die Sprache zurück. Das könnte den Nominalismus-Streit abschließen. Das Wort wird materiell.

»Oleam et operam perdidi.« Wußten unsere Pädagogen, die dabei an die Studierlampe dachten, daß sie den Satz eines Freudenmädchens zitierten, das Plautus in einem seiner Lustspiele auftreten läßt? Sie beklagt, daß die Mühe, die sie sich mit Salböl und Schminke gemacht hat, vergeblich geblieben ist.

Auch die Pornographie wird dürftig. Pars pro toto – schade, daß da noch ein Mann dran hängt.

Wilflingen, 6. Juni 1989

Es wird früh hell. Am Morgen nach dem Erwachen noch einen Nicker, der mich nach Palermo trug. Ich bin dort öfters auf einem verwahrlosten Feld mit Wassergruben – diesmal stand seitwärts eine Bank. Wir saßen auf ihr zu mehreren ziemlich gedrängt; ich neben einer Tänzerin. Das erfuhr ich, nachdem ich ihre Beine bewundert hatte, die sie freigiebig zur Schau stellte. »Das haben mir schon viele Herren gesagt.«

Wir hatten ein ausführliches Gespräch. Sie kam aus Spanien und weilte hier auf Tournee, was sie aus verschiedenen, auch pekuniären Gründen einem festen Engagement vorzog, hatte auch schon etliche Pesos zurückgelegt.

Ich hörte nur oberflächlich zu, weil es mir möglich schien, daß ich mich mit ihr für den Abend verabreden könnte, und darüber grübelte, warum ich dazu keine Lust hatte. Dabei war sie schön. Sie besaß das Selbstbewußtsein, das der Applaus der leichten Muse und ihren flüchtigen Künsten einflößt und das der Achtung bedarf. Sie hatte Anspruch auf einen guten Platz in Hotels und Flugzeugen, hatte schon in Australien getanzt.

An diesen Begegnungen fällt mir auf, wie sehr sie in die Einzelheiten gehen, auch in solche, die ich erst im Gespräch erfahre und vordem nicht gekannt habe. Sollten sich Personen vorstellen, die zwar nicht existieren, aber möglich sind? Deren Zahl ist ebenso unfaßbar wie jene der Sandkörner – es genügt zu bedenken, daß in jedem Spermatozoon ein möglicher Mensch schlummert.

Es gibt ein Erwachen, bei dem wir eben noch den Zipfel eines Gesprächs erwischen – wie etwa: »Das war ihm ebenso ärgerlich wie damals Tante Frieda, als ihr Mantel verbrannte – sie hatte zwölfhundert Mark dafür bezahlt.«

Dabei kennen wir weder die beiden Partner dieser Unterhaltung, noch den Dritten, von dem sie sprechen; auch von einer Tante Frieda haben wir nie gehört.

Das ist verwirrend, als ob wir in eine fremde Leitung geschaltet wären, und beunruhigender noch ist der Gedanke, daß ein langes und vermutlich inhaltreiches Nachtgespräch spurlos aus der Erinnerung gelöscht worden wäre – ohne diesen bescheidenen Anhaltspunkt.

☆

Nicht selten, besonders auf Reisen, ist der Schwund der Orientierung bei persönlicher Präsenz. Wir wissen noch wer, doch nicht, wo wir sind. Selbst in Rechts und Links müssen wir uns wieder zurechtfinden.

Das könnte sowohl eine Reduktion wie eine Vorstufe sein. Auch das Kind ist seiner durchaus bewußt, obwohl es sich nur tastend zurechtfindet. Ganz ähnlich zählt das Vergessen und das Sichverirren zu den Symptomen der Altersdemenz. Der Kreis beginnt sich zu schließen; der Ausgang führt zum Eingang zurück.

☆

In einem obsolet gewordenen Winkel meiner Bibliothek stehen die Werke Grandvilles, der als Zeichner, Karikaturist und Illustrator eigener und fremder Werke ein Zeitgenosse Daumiers war. Während dessen Name sich sprichwörtlich erhalten hat, ist der Grandvilles nur einigen Bibliophilen noch bekannt. Allerdings ist er früh gestorben und hat nicht einmal das Jahr 1848 miterlebt. Ich weiß nicht, warum ich mich nach dem Ersten Weltkrieg mit seinen Büchern beschäftigt habe; heut blätterte ich in einem von ihnen: »Un autre monde«. Es schildert eine phantastische zukünftige Welt und rückt den Autor auch in die Nähe von Jules Verne. Zufällig schlug ich den Besuch eines Zoologischen Gartens auf, »Provisorische Gattungen«:

»Einige Besucher des Gartens hatten zu gleicher Zeit mit mir vor dem Vogelherde Halt gemacht. (Solche Vögel hatte ich bisher nur unter den heraldischen gesehen.) Unter ihnen war ein kleiner Greis, halb Mensch, halb Papagei, der trotz dem offiziellen Verbot einen geflügelten Lachs neckte. Neben ihm stand seine Gattin, deren Körper in den Schwanz eines Haifisches auslief. Ihr Söhnchen, das sie an der Hand führte, fraß Gerstenzucker und stand auf den Füßen eines Küchleins.

Wiederkäuende Vögel, geflügelte Vierfüßler, vielhufige Insekten; alle diese Tiere sind im Garten geboren; man verdankt diese Mischlinge der Sorgfalt des Herrn Professors der Zoologie.«

Die Hybridenzucht wird ausführlich beschrieben; sie führt zur Erzeugung von Geschöpfen, in denen sich außerordentliche Fähigkeiten vereinigen. Es ist kein Wunder, daß dieser Zweig der Zoologie durch die Regierung besonders gefördert wird. Diesem Kapitel folgt ein nächstes, das der Nachahmung menschlicher Künste durch die Natur gewidmet ist.

Das dürfte mich damals, falls ich mich nicht mit den Illustrationen begnügte, als Kuriosum belustigt haben; heut sieht es sich anders an.

Magadino, 10. Juni 1989

Wieder einmal im Tessin, Halt an der Via Mala unterwegs. Obwohl ich schon des öfteren von der Straße in den Kessel geblickt hatte, wußte ich nicht, daß eine Treppe, wenn auch nicht bis zum Grunde, hinunterführt. Selten sieht man zwei Elemente sich mit solcher Kraft begegnen wie hier das Wasser mit dem Fels. Der Eindruck finsterer Macht konzentriert sich im Abgrund, den der Wirbel der Gletschermühle durchtost. Das Rauschen im Halbdunkel betäubt die Sinne, schläfert ein.

Ein Einsiedler könnte dort in einer Grotte dicht über dem Wasserstand der Frühlingsschmelze sich mit einem Vorrat an Nahrung und Feuerung versehen. Den Raum beschlösse eine Brüstung zum Auflegen der Arme während der Meditation. Darf man es so nennen, oder ist es eher die Einschwingung in die Brandung des Wassers und den Widerstand des Granits? Wie hart auch das Gestein sein möge, endlich haben die Wellen und Wirbel ihm ihre Muster eingeprägt.

Der Geist hat gefragt, die Materie hat geantwortet. Das mag tausend Jahr gedauert haben, und länger vielleicht. Ein Jahr an solchem Orte formt und verändert auch den Geist des Einzelnen.

Das Wasser kreist wie ein Mühlrad; es strömt und verstrahlt sich im Fall. Der Fels bewahrt sowohl seine Bewegung wie seine Formen bis zu jenen von Tieren, die sich im Wasser wohl fühlen.

Würde auf einem Gestirn das Wasser fehlen, doch einmal geflossen sein, so wären seine Betten Zeugnisse in einer ausgestorbenen Welt. Dort muß etwas gelebt haben, etwas gewesen sein.

Die Betrachtung eines Fossils auf der warmen Hand, etwa einer Muschel oder einer Schnecke, ruft einen Taumel hervor, als ob die Zeit durch eine Bremse gehemmt würde. Die Droste hat es in ihrem Gedicht von der Mergelgrube gespürt:

> Tief ins Gebröckel, in die Mergelgrube
> War ich gestiegen, denn der Wind zog scharf;
> Dort saß ich seitwärts in der Höhlenstube
> Und horchte träumend auf der Luft Geharf.
> Es waren Klänge, wie wenn Geisterhall
> Melodisch schwinde im zerstörten All ...

Magadino, 12. Juni 1989

Wir begingen den Eidechsenpfad, der bei der Brücke über die Verzasca beginnt und nach Corippo ansteigt. Heut steckten die Smaragdenen nur den Kopf aus den Felslükken vor. Aber sie sind noch am Ort. Droben am Tisch unter Weinreben.

Tessin heißt für mich Sonne, Fels, Eidechsen, Wein. Hier war alles beisammen – sogar die Stützen der Reben aus Granit.

Magadino, 13. Juni 1989

Gerda Mayer am Steuer, rund um den See. Die Alpenseen, auch die nördlichen mit ihren Inseln wie der Reichenau und der Mainau, rufen ein Heimweh nach lang verflossenen Zeiten und ihrer Gesellschaft hervor. Sie hat wohl immer nur platonisch existiert. Gewiß aber war sie weniger problematisch als die unsere, deren Hochhäuser auch hier nicht zu retuschieren sind.

Ich denke dabei nicht an die Pfahlbauten, auch nicht an die Römer, sondern an eine friedliche Landschaft in vorkarolingischer Zeit. Für das tägliche Brot sorgen die Bauern, Winzer, Fischer und Jäger sowohl an den Ufern wie in den Tälern bis zur Schneegrenze. Der Boden ist fruchtbar; für das Handwerk bleibt besonders im Winter auf den Höfen genügend Zeit. Veredelung der Früchte und des Weines zählt zu den Obliegenheiten kleiner Klöster, ebenso die Heilkunst und alles, was mit der Schrift und dem Lesen zusammenhängt. Damit wird der einfache Mann nicht geplagt. Eine Harmonie, die selten erreicht wird – das läßt sich ausführen. Es ist in Romanen und Utopien geschehen. Verehrung durch Kultus und Kunst.

Wilflingen, 23. Juni 1989

Götterdämmerungen können auch flach ausfallen, wenn Abend- und Morgendämmerung ineinander übergehen. Dann wird es schummerig. Die Ablösung geschieht wie jetzt durch Titanen; das Chaos kündet sie an und beendet sie. Von Göttern wird eine Zeitlang nicht gesprochen, dann sind sie wieder da. Dabei ist einerseits zu bedenken, daß sie während der Atheismen anonym bleiben und als Götzen verehrt werden; und andererseits, daß der Hauptteil der Theologie ein reiner Streit um Namen und Benennungen bleibt.

Wilflingen, 26. Juni 1989

Reichlich Regen mit Gewittern nach langer Trockenheit. In Norddeutschland drohte das Korn notreif zu werden; hier färbten die Wiesen sich nach dem Erstschnitt braun. Die ziselierten Blätter des Federmohns breiten sich nach der Erfrischung täglich schnittiger aus. Die solitäre Staude ist trotz ihrer stattlichen Höhe bescheiden; ich ziehe sie auf Geröll.

☆

Beim Zahnarzt in Langenenslingen. Ein Zahn wird gezogen und durch einen Stiftzahn ersetzt. Nach einer halben Stunde sitzt er fest. Die Arzthilfe sagt: »Sie dürfe jetzt zubeiße.«

Das ist schwäbisch; ich bedanke mich dafür, daß ichs darf: »Hoffentlich hebts eine Weile – ich will damit nicht sagen, daß ich nicht gern bei Ihnen bin.«

Der Meister macht dazu ein skeptisches Gesicht. Es stimmt aber; präzise Arbeit fasziniert. Sie hat sogar etwas Transzendentales, verscheucht Schmerz und Gefahr.

☆

Die Ameisen sind wieder lebhaft auf ihrer Piste quer über den Gartenweg. Ich verfolge ihr Treiben dort seit Jahrzehnten; es scheint der Verkehr zwischen zwei Siedlungen, die der Spaten nicht erreicht. Vor beiden Eingängen ist, wie man das auch bei Tunnels sieht, ein Abschnitt des Weges überdeckt. Die Tierchen sind von gleicher Größe, schwarz, ungeflügelt, ohne Gepäck. Sie bewegen sich mit hoher Geschwindigkeit. Aus der Höhe betrachtet, erinnert ihre Geschäftigkeit an die auf einer Autobahn, doch ohne Rechtsverkehr. Sie weichen aus, wie es gerade paßt – so wie ich es noch nach dem Ersten Weltkrieg in Neapel sah.

☆

Sinn für Humor haben, heißt noch nicht, Humor haben. Ein Temperament oder ein Charakter wird einseitig gesehen (nur sein witziger Teil). Ein Tyrann hält sich Spaßmacher. Wird er selbst in Mitleidenschaft gezogen, hört der Spaß ziemlich bald auf.

Wilflingen, 1. Juli 1989

Bei der Post die Besprechung eines neuen Werkes über Léon Bloy. Die Kritik ist von Renaud Matignon, das Buch von Maurice Bardèche. Es scheint gut zu sein.

Ich finde hier die Charakterisierung eines Zustandes, den man als die zweite Pubertät bezeichnen könnte, in einen Satz gefaßt:

»Er will schreiben – ohne zu wissen was, lieben – ohne zu wissen wen, beleidigen – ohne zu wissen warum.«

Die erste Pubertät ist physisch, die zweite geistig – als Passage, die wohl jeder, mehr oder weniger gefährdet, durchlaufen hat.

Die ersten geistigen Begegnungen, etwa mit Büchern oder mit Personen, hinterlassen tiefe Spuren; sie werden meist überschätzt. Oft kommt es zur Abneigung, wenn sich eine eigene Atmosphäre gebildet hat.

In Matignons Artikel auch ein Photo Léon Bloys. Georges Gojat, der mir den Ausschnitt sandte, schrieb an den Rand: »L. B. schaut wie Bismarck aus.« Merkwürdig: ich hatte auf den ersten Blick an Clemenceau gedacht. Ähnlich wie in der Handschrift gibt es auch physiognomisch einen epochalen Charakter, nach dem man die Gesichter datieren kann. Die Mode beschränkt sich nicht auf die Kleidung allein. Der Blick wirkt stärker als die Unterschiede im Knochenbau: durch Magie. Die Grundstimmung um die Jahrhundertwende ist jene des Willens zur Macht. Sie trennt, aber sie verbindet auch.

Ferner eine Nachricht von Fouad vom 30. Juni: »Wie versprochen, einige Worte aus Beyrouth, wo ich mich seit einer Woche aufhalte. Alles scheint irreal – das tägliche Leben, die Leute auf der Straße und so fort. Dazu der Mangel an Treibstoff – man sieht die Bewegung wie mit der Zeitlupe. Selbst die Granaten, falls sie nicht in unmittelbarer Nähe einschlagen, machen den Eindruck, als ob Roulette gespielt würde. Entfernte Explosionen und Salven werden kaum noch wahrgenommen – beunruhigend sind nur die Granaten, die man kommen hört. Jedoch im Orient entbindet der Glaube an das Fatum, an das, was im Buch steht, zum großen Teil vom Schrecken der Bombardements. Die Götter haben es vorausbestimmt.«

München, 18. Juli 1989

Beim Treffen der Maximilians-Ritter in Nymphenburg. Eine wiederkehrende Gelegenheit, auch den Neffen Gert und den lieben Freund Hans Wimmer zu sehen.

Gespräche mit Koryphäen der Wissenschaft. So mit Adolf Butenandt, bei dem Alexander studiert hat, und einem Professor, dem bedeutende Fortschritte auf dem Gebiet der Supraleitfähigkeit gelungen sind. Ich fragte ihn, ob er den Kernfusionären mit einem Perpetuum mobile Konkurrenz machen wolle – er meinte, das habe noch bis zur Mitte des nächsten Jahrhunderts Zeit. Ohne Prophet sein zu wollen, glaube ich an eine stärkere Beschleunigung.

☆

Ägyptische und indische Götter mit Tierköpfen. Die Gen-Technik wird in dieser Richtung nicht über Monstra hinausführen.

☆

»Wir gehen zu Grunde wie die Maikäfer.« – »Wie sie und mit ihnen auf den Grund der Unsterblichkeit.«

☆

Das Nächstliegende wird ausgeschlossen. Ein älteres Liebespaar:

»Wir sollten auch heiraten.«

»Wer wird denn unsereins noch wollen?«

Wilflingen, 28. Juli 1989

Ein kleines Mißverständnis: ich hörte »Klima-Anlage« – es war aber »Kiemen-Anlage« gemeint, und zwar in einem submarinen Museum, dessen Wände mit versteinerten Fischen ausgelegt waren, zwischen denen ihre lebenden Nachfahren sich tummelten. Diese Kiemen-Anlagen wurden an der Kasse ausgegeben; sie ersparten den Besuchern die aufwendige Taucherausrüstung.

☆

Hat es Sinn, bevor man eine Rose aufs Grab legt, zu sagen: »Ich rieche sie für dich«? Wir dienten dann dem Toten als Organ. Spürt er etwas – haben wir etwas davon? Das bleibt ein Mysterium, und wo es geachtet wird, nicht ohne Gewinn. Kein Ruf ohne Widerhall.

Wilflingen, 29. Juli 1989

Obwohl mir oft die Grenzen verschwimmen, war es diesmal kein Traum. Das Stierlein führt nach kurzer Verhandlung zwei Leser des »Arbeiter« herauf. Wenn ich sie recht verstanden habe, halb Deutsche, halb Schotten, Mohammedaner dazu.

Sie bringen einen Dritten mit, Spanier, auch Mohammedaner, Professor zu Bilbao, der mir als Eintrittspräsent das Diplom des Doctor honoris causa seiner Universität überreicht.

Gespräche, vorwiegend über Dionysos und den Islam. Wir fliegen also demnächst nach Spanien.

Wilflingen, 3. August 1989

Um sechs Uhr erwacht. Dann noch für eine halbe Stunde zu Morpheus retour. Mein Ziel war ein riesiges Hotel, an dem noch gebaut wurde. Heinrich von Stülpnagel hatte uns zu einer Kapitelsitzung dorthin bestellt. Anzug: Uniform, Orden angelegt.

Als ich in der Halle die Einladung vorwies, sah mich die Dame an der Rezeption einen Augenblick prüfend an und gab mir meinen Zimmerschlüssel »Horst 735 C«. Das erinnerte mich an meine Wandervogelzeiten – damals hieß es allerdings »Nest«. Nachdem ich den Fahrstuhl erreicht hatte, las ich »Demnächst in Betrieb«. Das war eher ein Witz als ein Trost – ich mußte also bis zum siebten Stock hinaufklettern. Auf den Treppen traf ich Bekannte, die schon wieder herabkamen, darunter zwei Jagdflieger. Einer davon war Göring; sie schienen ebenso wenig informiert wie ich.

Endlich hatte ich den Horst erreicht: kein Zimmer – mehr eine Schlafstelle. Zwei Betten, doppelstöckig an der Wand. Kein Bad, nicht einmal ein Waschbecken. Ein Stückchen Korridor – tagsüber wurden dort hinter einer schmalen Theke noch Andenken verkauft: Postkarten, Wanderstöcke und Medaillen zum Anstecken an den Hut.

Ich war allerhand gewohnt, aber das war eine Zumutung. Vielleicht war es sogar nicht ganz geheuer hier. Vermutlich hatten die Flieger Ähnliches erlebt. Ich würde gut tun, ihnen zu folgen, möglichst schnell.

In der Halle eine freudige Überraschung: ich sah das Stierlein, das mir nachgereist war. Ich hatte einen Vortrag halten sollen und das Manuskript vergessen, was seit einigen Jahren leider des öfteren geschieht. Daß wir dem Umtrieb hier den Rücken kehren müßten, billigte es als selbstverständlich – nur müßten wir Martin von Katte, der sich angesagt hatte, benachrichtigen. Allerdings war er gestorben wie der Gastherr und alle, die mir auf der Treppe begegnet waren, auch.

Also ein Totenfest. Eher ein Traum für Rauhnächte.

☆

Beim Frühstück Lektüre von Zeitungsausschnitten. Darunter eine Glosse »Albtraum«, gezeichnet »py«. Sie beginnt:

»Irgendwo in den Tagebüchern von E. J. steht die Anmerkung, häufig stelle man fest, ein neuer Lebensabschnitt habe mit dem Erwerb einer neuen Uhr angefangen. Ein hübscher Gedanke, der allerdings heutzutage, wo Zeitmesser ein Verbrauchsgut geworden sind …«

Das ist wohl wahr. Die Konfirmationsuhr war damals ein Ereignis wie heut der Führerschein. Inzwischen fluten die Uhren, als ob ein Wehr aufgezogen wäre, über uns herab. Schon kleine Kinder tragen sie am Armbändchen.

Allerdings waltet hier ein ähnliches Verhältnis wie in der Astrologie. Das Horoskop des Einzelnen ist weniger wichtig als die großen Epochen der Menschheitsgeschichte vom Zeichen des Stieres an.

So wird auch die Uhr häufiger gewechselt als ein Paar Stiefel; dagegen setzt die neue Zeitmessung einen Einschnitt wie keine vordem. Ohne sie keine Kernkraft, keine Marslandung.

Die neue Zeitmessung ist transhistorisch – sie ist nicht geschichtsbildend, sondern geschichtslöschend.

☆

»Mutterwitz« als unmittelbare Einsicht vom Schulwissen getrennt. Das bleibt im Normalen. Siehe dagegen den Unterschied zwischen Telepathie und Television.

Freilich kann man die Technik in die Kategorie der verwirklichten Träume einordnen. Das Erwachen ist katastrophal.

☆

Ich finde in meiner Zettelwirtschaft:

»Wer ein Gefecht oder selbst eine Hauptschlacht schildert, ist nicht verpflichtet, den Feldzug einzubeziehen. Das könnte die Optik abflachen – auch abgesehen davon, daß sie sich inzwischen verändert hat.«

Dazu am Rande: »In jedem Stein, in jedem Kiesel könnte Goldstaub verborgen sein.«

Wilflingen, 19. August 1989

Schwüles Augustwetter. Die Kürbisgewächse werden kregel – von der Zaunrübe, die beerenförmige Früchte trägt, über die Gurken und Zucchini bis zu den Kolossen, die den Kompost aussaugen. Sie strecken die Sprossen aus, in denen sich Glanz und Elend der Sinnesorgane vereint haben. Wenn einer der schlecht aspektierten Tastfäden auf einer Fläche kreist, die weit und breit keinen Anhalt bietet, steht er endlich still wie eine Uhr, die abgelaufen ist, oder er klammert sich wie ein Ertrinkender dem eigenen Stengel an. Ein Münchhausen, der sich an seinem Schopf hochziehen will.

Anders wenn, etwa an einem Ästchen, einem Gitter oder einem Zaunpfahl, eines der Fädchen Kontakt gefunden hat. Das ist ein Wunder, als ob ein Blinder sehend würde oder ein Bergmann eine Ader anschlüge. Die Botschaft teilt sich der ganzen Pflanze mit und richtet sie bis in die Fasern, bis zu den Molekülen aus. Die Berührung durchzuckt.

Die Beschäftigung mit einer Pflanzenfamilie wie den Orchideen oder den Nachtschatten könnte das Leben ausfüllen. Beobachtung in Gärten und im Freiland, in Treibhäusern und Wäldern, in allen Höhen und Breiten – das fände kein Ende mehr.

Dafür daß wir, wie auch die Tiere, von den Pflanzen leben, ja ohne sie nicht einmal atmen könnten, genügt kein einfacher Dank – Verehrung ist angebracht. Wenn wir an ihrem Liebesleben teilnehmen, beschränkt sich der Dienst nicht mehr auf die ökonomische und akademische Wahrnehmung. Auch die ihnen gewidmeten Gleichnisse wären nur eine Vorstufe. Daß sie wie der Mais nähren oder wie der Mohn erleuchten, würde auf sakramentale Weise genossen und anerkannt.

☆

An der Gartenmauer begann die Königin der Nacht ihre Blüte zu regen und dann zu entfalten – größer und schöner als jene bei Dufners in Singapur. Wir machten ihr zu Ehren mit den Nachbarn eine »Hockete« – das ist bei den Schwaben »ein Zusammensitzen über die Zeit«. Spät noch Vorüberfahrende stiegen aus und nahmen bei Wein und Gesprächen am Naturwunder teil.

Wilflingen, 28. August 1989

Premiere. Das Stück war langweilig, mit Gedanken überfrachtet, den besten nicht einmal. Entsprechend der

Applaus. Nachher im Foyer, das sich bereits geleert hatte. Ich sah den Regisseur mit einigen Schauspielern und hörte von weitem: »Das ist der Einzige, der es noch retten kann.« Dabei blickten sie auf mich. Offenbar war ich als Kritiker hier. Da hieß es vorsichtig sein.

Als sie um mich standen, suchte ich mich aus der Affäre zu ziehen, indem ich vor allem die Aufführung lobte: die Handlung sei allerdings problematisch oder, besser: reich an Problemen, zudem allein mit einer einzigen weiblichen Person besetzt, und diese trete nur am Anfang in einer Nebenrolle auf.

Fatalerweise war auch der Autor dabei. Er sagte: »Corinna kommt doch ausführlich im dritten Akt vor, bestreitet ihn sogar.«

Nun war ich blamiert. Zum Glück wechselte das Thema, bevor ich aufwachte.

Ich notiere das Bruchstück als Beleg für die These, daß im Traum jeder ein Romanschreiber ist. Dies war ein guter Beginn. Er ist auch sein eigener Regisseur. Zum Beispiel war mir entfallen, daß ich geschlummert hatte oder sonst nicht bei der Sache gewesen war. Die Lücke wurde geschlossen, indem der Regisseur eine dritte Person in das Gespräch einführte, um eine Rückblende auf den Akt zu werfen, den ich versäumt hatte. Logischer und auch blamabler Weise war der Autor des Schauspiels am besten geeignet dazu.

Der Vorgang scheint wunderlich, obwohl er nichts enthält, was außerhalb des eigenen Kombinationsvermögens liegt. Auch dem Romancier fällt ein: hier könnte ich noch ein Licht aufsetzen. Das verstärkt besonders den komischen Effekt. Im Traum geschieht es automatisch, doch kann auch das Tagesbewußtsein eine ähnliche Kapazität erreichen – etwa dann, wenn das Gespräch zu sprudeln beginnt. Bei manchen Dialogen von Nestroy gewinnt man den Eindruck, daß die Antwort »wie aus der Pistole geschossen« kommt.

Wilflingen, 30. August 1989

Mike Tyson, Boxchampion aller Klassen, 21 Jahr alt, quasi Analphabet, Ehrendoktor für Geisteswissenschaften der Wilberforce University of Ohio, erwägt, ob er ein Angebot für eine Tournee annehmen soll, das sich auf hundert Millionen Dollar beläuft. Ein Schwarzer – Gesicht und Figur eines Gladiators aus der besten Zeit des Circus maximus. Auch seine Vita erinnert an den Cäsarismus; warum sollte ein Pferd nicht zum Konsul ernannt werden?

Gewalttätig, blickt auf eine Reihe von Vorstrafen zurück. Er gleicht, wie sein Biograph sagt, »einer Bombe, die jederzeit explodieren kann«. Dazu seine Selbstkritik:

»Ich weiß, daß ich ein Arschloch bin – aber das ist nun mal mein Stil.«

Nicht übel – ein Anarch auf seiner Stufe; das gäbe einen Zechgenossen des Trimalchio, eine Figur für den genialen Petronius.

Mauritius, 14. September 1989

Seit drei Tagen auf Mauritius, mit dem Stierlein und Albert Weideli in guter Harmonie wie schon auf mancher Insel des Mittelmeeres und des Indischen Ozeans. Wir wohnen im Hotel »Le Touessrok« unmittelbar am Strand. Leider zwingen unklare Symptome Albert, bei Tisch die meisten Gerichte unberührt passieren zu lassen – selbst die hauchdünnen Scheiben des Marlin, der hier geangelt wird und dessen Geschmack noch den des Lachses übertrifft. Wir wollten deshalb näher zusammenrücken, da wir in entfernten Flügeln der weiträumigen Anlage untergebracht waren. Wie uns die Dame am Office zu ihrem Bedauern mitteilte, war jeder Raum besetzt, außer einer Suite, die vor uns die Prinzessin von Monaco bewohnt hatte. Da das Logis, wohl des Preises wegen, leer stand, wurde es uns ohne Aufschlag zuteil.

Im high life wenig erfahren, war ich unvorsichtig genug, mich in eine Wanne zu setzen, die in den Boden eingelassen war. Nachdem ich einige Hähne aufgedreht hatte, kamen Strahlen von heißem und kaltem Wasser, dazu in Wolken aromatischer Schaum, so daß ich auf weitere Erfrischung gern verzichtete. Mit einem Meerbad vor dem Frühstück, danach einer warmen Dusche fühle ich mich bedient.

Das Meer ist bei steigender Flut klar und durchsichtig wie hellblauer Aquamarin. Ebbend hinterläßt es Schneckenhäuser und Muschelschalen, Seeigelpanzer, Krebsscheren, Sepiaschulpe, Seesterne, Seewalzen und Korallenzweiglein am Strand. Es vergeht kein Gang, an dem nicht etwas Neues geboten wird. So fand ich hier zum ersten Male den Schwertigel, den ich bislang nur aus Abbildungen gekannt habe – einen Seeigel, dessen Panzer nicht mit Nadeln, sondern mit schmalen Klingen bewaffnet ist. Funde, die auf Sardinien als Glücksfall begrüßt wurden, bietet der Indische Ozean in Fülle – zum Beispiel Kauris und Seeohren.

Daß die Kauris hier den Strand mustern, nimmt mich nicht wunder, denn seit langem sind als ihr Hauptfundort die Malediven bekannt. Dort wurden sie einige Tage nach Neumond zu Millionen gesammelt und nach Ceylon und Sansibar verschickt. Karawanen brachten sie ins Innere Afrikas, wo sie als Tauschmittel begehrt waren.

Ich erfuhr durch Barth, dessen Reiseberichte neben denen Stanleys und Sven Hedins noch zu meiner Schulzeit eine beliebte Lektüre bildeten, daß die Kauris der bequemeren Zahlung wegen in Ketten gereiht und dazu durchbohrt wurden. Das schien mir eine Entwertung; es enttäuschte mich, doch wirft es ein Licht auf den fiktiven Charakter der Währungen.

Kauris könnten wir in Körben sammeln, in denen kein Stück dem anderen gliche – hier wiegt eines mit lichtblauem Rücken und weißer Einfassung vor. Das Modell hat verschiedene Größen bis zu den Porzellanschnecken, die wir als Kinder, um das Rauschen des Meeres zu hören, ans Ohr hielten. Der erotische Charakter des Wesens wird in der feinen Zähnelung des Mundes am deutlichsten. Sie soll dem Fuß einen besseren Halt geben, wenn er die Schale verläßt.

Nicht nur das Land, auch das Meer ist, als ob es sie einmal geregnet hätte, mit Lavablöcken besät. Wenn ich zwischen ihnen wate, muß ich vermeiden, die Seeigel zu streifen, die in Polstern daran haften; zuweilen schießt auch ein gertenschmales Wesen zwischen ihnen hervor. Albert hat mich gewarnt, weil er es für eine Seeschlange hielt. Es ist eine rotgestreifte Muräne von ungewöhnlich schlanker Art, nach der zu greifen allerdings auch nicht rätlich ist. Ebenso ungern trete ich auf die Seewalzen, alte Bekannte meiner Studienzeit im Neapolitaner Aquario. Wenn ich einen von diesen fetten Sandfressern aufhebe, ist es, als ob ich eine Blutwurst in der Hand hielte. Er gibt einen feinen Strahl von sich, indem er die Wasserlunge entleert. Offenbar sind die Fünfstrahler mit ihm in die décadence geraten; seine wurmförmige Masse verbirgt ein elegantes Skelett. Es scheint nutzlos geworden oder versunken in den Geheimnisstand rudimentärer Organe und Anlagen. Wer weiß, was von dort aus möglich ist. Eine nahe Verwandte, die Kletterholothurie, hat Füßchen gewonnen und sich mit einem Fühlerkranz geschmückt. In einer Modenschau würde sie besser bei den Seeanemonen auftreten.

Mauritius, 15. September 1989

Ausflug zu einem der berühmten Gärten unserer Erde: dem Jardin de Pamplemousses. Die Fahrt führte durch endlose Zuckerrohrfelder; die Ernte war in vollem Gang. So weit der Blick reichte, ermüdete ihn das Bild einer öden Monokultur. Die einzige Abwechslung boten die Hügel, zu denen die aus dem Feld geräumten Lavablöcke getürmt waren. Auf ihnen hatte sich im Lauf der Jahre ein Humus gebildet, der Büschen und sogar einzelnen Bäumen Nahrung gab. Hier konnten sich Tiere auf dem Rückzug halten, für die es sonst, außer dem immer spärlicher werdenden Bergwald, keine Zuflucht mehr gab.

Die Monokulturen haben neben der Landschaftsverwüstung und anderen Nachteilen auch jenen, daß sie vom Weltmarkt unmittelbar abhängen. Man steht nur auf einem Bein. Beschränkt etwa Rußland aus politischen Gründen sich auf kubanischen Zucker, so entfällt ein bedeutender

Teil der Abnahme und damit des Exports. Es wird mehr Zucker geerntet als verlangt wird; die Lager füllen sich, die Zahl der Arbeitslosen wächst.

Zur Zeit rangiert Mauritius unter den ärmsten Ländern der Welt. Um so mehr ist Arbeit gefragt. Einen Begriff davon gibt uns die Aufmerksamkeit, mit der wir im Speisesaal beobachtet und umsorgt werden. Wir lassen eine Serviette fallen – sogleich ist ein dienstbarer Geist zur Stelle, der sie aufhebt und uns über den Schoß breitet. Man kann nicht zum Büffet gehen, ohne daß man dorthin und zurück begleitet wird. Das ist sowohl betrüblich als auch überflüssig, ja unangenehm.

Dabei fällt mir ein Gegensatz auf, der gemeinhin wenig beachtet wird – nämlich, daß es zu unserer Zeit ebenso lästig zu dienen wie bedient zu werden geworden ist. Schon mein Vater belustigte sich über die patriarchalischen Gewohnheiten der »Alten«, also der Großeltern. Die persönliche Handreichung war ihm peinlich, wichtig dagegen das juristische Verhältnis mit dem gegenseitigen Recht auf Kündigung. Das war nicht der Überdruß an der »valetaille«, wie er am Ende des Ancien Régime anwuchs, sondern ein Fortschritt zur Arbeitswelt. Die kleinen Stationen wurden zwar wahrgenommen, doch fiel mir ihre Bedeutung erst viel später auf. So der Rasierapparat, der Frigidaire, der Staubsauger. In Schwarzenberg machte der Friseur die Morgenrunde bei den Honoratioren, um sie zu rasieren; er wußte auch manches, was nicht in der Zeitung stand. Einmal in der Woche, und in den Monaten ohne R noch öfter, kam ein Mann mit Leder auf der Schulter, der einen Block für den Eisschrank in die Küche trug.

Der Jardin de Pamplemousses brachte Überraschungen. So blühte die Victoria regia in einem Freilandbecken – selbst in Rio, viel näher am Äquator, hatte ich sie nur unter Glas gesehen. Zwischen ihren Schwimmblättern kreiste ein Gyrinus, ein Taumelkäfer – leider hatte ich mein Netz im Hotel gelassen; hier konnte mir »etwas Neues« entgehen.

An Rio erinnerte mich auch die Allee von Königspalmen, in deren Schatten hundertjährige Schildkröten sich ausruhten. Die Art wurde zusammen mit der Dronte früh ausgerottet, doch von einer entlegenen Insel wieder eingeführt.

Berühmt vor allem ist der Garten als Palmarium. Er beherbergt die größte Sammlung von Palmenarten auf so engem Raum. Leider war die Zeit begrenzt, und ich bin bei solchen Führungen stets in Gefahr, unangenehm aufzufallen, weil ich mich verspäte – immerhin notierte ich mir die Hurricane-Palme als Vorbild geschmeidiger Beständigkeit. Der Stamm ist gertenschlank und trägt in großer Höhe eine bescheidene Krone, das Wurzelgeflecht ist wie ein runder Teppich weithin gedehnt.

Zwar keine Palme, doch auch mit kleiner Krone im Dikkicht hoch aufgeschossen: der Baum der Reisenden, eine Musacee, die in tropischen Parks und Gärten als üppiger Fächer gedeiht.

Auch an Blüten alte und prächtige Bekannte wie der Fackel-Ingwer und das Indische Blumenrohr. Neu dagegen mit Feuerbällen aus dichtem Gebüsch die »Bergrose«, auch »Rose von Venezuela« – leider fehlte auf dem Schild der lateinische Name, doch gehört sie nicht zur Familie. »Rose« bezeichnet eben auch allgemein sehr schöne Blüten, dafür lassen sich zahlreiche Beispiele anführen. Das Gelungene wird vorbildlich.

Das nahe dem Garten gelegene Dorf Pamplemousses war früher der Sklavenmarkt. Im Schatten der Kirche soll der Sage nach die Heldin des berühmten Romanes »Paul und Virginie« ruhen – eine der legendären Figuren, die weltbekannte Leitbilder geworden sind, Einhörner im Schatten der Historie. Wer kennt dagegen noch den Abbé Buonavita, der als Kaplan die Verbannung Napoleons auf Sankt Helena teilte und den man wirklich hier begrub.

☆

Vulkane sind Brüste der Erde; Feuer ist ihre Milch.

Mauritius, 19. September 1989

Wir fuhren in den Süden der Insel bis zu den Schluchten des Rivière noire, die noch bewaldet sind. Hier überleben ein gefleckter Falke und eine rosa Taube, beide auf Mauritius einheimisch. Wir sahen den Falken, doch nur als Silhouette, über der Schlucht kreisen.

Unterwegs hielten wir an verschiedenen Orten, teils um zu botanisieren, teils um uns nach »Souvenirs« umzusehen, so in Curepipe. Dort haben sich kleine Industrien angesiedelt, die typisch für Regionen sind, in denen Arbeit mangelt und die von Touristen überschwemmt werden. Dabei kommt es auf wohlfeile Handarbeit an. Den Hauptanteil stellen Strick- und Webwaren, deren Export sich dem des Zuckers zu nähern beginnt.

Feinarbeit wie die von Juwelieren beschäftigt weniger Hände, doch trägt sie gut ein. Diamanten werden auf der Insel nicht gefunden, wohl aber geschliffen, teils im Auftrag, teils zu direktem Verkauf.

Berühmt sind die Schiffsmodelle, die hier mit besonderer Sorgfalt aus Teakholz gebaut werden. Wir besuchten eine der Werkstätten, in denen Frauen sich mit der Nachbildung französischer Segelschiffe aus dem 18. Jahrhundert beschäftigten. Sie verflochten die Takelage mit einem Gespinst von feinen Fäden und rückten Messingkanönchen in die Luken ein. Wie wir erfuhren, werden für ein Schiff bis an fünfhundert Arbeitsstunden aufgewandt – ein Preis von achthundert Mark ist demgegenüber minimal.

Ich konnte der Versuchung nicht widerstehen, eines der Modelle zu erwerben: das der »Bounty« – der Name ist in besonderer Weise mit meiner Erinnerung verknüpft. Während meiner Berliner Jahre hatte ich hin und wieder dunkel davon gehört. Dann entdeckte ich »The mutiny on the Bounty« auf einem Bücherkarren in einem illustrierten Band. Ich erstand ihn und las den Text, obwohl ich kaum Englisch konnte, in einer Nacht, was übrigens auch als Hinweis auf eine pädagogische Möglichkeit erwähnenswert ist.

Die Geschichte der Meuterer auf Pitcairn ist außerordentlich. Sie liest sich wie eine Fortsetzung der Genesis.

Mauritius, 20. September 1989

Wie gewöhnlich vor Reisen, packte ich auch diesmal einen Stoß von Briefen für das Flugzeug und für Regentage ein. Das hat, nebenbei gesagt, den Vorteil, daß man auf Postkarten antworten kann.

Aus Konstanz schreibt Andrei Corbea, daß er wieder Teile meiner Korrespondenz mit Valeriu Marcu aufgespürt habe; er legt einige Proben bei. Marcu emigrierte zuerst nach Wien, dann nach Nizza und schließlich nach New York, wo er gestorben ist. Corbeas Anlagen stammen aus der Zeit von 1935 bis 1937; ich entsinne mich, daß ich Marcu noch während des Krieges aus Paris Briefe geschrieben habe, die vielleicht auch einmal ans Licht kommen. Horst Wiemer besorgte damals meine Auslands-Korrespondenz – so auch mit Joseph Breitbach, der gleichfalls in der »zone nono« untergetaucht war.

Valeriu Marcu im Dezember 1935: »Ich wünsche Ihnen viel Glück im Neuen Jahr. Ich wünsche, daß sich bei Ihnen und bei mir die fortuna mit der necessità und der virtù decken sollen. Ich bedaure sehr, daß wir uns nicht sprechen können. Ich hoffe nicht auf Ruhe, aber ich wünsche eine Unruhe, die uns das Sprechen ermöglicht.

Glauben Sie mir – man muß sehr aufpassen, um nicht durch den Strom verblödet zu werden.«

Gleichfalls aus Nizza, im Januar 1936: »Ich arbeite gerade jetzt sehr viel. Und wenn ich Ruhe im Zimmer habe und die Nacht schön ist, dann höre ich die Elemente der Zeit, die ich beschreibe, rauschen.

Durch die Tatsache, daß ich nicht in Deutschland bin, bin ich zu drei Vierteln besiegt. An den ewigen Wanderer bindet mich nur das Beschneidungsmesser. Ich hätte es aus der Hand schlagen sollen!

Ich hoffe aber noch während meiner relativen Jugend mit Ihnen Nächte zu zerreden.

Ich las noch 1932: ›Man erlebt alles und das Gegenteil davon.‹ «

Das Konvolut endet mit einem langen Brief, den ich im Dezember 1937 an Valeriu Marcu schrieb – ein Jahr nach meiner Rückkehr aus Brasilien. Er betrifft seinen »Machiavelli«, den ich von ihm aus Nizza bekam. Wie ich sehe, habe ich dem Autor auch einige Fragen gestellt:

»Welche Gegnerschaft gibt Ihren Wendungen die Schärfe, und wer andererseits ist es, der durch Ihre Schlüsse beflügelt werden soll? Haben Sie darüber schon einmal nachgedacht? Oder sind Sie das Salz, das alle Töpfe gleichmäßig würzt?«

Und ferner: »Was sagen Sie zu den Dingen in Spanien? Das sind Schachzüge, durch die der Weltgeist auch die feinsten Pragmatiker verblüfft. Hier schließt ein Abschnitt, der mit dem Dreißigjährigen Krieg begonnen hat, und Sie könnten vielleicht Ihrem Buche über die ›Geburt der Nationen‹ ein Pendant über deren letzte Ölung anfügen. Erst unter diesen Aspekten gewinnt das Wort vom Totalen Kriege sein volles Gewicht – als gleichzeitige Kombination von Krieg und Bürgerkrieg, beide in Permanenz.

Ich wohne jetzt gegenüber dem in Ihrem ›Machiavelli‹ öfters erwähnten Konstanz – in Überlingen, einem Städtchen am Bodensee, das den Beinamen ›das deutsche Nizza‹ führt. Auch der Frau Eva meinen Gruß.«

Beim Lesen dieser Briefe wachen Erinnerungen auf, die durch den Zweiten Weltkrieg, und mehr noch durch die Jahrzehnte, die ihm folgten, wie durch einen Erdrutsch verschüttet worden sind. Das Dritte Reich hatte seine Vorwehen, von denen keiner verschont blieb – daran, daß die Uhr abgelaufen war, konnte kein Zweifel sein.

Ich war häufig bei Marcu – einmal, es muß 1932 gewesen sein, saß ich mit ihm, Joseph Roth und dem General von

Seeckt am Tisch. Roth hatte den »Radetzkymarsch« und Marcu seinen »Scharnhorst« ediert. Damals konnte ich ihn mir als »Graue Eminenz« – natürlich nicht von Hitler, wohl aber von Ernst Niekisch – vorstellen. Übrigens hatte Marcu vor Hitler einen gewissen pragmatischen Respekt, wenigstens unterschätzte er ihn nicht. »Das ist der Napoleon des allgemeinen Wahlrechts«, hörte ich von ihm auf einem unserer Spaziergänge.

Im Rückblick erscheint mir die Differenz der Prognosen merkwürdig – doch gehört sie wahrscheinlich zu solchen Wendungen. Friedrich Georg sagte mir am Morgen nach dem Reichstagsbrand: »Die treiben es keine sechs Wochen«, während Friedrich Hielscher ihnen zwölf Jahr zubilligte. Die unheilvollste Lagebeurteilung traf Ernst Niekisch; er büßte daher auch besonders schwer. Er gab noch bis 1934 seinen »Widerstand« heraus. Rosenberg meinte dazu, diese Zeitschrift sei recht nützlich gewesen, obwohl ihr Titel nun sinnlos geworden sei.

Zwischen dem Scheitern der Dekabristen nach 1825, dem der russischen Sozialrevolutionäre nach 1917 und dem der deutschen Nationalrevolutionäre nach 1933 besteht eine fatale Ähnlichkeit. Sie fällt in das Kapitel der historischen Wiederholungen.

Mauritius, 21. September 1989

Wir verbrachten einen angenehmen Tag auf der Hirschinsel, der Île aux cerfs. Rotwild war vor der Kolonialzeit auf Mauritius nicht einheimisch; es wurde von den Holländern importiert und wird bejagt.

Ein Motorboot des Hotels trug uns über das seichte Wasser, in dem Angler bis an die Hüften standen und den Köder nach Haifischen auswarfen. Kleine Eilande, von denen manche nur aus Blöcken bestanden, waren von Mangroven umrandet und bedeckt.

Die langgestreckte Hirschinsel ist völlig und zum Teil dicht bewaldet; ein ähnliches Bild muß die Hauptinsel geboten haben, als Araber wie Sindbad der Seefahrer an ihr vorüber segelten oder auf ihr landeten. Eine Zuflucht für entlaufene Sklaven, ein Versteck für Seeräuber.

Der schmale, doch ausgedehnte Sandstrand blendete im Mittagslicht. Im Korallengries hatten sich gröbere Teile erhalten: Zweiglein, Kreuzchen und Ypsilons. Der Seegang wurde durch vorgelagerte Bänke gemildert; zwischen ihnen boten sich Durchgänge zum offenen Meer. Das große Riff mit seiner Brandung lag in Sichtweite.

Wir erfreuten uns dort der Sonne und des Meeres mit Bernard Fisch und seiner dunklen Frau Marguerite. Bernard Fisch zählt zu den Freunden, die ich den »Subtilen Jagden« verdanke; die Übersetzung ist über den francophonen Sprachraum verstreut. Joaquim Mateu überraschte mich mit einer Kollektion von Käfern, die auf Akazien der inneren Sahara leben, samt deren Parasiten, und ebenso erfreulich ist zuweilen eine Sendung vortrefflich präparierter und determinierter Arten, die per Luftpost von Gontran Drouin aus Quebec kommt.

Bernard Fisch lebt als Apotheker auf La Réunion, einer Insel, die man aus verschiedenen Gründen als faunistischen Leckerbissen bezeichnen kann. Den Urlaub verbringt er in Paris, hat dort auch Banine besucht. Nachdem er von unserem Urlaubsplan gehört hatte, lag es natürlich nahe, daß er herüberflog. Dreihundert Kilometer sind hierzulande ja auch räumlich nahe – fast ein Katzensprung.

Madame Fisch ist Kreolin – der Begriff wurde und wird nach Orten und Zeiten verschieden umgrenzt. Zunächst waren die weißen Siedler damit gemeint – als Kreolin galt auch Josephine, die Gattin Napoleons. Dann dehnte er sich auf Nachkommen aus, die der Verbindung der weißen Herren, vor allem der Franzosen, mit Sklavinnen entstammten und die sich mit einer besonderen Sprache, dem Kreolischen, verständigten. Die Hautfarbe hat sich in einigen Jahrhunderten, besonders seit Abschaffung der Sklaverei, zu einem Braun gewandelt, das man überall sieht. Das ist der Standard; daneben gibt es alle Schattierungen, wie es Mendels Gesetz entspricht.

Kompliziert wird das Bild noch dadurch, daß die Engländer hier, wie auch in anderen ihrer Kolonien, Inder als Plantagenarbeiter einführten, die jetzt sogar die Mehrzahl der Bevölkerung ausmachen. Eine Handvoll Chinesen kommt, wie ein Reiseführer sagte, »als Salz in der Suppe« hinzu. Es geht durcheinander wie in einem Mischkessel.

Marguerite Fisch beruft sich auf einen normannischen Großvater und eine Urgroßmutter, die Sklavin gewesen ist, ungefähr so, wie man einen Ahnen erwähnt, der sich bei Waterloo auszeichnete. Ich sagte ihr, daß ich während der Pubertät von Ländern, in denen man Sklavinnen kaufen könnte, geträumt hätte.

Unter solchen Gesprächen, während deren wir uns durch Bäder erfrischten, verging die Zeit. Aber wir mußten an die Einweisung in die Subtile Jagd denken, die ja der Anlaß des erfreulichen Besuches war. Ich hatte mich bereits mit Albert in der Umgebung des Hotels auf parkartigen Flächen und auf Ödland umgesehen und dabei den Eindruck gehabt, daß Mauritius nichts Besonderes zu bieten hat – oder, besser gesagt, wenig Auffälliges. Als Ausnahme ist der Papilio manlius zu rühmen – zwei Mal hatten wir dieses Juwel der Insel, ohne daß wir es zu berühren wagten, im Schwebeflug und auf Blüten rastend beobachtet.

Hier begannen wir am Strand. Die Hoffnung auf eine Cicindela wurde enttäuscht. Die Gattung ist auf den ersten Blick am Fluge zu erkennen; sie steppt in das Getümmel über einer Sandbank ihr unverwechselbares Muster ein. Dafür entschädigte uns eine Chrysomelide, ein winziger Brillant, mit dem sich eine blaue Blüte geschmückt hatte. Hier konnte ich gleich mit dem Kursus beginnen, da die Botanik das vornehmste Hilfsfach des Entomologen ist. Die Blüte gehörte zu einer Ipomoea. Als Apotheker war Bernard Fisch nicht unerfahren; er wußte, daß die Gattung eine der Rauschdrogen stellt. Diese Art war pes-capri, die »ziegenfüßige Winde«, die eigentlich nicht ihren Namen verdient, da sie, auf tropischen Stränden heimisch, sich nur kriechend bewegt. Dafür dehnt sie sich zu schier endlosen

Schnüren aus. Unterwegs wurzelt sie an den Gelenken – das sind ihre Tankstellen.

Wir durchquerten dann eine Schneise mit beiderseits üppigem Bewuchs, auch von Büschen, die man – waren sie verwildert oder bodenständig? – nur aus Gärten kennt. So blühte der Hibiskus sogar in Varianten, und vor allem Lantana, das Wandelröschen – es säumte die Schneise mit Sammetbändern ein. Da fehlte es nicht an Anflügen. Ich überließ Bernard Fisch den Fang und beschränkte mich auf Notizen – nicht ohne Fragezeichen, denn mit der Nähe zum Äquator mehren sich die Überraschungen. Dazu die Kritik am Proteus und seinen Launen – Formen und Farben überschreiten das vertraute Kaleidoskop. Exotisches bezaubert und verblüfft. Neue Familien stellen sich vor. Warum müssen die Brenthiden einen so langen Hals haben?

Wir fischten dann noch an einem Tümpel, den wir im Unterholz entdeckt hatten, und blätterten Rinden von alten Bäumen ab. Dabei fiel uns ein bleicher Skorpion in den Klopfschirm – eine der beiden Arten, die hier bodenständig sind? Es könnte natürlich auch eine dritte, noch unbeschriebene sein.

Wieder einmal war der Tag zu kurz. Gern wären wir länger geblieben, doch mußten wir mit dem letzten Boot, das wir gerade noch erreichten, ins Hotel zurückkehren. Dort nahmen wir Abschied von den neuen Freunden, dem »paire bicolore« – so hatte Bernard, vielleicht um unserer Überraschung zuvorzukommen, sich und die Seine bei der Begrüßung uns vorgestellt.

Mauritius, 22. September 1989

Beendet: Jürg Federspiel »Geographie der Lust«, 1989. Held des Romans ist Primo Antonio Robusti, ein Supersnob gegen Ende des Jahrhunderts, auf Männlichkeit getrimmt. Italiener, breitschultrig, Totalrasur trägt zur Verwandlung des Schädels in ein Cäsarenmodell bei. Das intelligente Gesicht mit der Condottierenase verdankt er der Meisterleistung eines Schönheits-Chirurgen in Genf. Die schmalen, entschlossenen Lippen sind denen des Schriftstellers Alberto Moravia nachgeahmt. Seine leuchtend hellgrauen Augen waren ursprünglich braun; sie gewinnen an Energie durch gefärbte Kontaktlinsen. Seine Anzüge trägt er wie eine Generalsuniform. Auch die tiefe, väterlich befehlende Stimme ist manipuliert. L'homme machine als l'homme cosmétique. Ich könnte noch den homme pillule hinzudenken. »Aber wenn schöne Frauen diesen Mann bestaunten, wenn er dem Cadillac entstieg und die Hotelhalle betrat, dann ahnten sie die verborgenen Kräfte dieses herrlichen Vierzigers.«

Robusti, enorm reich, bevorzugt als Hauspersonal verkrüppelte Männer und sehr häßliche Frauen. Das erhöht sein Selbstgefühl. »Man könnte es auch Güte nennen« – fügt der Autor hinzu.

Der Text ist durch ungewöhnliche, doch treffende Assoziationen gewürzt. Eine Wohnung, die gemietet werden soll, hat so große Zimmer, daß man sie, wenn es regnete, an Rollschuhgruppen hätte vermieten können. Die Fassade eines verkommenen Hauses in einem New Yorker Viertel erinnert an eine gigantische Pissoirwand und die Fensterreihen an ein Gebiß mit ausgeschlagenen Zähnen.

Die Lektüre erinnert mich an »Parfüm«, einen Roman von Süskind, den ich vor Jahren auf Zypern gelesen habe. In ihm stehen die Gerüche, hier steht die Tätowierung im Mittelpunkt. Allerdings motiviert der Geruch stärker als jedes Wappen auf der Haut.

Ich frage mich, warum ich in der Romanlektüre nach Südamerika gewechselt habe – von Kolumbien bis nach Argentinien. Dort scheint sich eine Elite zu bilden, die sich sowohl in der europäischen Kultur wie im kolonialen Alltag heimisch fühlt – ähnlich wie die alten Griechen in Ionien. Wichtig ist der spanische Einschlag mit Goya und Cervantes, auch der Urlaub in Madrid und Paris, doch kommen besondere Erfahrungen dazu: Befreiungs- und permanente Bürgerkriege,

Sklaven, markante Unterschiede der Rassen, Klassen und Kultur. Probleme, die uns Tag und Nacht beschäftigen, sind auch dort zwar nicht gelöst, doch hingenommen und akzeptiert worden. Das schafft auch literarisch einen Tatsachenstil, von dem sich politische und philosophische Essenzen nicht absetzen, sondern den sie wie ein Arkanum kräftigen.

Ich muß etwas zu lesen haben, selbst wenn es, falls nichts Besseres zur Hand ist, mir nicht gefällt. Ich lese mich fest. So verliere ich nach dem Frühstück mit der Zeitungslektüre wertvolle Zeit.

Im Lesen muß sich etwas verbergen, das die bloße Aufnahme von Inhalten übertrifft. Es ist noch ein Rest von Tempeldienst dabei. Im alten China galt die Vernichtung von beschriebenem Papier als Sakrileg. Das setzt einen Mandarinen-Stand voraus.

Ein schöner Tod: im Bett mit einem Buche in der Hand. So Berengar von Zastrow hier in Wilflingen. Er lag entschlafen, neben ihm ein Band von Schillers Dramen – als Lesezeichen hatte er seine Brille hineingesteckt, die ihm nun nicht mehr vonnöten war.

Wilflingen, 4. Oktober 1989

Sternklare Nacht. Nach mildem Wetter der erste, nur streifende Bodenfrost. Die Blüten, selbst der Dahlien, blieben noch unberührt. Die Kürbisblätter wurden leicht gekraust.

Die beiden Schildkröten sind aus dem Stroh noch einmal in die Sonne gekrochen, nehmen aber kein Futter mehr an. Die Mauretanierin ist seit langem gestorben; sie hielt sich immer abseits. Krüppelchen ist im Sommer entwichen; ich hoffe immer noch, daß es in einem der Nachbargärten gefunden wird. Das Tierchen zeichnet sich durch seinen Freiheitsdrang aus; es wuchtete sogar, obwohl die Mechanik ihm fremd ist, oft mit dem Buckel an der Gartentür.

Aïscha wärmt sich zum ersten Male wieder auf dem Kamin. Wir fühlen uns selbander wohl.

Die Kaiserwinden öffnen sich nicht mehr. Das Spätgold einer kugelrunden Tagetes übertrifft das der Sonnenblume noch. Auf ihr der letzte Admiral. Vielleicht hat jedes Wesen einen Punkt, an dem es sich zu seiner Essenz verdichtet – wenn wir ihn ins Auge fassen, wird das Gewand transparent. Hier könnte es das letzte Fühlerglied sein – ein pulsierendes Weiß am Rande der Sichtbarkeit.

Bilbao, 19. Oktober 1989

»Magnifizenz, verehrte Anwesende: Das Doktorat der jungen Universität Bilbao bedeutet für mich unter den Ehrungen, die mir in meinem langen Leben zuteil geworden sind, eine besonders wertvolle Auszeichnung. Ich sage dafür der Universität, der Fakultät und den beteiligten Gremien meinen herzlichen Dank.

Gern würde ich diesen Dank in Ihrer schönen spanischen Sprache ausdrücken. Sie nicht gelernt zu haben – das zählt für mich zu den Versäumnissen, aus denen das Leben besteht. Doch da in jeder Sprache auch Musik verborgen ist, habe ich schon früh eine Ahnung von ihrem Melos und ihrem Charakter gespürt. Er dringt bis in die Übersetzungen durch.

Schon bald, nachdem ich lesen gelernt hatte, wurde mir Cervantes bekannt. Die Lektüre des ›Don Quijote‹ schloß sich jener des ›Robinson Crusoe‹ an. Daß ich so früh auf diesen Weltroman verfiel, war kein Zufall, denn schon den Vater begeisterten die Abenteuer des Ritters von der Traurigen Gestalt. Sie lieferten uns so manches Tischgespräch.

Ich war insofern ein naiver Leser, als ich zwar lachen mußte, wenn Sancho geprellt wurde, doch den Angriff auf die Windmühlen durchaus nicht komisch fand. Immer noch gefällt mir von den Taten des Ritters am besten jene, bei der er den Löwenkäfig öffnen läßt – und wieder schließen, nachdem er die Bestie betrachtet hat.

Oft, wenn ich zu später Stunde an der spanischen Abteilung meiner Bibliothek entlang gehe, suche ich mir dort noch eine Nachtlektüre aus. Vielleicht lese ich dann noch ein Kapitel aus einem der berühmten Romane, zu denen auch die ehemaligen Kolonien beitragen. Zur Wahl stehen neben dem großen Theater auch Schelmenstücke von Quevedo bis zu Contreras – und nicht zuletzt Berichte von Konquistadoren, die dem Kolumbus nachfolgten. Wenn das Dasein drückend wird, empfiehlt sich als bewährte Medizin ein Schauspiel von Calderón:

Was ist Leben? Hohler Schaum,
Ein Gedicht, ein Schatten kaum!
Wenig kann das Glück uns geben,
Denn ein Traum ist alles Leben,
Und die Träume selbst ein Traum.

Wenn ich den Astrologen Glauben schenken darf, so hat die Zwei eine besondere Bedeutung für meinen Lebenslauf. Die Zwei ist die Zahl der Aufspaltung, aber auch der Wiederholung; und in der Tat kann ich mit Beispielen dafür aufwarten – nicht nur der Wiederholung von Irrtümern. Ich will Sie mit Kuriositäten nicht langweilen. Mir genügt, daß ich in zwei Jahrhunderten gelebt und an zwei Weltkriegen teilgenommen habe – und zwar auf Seiten der Verlierenden. Das prägt sich ein.

Es mag in ein solches Horoskop passen, daß meinem Werk auch zwei Symposien gewidmet worden sind. Jenem, das gestern in Bilbao abgeschlossen wurde, ist eines vorausgegangen, das 1984 in Rom gehalten worden ist. Ich bin den Teilnehmern für ihre Aufmerksamkeit dankbar und hoffe, daß meine Leistung diese Mühe verdient. Jedenfalls fehlt es nicht an Tatsachen. Eine andere Frage ist deren Behandlung und Bewältigung. Sie kann in einer Epoche großer Übergänge, wo Abend- und Morgenröte ineinanderfließen, weder der Politik noch der Kunst gelingen, obwohl gerade sie der Indikator ist.

Daher sind solche Symposien für die Bestandsaufnahme von großem Wert. Zudem können sie für den Autor zum ›Erkenne dich selbst‹ beitragen, das als Mahnung über dem Eingang des Tempels von Delphi stand. Sie ist in unserem Jahrhundert besonders schwer zu befolgen, denn die Tatsachen sind stärker als Wille und Einsicht des Menschen, den sie wie ein Mühlstrom fortreißen. Hier habe ich oft den Eindruck, auf einem unfreundlichen Planeten gelandet zu sein – dazu noch in einer ungünstigen Saison.

In solcher Lage fällt es auch schwer, mit der eigenen Arbeit zufrieden zu sein. Das hat mich oft zu Varianten und Fassungen bewogen – also auch zu Wiederholungen. Doch einmal muß der Schlußstrich gezogen werden, und gut wäre es, die Zweifel und Widersprüche durch eine Synthese wenigstens abzugleichen, wenn nicht zu überhöhen. Ich habe es in den vergangenen Jahren durch eine noch unpublizierte Schrift mit dem Titel ›Die Schere‹ versucht. Man könnte sie in das Genre der Theodizeen einreihen – als Erwägung, ob nicht, trotz allen Wirren und allem Unheil der Zeit, sinnvolle, vielleicht sogar göttliche Kräfte mitwirken. Das müßte das nächste Jahrhundert, dem ich mit Optimismus entgegensehe, bestätigen.

Möge es Ihnen, die Sie mir hier die Ehre geben, Ihrer Universität und Ihrem ruhmreichen Vaterlande freundlich sein.«

Bilbao, 20. Oktober 1989

Nach der Rückkehr von Mauritius und der üblichen Herbstgrippe hatte ich kaum Zeit gefunden, mich mit der Einladung nach Bilbao und diesem Dankwort zu beschäftigen. Erst an Ort und Stelle fiel mir ein, daß die Basken auf ihre Eigenständigkeit großen Wert legen. Die doppelten Inschriften auf Wegweisern und Reklamen hatten es mir in Erinnerung gebracht. Ich beschränkte mich also auf die »schöne« Sprache und ließ das »spanische« fort.

Diese Vorsicht war wohl übertrieben gewesen, da der Rektor mir auf Spanisch antwortete und unter den Geschenken, die mir während der Zeremonie überreicht wurden, sich die berühmte dreibändige historisch-kritische Ausgabe des »Don Quijote« von Vicente Gaos befand.

Am Bankett nahmen auch Anita und Albert Hofmann teil, der im Symposion über unsere Drogenerfahrungen referiert hatte. Wir hatten uns schon auf dem Stuttgarter Flughafen begrüßt. An der Tafel konnte ich noch einmal Dank sagen:

»Wenn ich in eine fremde Stadt komme, führt mein erster Weg zu den Märkten, um mich am Reichtum des Landes zu erfreuen und zu erfahren, wie er verwaltet wird. Dann besuche ich den Friedhof, um zu erkunden, wie die Ahnen geehrt werden. Stellt beides zufrieden, dann fühle ich mich an einem Ort geborgen, wo man noch Feste zu feiern versteht.

Hier in Bilbao hat es mit dem Fest begonnen, doch darf ich von dem Empfang, den wir erfahren haben, auf die Ordnung schließen, die Leib und Seele zusammenhält.«

In der Tat waren wir hier außerordentlich verwöhnt worden – vom Empfang auf dem Flughafen mit Kapelle und baskischem Springtanz bis zum »Gaudeamus igitur«, das die Feier beschloß.

Wilflingen, 4. November 1989

Manche Träume übertreffen sogar die Wirklichkeit. Von solchen sagt Shakespeare: »Das war kein gewöhnlicher Traum.« Am schönsten träumt der Embryo. Danach sehnt sich noch der Greis zurück.

Die Sprache ist nur ein Schatten der Welt. Er wird lichter in der Musik.

Das Werk wird abgestreift wie eine Schlangenhaut. Aber wie auch bei der Schlange schärft sich nach jeder Häutung der Blick.

Irrtümer sind unvermeidlich, denn das Wort tastet sich an das Absolute nur heran. Daher gibt es viele und nicht nur *eine* Sprache auf der Welt. Im Grunde hat jeder seine Sprache für sich.

Es gibt Grade der Anpassung: Ludwig XV. fragte, nachdem sein Leibarzt ihm den Puls gefühlt hatte:

»Jetzt muß ich wohl einspännig fahren?«

»Abschirren, Sire! Abschirren!«

Jedenfalls sollte ein Alter keinen Hengst mehr reiten, sondern besser eine Stute, und keinen Haschisch mehr rauchen, sondern lieber ein Pfeifchen Opium.

Wilflingen, 10. November 1989

Wir saßen bis über Mitternacht vorm Bildschirm und nahmen am Jubel rund um das Brandenburger Tor teil. Die Enkel riefen aus Berlin an – sie haben auf der Mauer getanzt.

Endlich einmal auch eine gute Nachricht für unser Land. Sie wirkte wie ein Regen in der Wüste nach langer Trokkenheit. Daß es einmal zur Wiedervereinigung kommen würde, habe ich nie bezweifelt – ob ich sie noch erleben würde, jedoch sehr. Dabei habe ich weniger an ein nationales Erwachen als an das Einschmelzen der Grenzen innerhalb der allgemeinen Entwicklung zum Weltstaat gedacht. Um so mehr erstaunte mich die Zuversicht, mit welcher der Bundeskanzler kürzlich hier in der Bibliothek das baldige Ende der »Zone« voraussagte.

Wilflingen, 19. November 1989

Von Philippe Barthelet: »Lectures au serpent de mer« mit der Widmung »für E. J., der uns diese Sorte von Schlangen nicht zu fürchten lehrt«. Enthält die Geschichte der seit 1968 verflossenen Jahre in kritischer Sicht.

Beim Aufschlagen fällt mein Blick auf eine schöne Maxime von Fontenelle (1657–1757), der seit einiger Zeit in meinem Briefwechsel öfters erwähnt wird – nicht ohne Grund:

»Man möchte den Mut verlieren, wenn man nicht durch ein Korsett von Irrtümern gestützt würde.«

Das könnte ein Motto nicht nur für die letzten zwanzig Jahre, sondern für unser Jahrhundert sein.

☆

Hans Jürgen Frh. von der Wense (1894–1955). Ich lese in seinen Tagebüchern Notizen über die Novemberrevolution von 1918 und deren Folgen bis zur Niederschlagung der Münchner Räterepublik; sie erinnern mich an Gespräche mit Beteiligten wie Niekisch, Toller und Mühsam – über Arco habe ich nur von Kameraden gehört.

Wense, ein Feuerkopf. Das Feuer ist gut, Eruptionen zu schildern, nicht, sie zu beurteilen. Inmitten von Katastrophen wechseln die Perspektiven und auch die Positionen wie bei einem Erdbeben oft über Nacht.

Wilflingen, 20. November 1989

Am Morgen zum Friedhof, wie immer an diesem Tag. Im Neuschnee violette Heide, zu Haus vor dem Bild gelbe Rosen, deren Honigduft sich mit dem der Wachskerze vereint.

Die Toten sind wie die Schnittblumen, die noch geraume Zeit leben – sie wollen gepflegt werden. Sie ziehen sich dann allmählich zurück; man spürt in den Träumen, wie ihre Gegenwart schwächer wird.

Vielleicht ist es gut, wenn der Totendienst so lange währt, bis die Abgeschiedenen sich genügend weit entfernt haben. Wenn er unterbleibt, so nicht zum Nachteil der Toten, sondern der Lebenden.

Wilflingen, 22. November 1989

Beim Frühstück: die Schwaben. Sparsamkeit ist eine ihrer Tugenden. Darin treffen sie feine Unterscheidungen.

B'häb ist einer, der zusammenhält. Das Wort wird auch für Gefäße gebraucht, die wasserdicht sind. Man ist sparsam mit Worten, auch mit dem Geld. So kommt man durch die Welt.

B'häb deutet einerseits das Bequeme, andererseits das zu genau Bemessene an. Laut Fischer geht ein Ring b'häb an den Finger, ein Kranker soll b'häb im Bett liegen. Doch auch, wenn der Barbier das Haar zu kurz schneidet, nahm ers allzu b'häb.

B'häb ist also eines der Wörter, die wie ein Schlüssel zu vielen Schubladen passen – man muß sie nur ein wenig hin und her schieben. Diese Eigenschaft deutet ein hohes Alter des Ausdrucks an. Er hat lange Zeit zur Entwicklung von Varianten gehabt.

Mit einem »Entenklemmer« ist ein Geizhals gemeint – einer, der die Laus schindet. Er tastet die Ente hinten ab, um zu spüren, ob sie ein Ei unter dem Bürzel trägt. Eine ähnliche Figur ist der »Schofbollakrämer«, der mit Schafkot hausiert.

Wilflingen, 29. November 1989

Castrum Peregrini. Mein Abonnement erreicht bald das vierzigste Jahr. Wolfgang Frommel brachte mir 1951 das erste Heft nach Wilflingen und war, als er nach einer Reihe von Jahren wieder einsprach, über die Einbände erfreut. Ich verdanke seiner Zeitschrift manche wertvolle Anregung. So jetzt im Heft 188 den Hinweis auf den islamischen Theologen und Dichter Dschalaluddin Rumi – selbst der Name war mir bislang nicht bekannt. Die Übersetzerin einer Auswahl, Gisela Wendt, verweist in ihrer Einleitung darauf, daß Rumis Werk gelegentlich als der »persische

Koran« bezeichnet worden sei. Das scheint hoch gegriffen – doch ich finde: einige Proben können es getrost auch mit den christlichen Gleichnissen aufnehmen. Zum Beispiel »Der Durstige«:

»Am Ufer eines Flusses stand eine hohe Mauer, auf der ein Mann saß, den der Durst sehr quälte. Die Mauer hielt ihn von dem Wasser fern, nach dem er lechzte wie der Fisch im Trockenen. Plötzlich warf er einen Ziegelstein in den Fluß. Das Geräusch des Wassers erreichte sein Ohr wie Sprache, wie die angenehmen Worte eines lieben Freundes; das Geräusch des Wassers berauschte ihn wie Wein. Die Freude daran ließ den Schwergeprüften neue Ziegelsteine ausbrechen und schleudern.

Das Wasser rief: ›Heda! Welchen Nutzen bringt es dir, mich mit Ziegelsteinen zu bewerfen?‹

›O Wasser‹, antwortete ihm der Durstige, ›es bringt mir doppelten Nutzen, weshalb ich davon auch nicht lassen werde. Einmal klingt Plätschern dem Durstigen wie das Saiteninstrument Rabab, wie die Trompete Israfils am Jüngsten Tage, die die Toten auferstehen läßt, wie der Donner eines Frühlingsgewitters, das dem Garten große Schönheit schenkt. Plätschern gilt dem Durstigen ebenso viel wie der gesetzliche Almosentag dem Armen, wie die Befreiungsnachricht dem Gefangenen oder wie der Atem des barmherzigen Gottes seinem Propheten – – – es gilt dem Durstigen ebenso viel wie Mohammed dem Sünder, für den er Fürbitte einlegt, oder wie Joseph, der schöne und kluge, der Seele Jakobs, des hinfälligen.

Zum anderen komme ich mit jedem Ziegelstein, den ich abbreche, dem fließenden Wasser näher.‹«

Rumi fährt hier fort: »Im Maß, in dem die Ziegelsteine abnehmen, wird die hohe Mauer niedriger.«

Das mag genügen. Erklärungen mindern eher die meditierende Zuwendung, zu der das Gleichnis auffordert.

☆

Ali, der vierte Kalif, in einem Gespräch mit seinem Diener über das Schicksal: »Gottes Niederschrift ist längst getrocknet.«

Gemeint ist das im Himmel aufbewahrte Buch alles Geschehens in seiner Unumstößlichkeit.

Darauf der Diener: »Wozu gibt es dann die Vergeltung?«

Und Ali: »Auch sie kommt von Gott. Und das ist ein tiefes Geheimnis.«

München, 9. Dezember 1989

Alte Pinakothek. Bei jedem Rundgang gilt dem »Früchtekranz« als dem Bilde, das die Mutter schon als Kind verehrt hat, die erste Reverenz. Motive, in denen die Natur aus der Fülle spendet, bewegten sie lebhaft, vor allem solche, auf denen, wie auch bei Murillo, Kinder mit Blumen und Früchten beisammen sind.

Dann Verwirrung vor einem meiner Lieblingsbilder, »Besuch des Fauns bei Bauern« – ich hatte es noch gut in Erinnerung. Der Faun beugt sich über einen Zaun oder eine Hecke; die Familie, besonders die Tochter, betrachtet ihn mit dem freudigen Erkennen, das dem Erschrecken folgt.

Nun hatte sich das Bild insofern verändert, als ein behaarter Faun im Stuhl am Familientisch saß. Das war eine Verknüpfung wie im Traum – als ob der Gast inzwischen eingetreten wäre und sich behaglich gesetzt hätte. Ich muß zwei verschiedene Gemälde gesehen und sie verwechselt haben; das rüttelt an der inneren Ordnung, doch es wird sich einrenken.

Andererseits gedeiht es dem Motiv zum Vorteil, wenn der Maler anonym bleibt – ja auch, wenn ihm der Titel fehlt. Das Namenlose geht dem Zeitlosen voran.

☆

Bei der Post eine Annonce der »Megabrain GmbH«:

»Gehirn-Trainer, ›innoMED 1‹ heißt eine Gehirn-Maschine, die neue Maßstäbe bei den Intelligenz-Maschinen setzt. Innovative Meditation ist keine Zauberei, sondern die Nutzung von biophysischer Gehirnforschung, und basiert auf optischen und akustischen Reizen. Die optischen Reize werden mittels einer Brille durch das geschlossene Augenlid auf die Netzhaut übertragen und rufen dort Traum- und Phantasiebilder hervor.«

Diese Brille hätte ich vor zwanzig Jahren bestellt. Inzwischen habe ich mit dem Sehen durch die geschlossenen Lider eigene Erfahrungen gesammelt, die ich weder dem wachen, noch dem träumenden Bewußtsein zuordne, sondern für eine Schaltung der Wahrnehmung halte – für einen »Dritten Gang«. Der Zustand kündet sich durch eine eigentümliche Erhellung an.

☆

Moralische Automatik. Wir gingen an einem Bettler vorüber mit dem Gefühl, etwas versäumt zu haben, und kehrten mit dem Obolos zurück. Wir wurden durch ein Motiv bewogen; doch würden wir unmittelbar gespendet haben, hätten wir den Armen in seinem Elend erkannt.

»Nach-denken«. Was das Herz versäumte, holt der Kopf nach.

Wilflingen, 18. Dezember 1989

Bei der Post ein Brief mit der üblichen Vorstellung. »Mon nom ne vous dira rien. Je suis un jeune écrivain de province . . .«

Arbeitet über Lamartine, dessen zweihundertster Geburtstag im nächsten Oktober zu Mâcon gefeiert werden soll. Bittet um einen Beitrag, worin ich ihn enttäuschen muß. Zu Lamartine:

»Von den Werken dieses unermüdlichen Geistes schmücken nur seine ›confidences‹, denen ich freilich nicht aufs Wort glaube, meine Bibliothek – allerdings mehr des Einbandes wegen; der ist wie der Ruhm des Dichters auf angenehme Weise verblaßt. Das ist kein Einwand gegen Ihre Arbeit, denn Lamartines Werk und Wirken sind typisch und wichtig für seine Epoche, und insofern ist sein Nachruhm verdient. Leider kann ich dazu nichts beitragen.«

☆

Ferner ein Brief von Dr. Trübenstein aus Weingarten:

»In einem Kapitel von ›Siebzig verweht‹ schreiben Sie über Gräser, besonders über den Mais. Als ich diesen Sommer an der stolzen Pflanze vorüberging, kam mir unwillkürlich die Geschichte von Zeus, der sich der Danae als Goldregen naht, in den Sinn. Fürwahr, der männliche Samen rieselt wie Gold auf die weibliche Blüte hinab.«

Daraus ferner: »... zu Ihrer kurzen Bemerkung über Heidegger, den ich noch persönlich von den berühmten Mittwochs-Abenden auf der Bühler Höhe gekannt habe. Während der Hundert-Geburtstagsfeier fiel das sorgende und bedeutungsvolle Wort von der Seinsvergessenheit. Kein Wort der vielen ausländischen Referenten über die Rektoratsrede.«

Wilflingen, 25. Dezember 1989

Es gibt Ewigkeiten (Psalm 90, 2) wie es Universa gibt, doch hat alle Ewigkeit ihr Ende, wie es jeder erlebt und erleben wird. Wenn sich die Schlange Zeit in den Schwanz beißt, kehrt das Ende zum Anfang zurück.

Die Parallelen schneiden sich im Unendlichen; damit sind sie der Bewegung entrückt. Der Sterbende zieht nicht in die Ewigkeit, sondern in das Zeitlose ein. Jede Lust will nicht Ewigkeit, sondern Entlastung sowohl von der Zeit wie von der Individualität – sie strebt dem Zeit- wie dem Namenlosen zu. Das ist die Hoffnung, die jedes Kunstwerk belebt und erweckt.

Nietzsche hat den Unterschied zwischen dem Ewigen und dem Zeitlosen zwar geahnt, doch nicht präzisiert. Dafür wartet er mit Billionen von Jahren und der Ewigen Wiederkehr auf.

Wilflingen, 27. Dezember 1989

Das Jahr geht zu Ende. Läßt sich ein Wachtraum in den Morgenstunden den Rauhnachtbildern einreihen?

Zwei Frauen stehen vor einem Tisch; sie wenden mir den Rücken zu. Die Figuren sind undeutlich, in der Haltung pompejanischer Wandbilder. Sie tragen Kleider aus leichtem, blaßgrünem Stoff. Die linke schreibt mit einer Feder, während die andere ihr über die Schulter blickt. Auch ich kann das Blatt noch sehen. Die Buchstaben leuchten und sind gut zu lesen; ich sehe sie durch die geschlossenen Augenlider – nicht als ob sie einfielen, sondern wie von mir projiziert. Die Lettern gewinnen Qualität oder geben eine ihrer Qualitäten frei, indem Licht auf sie fällt. Ich beuge mich vor, um den Text zu lesen, doch finde ich keinen Sinn. Allmählich wird das Bild schwächer – es verblaßt, weil meine Anstrengung sich erschöpft.

Vielleicht bin ich in Schicksalsfragen Analphabet. Es könnte aber auch sein, daß die Vorweisung der Buchstaben genügt. Die Deutung ist sekundär.

☆

Die Saurier ließen als Zeugen ihrer Epoche, die Millionen von Jahren währte, Fossilien zurück, die schon früh als Überreste vorsintflutlicher Tiere betrachtet worden sind. Auch heute wird vermutet, daß sie einer Fauna entstammen, die durch eine Katastrophe vernichtet worden ist.

Ähnlich rapide ist das Aussterben von Tier- und Pflanzenarten in unserer Zeit. Nashörner, Pandas und Kondore werden unsere Nachfahren bald nur im Abbild sehen. Die Versteinerung ist eine echte Reliquie; der Film nur ein Schatten, ein Report. Andererseits ist er dem Leben näher; er konserviert nicht nur die Farbe, sondern auch die Bewegung und den Ton. Die Enkel werden ihn bestaunen wie wir die Höhlenbilder von Lascaux.

Wilflingen, 28. Dezember 1989

Clemens Plassmann versandte alljährlich als Neujahrsgruß ein Chronogramm. Er ist seit langem gestorben; seine Kinder Otto und Christa setzen den erfreulichen Zuspruch fort, den ich heuer besonders gelungen fand:

LIBERTATE CONCORDIAQVE PATRIAE
PERSEVERANTER RECVPERATIS
EVROPAE SALVS
VALDE PROGREDIETVR
(1990)

WENN FREIHEIT UND EINIGKEIT
UNSERES VATERLANDES
DURCH BEHARRLICHE BEMÜHUNG
WIEDERERLANGT WERDEN,
DANN WIRD DAS HEIL EUROPAS
EINEN GROSSEN SCHRITT NACH VORNE TUN.

Wilflingen, 30. Dezember 1989

Rauhnächte. Im Weinberghaus mit Perpetua und dem Bruder Physikus. Es mußte Krieg sein: der Bruder hatte einen Haufen von Stiefeln zu begutachten. Ich kam flüchtig zu ihm hinein und sah, daß er eine kräftige Kerbe in eine Sohle schnitt. Das war wohl ein Test.

Wie ich aber nachher von Perpetua hörte, hatte er auf diese Weise jeden zweiten Stiefel verdorben, untüchtig gemacht. Offenbar Sabotage – Defekt und Absicht würden bei der Prüfung sogleich erkannt werden. Wie konnte der Bruder, statt eine Formel zu ersinnen, sich auf so plumpe Weise bloßstellen? Wahrscheinlich hatte er sich nur einen Spaß erlaubt. Er war spazieren gegangen – dabei sollten die Stiefel noch heut abend geholt werden. Sie mußten auf alle Fälle vorher verschwinden; wir kamen daher überein, so leid es uns auch tat, das Haus anzuzünden – damit würde auch das Corpus delicti in Rauch aufgehen. Das war glaubwürdig. Es rettete seinen und wohl auch unseren Kopf.

1990

Wilflingen, 2. Januar 1990

Erster Waldgang im neuen Jahr. Man braucht nicht Augur zu sein, um vorauszusehen, daß es große Veränderungen bringen wird. Das Tauwetter kam früher als erwartet – es kündet nach langem Winter durch Bergstürze und Lawinen, wie ich mit vielen vom Kaukasus bis zu den Anden hoffe, den neuen Frühling an.

☆

Gorbatschow hat das Schneebrett losgetreten und Massen bewegt, deren Wirkung und Zusammenspiel noch unberechenbar sind. Allerdings war der Aufstand überfällig, wie wir nicht nur in Berlin und Leipzig, sondern überall vor und hinter dem Eisernen Vorhang sehen, von dem unsere Mauer nur einen Teil bildet. Als sie fiel, rief Alexander mich aus Berlin an und ließ mich in der Muschel den freudigen Tumult mithören. Wir waren überrascht und gerührt.

Noch bleibt der Widerstand zu bedenken, mit dem nicht nur rundum von der Welt, sondern auch innerhalb der beiden Landesteile zu rechnen ist. Daß trotzdem der große Schritt gelungen scheint, ist fast ein Wunder; es ist vor allem dem Kanzler zu verdanken, in dessen Charakter sich Energie mit Gelassenheit vereint.

In der Nacht fiel mir ein, daß Gorbatschow mit dem Gordischen Knoten die Vorsilbe teilt. Sein Unterfangen ist schwieriger als das Alexanders, weil er nicht vom Westen nach Osten, sondern vom Osten her operiert. Und damals kamen Halbgötter.

☆

Ein Sylvesterbrief aus Berlin von Gunter Klemm beginnt mit dem Motto: »Wohlan, wenn jemals, so ist heute die Stunde der Vereinigung gekommen, und damit die Stunde, in der Europa mit der Vermählung seiner Völker sich gründet, sich Hoheit und Verfassung gibt.« (E. J. »Der Friede«)

Ich habe für meine Texte ein besonders schlechtes Gedächtnis, obwohl ich sie oft am Duktus erkenne, wie diesen Satz, den ich vor nunmehr fast fünfzig Jahren schrieb. Es war im besetzten Paris, und mich erstaunt mein Optimismus, nach den Erfahrungen, die mir inzwischen zuteil geworden sind.

☆

Die Temperatur lag nahe dem Nullpunkt bei klarem Himmel, auf dem sich fünf Kondensstreifen abzeichneten. Krammetsvögel zogen in Scharen mit ihrem Zieh-Zieh-Zieh durchs Obstland, rasteten auf den Bäumen und sonnten die braungescheckte Brust.

Ich ging in die Kiesgrube, um zu sehen, ob Gandions Bienen sich schon regten – vor den Ständen war keine Bewegung, doch summte eine Unzeitgemäße mir am Ohr vorbei.

Wilflingen, 3. Januar 1990

Bei starkem Nebel stellen sich im Sichtkreis Umrisse von Bäumen dar. Es kann sein, daß wir uns einem Waldrand nähern – meist aber beruht die Erscheinung auf einem den »mouches volantes« ähnlichen Effekt.

☆

Ärgerlich: die Zahl der Moleküle zu ermitteln, die ein Apfel oder ein Liter Wasser enthält. Rein mathematisch ist das nicht schwierig; es wird gewissermaßen dekretiert, doch bleibt der Irrtum unvermeidlich, wenn die Messung beginnt.

Noch aussichtsloser: den Zeitpunkt zu bestimmen, zu dem auf einem begrenzten Raume, etwa einer Insel, die Zahl der Menschen jene der Maulwürfe und dann der Maikäfer überstieg.

Das sind müßige Spekulationen, an denen es jedoch selbst in der Wissenschaft nicht fehlt. Die Denkmaschinen fordern dazu heraus. Über den damit verknüpften Drang nach absoluter Genauigkeit dagegen ließe sich nachdenken. In ihm verbirgt sich tantalische Qual. Sie ist dem Wunsch nach individueller Unsterblichkeit und dem bohrenden Zweifel daran verwandt.

☆

Fichte: A = A als Formel für absolute Identität. Das kann nicht stimmen, denn das zweite A ist durch einen Gedankensprung an eine andere Stelle gerückt. Es ist also verschieden von dem ersten A – allerdings nur zeitlich, nicht ideal.

Auch eine Statue bleibt keinen Augenblick in sich identisch, sondern verändert sich auf eine Weise, die weder zu wiegen noch zu messen ist. Sie lebt in den Monaden und kann sich dem Einfluß der Umwelt nicht entziehen. So ist es möglich, daß sie wie die des Memnon zu singen beginnt.

Der eigentliche Reiz der Mathematik liegt darin, daß sie die platonische Welt simuliert. Das ist kein Grund zur Überheblichkeit.

Wilflingen, 6. Januar 1990

Die Drei Könige kamen gegen Mittag, sagten ihren Spruch auf, kreideten das Zeichen an die Haustür und nahmen ihre Gaben in Empfang.

☆

Die Organe sind mehr oder minder wichtig, doch jedes achtet auf seine Grenzen und wird unangenehm, ja gefährlich bei Überschreitungen. Sie gedeihen in Harmonie. Angriffen von außen begegnen sie gemeinsam; bedenklicher ist der innere Konflikt. Bei hohem Wohlbefinden scheinen sie kaum noch vorhanden zu sein.

Wie alles Vergängliche sind auch die Organe ein Gleichnis; wir schreiben ihnen Kräfte zu, die sie nicht besitzen, doch die sich in ihnen und durch sie andeuten.

In der Neuzeit wurde die dem Herzen seit jeher verliehene zentrale Bedeutung immer stärker zugunsten des Gehirns verdrängt. Schon das Wort »Bedeutung« weist auf ein Gleichnis hin. Nicht zu leugnen ist, daß das Herz das Leben sowohl bestätigt wie erhält. Die Herzleiden unterscheiden sich von allen anderen dadurch, daß sie sich dem Kranken im Sekundentakt einprägen. Symptom und Mitteilung sind synchron – daher auch besondere Formen der Beängstigung.

Wilflingen, 11. Januar 1990

Eurydike sendet mir »La fiancée du verbe être« – ihr zweites Buch. Diese Verlobte ist das Fräulein Imperfekt; sie ist (unglücklich) in Monsieur Futurum verliebt.

Im Begleitbrief erinnert mich Eurydike, daß ich sie vor acht Jahren nächtlicherweise in einer Mansarde der Rue de Seine »au champagne« getauft habe. Sie wird am 3. April neun Jahre alt.

In diesem Alter schon zwei Bücher – ein Rekord. Die Taufe scheint also gewirkt zu haben, besonders hinsichtlich der musikalischen Rezeption. Schließlich verpflichtet schon der Name, da Eurydike, wie man weiß, die Gattin des Orpheus war.

Sie hört im Hotel zu Siena, wie der Wasserhahn »La Traviata« singt. In der Oper hatte Leporello eine Stimme aus violettem Filz. Die Umarmung des Vaters fährt unerwartet wie eine Melodie von Janáček den Rücken entlang. Sie ißt im Rhythmus der Musik, und je langsamer, desto besser für die Ideen. Küsse »en rafales« wie bei Chopin. An Verdi liebt sie besonders, daß er seine Musik inmitten einer Arie unterbricht. Man ist überrascht, bleibt gleichsam in den letzten Noten hängen, bis er zum Anfang zurückkehrt wie im berühmten »La Donna è mobile«.

»Die Infos. Ein Tier ist in den Wald eingedrungen und frißt dort die Eichhörnchen. Ihre Knochen sind in seiner Höhle gehäuft. Merci. Der Wald hats erzählt.«

»Ich glaube, daß man so lange tot bleibt, wie man gelebt hat – bevor man ein neues Leben beginnt. Zum Beispiel kehrt ein neugeborenes Kind unverzüglich, ein fünfjähriges nach fünf Jahren und ein Erwachsener nach seiner Lebenszeit zurück.

Jünger wird, weil er so lange gelebt hat, durch einen ebenso langen Tod bestraft werden, doch dann kehrt er als Blume oder als Falter zurück.«

☆

Roxana: »Die Feste und die Veränderungen jenseits der Mauer: zwei Gründe, Ihnen, Ihrer Familie und Ihren Mitbürgern Glück zu wünschen, und Liselotte tout spécialement. Das Bild des Taurillon in Ihrem Studio erinnert mich an ein Lied, das wir hier singen:

›Elle est encore plus belle à l'intérieur.‹«

Wilflingen, 22. Januar 1990

Rolf Hochhuth sendet Beiträge zu meiner Sammlung Letzter Worte, unter anderen das von Ernst Robert Curtius: »Aufmachen!«

Dazu Max Rychner an Carl Jacob Burckhardt: »Es klingt, als habe der große Philologe noch einmal zitiert. Nichts von ›letztem Willen‹, nichts über seine Lage, nichts von Abschied. Alles fest und männlich bis zuletzt. . . .«

☆

In einem Programmheft Karl Valentins letzter Satz: »Da hab ich ein Leben lang Angst vor dem Sterben ghabt, und jetzt das!«

Karl Valentin (1882–1948) habe ich nicht ausgelassen, wenn ich vor und nach dem Zweiten Weltkrieg in München war. Man hat ihm jetzt, zusammen mit seiner Partnerin Lisl Karlstadt, dort ein Denkmal gesetzt. Es scheint aber, daß ihm in seinen letzten Jahren eher das Schicksal des alten Mimen zuteil geworden ist.

Letzte Worte fallen, wenn das Schiff untergeht. Man könnte ihnen eine Auswahl jener zur Seite stellen, die gesprochen werden, wenn einer wie hier die Segel refft.

Valentins »Poncif« (Baudelaire) war der »hilflose Mensch«. Daß eben dieser einen unerschöpflichen Stoff zur Heiterkeit bietet, ist eine Tatsache, der man nicht zu tief auf den Grund gehen darf.

☆

Ferner eine erfreuliche Mitteilung aus dem Stuttgarter Naturkundemuseum:

»Gerade habe ich ein kleines Manuskript über einen Schwarzkäfer aus Saudi-Arabien fertiggestellt. Darin wird eine neue Gattung Erodiini behandelt, die Professor Büttiker zusammen mit zahlreichen anderen Arten dort gesammelt hat. Da Sie großes Interesse an der Wüstenbiologie haben, erlaubte ich mir, die Art nach Ihnen zu benennen. Das Typenmaterial wird in den Museen Basel und Stuttgart aufbewahrt. Anbei eine Kopie der Abbildungen ...

Mitte März werde ich auf der Kanaren-Insel La Palma sein. Mitte Mai bis Ende Juni geht es nach Ost-Sibirien in die Ussuri-Region.«

Die neue Gattung heißt Leptonychoides. Die für die »Fauna of Saudi-Arabia« bestimmte Zeichnung des Widmungsexemplars liegt dem Briefe bei.

Wilflingen, 23. Januar 1990

An Dr. Wolfgang Schawaller: »Für Ihre Nachricht vom 19. Januar meinen herzlichen Dank. Ich nehme Ihre Widmung einer neuen Erodiine als guten Beginn des Jahres, denn sie bedeutet für mich insofern eine besonders freudige Überraschung, weil Erodius-Arten mir seit Jahrzehnten als Ansager froher Stunden in Erinnerung geblieben sind. Daher begrüße ich Ihre Benennung als eine Bestätigung des Bezüglichen.

Wenn ich mich an Stränden des Mittelmeeres oder des Atlantiks auf einer Düne zum Sonnenbade eingerichtet hatte, erschien im weißen Sande auch ein Erodius, der oft von einer Tentyria begleitet war. Sie liebten es, mich in die Zehen zu zwicken. Als Dritte im Bunde huschten auf dem Rückweg die behenden Zophosis über den trockenen Pfad. Am Wüstenrand beginnt das Reich der Pimelien. Für das Studium der Tenebrioniden dürfte ein Leben nicht ausreichen.

Leptonychoides ist der ›dem Leptonychus Ähnliche‹. Von dieser Gattung finde ich in meiner Sammlung einen Vertreter, und zwar curvicornis, den mein Freund Mateu in der Sahara erbeutet hat.

Mit den Widmungen von Arten ergeht es mir wie mit den Orden; eins zieht das andere nach. In Biberach erschien jetzt ein illustriertes Verzeichnis der nach mir getauften Spezies; dummerweise habe ich zwei anzugeben vergessen, und leider kann ihm Ihr Leptonychoides nicht mehr eingefügt werden; aber es gibt ja, vor allem wenn Bilder im Spiel sind, Neudrucke.

Gute Wünsche auch für Ihre Reisen, besonders für die nach Ostsibirien. Bodo von Bodemeyer hat dort 1912 mit großem Erfolg gesammelt und ein amüsantes Tagebuch geführt. Blumenthal schrieb mir, er wolle ihm nachfolgen. Hoffentlich hinterließ er ein Manuskript.

Bodemeyers Standort war Schilka am Amur. Auch Heinz Muche aus dem sächsischen Radeberg war in der Gegend fündig; ich habe mit ihm über die Mauer hinweg korrespondiert. Eins meiner Traumziele war damals die Wüste Gobi;

dort warten gewiß noch ungezählte Tenebrioniden darauf, daß sie entdeckt und getauft werden.«

Wilflingen, 26. Januar 1990

Ein »Mantrana« als Sammlung von Aphorismen und Maximen in Fluß zu bringen, war keine üble Idee. Manchmal bedauere ich, daß sie versickerte. Aber es träufelt noch nach.

Ich hatte an ein Zusammenspiel wie beim Domino gedacht. Gute Gedanken haben spermatische Kraft.

Von der literarischen Darbietung inmitten einer Zeitwende hat der Aphorismus den besten Bestand. Er ist noch unverwittert seit Heraklit. Im Sand der Wüste erhalten sich Edelsteine, in der Tiefsee Einzeller wie Diatomeen und Radiolarien. Das Protoplasma hat in winzigen Panzern Ursprünge verwahrt.

Der Aphorismus ist ursprünglich; er blitzt auf. Das Genie des Volkes überrascht durch Einfälle und Sprichwörter. Es bildet an der Sprache mit. So wurde dieser Tage »Wendehals« als neues Wort geboren für schräge Vögel, die sich wie Wetterfahnen nach jedem Winde drehen.

Der Aphorismus ist autark. Er kapselt eine Wahrheit ab, von der er untrennbar ist. So gilt ein Sprichwort wie »Morgenstund hat Gold im Mund« natürlich nicht für jemand, der erst am Abend munter wird. Er kann sich auf einen anderen Spruch berufen – etwa: »Der Tau fällt auf das Gras, wenn die Nacht am tiefsten ist.« Beide Sprüche, gegeneinander gesetzt, stützen sich ab zu einem Dache, unter dem es stets wohnlich bleibt.

☆

Leonhard Fischer sendet mir einen Gedankenfächer, aus dem mich zwei Sätze des Themas wegen, das mich zur Zeit beschäftigt, besonders ansprechen:

»Götter haben Gott voraus, daß sie erscheinen.« Und:

»Das Sterben eines Menschen dauert eine Ewigkeit.«

☆

Von Emma Brunner zur Erinnerung an unsere Reise: »Die Lebensweisheit der Alten Ägypter«, von ihr übersetzt und kommentiert. Daraus:

»Tu eine gute Tat und wirf sie mitten in den Fluß. Wenn er ausgetrocknet ist, wirst du sie finden.«

Emma Brunner verweist dann auf Prediger 11 und den Reim von Goethe:

Tust du was Gutes, wirf es ins Meer
Sieht es der Fisch nicht, siehts doch der Herr.

☆

Gute Sentenzen finden sich schon in den Hieroglyphen- und Keilschriften. Sie scheinen in den Wind gesprochen, weil die Mißstände, die sie rügen, immer wiederkehren; doch sie behalten ihren Wert. So leuchtet angesichts der ungemeinen Verschmutzung unserer Umwelt ein chinesisches Sprichwort ein:

»In einer öffentlichen Halle ist nie ein Mensch zum Fegen da.«

Und warum? Das haben schon die Griechen gewußt: »Weil der gemeinsame Fisch keine Gräten hat.«

So ging es im Osten – als die Häuser »Volkseigentum« wurden, verfielen sie bis zur Unbewohnbarkeit.

Wilflingen, 29. Januar 1990

Das Grübeln über ein Wort kann eine Stunde Schlaf kosten. So heut nacht »Nichtsdestoweniger«. Darüber Frühstücksgespräch. Das Wort paßt in den Kanzleistil – warum sagt man statt seiner nicht einfach »trotzdem«? Das Stierlein vermutet eine barocke oder noch spätere Verirrung, obwohl Wörter, die wie »desto« auf o enden, eines hohen Alters verdächtig sind.

Nach Grimm kommt »destominder« schon im Althochdeutschen vor. Es ist, ähnlich wie das französische néanmoins, dem lateinischen nihilominus nachgebildet und dient »zur nachdrücklichen hervorhebung eines adverbativsatzes«.

Verben. Ich stoße auf »beuteln« in einer Übersetzung von Stendhals »Henri Brulard«. Bislang floß das Wort noch nie aus meiner Feder – vielleicht, weil es mir seines moralisierenden Beigeschmacks wegen ein wenig verdächtig ist.

Der Tätigkeit obliege ich dagegen häufig mit einem Beutel, in dessen Mitte ein Sieb eingelassen ist. Es wird mit Moos gefüllt und dann geschüttelt; kleine Insekten passieren die Maschen, während das Moos auf dem Siebe bleibt.

Beuteln (cribrare) ist also Sieben – »cribrum« das Sieb. »Bluteau« ist ein Sieb, welches das Mehl von der Kleie trennt. Je feiner das Sieb, desto reiner das Mehl.

Moralisch: »Etliche Menschen gleichen dem Mehlbeutel – wenn man ihn beutelt, fällt nur das saubere Mehl hindurch und der Wust bleibt zurück.« Andere »haben ein so weit Gewissen, daß man dadurch junge Hund möcht beuteln.«

Die Kirche beutelt sogar die heiligen Texte und behält das Schönste zurück. Das Verb führt in einen allegorischen Vexiergarten.

Wilflingen, 8. Februar 1990

Der Kosmos verwöhnt uns: gestern durch einen Regenbogen, der sich nach Sturm und Schauern, mit beiden Enden fußend, als mächtiges Tor öffnete. Im Hintergrund rahmte es den Bussen ein, auf dem die Schwester Karls des Großen residiert haben soll; wir fuhren im Wetter darauf zu.

Und heute um acht Uhr abends die Mondfinsternis. Wir hatten Glück; der Himmel war nicht verhangen und Luna nicht einfach verdüstert, sondern in mattem Glanze schimmernd wie ein Opal mit rotbraunen Einschlüssen.

Ich könnte mir eine astrologisch vertiefte Sternwarten-Existenz mit chaldäischen Feststunden vorstellen. Die großen Konstellationen entzücken auch bei geschlossenen

Augen – unmittelbar. Ähnlich vermählt sich der Kreislauf blinder Meereswesen mit dem der Gestirne in der Flut.

☆

Ein Raumschiff, zu dessen Ausrüstung ein Universal-Lexikon gehörte, müßte schon einen großen Laderaum bergen, dann könnte man es in ihm sehr lange aushalten. Zwar sind die Blätter pergamenten, doch läßt sich nicht vermeiden, daß sie jenseits der Milchstraße zu Müll zerlesen sind. Die Finger wühlen im Buchstabenstaub nach neuen Aufschlüssen.

Das hat sich geändert – auch hier hat die Technik das Märchen zwar nicht verwirklicht, doch beinahe eingeholt. Wo Millionen von Daten auf einen Fingernagel passen, stellen Archivierung und Transport kein Problem.

Friedrich Georg träumte von einem Lexikon mit den Namen aller Menschen, die je gelebt haben, und mit ihrer Kurz-Biographie. Der Wunsch ist nicht so abwegig. Auch die Kulte drohen mit einem Buch, das jeden von uns mit seinen Taten verzeichnet, nach denen er gerichtet wird. Etwas Ähnliches muß existieren, doch nicht so kompliziert.

Wilflingen, 17. März 1990

Bei der Verleihung des Oberschwäbischen Kunstpreises:

»Ich hoffe, daß man von einem Fünfundneunzigjährigen keine langen Reden mehr erwartet – jedenfalls ist das eine der Lichtseiten, die ein hohes Alter mit sich bringt. Mein Freund Marcel Jouhandeau pflegte bei solchen Anlässen zu sagen: ›Tu sais, je suis un vieillard‹. Dabei war er erst achtzig Jahre alt.

Dennoch ist es mir ein Herzensbedürfnis, den Stiftern des Oberschwäbischen Kunstpreises und der Jury, die mich erwählt hat, für die Auszeichnung zu danken, die ich als ein neues Zeichen der Zuneigung von Land und Leuten empfinde und zu würdigen weiß.

Desgleichen danke ich unserem lieben Landrat Dr. Steuer für seine Laudatio. Sie hat mich um so mehr erfreut, als sie auf gründlicher Kenntnis nicht nur der Person, sondern auch der Sache beruht. Das gilt sogar für die Sekundärliteratur, deren Lektüre, geschweige denn deren Studium ich selbst nicht bewältige. Unsere Bekanntschaft – ich darf wohl sagen: Freundschaft – reicht lange zurück. Die Ausrichtung meines 70. Geburtstages im Auftrag unseres unvergessenen Landrats Karl Anton Maier war Wilfried Steuers erste Amtshandlung im Oberland.

Freilich bin ich gegen Lob allergisch – mir geht es dabei ähnlich wie Eulenspiegel, der, wenn er leichten Fußes ins Tal schritt, schon an den nächsten Berg dachte.

Zu danken habe ich auch dafür, daß zum Ort der Verleihung unser Wilflingen bestimmt wurde, wo ich seit nun bald vierzig Jahren beheimatet bin. Da es mir nicht an Zeitgenossen fehlt, die mir gern etwas anhängen, mußte ich mich auch einmal fragen lassen, ob es nicht absurd sei, Ehrenbürger eines Dorfes zu sein. Darauf konnte ich antworten, daß ich ein Dorf einer Großstadt schon deshalb vorziehe, weil mich hier jedermann kennt. Damit es nicht heiße, daß ich nach sauren Trauben schielte, kann ich mich auch als Ehrenbürger und Citoyen d'honneur von Städten vorstellen – so des niedersächsischen Rehburg, in dem ich mit meinen Eltern gewohnt habe, auch des baskischen Bilbao und des französischen Montpellier. Jedenfalls ist in Wilflingen gut hausen – das sage ich aus vollem Herzen nach den Jahrzehnten, die ich hier zuerst mit meiner Frau Gretha und dann mit meiner Frau Liselotte friedlich verbracht habe. Wir nehmen gern an den Festen des Dorfes teil, wie noch vor kurzem an seinem neunhundertjährigen Jubiläum, und begleiten die Familien in die Kirche und auf den Friedhof bei Geburt und Tod. Dort ruht neben seiner Mutter auch mein bei Carrara gefallener ältester Sohn und neuerdings der Urfreund Martin von Katte, der nach der Vertreibung aus seiner märkischen Heimat in Oberschwaben eine Zuflucht fand.

Die Schicksalsschläge treffen uns mit der Gemeinde, wie jetzt die zwei Orkane, die unseren Wald verwüsteten. Als ich mit Franz von Stauffenberg die vertrauten Reviere durchfuhr, in denen ich mich seit meinem Einstand in Wilflingen täglich erhole, war das in der Stimmung wie am Morgen nach einer Schlacht. Ich dachte an eine meiner Maximen: ›Bruder Mensch hat uns schon oft verlassen, Bruder Baum noch nie.‹ Nun lagen sie kreuz und quer gefällt.

Ein Wort noch zur Sache: Ich habe, bevor ich den Preis annahm, gefragt, ob ich damit nicht einem Landsmann im Weg stünde – das war nicht der Fall. Und dann habe ich mich geprüft: Was habe ich mit dem Kunstpreis, und im besonderen mit der Bildenden Kunst, zu tun? Vielleicht mehr, als mir bewußt ist, denn schon für meine Mutter verfloß, auch während sie mit mir ging, kein Tag ohne innige Betrachtung von Kunstwerken. Noch heut suche ich bei jedem Gang durch die Münchner Pinakothek ihre Lieblingsbilder auf, so den Rubensschen ›Früchtekranz‹.

Mein eigenes Werk kann ich mir nicht ohne engste Beziehung sowohl zur Weltliteratur wie zu Malerei und Plastik vorstellen. Ich war bei Malern wie Kubin, Braque und Picasso zu Gaste, habe mit Bildhauern wie Wimmer und Breker verkehrt, war auch ihr Modell. Im besetzten Frankreich konnte ich mich für deutsche und französische Künstler verwenden, auch für damals noch wenig bekannte wie für den Bildhauer Gebhard und den Maler Ernst Nay. Er war in Le Mans Gefreiter und malte heimlich in der dienstfreien Zeit. Zum mindesten konnte ich dazu beitragen, daß man die Hand über die mehr oder minder Verfolgten hielt. Doch will ich mich nicht wiederholen, denn all das hat Frau Doktor Linder mustergültig in dem Bändchen zusammengestellt, das die Stiftung zum heutigen Tage drucken ließ und verteilt.

Es versteht sich, daß ich mich nach Künstlern umtat, als ich in Oberschwaben eingezogen war. Ich fand hier manchen Bekannten wie die Maler Ficus und Höll, der bei der Bildhauerin Stapp wohnte. Zu Besuch kam Rudolf Schlichter, der mich schon vor dem Kriege mehrfach, einmal sogar vor dem surrealen Hintergrund der Schwäbischen Alb, gemalt hatte. Auch fand ich neue Freunde – so Monsignore

Endrich als Kustoden der Landschaft, die den Bussen umgrenzt. Gern weilte ich bei ihm am Federsee in seiner mit berühmten Bildern geschmückten Bibliothek. Von Malern nenne ich Wilhelm Geyer und HAP Grieshaber, den Illustrator meines Textes ›Philemon und Baucis‹, der mir als Gedenken an ein verunglücktes Freundespaar besonders am Herzen liegt. Unvergessen bleibt Josef Henselmann, dessen prächtiger Stier (nicht ohne Anspielung) im Flur des Forsthauses die Gäste begrüßt.

Hier stellt sich die Frage, wie es denn weiter geht. Nun, da bin ich ohne Sorge, wenn ich an junge Künstler denke, die mich zuweilen besuchen und sogar um Rat fragen. Ich nenne Bernd Sauter aus Langenenslingen, der in München studiert, und Gerold Jäggle aus Ertingen, der die Lücke zu schließen beginnt, die Professor Henselmann hinterließ. Seine Skulpturen, wie die Gänsegruppe in Heiligkreuztal, sind nicht nur wohl gelungen, sondern sind auch Versprechungen. Persönlich habe ich ihm eine Büste zu verdanken, die viel Beifall gefunden hat. Ich erwähne sie nicht meines Kopfes wegen, sondern zum Lobe der Hand, die sich mit ihm beschäftigte.

Bekanntlich ist Oberschwaben auch hinsichtlich der Architektur eine Goldgrube. Vor allem über die barocken Bauwerke gibt es vorzügliche Führer und Kunstbücher. Man ist eifrig mit der Bewahrung und Restaurierung dieser Schätze beschäftigt. Mir liegt noch mehr das gotische Kloster von Heiligkreuztal am Herzen, dessen geglückter Renovierung durch die Galerie mit Leihgaben aus ihrem Besitz die Oberschwäbischen Elektrizitäts-Werke ein besonderes Glanzlicht aufgesetzt haben. Mit meiner ersten Frau wurde ich in der Thomaskirche in Leipzig, mit der zweiten in Heiligkreuztal getraut, das ich immer wieder gern aufsuche.

Noch näher, und näher am Herzen, liegt mir der alte Kirchturm zu Wilflingen, der nach dem Verfall des Schiffes seit Jahrhunderten als monolithisches Wahrzeichen des Dorfes im Schwabenlande steht. Seine Wiederherstellung im letzten Jahre hat mich besonders gefreut. Vielleicht wird einmal auch das gotische Fenster neu gefaßt. Herzlich verbunden bin ich endlich einem anderen stattlichen Stück Architektur in Wilflingen: dem Gasthaus ›Zum Löwen‹, in dem wir uns befinden und dessen Wirtsfamilie Reck-Ott dieses Fest, wie vordem so manches andere, ausrichtet. Auch ihr, wie nochmals Ihnen allen, herzlichen Dank.«

Wilflingen, 24. März 1990

Nachts als Gefängnispfarrer unterwegs, um Häftlingen Beistand zu leisten, die vor sechzig oder mehr Jahren hingerichtet worden sind. Wars gestern in Moabit bei einer jungen Aristokratin, die als Sekretärin im Bendlerblock für ihren Freund, einen Attaché der Polnischen Botschaft, spioniert hatte?

Die roten Plakate leuchteten an den Straßenecken – der Sturz in die Hölle hatte nicht nur Perpetua bewegt.

Sie war schön noch in der Zelle, aber ich konnte auch jetzt nichts mehr ausrichten. Der Tod kennt keine Revision.

☆

Es gibt für jeden Gegenstand eine optimale sinnliche Erfassung – wie für die violette Hyazinthe, die ich soeben betrachte, während ein Kleiber die Kerne aufpickt, die ich vors Fenster gestreut habe.

Duft, Ton und Geschmack, Licht und Entfernung müssen stimmen; sie können zu stark oder zu schwach werden. Beim Angenehmen ist die schwächere Fassung (die feminine), und ist die Ahnung der Erfüllung vorzuziehen. Den Träumer stört das Licht als jähe Entfernung aus dem Geheimnisstand. Es sollte nur einsickern durch Bereiche, in denen die Schatten stärker sind als ihr Gegenstand.

Stuttgart, 2. April 1990

Zur Feier meines Fünfundneunzigsten im Neuen Schloß:

»Herzlichen Dank Ihnen, verehrter Herr Ministerpräsident, und Ihnen, lieber Michael Klett, dafür, daß Sie mir wieder die Freude bereiten, einen Teil meiner Freunde hier festlich versammelt zu sehen. Wenn auch inzwischen manche Lücke klafft, ist es doch immer noch eine stattliche Versammlung, die sich um mich Überhalter schart.

Ich würde gerne jeden Gast persönlich nennen – leider ist das unmöglich angesichts dieses embarras de richesse. So danke ich Ihnen allen zusammen dafür, daß Sie mir die Ehre geben.

Eine Ausnahme sei mir gestattet – denn ich bin mit Ihnen der Meinung, daß man das Alter ehren soll: So begrüße ich meinen lieben Freund Alfred Toepfer, der mir noch um ein Jahr vorausgeht, als den Ältesten hier im Saal. Wir legten gemeinsam ein gut Stück Weges zurück, und er ist mit der Geschichte meiner Schrift ›Der Friede‹ untrennbar verbunden.

Es sind fünf Jahre verflossen, seitdem wir uns hier zur Feier meines neunzigsten Geburtstages getroffen haben – allerdings, und darin werden Erfahrene mir zustimmen, verfließt die Zeit immer schneller, als näherte sich der Strom dem Wasserfall. In einem solchen Zeitraum kann viel geschehen. Hier einige Notizen über Marken des Weges, den ich inzwischen zurücklegte. Das erinnert mich an meine Schulzeit: zu Ostern mußte man sein Zeugnis vorweisen.

Ich konnte 1986 den Kometen Halley zum zweiten Mal sehen, den ich als Fünfzehnjähriger mit Eltern und Geschwistern bestaunt hatte. Damals hatte der Vater gemeint, nur unser zweijähriger Jüngster habe eine gewisse Chance, den nächsten Durchgang zu erleben. Inzwischen ist Wolfgang längst als erster gegangen, und jetzt an meinem Geburtstag ist ihm sein jüngerer Sohn gefolgt.

Diesmal betrachtete ich das Gestirn in den Bergen Malaysias mit den Freunden Dufner zusammen, und anschließend flogen wir zur Subtilen Jagd nach Sumatra zum Experten für Schmetterlinge dieser Insel, Eduard Diehl, und kehrten mit reicher Beute zurück. Wenige Wochen danach wurde der Preis für Entomologie, mit dessen Stiftung der Herr Ministerpräsident mich vor fünf Jahren in diesem Schlosse ehrte, zum ersten Mal verliehen an Hans Georg

Amsel aus Karlsruhe für seine grundlegenden Arbeiten über Kleinschmetterlinge; ihm folgte im letzten Jahr Gustav Adolf Lohse aus Hamburg, unser derzeitiger ›Käferpapst‹. Mein Nachbar und Hausherr Franz von Stauffenberg gab den Feiern den würdigen Rahmen.

Die auf dem Lebenswerk meines unvergessenen Freundes Ernst Boehringer fußende Firma Basotherm in Biberach hat auf Anregung von Heinz Sauereßig zu diesem meinem Geburtstag in einer farbigen Broschüre die mir gewidmeten Tierarten aufgezählt. Dazu auch einige der von mir gefangenen – so den ersten Käfer auf dem Schießplatz der Fremdenlegion, Dezember 1913 zu Sidi Bel-Abbès.

Doch will ich über meiner liebsten Nebensache andere Freuden nicht vergessen, etwa die schönen Reisen ans Mittelmeer, an den Indischen Ozean, nach Mauritius. Von den Seychellen brachte ich die berühmte Doppel-Kokosnuß heim.

In Wilflingen erhielt ich wiederholt den Besuch des Bundeskanzlers, einmal zusammen mit Präsident Mitterrand, und ich nahm als Gast beider Regierungen an den Vierteljahrhundertfeiern zum Deutsch-Französischen Freundschaftsvertrag teil. Dieser Tage brachte Helmut Kohl den spanischen Regierungschef Gonzales mit, den ich auch zu meinen Lesern zählen darf. Kolloquien, Preise und Ehrungen wurden mir zuteil in Palermo, Rom, Neapel, Florenz, München und in Wilflingen, wo ich soeben den Oberschwäbischen Kunstpreis erhalten habe, nach einem Doktorhut in Bilbao im letzten Herbst.

Der Fortgang der Arbeit ist mir das Wichtigste. So an meinen Tagebüchern, von denen ich einen Ausschnitt unter dem Titel ›Zwei Mal Halley‹ vorgelegt habe, wie auch das Capriccio ›Zeitsprünge‹, das im letzten Jahr mit Zeichnungen meines Freundes Horst Janssen in Paris erschien und mit dessen festlicher deutscher Ausgabe mich soeben mein Verleger beschenkte. In der ›Schere‹, die *ich* mir zum Geburtstag schenkte, habe ich eine Perspektive ins nächste Jahrhundert zu entwerfen versucht. Mögen diejenigen von Ihnen, die es erleben, meiner dann freundlich gedenken.

Soviel zur Person. Daß die große Wende, die wir so lange ersehnt haben und nun erleben dürfen, Sie alle wie mich mit Freude, Rührung, Hoffnung erfüllt, brauche ich kaum auszusprechen. Der Fall der Berliner Mauer ist Teil einer neuen Ost-West-Begegnung, deren Umfang und Art wir noch nicht voraussehen. Wir können nur wünschen, daß sie die Welt friedlicher ins neue Jahrtausend führen wird.

Noch einmal: herzlichen Dank für diesen schönen Tag. Zu seiner Erinnerung habe ich Ihnen ein Büchlein zugedacht, das anläßlich der Verleihung des Oberschwäbischen Kunstpreises zusammengestellt wurde. Nehmen Sie es wohlwollend auf.«

Wilflingen, 14. April 1990

An Auguste Francotte: »... Ich habe drei anstrengende Wochen hinter mir, die mit dem Besuch von Gonzales in Wilflingen begannen und während deren ich noch mit einer Grippe zu tun hatte. Ich erhole mich mit der Ordnung einer fabelhaften Coleopteren-Sammlung, die ich vom Kollegen Drouin aus Kanada bekam.

Die Ähnlichkeit, ja selbst die Identität vieler kanadischer Arten mit unseren europäischen ist außerordentlich. Darüber lassen sich verschiedene Hypothesen aufstellen. Sollte man diese Verwandtschaft mit der Kontinentaldrift in Verbindung bringen, so stellt sich die Frage, warum sie innerhalb der äquatorialen Fauna kaum vorhanden ist. Etwa deshalb, weil in den Tropen die Evolution eine viel schnellere Gangart besitzt? Bates hat sich zwar mit den Verwandtschaften innerhalb des amerikanischen Kontinents beschäftigt, doch dieses Problem war damals noch nicht akut. Bei den circumpolaren Arten wird es einfacher.«

Wilflingen, 26. April 1990

Der Monat nach dem Geburtstag ist noch nicht zu Ende; nebenbei habe ich eine Grippe absolviert.

Schon bekomme ich Briefe und Gedrucktes zur »Schere«. Max Valentiner las das Buch bereits in Caracas, wohin er sich zurückgezogen hat, weil es ihm in Europa zu unsicher wird. Ich möchte notieren und könnte vielleicht einmal zusammenfassen, was sich an Korrespondenz über das Thema ergibt. So anläßlich einer Zuschrift von Manfred Fundel aus Waiblingen:

»Beschäftigt mit der Lektüre der ›Schere‹, bleibe ich auf Seite 17 hängen: ›Keiner stirbt vor der Erfüllung seiner Aufgabe‹.

Was ist mit den verhungernden Kindern, mit den abgetriebenen Kindern? Da könnten noch viele Fragen folgen – – – So bestechend der Satz für mich ist, so viele Zweifel wirft er auch auf.«

Hier ließe sich auf die Maxime zurückgreifen: »Der Weg ist wichtiger als das Ziel.«

Dabei gilt wie für fast jeden Aphorismus auch das Gegenteil. Was ist Wahrheit? Das kommt auf die Perspektive an. Wenn ich Transzendenz ablehne, wird das Ziel entscheidend – etwa im Darwinismus der homo sapiens. Erkenne ich die »andere Seite« an, so gehört das Ziel zum Reisegepäck. Es wird an jedem Punkt erreicht, an dem die Schere den Weg schneidet – sei er kurz oder lang. Beim Embryo gleicht er dem Flug des Weizenkornes, das bei der Saat auf steinigen Boden fällt. Er verließ den Geheimnisstand nur für einen Augenblick – nur so lange, wie ein Fischlein bei seinem Salto im Sonnenlicht glänzt.

Und die verhungernden Kinder? Haben sie ihre Aufgabe erfüllt? Jede Aufgabe ist auch eine Last. Die Kulte sind sich darüber einig, daß den »Mühseligen und Beladenen« oder den »Erniedrigten und Beleidigten« der Vorrang gebührt. Das ist nicht als Belohnung zu verstehen, sondern als eines der Phänomene der Zollstation. Je schwerer die Last war, desto stärker die Euphorie. Danach gibts keine Unterschiede mehr.

☆

Helmut Freudenreich aus Säckingen: »Während der Frühjahrsorkane sank hier im Rhein unweit unserer Wohnung ein Baggerschiff namens ›Rubikon‹. Entspricht das Ihrer Annahme in der ›Schere‹, daß wir ›vor actium‹ stehen? Ich sehe die Schere auch. Was mir auffällt: Die Parusie (Ankunft Christi) wird nicht einbezogen.«

Überlingen, 28. April 1990

Sonntagvormittag. Ich sah mich im Fernsehen. Der Satz wäre zu Beginn des Jahrhunderts anders konzipiert worden – etwa: ich sah mich im Traum oder als Phantom. Marconis Name war noch kaum bekannt. Von Arnolt Bronnen erfuhr ich zum ersten Mal Näheres von der propagandistischen Bedeutung der Einrichtung. Bischof Thielicke sagte in einem Gespräch kurz nach dem Zweiten Weltkrieg, daß Rundfunk so viel wie zehn Mal Presse und Fernsehen so viel wie zehn Mal Rundfunk sei. Das ließe sich an Hand der »Quoten« nachprüfen. Thielicke sagte übrigens, wie mir einfällt, nicht »so viel«, sondern sogar »so gut«.

Bei einem gewissen Grad der Bekanntheit oder Prominenz (Bronnen verwandte diesen Ausdruck mit Vorliebe) werden solche Auftritte schier unvermeidlich – aber weiß man, mit welcher Keule man umgeht, wenn man einer unberechenbaren Zahl von Fernsehern »erscheint«?

Die Frage berührt den Eintritt in den Titanismus überhaupt.

Überlingen, 1. Mai 1990

Nachts über den homo habilis ruminiert. Erstens: der Waldfeind. Ein Gutsbesitzer gerät in Schulden; er muß seinen Wald verkaufen, so leid es ihm auch tut. Er findet einen Käufer und ist mit dem Preis zufrieden, den er erhält.

Zu diesem Wald gehört ein Bestand von alten Eichen, die der Besitzer geerbt hat und die ihm ans Herz gewachsen waren – man könnte fast sagen, die er für heilig hielt. Sowie der Vertrag unterzeichnet ist, läßt der Käufer sie fällen

– als Furnierholz erstatten sie ihm nicht nur den Kaufpreis, sondern erbringen darüber hinaus noch erheblichen Gewinn.

Man fragt sich, warum der Waldherr nicht selbst auf den guten Gedanken kam. Die Antwort ist einfach: weil er die Eichen für unantastbar hielt. Er muß sich außer mit dem Verlust noch damit abfinden, daß er als Dummkopf gilt, selbst in der eigenen Familie.

Zweitens: der Schattenpilz. Bei einem Philosophen von Renommee, doch bescheidener Lebensführung findet sich ein junger Fan ein, der sich als angenehm und bald auch als nützlich erweist. Er gewinnt dadurch Ruf und zieht Vorteil daraus.

Im Lauf der Jahre ändern sich die Dinge; der junge Mann wendet sich ab, verstärkt endlich die Reihen der Gegner. Es wird verdienstlich – im Doppelsinn des Wortes –, mit dem Alten abzurechnen, ja ins Gericht zu gehen. Die Stimme des Jungen zählt, er muß es wissen: schließlich gehörte er einmal zum Haus.

Der Typ ist den Philosophen geläufig – so sagte mir Jaspers, daß »man mit jedem Schüler eine Schlange am Busen hegt«.

Noch augenscheinlicher vollzieht sich der Wandel unter Politikern. Hier stellen sich Machtfragen unmittelbar. »Wendehals« in diesem Sinne ist eine Wortschöpfung unserer Tage; sie wird sich einbürgern, da sie ein beständig Wiederkehrendes trifft.

Nicht ohne Grund war eines der Lieblingsgedichte Bismarcks »Vetter Anselmo« von Chamisso, ein Bild krassester Undankbarkeit.

Ich verbrachte zwei Stunden, um nach dem Gedicht zu suchen, und fand es endlich unten in Stierleins Regalen, wo bessere Ordnung herrscht. Der Vetter Anselmo ist sowohl in moralischer wie in magischer Hinsicht lehrreich – eine einzige Sanduhrstunde faßt Jahrzehnte mit ihrer Handlung ein.

Wilflingen, 2. Mai 1990

Wir können Dinge benennen, die wir dank unserem Scharfsinn vermuten, obwohl sie sich unserer Sicht entziehen. So verhielt es sich seit Aristoteles und schon vor seiner Zeit mit den Urtierchen und Atomen – beide sind erst seit kurzem in unseren Sichtkreis gerückt.

Darüber hinaus können wir Größen benennen, die nicht vorhanden sind. Das Nichtvorhandene ist beim Handwerk das im Moment nicht Greifbare. Das Wort hat sich auch auf das Nichtbegreifbare ausgedehnt. Damit ist im geistigen Anstieg eine bedeutende Stufe gewonnen; wir haben dem Nichts einen Namen verliehen – ja wir operieren mit ihm. Ein Beispiel ist die geniale Erfindung der Null und ihre Rolle als Multiplikator beliebiger Größen innerhalb der Zahlenwelt.

Dazu eine Illustration. Dieser Tage brachte mir Albert Weideli als Neuerscheinung einen Essay von Christoph Türcke: »Der tolle Mensch. Nietzsche und der Wahnsinn der Vernunft«. Der Freund bewährte sich wie seit Jahrzehnten damit wieder als literarischer Vorkoster, der mir viel Nebensächliches erspart. Es gehört ein Instinkt, eine Witterung dazu, aus den Messekatalogen zwei oder drei Bücher herauszufischen, von denen man in Abwandlung eines berühmten Spruches »voilà un livre« sagen darf. In guten Zeiten geschah das in einem Kreis von Kennern – so war nach Rivarol das Schicksal eines Buches davon abhängig, ob es in einigen Pariser Salons ins Gespräch kam oder nicht. Noch heut verbreitet sich zwar nicht der Ruf, jedoch die Wertung eines Buches von Mund zu Mund.

Türckes Betrachtung ist aphoristisch und damit der beste Zugang zu Nietzsches Problemen – sowohl den säkularen wie den persönlichen, die eng verflochten sind. Aus den von mir vermerkten Passagen notiere ich in diesem Zusammenhange die folgende:

»Daß Erkennen nicht der bloße Abklatsch der Dingwelt sein kann, hat man schon früh bemerkt. Es kommen nämlich Begriffe vor, denen nichts Seiendes entspricht, zum Beispiel ›Niemand, Nichts‹. Diese Differenz von Begriffswelt und Dingwelt ist das Schlupfloch, durch das schon Homer seinen Odysseus aus den Fängen des Kyklopen entkommen läßt.

›Meinen berühmten Namen, Kyklop? Du sollst ihn erfahren. ‚Niemand' ist mein Name, denn ‚niemand' nennen mich alle.‹ Darauf fällt der Kyklop herein. Nachdem Odysseus ihn seines Augenlichtes beraubt hat, ruft Polyphem mit Zetergebrüll die anderen Kyklopen, und auf deren Frage: ›Was geschah dir für Leid, Polyphemos, daß du so brüllst?‹ antwortet er: ›Niemand würgt mich, ihr Freund'.‹

Sich einen Namen geben, der die Verneinung aller Namen ist: das ist die List, mit der Odysseus sich vor der Rache der Kyklopen rettet. Weil Denken fähig ist zum Erfinden dessen, was nicht ist, sind die Menschen nicht mehr mit Haut und Haar dem Naturschicksal ausgeliefert. Die Differenz von begrifflicher und dinglicher Ordnung ermöglicht Lüge und verheißt Freiheit.

Ganz in diesem Sinne scheint Nietzsche zu argumentieren: ›der Intellekt als Mittel zur Erhaltung des Individuums entfaltet seine Hauptkräfte in der Verstellung‹.«

Wilflingen, 3. Mai 1990

Ich habe jetzt häufiger jene besondere Form des Wachseins mit Bildern auf der Innenseite der Augenlider; sie überrascht mich nicht mehr so heftig – ich trete wie in eines meiner Zimmer oder wenigstens wie in eine Dachkammer ein. Meist erwache ich gegen Morgen und schlummere für zwei, drei Stunden wieder ein.

Es ist schon hell im Zimmer, hell auch für die geschlossenen Augen – doch hier ist das Licht mitteilsamer geworden und eigentümlich transformiert. Ich beuge mich über das Bettuch, das sich in eine Tafel verwandelt hat – aha, ich bin wieder da. Es ist sorgfältig gedeckt. Auf dem makellosen Tischtuch stehen Teller mit Brot und zerschnittenen

Früchten in gelblichem Ton. Sonst nur ein Grün von außerordentlich feinen Dillspitzen. Das war gekonnt. Dazwischen zwei Weingläser. Warum aber noch sechs kleine Becher – es schien nur für zwei Personen gedeckt. Wahrscheinlich sollten Liköre serviert werden.

Ich genoß das Bild gründlich – dann legte ich mich wieder schlafen, als ob ich es abschaltete. Nach solchen Zurüstungen sollte eigentlich etwas geschehen – ein Gast eintreten.

Es ist schon lang her, und ich weiß nicht, ob ich es bereits erwähnt habe –: daß ich einmal vom Rahmen aus einen Arm in das Bild eingreifen sah. Nur einen Arm, der eine der Figuren zurecht rückte.

☆

Bei der Post der Brief einer Leserin aus Bonn, Romanistin; ich habe ihr bei der Prüfung beigestanden, freilich nur im Traum.

»Alle wollten viel von Ihnen erfahren – die Prüfung lief am Rande mit. Meine Antworten schienen mir unklar und verworren, doch während der Pause, vor der zweiten Runde, versicherte mir mein Freund, der auch dabei gewesen war, ich hätte glasklar formuliert.

Das machte mir Mut für den zweiten Teil.«

☆

Notizen während eines Gewitters, das Stauffenbergs Linden, und nicht nur sie, erfrischt. Ihr Frühlingsgrün ist voll entfaltet und deckt das Schloß mit einem Vorhang ab.

Die Katzen sind ins Haus gekommen und werden anschmiegsam. Sie haben vor dem Gewitter Furcht. Anders dagegen die Schildkröten. Sie sind ja auch als die Uralten dem Feuer näher verwandt. Vielleicht hat ihr Panzer sich nicht nur als Schild gegen Feinde, sondern auch gegen Strahlen bewährt.

Ob wohl schon jemand gemerkt hat, daß die Schildkröten, ähnlich wie die Katzen, gern am Bäckchen gestreichelt werden? – sie kennen besser als wir das Alphabet der Ursprache. Auch hier gibt es Unterschiede – Theodolinde geht passionierter als Gigas darauf ein.

Heuer hielten sie einen längeren Winterschlaf als in den Jahrzehnten, die sie hier verlebt haben. Krüppelchen war nicht mehr dabei.

Obwohl die Tierchen in der dachlosen Ruine des Waschhauses, die sie bewohnen, viel Sonne und einen großen Auslauf haben, fiel mir Krüppelchen durch seinen Freiheitsdrang auf. Ich überraschte es immer wieder, wenn es an die Tür pochte, die verschlossen und viel zu schwer ist, als daß es sie hätte öffnen können; es hatte die Lücke in der Mauer beobachtet, durch die ich eintrat, und damit den einzigen Punkt gefunden, an dem ein Entkommen möglich war.

Einmal vergaß ich, die Tür zu schließen, und nach etlichen Tagen entdeckte Frau Sach die Entwichene ertrunken zwischen den Blättern der Seerosen.

Krüppelchen bollerte unermüdlich, denn daß die Tür sich eines Tages öffnen würde, hatte es gewußt.

Das Wissen der Menschen, Tiere, Pflanzen, Steine ist innewohnend, zeitlos immanent. Es kommt nicht vom Außen und von keinem Jenseits, ist unerlernt, ja selbst nicht angeboren, sondern da. Das Dasein schließt sich ihm als eine seiner Möglichkeiten an. Dieses Wissen ist dem Glauben überlegen als seine Krönung; es ist das leichteste Gepäck, das unbesehen und ohne Anstand die Zollstation passiert.

Das Feuer sucht und findet in Vulkanen seine Tür.

Wilflingen, 10. Mai 1990

Stierleins Geburtstag. Ich war gestern »in die Maiglöckchen« gegangen, um einen Strauß seiner Lieblingsblumen zu pflücken wie in jedem Jahr. Obwohl das Blattwerk schon Rasen bildete, kam ich nicht bis zur Zahl des Lebensalters, sondern mußte bei sechzig Stengeln Halt machen. Dafür kam ich im Garten auf die erwünschte Dreiundsiebzig, zugleich eine meiner Glückszahlen, konnte also heut morgen mit zwei Sträußen aufwarten.

Ein weiterer Glücksfall das Geschenk: der Jahrgang 1798 des Schillerschen »Musenalmanachs«. Darin eine Reihe der großen Balladen unserer Dioskuren. Namentlich genannt sind nur die damals berühmten, die weniger oder kaum bekannten Autoren sind dem Alphabet nach unter Buchstaben kaschiert. So Hölderlin unter D. Daß das Gedicht »An den Äther« von ihm stammt, hatte der Auktionator wohl übersehen.

Ich las es wieder – mit seinen großen Gedanken, die weniger auf Kenntnis als auf Wissen beruhen. So sieht der Dichter die Evolution:

> Himmlischer! sucht nicht dich mit ihren Augen die Pflanze,
> Streckt nach dir die schüchternen Arme der niedrige Strauch nicht?
> Daß er dich finde, zerbricht der gefangene Saame die Hülse,
> Daß er belebt von dir in deiner Welle sich bade,
> Schüttelt der Wald den Schnee wie ein überlästig Gewand ab.
> Auch die Fische kommen herauf und hüpfen verlangend
> Über die glänzende Fläche des Stroms, als begehrten auch diese
> Aus der Wiege zu dir, auch den edeln Thieren der Erde
> Wird zum Fluge der Schritt, wenn oft das gewaltige Sehnen,
> Die geheime Liebe zu dir, sie ergreift, sie hinaufzieht.

☆

Die großen Balladen gehörten noch zu Beginn unseres Jahrhunderts zur allgemeinen Bildung; man kannte sie auch in den Volksschulen auswendig. Daß sie nach 1945 aus den Schulbüchern entfernt und durch Ephemeres ersetzt wurden, ist eine Beraubung der Jugend; sie entspricht dem

Rückzug der Dichtung, wie Hölderlin ihn in »Brot und Wein« vorausgesehen hat. Zu den Quittungen zählt auch der Drogenkonsum.

»Nicht von irdischer Kost gedeihen einzig die Wesen.«

Unter den Gedichten birgt dieser Almanach auch solche, die Randsaiten zum Schwingen bringen, wie »Der Gott und die Bajadere« und »Die Braut von Korinth«. Schön, daß wir sie nun im Erstdruck daheim haben. Ich nehme an, daß das Stierlein, lange bei Cotta tätig gewesen, sie noch öfter als ich, und nie ohne Rührung, gelesen hat.

Wilflingen, 11. Mai 1990

Wir fuhren bei strömendem Regen nach Stuttgart zur Beisetzung von Ruth Speidel, die nach schwerem Leiden gestorben ist. Sie ruht jetzt auf dem Pragfriedhof neben dem General, der als Chef und Freund in meinem Leben eine große Rolle gespielt hat – auch als einer von denen, die mich »herausholten«.

Wie ich von ihren Töchtern hörte, hat Ruth Speidel zwischen den Anfällen und bis kurz vor der Agonie in der »Schere« gelesen; es habe ihr wohlgetan. Das hörte ich gern. Zu ermutigen war, wenn nicht eine der Absichten, die mich zur Schrift bewegten, so doch ein mehr oder minder bewußter Impuls.

Der Pragfriedhof dehnt sich als stiller Park mit alten Bäumen, Blumenbeeten und Monumenten im Stadtbild aus. Der Verkehr brandet an seinen Mauern vorbei. Ich möchte ihn einmal, schon der Grabsteine und ihrer Inschriften wegen, an einem Frühlings- oder Herbsttage aufsuchen. Hier ruht auch Mörike. Zufällig fiel mein Blick während des langen Ganges im Leichenzuge auf das Grab von Hackländer. Wir haben Initiatoren: Einweiser in jede Kunst, in jede Tugend, jedes Laster – so erfuhr ich von diesem als Quartaner, daß es Romane gibt. Das hat mich manche Stunde Schlaf gekostet; man merkte es mir in der Schule an.

Wilflingen, 12. Mai 1990

Friedrich Nietzsche: »Christentum ist Platonismus fürs Volk.« Das leuchtet ein. Anklänge sind nicht zu überhören – wo könnten sie entstanden sein? Spät durch Augustin, der sich kongenial in der antiken Kultur auskannte, wie vor ihm schon Origenes. Aber im Anfang kommt man an Paulus nicht vorbei. Seine Metaphysik ist platonisch angehaucht. Das ist mehr als eine zufällige Konvergenz. Allerdings widerspricht dem seine einfache Herkunft: er war Teppichweber; Chrysostomus sagt, daß Paulus nur Hebräisch verstand. Das dürfte sich während seiner Reisen geändert haben – wenigstens, was den Umgang betrifft. Chrysostomus sagt aber auch: »Ganz Hellas hat der Zeltmacher auf den Kopf gestellt.« Daß er Plato ausdrücklich dabei einschließt, stimmt nachdenklich.

Die Wirkung Platos ist auch heute weithin anonym. Platonisches könnte durch den Einfluß Gamaliëls durchgesickert sein, den Paulus als seinen Lehrmeister rühmt. Daß die Pharisäer, die im Hohen Rat präsidierten, sich auch in fremden Kulturen auskannten, brachte schon der diplomatische Umgang mit. Flavius Josephus ist das klassische Beispiel dafür.

☆

Wäre Christus auch ohne Paulus bekannt? Das läßt sich umkehren. Noch weniger wäre Paulus ohne Christus bekannt.

Die Frage bleibt insofern nebensächlich, als sie das Verhältnis zwischen der Substanz und ihrem Entdecker berührt. Ein Stoff, etwa das Uran, wirkt weiter, ob er entdeckt wird oder nicht. Die Entdeckung ist akzidentiell.

Wird das große Ereignis als kosmische Explosion begriffen, dann wird vom historischen und persönlichen Bewußtsein nur der Abglanz erfaßt. Mehr würde töten. Der Blitz bei Damaskus und der Riß im Vorhang des Tempels waren das Äußerste. Auch die Erscheinungen.

Wilflingen, 16. Mai 1990

Ein Werk in rotem Einband, das ein Regal füllt; ich sah es im Traum. Es mußte ein Sammelwerk sein – eine Kompilation von kurzen Geschichten und merkwürdigen Tatsachen, etwa im Stil des »Rheinischen Hausfreunds« oder des alten »Pfennigmagazins«. Ich hatte öfters einen beliebigen Band aus der väterlichen Bibliothek gegriffen und mit ins Schlafzimmer genommen, wenn es mir an Lesestoff fehlte – dort fand sich immer etwas.

Als ich erwachte, suchte ich vergeblich, mich an den Titel des Werkes zu erinnern; auch war mir entfallen, ob ich es in Rehburg oder in Leisnig benutzt hatte. Offenbar hatte ich auch von solcher Benutzung hin und wieder nur geträumt. Also ein Lesebuch für den Traum.

☆

Frühlingsnächte, in denen Großstädte zum Wald werden. Die Massen beginnen zu schwärmen wie die Maikäfer. Man wirft sich an jede warme Brust. Du mußt nicht *so* sein, sondern *da*.

Unvergleichliche Nächte; Eros geht auf den Grund. Wie anders, wo er sublim wird und die Nähe ihn mindert, ja zerstört. Doch zwischen beiden gibt es – weniger eine Grenze als ein Grenzland; dort ist das große Spielfeld der Romane mit ihren unerschöpflichen Partien, von Dulcinea bis zu Beatrice und all den Prinzessinnen.

☆

»... diese Jahreszeit der Jugend wärmt mit aller Fülle mein oft schauderndes Herz. Jeder Baum, jede Hecke ist ein Strauß von Blüten, und man möchte zum Maikäfer werden, um in dem Meer von Wohlgerüchen herumschweben und alle seine Nahrung darin finden zu können ...« (»Die Leiden des jungen Werther«)

So in der zweiten Fassung. In der ersten steht »zur Maienkäfer«, also weiblich und noch poetischer. Das läßt wieder einmal über Fassungen nachdenken.

Wilflingen, 19. Mai 1990

Hieronymus Bosch: »Die Ausstellung Christi vor dem Volk«. (Städel, Frankfurt am Main)

Die Szene ist in sozialer und ethischer Hinsicht typisch; wir können uns zu jeder Zeit und an jedem Ort Ähnliches vorstellen. Als Kunstwerk ist es von großer symbolischer Kraft.

Auch die zugleich blöden und boshaften Gesichter sind typisch; sie finden sich von Schongauer bis zu Otto Dix und Rudolf Schlichter wieder – und in jeder Menge, wo einer angeprangert wird.

Freilich wird auch die Bösartigkeit vom allgemeinen Schwund betroffen – sie sickert ein, wird epidemisch und kaum noch bemerkt. Das drückt sich auch physiognomisch aus. Es langt noch für den Photographen, für Maler und Bildhauer nicht mehr.

Wilflingen, 27. Mai 1990

Es ist erfreulich und zu bewundern, wenn mit den Jahren die Geisteskraft wächst. Das ist ein Nobelweg unter vielen, die zur letzten Station, dem »Es ist vollbracht« führen. Wichtiger jedoch ist die Annäherung. Hier kann ein Idiot bedeutender sein und wirken als ein Genie. Ihrer Natur nach bleibt diese Wirkung anonym.

Daß die Geisteskraft nur eine der Hüllen ist, die abgeworfen werden, das hat die Droste sowohl mit Schrecken wie als Befreiung erfaßt:

O Gott, ich kann nicht bergen,
Wie angst mir vor den Schergen,
Die du vielleicht gesandt
In Krankheit oder Grämen
Die Sinne mir zu nehmen,
Zu töten den Verstand!
. . .

Doch ist er so vergiftet,
Daß es Vernichtung stiftet,
Wenn er mein Herz umfleußt:
So laß mich ihn verlieren,
Die Seele heimzuführen,
Den reichbegabten Geist.

(»Am Gründonnerstage«)

Eine Wiederholung, die ich nicht bedauere. Sie hat einen besonderen Grund. Wenn man ein großes Gedicht noch so gut kennt, so findet man doch bei jeder Lesung wieder Neues in ihm. Das Unausgesprochene oder auch das Verschwiegene stellt sich ein:

Es ist mir oft zu Sinnen,
Als wolle schon beginnen
Dein schweres Strafgericht;
Als dämmre eine Wolke,
Doch unbewußt dem Volke,
Um meines Geistes Licht.

Was mag das bedeuten? Die Dichterin fürchtet bei der Reinschrift eines Textes, daß ihre Kraft nachzulassen beginnt. Vorerst kann das noch keiner merken als sie selbst. Noch ist der Stil nicht betroffen, wohl aber, was hinter ihm stand. Die Predigt kommt nicht mehr an.

Wilflingen, 20. Mai 1990

Zur »Schere«. Eine Leserin (ehemals »Schwarze Fürstin«) aus Transvaal:

»Kein Verhältnis zu ›Erscheinungen‹. Vorher auch kein Bekenntnis. Wer darf Ihn nennen, wer Ihn (Es) bekennen? Aber Anteil an Tier, Pflanzen und Sternen. (›Die Himmel rühmen‹)«

Also abwarten. Die Begegnung wird jedem zuteil. Freilich kann er sie meist nicht mehr mitteilen. Gewisse Formen des Irrsinns nehmen Momente des Sterbens voraus. Befreiung vom Hiersein und vom Denken, Ekstasis auch. Die Primitiven haben das besser erkannt und zu ehren gewußt.

☆

Einhart Müller schreibt aus Berlin: »Es gibt keine schwarz umrandeten Anzeigen für meinen Freund Joachim Günther. Er wollte es nicht. Mit Billigung seiner liebenswerten Gattin Barbara sende ich Ihnen die beiliegenden Nachrufe.

Joachim Günther hat Sie tief verehrt. Eine seiner glanzvollsten Rezensionen galt ›Siebzig verweht‹. Die Überschrift werde ich nie vergessen: ›Eine Schatzkammer tut sich auf.‹

Seine letzten – verständlichen – Worte durfte ich hören:

›wundervoll ... wandern ... Glück, Glück ... Ja ...‹

In Dankbarkeit grüßt Sie aus Lichterfelde Ihr alter Nachtportier.«

Ich sah im Archiv nach und fand die Schlußformel bestätigt: Einhart Müller hatte mir 1981 das Register zu einem meiner Tagebücher gesandt, auf das er seine Muße verwandt hatte, und dazu geschrieben: »die Fairness erfordert wohl meine Daten – ich bin Nachtportier und 57 Jahre alt.«

Am Abend traf ich Kamerad Mayer im Wilflinger »Löwen« und erwähnte diesen Brief, dazu auch die »immense curiosité« von Léon Bloy. Der alte Krieger, immer reich an Anekdoten, trug eine dazu bei:

Ein Original aus Saulgau, der Makler B., lag im Sterben und sah den Geistlichen eintreten:

»Herr Pfarrer – sparen Sie sich die Mühe – in einer Stunde spreche ich mit dem Chef persönlich«,

und drehte sich zur Wand.

Montignac, 21. Mai 1990

Aufbruch zu den Grotten. Stuttgart, Flughafen. Warum eigentlich »Hafen« – wir fliegen doch, schwimmen nicht. Allerdings geht das Wort auf ein altgermanisches Substantiv zurück, das ganz allgemein einen Ort bezeichnet, an dem etwas zusammengefaßt oder aufbewahrt wird. Also stimmts doch wieder.

Am Nebentisch ein englisches Ehepaar mit zwei kleinen Kindern; das kleinere trägt der Vater im Rucksack, das größere führt die Mutter an der Hand. Während sie das Gepäck ordnet, entgleiten ihr zwei Flaschen und fallen zu Boden; die eine zerbricht, während aus der anderen langsam der Rotwein pulsiert. Obwohl wir die Frau zu hindern versuchen, beginnt sie die Scherben einzusammeln und schneidet sich in die Hand. Das Kind beginnt zu weinen; das Stierlein hilft mit einem Taschentuch aus. Dann kommt ein Kellner mit Besen und Fegeblech.

In Orly treffen wir auf Albert und Anita Hofmann, die aus Basel kommen, wo Rolf Hochhuth sich ihnen angeschlossen hat. Wir fliegen zusammen nach Bordeaux; dort erwartet uns François Lagarde, der uns zu führen gedenkt. Wir fahren mit ihm in die Dordogne und übernachten in Montignac.

Montignac, 22. Mai 1990

Zunächst die Grotte von Lascaux. Ich hatte sie schon einmal, bald nach dem Kriege, bei der Rückkehr von Pressac mit Didiers besucht. Inzwischen ist sie zur Kathedrale der Steinzeitkunst geworden und für die Besucherströme gesperrt. François hatte für uns eine Ausnahme erwirkt, aber wir wurden gebeten, möglichst wenig zu sprechen und die Wände nicht zu berühren – natürlich war auch Rauchen und Knipsen untersagt. Das Blitzlicht soll den Bildern besonders abträglich sein. Damit bestätigt sich die entmythisierende Kraft der Photographie bis in die Moleküle; jede Aufnahme ist auch eine Abnahme.

Diesmal fehlte die »aladinische« Überraschung – vielleicht gerade deshalb, weil ich inzwischen über den Ort viel gehört und gelesen hatte; doch der Eindruck blieb stark. Als wir wieder ans Licht kamen, sagte Albert Hofmann – er muß es wissen: »Die brauchten kein LSD.« Rolf Hochhuth zitierte den Abbé Breuil: »Die Sixtinische Kapelle der Prähistorie«. Mein erster Blick fiel auf einen Schäferhund, der draußen angebunden war – er hatte ein Steinzeitprofil.

Das Beste, was ich über Lascaux gelesen habe, ist die Monographie von Georges Bataille mit dem Untertitel »die Geburt der Kunst«. Bataille hat viele Nächte dem Studium der Bilder gewidmet und sich tagsüber in diesem Gasthof erholt. (Nächte: weil er die Schließung der Grotte abwarten mußte, die damals noch eine der Attraktionen des Tourismus war.) Er hat die Bilder nicht nur gesehen, sondern sie auch zu deuten versucht. Dabei kommt er zu dem Schlusse: »Was wissen wir von diesen Menschen, die uns nur diese ungreifbaren Schatten, diese Zeichen ohne Hintergrund überlieferten: Fast nichts.«

Dem möchte ich zustimmen. Der Hintergrund, den wir vermissen, ist vor allem das Kultische. Wir fragen: wie hieltet ihrs mit der Religion? Wir würden keine Antwort darauf erhalten, weil ihnen Religion nicht nötig war. Die Welt war heilig, doch ohne Religion. Insofern vermissen wir einen Hintergrund, der nicht vorhanden war. Wir finden zuweilen schamanenhafte Verkleidung und Maskierung in Tiergestalten, doch Götter nicht.

Das unterscheidet jene Bilder von anderen, die wir als Seefahrer entdeckt haben, so den aztekischen. Dort wimmelt es von Göttern, auch solchen, die in Tiergestalt auftreten; doch das ist bereits eine Erinnerung. Jeder Gott kann als Tier erscheinen; das ist mehr als eine heraldische Zuschreibung, und es reicht bis zum Lamm. In Lascaux war das überflüssig; das Tier war heiliger als der Mensch und präsent. Es stand sowohl dem Ursprung näher als auch der Ewigen Stadt.

In dem Zusammenhange vertieft sich auch der Untertitel: »die Geburt der Kunst«. Ihr Ursprung ist mehr als sakralen Charakters, und zwar insofern, als zwischen dem Heiligen und seiner Verehrung keine Distanz bestand. Es gab noch keine Entfernung zwischen dem Kunstwerk und dem Gebet. Daher auch oft der Eindruck, daß dem Maler die Hand geführt wurde. Brauchte er überhaupt Licht?

Toulouse, 23. Mai 1990

Abends nach ermüdender Fahrt Empfang im gastfreundlichen Hause von Patrice Béghain. Dabei alte und neue Freunde, Leser, Germanisten, halb offiziell. Bei einem Glase Wein:

»Wir danken der Direction Régionale des Affaires Culturelles und Ihnen im besonderen, lieber Monsieur Béghain, für die großzügige Einladung zu dieser Reise durch die Unterwelt. Sie hat allem, was wir über die Grotten gehört und gelesen haben, den Augenschein hinzugefügt – und vielleicht auch mehr.

Persönlich freut mich, daß ich dabei die altberühmte Stadt Toulouse wiedersehen darf. Allerdings bin ich bisher nur einmal hier gewesen – vor sechzig Jahren und nur für einen Augenblick. Ich kam mit meiner Frau Gretha von den Balearen zurück, und wir mußten in Toulouse umsteigen. Dabei entdeckte ich auf dem Bahnsteig einen Käfer, dem ich in Germanien vergeblich nachgestellt hatte: einen Omophlus.

So gibt es in der Geographie eines Entomologen Erinnerungen, die stärker sind als die historischen – Toulouse blieb seit damals für mich weniger die Stadt der berühmten Grafen als die des Omophlus.

Wenn eine Größe, von der wir bislang nur gehört haben oder die wir nur aus Bildern kennen, unerwartet und gewissermaßen persönlich erscheint, dann erfahren wir eine freudige Überraschung insofern, als etwas, das uns lebhaft beschäftigte, nun auch lebendig wird. Ein Bild tritt aus dem Spiegel hervor. Das, wenn auch nicht ganz unbezüglich, nebenbei.

Zu danken haben wir auch unserem lieben Freunde François Lagarde, der diese Reise angeregt und geleitet hat. Dabei haben ihm die örtlichen Führer assistiert – wahre Kustoden der Unterwelt, die uns nicht nur durch ihr Wissen überrascht haben, sondern auch durch ein troglodytenhaftes Behagen, das sich uns mitteilte. Der Einstieg in die Höhlen führt wie kein anderer in das Totenreich und zu den Gräbern – Fossiles wird lebendig, wie unsere Annette von Droste es in der ›Mergelgrube‹ – einem ihrer schönsten Gedichte – geschildert hat. Auch Jules Verne führt uns in seiner ›Reise zum Mittelpunkt der Erde‹ durch ein vorsintflutliches Reich.

Das subterrane Netz im Umkreis der Pyrenäen ist nur zum Teil vermessen, und unter den bekannten Galerien befinden sich noch tiefere, in die sich nicht einmal unsere prähistorischen Vorfahren gewagt haben. In Rouffignac stieg eine Gruppe von zwölf Forschern in das Geäder ein, und einer fehlte, als sie herauskamen. Zum Glück fand man ihn nach drei Tagen wieder auf.

Auch die Zeiträume, mit denen wir seit kurzem die Vorgeschichte datieren, sind beängstigend. Wenn wir erfahren, daß in diesen Klüften längst vor den Menschen Höhlenbären sechzigtausend Jahr lang ihr Wesen trieben, erschreckt uns die Einsamkeit. Sie hinterließen dort ihre Zeichen im Kalkstein, an dem sie ihre Krallen schärften – doch bleibt das für uns wie eine Fußspur im Wasser, wie ein Gerücht aus dem Scheol.

›Ins Innre der Natur dringt kein erschaffner Geist‹ – doch ebenso wenig ins Innere der Geschichte, deren Substanz sich nach Léon Bloy erst im Augenblick des Todes offenbart.

Ich will Ihre Geduld nicht überfordern und mit einer bescheidenen Anekdote nach Rouffignac, das ich soeben erwähnte, zurückkehren. Die Ausdehnung dieses Komplexes ist enorm. Wir durchstreiften ihn auf einer Art von Spielzeugbahn und rasteten an mehreren Orten; besonders eingeprägt hat sich mir der Mammutfries im ›Roten Salon‹. Am Schluß gab es für mich noch eine persönliche Überraschung:

unser Führer, Monsieur Plassard, hielt das Bähnchen vor einem riesigen Tropfsteinkegel an und wandte sich mir zu:

›Sie haben in einem Ihrer Bücher eine 'Alte' beschrieben, eine gefährliche Zauberin. Ich habe den Namen vergessen – Sie können mir aushelfen.‹

Das setzte mich in Verlegenheit. Zum Glück hatte ich das Stierlein neben mir:

›Das wird die Lampusa der Marmorklippen sein.‹

›Vorzüglich – wir haben hier auch eine solche Alte, und diesen Tropfsteinkegel nennen die Leute ihren Kaktus: l'étron de la vieille – Sie sehen, was sie ihr zutrauen.‹«

Montpellier, 24. Mai 1990

Auf dem Dorf lebt man als Eingeborener, den auf jeder längeren Reise kleine Fortschritte innerhalb der technischen Welt überraschen, speziell des Komforts. Ich muß zugeben, daß sie mich auch erschrecken, weil uns gerade die kleinen Daten die Gewalt der Strömung, die uns wohl oder übel mitreißt, zum Bewußtsein bringen.

So in Montpellier: Zum ersten Mal rasteten wir in einem Hotel ohne Zimmerschlüssel; dafür mußten wir einen Chip in einen Schlitz stecken, worauf die Tür sich öffnete. Dieses Kärtchen erfüllte zudem noch andere Funktionen – so indem es das Licht an- oder abschaltete.

☆

Die Grotte von Niaux hatte François uns für den letzten Tag der Fahrt vorbehalten. Ihr mächtiges Tor öffnet über dem Pyrenäental von Vicdessos ein ausgedehntes Höhlensystem. Die Begehung war schwierig; sie erinnerte mich bald an eine Gebirgspartie bei schlechtem Wetter, bald an Annäherungsgräben des Ersten Weltkrieges. Dazu die unterirdische Beängstigung.

Jeder von uns bekam eine Stablaterne; der Führer bediente sich der seinen wie eines Zeigestockes, mit dem er auf die Bilder an den Wänden und der Decke, auch auf den Boden wies. Das war willkommen; das Vexierende der Farben und der Zeichnung schien mir hier besonders ausgeprägt. So sind auch Kundige lange neben und unter Bildern vorbeigegangen, bevor sie sie in einem glücklichen Augenblick als solche erkannt haben. Mir jedenfalls fiel es schwer, den Lachs, der am Eingang des »Salon Noir« in den Boden geritzt ist, aus seinen Umrissen zu identifizieren, obwohl sie mir bei guter Beleuchtung erklärt wurden.

Ich glaube, es war in Altamira, daß es einem Kinde gelang, seinen Vater davon zu überzeugen, die Kohle- und Ockerflecken an der Decke seien Tierbilder.

Die Vermutung, daß gerade unser Zeitgeist berufen war, die Kunst der Steinzeit als solche zu erkennen, ja überhaupt erst zu entdecken, liegt nahe – auch Bataille sieht hier eine kongeniale Einschwingung.

Vielleicht könnten Astrologen zum Thema beitragen. Allerdings müßte sich angesichts der Zeiträume, mit denen jetzt in der Vorgeschichte gerechnet wird, auch deren Spektrum erheblich ausweiten. Der Ansatz, den wir erleben, könnte auch vorgeschichtlich, ja paläontologisch nachzuweisen sein. Stilformen wie die Spirale wiederholen sich von Uranfängen bis zu den Turbinen unserer Zeit.

Montpellier, 25. Mai 1990

Seit gestern abend im vertrauten Montpellier. Wir hatten von Niaux noch einen Abstecher über Carcassonne gemacht. Nachmittags Service de presse in einer Buchhandlung mit Journalisten, Bibliophilen, alten und neuen Freunden und Neugierigen. Es gab Bücher zu signieren und Fragen zu beantworten, zusammen mit Albert Hofmann und Banine, die, um ihr neues Buch vorzustellen, aus Paris gekommen war.

François Lagarde wurde gebührend gelobt. Wir verbrachten den Abend in guter Gesellschaft bei Wein und

Gesprächen, so mit Dirk Leach, der wegen der Übersetzung des »Arbeiter« aus New York herübergeflogen war.

Zu den Gästen zählte auch Professor Navratil, einer der Passagiere der »Titanic«, die der epochalen Katastrophe entronnen und noch am Leben sind. Er war damals erst vier Jahr alt, erinnert sich aber genau des Augenblickes, in dem er am Rettungsboot von seinem Vater zum Abschied umarmt wurde.

Seine Geschichte fügt dem großen Unglück eine besondere Note ein. Seine Eltern lagen in Scheidung, und der Vater wollte sich nicht von den beiden Söhnen trennen – eben dem, der jetzt neben mir saß, und dessen jüngerem Bruder; daher entführte er sie und löste Billetts für die Passage nach Kanada.

Damals gab es, wie der »Fall Crippen« beweist, schon Funksprüche. Es lag daher nahe, daß der Vater, um nicht schon bei der Landung verhaftet zu werden, sich unter falschem Namen in die Passagierliste einschrieb. Hätte man nicht seine Leiche, die neben Hunderten im Meer trieb, aus dem Wasser geborgen, und mit ihr die echten Papiere, wären die Söhne wohl für immer anonym geblieben – so aber konnten sie zur Mutter zurückkehren.

Paris, 26. Mai 1990

Das Stierlein flog am Morgen heimwärts; ich erst nachmittags mit einer Inlandmaschine für einige Tage nach Paris. Zuvor klopfte ich mit Hofmanns, Lagardes und Dirk Leach eine lange Ginsterhecke ab, die mir beim Anflug im Umfeld von Montpellier aufgefallen war. Leider war die Blüte schon vorgeschritten und die Ausbeute gering. Dafür konnte ich mich dank einer Allee von Meerstrandkiefern entschädigen.

In Orly erwartete mich Sophie; wir fuhren in die Stadt. Unterwegs kamen wir an einem Auto vorüber, das in Flammen stand. Daneben Polizisten; Feuerwehr rollte an. Das war ein großes Unglück, verglichen mit dem »Malheur« der Engländerin zu Beginn unserer Fahrt.

Wenn ich bedenke, wie uns einst der Brand eines Hauses erregte, so fällt mir der sachliche Charakter dieses Vorbeifahrens auf. Der technische Aspekt überwiegt. Stiege man aus, um zu helfen, so würde man zum Verkehrshindernis.

Paris, 27. Mai 1990

Mit Sophie nach La Bagatelle, für die Rosenblüte schon reichlich spät. Die Iris' sprangen in langen, schmalen Beeten für sie ein. Meine Lieblinge: die von tiefbraun oder mitternachtsblau ins Schwarze Zielenden, mit goldener Bürste auf dem Venusberg. Ich notierte für Wilflingen drei Varianten: »Superstition«, »Deep Space« und »Royal Touch«. Bienen und Hummeln besuchten sie emsig, zu unsereinem verborgenem Genuß.

Wiedersehen auch mit der Clematismauer; als Überraschung die Züchtung »Yvette Houry«. Ihr zart himmelblaues Polster erinnert an eine ungefüllte Dahlia. Ein herrlicher Park, gewachsen dem Anspruch des Marquis de Gerardin, der meinte, daß zur Schaffung eines solchen Paradieses weder ein Architekt noch ein Gärtner genüge – nur ein Dichter und ein Maler könnten vereint den Geist und das Auge befriedigen.

Paris, 28. Mai 1990

Auch diesmal versäumte ich am Montparnasse nicht meine Reverenz bei den Altberühmten und den Freunden, die ich gekannt habe. Am Grab von Raymond Aron fiel mir ein, daß ich Jan Meyerowitz nach der Bedeutung der hebräischen Buchstaben fragen will, die in viele Tafeln eingegraben sind: zwei über dem Namen, vier unter ihm. Und »Moses« in archaischer Schrift.

Frische Blumen lagen auf den Gräbern von Baudelaire und Maupassant; auch Laval hatte deren einige. Unter blauweißroten Kränzen und Schleifen verschwand bald die Stätte von Jean Pierre Stierboes, der als Generalsekretär des »Front National« vor zwei Jahren einem Attentat zum Opfer gefallen sein soll.

Endlich wurde ich von einem Irrtum befreit: Baudelaire ruht nicht unter dem ihm gewidmeten Denkmal, sondern in einiger Entfernung davon, zusammen mit seiner Mutter und dem Stiefvater, General Aupic.

In einem solchen Friedhof könnte der Autor sich einnisten wie in einem Hotel, in dem die Gäste für sehr lange Zeit weilen. Er könnte dort ein Werk beginnen, das nie sein Ende fände – zunächst mit einem historischen Teil, der sich an die Denkmäler und Inschriften knüpfte, und dann mit einem aktuellen – Gesprächen mit den Friedhofswärtern, Besuchern und Hinterbliebenen. Hier wäre vor allem an die Witwen zu denken, deren manche, vom Markt abgesehen, keinen anderen Gang mehr wagen als hierher.

Der Autor könnte sich weit ins Totenreich entfernen – bis zur Ehe mit einer platonischen Geliebten, deren Büste ihn bezauberte. Er träumte von ihr auf seinen Gängen und legte allnächtlich Blumen auf ihr Grab.

Ganz ohne ein pied-à-terre in der Stadt würde er kaum auskommen, selbst wenn er ein komfortables Mausoleum bezöge wie jenes der Marie Bashkirtseff am Trocadéro, vor dem ich zuweilen meditiert habe, wenn ich dort in bedrängten Tagen Luft schöpfte. Um ins Detail zu dringen, wäre eine Bibliothek notwendig, nicht zuletzt mit den Pariser Adreßbüchern von ihrem Erscheinungsjahr an.

Ich unterhielt mich darüber mit Sophie, die auf einer der Bänke neben mir saß – wenigstens glaubte ich das, bis ich eine fremde Stimme hörte: »Mais vous parlez Allemand.« Es war eine Witwe aus Lothringen. Sie hatte uns vor dem Grab ihres Gatten gesehen und vermutet, daß wir ihn gekannt hätten.

Paris, 30. Mai 1990

Beim Morgengang durch die Cherche-Midi sprach ich im Antiquariat von Charles Morin ein, traf ihn jedoch nicht an, wohl aber eine junge Buchhändlerin. Der stille Laden, in dem man selten einen Kunden trifft, ist kaum größer als eine Privatbibliothek; die Bücher sind erlesen und gepflegt. Jeder Griff bringt eine Überraschung – wie heute die Erstausgabe der »Pucelle«.

Ich erstand für das Stierlein den »Almanach des Muses« 1784, in einem gut erhaltenen Exemplar. Beim flüchtigen Einblick fiel mir nichts Besonderes auf – außer zwei Gedichten von Rivarol, unterzeichnet: par M. le Chevalier de Rivarol. Autor muß also der Bruder, Claude-François, gewesen sein.

Abends bei Fouad El-Etr, der wieder in Beirut gewesen ist. Bei den Kanonaden gehen seine Eltern nicht in den Keller, aber sie beziehen die Betten im Schlafzimmer frisch.

Fouad hat, obwohl ihm die deutsche Sprache fremd ist, Morels Übersetzung der »Zeitsprünge« geprüft. Er folgte dabei dem Rhythmus, und wenn er bei einer Passage stockte, telephonierte er darüber mit Morel nach New York. Es handelt sich also nicht um eine wort-, sondern um eine sinngemäße Korrektur, die vorzuziehen ist. Morel soll übrigens als Botschafter für Moskau in Frage stehen.

Eurydike trug einen Verband an der Rechten, da sie sich bei einem Sturz verletzt hatte, und spielte auf ihrem Piano Bach mit der linken Hand.

»An deinem hundertsten Geburtstag werde ich vierzehn Jahr alt sein.«

Wilflingen, 3. Juni 1990

Verregneter Pfingstsonntag, kühl. Während unserer Abwesenheit hat ein Nachtfrost den Kaiserwinden und der Canna zugesetzt. Diese haben wir also zu früh aus dem Treibbeet, jene vorzeitig aus dem Keller geholt. Ein leichter, doch schmerzlicher Treff.

Dagegen sind die Iris' prächtig gediehen. Besonders eine, die ich gebührend bewundere, kann es mit denen von La Bagatelle aufnehmen. Ihr Dom ist ungewöhnlich hoch und stattlich, berauschend braunviolett. Diese Farbe kräuselt auch die kristallweißen Kelchblätter und sickert in sie ein.

An der Orchideenlilie setzt sich das Goldene Vlies auf dem Kelchblatt fort. Diese Bildung gehört zu jenen, die der Botaniker »Saftmale« nennt. Eine Einladung auf dem Vorhang des Tempels oder überflüssig vor dem Altar verschütteter Wein? Die Lippe wird über den Saum hinaus geschminkt.

☆

Léon Bloy als Meister der Extreme vermutete: in Einem, gegen den Alle wären, müsse etwas Göttliches sein. Gott also als der absolut Umstrittene. Die Schöpfung lehnt sich gegen ihn auf. Die Titanen als deren Anwälte. In keinem ihrer Händel hat die Menschheit soviel Opfer wie in den Religionskriegen gebracht.

Ich frage mich, ob meine Vermutung, der Marxismus habe die Völker zweihundertundfünfzig Millionen Tote gekostet, genüge – wobei nicht einmal die durch ihn erzeugten Reflexe einbezogen sind.

Das ist nicht polemisch gemeint. Unheil stand für unser Jahrhundert auf jeden Fall ins Haus. In solchen Dimensionen werden Schuldfragen absurd. Konnten Marx oder gar Bebel überhaupt Blut sehen, hätten sie Lenin akzeptiert?

Hier wäre einzuwenden, daß für Marx und Engels die Greuel der Pariser Kommune vorbildlich gewesen sind. Aber was hat das zu bedeuten, wenn ich beim Rückblick auf meine eigene Entwicklung bedenke, daß ich mich für Galliffet begeistert habe, der diesen Aufstand zur bloßen Revolte gemacht und blutig niedergeschlagen hat – während mir doch jeder Angriff auf Unbewaffnete von jeher widrig gewesen und geblieben ist?

Wilflingen, 4. Juni 1990

Zur »Schere«. Ich darf nicht erwarten, daß der Leser an jeder Schwingung teilnimmt – besonders nicht an der persönlichen.

So im Austausch von »Meta-« in »Ultraphysik«. Darin verbirgt sich der Waffenstillstand mit Friedrich Nietzsche, den Metaphysik als Abstellraum für »Hinterwäldler« belustigte. Ich habe das Wort ungern vermißt.

Gut, bleiben wir beim Diesseits, auf dem wir uns wie auf einem Spektrum bewegen, das beiderseits »unsichtbar« wird – allerdings nur, weil unsere Sinne, um es ganz zu erfassen, nicht ausreichen. Ein etwas schärferer Blick, ein neues Handwerkszeug könnten – nein, können es erweitern, es verändern sogar. So setzen sich nicht nur neue Dimensionen, sondern auch neue Fakultäten an, zum Beispiel nicht im Denken, sondern im Gehirn.

Wir können in Gebiete vordringen, die wir früher der Metaphysik zuordneten, und dort tätig werden; das Wunder wird domestiziert. Der Mond verliert seinen Glanz.

☆

Nicht mehr die Politik ist unser Schicksal, sondern die Physik. Die Politik folgt bereits dieser Tatsache in bescheidenen Anfängen.

Die Götter weichen den Titanen, denen das nächste Jahrhundert gehört.

☆

Das Spektrum ist nicht linear, sondern kreisförmig. Es hat ein Zentrum; Anfang und Ende berühren sich an jedem Punkt.

Bern, 5. Juni 1990

Aufbruch nach Bern. Station in Überlingen; ich ging in alter Gewohnheit durch den Stadtpark zu unserem Goldbacher Domizil. Rast vor dem Feigenbusch, wie früher so oft mit Friedrich Georg.

☆

An Plato kommt keiner vorbei – ob er ihn kennt oder nicht. Das löst auch die Frage, ob Paulus je von ihm gehört hat – jedenfalls schwang er in guten Stunden mit ihm auf gleicher Welle, war auf dessen Saiten gestimmt.

Pythagoras. Eine Zahlensymbolik und gar die Göttlichkeit der Zahlen ist nur glaubhaft in Verbindung mit dem eigenen Horoskop. Dann kann auch die Dreizehn eine Glückszahl sein. Je höher die Ziffer, desto geringer die Wahrscheinlichkeit – so die eines Treffers in der Lotterie. Mir persönlich genügt die Drei. Man bewegt sich im Tripudium. Ich frage mich, warum Mussolini, anstatt den preußischen Parademarsch zu kopieren, nicht daran gedacht hat – im Dreischritt klingt der Triumph an; der Parademarsch egalisiert.

Während dieser Notizen bemerke ich auf der Nebenbank einen mageren, graugekleideten Mann mittleren Alters, der einen beängstigenden Eindruck macht. Er liegt halb ausgestreckt, wie über die Lehne geworfen, regungslos, und hat den Mund weit aufgesperrt. Facies hippocratica.

Was tun in einem solchen Fall? Am besten spricht man einen Passanten an, damit der Eindruck sich bestätige, und berät dann mit ihm. Ich sah auch schon eine Dame, die aufmerksam geworden war.

Nachdem ich aber den scheinbar Toten näher betrachtet hatte, sah ich, daß er weder tot noch scheintot war. Es war beruhigend, daß ein Zipfel seiner Weste sich hob und senkte; dann bewegte sich eine der Hände und schloß sich der Mund. Ein Tiefschläfer, vielleicht ein allerdings schon stark morbider Kurgast – da war ich eine Sorge los.

Oben über der Goldbacher Kapelle hatten wir noch ein Stündchen Muße, den See und den Bodanrück zu betrachten, bis Wolfram Dufner kam und uns abholte. Er ist jetzt Deutscher Botschafter in Bern. Botschafter für mich auch in besonderem Sinne, wenn ich an das Wiedersehen mit dem Halleyschen Kometen, das ich ihm verdanke, zurückdenke.

Bern, 6. Juni 1990

Kurz vor dem Erwachen wieder im Dritten Gang. Ich sah zwei Hände – nicht »sich ringen«, sondern wringend sich bewegen wie die einer Wäscherin. Sie waren klein wie die eines Kindes, aber verbraucht und rissig wie die einer sehr alten Frau. Die Nägel waren abgekaut und schwarz umrandet, die Risse mit Schmutz gefüllt. Die Bewegung war langsam, manchmal konnte ich vier Finger zählen, dann wieder nicht. Es wurde nicht »etwas« gewrungen – also hatte die Drehung wohl Sinn, aber keine Bedeutung, ähnlich wie die von zwei Mühlsteinen, die man zwar kreisen, doch nicht mahlen sieht.

Das Bild war stark. Ich zitterte nicht, hatte auch keinen Schauder, aber wurde geschüttelt wie in einem Wagen, der über Kopfsteinpflaster fährt.

Zum ersten Mal sah ich zwei Hände, doch bislang nur einen Arm, der seitlich erschien und Figuren auf einer Tafel zurecht rückte. Und dessen Hand war ebenso zierlich wie die anderen verbraucht.

Ich stand auf und ging in einen dunklen Raum, der als Kleiderkammer dient. Offenbar ein Fortschritt in der Erscheinung – aber wohin? Vielleicht habe ich einen Fehler in der Annäherung gemacht. Doch gleichviel – der Raum ist trächtiger als seine Bilder, der Weg wichtiger als das Ziel.

☆

Nachmittags zur Abegg-Stiftung Riggisberg. Die Sammlung ist Textilien gewidmet; sie reicht bis auf das alte Ägypten zurück. Jedes Museum ist mehr oder minder auch ein Mausoleum und trägt zum Totenkult bei. Hier wird das Gefühl besonders rege, weil Leichentücher, aus antiken Gräbern geborgen, den Grundstock ausmachen. So der Dionysos-Behang. In seiner Mitte gießt der Gott, nackt, mit dem Panther zu Füßen, die Weinspende aus.

Bei den frühen Handwerkern, wie den Töpfern und Webern, wird nicht die Bewegung das erste gewesen sein, sondern die Fähigkeit zu ihr. Ein Mögliches wurde gesondert und geübt. Man begann die Hand auf eine neue Weise zu bewegen, ähnlich wie den Fuß zum Tanzschritt, und das vielleicht an vielen Orten der Erde zugleich. Dem konnte Weisung zugrunde liegen – jedenfalls war die Bewegung im Anfang sakral.

Wir vesperten im »Löwen« des nahen Dorfes Zimmerwald und bestellten den Roten der Landschaft dazu.

»Dem würde auch Lenin zugestimmt haben«, sagte der Botschafter, und nicht ohne Grund, denn es war nicht unmöglich, daß Lenin vor genau fünfundsiebzig Jahren am Tisch gesessen hatte, an dem wir tafelten. Damals fand hier die »Erste Konferenz der Internationalisten« statt, während deren Lenin die »Zimmerwalder Linke« bildete. Im »Löwen« erholten sich die Teilnehmer. Lenin wohnte gegenüber im Haus eines Briefträgers.

Bern, 7. Juni 1990

Der Botschafter gab mir noch eine Geburtstags-Nachfeier. Wir saßen zu vierzehnt am Tisch. Eigentlich konnte man jeden zu den Autoren zählen, darunter Dürrenmatts, Cordula Gigon, Golo Mann. Dieser über seine Lektüre der »Schere«: »die Spitze eines Eisberges«.

Spät las ich noch in Ludwig Reiners »Roman der Staatskunst. Leben und Leistung der Lords«. Dabei fiel mir ein Satz auf, den Brigitte Dufner angestrichen hatte, ein Beitrag zur politischen Psychopathie: »Im Rat von Kalkutta befand sich Sir Philip Francis, eine jener unglücklichen Naturen, deren Begabung sich in der Kritik erschöpft und die ihre angeborene Bosheit für Bürgertugend halten.«

»O wie wahr«, könnte ich mit Chamissos Peter Schlemihl, dem Mann ohne Schatten, ausrufen, und das um so mehr, als mir dieser Tage ein neuer »Verfolger vom Dienst« zu erwachsen scheint. (Ein Titel, dem Franz Josef Strauß lebhaft zustimmte.)

Ein Mann ohne Schatten hat nach Chamisso keinen Vorzug, sondern einen Defekt. Licht ohne Schatten steht nur Engeln zu.

☆

Weber und Töpfer finden wir schon im Tierreich: die Webervögel weben, die Schwalben töpfern sich ihr Nest. Ähnlich die Spinnen und die Mörtelbienen in der Insektenwelt. Die Mollusken sind handlos, obwohl sie sogar im Dunkel der Tiefsee Becher und Schalen von großer Schönheit bilden; manche davon werden von uns in natura auf die Tafel gestellt. Sie könnten nicht besser erdacht werden. Und dann hinab in die Materie. Dort schlummert und dort erwacht auch das Genie.

Bern, 8. Juni 1990

Murten. Wir stiegen auf einer Treppe, die neben dem Geburtshaus Jeremias Gotthelfs anfängt, zur alten Stadtmauer hinauf. Von dort eröffnet sich der Ausblick auf das Panorama der verhängnisvollen Schlacht.

☆

Ein Tagebuch kann sich zum Vexierbild verschränken. Tatsachen und Träume verweben sich zu einem Gobelin, dessen Vorder- und Rückseite kaum noch zu unterscheiden sind.

☆

Angst vorm Verlust der Individualität? Aber warum gilt »namenlos« als höchste Steigerung? Der Sprachgeist läßt uns nie im Stich.

Magadino, 10. Juni 1990

Mit Mayers nach Bellinzona und zum Castello di Sasso Corbaro, das eine volkskundliche Sammlung enthält. Wie bei vielen Burgmuseen ist die Architektur das schönste, und dann die Aussicht, die man aus den Fenstern genießt.

An der Südwand das Bild einer Edelfrau aus Bellinzona, ein Fresko, 1474 datiert.

Ein Gegenstand gewinnt an Plastik, wenn eine Figur sich darauf stützt, ein Mensch an Bedeutung, wenn ein anderer ihm den Arm auf die Schulter legt. Das ist ambivalent und könnte in einem Kursus über Bildende Künste (einschließend die Psychologie) ein Kapitel über den »Sockel« abwerfen.

☆

Unsere fundamentale Ambivalenz. Zum Beispiel: »Ich werde mit mir zu Rate gehen.« Der Freitod, dem Menschen vorbehalten: Richter, Scharfrichter und Hingerichteter in Person.

Ungeheure Wirkung durch winzige Anlässe. Gewichtsverschiebungen, Auslösungen. Ob eine Lawine losbricht, hängt vielleicht davon ab, ob eine Schneeflocke mehr oder weniger fällt.

Das ist theoretisch berechenbar, doch nebensächlich in der Natur. Hier löschen Komponenten wie Wind, Luftdruck, Temperatur die minimalen Einflüsse aus.

Moralisch hingegen kann ein Hauch zum Untergang genügen – eine einzige Unterschrift, ein einfaches Ja oder Nein.

Magadino, 17. Juni 1990

Dritter Gang, etwa um vier Uhr früh. Diesmal eine Frau mittleren Alters mit barockem Gesicht, an dem besonders die wulstigen Lippen auffielen. Die bewegten sich, als ob sie Wörter formen wollten, doch kein Ton kam heraus. Offenbar war die Anstrengung groß, qualvoll sogar. Ich sah Tränen hinunter rollen – vielleicht weinte ich auch.

Ich sprach sie an, indem ich mich auf die Hände stützte; darauf bewegten die Lippen sich heftiger, doch ohne

Erfolg. Ich hätte noch lange im Bild bleiben können, doch brach ich ab, da kein Gespräch zustande kam.

Dabei fällt mir ein, daß ich doch etwas gehört hatte, denn zu Beginn hatte mich ein junges Mädchen von hinten angestoßen: »Geh mir aus dem Weg!« Die Erscheinung kam mir unmittelbar danach entgegen, und zwar frontal.

Bei diesen Begegnungen wechseln die Bilder, doch die Stimmung kehrt wieder, als ob ich einen Wecker gehört hätte, einen Anruf, der die Wahrnehmung schärft, und mit ihr die Erwartungen.

Wilflingen, 18. Juni 1990

Wieder im Garten. Das Wetter ist zwielichtig. Lunaria, die Mondviole, blüht üppig im Schatten der Laube, versamt sich alljährlich reichlicher.

Hegi nennt die Farbe der Kronblätter »purpurrot, violett, selten weiß«. Hier ist ihr Weiß meist violett getränkt oder gemustert; die Tönung ändert sich mit dem Sonnenstand.

Wenn ich die Dolden tagsüber betrachte, scheinen sie matt und kränklich, doch mit der Dämmerung sättigen sich die Farben und schmelzen ineinander ein. Zugleich lockt ihr Veilchenduft die Nachtschwärmer an.

Die Kelche weiten sich am Grunde zu einem mit Nektar gefüllten Beutel aus. In ihnen ist ein Alkaloid enthalten oder bereitet sich vor. Die narkotische Wirkung mancher Alkaloide auf den Menschen ist bekannt. Hier gibt es noch viel zu entdecken, doch was in der Traumwelt einer Sphingide vorgeht, die sich mit der Lunaria begattet, entzieht sich der Wissenschaft.

Wilflingen, 25. Juni 1990

Das Maximenspiel »Mantrana« hat nicht lange gedauert; der Anlaß war der starke Anschub, den ich in Schuls-Tarasp empfing. Die klare Luft war wie Wein.

Aber es sickert noch immer etwas nach, das ich in ein besonderes Fach lege. Die Maxime hat seit Heraklit in der

Literatur Rang und Wert behalten wie Diamanten und Diamantsplitter im blauen Ton und im mürben Geröll. Sie ist dicht am Ursprung; dafür gibt es Indizien. So läßt sie sich beliebigen Beständen und Objekten anheften. Und so gilt für fast jede auch ihr Gegenteil. Der Mensch ist ebenso »gut« wie »böse von Jugend auf«.

☆

Noch einmal: »Lebensweisheit der Alten Ägypter« von Emma Brunner-Traut, mit der wir vor nun bald dreißig Jahren den Nil hinauf bis nach Khartum fuhren.

Eine solche Übersetzung ist nicht hoch genug zu schätzen; die Übertragung altägyptischer Texte verlangt, wie Emma Brunner im Nachwort betont, zugleich Pionierarbeit und inhaltliche Interpretation.

> Da pries ich die Toten, die längst Verstorbenen
> Vor den Lebenden, die noch leben müssen,
> Und höher als den der erst garnicht ins Dasein tritt.

Das erinnert an den Vorrang des »Möglichen« bei Christian Wolff und Immanuel Kant. Wir waren, bevor wir gezeugt wurden – und waren stärker noch, bevor wir in die Welt des Zufalls eintraten.

> Der Tod steht heute vor mir
> Wie das Ende eines Unwetters
> Wie wenn ein Mann aus dem Kriege nach Hause kommt.

Zum intellektuellen Geschwätz:

> Sei nicht aufgeblasen wegen deines Wissens
> Besprich dich mit dem Unwissenden so gut wie mit dem Wissenden.
> Die schöne Rede ist verborgener als frischer Malachit im Bergwerk,
> Doch kann man sie finden bei den Mägden über dem Mahlstein.

Wer von einer Schlange gebissen worden ist, fürchtet
sich vor einem geschlängelten Seil.

Das ist wahr, insofern es auf Erfahrung beruht. Im Grunde aber geht die Scheu vor dem Geschlängelten jener vor der Schlange voran. Daher werden wir im Schatten unsicher. Das läßt sich in der Musik besser darstellen. Die Erscheinung wird zum Motiv, ein Waldweg Melodie.

☆

»Chinesische Sprichwörter«. Übertragen und herausgegeben von Konrad Herrmann.

Der Herausgeber charakterisiert die Auswahl durch ein deutsches Sprichwort: »In China wirft man nichts weg.« In der Tat wiegen praktische, zuweilen triviale, aber nützliche Ratschläge vor. Sie gelten oft der Gesundheit – so:

Wer Arznei schluckt, aber die Diät nicht wahrt,
Bemüht den Arzt vergebens.

Das wäre, vor allem für Homöopathen, ein Motto vors Sprechzimmer.

Ein Arzt, der eine Sänfte nimmt,
Kommt nicht ins Haus eines Armen.

Ein Arzt kann die Krankheit,
Nicht jedoch das Schicksal bessern.

Gewinne einen Prozeß, und du verlierst dein Geld.

Vergeblich suchte ich die Warnung: »Zu einer Witwe gehe nicht allein.« Sie könnte mir aber schon bei den Ägyptern aufgefallen sein.

☆

»Jeder Satz ein Menschengesicht«. Zitatensammlung von Heinz Piontek, einem unserer Lyriker, der diesen Titel verdient. Ich finde auch mich darin mit zahlreichen Sätzen erwähnt, die mir zum Teil entfallen sind. So in den Kapiteln »Kritik« und »Selbstkritik«.

Dann Jorge Luis Borges: »Uns bleiben nur noch Zitate. Die Sprache ist ein System von Zitaten.«

»Wo die Sonne der Kultur tief steht, werfen auch die Zwerge lange Schatten.« (Karl Kraus)

»Gehorcht euren Schweinen, die sind. Ich unterwerfe mich meinen Göttern, die nicht sind.« (René Char)

Goethe, gegen einen Kritiker, der den »Werther« ein gefährliches Buch genannt hatte:

»Gefährlich sind solche Bestien, wie Ihr seid, die alles ringsum mit Fäulnis anstecken, die alles Schöne und Gute begeifern und bescheißen und dann der Welt glauben machen, es sei alles nicht besser als ihr eigener Kot.«

Sehr zeitgemäß: »Wehe, wenn euch jedermann wohl redet! Das taten eure Väter den falschen Propheten auch.« (Lukas-Evangelium)

Beim Blättern stoße ich noch auf Friedrich Schlegel:

»Noten zu einem Gedicht sind wie anatomische Vorlesungen über einen Braten.«

Hier wäre vielleicht »Adnoten« statt »Noten« deutlicher. Aber ich sehe, daß ich in Gefahr bin, das ganze Buch zu zitieren, was natürlich für Piontek spricht.

☆

Ferner, von Marianne K. Leßmann herausgegeben: »Gedenkbuch für Schwester Daniela Krein«.

Die Aphorismen reichen zwar nicht an jene der Ebner-Eschenbach heran, an die sie erinnern, sind aber von großer Herzlichkeit. Ich notiere:

»Wo der Sinn für den Einzelfall verlorengeht, beginnt die Unmenschlichkeit.«

»Jeder vernünftige Mensch hat das Bedürfnis, manchmal mit sich und seinem Herrgott allein zu sein.«

Wie hätte ich das lesen können, ohne eines lieben Freundes zu gedenken, dem ich bei seinem Requiem im Überlinger Münster ein »Auf Wiedersehen« nachrufen durfte – des Monsignore Horion.

Wilflingen, 26. Juni 1990

Ausgedehnter Gang vom Dorf über das Hofwäldle, die Feldflur und zurück. Was die Insekten angeht, Wanderung durch eine ausgestorbene Welt. Es ist kaum zu glauben, wie perfekt die »Säuberung« gelungen ist. Noch vor kurzem sah ich auf jeder Margerite ein, zwei Gäste, auf jeder Schirmblume eine Gesellschaft vereint. Und erst die Holzstöße.

Die Bienen machen bislang eine Ausnahme, wie auch die Ameisen – die Hautflügler überhaupt. Wenn es drauf und dran ginge, würden sie die Wirbeltiere überleben, wenigstens die landbewohnenden. Die Evolution brauchte dann nicht wieder von ganz unten anzufangen – sie hätte für neue Phantasien einige Millionen Jahre gespart.

Ich denke dabei an eine andere Rangordnung, die nicht in der Intelligenz der Primaten gipfeln würde, sondern in der Begabung zur Staatenbildung als einem der genialen Experimente der Natur.

Die Ordnung der Immen ist rational. Wollte man ihr die Moral absprechen, so wäre einzuwenden, daß unsere Greuel den Drohnenmord bei weitem übertreffen und daß der Drohn wenigstens seine Muße genossen und seine Freude gehabt hat, was man etwa vom Kulaken nicht ohne weiteres behaupten kann.

Borges sagte mir bei unserem Gespräch über das Thema: »Die einzelne Ameise besitzt keine Individualität.«

Wissen wir das so genau? Jedenfalls kann sie im Verkehr Entscheidungen treffen, ohne daß es wie bei uns zu Karambolagen kommt. Und sie kann Schmerz empfinden – durchaus individuell.

Wilflingen, 27. Juni 1990

Besuch des passionierten Germanisten Franco Volpi; er brachte mir die zweite Auflage von »Oltre la linea« – meines von ihm übersetzten Essays, den ich Martin Heidegger zum sechzigsten Geburtstag widmete.

Angeregte Unterhaltung; zu meiner Überraschung entpuppte sich der Gast als Verfasser der blague »Schopenhauers schwerste Stunde«, bei der auch ich ihm auf den Leim gegangen bin.

☆

Bis über Mitternacht las ich noch in Dostojewskis »Aus einem Totenhause«; meine erste Lektüre liegt über sechzig Jahr zurück. Das Buch hat sich nicht geändert, wohl aber meine Perspektive – damals bewegten mich die Figuren der Katorga mehr als Täter, doch heut als Leidende.

Die Übersetzung ist von Moeller van den Bruck, den ich leider nicht mehr kennen gelernt habe. Er starb 1925; wie so viele war ich ein intensiver Leser seines »Preußischen Stils«, eines der Denkanstöße nach dem Ersten Krieg.

☆

Bei der Post Gedichte. Ein Bündel von Helena Paz, und von Roxana das Tägliche.

Je te bois comme un chocolat chaud
Je t'aime tendre sur un bâteau.

Wilflingen, 30. Juni 1990

Schon am Nachmittag war ein Gewitter um das Dorf herumgezogen, mit Wetterleuchten, an das sich ein mattes

Grollen schloß. Als ich vor Mitternacht ein Manuskript auf dem Schreibtisch ordnete, begannen die Linden am Schloßtor sich zu schütteln, als ob sie von einem Wirbel erfaßt würden. Zugleich wurden die Fenster aufgestoßen, und ein Wasserschwall brauste herein. Das dauerte nur einige Sekunden, während deren ich versuchte, die Fensterflügel zuzudrücken und die Blätter vor dem Wasser zu bergen, was beides nicht gelang.

Mit einem Schlage war es vorbei. Aber es hatte genügt, eine Vorahnung der Stimmung zu geben, die bei einem Orkan, einem Erdbeben, einem Feuer den Menschen bis zu dem Punkte ergreift, an dem er, wie Schiller sagt, »der Götterstärke weicht«.

☆

Fernstenliebe zum Stamm, der für die Krone mit ihren Blättern, auch für das Rotkehlchennest steht.

München, 1. Juli 1990

Im Traum eine Währungsreform. Das Perlmuschelschiff. Die große Titanin fühlt ihre Zeit gekommen, verbündet sich mit Promethiden, Vulkanen, Merkuriern. Konferenz im Hörselberg. Vom Kopf zu den Brüsten und tiefer hinab.

Zunächst: Zurück zum Golde – doch nicht zum solarischen, sondern zum plutonischen Gold.

Für euch sind zwei Dinge
Von köstlichem Glanz:
Das leuchtende Gold
Und ...

Sodann zu den Kauris, und damit zur erotischen Welt. Dazu wird ein Forschungsschiff ausgerüstet mit Malern und Dichtern, Numismatikern und Genetikern, Tauchern, Kurtisanen, Gourmets, marinen Köchen und anderem Personal. Ein Salon ist der Vigée-Lebrun, ein anderer der Merian, ein dritter Sacher-Masoch zubenannt. Hier gilt Novalis:

Die Lieb ist freigegeben
Kennt keine Grenzen mehr.

Das Hauptgebiet der Forschung ist der Indische Ozean mit seiner Inselwelt. Die Ausbeute von Schnecken und Muscheln an den Stränden und Klippen, im flachen und tiefen Wasser ist unerschöpflich; wenn ein Bote von fremden Sternen an der Küste landete, würde er bei jedem Schritt bewundern, was die Erde zu bieten hat.

Besonders die Kauris sorgen für stets neue Überraschungen. Sie galten in weiten Gebieten Afrikas und Asiens als Scheidemünze, wurden nach Gewicht gehandelt, konnten durchlocht und zu Ketten gereiht werden. Als Währung dienten sie nur zum Tauschen und waren an sich ohne Wert.

Dem möchte ich widersprechen, denn in mancher Schale verbirgt sich ein Zauber, den weder das chinesische noch das sächsische Porzellan erreicht. Ihn zu erkennen und zu werten ist dem Genie des Malers vorbehalten, und seinem Urteil folgt der Preis. Dann gibt es Glücksfunde wie in einem Glasperlenspiel. Die Münze, einem Bettler in den Hut geworfen, entpuppt sich als Juwel.

Man kann einem beliebigen Objekt Sammlerwert verleihen – dann wird es zu Gold, wie von Midas berührt.

München, 2. Juli 1990

Vermehrung des Schädel-Kabinetts. Ein guter Bildhauer, Serge Mangin, in Deutschland lebender Franzose, versucht sich an meinem Kopf. Er arbeitet mit Passion. Nach zwanzig Minuten muß er pausieren, die Augen schonen, Luft holen. Ich darf lesen. Gespräche. Er meint, daß der Erste Weltkrieg die europäischen Eliten vernichtet habe; der Verlust sei nicht aufzuholen – dem möchte ich zustimmen, wenn ich an die Kameraden denke, die ich verloren habe, und an ihr Niveau. Allerdings waren sie alle begeistert zur

Fahne geeilt. Andererseits Fortschritte. Das Genie hat sich wie im Massiv eines Gebirges anonym verbreitet und in den Gipfeln kristallisiert. Die Erde ist am Zug.

Mangin hat bemerkt, daß, wenn er intensiv an einer Stelle des Gesichtes, etwa dem Kinn, arbeitet, das Modell sich dort zu reiben oder zu kratzen beginnt.

Er habe eine Statue mit erhobener Hand gebildet; sie sei von der Kritik gerühmt worden, bis einer bemerkt habe, die Pose sei von Hitler inspiriert.

München, 7. Juli 1990

Serge Mangin kommt zur letzten Sitzung; wir fahren morgen nach Wilflingen zurück. Verabredung für seinen Besuch dort und auch für Kreta, wo er ein Haus besitzt.

»Wenn ich die Haare zu früh mache, nehme ich voreilig einen Eindruck von Perfektion vorweg. Daher frisiere ich zuletzt. Das Haar ist meine Belohnung.«

»In den Cäsarenbüsten vereint sich Ähnlichkeit mit Allgemeinem – die Köpfe von heute sind entweder ähnlich oder allgemein.«

»Das Zittern des Bildhauers muß sich auf sein Werk übertragen – dann verändert es sich nicht nur mit Zeit und Beleuchtung, sondern auch von innen heraus; es lebt fort.«

Bei der Arbeit sehe ich ihn behend vor und zurück springen und den Kopf nach links und nach rechts wenden. So visiert auch der Gecko seine Beute an, bevor er die Zunge vorschnellt. Dem Künstler könnte es nützen, wenn er mit einem Auge schwächer sieht als mit dem anderen. Auf jeden Fall wird der stereoskopische Blick verstärkt, der dem Bildhauer unentbehrlich ist.

☆

Es könnte sein, daß den Göttern Gutes, das wir leisteten, gefällt. Sie würden uns dann zwar nicht wie dem Herakles Zeitlosigkeit gewähren, doch einen Vorschuß darauf. So erklärt sich das Überleben von Werken und Taten in der geistigen wie in der organischen Welt.

In diesem Sinne ist in der »Ilias« ein Gedicht gelungen wie in der Herzmuschel ein Stück Natur.

☆

Nach Mitternacht erwacht, las ich eine Kriminalnovelle »Das Spiegelbild« von Dorothy Sayers, die in diesem Fach als »Beinah-Klassikerin« gilt. Der Text gefiel mir als eine der zahlreichen Varianten nach dem Muster von Stevensons »Dr. Jekyll and Mr. Hyde«.

Zur Übersetzung: »Als guter Staatsbürger ist es Ihre Pflicht, dem Untersuchungsrichter zu antworten.«

Ein Schnitzer, der selten bemerkt wird und jedem unterlaufen kann.

Wilflingen, 14. Juli 1990

Gestern, Freitag, den 13. Juli, wurde der Wunsch nach Entfernung, um »ganz wo anders« hinzugehen, wieder einmal sehr stark. Da genügt auch der beste Burgunder nicht, selbst nicht der hundertjährige Cognac, den des lieben Medan Sohn mir verehrt hat, als er mich nach unserer Fahrt durch die Grotten in Montpellier aufspürte. Ich ging in den Garten und ritzte drei Mohnköpfe an. Die Zeit war günstig; kein Wölkchen am Horizont.

Am Abend hatte sich die Milch gebräunt. Ich erntete eine homöopathische Dosis ein. Immerhin kam ich in Fahrt durch eine verödete Landschaft mit Städten, an welche nur die Brandmauern erinnerten. Die Geier waren schon entflogen, und den Hunden schlotterte das Fell.

Ich fuhr auf dem Skelett einer Eisenbahn und konnte durch den Fußboden auf die verrotteten Schienen sehen. Dazwischen war ein Grün gebettet, das die Augen tröstete. Es war beglückend, und die Fahrt rollte es wie einen Teppich auf, doch ich fühlte, daß dem Maler beim Entwurf die Farbe nicht genügt hatte. Daher fuhren wir schneller und schneller, um das Grün zu verdichten und zu transzendieren – – – die Farbe mußte raus.

Dann in einer spanischen Herberge Gespräch mit einem anderen Gast über Clausewitz und dergleichen mehr.

☆

Sie hat mir verziehen – – – doch nicht die Göttin, die ich in ihr beleidigte.

Wilflingen, 16. Juli 1990

Begonnen: »Auferstehung« von Leo Tolstoi. Eine Zweitlesung. Die erste liegt sechzig oder vielleicht sogar siebzig Jahre zurück. Da mag es verzeihlich sein, daß mir die Handlung des berühmten Romanes völlig entfallen ist. Nur der Genuß hat sich bewahrt. Ich entsinne mich seiner wie einer Welle, die mich hob und senkte; der Gehalt des Buches hat sich im Titel konzentriert.

Jeder Leser, der diesen Namen verdient, wird den köstlichen Augenblick kennen, an dem er sich nach der alltäglichen Plage sagen darf: »Jetzt ist es still geworden, und ich werde mich zu Aristophanes, zu Lichtenberg oder auch zu Tolstoi entfernen und mit ihm alleine sein«. Das ist ein Vorzug, den nur das Buch gewähren kann.

Die Bücher ändern sich nicht, wohl aber der Leser und sein Kreis. Persönliche und historische Erfahrung und damit die Perspektive wechseln mit jeder Generation. Aber ein guter Autor kann immer wieder modern werden – nicht etwa dank prophetischer Begabung, sondern durch dichtere Nähe zur Substanz. So überraschen mich heute gleich die ersten Zeilen von Tolstois Roman:

»Wie sehr die Menschen, mehrere hunderttausend auf engem Raum, sich auch Mühe geben, die Erde, auf der sie sich zusammendrängten, zu verderben, wie sie diese Erde auch mit Steinen erdrückten, damit nichts auf ihr wüchse, wie sie auch jedes hervorsprießende Grashälmchen ausrissen, wie dicht aus ihren Schloten auch die Dünste von Steinkohle und Naphta aufstiegen, wie sie auch die Bäume beschnitten und alles Getier verscheuchten – der Frühling war dennoch der Frühling, sogar in der Stadt.«

Eine Klage, die 1899 eher als poetische Randbemerkung gelesen wurde, ist inzwischen ins Zentrum der Anschauung gerückt.

Matwej Nikititsch, Beisitzer eines Gerichtshofes, dessen Mitglieder Tolstoi beschreibt, hatte die Angewohnheit, auf sich selbst gestellte Fragen die Antwort auszuknobeln.

»Gerade jetzt hatte er bei sich ausgemacht, wenn die Anzahl der Schritte vom Amtszimmer bis zu seinem Stuhl sich restlos durch drei teilen ließe, so würde die neue Kur seinen Katarrh heilen, andernfalls aber nicht. Es waren sechsundzwanzig Schritte; er machte jedoch noch einen kleinen Schritt und kam gerade beim siebenundzwanzigsten bei seinem Sessel an.«

Die Präzision, die Tolstoi dieser Nebensache zuwendet, läßt vermuten, daß er aus eigener Erfahrung spricht. Davon abgesehen, berührt er das mantische Gewebe, das unseren Alltag durchflicht. Schon die Kinder haben solche Gewohnheiten, die sich bis ins Alter gerade bei Charakteren erhalten, die rastlos, sei es mit Taten oder Werken, beschäftigt sind. So füllen sich die Denkpausen auf.

Speziell von der Dreiteilung fühle ich mich auch betroffen; diese Sucht nach Bestätigung durch kleine Orakel kann sogar, ähnlich dem Zigarettenrauchen, lästig werden – etwa wenn die Ziffern der Autos, die im Verkehr vorüberfliegen, dazu auffordern.

Die Platitüden, mit deren Austausch sich im 23. Kapitel die Geschworenen befleißigen, erinnern an Gespräche zwischen Bouvart und Pécuchet. Wahrscheinlich wird Tolstoi jede Zeile von Flaubert gekannt haben, die ihm erreichbar war. Gegen Ende des 19. Jahrhunderts beginnt die Fortschrittskritik. Doch schon bei Shakespeare sind die profunden Diskussionen zwischen Dummköpfen, die kaum sprechen, geschweige denn denken können, amüsant. Aber nur dort.

Wilflingen, 22. Juli 1990

Ein heißer Tag kündet sich an – auch in Paris, wie mir Banine und Sophie, die ich wie meist am Sonntagmorgen anrief, versicherten.

Frühstück im Garten. Gespräch über den Unterschied von »skizzieren« und »zu Faden schlagen« – zwei Begriffe, die sich eingebürgert haben, der eine aus der Zeichen-, der andere aus der Schneiderkunst.

Das zu Faden Geschlagene kommt dem Provisorium am nächsten; der Schneider heftet das Zeug zunächst in groben Stichen, die, wenn für gut befunden, durch eine Naht ersetzt werden. Zum Fadenschlagen wurde ein billiges Garn verwandt.

Skizzierung geht auch hier voraus. Ihr folgt das Zuschneiden.

☆

Wenn ein Viereck zu sprechen beginnt. Gleich nach dem Erwachen Geometrie aus der Tiefe des Traums.

Wilflingen, 24. Juli 1990

Briefe. Serge Mangin: »Die Büste hat in Wachs schon eine höhere Dimension gehabt. Sie wird Ende des Monats fertig sein.«

Kommt dann auf Thukydides: »Sie haben als distanzierter Zeuge dieses Jahrhunderts zwei Weltkriege als Drama des Abendlandes beschrieben wie er den Peloponnesischen Krieg. Nietzsche sagte über ihn, daß es wenige so hintergedankenreiche Denker gibt. Nur fehlt ihm eine Art von sinnlicher Beobachtungskraft à la Baudelaire. Das alles habe ich, hoffe ich, in Ihr Porträt eingeschrieben.«

Gunter Klemm, nach längerem Aufenthalt in Italien nach Saarbrücken zurückgekehrt, schreibt, daß er die Arbeit an seinem Wörterbuch wieder aufgenommen hat. »Vielleicht interessieren Sie hierzu einige Fälle, in denen die tatsächliche Wortwurzel durch ›Volksetymologie‹ assimiliert wird:

Termini. Der gleichnamige Bahnhof in Rom ist etymologisch nicht die ›Endstation‹, sondern er hat seinen Namen nach den in der Nähe liegenden Thermen des Diocletian, also: Thermen-Bahnhof.

Der *Lago Maggiore* ist nicht der größte der Voralpenseen (der Gardasee ist viel größer), sondern er hat seinen Namen nach dem Zufluß, der Maggia.

Das *Kotelett.* Das Rippenstück (frz.: côtelette) wird im Englischen zum Schnitzel (ohne Knochen!): cutlet (von ›to cut‹ – ›schneiden‹).«

Und anderes mehr.

☆

Vintila Horia aus Spanien: »Die Ereignisse in Rumänien erschüttern mich.«

Es scheint, daß die Ablösung von dem Irrweg, der die Welt für ein Jahrhundert fasziniert und in Schrecken gehalten hat, dort wie auch in China und auf Kuba besonders mühsam gelingt. Hundert Millionen Tote sind zu gering geschätzt, wenn man die Gegenbewegungen einbezieht. Die Nachrichten überstürzen sich, ohne die Lage zu klären, wie bei einem Tauziehen, das keinen der Gegner von der Stelle rückt.

Horia spricht von einem Genozid, der sein Land bedroht. »Nous nous trouvons dans une situation ultime. Je compte sur les deux pour cent dont vous parlez dans le ›Waldgang‹. Les étudiants roumains qui sont venus me voir dernièrement me font croire que nous pouvons résister.«

Wie soll ich mir nun darauf seine Mitteilung reimen, daß sein neuer Roman »Dieu est né en exil« in einer enormen Auflage erscheinen wird. Gewundert hat mich freilich, daß eine Zeitschrift wie »Secolul 20« in Rumänien möglich war.

Ein Arzt aus Gutenberg zum Ozonloch: »Sie haben es längst beschrieben in ›Strahlungen‹, Kirchhorst 4. Juni 1943.«

Zur »Schere« Winfried Hönes: »Ein grandioser Steinbruch, aus dem der kritische und vorgebildete Leser manchen Kristall heben kann.«

»Steinbruch« scheint mir gelungen als Hinweis auf eine Arbeit, die sich zwar der aphoristischen Gattung einfügt, doch auch Konglomerate in der Art von Hamanns »Brocken« enthält. Für einen echten Aphorismus sollten drei Sätze das Höchstmaß sein.

Wilflingen, 28. Juli 1990

Ein Schwede und ein Mulatte begegnen sich auf der Straße, gehen mit freundlichem Lächeln aneinander vorbei. Der Schwede zeigt dabei mit der Hand nach unten: »Unsere Hochzeiter.«

Jetzt erst sehe ich, daß beide einen Hund von gleicher Rasse an der Leine führen – offenbar Männchen und Weibchen, wie ich dem Zuruf entnehmen darf.

So weit, so gut. Ein alltäglicher Vorgang – wenn ich ihn nur nicht geträumt hätte. Bei Tage hätte sich das Lächeln, obwohl ich die Hunde noch nicht gesehen hatte, im logischen Fortgang, wenngleich überraschend, erklärt. Im Traum aber muß ich die Personen, da sie nicht existierten, sowohl mit dem Lächeln wie auch mit seiner Ursache von vornherein ausgestattet haben – das wäre ein Zeitsprung, wenngleich bescheidener Art.

Möglich wäre auch, daß ich die Hunde übersehen hätte – dann wäre das Lächeln wahrgenommen worden als Zeichen einer atmosphärischen Sympathie. Und der Zuruf? Vielleicht hatte man irgendwo in der Bekanntschaft geheiratet.

Denkbar wäre ferner, daß dem Träumer als dem eigenen Regisseur seiner Traumwelt das Lächeln nicht genügt hat; er wollte eine Lücke seiner Wahrnehmung ausfüllen. Daher griff er in seinen Requisitenkasten und zog blitzschnell die beiden Hunde hervor. Es hätten auch zwei Maikäfer oder ein Zwillingskristall sein können – sowohl die Personen wie auch ihre Ausstattung bewegten sich noch in den Bereichen einer unerschöpflichen, quasi spermatischen Möglichkeit.

Kopfzerbrechen bereitet mir auch das Antiquariat Lafaire. Der alte Lafaire führte es am hannoverschen Stadtwall in der Nähe des Rathauses, an das damals noch nicht einmal gedacht wurde. Es war eines der klassischen Antiquariate in einem verstaubten Gewölbe, das zum Schmökern einlud; ich war vor dem Ersten Weltkrieg nicht selten mit meinem Vater dort, besitze auch noch einige unserer damaligen Erwerbungen, zum Beispiel Meyers Konversations-Lexikon von 1874 in sechzehn Bänden für ganze zehn Mark.

Lafaire muß später ins Zentrum umgezogen sein. Ich kaufte bei ihm Bücher, wenn ich während des Zweiten Krieges auf Urlaub war. Die Auswahl war nicht mehr groß. Auch sein Sohn war Antiquar geworden, Spezialist für erlesene Orientalia. Ich habe sein Geschäft nur einmal besucht und entsinne mich dunkel eines guten Gesprächs. Das Haus stand am Thieleplatz, der damals einige Jahre lang den Namen meines Regimentskameraden Rust führte, der 1945 Selbstmord beging. Der junge Lafaire verbrannte kurz nach dem Ende des Zweiten Krieges in einem schnell fahrenden Lieferwagen; er konnte nicht mehr hinausspringen. Der Vater hat seinen Tod noch erlebt. Das war in diesen Wochen, wo alles drüber und drunter ging, nur eine Schreckensnachricht mehr.

Wie steht es nun aber mit dem Nobelantiquariat Lafaire in der Potsdamer Straße, in dem ich so manches Mal während meiner Berliner Zeit geweilt habe? Ich frequentiere es heute noch, gehe selten an ihm vorbei, ohne am Schaufenster die Auslagen zu studieren, trete auch zuweilen ein und nehme eines der gepflegten Bücher in die Hand. Alles ist wie vordem in Hannover, doch heller und leichter in den Konturen, wie durch Kristall gesehen. Freilich gab es nie einen Lafaire in Berlin. Das Geschäft existiert nur in meiner Traumwelt, wie auch andere Häuser und ganze Stadtviertel.

Durchaus real war jedoch auf der rechten Seite der Potsdamer Straße die Buchhandlung, in der ich das Hauptwerk des Wiener Entomologen Ganglbauer erstand; es muß kurz nach Beginn des Dritten Reiches gewesen sein. Der Chef war nicht anwesend; ein junger Gehilfe reichte mir von der Leiter die Bände hinab. Er mußte mich kennen, denn er sagte: »Ihre Bücher sind sauber« – ich konnte mir darauf keinen Reim machen, bis ich erfuhr, er wolle noch in dieser Woche das Land verlassen; Palästina sei das Ziel. Ich wünschte ihm Gute Reise; den Ganglbauer gab er mir weit unter Preis.

Wilflingen, 30. Juli 1990

Hundstage, während deren man dem Gewitter entgegenlechzt. Im Wald sieht es nach dem Sturm immer noch wüst aus.

Taktile Berührungen führen auf den Grund der Wahrnehmung. Ihr Genuß bedarf keiner Erklärung; er ist einfach da. Er stellt sich ein und richtet uns aus, ein Schatten genügt.

Wir streicheln gern Oberflächen wie die Haut und das Fell. Die Berührung ist sanft. So auch die von Speisen, die auf der Zunge zergehn.

Warum schneide ich so gern Silberpapier? Es ist die glatte Bewegung, fast ohne Widerstand. Hierzu auch mein Vergnügen, am Wegrand zu verweilen, um den Kleber von den Zäunen zu lösen oder aus den Hecken zu ziehen. Das Klebkraut, Galium aparine, fordert freilich dazu heraus. Hier wuchert es gern zwischen hohen Beständen von Brennesseln. Es rankt nicht windend, sondern heftet sich mit Stachelzähnchen an. Es klettert als »Spreizklimmer«. In Niedersachsen kannten wir das Kraut als »Tunrider«, also »Zaunreiter«.

Wenn ich nun eine Ranke ergreife und aus den Nesseln ziehe, folgen mehrere und dann ein Büschel nach. Worin mag der Genuß liegen? Ein Bestand, der in Wochen und Monaten emporwuchs, indem Zähnchen um Zähnchen eine Leiter bildeten, folgt ohne Widerborstigkeit dem leichten Zug der Hand. Ein Berg scheint überwunden, die Mühe hat sich gelohnt.

Es gibt eine Grammatik unserer einfachen Bewegungen.

☆

Drei Sonnen. Irdisch im Kalender, titanisch in Suturs Schwert, göttlich als lux aeterna, das schattenlose Licht.

☆

Beleuchtung, etwa einer zur Nacht blühenden Blume, ist auch ein Raub an ihrem Geheimnisstand. Dem kann Enttäuschung folgen: ich hatte sie mir schöner vorgestellt.

So auch beim Erwachen in der Kammer, beim Blick auf die Umwelt überhaupt.

☆

Nach Augustin und anderen Vätern wurde das Licht vor der Sonne erschaffen – sie leuchtet wie ein Kandelaber aus zweiter Hand. Das wahre Licht ist ohne Feuer – »daher legte Gott, als er seinen Diener durch ein wunderbares Schauspiel erziehen wollte, in den Dornbusch ein Feuer, welches bloß leuchtete«. (Basilius, Hexameron)

☆

Optik. Wenn ich mit dem Fernglas einem Auto folge, scheint sich dessen Fahrt zu verlangsamen. Das ist logisch, da sich der Weg zu verlängern scheint. Trotzdem verspüre ich eine innere Bremsung, einen Überraschungseffekt. Offenbar hatte ich gemeint, auch die Geschwindigkeit würde zunehmen. Also weniger eine optische Täuschung als ein Denkfehler.

☆

Ein Fremdwort empfiehlt sich, falls es besser klingt oder den Gegenstand genauer trifft als die Muttersprache – Telefon ist besser als Fernsprecher.

☆

Ich bin zwar Commandant der »Taste-Vin«, aber ich weiß nicht, ob es dem Wein besser bekommt, wenn man ihn in der Sonne chambriert statt auf der Kaminplatte.

☆

Einbildung. Daß es sich bei der intensiven Selbstbetrachtung vor dem Spiegel nicht nur um reinen Schein handelt, wird hin und wieder geahnt und hat zu Exerzitien geführt. Im nächsten Jahrhundert wird der materielle Vorgang meßbar werden – nicht nur im beleuchteten Raume, sondern auch bei Dunkelheit.

Ein Beispiel für den Umschwung der Technik in ihre magische Stufe unter anderen. Natürlich führt das nicht über den Gleichnisstand hinaus. Aber das Gleichnis wird dem Erkenntnisstand angepaßt.

Davon abgesehen, läßt sich heute die Technik als instrumentierte Magie auffassen. Ganz einfach ist es selbst mit einem Ortsgespräch nicht.

Zürich, 5. September 1990

Abschied von den Kaiserwinden, den heut morgen besonders Anbetungswürdigen. Eine azurene Wand. Jede Pflanze birgt ein Geheimnis, das oft nur durch Zufall entdeckt wird – so Ipomoea einen Rausch, wie ich durch Albert Hofmann erfahren, ihn jedoch nicht probiert habe. Obwohl die Zeit drängte, schlug ich dem Gerank noch etliche Stützen ein.

Mália, 6. September 1990

Lektüre im Flugzeug. »Seherblicke in die Geisterwelt«. Gesammelt und herausgegeben von Friedrich Stahmann, Neuhaldensleben, 1839. In der Eile des Aufbruchs herausgegriffen aus dem Regal.

Wie der Titel verrät, eine Sammlung von Gehörtem und Gelesenem. Die Fakten sind von unterschiedlichem Wert. Man könnte ihnen Kants Urteil über Geistergeschichten zubilligen: daß jede einzelne zu bezweifeln, ihnen jedoch im Ganzen ein gewisser Glaube beizumessen sei.

Eigene Erfahrungen des Autors, der Schottland bis zu den äußersten Inseln bereist zu haben scheint, mögen hinzukommen. Eine wüste und unwirtliche Landschaft liegt, wie er meint, dem Geisterreich am nächsten und begünstigt eine ossianische Einstimmung.

Ich halte es für möglich, daß die Droste diese Sammlung gekannt hat, bevor sie ihre Erfahrungen mit dem Vorgesicht notierte, in denen sie auch die Hochschotten erwähnt. Ein Schimmer davon zeichnet ihre Gedichte aus. Man erkennt ihn in den Werken schottischer, irischer, bretonischer, westfälischer Autoren wieder – oft nur wie eine flüchtige Windung im Halbdunkel.

Einige Symptome des Zweiten Gesichtes, die Stahmann erwähnt, sind mir entweder entfallen oder neu. Jedenfalls ergänzen sie den Drosteschen Text. Eine lohnende Aufgabe wäre die Sammlung der in Büchern, Briefen, Familiengeschichten weit verstreuten Erwähnungen dieser außerordentlichen Fähigkeit, die von den mit ihr Begabten oder an ihr Leidenden gern verschwiegen wird, da sie den Christen als heidnischer Atavismus galt. Später machte man sich damit innerhalb der Aufklärung entweder lächerlich oder suspekt.

Beim Erscheinen des Vorgesichtes bis zu seinem Verschwinden sind die Augen starr auf einen Punkt gebannt. Bei einem Seher der Insel Skyn kehrten sich die Augenlider so weit ein, daß er sie jedesmal mit den Fingern wieder umkrempeln mußte.

Ein Vorgang wird manchmal von mehreren Personen an verschiedenen Orten zu gleicher Zeit gesehen. Entscheidend ist die Begabung, denn es kommt vor, daß ein Gesicht innerhalb einer Volksmenge allein einen Seher befällt.

Bisweilen stellen sich dem Seher Häuser, Bäume und andere Objekte an Orten vor, an denen sie fehlen und so den Anschein erwecken, als wären sie hineinkomponiert. Sie werden aber dort stehen, wenn der Zeitsprung eingeholt sein wird.

Das erinnert mich daran, daß Antonius die Vorschau dem Bericht eines vorausgaloppierenden Spähers vergleicht. Er hielt sie nicht für etwas Besonderes.

Das Zweite Gesicht ist sowohl erblich wie endemisch, also auf gewisse Personen und Landschaften beschränkt. Man fragt sich, warum eine so fundamentale Aberration des Erkenntnisvermögens, die uns den Trug der Zeit zur Anschauung bringt, derart beschränkt ist – doch wäre sie nicht so selten, würde unsere Ordnung von Grund auf bedroht, unmöglich sogar.

Ich habe mich hier auf die Auswahl von Notizen beschränkt, die für das Zweite Gesicht typisch sind. Stahmann hingegen trennt nicht zwischen der Vorschau und der Prophezeiung, die durchaus verschieden sind.

Besonders deutlich wird das in seiner Behauptung, die Erscheinungen des Zweiten Gesichts seien fast immer »symbolischer Art«. Wenn zum Beispiel »ein Leichentuch um einen Menschen geschlagen ist, stirbt er. Die Zeit, zu der er stirbt, hängt von der Länge des Leichentuches ab«.

Das ist eine Vision, die eine Prophezeiung enthält. Stellt sich dagegen im Zweiten Gesicht ein Bekannter im Leichentuch vor, so wird er nicht sterben, sondern er ist bereits tot. Der Tote ist im Zeitsprung eingeholt. Daran läßt sich nichts ändern – das ist unheimlich.

Im Zweiten Gesicht stellt sich ein Faktum dar, in der Prophezeiung eine Möglichkeit. Diese kann eintreffen oder auch nicht. Eine gute Prophezeiung kann ein Faktum, etwa eine Katastrophe, sogar verhindern – dann erfüllt sie, eben dadurch, daß sie sich nicht erfüllt, eine pädagogische Aufgabe.

Das Zweite Gesicht beweist auch nicht, wie Schopenhauer meinte, die unerbittliche Schicksalsnotwendigkeit, sondern es hebt im Zeitsprung über sie hinweg. Wenn etwa inzwischen ein Baum gewachsen ist, so kann er gepflanzt oder aus einem angewehten Samenkorn erwachsen sein. Das Gesicht überspringt, ohne sie zu berühren, die Kausalkette. Es hebt die Willensfreiheit nicht auf.

Der Seher fährt in der Zeit wie in einem Wagen über die Endstation hinaus. Sein Zustand, der sich sowohl vom Traum wie vom Wachsein unterscheidet, zeigt an, daß sich die Fahrt geändert hat. Erfüllt sich ein Gesicht, das er um Tage oder Wochen voraussah, wird er erschrecken, als hätte er eine Verbotstafel übersehen. Seine Wahrnehmung ist auch von der telepathischen zu unterscheiden, da diese nicht Zukünftiges mitteilt, sondern den Augenblick. (Diesen allerdings unmittelbar, also schneller als das Licht.)

Wenn sich das vorausgeschaute Ereignis erfüllt, erscheint nur seine Wiederholung, sein Abglanz, seine Verzeitlichung. Es ist aber die Berührung des Zeitlosen, die dem Seher zuteil wurde und vor der er erschrickt. Seine Fahrt führte auch zu den Toten, und er kann wie Odysseus sagen, daß er dabei gewesen ist. Dazu braucht es keinen Homer. Und er wird dabei sein, auch wenn er selbst inzwischen gestorben ist.

Vergeblich suche ich seit langem zum Thema die Aufzeichnungen eines westfälischen Barons, dessen Namen die Droste erwähnt. Hier finde ich ein neues Desideratum: »A Description of the Western Islands of Scotland« by M. Martin, London 1716. So bei Stahmann, der auch aus dem »Archiv für thierischen Magnetismus« zitiert. (Störche verließen oft ihr Nest auf einem Hause, das im nächsten Jahr abbrannte.)

Das Zweite Gesicht beruht auf einem banalen Effekt, ähnlich dem Sprung in einem irdenen Krug. Was durchsickert, sagt nichts über den Inhalt des Kruges aus – wohl aber darüber, daß überhaupt ein Inhalt besteht. Das ist wichtig innerhalb einer Welt, in welcher die Technik dominiert. Hier gelten nur Tatsachen. Wird eine Andere Seite akzeptiert, verliert die Technik zwar nicht ihre Bedeutung, aber gewinnt einen Hintergrund. Eine magische Stufe könnte der Übergang sein, begleitet von einer Renaissance im Nominalismus-Streit.

Mália, 7. September 1990

Es war eine kühne Hoffnung, den Bach wiederzufinden, an dem vor zwanzig Jahren der Purpurreiher fischte und die

Schildkröten nacheinander ins Wasser plumpsten, wenn wir das Ufer abschritten.

Der Bach ist verschwunden und der Strand urbanisiert, so weit das Auge reicht. Die Hotels mit ihren Bungalows umfaßt ein parkartiges Gelände, auf dem Hibiskus und Lantana makellos blühen, während außer einigen Faltern, die von weither kommen, kaum ein Insekt sie befliegt.

Einer der Wege zum Blackout, vielleicht sogar der schnellste, führt über den Wohlstandskomfort.

Mália, 10. September 1990

Wir baden zwei bis drei Mal täglich; das Meer blieb intakt. Das Sonnenlicht brach sich in seinem leicht bewegten Spiegel und warf ein Geflecht gelber Waben auf den Grund. Die Wellen waren aquamarin im Anstieg und auf der Schattenseite bräunlich violett.

Mália, 12. September 1990

Serge Mangin holte uns zu einem Ausflug in die Gegend von Georgioupolis ab, wo er sich eine Einsiedelei einrichten läßt.

Gespräche während der Fahrt: unter anderen über die Griechen – es heißt, daß sie in der Antike laut gelesen haben, gewissermaßen sich selbst vorlesend. Ein Philosoph, der heiser war, mußte deshalb auf die Lektüre verzichten – als Quelle nannten sowohl Mangin wie Albert Weideli die Kulturgeschichte Egon Friedells. Zwei Zeugen, deren Urteil ich schätze, gaben mir zu denken – vielleicht habe ich gegen diesen Autor insofern ein Vorurteil gehegt, als ich sein Werk für eine journalistische Auswertung von Spenglers Ideen hielt.

Wir badeten bei stürmischem Wetter, vor dem wir in einem der Bunker Schutz suchten, mit denen die Organisation

Todt die Küsten Europas bestückte und denen leider eine lange Dauer vorauszusagen ist.

Der Sturm kam uns insofern gelegen, als er die Cicindelenjagd begünstigte. Die Tiere konnten nicht fliegen, sie ließen sich mit der Hand greifen. Ein Belegstück genügte – es war die kupferfarbene concolor, eine am östlichen Mittelmeer häufige Art. Friedrich Georg und ich scheuchten sie bei unseren Strandgängen auf Rhodos zu Hunderten auf.

Es trifft sich, daß ich eine Septembernummer der »Entomologischen Zeitschrift« mitführe. Dort lese ich in einem Beitrag zur Cicindelenfauna von Rhodos: »L. concolor wurde in der Vergangenheit an den Sandstränden zwischen Kamiros und Rhodos-Stadt gefunden. In der Gegenwart scheinen diese Populationen durch den Tourismus und seine Begleiterscheinungen ausgelöscht worden zu sein.« (Jürgen Wiesner)

Es scheint überhaupt, daß meine Sammlung paläontologischen Charakter gewinnt.

Mália, 15. September 1990

Stürmisch, rote Fahne am Strand. Briefe beantwortet. So an Karl List über unsere gemeinsame Wertschätzung der Zahl drei. (Anläßlich einer Autonummer, die sich vielfach durch drei dividieren läßt und deren Zuweisung ihn beglückt.)

Auch über Zahlen an Karl Heinz Paruch, anläßlich seiner Mitteilung: daß er »zum Weiterdenken Ihres Aphorismus 45 in ›Zahlen und Götter‹ kam«.

Unter dem Motto »Die Sprache ist ein Labyrinth, das Zählbare an ihr könnte der Ariadnefaden sein« werden den Buchstaben des Alphabets (auch des griechischen und des hebräischen) Zahlen zugeordnet, und an Hand von Tabellen wird eine Geheimlehre, die »Gematria«, aufgebaut. Der Autor kommt, etwa in der prognostischen Datierung des Ersten Weltkrieges, zu erstaunlichen Ergebnissen, die ich nicht nachprüfen kann, weil mir der Ariadnefaden fehlt.

Dabei entsinne ich mich eines früheren Korrespondenten, der aus den Vor- und Personennamen eine Art von Horoskop entwickelte. Mir scheint nicht auszuschließen, daß es, obwohl viel Zufälliges im Spiel ist, auch hier zu verblüffenden Treffern kommt.

Letzthin hängt all- und jedes zusammen, und durch jede Öse kann ein Faden geführt, durch jedes Schlüsselloch ein Geheimnis erspäht werden. Um zu erfahren, daß unser Name sehr wohl zum Schicksal gehört, bedarf es keiner Verzifferung. Das sollten die Eltern bedenken, bevor sie dem Kinde einen Vornamen verleihen. Daß seit kurzem die Standesämter liberaler verfahren, ist zu begrüßen; so kann sich manch einer leichter von seinem komischen oder obszönen Namen befreien. Davon abgesehen, kann es über Leben und Tod entscheiden, ob man früher oder später »drankommt«, weil der Name mit A oder mit Z beginnt.

An einen Pariser Leser, der mir Prousts »Fragebogen« schickt: »Je n' ai pas une minute libre – et surtout pas, pour me pencher sur un questionnaire ridicul et insuffisant.«

Mália, 16. September 1990

Beendet: Gabriel García Márquez, »Der General in seinem Labyrinth« – eines der Bücher, die Albert Weideli mir als Vor-Leser empfahl. Eine als »Roman« präsentierte Biographie des großen Kriegsmanns und Politikers Simon Bolivar (1783–1830). Ein kurzes Leben, doch es paßte viel hinein. Und viel wurde verfehlt.

Wir wissen wenig von dem, was zu Anfang des vorigen Jahrhunderts in Südamerika geschah. Besser unterrichtet sind wir dank unseren großen Reisenden über die gewaltige Natur. Die politischen Händel werden überschattet von der Französischen Revolution und den Napoleonischen Kriegen, obwohl beide auch dorthin ausstrahlten. Zudem blieben die Umwälzungen bis zum heutigen Tage permanent; sie zeugten nicht klare Entscheidungen. Bolivars

Traum von den »Vereinigten Staaten Südamerikas«, also von Mexiko bis zum Kap Horn, blieb Utopie. Wahrscheinlich ist dort, wie überhaupt in einem Gürtel rings um den Äquator, die historische, staatenbildende Kraft zu gering. Bolivar scheiterte, weil er eine Ausnahme darstellte. Es langte nicht einmal zu einem Groß-Kolumbien, geschweige denn zu einem Napoleon.

Márquez beschränkt seinen Text, allerdings mit weiten Rückblicken, auf das Todesjahr Bolivars, der im Dezember 1829 sein Amt niedergelegt hatte und zwölf Monate später starb. Er schildert ein langsames Sterben, das, von Impulsen unterbrochen, dahinflackert.

Die Prosa ist gut, wenn ich dem Übersetzer trauen darf. Es ist erstaunlich, wie viel Substantiva er in einen Satz pakken kann. Dabei auch knappe Bilder, anschaulich:

»Kurz darauf brach ein Unwetter mit Wasser und Donner herein. Es war, als hätte die Stadt Schiffbruch erlitten.«

»Eine Harfe wurde mit solcher Inbrunst gespielt, daß die beiden es nicht über das Herz brachten zu sprechen, bis die Meeresbrise die letzte Asche der Musik aus der Luft gefegt hatte.«

Die intime Kenntnis der kreolischen Gesellschaft in jeder Schattierung wie auch der tropischen Natur geht bis in kleine und entlegene Details.

»In der Kolonialzeit hatten Reisende aus Europa über Eingeborene gestaunt, die sich den Weg mit einem Glas voll Glühwürmern beleuchteten. Später, während der Republik, kamen die Leuchtkäfer in Mode; die Frauen trugen sie als brennende Girlanden im Haar, als Lichtdiadem an der Stirn und als phosphoreszierende Broschen an der Brust.«

Márquez flicht hier eine Anekdote ein. Bolivar war schon todkrank, als er, in seinem Schlafzimmer erwachend, ein engelhaftes Wesen eintreten sah. Es war eine Zwanzigjährige, die ihr Haar mit einem Kranz von Leuchtkäfern geschmückt hatte. Der wachthabende Offizier hatte sie vorgelassen, weil ihm ihr Wesen aufgefallen war. Er meinte, der General könnte vielleicht Gefallen finden an ihr.

So war es in der Tat: »Er nahm sofort den Schimmer einer Tugend an ihr wahr, die er bei einer Frau am höchsten schätzte – unbändige Intelligenz. Nachdem er sie dazu aufgefordert hatte, legte sie sich neben ihn. Zuvor nahm sie die Leuchtkäfer ab und steckte sie in ein Stück Zuckerrohr.«

Sie führten eine zerstreute Unterhaltung, zunächst über seine Gesundheit; der General bat sie, ihn zu untersuchen, worauf sie jede Handbreit seines Körpers abtastete. Sie fand ihn abgezehrter, als man es sich vorstellen kann. Nur der Kopf schien einem anderen Mann zu gehören; er war intakt. Sie sprachen darüber, während er hin und wieder in einen leichten Schlummer verfiel, aber schlafend antwortete. Er berührte sie während der ganzen Nacht nicht; ihre jugendliche Hitze neben sich zu spüren, genügte ihm.

»Während sie schliefen, war die Stille so rein, daß die Hunde anschlugen, als das Mädchen auf Zehenspitzen davonschleichen wollte und nach dem Schloß tastete. Der General sagte: ›Du gehst unberührt.‹

Sie antwortete: ›Niemand ist nach einer Nacht mit Eurer Exzellenz unberührt.‹«

Márquez stellt keine moralischen Forderungen an die Person. In der Tat haben Generäle ein besonderes Verhältnis zum Tode – besäßen sie es nicht, würden sie ihrer Funktion nicht genügen, ihr Amt schädigen. Sollte man also die Generäle abschaffen? Das ist leicht gesagt, doch auch im Bürgerkrieg streben viele nach diesem Titel, ähnlich wie Schullehrer nach dem Professor – erfolgreiche Revolutionäre, die nie auf Kriegsschule waren, wie Trotzki, nehmen ihn sogar mit Vorliebe an.

Napoleon murmelte, wenn das Feuer kulminierte: »une consomption forte«; und: »Wo Holz gehackt wird, fallen Späne«, hörte ich während beider Weltkriege bei Besprechungen.

Bolivar ließ vor einem Rückzuge achthundert Gefangene erschießen, die in seiner Hand waren, und gab selbst Verwundeten, die im Spital lagen, kein Pardon. Er sagte gegen Ende seines Lebens, daß er den Befehl nicht bedaure und ihn wiederholen würde – nicht er, sondern die Umstände hätten den Tod bestimmt.

Diese Haltung kennt keine Ausnahme in Einzelfällen, die Freunde und Verwandte betreffen oder Männer, die sich um den Staat verdient machten. Die Annalen berichten von ihnen bis auf den heutigen Tag.

So sah Bolivars Kammerdiener ihn mit den Tränen kämpfen, als er die Salve hörte, die seinen Freund, den General Piar, auf der Plaza major in Angostura tötete – einer Stadt, die Piar selbst vor einigen Monaten von den Spaniern befreit hatte.

Piar wurde in einem Schnellverfahren wegen Meuterei und Verrates zum Tode verurteilt; Bolivar bestätigte den Spruch, nahm aber die Aberkennung des militärischen Ranges zurück. Die Erschießung fand öffentlich statt.

»Der Kommandeur des Pelotons hatte die Reste eines toten Hundes, an dem die Hühnergeier fraßen, wegräumen und den Platz absperren lassen, um zu verhindern, daß frei laufende Tiere die Würde der Exekution störten. Er verweigerte Piar die letzte Ehre, den Feuerbefehl zu geben, und ließ ihm gewaltsam die Augen verbinden, ohne jedoch verhindern zu können, daß dieser mit einem Kuß auf das Kruzifix und einem Gruß an die Fahne sich von der Welt verabschiedete.«

Dieser Prozeß wirft ein Licht auf den Geist jener Befreiungsheere, die von mehr oder minder dunklen Kreolen geführt wurden. Zum Teil hatten sie spanische Kriegsschulen besucht und dort, wenngleich nicht ganz ebenbürtig, in der Gesellschaft verkehrt. Hidalgo de gotera ist ein solcher, der nur an seinem Wohnort dafür gilt. Auch Bolivar wird ein schwarzer Urgroßvater nachgesagt.

Piar dagegen war ein Mulatte, der Besitzlose und Mischlinge gegen die weiße Aristokratie von Caracas versammelte. Bolivar hingegen kam als einer der reichsten Erben sowohl an Sklaven wie an Grundbesitz zur Welt. Seine Vorbilder waren Rousseau und Napoleon. Wahrscheinlich wäre Tolstoi hinzugekommen, wenn er dessen Werk erlebt hätte.

Die Bedeutung Letzter Worte wächst in dem Maße, in dem sie über das Episodische und Persönliche sich dem allgemein Menschlichen annähern. Vielleicht war es ein vorletztes Wort, als Bolivar sagte:

»Verflucht noch mal! Wie komme ich aus diesem Labyrinth hinaus?«

Wilflingen, 6. Oktober 1990

Ich wechselte die Nachtblume, die Blume fürs Schlafzimmer. Die Zinnien lassen nach, hoffentlich nur für ein Interim. Statt dessen schnitt ich eine Tagetes, die in reinstem Kaisergelb leuchtet, eine Mexikanerin, die bald nach Cortez bei uns eingewandert ist. Vorsichtshalber roch ich daran, weil sie den Volksnamen »Stinkende Hoffahrt« führt. Mir scheint der Duft schwach aromatisch, eher angenehm. Auch übertönend – Tagetes wird gern auf Friedhöfen gepflanzt.

Mit den Gerüchen ist es eine eigene Sache; die Meinungen sind verschieden – ein Parfüm, für den einen köstlich, bringt den anderen der Ohnmacht nah. Das schon im humanen Bereich. Für einen Necrophorus gibt es keinen verlokkenderen Duft als den einer toten Ratte, die schon stark angegangen ist.

☆

Den Schwaben fehlt es nie an Anlässen zu Festen, wie heut die Einweihung einer Wasserleitung für die Kapelle der heiligen Ursula und der Elftausend Jungfrauen.

Diese Kapelle, ein altberühmtes Wallfahrtsziel, hat schon den Compostela-Pilgern als Rastplatz gedient. Der Ort ist entlegen, so erklärt sich, daß wir uns im Wald verirrten und erst nach der Predigt des Monsignore Kubóvec ankamen, doch noch zum Imbiß zurecht.

Meist beginnt ein schwäbisches Mahl mit der Maultaschensuppe, so auch hier. Das Rezept zu diesen wohlgefüllten Nudeln soll von Mönchen erfunden worden sein, die auch am Freitag ungern auf Fleisch verzichteten.

Dazu ein Tischgast: »Wenn ich am Fasttag Fleisch eß, dann vorher und nachher einen Käs. Dann kann der Teufel oben oder unten reinfahren – er schmeckt immer nur den Käs.«

Verspätet kam auch Hartmut Blersch. Mit ihm ein Gespräch über die »Schere«, insbesondere das Zweite Gesicht. Dazu ein Beitrag aus der jüngeren Vergangenheit: Ein Bauer in einem Dorf des Bayrischen Waldes sieht auf dem Bildschirm die Ermordung des künftigen Präsidenten Kennedy. Das ist ein Wachtraum, denn er kennt weder dessen Namen, noch hat er je von ihm gehört.

Einige Zeit später läuft abends in der Wirtschaft ein Film, der Kennedy im Streitgespräch mit einem Rivalen zeigt. Der Bauer, immer noch des Namens unkundig, weist auf ihn: »Dieser wird gewählt, aber er lebt nicht mehr lange, weil er ermordet werden wird.«

☆

Bei der Post Briefe von Lesern, denen die »Schere« nach einem Unglück geholfen hat. So heut von einem Ehepaar, dessen dreißigjährige Tochter in den Cevennen tödlich abstürzte.

Texte, die, ohne daß der Inhalt begriffen wird, befruchtend einsickern. Lateinische Gesänge vor Analphabeten – das setzt einen intakten Klerus voraus.

☆

Getarnter Selbstmord: eine Mahlzeit von Knollenblätterpilzen, als Champignons serviert. Sie muß freilich allein genossen werden – sonst wird der Erfolg, etwa ein Versicherungsschwindel, hinfällig.

Alles schon dagewesen – auch im Verbrechen gibt es originale und epigonale Leistungen.

☆

Das Altern ist ein verlängertes Gefecht. Was hier in neunzig Jahren abläuft, wird dort in neun Stunden konsumiert. In der Jugend ist man den Dingen noch nicht gewachsen, im Alter nicht mehr. Zu Beginn geht man am Überfluß, am Ende durch Mangel an Lebenskraft ein.

☆

Schwäbisches. Das »est modus in rebus« des Horaz hat hierzulande seine Entsprechung: »S' hat älls sei Sach wie's Mischtlade.«

Wilflingen, 9. Oktober 1990

Der erste Frost. Ich sah es an den Dahlien. Trotzdem gewinnt der Garten in den Herbstfarben. Das Gold des Ginkgo wird heller in der Schmelze, das Weinlaub feuriger.

☆

Die Politik wird störender. In der Korrespondenz, deren Großteil ich archiviere, ohne die Muße zur Beantwortung gefunden zu haben, wird erwogen, ob es am Persischen Golf zum Kriege oder sogar zum Beginn eines Dritten Weltkrieges kommen wird. Diese Frage könnte sich vereinfachen durch die Annahme, daß wir uns seit 1914 in einem Kriege befinden, der teils als National- und teils als Bürgerkrieg geführt und an den Rändern fortgesetzt wird. Dahinter die Erdrevolution.

Nach Clausewitz ist der Krieg die Fortsetzung der Politik mit anderen Mitteln – heut ist es umgekehrt. Der Kalte Krieg wird mit politischen Mitteln geführt – strategisch, wirtschaftlich, propagandistisch, infam. Die Technik als Rüstung und Weltsprache des Arbeiters spielt die Hauptrolle dabei.

Heut morgen meldeten Funksprüche, daß es in Jerusalem und an der Klagemauer zu blutigen Händeln gekommen sei. Eine Nachricht wie diese könnte innerhalb der aufgeladenen Atmosphäre eine ähnliche Wirkung zeitigen wie der Mord von Sarajewo.

Helmut Freudenreich aus Bad Säckingen: »Saddam Hussein hat sich zweifellos übernommen, doch wird das kein Grund für ihn sein, zurückzustecken. Wer eine Katze in die Enge treibt, macht sie zum Tiger.«

Wilflingen, 3. November 1990

An Karl Lubomirski: »Ihren beiden ›Reisen‹ habe ich mich gleich, nachdem sie eingetroffen waren, zugewandt – einfach als Leser und zudem in Erinnerung an eigene Fahrten im Indischen Ozean. Besonders gefreut hat mich Ihre Neigung zu Tieren und Pflanzen, die durch solide Kenntnis unterstützt wird – eine Neigung, die zwar in Ihren Gedichten anklingt, doch deren Umfang mir unbekannt war.

Indem ich die Gedichte erwähne, frage ich mich, ob mein Rat, Sie möchten sich stärker der Prosa zuwenden, Ihrer Begabung angemessen war. Zum Vergleich: daß Baudelaire ein Gedicht wie ›Der Albatros‹ gelungen ist, wiegt eine Weltumseglung auf.

Gedichte freuen mich immer. Auf meinem Schreibtisch liegt ein Typogramm von Helena Paz, der Tochter Octavios, das mit ›Mélusine‹ beginnt. Daneben das umfangreiche Werk von Rolf Schilling, mit dem ich seit langem korrespondiere und der mich besucht hat, nachdem die Mauer gefallen war. Er hat ein gutes Verhältnis zum Mythos und sein eigenes Webmuster, an dem man seine Verse prima vista erkennt. Ich vermute, daß es ihn freuen würde, wenn Sie ihm gelegentlich eines der Ihren sendeten.

Auch die Reiseschilderungen haben ihren Zeitstil – heute den fundierter Sachlichkeit. Zum Handwerk kann man immer noch etwas lernen – so lese ich die Aufsätze von ›Geo‹, die sich begrenzten Themen, etwa den Felshöhlen der Salanganen oder einer Schiffahrt auf dem Niger zuwenden. Diese Begrenzung trägt zur Optik bei wie eine Lupe – daher auch von Ihnen ein Atoll der Malediven schärfer als die Insel Ceylon geschildert worden ist.«

Wilflingen, 7. November 1990

Am Morgen Hölderlin. Ich suchte ein Zitat in Hellingraths Ausgabe. Beim Blättern streifte der Blick in den »Titanen« die Verse:

Nicht möcht ich aber sagen,
Es werden die Himmlischen schwach,
Wenn schon es aufgährt

Das war ein tröstlicher Zuspruch, ein guter Beginn.

☆

Mit fortschreitender Technik mehren sich die Fehlerquellen im Horoskop. Zwar garantieren die Fortschritte in der Meßkunst, daß die Daten genauer stimmen – andererseits stellen sich neue Probleme ein. So kann man im Flugzeug geboren werden, in Zukunft vielleicht sogar auf dem Mond. Vor allem aber kann die Geburt manipuliert werden. So gibt es in den Kliniken weniger Sonntagsgeburten, weil es dem Personal bequemer ist.

Man könnte nun sagen, daß auch das zum Schicksal gehört. Verläßlicher bleibt auf alle Fälle das Zeugungshoroskop. Oft kann der Augenblick datiert werden. Er kann auch, sei es auf physische oder numinose Weise, bewußt werden. Zeit und Ort der Zeugung lassen sich nach günstigen Augenblicken bestimmen – man pflanzt einen Menschen wie einen Baum.

Wilflingen, 9. November 1990

An Helena Paz: »In unserem sich zum Ende neigenden Jahrhundert lebt der Dichter, wie Hölderlin es prophezeite, ›in dürftiger Zeit‹. Daher sind Gedichte ein besonders wertvolles Geschenk. Es ist ein guter Morgen, wenn Verse mich im Brief eines Freundes oder eines Unbekannten aufheitern. So auch seit vielen Jahren in den Ihren, liebe Helena. Das wärmt, als ob sich mitten im Winter noch ein wenig Glut im Herd erhalten hätte, die Stimmung auf.

Nun kommt gleich eine Auslese ins Haus. Sie streuen sie aus wie ein Bukett, dessen Band Sie gelöst haben. Mit wie leichter Hand – das schließe ich daraus, daß Sie die Seiten nicht numeriert haben. Es sind deren vierzig – schöne Strophen wie die von ›Mélusine‹ habe ich wieder zusammengesucht. Gedichte sind offenbar für Sie wie Blätter, die im Herbst vom Baume fallen, doch bilden sie ein Ganzes, wie immer der Wind sie verweht. Ich habe mir einige Notizen erlaubt.

Die Leichtigkeit, mit der die Blätter fallen, spricht für ein Leben, das stärker in der Wurzel pulsiert als in den Zweigen und dessen Heimat der Traum ist und nicht die alltägliche Welt. Wie weit Sie sich aus ihr entfernen, lassen Ihre Bilder ahnen – so fühlen Sie sich innerhalb eines Feuerwerkes als ein Saphir, in dem sich das Schicksal von Konstantinopel vollzieht.

Noch eher als der Saphir ist Ihr Stein der Onyx; Sie erwähnen ihn mit Auszeichnung. Mir scheint das symbolisch, da der Onyx sich besonders zu Kameen und Siegelringen eignet: durch seine weiße Fläche werden Bilder und Zeichen in den schwarzen Grund graviert. Sie gedenken dieses Steines auch in den Versen, die Sie Rimbaud gewidmet haben: ›Wir müssen seine Gedichte lesen, damit in uns der Onyx erklingt.‹

Auch die Poesie hat ihre Deszendenz. Jeder Dichter hat seinen Guru, der in ihm den Euphon erweckt. Er führt ihn bei den ersten Schritten in die, wie Sie sagen, unterirdischen, ja grundlosen Galerien seiner inneren Welt, in sein ›sanctuaire souterrain‹. Bei Ihnen ist es Rimbaud.

Man findet die Spuren dieses Guru im Adepten wieder – so bei Ihnen in Versen, die Sie den Vokalen, den Düften und den Farben widmeten. Sie zeugen von geistiger Verwandtschaft – nicht nur von Dankbarkeit. Ich finde bei Ihnen ein gutes Bild dafür:

Et la poésie resonne de caverne en caverne
Car elle est la source de l'écho.

Daß Sie mit Rimbaud nicht nur aus einem Becher, den er Ihnen reichte, sondern aus gemeinsamer Quelle getrunken haben, empfand ich beim Vergleich der Gedichte über die Vokale, besonders beim ›J‹.

Sie fühlen sich in der Unterwelt zu Hause – nicht nur in subtilen und sensitiven Träumen, so in einem Ihrer frühen Gedichte (Mexico, 1958):

Car en tant que femme je suis condamnée à errer
Dans nos labyrinthes interieurs
Eternel Minotaure.

Träumen kann man dort auch von schwerelosen Luftreichen – aber man hat ›der Zauberin die Flügel beschnitten, und der Besen, mit dem sie sich einst in die Lüfte erhob, dient nun zum Staubwischen‹.

La lourde carapace des jours quotidiens
La propriétaire hurlante
L'épicier, le boucher, la banque
Et la ronde des amants que je n'aurais pas dû délaisser
Revenant dans mes cauchemars – – –

Es versteht sich, daß der Schmerz immer dabei ist als unvermeidlicher Schatten, sobald der Morgen dämmert und oft auch in schlafloser Nacht. ›Die Tränen strömen auf den Marmor, aber sie löschen nicht die Charaktere, die in ihn eingestichelt sind.‹ Das erinnert wieder an den Onyx.

›Aber die Spinnen werden dir im Spalt einer Ulme, um dich vor der Kälte zu schützen, ein Netz weben – da, wo niemand dich aufspüren wird.‹

Auch das einzelne Gedicht ist ein Strauß. Der Poet flicht Worte und Bilder ineinander – weniger auf logische Weise als durch Intuition. Daß sie ›stimmen‹, braucht weder ihm noch dem Hörer bewußt zu werden; sie wirken durch Substanz und Harmonie.

Daß ein Gedicht wie ein Instrument konstruiert wird, wie E. A. Poe es in seiner ›Philosophie der Komposition‹ behauptet, ist seinem Spleen zuzurechnen; es widerspricht seinem eigenen Genie und wäre ein Verstoß sowohl gegen Dionysos wie gegen Apoll.

Andererseits dürfen wir darüber nachsinnen, warum ein Satz oder ein Bild uns gefiel. So ging es mir mit einem Ihrer Verse, der das Gesicht einer jungen Frau in der Erregung beschreibt. Sie wird vom Schaum silberner Wellen und den Pfeilen eines unsichtbaren Köchers berührt.

Ungewöhnlich ist dieser ›carquois invisible‹ – eigentlich hätten ›unsichtbare Pfeile‹ genügt. Aber wenn ein Mensch uns schicksalhaft begegnet, so kommt er sichtbar und greifbar – das Verhängnis bleibt unsichtbar. Insofern scheint mir, daß Helena Paz eine Stufe der Transzendenz nicht übersprungen, sondern gefühlt und beachtet hat. Das gefällt wie das Leuchten einer Welle bei leichtem Winde – würde es fehlen, so würde es nicht vermißt werden.

Doch ich will nicht in den Fehler E. A. Poes verfallen und an den Blumen herumpflücken, sondern Ihnen einfach für Ihre Gedichte danken – ich finde sie schön.«

Wilflingen, 26. November 1990

Dritter Gang. Gegen Morgen leichter, doch unverkennbarer frisson. Dann Blick auf eine runde Tafel, die mit Billardstoff bezogen war. Darauf verstreut eine Handvoll schwarzer Kirschen von Aprikosengröße; die Stiele waren auf dem grünen Tuche mehr zu ahnen als zu sehen. Allmählich wurden die Früchte unansehnlich; ihre glänzende Haut wurde schrumplig, Schimmel siedelte sich an. Es fehlte die ordnende Hand.

☆

Nachmittags Gang durch die Obstwiesen. Am Fuß eines Apfelbaums ein Hallimasch von ungewöhnlicher Größe; der umgestülpte Hut hätte einen Suppenteller gefüllt. Schon vor Jahren hat mich bei der Alten Burg ein Pfifferling auf ähnliche Weise überrascht; er war wie eine Trompete geformt. Das können Abnormitäten sein, wie sie auch bei Menschen vorkommen – vielleicht auch Vorposten klimatischer Wandlungen.

Dazu paßt der Brief eines jungen Franzosen, Jean Cabot, der mir mitteilt, daß er am 18. November im Wäldchen 125 Steinpilze gesammelt hat.

»Merkwürdigerweise wuchsen diese seltenen Pilze nur dort, wo sich die Spuren der Schützengräben des Großen Krieges abzeichneten.

Sie haben mich während dieser kleinen Ernte begleitet, zusammen mit meinem Vater, der ein Veteran und Ihr begeisterter Leser war.«

Wilflingen, 29. November 1990

Vor Sonnenuntergang ein Regenbogen; er fußte wie eine Brücke beiderseits auf dem Boden und überwölbte den Großteil des Horizonts.

Ein gewaltiges Tor; ich stand vor ihm mit einem Anliegen. Ich hatte noch ein zweites, wußte aber in der Nähe einen besseren Ort dafür. Als ich ihn erreichte, hatte der Bogen sich sogar verdoppelt und ließ mir Muße, ihn zu betrachten, während sein Violett sich sättigte.

Der Ort, von dem aus wir einen Regenbogen sehen, ist nicht unwichtig. Jeder hat sogar seinen eigenen Regenbogen, weil, um mit den Astronomen zu sprechen: »der Mittelpunkt des Bogens auf der Linie liegt, welche von der Sonne durch den Kopf des Beobachters geht«.

☆

Die allgemeine und ausnahmslose Versöhnung am Schluß der Dinge zählt zu den Nebeneffekten: die Schöpfung renkt sich ein.

☆

Daß aus Naturgeräuschen – wie dem Wehen des Windes, dem Rauschen des Wassers, dem Knistern des Feuers, den Stimmen von Tieren – Takte und Melodien gehört werden, ist jedem begegnet und allgemein bekannt.

Anders, wenn diese Naturstimmen sich in Sprache umsetzen – in Worte, Sätze, Mitteilungen. So könnte im Leben eine entscheidende Wendung beginnen: zum Erhabenen oder zur Schizophrenie.

Die großen Komponisten haben »schon vorher« etwas gehört.

☆

In der Oper ist alles erlaubt. Die Musik adelt selbst die Unholde. In den Monaden hebt sich die Feindschaft auf.

☆

Man hört oft: »Ich habe mit ihm Ärger«, wo statt dessen »Kummer« besser wäre – das ist eine beliebte Art der Abschiebung. Man kümmert sich nicht gern.

Wilflingen, 12. Dezember 1990

Vergebliche Liebesmüh. Nachts in einem Hohlweg. Es hatte geregnet; der Schlamm zog mir die Stiefel aus. Den rechten fand ich wieder, während der linke verschwunden blieb. Ein Ehepaar kam vorbei und half mir suchen – vergebens, obwohl wir den Boden Zoll für Zoll abtasteten. Endlich gingen die beiden, nachdem sie sich gehörig beschmutzt hatten.

Ich griff, bevor ich ihnen folgte, an mein linkes Bein, um den gröbsten Schlamm abzustreifen – und siehe da, ich fühlte meinen Stiefel, den er verdeckt hatte. So konnte ich den Helfern noch die gute Botschaft nachrufen. Aber sie waren davon wenig erbaut.

Warum notiere ich kaum meine Sorgen? – sie halten mich ebenso wenig wie früher die Gefahren der Arbeit fern, schaffen eher den Gedanken eine gewisse Rangordnung.

Wie kann ich, wenn ich nachts erwache, auch nur Wilhelm mit seiner Mutter und seinem Onkel ins Lot bringen. Dazu der Marder Holstein und die adorable Queen.

☆

»Friedrich Nietzsche. Sämtliche Briefe. Studienausgabe«. Die Lektüre ist zwie- und dreispältig. Ein Geist, der einen ersten Blick in das kommende Jahrtausend gewagt hat, mit seinem Familienärger, den table d'hôte-Bekannten und der Verlegerkorrespondenz.

Ich versuche auf Stelzen (Overbeck, Gast, Rohde, Brandes) darüber hinwegzugehen. Und dann der Abgesang. Das Verhältnis des späten Nietzsche zu den Deutschen gleicht dem mancher Juden, die, wie Weininger, Antisemiten sind. Ähnlich wie Fontane hatte auch Nietzsche (in Brandes) »seinen Cohn«. Er kennt jüdische Interna – so die Besorgnis vor Zuwanderung aus den Ostländern.

☆

Denis Buican hat mir sein Werk über die Evolution gesandt, das mir Banine ankündigte, »La révolution de l'évolution«. Ich möchte es einen »Fortschritt im Fortschritt« nennen, weil es die geniale Leistung Darwins würdigt, aber sie selbst in die Evolution einreiht und ergänzt. Der Fortschritt kann, wie es dem Wanderer in der Wüste zustößt, auf seine eigenen Spuren zurückführen.

Die gründliche und notwendige Unterscheidung zwischen Fortschritt und Entwicklung hat sich zugunsten des Fortschritts verwischt. Rückschläge konnten nicht ausbleiben. »Stillstand ist Rückschritt« war zu meiner Schulzeit ein beliebtes Zitat. Es könnte von Ludwig Büchner stammen, der einer unserer Mentoren war.

Entwicklung: Prognostisch als Fortschritt – das Scheitern ist unvermeidlich, sei es durch Frost oder Feuer, durch Hybris oder Not. Für das Leben der Tod.

Ontologisch als Aufwallen vom Urgrunde her. »Schöpfung« kann dabei entbehrt werden. Dem entspricht ein Instinkt des Denkens – sein zeitgemäßer Stil. Das Universum erscheint und verschwindet, dem Chaos folgt Ordnung, dem Zeitlosen Zeit. Das Wallen ist periodisch; das klingt in unseren Festen, Rhythmen und Pulsationen an. Zwei Herzschläge sind durch eine Pause, zwei Schritte durch einen Stillstand getrennt.

Wilflingen, 13. Dezember 1990

Die Zeitung meldet »Schwerer Störfall in Hanauer Nuklearbetrieb«. Ein »konventioneller Unfall«, wie ihn die Firmenleitung kommentiert.

Ich nehme an, daß das eine Standard-Absegnung beliebiger Verlustziffern werden wird.

☆

Bei der Post eine Autobiographie »Von Wende zu Wende. Ansichten aus siebzig Jahren« – übersandt »in treuer Verbundenheit« von General a. D. Carl-Gero von Ilsemann. Das Inhaltsverzeichnis lädt zur Lektüre ein. Zur Einstimmung sind zwei Maximen vorangesetzt:

»Es ist ein Vorteil des Altwerdens, daß man gegen Haß, Beleidigungen und Verleumdungen gleichgültig wird, während die Empfänglichkeit für Liebe und Wohlwollen stärker wird.« (Otto von Bismarck)

Und: »Der Mensch wird in seinen verschiedenen Lebensstufen wohl ein anderer, aber er kann nicht sagen, daß er ein besserer wird.« (Goethe zu Eckermann)

Da ich in Altersfragen allmählich mitreden darf, möchte ich Goethe hier in doppelter Hinsicht widersprechen durch die Meinung, daß der Mensch zwar kein anderer, wohl aber ein besserer wird. Dabei darf man von der Moral absehen und einen Schwund an Vitalität zugeben. Auch ein guter Burgunder bleibt in der Flasche derselbe, während er mit den Jahren trinkbarer wird. Das Alter chambriert.

☆

Schlußsatz aus einem Absagebrief an eines unserer Medien: »Abgesehen davon, halte ich meine Stimme für so wichtig nicht.« Hätte auch heißen können: »... halte ich meine Stimme nicht für so wichtig.«

Die Wanderung einer einzigen Silbe hat die Gewichte verschoben und damit auch dem »so« einen Akzent verliehen. Ist in Briefen belanglos, kann aber beim Vortrag zu Buch schlagen.

Diese Sparte der Korrespondenz nimmt zu. Einmal in der Woche kommt Frau Hempel und nimmt mir den Hauptteil davon ab.

Wilflingen, 16. Dezember 1990

»Lieber Freund Hervier, Dank für Ihre Nachricht vom 27. November. Zu Ihrer Frage: die Rangordnung der Hidalgos ist eine Wissenschaft für sich. Um sie zu würdigen, müßte man Spanier oder wenigstens Portugiese sein.

Der Hidalgo de gotera ist ein solcher, dessen Adel nur in seinem Wohnort gilt. (Sollte ich cotera geschrieben haben, so ist das ein Tippfehler.) Sie können das Wort natürlich nach Belieben übersetzen.

Kuriosum: In Spanien und Portugal gelten oder galten selbst alle Findelkinder als Hidalgos – ›damit niemals das Kind eines Hidalgo um seine Adelswürde komme‹.

Ich habe Ihnen noch zu danken für Ihre Teilnahme an der Sendung von ›France Culture‹. Philippe Barthelet hat einige Zeit gebraucht, mich dazu zu bewegen – meine Allergie gegen Publizität nimmt zu. ›Ihr Beifall selbst macht meinem Herzen bange‹ – steht schon im Prolog zum ›Faust‹.

PS. Dieser Tage bekam ich von der Universität Bilbao den Bericht über das Symposion mit Vorträgen von Albert Hofmann, Vintila Horia und anderen – eine schöne Edition.

Daß Sie ›Les Ciseaux‹ riskieren wollen, hat mich besonders gefreut.«

Wilflingen, 20. Dezember 1990

Am Jahresende wird es wieder einmal Zeit, die Bücher zu räumen, die sich an verschiedenen Stellen des Schlafzimmers angesiedelt haben und Stalagmiten bildeten. Vorerst gewisse Dauergäste, entrefilets, mit denen ich halbe oder Viertelstündchen ausfülle. Dazu eignen sich besonders Tagebücher, Maximen und Korrespondenzen – wie Nietzsches Briefe von 1888, seinem Schicksalsjahr, in dem die Katastrophe sich euphorisch ankündet.

Die Annäherung wird so dicht, daß keine Rückkehr möglich ist: ein Ausbrennen. Auf den Gedanken, daß hier ein Besuch mit gebührender Ehrfurcht etwas hätte wenden oder gar heilen können, ist wohl nach Langbehn mancher gekommen – das bleiben Wunschträume. Vielleicht wußte man nur in tibetanischen Klöstern, wie ein solches Ereignis zu achten ist.

Euphorie als erstes Symptom. Nicht etwa als Selbstbewußtsein, wie es in groben Briefen, sogar an Malvida, zum Ausdruck kommt. Eher als Wahrnehmung eines Abglanzes. So am 13. November: »Es geht fort in einem tempo fortissimo der Arbeit und der guten Laune. Auch behandelt man mich hier comme il faut, als irgend etwas extrem Distinguiertes, es gibt eine Art, mir die Thüre aufzumachen, die ich noch nirgends wo erlebt habe.«

Sodann Dostojewskis »Der Jüngling« und Tolstois »Auferstehung« – zwei Werke, die ich alternierend, um mich beim einen vom anderen zu erholen, hinter mich gebracht habe. Beide muß ich verschiedene Male, wie ich aus Randnoten schließe, gelesen haben; als letztes Datum finde ich den August 1958 vermerkt. Vielleicht bin ich nun als Leser zu fortgeschritten dafür.

Bei Dostojewski werden die Beichten zuweilen unerträglich oder wenigstens so intensiv, daß man Luft schöpfen muß. Der Schlamm wird genuin. Man sollte ihn dem Beichtstuhl überlassen wie die Ausbreitung von Eingeweiden der Anatomie.

Ähnlich unerfreulich sind bei Tolstoi die Gewissensbisse des Fürsten Nechljudow; der Roman endet, indem der Kleine Katechismus hergebetet wird.

Für Nietzsche ist Tolstoi eine seiner Protestfiguren: Repräsentant einer »gefährlichen Häufung des Mitleides, die sich von Petersburg bis Paris ausbreitet«.

Das ist die Kehrseite der Medaille, die, wie Nietzsche sagt, »uns Hyperboräern« mißfällt, während die andere scharf gestochen ist. Sie zeigt den Aristokraten, der dem Werk Fassung und Dauer verleiht. Schuhflicken kann jeder – feinste Unterschiede im menschlichen Verhalten beobachten und wie Tolstoi fixieren, können nur wenige. Wo es ernst wird, zeigt sich Tolstois Stärke, vor allem in seinem Verhältnis zum Tod.

... omne animal triste. Starke Sinnlichkeit und Schuldgefühle sind eine fatale Kombination. Die Sexualangst russischer Sektierer trieb sie dazu, sich selber zu kastrieren, um sich »des Schlüssels zur ewigen Verdammnis« zu entledigen. Sie sollen einen Anteil der Moskauer Droschkenkutscher gestellt haben.

Tolstoi erzählt von einem Einsiedler, der sich einen Namen gemacht hatte und den eine Weltdame, vielleicht auf

Grund einer Wette, um ihn in Versuchung zu führen, in seiner Klause aufsuchte. Die Geschichte endet damit, daß der Eremit in den Holzstall entweicht und sich dort einen Finger abhackt.

Wilflingen, 22. Dezember 1990

Ich war mit Fritz verabredet und hatte auf den falschen Knopf gedrückt. Die Frau, die öffnete, führte mich in ihre Gute Stube – kleine Leute, der Mann im Sessel ordnete mit einer Pinzette Briefmarken. Er hatte eine Uhrmacherlupe ins linke Auge geklemmt. Die Marken waren, wie er sagte, vom Ussuri – nach der Art, wie er das Wort betonte, mußten es Prachtstücke sein. Aber wie kam der Ussuri zu Briefmarken? Allerdings durchfloß er, wenn ich mich recht erinnerte, ein Gebiet, in dem es seit jeher hin und her gegangen war. Vielleicht hatte sich dort nach 1917 eine ephemere Republik gebildet und Briefmarken gedruckt. Dann waren sie kostbar wie die Münzen römischer Kaiser, die nur einige Tage regiert hatten.

Ich schloß aus dem Gesicht der Hausfrau, daß sie mit der Passion des Gatten zufrieden war. Das ist nicht immer der Fall. Sie führte mich dann in die Nebenwohnung, wo mich der Bruder erwartete. Wir gingen auf die Straße; das Quartier war verwüstet, mit Ausnahme einiger Juwelier- und Antiquitätengeschäfte, in denen Glanzstücke zur Schau standen. Der Bruder sagte: »Hier gibts mehr Trüffeln als Kartoffeln und für den Kaviar kaum Brot.« Dazu paßten die Briefmarken. Es mußte ein Umsturz stattgefunden haben; die Reichen waren geplündert worden, oder sie trugen ihr Letztes zu Markt.

Wir gingen dann zum Politbüro; ich war auf der Durchreise und brauchte einen Stempel im Paß. Das war vielleicht nicht mehr nötig, doch besser auf jeden Fall. Auch dort war die Fassade zerstört. Im Büro saßen Zivilisten; noch vor Tagen hatten sie Uniformen getragen und waren gefährlich gewesen – sie waren gefilzt worden. Nun hockten sie in ihren Sesseln wie kastrierte Molche in verseuchten Tümpeln, die langsam austrocknen. Drei schliefen; die anderen lasen Zeitung und unterhielten sich. Unruhen im Libanon, Bomben auf Skutari. Daß sie meinen Paß stempeln durften, war eher eine Auszeichnung für sie. Sic transit gloria. Aber man mußte vorsichtig sein.

Wilflingen, 25. Dezember 1990

Wie nunmehr seit vierzig Jahren bei Stauffs am Kamin. In den schwäbischen Schlössern hat sich trotz aller Stürme über den Bauernkrieg hinweg, der hier in Wilflingen friedlich verlief, bis zum heutigen Tage mehr erhalten als anderswo.

Schon wird der Anfang des Jahrhunderts mit der Einrichtung unserer Großväter museal. Was ist eine Voyeuse? Ein Kiebitzstuhl, auf dem man rittlings sitzend rauchen und den Kartenspielern ins Blatt gucken konnte, die Ellbogen aufgelehnt. Und eine Trembleuse? Ein Mokkaservice mit so zierlichen Täßchen, daß schon die Berührung ein Wagnis war.

Anschließend im Wald. Obwohl es getaut hat, ist der Schnee noch hart. Wenn man auf dem Rückweg in die Spur tritt, wird sie nicht verwischt, sondern vertieft. So auch geschichtlich und biographisch – den Fehltritt können wir nicht löschen, wohl aber in eine neue Qualität rücken.

☆

Die Uhr fiel in den Schlangentümpel, dessen Grund noch mit der Hand zu erreichen war. Aber das Wasser war trüb.

Ein bedeutender Traum.

☆

Eine gute Rednergabe ist ein Gottesgeschenk. Sie hat weniger mit Intelligenz, ja selbst mit Grammatik zu schaffen als mit einem angeborenen Rhythmus; meist werden die so Begabten auch ein gutes, wenngleich nicht qualifiziertes Verhältnis zur Musik haben. Man hat sie schon auf der Schule bewundert und dann ihren Aufstieg verfolgt.

Ein gut akzentuierter Satz wirkt stärker als ein logisch fundierter – desgleichen ein Argument, das statt auf die Sache gegen die Person gerichtet ist.

☆

Ich sollte, speziell an den Vormittagen, vermeiden, ein Lexikon zu konsultieren – schon beginne ich zu schmökern wie in einem Antiquariat. Ein Glasperlenspiel, aber an Weihnachten erlaubt.

Wilflingen, 31. Dezember 1990

Ein breites Lavendelfeld in voller Blüte, dahinter ein Uhrturm mit dunkler Scheibe, sonnenblumengelb.

Mitten im Feld war ein Festplatz errichtet, zu dem ausgetretene Pfade führten; dort feierten die Schriftsteller ihren Kongreß. Sie speisten teils in Zelten, teils im Freien an langen Tischen und erfreuten sich zwischen den Gängen der Musik. Es spielten Kapellen in verschiedenen Trachten; sie wechselten sich ab. Die Kellner trugen soeben in Schüsseln dampfende Knödel auf. Ich staunte über die Menge der Teilnehmer. Aber schließlich ist »Schriftsteller« ein Titel von großer Spannweite, der Ansehen verleiht. Jeder Platz war besetzt; es harrten sogar noch Anwärter vor den Eingängen.

Die Turmuhr schlug Mittag, während der Dunst der Knödel den betäubenden Lavendelduft durchdrang. Ich umging den Platz auf seinem schmalen Rande mit Vorsicht, damit ich keine Blume zertrat. Dabei stieß ich auf einen der Gäste, der wohl vorzeitig gegangen war, damit ein Platz frei würde. Er hatte vergessen, die Serviette abzunehmen, mußte also schon gespeist haben.

Beim Näherkommen sah ich, daß es der weltberühmte Coriander war. Ich war ihm zwar noch nie begegnet, hatte auch noch nichts von ihm gelesen, erkannte ihn jedoch auf den ersten Blick, weil ihn nicht zu kennen einfach unmöglich war. Auch er schien ein wenig von mir gehört zu haben – jedenfalls begrüßten wir uns mit Namen und blieben selbander stehen.

Es stellte sich heraus, daß wir gemeinsame Bekannte hatten – Guido zum Beispiel hatte mich sogar beim Festmahl vermißt. Diese Erwähnung mochte auf Höflichkeit beruhen, falls Coriander nicht etwas im Schilde führte – vielleicht sollte ich einen Protest unterschreiben oder etwas Derartiges – er war ja trotz seiner Berühmtheit immer in Händel verstrickt. Da nimmt man mit jedem vorlieb.

Jedenfalls fiel mir auf, daß sich sein Gesicht veränderte. Er wurde zugleich verlegen und freundlicher. Dabei trat er von einem Fuß auf den anderen. Kurzum, er nahm das Gebaren jemandes an, der in der Klemme steckt und einen flüchtigen Bekannten anzupumpen gedenkt. Das ist unter Schriftstellern nicht selten der Fall. Bei ihm wäre es freilich undenkbar, aber es war dennoch so. Als Ehrengast hatte er die Brieftasche vergessen und kein Geld für das Taxi dabei. Doch wozu die Umstände? Einem solchen Kollegen auszuhelfen, war nicht nur eine Ehre, es war ein Vergnügen für mich.

Klett-Cotta

Printed in Germany
Schutzumschlag: Klett-Cotta-Design
Gesetzt aus der 10 Punkt Tempora
von KLETT DRUCK
Auf säure- und holzfreiem Werkdruckpapier gedruckt
und in Fadenheftung gebunden von
Franz Spiegel Buch GmbH, Ulm
Einbandstoff: Iris-Leinen

Die Deutsche Bibliothek – CIP-Einheitsaufnahme
Jünger, Ernst:
Siebzig verweht / Ernst Jünger. – Stuttgart : Klett-Cotta
4 (1995)
ISBN 3-608-93304-2